Anna Mitgutsch

Haus der Kindheit

Roman

Büchergilde Gutenberg

Lizenzausgabe für die Büchergilde Gutenberg,
Frankfurt am Main und Wien,
mit freundlicher Genehmigung
der Luchterhand Literaturverlags GmbH, München

Satz: Filmsatz Schröter GmbH

ISBN 3 7632 5071 9

I

- 1 -

DAS FOTO stand auf der Kommode, solange Max sich zurückerinnerte. Es machte jede neue Wohnung, in die sie einzogen, zu einem weiteren Ort des Exils. Im Unterschied zu allen anderen Gegenständen, die sie nach jeder Übersiedlung auspackten, reichte seine Bedeutung weit in die Vergangenheit, und wie ein Schwur verpflichtete es dazu, ein Versprechen einzulösen. Mitten in ihrem Leben verwies es auf die eine Gegenwart, die schmerzlich fehlte.

Das ist unser Haus, sagte seine Mutter und nahm das Foto andächtig in die Hand, in ein paar Jahren fahren wir vielleicht dorthin zurück.

Von seiner Mutter hatte Max gelernt, daß die Erinnerungen das einzige waren, was einem nicht verlorengehen konnte. Man durfte sie nur nicht ziehen lassen, wie die Schiffe, die sie als Kinder gebannt beobachteten, wenn sie über den fernen Rand des Atlantik kippten und verschwanden. In ihren ersten Jahren nach der Emigration gingen sie oft ans Meer, und Mira, ihre Mutter, wies mit dem Finger auf jene graue, manchmal unsichtbare Linie, die den Himmel vom Wasser trennte: Dort drüben liegt Europa.

Die Grenze war eine gerade Linie in einer Ferne, die nie näher rückte. Hätte er ein Bild für die Trauer seiner Mutter finden müssen, dann wäre es jenes unsichtbare Haus gewesen, das über den Horizont des Ozeans entschwunden war.

Doch drüben, in einer österreichischen Kleinstadt, stand das Haus und wartete. Und dessen auf die Größe eines Schwarzweißfotos geschrumpftes Ebenbild wartete auf Miras Kommode in der Delancy Street, später in Brooklyn, und als sie die Kommode verkaufen mußte, auf einem Küchenregal am Crotona Park. Dann verschwand es und lag lange, gerahmt, aber mit dem Gesicht nach unten am Grund des Wäschefaches. Erst nach ihrem Tod stellte Max es neben das Farbfoto, das er inzwischen, Jahre später, bei einem Besuch in H. aufgenommen hatte. Aber das neue Foto hielt der sepiafarbenen Melancholie des alten Bildes nicht stand. Es wirkte nackt, beinahe anstößig und so beliebig wie ein Urlaubsfoto. Er nahm es weg.

Das Haus, in dem er irgendwann in der Zukunft wohnen wollte, war nicht jenes heruntergekommene Gebäude aus den zwanziger Jahren, als dessen Besitzer er sich fühlte, sondern ein Kindheitstraum, gespeist aus der lebenslangen Sehnsucht seiner Mutter nach einem endgültigen Nachhausekommen.

Max hatte beschlossen, an ihrer Statt zurückzukehren, nicht gleich, auch nicht in absehbarer Zeit, sondern wenn das Leben in der Gegenwart sich verlangsamte, vielleicht zum Stillstand käme, in einer Zukunft, die mit dem Fortschreiten der Jahre jedoch nicht näher rückte.

Später, im Ruhestand, sagte er, das läuft mir nicht davon. Denn die Vergangenheit, die ihn sein ganzes Leben begleitet hatte, blieb gegenwärtig, sie würde eintreten, wenn er sie rief.

Ich bin ein Reisender, sagte er manchmal, wenn ihn jemand zu ausdauernd nach seinen Plänen fragte, es ist angenehm, so zu leben. Man muß sich nur für die eigenen Fehler verantworten, und man hat jederzeit die Freiheit zu gehen.

Das gab ihm in den Augen anderer den Anschein einer Leichtigkeit dem Leben gegenüber, einer ironischen Verachtung jedes Anspruchs auf Endgültigkeit, als sei es ihm gelungen, die Last vielfältiger Verpflichtungen auf Distanz zu halten.

Es waren ferne, bruchstückhafte Bilder, umgeben von der undurchdringlichen Dunkelheit des Vergessens, wie Gegenstände, die eine Welle sekundenlang ans Sonnenlicht hebt, aufblitzen läßt und in der Unendlichkeit des Atlantiks begräbt. Wie konnte er wissen, ob es die sehnsüchtigen Geschichten seiner Mutter waren, die Nachbilder seiner oder ihrer Träume, oder jene kostbaren Fundstücke, die das Bewußtsein eines Fünfjährigen für immer in seinem Gedächtnis bewahrt hatte? Da ragte ein weißes Haus wie eine Festung über einem Fluß. Kühle schwarze Eisenstäbe. Gehörten sie zu einem Zaun, zum Gartentor? Steinstufen zwischen dunkler, lockerer Erde, schwer zu erklimmen. Ein knirschender Kiesweg und ein vages Gefühl freudiger Erwartung, eine schemenhafte Erinnerung an Menschen, deren Erscheinen wie Gerüche im Gedächtnis geblieben waren, wie ein Geschmack an Süßes oder Bitteres. Die Endgültigkeit einer Haustür, die ins Schloß fiel. Eine Lichtpfütze, bunt und funkelnd am Fuß der Treppe, und die Regenbogenfarben der geschliffenen Glasfenster über dem Treppenabsatz. Ein heller großer Raum mit weißen Flügeltüren, ein bunter Teppich mit geschwänzten und gehörnten Tieren, der die Wärme speicherte, lange, nachdem die Sonne den Raum verlassen hatte. Ein dunkler Marmortisch, an dessen Kante er sich das Kinn aufgeschlagen hatte. Die Narbe war lange sichtbar gewesen, bis in die Pubertät, bis er begonnen hatte, sich zu rasieren. Er erinnerte sich an eine Tischlampe mit langen moosgrünen Fransen und an das Sofa mit den Löwenfüßen. Es mußte Winter gewesen sein, in seiner Erinnerung hingen helle Decken über der Lehne, die seine Tante Sophie sich um die kalten Beine wickelte. Auf der Balustrade der Terrasse saß ein venezianischer Löwe, der das Maul aufsperrte. Wenn er, der Dreijährige, Vierjährige, nach einem Regenguß die Hand hineinlegte, wurde sie feucht. Er hatte keine Vorstellung von sich als Vierjährigem, obwohl es Fotos gab. Erwachsene erschienen und verschwanden, körperlos, gesichtslos und dennoch deutlich zu erkennen. Sie trugen die Gesichter, die die wenigen Fotos aus jener Zeit ihnen gegeben hatten. Sie trugen sie wie Masken, die sie später gegen deutlich erinnerte Gesichter eintauschen oder in der unwandelbaren Jugend ihres frühen Todes als ihr einziges Gesicht aufbewahren würden.

Es gab ein Foto, auf dem sie alle auf den breiten Stufen vor der Eingangstür versammelt waren, fünf Erwachsene und drei kleine Kinder, drei Generationen. Am Beginn der zwanziger Jahre mußte es gewesen sein, denn die Frauen, Sophie und Mira, trugen Hüte wie umgestürzte Blumentöpfe und lose, um die Hüften geraffte Sommerkleider. Ihre Gesichter waren verschwommen, von tiefen geheimnisvollen Schatten halb gelöscht. Die Männer sehr aufrecht und steif in dunklen Anzügen mit ernsten Gesichtern. Nur Mira trug das triumphierende Lächeln, das Max von anderen Fotos aus ihrer Jugend kannte, ein Leuchten, als habe ihr Gesicht das ganze Licht des Bildes an sich gezogen. Daneben wirkte das schmale Gesicht ihrer älteren Schwester wie ein zarter Schatten. Auch auf dem Hochzeitsfoto, auf dessen Hintergrund sich die Kulissenwolken eines Fotostudios ballten, stand Mira in dieser stolzen Selbstgewißheit inmitten ihrer Familie, herausgehoben durch das Weiß einer langen Schleppe zu ihren Füßen und das Strahlen ihres Lächelns, die starken Zähne und einen breiten Mund mit vollen Lippen. Saul, ihr Bräutigam, hielt sich verlegen im Hintergrund, als sei er nur ein scheuer Gast auf dieser Hochzeit, und auch auf dem Foto vor dem Haus war sein Gesicht zur Seite gewandt, als strebte er weg, ein ungeduldiger Fremder mit einem anderen Ziel. In dem länglichen, bärtigen Gesicht seines Großvaters Hermann glaubte Max immer eine Ähnlichkeit mit den eigenen Zügen zu erkennen, wohl weil Mira ihm erzählt hatte, wie ähnlich er ihrem Vater wäre. Jedoch an den Dritten, den Ehemann Sophies, hatte Max keine Erinnerung, und es gab auch keine weiteren Fotos, er war ein Schemen, der unscheinbar, fast ohne Spur durch sein kurzes Leben gegangen war.

Es gab noch andere Fotos, die Max später, nach Miras Tod, mitsamt der marmorierten Schachtel, den vergilbten, verblaßten Briefen und Glückwunschkarten, an sich nahm. Von seinen beiden Brüdern Victor und Ben als Kinder vor dem Haus in H. auf einem Schlitten, Mira in einem breiten Fuchskragen, übermütig mit einem Schneeball in der Hand. Mira in einem hellen Badeanzug auf der Terrasse, die Kinder, nackt und voneinander nicht zu unterscheiden, um eine Badewanne im Freien. Aber Max war das Foto der versammelten Familie auf den Stufen des Hauses immer wie ein Dokument erschienen, weniger zufällig und privat als die anderen Fotos, so als markiere es ein Innehalten, eine stolze Selbstbesinnung in der Geschichte dieser drei Generationen.

Das Haus war damals neu, die Fassade von moderner Schlichtheit mit klaren, sparsamen Linien. Sein Großvater hatte es für seine beiden Töchter und Schwiegersöhne bauen lassen, auf einem großen Grundstück, einer Wiese, die so steil zum Fluß hin abfiel, daß der Bauer, dem die umliegenden Äcker gehörten, sie billig als Baugrund abstieß. Diese Wiese war in seiner Erinnerung eine summende Wildnis voll flirrenden Lichts und einem Duft, den er mitunter und immer unerwartet glaubte wiederzuerkennen, aber nie kam er ihm auf den Grund. Es war wohl diese Wiese, die in ihm den Eindruck hinterlassen hatte, in seiner frühen Kindheit auf dem Land gelebt zu haben, bevor ihn Manhattan als der Inbegriff der Stadt als Fünfjährigen überwältigte. Dagegen waren die wenigen Bilder seiner frühen Jahre die eines ländlichen Marktfleckens mit hellen Straßen, zweistöckigen Häusern und weiten, leeren Plätzen, einer Holzbrücke, die sich vor seinem kindlichen Auge in den Himmel wölbte wie eine Jakobsleiter ohne Sprossen. Dort auf der Brücke und an manchen föhnigen Tagen auf der Terrasse des Hauses füllte die Weite sich mit Unendlichkeit und machte das ferne Ziel der Eltern greifbar: Amerika. Der glitzernde Fluß, der die Stadt in großem Bogen teilte, und der farblose Himmel verschmolzen zu einem durchsichtigen Leuchten, und dieses Bild blieb Max im Gedächtnis haften als das Lebensgefühl seiner frühen Kindheit, nach dem er sein ganzes Leben strebte: Helligkeit, Weite, die festtägliche Stille eines nie zu Ende gehenden Sommernachmittags.

Die wichtigen Personen seiner frühen Jahre waren die Mutter und der Großvater. Mira war älter, als die Fotos vermuten ließen. Sie hatte einige Jahre Biologie studiert und dann geheiratet. Max war ihr jüngstes Kind, der dritte Sohn statt der ersehnten Tochter. Solange sie in H. lebten, blieb Mira die Lieblingstochter ihres Vaters, die sie seit dem frühen Tod ihrer Mutter gewesen war. Jedes auch noch so flüchtige Talent hatte er voll Überzeugung von ihrer Einzigartigkeit gefördert. Als sie sich in den mittellosen polnischen Medizinstudenten Saul Berman verliebte, finanzierte Hermann auch dessen Studium und richtete ihm später eine Arztpraxis in H. ein, um seine Kinder bei sich zu haben.

Tabor in Böhmen, der Geburtsort seiner Mutter, lag für Max in biblischer Ferne. Dort hatte sein Urgroßvater eine Weberei besessen. Hermann optierte nach dem Ersten Weltkrieg für Österreich und zog nach H., doch dem Textilhandel blieb er treu. In Miras Erzählungen war er überlebensgroß, gerecht und großzügig, von einer natürlichen Autorität, die selbst seine Widersacher respektieren mußten, kein Mann reichte in ihren Augen an ihn heran, auch Saul nicht. Seine ganze Kindheit lang stand er vor Max als das Vorbild, dem er ähnlich sah und dessen er sich würdig erweisen sollte. Dein Großvater hätte nie ein Hemd mit schmutzigen Manschetten angezogen, sagte Mira, dein Großvater hatte schmale Hände wie du, aber sie waren immer sauber und gepflegt, oder sie erinnerte sich mit einem verträumten Lächeln: Für schöne Schuhe hatte mein Vater eine Schwäche. Ihr Vertrauen in ihn mußte grenzenlos gewesen sein, so groß, daß sie seiner politischen Hellhörigkeit nachgab und mit Saul und den Kindern emigrierte, obwohl es ihr in H. an nichts fehlte und sie geahnt haben mußte, daß sie die Geborgenheit, in der sie bisher gelebt hatte, mit ihrem Vater zurückließ. Sie war es gewohnt gewesen, bei jedem geringfügigen Problem nach ihm zu rufen.

Am Schabbatabend und an Feiertagen saß Hermann am Ende des weiß gedeckten Tisches und sang den Kiddusch, segnete den Wein, er war das Oberhaupt, gegen das Saul sich hinter seinem Rücken spöttelnd auflehnte. Aber er war auch der Großvater, der an diesen Abenden die Kinder zu Bett brachte und ihnen geduldig Wort für Wort die Gebete vorsagte. Er war nicht fromm, aber hielt streng an den Traditionen fest, und auf dem Platz vor der Synagoge war er ein geachtetes Vorstandsmitglied, von dessen Glanz ein Schimmer warmen Wohlwollens auf seine Enkel fiel.

Viele Jahre später fand Max den Namen seines Großvaters in den Lokalzeitungen der Stadt H. aus jener Zeit unter den Gründungsmitgliedern eines Vereins für mittellose Bräute und eines Hilfsfonds für Flüchtlinge aus Osteuropa nach dem Ersten Weltkrieg. Seine politischen Beziehungen schützten Miras Vater jedoch lediglich vor der ersten Welle der Deportation nach Hitlers Einmarsch. Einige Monate länger als die anderen Mitglieder der Gemeinde lebte er vereinsamt und verarmt in einer Stadt, in der es offiziell keine Juden mehr geben durfte. Er wollte nicht mehr auswandern. Er war vierundachtzig Jahre alt, als er in einem polnischen Getto verhungerte.

Das Bild des Vaters aus jener fernen Zeit vor der Emigration war ein seltsam verschwommenes, auf ein paar Fotos reduziert, als wäre Saul selber nicht anwesend gewesen oder als Fremder in seinem Haus ein und aus gegangen, als Miras Liebhaber, als Gast, unruhig, mit dem gehetzten Blick eines Entwurzelten. Nie hatte er von seiner Herkunft gesprochen, die Geschichten, die ihn verständlicher hätten machen können, fehlten. Es gab keine Großeltern, keine Verwandten auf seiner Seite. Er war wie aus dem Nichts erschienen, als einer, der sein Leben ganz und gar aus eigener Kraft entworfen hatte und keine Vergangenheit benötigte, keine Herkunft, die ihn erklärte. Vielleicht waren Frau und Kinder, die Arztpraxis, das Haus einmal ein Anfang gewesen, den er nach kurzer Zeit verwarf. So wenig wie er auf seine Kindheit in Przemyśl, die er mit siebzehn Jahren hinter sich ließ, zurückblickte, hing er Europa nach, kaum daß sie in New York an Land gegangen waren. Aber das Bild, das Max von seinem Vater hatte, war verzerrt durch die Bitterkeit der Mutter, deren spätere Verlassenheit er teilte, als wäre es seine eigene.

Gab es Abschiede, Aufbruchsstimmung, Räume, die sich leerten, Holzkisten, in denen vertraute Gegenstände verschwanden, letzte Besuche, Tränen und Wiedersehensschwüre? Es fehlte Max jede Erinnerung daran. Nur das inhaltsleere Wort Amerika war ihm geläufig, und jeder von ihnen füllte es mit anderen Erwartungen. Für den Vierjährigen war Amerika das mit glänzendem Geschenkpapier verpackte Geburtstagspaket, die große Überraschung. Sie gingen am 10. Juni 1928 in Bremerhaven an Bord. Eine Woche später verbrachte Max seinen fünften Geburtstag seekrank in seiner Koje, und das versprochene Land war nicht in Sicht.

Nichts aus den Wochen und Monaten nach der Ankunft blieb Max so deutlich im Gedächtnis haften wie die Verzweiflung seiner Mutter. Es war unmöglich, sich ihr zu nähern, vor allem Neuen, vielleicht Bedrohlichen bei ihr Schutz zu suchen, ihre Stimmung wechselte zwischen Trauer, zornigen Beschuldigungen gegen Saul und Selbstbezichtigungen. Von Anfang an habe sie es gewußt, von dem Augenblick an, als die norddeutsche Küste ihrem Blick entglitt, das Glück, die Jugend lägen nun endgültig hinter ihr, in der Geborgenheit der Kleinstadt, bei ihrem Vater, in den Räumen ihres Hauses, nach dem sie eine besessene Sehnsucht entwickelte, und im Verlust begann es sich allmählich bis zur Unkenntlichkeit zu verklären, sich in eine herrschaftliche Villa zu verwandeln, deren hohe stuckverzierte Räume sie lebhaft vor sich sah, auf dessen Terrasse sie an die Marmorbalustrade gelehnt über das Tal blickte, es war in ihren Träumen immer Sommer, ein kühler Sommermorgen, und sie war sorglos und geliebt, die Morgensonne lag wie vom Widerschein des Flusses schimmernd über den Fußböden und Möbeln, der Wind blähte die Spitzenvorhänge, es war das Versprechen eines heiteren Tages lang wie ein Leben, das jäh zu Ende gegangen war. Und mit der Zeit verschmolzen die wenigen, verschwommenen Bilder, die Max aus eigener Erinnerung besaß, mit Miras Phantasien, und wenn sie abends an seinem Bett saß, reihten sie alles, Wünsche und Träume und verklärte Erinnerungen wie Bausteine aneinander, reichten sich gegenseitig Bilder zum Bestaunen und bauten daraus einen prunkvollen Palast mit einem marmornen Säulengang über dem weiten Bogen eines Flußtals in einer fernen hügeligen Landschaft, in deren Dunst eine Stadt lag, friedlich, in einem ewigen Dornröschenschlaf.

Als Max älter wurde und seine neue Umgebung sein Leben füllte, blieb sie allein mit ihrer Sehnsucht und ihrer Trauer, und niemand half ihr mehr dabei, den Traum von ihrem Haus aufrecht zu halten. Aber erst als die Nachrichten vom Tod ihrer engsten Familienmitglieder und Verwandten sie erreichten, hörte sie auf, davon zu reden und ihre hartnäckigen Hoffnungen darauf zu richten. Es gab nichts mehr für später zu bewahren. Sie fiel auf den harten Boden der Gegenwart, dankbar, daß die politische Wachsamkeit ihres Vaters und Sauls rastloses Drängen nach Veränderung zumindest ihren Kindern das Leben gerettet hatte.

Damals aber, in der schier unerträglich feuchten Hitze ihres ersten New Yorker Sommers, auf den sie nichts vorbereitet hatte, mußte es Mira scheinen, als sei die hinterhältige Grausamkeit, mit der das Unglück sie verfolgte, die Verschwörung einer höheren Macht, die alles daran setzte, sie zu quälen. Bei ihrer Ankunft wußte niemand etwas von den Kisten, in denen sie ihren Hausrat, die wenigen unentbehrlichen Gegenstände von zu Hause, vorausgeschickt hatte. Sie waren verschwunden und tauchten auch im Lauf der nächsten Monate nicht mehr auf. Und das war erst der Anfang einer Kette von unglücklichen Zufällen und Hindernissen, die diese wandelbare, gewalttätige und rücksichtslose Stadt für sie bereithielt. Viel später, als Max längst die gereizte Erbitterung und die bedingungslose Zuneigung all jener mit New York verband, die in dieser Stadt aufgewachsen waren, erkannte er, daß Mira der Stadt nie etwas hatte abgewinnen können, weil sie nie bereit gewesen war, sich wie sein Vater vom amerikanischen Traum mitreißen zu lassen. Sie war zeitlebens Europäerin geblieben, klassenbewußt, der Vergangenheit und einem gepflegten, mitunter dünkelhaften Lebensstil zugewandt, neben dem die neuen Umgangsformen krud und beleidigend erscheinen mußten. Es fiel ihr schwer, die englische Sprache zu erlernen, obwohl sie Französisch konnte und später, in Brooklyn, mit ihren Freundinnen jiddisch sprach. Die lebenslustige, gebildete Mira mit dem gewinnenden Lächeln und ihrem selbstgewissen Charme reagierte auf die fremde Stadt mit Panik und der verstörten Überzeugung, daß all die rohe Rücksichtslosigkeit, die Blindheit New Yorks für das Wohl des einzelnen, ausschließlich gegen sie gerichtete böse Absicht sei. Für wen zum Teufel hältst du dich, und was hast du hier zu suchen, schienen ihr die Leute zuzurufen, die an ihr vorbeihasteten, sie anrempelten, sie in den Geschäften zur Seite drängten. Sie fühlte sich allein und übergangen und zugleich angegriffen, sie wurde ignoriert oder angeherrscht, und die Methoden, mit denen sie gelernt hatte, sich zu wehren, gehörten in eine andere Welt.

Einige Wochen nach ihrer Ankunft auf Ellis Island bezogen sie ihre erste Wohnung in der Delancy Street, ein angemessener Übergang von einem geräumigen Haus in einer Kleinstadt, mit hohen, straßenseitigen Räumen im zweiten Stock eines Backsteinhauses aus der Zeit der Jahrhundertwende, als die Williamsburg-Brücke erbaut und die Delancy Street zu einem Boulevard verbreitert wurde. All diese Räume seiner Kindheit trugen ohne sein Zutun wohl zu seinem unfehlbar feinen Gespür für Proportionen, Licht und Schatten bei, die hohen Fenster mit ihren kleinen gußeisernen Balkonen, die wie Körbe über dem Gehsteig hingen, der Ausblick auf die Pfeiler und Stahlseile der großen Hängebrücke, der breite Boulevard, die dunkel getäfelten Wände der Herrenschneiderei im Erdgeschoß des Hauses mit ihrer düsteren Eleganz hinter schattigen Markisen. Die große Wohnung im zweiten Stock dagegen war hell und leer, offen für alle Möglichkeiten, ein großes Wohnzimmer oder eine Arztpraxis, sobald sein Vater seine Prüfungen geschafft hätte, für die er ungestörte Ruhe brauchte. Aber in Wirklichkeit ging eine vibrierende Unruhe von seinem Vater aus, New York schien ihn zu elektrisieren, ihn mit Plänen und Energie zu füllen, die Spannungen und Streit ins Haus brachten. Auch Max spürte die nervöse Rastlosigkeit, die seinen Vater überkommen hatte, den Sog der Stadt, die ihn herausforderte, verlockte, täuschte, auch wenn er noch nicht begriffen hatte, daß sie seine Grenzen niederriß, alle Verbote und Regeln, nach denen er bisher gelebt hatte, in Frage stellte. New Yorks Versprechen grenzenloser Freiheit stieg Saul zu Kopf, er traf sich hinter dem Rücken seiner Familie mit russischen, polnisch-jüdischen Emigranten voll wahnwitziger Ideen, die nach einer durchwachten Nacht völlig vernünftig und folgerichtig erschienen. Zu Hause saß er im leeren Wohnzimmer, das einmal seine Praxis werden sollte, und starrte blicklos in die Bücher, hielt sich so Frau und Kinder vom Leib, während von unten, vom belebten Boulevard, New York mit seinen Verführungen in aufdringlich grellen Tönen und Farben hinaufdrang, bis er die Bücher weglegte und sich Manhattans heißen Atem ins Gesicht wehen ließ, schwindlig von neuerwachter Lebensfreude.

In einem optimistischen, vielleicht auch nur verzweifelten Versuch, seine Familie an seinem großen Abenteuer teilhaben zu lassen, unternahmen sie viel in jenem ersten Sommer, an den sich Max erinnerte als an eine ausgelassene, lange Vergnügungsfahrt. Meist fuhren sie mit der Subway zum Central Park, mieteten ein Ruderboot und paddelten unter hellen Weidenästen über den See vor der zartblauen Kulisse der Hochhäuser, die so fern erschien wie eine Bergkette bei Föhn. Sie wanderten durch den Central Park mit einer Ausdauer, die sie für die Umgebung von H. nie aufgebracht hatten, vom *Belvedere Castle* nach Süden zwischen Rhododendrenbüschen, wilden Kirschbäumen und dem betäubend süßen Geruch der Rinde von Sassafrasschößlingen durch künstlich angelegte Schluchten, wo sich an Wochenenden der Strom der Spaziergänger staute. Der Zoo war erst vor kurzem eröffnet worden, mit Fischottern und einem trägen Bärenpärchen namens Gus und Priscilla. Bevor sie den Park verließen, bekamen die Kinder an einem der zahlreichen Limonadenstände eine große Tüte der ihnen völlig neuen Köstlichkeit heißen Popcorns. An solchen Tagen tauchten sie alle einträchtig nach einer langen Fahrt Downtown an die dampfende Oberfläche der Lower East Side, von Eindrücken gesättigt und von der Hitze müde, und weder Sauls nervöse Rastlosigkeit noch Miras unterschwelliger Zorn trübte die Harmonie.

Das Fest, das sich mit Kaufhausbummel und sonntäglichen Vergnügungsfahrten zum Luna Park auf Coney Island oder ins klimatisierte Foyer des Roxy-Kinos mit seinem Feuerwerk aus bunten Lampen und Springbrunnen bis in den milden Spätherbst fortsetzte und mit neuen Schlittschuhen für die ganze Familie einen weiteren Höhepunkt im winterlichen Central Park versprach, begann bereits in der schneidenden Kälte des Winters an Glanz zu verlieren.

Streit lag in der Luft, Türen fielen mit einem harten, unversöhnlichen Knall ins Schloß, mitten in der Nacht blieb Mira weinend in der Küche sitzen. Am Morgen war der Vater immer noch nicht da, die Mutter fahrig und unbeherrscht. Nachts hörte Max die Eltern wieder streiten.

Alles passierte in diesem einen Herbst: Max kam in die Schule, und während der schier unendlichen Vormittage erlebte er zum erstenmal Verlassenheit und Angst vor dem Gespött der Gleichaltrigen. Er kannte ihre Spiele nicht, und in der Panik und Verwirrung sprach er deutsch. Ende Oktober wurde seinen Eltern klar, daß das mitgebrachte Vermögen verloren war, und daß auch die Ersparnisse des Großvaters, der versuchte, ihnen beizustehen, sie nicht mehr vor der drohenden Armut retten konnten. Der Börsenkrach und die Trennung der Eltern verschmolzen in seinem Gedächtnis zu einer Katastrophe, die seine sorglose Kindheit beendete und sein Vertrauen in Ersparnisse und Besitz für immer erschütterte. Selbst dreißig Jahre später, als er selber zu Wohlstand gekommen war, schien ihm Geld zu horten als Dummheit und Vergeudung jeder Chance auf Glück.

Die Wirtschaftskrise entfesselte in Saul endgültig jenen revolutionären Funken, den er so lange der Familie zuliebe unterdrückt hatte, seine Wut auf alles Bürgerliche, das sich für ihn in Mira verkörperte, und seine Visionen von einer freien, besseren Welt. Saul wurde Zionist, er hatte endlich die Berufung gefunden, die er gesucht hatte, ohne zu wissen, daß er sich darauf vorbereitete: die Gründung eines jüdischen Staates in Palästina. In einer Zeit, in der es Mira und den Kindern an allem fehlte, woran sie gewöhnt gewesen waren, erinnerte sich Max später voll Bitterkeit, habe Saul seine Patienten behandelt, ohne zu fragen, ob sie bezahlen konnten. Um einen symbolischen Dollar pro Visite habe er sie behandelt, und Max hatte es ihm nie verziehen.

Im Winter 1930 verließen sie die helle Wohnung in der Delancy Street, weil sie die Miete nicht mehr aufbringen konnten. Saul half bei der Übersiedlung, aber bevor der Hausrat noch in den beiden kahlen Räumen in Brooklyn untergebracht war, nahm er seinen an der Tür abgestellten Koffer, um nach Manhattan zurückzufahren und fern von der Familie ein möbliertes Zimmer zu beziehen, das er in einem der heruntergekommenen Tenement-Houses der Lower East Side gefunden hatte.

In Brooklyn konnte Mira die Kinder nicht mehr vor der vulgären Umwelt behüten, die ihre Berührungsängste und ihren Widerwillen mit gleichgültiger, fast spielerischer Brutalität beantwortete. Max war auf sich gestellt und wuchs in eine Welt, die anders war als seine Welt bisher, und sie gefiel ihm. Verrußte, eng aneinandergebaute Sandsteinhäuser mit dunklen, immer ein wenig feuchten Seitengassen, in denen man nie genau wußte, woher der Gestank kam, rostige Feuerleitern, die den Fassaden ihre heruntergekommene Geometrie aufprägten, und kleine Lebensmittelläden, finstere Löcher im Souterrain, deren einzige Quelle von Tageslicht die stets offene Tür war. Noch war es eine vertraute Welt mit jüdischen Geschäften und vorwiegend ostjüdischen Einwanderern, eine Welt, die für Mira einen gewaltigen sozialen Abstieg bedeutete, einen Rückfall um Generationen, aber auch einen gewissen Schutz und ein Anknüpfen an alte, abgelegte Traditionen. Sie ging wieder wie früher, als sie noch die folgsame Tochter ihres Vaters war, jeden Freitagabend in die Synagoge, weniger aus einer neuerwachten Frömmigkeit, sondern um der Wärme vertrauter Rituale willen, die ihr in ihrer Einsamkeit Trost spendeten. Hier knüpfte sie in den nächsten beiden Jahren Freundschaften, die bis zu ihrem Tod nicht abrissen, eine Ersatzfamilie von Immigrantinnen, die mit ihr älter wurden, derentwegen sie jiddisch lernte, um ihnen näher zu sein, und die sie nie im Stich ließen, auch wenn ihre Hilfe nicht immer wirksam war.

Max, der als Jüngster der Mutter näherstand als seine Brüder, begleitete sie, wenn sie ihre Freundinnen besuchte. Da saßen sie dann in winzigen, muffigen Stuben, die mit dem bunten Kitsch aus Osteuropa und mit Familien- und Hochzeitsfotos überladen waren. Die nach außen zur Schau gestellte Verachtung für *The Old Country*, das ihnen das Lebensrecht entrissen hatte, schien in diesen Wohnzimmern und Küchen in nostalgische Sehnsucht umzuschlagen. Max wurde gefüttert und bewundert und saß schweigend dabei, wenn seine Mutter weinte und ihre Freundinnen ihr rieten, die Scheidung zu verweigern; wenn sie erzählte, daß er mit dieser Frau zusammenlebte und sie und seine Kinder verhungern ließe, während er seine Patienten umsonst behandelte, und immer hatte jemand ein neues Gerücht gehört, daß Saul bei dieser oder jener sozialistischen oder zionistischen Versammlung gesehen worden sei, und wie die neue Lebensgefährtin aussehe, was sie gesagt habe, daß sie stets an seiner Seite erscheine, als sei sie schon seine Ehefrau, und angeblich schrieb sie sogar seine Artikel um, damit sie englisch klängen. Hier, bei diesen Frauen, die älter waren als Mira und deren Rat sie suchte, wurde Max Zeuge der zornigen Fassungslosigkeit seiner Mutter, daß der Mann sie verlassen hatte, dem ihr Vater die geliebte Tochter und obendrein ein Vermögen anvertraut hatte. Er fing die Erschütterung ihrer Existenz mit seiner kindlichen Liebesfähigkeit auf, er hätte sie gern entschädigt und gerächt. Wenn er, um ungestört zu sein, mit seinen Aufgaben auf der Feuerleiter oberhalb des Küchenfensters saß und das Leben auf der Straße zu seinen Füßen beobachtete, träumte er von dem Tag, an dem er Zeuge sein würde, daß sie in ihr Haus zurückkehrte. Er würde erwachsen sein und ihr Geld nach Europa schicken, sie würde in dem Haus mit seinen hohen hellen Räumen wohnen, morgens auf der weißen Terrasse in einem Korbstuhl frühstücken und über den Fluß in die Ferne blicken und an ihn denken, dem sie dies alles verdankte.

Allmählich kehrte in ihrem Leben die schweigsame Ruhe der Niederlage ein, die Scheidung wurde ausgesprochen, und Mira wurde stiller und gefaßter. Max sah seinen Vater an Sonntagen, mitunter auch an Samstagnachmittagen, wenn er seine Söhne abholte, um ihnen angedeihen zu lassen, was er für wichtig hielt: frische Luft und Bildung. Max fühlte sich zu seinem Vater hingezogen, aber seine Feindschaft, die er im Namen seiner Mutter hegte, erlaubte ihm nicht, daß er seine Zuneigung zeigte, und so wandte der Vater sich Victor zu, der seine Bewunderung für Sauls neue politische Ziele nicht verhehlte. Oft paddelten sie zu viert über den *Conservatory Lake*, die frische Brise kräuselte das Wasser und ließ Lichtfunken tanzen, im jungen Grün der Lichtungen am Ufer picknickten Familien, und Max fühlte sich elend wie ein Verräter. Wenn er nach Hause kam, konnte er seiner Mutter nicht in die Augen sehen. War es schön, fragte sie, aber er rannte an ihr vorbei zu seinem Versteck auf der Feuerleiter.

Dennoch wurden die Nachmittage, an denen Saul mit

der puritanischen Strenge des europäischen Bildungsbürgers, der er gar nicht sein wollte, seine Söhne in Museen und Kunstausstellungen mitnahm, für Max prägender als für seine Brüder. Auch wenn die bereits Halbwüchsigen gelangweilt an den Wänden der Ausstellungsräume entlangtrotteten und die Besucher betrachteten, ließ Saul sich nicht entmutigen und nahm sie stur in jede Ausstellung mit, ins Metropolitan Museum, The Cloisters, aber vor allem ins neue skandalös avantgardistische, trotzig anti-europäische Whitney Museum. Damals interessierten Max die Bilder an den Wänden und die Gegenstände in den Vitrinen genausowenig wie seine Brüder, aber er nahm wahr, welche Stimmungen in großen Räumen herrschten, er sah, wie das Licht, das durch die Fenster fiel, Gegenstände verschwinden und verdämmern lassen konnte oder hervorhob, als schwebten sie im Raum. In diesen Sälen lernte er, auf die Wirkung des Lichts zu achten, wie es im Lauf der Stunden über Böden und Oberflächen glitt und sie verwandelte – Details hervorhob und sie fallenließ, Vorstellungen weckte und sie so unvermittelt zum Erlöschen brachte, wie sie erwacht waren. Er beobachtete, daß unvermittelt etwas Unheimliches in die Ecken kroch, um in ihnen zu nisten, und er fühlte, daß sich in Spiegeln eine fast unentrinnbare Einsamkeit verbarg. Er konnte sich daran ergötzen, wie unbeachtet von den Besuchern die Stuckverzierungen an den Decken ihr unabhängiges, ausschweifendes Eigenleben führten. Schon damals spürte Max jene Vertrautheit großer, leerer Räume und das Bedürfnis, ihnen eine unverwechselbare Atmosphäre zu geben. Er ahnte noch nicht, daß er seine Begabung entdeckt hatte, aber er wußte bereits, daß ein Raum viel mehr war als ein Ort zum Wohnen, eine bestimmte Weise, sich in der Welt zu orientieren, Ausdruck eines Lebensgefühls.

Zu Hause herrschten Armut und Mangel. Die Unterkünfte, die auf die Wohnung in der Delancy Street folgten, hatten alle etwas Provisorisches. Sie glichen mit ihren Pappkartons, die in den Ecken der Zimmer ineinandergestapelt waren, eher Notquartieren. Die Kartons und Koffer standen von Anfang an bereit für den nächsten Umzug, der nie lange auf sich warten ließ. Mira verachtete die billigen Möbel aus den Kaufhäusern, und die alten Möbel mußten Stück für Stück in Trödlerläden und Auktionshäusern zu Bargeld gemacht werden. Mit ihrem hartnäckigen Bestehen auf der Vorläufigkeit ihres gegenwärtigen Lebens verweigerte sie sich einem Los, das sie nicht als das ihr zugedachte angenommen hatte. Es mußte ein Irrtum des Schicksals sein, den sie nicht anerkannte.

Mit elf unternahm Max seinen ersten Gestaltungsversuch. Er litt darunter, daß er Mitschüler nie nach Hause mitbringen konnte, denn es gab nur die enge Küche und zwei Schlafzimmer. Von Erspartem und auch von gestohlenem Haushaltsgeld kaufte er ein gebrauchtes Sofa von einem samtenen Blau und einen gleichfarbenen Überwurf für das zweite Bett, stellte ein Messingtablett auf einen selbstgebastelten Zeitungsständer und hatte einen Nachmittag lang sein Wohnzimmer. Die Mutter ließ das Sofa abholen und stellte die alte Ordnung wieder her, aber die Träume von großzügig eingerichteten Räumen, von Licht, Weite und einer spröden Eleganz der Gegenstände konnte ihm niemand nehmen.

Sein Möblierungsversuch ihrer Zweizimmerwohnung in Brooklyn war die einzige Verstimmung zwischen Max und seiner Mutter gewesen, die ihm aus der Kindheit im Gedächtnis blieb. Max war »der Kleine«, das Kind, an dem sie mit der meisten Liebe hing und das sich ihrem Liebesbedürfnis am wenigsten entzog. Mit dem schmalen Gesicht, dem rötlichbraunen, leicht gewellten Haar, der runden Stirn und den nachdenklichen graubraunen Augen sah er ihr auch ähnlicher als die beiden Brüder. Die Nähe zwischen ihnen bedurfte keiner Worte. Sie war in der schwärmerischen Verehrung für die in seinen Augen konkurrenzlos schöne Mutter verankert, in ihren gemeinsamen Träumen und Geschichten aus einer Vergangenheit, in der es nur glückliche Tage gegeben hatte, und in dem lebhaften Wunsch des Sohnes, ihr dieses Glück zurückzugeben. Aber es war wohl auch die Harmonie, zu der Menschen mit verwandten Seelen mühelos finden können, weil sie sich wohl fühlen in der Gegenwart des anderen.

Im Sommer, nachdem Saul sie verlassen hatte, ging Mira mit den Kindern zum erstenmal allein zur Feier des Unabhängigkeitstages am vierten Juli zum Battery Park, um das nächtliche Feuerwerk zu sehen. Sie standen dicht an der Mole mitten in der erwartungsvollen Menge, als ein Fremder Max eine rote Rose in die Hand drückte. Gib das der schönen Dame mit dem Hut, sagte er und deutete auf Mira, die sich gerade mit ihrer neuen Freundin Faye unterhielt. Da sah er seine Mutter zum erstenmal mit den Augen eines fremden Mannes: ihre stattliche, nicht mehr schlanke, aber sehr weibliche Figur mit der schmalen Taille und dem weiten Rock, das dunkle in der Mitte gescheitelte Haar mit dem spanischen Knoten auf dem Hinterkopf und dem etwas lächerlichen kecken Hütchen, das ihr aufs Ohr gerutscht war, den vollen rot geschminkten Mund und die leicht schrägen mandelförmigen Augen. Max war sehr stolz auf seine schöne Mutter, und er war es, zu dem sie sich hinunterbeugte, um ihn zu küssen, als er ihr die Rose überreichte, den fremden Mann streifte sie nur mit einem flüchtigen, unbeteiligten Blick. Seit Saul sie verlassen hatte, erschien Max ihre Schönheit zerbrechlicher und schutzlos, er war ihr Ritter, auf den sie zählen konnte. Spätnachts, halb im Schlaf hörte er ihre Nähmaschine, mit der sie in schlechtbezahlter Heimarbeit Badeanzüge zusammennähte, um sich und die Kinder durchzubringen. Er brannte darauf, endlich erwachsen zu werden, für sie wollte er einmal reich sein, um ihr alles, was sie sich nun versagen mußte, geben zu können.

Victor, sein ältester Bruder, war Max so fremd, als sei er kein Mitglied der Familie, sondern ein entfernter Verwandter, der bei ihnen wohnte, ein Eigenbrötler, der wenig mitteilsam seiner eigenen Wege ging, rechthaberisch und detailversessen, und mit seinem Altersvorsprung von sechs Jahren einschüchternd wie ein Erwachsener. Saul war Victors Vorbild, die Vereinnahmungsversuche seiner Mutter wehrte er kühl ab, und in der Zeit der Krisen und Gefühlsausbrüche während der Scheidung stellte er sich trotzig auf die Seite des Vaters, um den er warb, so weit es ihm sein sprödes Naturell erlaubte. Er war ein mittelmäßiger Schüler, trotz seines Ehrgeizes und seiner verbissenen Arbeitsdisziplin, er wolle nach dem College in die Politik gehen, erklärte er, so wie sein Vater. Victor war noch keine achtzehn, als er auszog, um aufs College zu gehen. Wenn seine Mutter wissen wollte, wie es ihm ging, mußte sie Saul anrufen, er ließ sich nur mehr selten zu widerwilligen Pflichtbesuchen bei ihr blicken.

Benjamin, zwei Jahre älter als Max, war der Spielgefährte seiner Kindheit, mit dem er jedes Geheimnis teilte und den er überallhin begleitete. Es war natürlich, zu Ben aufzublicken, er war das Genie der Familie, das jedes Jahr eine Klasse übersprang, dessen Denkgeschwindigkeit sie alle mit Stolz erfüllte, denn Intelligenz, davon war Max überzeugt, war eine Sache der Denkgeschwindigkeit. Er selber war ein Grübler, und seine Gedanken kamen nie zu einem Ende, sie verliefen sich im Ungefähren, wurden zu Möglichkeiten, die andere Möglichkeiten nach sich zogen, sich verästelten, bis er aufgab. Ben dagegen hatte sie, diese Eleganz des Geistes, die sich wie transparente Flügel über die Dinge legte und sie ordnete, und er war phantasiebegabt, ein Jongleur mit Träumen, an denen er Max teilhaben ließ. Doch nie verbiß er sich in seine Phantasiegespinste, er ließ sie ziehen wie bunte Luftballons, er wußte, daß sie sich in der Wirklichkeit nicht behaupten konnten, aber sie ließen die beiden Brüder die beengte, ärmliche Umgebung für Stunden, oft ganze Nachmittage, vergessen.

Keine der Wohnungen, die ihren Abstieg markierten, verließen sie freiwillig. Jedesmal zogen sie aus, weil die Miete erhöht worden und sie in Rückstand geraten waren, weil die Hausbesitzer zu jeder Tageszeit anriefen und mit der Delogierung drohten oder die Heizung abschalteten, so daß sie im Winter in ihren Mänteln schlafen mußten. Die Kälte in Winternächten war eine Grunderfahrung von Max' Jugend, eine Gegebenheit, die ihm bald als ein Normalzustand erschien. Die Hausbesitzer lebten in ihren Villen auf Long Island und spürten die Kälte nicht. Am frühen Morgen, gegen fünf, erwachte die Heizung zischend, klopfend und gurgelnd zum Leben. Dann konnten sie die Mäntel ausziehen und noch zwei angenehme Stunden lang schlafen. Um acht, halb neun, gerade, wenn sie das Haus verließen, hatte die Hitze ihren tropischen Höhepunkt erreicht. Aber wenn sie am frühen Nachmittag von der Schule nach Hause kamen, war von der Hitze nur noch ein lauwarmer Rest zu spüren, und gegen neun Uhr abends zogen sie sich an wie für eine Expedition in die beißende Kälte der nächtlichen Stadt.

Mira gelang es in all diesen Jahren nie, Menschen zu finden, die genügend Macht besaßen, ihr wirksam zu helfen. Mit ihrem starken Akzent und ihrem zornigen Gestammel – in der Aufregung verließ sie jede Sicherheit in der fremden Sprache, die Wörter fielen ihr nicht mehr ein, die Sätze verdrehten sich – setzte sie sich verzweifelt zur Wehr, konnte nur an Gerechtigkeit und menschliches Mitgefühl appellieren, das man ihr vorenthielt. Manchmal setzten die Ehemänner ihrer Freundinnen sich für sie ein, manchmal gelang es ihr, einen Beamten zu rühren, einen Gläubiger zu erweichen, aber meist verlor sie und erwartete auch mit der Zeit nichts Besseres in ihrer Überzeugung, daß die Katastrophe längst angefangen hatte und nun unbeirrbar ihren Lauf nahm. Saul war ihr wenig Hilfe, auch er lebte ja in den ersten Jahren nach der Scheidung in Armut, und je stärker ihn die Politik in ihren Bann zog, desto mehr empfand er die kleinen Sorgen seiner früheren Familie als Belästigung. Die beiden jüngeren Söhne machte er sich endgültig zu Feinden, als er einem Lehrer, den Ben mit seinem Spott gereizt hatte, erlaubte, den Vierzehnjährigen zu züchtigen.

Von Brooklyn zog Mira mit den Kindern in die East Bronx, in eine Wohnung am Crotona Park, die einen Stock unter dem Niveau der Straße auf der anderen Seite des Gebäudes lag. Daß sie damit von der untersten Sprosse der sozialen Leiter auf dem harten Boden städtischer Verwilderung aufgeschlagen waren, wurde den beiden Brüdern kaum bewußt und wenn, dann nicht so schmerzlich und ohne Hoffnung wie ihrer Mutter. Max war damals zwölf und prügelte sich mit den jugendlichen Banden irischer Katholiken, schloß sich selber den Banden italienischer Einwandererkinder an und prahlte noch viele Jahre, nachdem er die Bronx verlassen hatte, mit den Schlägereien, aus denen er ohne gebrochene Nase hervorgegangen war.

Zwei Straßen weiter fing das schwarze Getto an. Sich auf der Straße zu behaupten, war die einzige Möglichkeit zu existieren.

Meine Mutter hat uns mit Soja, Seetang und Körnern großgezogen, erzählte er, lange bevor das Zeug in Mode kam. Wir sollten groß und stark davon werden, Stadtwölfe, Bronx-Guerilla.

Sie wandte das Wissen ihres Biologiestudiums, mit dem sie sich nie einen Unterhalt hatte verdienen können, auf die Ernährung ihrer Kinder an und konnte doch nicht verhindern, daß es ihnen an allem mangelte.

Max mußte sich für zwei schlagen, denn Ben war kein Kämpfer, Ben war ein Denker, ein Intellektueller, ängstlich, wenn es um körperliche Auseinandersetzung ging: Selbst freundschaftlicher Berührung, wie sie unter Jugendlichen üblich war, ging er aus dem Weg. Seine Furcht zog Spott und Hänseleien an, die er mit einer Scharfzüngigkeit quittierte, auf die unweigerlich ein Angriff folgte. Bei jeder Rauferei blieb er als Opfer liegen.

Die glücklichsten Erinnerungen an Ben verband Max mit dem fauligen Graben hinter dem fünfstöckigen holzverschalten Haus in der Bronx, in dem sie wohnten. Es war der stinkende Hinterhof, auf den ihre Fenster gingen, wo unter einer Treppe aus morschen Brettern fette bleiche Unkrautranken wuchsen, Brennesseln und magere wilde Schößlinge, die nie zu Bäumen wurden. Dazwischen häuften sich Müll, Blechdosen, zerbrochenes Glas, kaputter Hausrat und manches Brauchbare, verrostete Fahrradteile, ausgeweidete Radios und Dinge, deren Wert sich nur Bens Phantasie erschloß. Es war der erste Spielplatz in der Natur, den die beiden seit ihrer Emigration erlebten, und Bens Erfindungsreichtum verlieh ihm Magie. Das gegenüberliegende Haus stand so dicht an ihrem Hinterhof, daß dieser Spielplatz nur eine schmale Schneise war und bis auf die Mittagsstunden im Schatten lag. Die Häuser ragten zu beiden Seiten über ihnen wie Festungen auf, und in den Wohnungen brannte auch tagsüber Licht, dort spielte sich schamlos und unschuldig das geheimnisvolle Leben eines Proletariats ab, mit dem Mira nichts zu schaffen haben wollte.

Jeden Freitagnachmittag machten sie sich auf den weiten Weg nach Brooklyn, übernachteten in Schlafsäcken auf dem Boden von Fayes kleiner Wohnküche und fuhren am Samstagabend in die Bronx zurück. In der Synagoge, in der sich Mira in ihrer verlassensten Zeit nach Sauls Auszug Trost geholt hatte, machte Max seine Bar Mizwa, weit weg von seinen gleichaltrigen jüdischen Klassenkameraden in der Bronx. Er kannte niemanden außer einigen alten Leuten, er mußte vor niemandem glänzen außer vor seiner Mutter. Wie so oft in seinem Leben setzte er seinen ganzen Ehrgeiz daran, sie glücklich zu machen. Zu jenem Zeitpunkt lebte Victor längst nicht mehr bei ihnen, und Saul hatte just an jenem Schabbat im Juni zu einer wichtigen Besprechung mit Chaim Weizmann nach Washington reisen müssen.

Wenige Jahre später blieben Max auch von Ben nur ein paar Fotos und die Erinnerung an die gemeinsame Kindheit. Das letzte Foto, das Max von seinem Bruder Benjamin besaß, war am Tag seiner *Graduation* vom City College aufgenommen worden. Er steht etwas schief, als müsse er sich gegen einen seitlichen Windstoß stemmen, vor dem *Liberal Arts*-Gebäude in der Sonne, sein schmales, sanftes Gesicht so weich, als hätten die Knochen noch nicht ihre endgültige Form gefunden. Nichts deutet darauf hin, daß ein Jahr später in der psychiatrischen Abteilung eines Brooklyner Hospitals die Diagnose Schizophrenie allen Erwartungen einer strahlenden Zukunft ein Ende setzen würde.

Der langsame Abstieg in die Hoffnungslosigkeit vollzog sich über viele Jahre in einer Zeit, als weder Schockbehandlung noch Psychotherapie Erleichterungen brachten, und die Psychopharmaka setzten allmählich Bens Gesundheit zu. Es gab Zeiten, in denen ein fast normales, wenn auch eingeschränktes Leben möglich schien, Zeiten voll hektischer Pläne und kurzlebiger Erfolge, eine Lehre bei einer Zeitung in Manhattan; aber nach ein paar Monaten kam er mitten am Tag nach Hause: Er hielt dem Termindruck nicht stand, hielt die Leistungsanforderungen nicht aus. Er brauchte seine ganze Kraft, um die Angst in Schach zu halten, die Unruhe, den Tumult der Stimmen in seinem Kopf. Er ließ sich gehen, verwahrloste, wurde von der Polizei aufgegriffen, von Stadtstreichern verprügelt, endete früher oder später immer wieder in der geschlossenen Abteilung.

Selbst zu den Zeiten, die er zu Hause verbringen durfte, lebte Ben als Fremder mit seiner Familie unter einem Dach, reizbar und verschlossen. Da war nichts mehr von dem Bruder, mit dem Max im Graben hinter dem Haus gespielt hatte. Am schwersten war es, ihm zuzusehen, wie er litt, und keine Worte zu finden, die ihn erreichten. Die Psychopharmaka veränderten sein Aussehen, schwemmten ihn auf, sammelten ein weißliches Sekret um Mund- und Augenwinkel, beeinträchtigten seine Bewegungen. Er litt stumm und vorwurfsvoll, warf Max das Leben vor, das er später haben würde, er, nicht Ben, der Intelligentere, das Genie.

Eigentlich müßte ich dich hassen, sagte er, wenn du nicht mein kleiner Bruder wärst.

Mira und Max hielten ihren Schmerz voreinander geheim.

Eine Weile nahm einer von Bens ehemaligen Lehrern sich seiner an, holte ihn ein paarmal aus der Anstalt zu sich nach Mount Kisco, außerhalb der Stadt, wo es Pinienwälder gab und kleine flache Seen rund um das *Hudson Valley*. Dort bemalte Ben buchdeckelgroße Blätter aus weißer Pappe und war schließlich von seiner Berufung zum Künstler überzeugt. Auf Hunderten solcher Pappdeckel übte er sich in allen Techniken, mit Kohle, Aquarellfarben und Buntstiften. In seinen manischen Phasen lief er durch New York, drängte seine Pappdeckel Freunden und Bekannten auf, läutete an Wohnungstüren, erschreckte Unbekannte mit seinen ungebetenen Gaben, spürte ihre Angst und geriet in Panik, bat, flehte, ließ nicht locker, bevor er nicht ein paar signierte Zeichnungen losgeworden war. Zu Hause ließ er seiner Enttäuschung und seiner Panik freien Lauf. Am Ende war es Max, der hilflos und schuldbewußt nach dem Telefonhörer griff, weil er die erbarmungslose Selbstzerstörung seines geliebten Bruders nicht mehr ertrug.

An einem Novemberabend, nachdem sie Ben im Bellevue Hospital zurückgelassen hatten, saßen sie einander nach dem Essen am Küchentisch gegenüber. Mira gab vor, im *Forward* zu lesen, und Max füllte Sozialhilfeformulare für den Bruder aus. Als er aufblickte, schaute er direkt in ihre dunklen, bekümmerten Augen. Sie mußte ihn schon eine Weile so angesehen haben, und obwohl sie schwieg, wußte er, was sie dachte, und spürte die Zärtlichkeit ihrer Trauer. So deutlich, als sei er in ihr Bewußtsein geschlüpft, sah er sich selber und seine Brüder als kleine Kinder auf der sommerlichen Wiese vor der Veranda in H., sah sich und Ben als Halbwüchsige an diesem Tisch, an dem sie einander nun allein gegenübersaßen. Ihre Augen glitten über seine Hände, bevor sie lächelte und ihren Blick auf die Zeitung senkte. Auch er schaute auf seine Hände, die auf den Formularen lagen wie auf etwas, dem er noch nie Beachtung geschenkt hatte: die langen, kräftigen Finger, den im Licht der Tischlampe rötlich schimmernden Flaum. Nur sie konnte sich erinnern, wie klein diese Hände einmal gewesen waren. Er lächelte zurück, und seine Augen füllten sich mit Tränen. Nun hatte sie nur noch ihn, nun konnte nur noch er sie für alles, was sie gelitten hatte, entschädigen.

Im darauffolgenden Jahr trat Amerika in den Krieg ein. Mira und Saul unternahmen den zweiten Versuch, Sophie und Albert ein Affidavit und Schiffskarten nach New York zukommen zu lassen. Victor und Max wurden zum Militär eingezogen.

– 2 –

ALS MAX zum erstenmal seit seiner Emigration wieder nach H. zurückkam, war er zweiundzwanzig und trug die Uniform eines Corporal der US-Armee. Im Herbst 1945 war H. eine von Bomben zerstörte Stadt wie viele andere, die er gesehen hatte. Die Kriegswunden, die Armut und der feindselige Trotz der Besiegten bedrückten ihn. In den Straßen gab es kaum zivile Autos, nur Militärfahrzeuge und abgemagerte Gestalten auf Fahrrädern und mit Handwagen. Er betrachtete ihre grauen, müden Gesichter mit Neugier und auch mit Abneigung. Die Brücke war nicht dieselbe wie in seiner frühen Kindheit, aber wie damals war sie eine Grenze: diesmal die Zonengrenze zum russischen Sektor. Er wohnte in einem von der amerikanischen Militärregierung requirierten Hotel im Stadtzentrum. Das Haus daneben war zur Hälfte eingestürzt, man konnte die Muster der zerfetzten Tapete sehen. Das Straßenpflaster war aufgerissen. Aber selbst die unversehrt gebliebenen Häuser und Straßen strahlten dieselbe graue Müdigkeit aus wie die Gesichter der Passanten.

Es war ein diesiger Herbsttag, als er mit der Adresse seines Elternhauses in der Uniformtasche den Berg hinaufstieg. Die Häuserzeile unten am Hang, wo der Eingang zum Luftschutzstollen gewesen war, schien unbewohnt: vom Luftdruck geplatzte Fensterscheiben, die Dächer abgebrannt, nur die verkohlten Dachstühle hockten noch auf den Mauern. Die herabgefallenen Trümmer waren bereits von den Straßen fortgeräumt.

Oben auf dem Berg waren die Häuser unversehrt geblieben. Das Rascheln der braunen Herbstblätter auf dem Kopfsteinpflaster vertiefte die Stille des Villenviertels. Alles schien so friedlich und unberührt, als hätte es hier keinen Krieg gegeben.

Das Haus erkannte er sofort: die niedrige efeuüberwachsene Mauer, die die Straßenböschung stützte, die hohen Steinstufen, die Erker, die wuchtige Haustür. Die Bäume, die rund um das Haus wuchsen, waren vor seiner Geburt, als das Haus noch im Bau stand, gepflanzt worden. Jetzt waren sie in die Höhe gewachsen und legten eine melancholische Düsternis um das Haus, breiteten feuchte Schatten über die bemoosten Steinplatten, und ihre dicken Äste berührten und verfingen sich ineinander im Kampf ums Sonnenlicht. Die Blätter des Ahorns und die feinen Lärchennadeln glühten in ihren Herbstfarben.

Das Pflanzen der jungen Bäume damals mußte eine hoffnungsvolle Zeremonie des jungen Paares gewesen sein. Es gab ein Foto: Mira und Saul, ein wenig älter als Max jetzt war, vielleicht Mitte Zwanzig, beide in sportlich heller Kleidung, halten einen dünnen Setzling über eine flache Grube, wie zur Demonstration, bevor sein Wurzelballen in die Grube versenkt und vergraben werden würde. Das Bäumchen besaß eine einzige Astgabelung und einen Stamm, dünner als Miras Handgelenk. Nun waren über zehn Meter hohe Bäume daraus geworden, und keiner der beiden hatte ihr Wachsen miterlebt. Nur Fremde freuten sich an ihren Herbstfarben.

Vor dem Haus standen ein alter Tretroller, ein Brett mit einer Lenkstange und zwei Gummirädern, rot angestrichen, und ein hellblauer Kinderwagen aus Holz mit den gleichen Rädern wie der Roller. Eine junge, füllige Frau bearbeitete mit einem Teppichklopfer einen Flickenteppich über einer Stange, die den Zugang zur Terrasse versperrte.

Ob sie hier wohne, fragte er und wußte, daß es eine ganz und gar überflüssige Frage war.

Sie schaute ihn feindselig an und schwieg. Er war in Uniform, ein amerikanischer Soldat, sein fehlerfreies Deutsch rief nicht die geringste Spur freundlichen Erstaunens hervor.

Im Frühjahr 1938 hatte Sophie an ihre Schwester in New York geschrieben: Albert ist verhaftet worden. Wenn wir wegmüssen, hinterlege ich einen Reserveschlüssel bei den Nachbarn.

Die Kalischs haben hier gewohnt, sagte Max und schaute sie forschend, fragend an.

Sie machte ein beleidigtes Gesicht, ließ von ihrem Teppich ab und lief an ihm vorbei, schnell und geduckt, als werde sie verfolgt. Er hörte, wie sie den Schlüssel zweimal im Schloß umdrehte. Er klopfte, wartete lange und stellte sich vor, wie sie, nur durch das schwere Holz der Haustür von ihm getrennt, auf der anderen Seite vorsichtig und flach atmete. So standen sie sich lange Minuten unsichtbar gegenüber, in einer Nähe, die Feindseligkeit erzeugen mußte.

Dann ging Max um das Haus herum. Ein herbstlich verwilderter Garten verwischte den Übergang zum Hang mit seinem hohen rosa und lila blühenden Unkraut. Die Sonne bohrte Löcher in die zerfetzten Wolken, die rasch über den Himmel zogen, und holte aus dem Fluß im Talgrund ein freudloses, bleiernes Licht.

Er versuchte durch ein Fenster einen Blick in die Räume im Parterre zu werfen. Seiner Erinnerung nach mußte hier die Küche sein. Aber ein dicht geraffter Spitzenvorhang versperrte ihm die Sicht.

Er blieb noch eine Weile, schlich wie ein Dieb ums Haus, genoß es, sich die Furcht der jungen Frau im Innern vorzustellen, überlegte, wie er sich Zugang verschaffen konnte, und ließ es sein. Er wußte, daß er in ein, zwei Tagen wieder wegfahren mußte, er rechnete mit seiner baldigen Entlassung, er wollte nach New York zurückkehren und sein Leben wiederaufnehmen, das der Krieg unterbrochen hatte. Das Haus mußte warten, es war ihm gewiß, zuerst wollte er mit Mira reden, die Rechtslage prüfen. Er war jung, er hatte Zeit.

Aber als er nach seiner Rückkehr der Mutter von dem Haus erzählte, von dem verwilderten Garten und den hohen Bäumen, zeigte sie keine Freude, keine Begeisterung, er spürte nur ihren stummen Widerwillen. Dreimal hatte sie ihrer Schwester ein Affidavit geschickt, zuerst im Sommer 1938 nach Wien, dann nach Prag. Aber Sophie hatte die Nerven verloren und war, als der Krieg sie einholte, nach Budapest zu Verwandten geflohen. Dort nützte ihr auch kein Affidavit mehr. Seit ein Überlebender, der die Familie gekannt hatte, Mira von Sophies Deportation erzählte, ahnte sie, daß auch die anderen, ihr Schwager Albert, ihr Vater, tot waren, daß keiner ihrer Verwandten mehr am Leben war. Zur Trauer kam der Schmerz angesichts der Vermeidbarkeit der Katastrophe und Miras Selbstbezichtigungen. Hatte Sophie ihr nicht zur Last fallen wollen? Hatte sie ihr so wenig vertraut? Hatte sie keines der Affidavits bekommen? Hatte sie, Mira, irgend etwas zu tun versäumt? Nie würde sie es wissen, nie sich die letzten Monate von Sophies Leben vorstellen können. Max schonte sie und schwieg. Als er davon sprach, das Haus wieder in ihren Besitz zu bringen, zeigte sie kein Interesse. Wozu? Nie würde sie ihren Fuß wieder auf den Boden der Stadt H. setzen, erklärte sie. Als jemand, der ihren Vater im Getto von Lódz gekannt hatte, sie aufsuchen wollte, weigerte sie sich, mit ihm zu reden. Er ist tot, sagte sie, was muß ich sonst noch erfahren, ist das nicht schon genug?

Nie wieder hörte Max sie das Haus in H. erwähnen oder von früher reden. Sie ließ sich durch keine Erinnerung mehr trösten – alles, was einmal Hoffnung und Trost gespendet hatte, verwandelte sich in Schmerz. Von einem Tag zum andern hörte sie auf, deutsch zu sprechen. Sie lebte, auch wenn es nichts mehr gab, was sie auf englisch nicht hätte sagen können, in einer unerreichbaren Sprachlosigkeit, in einer desorientierten Leere, trotz der paar alten Freundschaften, die sie noch pflegte.

Mira war wieder nach Brooklyn gezogen, in eine Wohnung ganz in der Nähe ihrer Synagoge und ihrer Freundin Faye. Saul hatte sie ihr vermittelt. Im Alter waren sie sich wieder nähergekommen, und es verband sie eine vorsichtige Freundschaft. Er rief sie regelmäßig an, erkundigte sich, ob sie etwas brauche, wie es ihr ginge. Macht euch um mich keine Sorgen, sagte sie, ich habe alles, was ich brauche, es geht mir gut. Aber Max schien es, als kämen die Erleichterungen in ihrem Leben zu spät, und die Verstörung sei nicht mehr rückgängig zu machen. Er war der einzige, der jeden Schabbat mit ihr verbrachte und zu den Feiertagen mit ihr in die Synagoge ging. Er sprach den Segen über Wein und Challa und aß gehorsam ihr Schabbes-Dinner, die unveränderliche Abfolge traditioneller Speisen: Hühnersuppe mit Mazzeknödeln, Fisch und Strudel. Sie hatte es gern, wenn er über Nacht blieb. Sein Bett im Kabinett war immer frisch bezogen. Er wußte, sie lag in ihrem Bett wach und lauschte glücklich seinen Geräuschen in der sonst so stillen Wohnung: den Spätabendnachrichten, dem Rücken des Fauteuils, der ihm im Weg stand, wenn er noch in die Küche ging, um im Kühlschrank nach etwas Leckerem zu suchen, das Plätschern des Wassers in der Dusche und das Surren des Rasierapparats. Dann blieb er einen Augenblick vor der Tür stehen. *Good night, Mom*, flüsterte er, und es klang noch immer unnatürlich in seinen Ohren, wenn sie durch die geschlossene Tür: *Night, night, sleep well*, antwortete. Er sehnte sich danach, daß sie wie früher in seiner Kindheit sagen würde: Schlaf gut, mein Schatz.

Er konnte nur noch in ihrem Akzent der verlorenen Intimität der Sprache, die nur ihnen gehört hatte, nachhorchen. Dieser vertraute Klang hatte ihn wohl auch an Eva verwirrt und angezogen. Als Siebzehnjähriger, vor dem Krieg, war er oft in die Emigrantencafés in Manhattan gegangen, um das weiche, melodische Deutsch der Flüchtlinge zu hören und in der Illusion zu schwelgen, einer von ihnen zu sein. Im *Eclair* am Broadway hatte er eine Melange getrunken und sich nach Wien versetzt geglaubt. Es war das

Wien aus den Erzählungen seiner Mutter, in das ihn seine Phantasie entrückte. Vor dieser Kulisse sah er sich als eleganten Dandy, als Flaneur.

Im *Eclair* lernte er Eva kennen, sie saß allein an einem Tisch und rauchte und ließ die Tür nicht aus den Augen. Sie hatte eine schulterlange Mähne dunklen Haars, die sie sich von Zeit zu Zeit mit einer unwilligen Kopfbewegung aus dem Gesicht schüttelte. Ihre Blicke trafen sich, und es erschien ihm ganz natürlich, zu ihr hinzugehen, er hätte schwören können, sie habe auf *ihn* gewartet. Er redete sie auf deutsch an, sie lächelte belustigt und antwortete mit dem Tonfall seiner Mutter, der aus jedem Satz eine leicht provokante Frage machte: Ich warte auf jemanden, aber setzten Sie sich ruhig.

Sie trafen sich jeden Tag, gleich nach der Schule rannte er zu ihr, wo immer sie ihn hinbestellte, es kam ihm vor, als habe alles, was nicht sie betraf, zu existieren aufgehört. Er war von der Liebe, die ihn wie ein Blitz getroffen hatte, so überwältigt, daß er glaubte, jeder, dem er begegnete, mußte ihm die Verwandlung ansehen. Ihr zuliebe ging er zu seinem Vater als Bittsteller, er möge ihren Eltern und ihrer jüngeren Schwester ein Affidavit besorgen.

Eva war zwei Jahre älter als Max und hatte etwas überlegen Erwachsenes an sich, eine verbissene Entschlossenheit, die sich alles verbat, was keinem Zweck diente. Sie ließ sich durch nichts beeindrucken und nahm seine Huldigungen mit der Hoheit einer Fürstin hin, jedoch für seine schwärmerische Bewunderung ihrer Wiener Herkunft hatte sie kein Verständnis. Du hast keine Ahnung, wies sie ihn zurecht, du hast nie dort leben müssen.

Sie wollte so schnell wie möglich Amerikanerin werden, die Sprache lernen, die Stadt und ihre Angst vor ihr besiegen. Es lag eine verzweifelte Verwegenheit in den Abenteuern, die sie ihm aufzwang. Heute gehen wir ins Café Luxembourg, bestimmte sie und überhörte seinen Einwand, das sei zu teuer, da gingen nur Reiche hin, Filmstars, Millionäre. Er folgte ihr widerstrebend, blickte betreten zu Boden, wartete auf den Hinauswurf, den Skandal. Aber Eva setzte sich an die Theke, sah herausfordernd um sich, taxierte die Gäste und die Kellner mit wie ihm schien unverschämt direktem Blick, rümpfte die Nase und stellte mit ihrem kehligen Akzent fest: *It is too vulgar, let's go.*

Draußen kicherte sie erleichtert, und Max gestand: Ich wäre beinah gestorben. Allein hätte ich mich da nie hineingetraut.

Ich auch nicht, sagte Eva, aber ich will nicht, daß es etwas gibt, was ich mich nicht getraue. Das ist der einzige Weg um durchzukommen, verstehst du? Man muß es immer wieder üben.

Nach Hause nahm er Eva nur einmal mit. Es war ein Fehler. Das wurde ihm sofort klar, als er ihrem Blick folgte, der über die Möbel glitt, auf den gußeisernen Heizkörpern verweilte und am Fenster hängenblieb. Keine zwanzig Meter entfernt in der Wohnung gegenüber ohrfeigte eine dicke, mit einem rosa Trägerhemd bekleidete Frau einen kleinen Jungen.

Wohnen Sie schon lange hier? Max zuckte zusammen bei dem Ton, mit dem sie Mira diese Frage stellte, als leite sie ein Verhör.

Er spürte die verhaltene Empörung seiner Mutter. Warum, fragte sie zurück.

Das ist doch eine ziemlich deprimierende Umgebung, stellte Eva fest.

New York ist deprimierend, gab Mira zurück, als führte sie kein Gespräch, sondern ein Duell.

Ich finde New York aufregend, erklärte Eva mit der rechthaberischen Bestimmtheit, die ihm nun zum erstenmal auffiel und unnötig auftrumpfend vorkam.

Sie aßen schweigend. Mira hatte sich bemüht, aber Max sah Eva an, daß es ihr nicht schmeckte. Ich bin nicht nach New York gekommen, um Wiener Schnitzel zu essen, sagte sie, als er sie zur Subway begleitete.

Sie ist frech, sagte Mira zornig, sie schätzt dich nicht, sie wird sich schon noch die Hörner abstoßen.

Sie hat es schwer, wandte er ein, sie ist ganz allein. Man muß ihr lassen, daß sie mutig ist.

Sie wird dich benützen und wegwerfen, prophezeite Mira.

Am Ende behielt sie recht und zugleich unrecht, denn Eva war weder berechnend noch egoistisch, sie war nur grenzenlos ehrgeizig. Zuerst war Max es, aus dem sie einen Mann machen wollte, auf den sie stolz sein konnte. Er arbeitete in diesen letzten Ferien nach der High-School für eine Baufirma und richtete in seiner Phantasie jede Wohnung ein, die er mit Mörtel- und Farbkübel betrat. Eva bestand darauf, daß er sich um ein Stipendium bewarb, um Architektur zu studieren. Sie dächte nicht daran, einen Mann ohne akademischen Grad zu heiraten, erklärte sie.

Sie setzte ihren Ehrgeiz in sein Studium, stellte ihm Aufgaben, er mußte die neuen Bauten Manhattans zeichnen, das McGraw-Hill-Building, das Rockefeller Center, dann standen sie davor, verglichen die Skizzen mit der Wirklichkeit. Wie bei allem hatte sie auch hier einen scharfen, nüchternen Blick. Sie sah, daß seine Begabung nicht im Entwerfen von Konstruktionen lag, sondern daß es die Räume waren, die ihn inspirierten, die überwältigenden Dimensionen der Grand Central Station, das Licht, das sich in breiten Bahnen aus hohen ovalen Fenstern auf den Marmorboden ergoß. Sie wanderten vom Dämmer der Kassenschalter in die Lichtpfützen, in denen er wie geblendet stehenblieb.

Kommt es dir auch so vor, als würdest du von diesen Sonnenschäften hinaufgesogen, bis du zu den Fenstern hinausschwebst, fragte er.

Sie nickte, es ist wie ein magischer Ort, an dem wir stehen.

Es ist wie eine Kathedrale.

Nein, widersprach sie, davon verstehst du nichts.

Trotz seiner Bewunderung, mit der er ihr ähnlich und ihrer würdig zu werden trachtete, war die Leidenschaft dieser ersten Liebe bald verbraucht. Es traf Max nicht ganz unvorbereitet, als Eva ihm gestand, daß sie sich in einen anderen verliebt habe. Ihre Heiratsanzeige kam an dem Tag, als Ben zum erstenmal in die Psychiatrie eingeliefert wurde. In der Betäubung, mit der er durch diese Tage ging, hinterließ ihre Hochzeit keinen Schmerz. Später erfuhr er, daß sie ein Kind erwartete. Und nach dem Krieg rief sie ihn an. Mein Mann ist ausgezogen, sagte sie sachlich, das ist das Beste, was mir passieren konnte. Sie blieben Freunde, sahen sich von Zeit zu Zeit, gingen zusammen essen. Ihre Liebesbeziehung ließ sich nicht wieder entfachen, aber Eva heiratete auch nicht mehr. Sie zog ihr Kind allein groß und konzentrierte ihre Energie und ihren Ehrgeiz von nun an ganz auf diese Tochter und auf sich selbst, studierte, machte sich einen Namen als Journalistin.

Max gab das Architekturstudium nach einigen Semestern auf. Er wollte Innenräume gestalten, Fassaden restaurieren, keine Häuser bauen. Er war ein Augenmensch, ein Ästhet, er liebte schöne Dinge, sein Wohlbefinden hing davon ab, was sich seinen Augen bot. Zwei Jahre arbeitete er bei einem Bildhauer in Vermont und lebte in einem abgeschiedenen Blockhaus mitten in den Wäldern. In Montreal lernte er mit Gips und Holz umgehen und fand nach seinem ersten Auftrag, den er durch Zufall bekommen hatte, daß seine Lehrzeit nun beendet sei. Der Auftrag führte ihn zurück nach Manhattan, wo er für einen Galeriebesitzer die Jugendstilfassade eines schmalbrüstigen Hauses an der Upper East Side restaurierte. An diesem Haus hing er mehr als an seinen späteren Projekten, auch noch nach vielen Jahren betrachtete er die Fassade, die er mit achtundzwanzig vollendet hatte, als sein Meisterwerk. Schlagartig veränderte sich sein Leben. Das Haus hatte ihm soviel Geld eingebracht, wie er früher in einem ganzen Jahr nicht verdient hatte. Es gab keinen Traum mehr, den er sich oder seiner Mutter nicht erfüllen konnte. Bis auf den einen: die Vergangenheit auszulöschen und ihr das Haus ihrer Jugend zurückzugeben.

Plötzlich verkehrte er mit Menschen, deren Lebensstil ihn immer eingeschüchtert hatte. Er schaute seinen Auftraggebern über die Schulter, wenn sie Schecks ausstellten über Summen, die er verwalten mußte, für Material, für Einrichtungsgegenstände, die Entlohnung der Handwerker, und es dauerte lange Zeit, bis er nicht mehr bis in seine Träume hinein von der Angst verfolgt wurde, daß das Geld verschwände und er dafür geradestehen müßte. Es gab Monate, in denen er ohne Schlaf, fast ohne Atempause, wie ein Besessener Gipsmodelle herstellte, Skizzen zeichnete und sie zu Dutzenden verwarf, Handwerker antrieb und selber Hand anlegte, allein, spätnachts auf einer Leiter mitten in einem leeren Saal, mit Lampen verschiedener Stärke in Licht- und Schattenspiele vertieft, die Wirkung der Stuckverzierungen studierte. Er wußte in solchen Zeiten nicht, wovon er sich ernährte, es war ihm gleichgültig, wo er schlief, manchmal an Ort und Stelle, in der Wohnung, die er restaurierte, auf dem Fußboden, in eine Decke gehüllt, zwischen Maurerkübeln. Aber wenn er dann die Besitzer durch die fertigen Räume führte und ihr Staunen und ihre Vorfreude genoß, kam er sich wie ein Mäzen vor, der ihnen diese fürstlichen Zimmer zum Geschenk machte, nicht ohne Bedauern, nicht ganz ohne Neid.

Für sich selber restaurierte er ein Apartment in der Nähe des Central Parks. Vom Dach des Hauses überblickte er die Baumkronen und Rasenflächen, ein grünes Hügelland vor seiner Tür. Er überhäufte Mira mit Geschenken und eleganten Kleidern, die sie nie trug. Wann soll ich sie denn anziehen, fragte sie, wenn ich tanzen geh?

Er lernte Frauen kennen, er war ein begehrter Junggeselle, kultiviert, großzügig, am Anfang seiner Karriere. Frauen fühlten sich von ihm verstanden, sie vertrauten sich ihm an, sein forschender, teilnahmsvoller Blick zog Geheimnisse aus ihnen heraus, deren Intimität sie selber überraschte. Er ging durch jene Jahre wie durch einen Traum, von dem man weiß, noch während man ihn träumt, daß man erwachen wird. Was er verdiente, gab er mit vollen Händen aus, es hatte den Anschein, als läge ihm nichts an Reichtum, beinahe mußte es scheinen, als täte er alles, um ihn schnell loszuwerden. Wenn Freunde ihm zur Mäßigung rieten, ihm Ratschläge zu Investitionen gaben, lachte er verächtlich: Mein Vater hat 1929 beim Börsenkrach ein noch viel größeres Vermögen verloren, als ich erwirtschaften könnte. Die überraschte Freude im Gesicht einer beschenkten Frau bedeute ihm mehr.

Er glaubte damals, die Besessenheit, mit der er arbeitete und die ihn berauschte, würde sein ganzes Leben anhalten. Ich bin eine Kerze, die an zwei Enden brennt, sagte er zu Freunden, die Ideen drängen sich nur so in meinen Kopf. Er wagte sich an Aufträge, die Jahre in Anspruch nehmen würden, und seine Auftraggeber waren Staatsoberhäupter und Minister ehemaliger Kolonien, die in New York die Konsulate ihrer neuen Republiken einrichteten. Es gab keine Stilrichtung mehr in der Architektur des neunzehnten und beginnenden zwanzigsten Jahrhunderts, die er nicht nachempfinden und in seine Entwürfe einbeziehen konnte. Seine Liebe gehörte jedoch dem hellbraunen, sorgfältig behauenen Sandstein, der seinen Händen aus den Kindheitsjahren in Brooklyn vertraut war. Und noch immer zog es ihn zu den verzierten Balustraden, den verspielten Erkern und den eleganten Treppenhäusern, wo er seinem europäischen Traum nachhängen konnte. Den Glastürmen der Nachkriegszeit konnte er wenig abgewinnen.

Den Gedanken, eines Tages das Haus in H. zurückerstattet zu bekommen und später dort in zeitweiliger Zurückgezogenheit zu leben, gab er zwar nie auf, aber er rückte vor der atemlosen Gegenwart in weite Ferne. Er liebte sein Leben in New York, das ihn wie ein rasender Pulsschlag durch die Tage und Nächte jagte, er fühlte sich ihm gewachsen. Nur selten, während der langen, drückend heißen Sommer, angesichts der Verwahrlosung und des schrillen Zorns der Armut, des brutal zur Schau gestellten Überlebenskampfes, sehnte er sich für Stunden nach jenem fernen Ort der Ruhe. Es war, als hätte Miras Sehnsucht sich in seiner Phantasie eingenistet, eine leise, beharrliche Sehnsucht, die sich betäuben ließ, aber die nie verstummte. Es gab Zeiten, in denen er genug Geld besessen hätte, ein halbes oder ganzes Jahr in Europa zu verbringen, aber bevor er sich entscheiden konnte, kamen wieder neue verlockende Aufträge dazwischen oder eine Frau, oder eine Krise seines Bruders Ben, den er mit seiner Mutter dann nicht allein lassen wollte.

*

Max wurde Ed Pears vorgestellt. Jeder in New York kannte die großen Obst- und Gemüseautos mit seinem Namenszug. Er solle sich ein Apartment vorstellen, über dessen Schwelle er seine junge Braut tragen könne, erklärte Mr. Pears ihm seine Wünsche. Max war überzeugt, der Millionär aus Boston richte seiner Mätresse ein Liebesnest in Manhattan ein, und war erstaunt, als ein linkisches, dünnes Mädchen, seine Tochter Elizabeth, an der Seite ihrer hochgewachsenen herrischen Mutter durch die leeren Räume der Penthousewohnung am Central Park schritt, zu den Stuckdecken emporblickte und ihm ihr kleines, erschrecktes Gesicht zuwandte, um ihn zu fragen, welches Zimmer er ihr als Atelier empfehle. Es war nicht Liebe auf den ersten Blick, Max hätte auch nicht mit Sicherheit sagen können, ob die Nähe, die eher wie die Vertrautheit eines gemeinsamen Wissens war, über das man nicht sprach und auch nicht zu reden brauchte, irgend etwas mit Liebe zu tun hatte. Es schien ihm, als hätten sie die ersten atemlosen Schritte der Verliebtheit bereits in dem Augenblick übersprungen, als sie ihn mit diesem angespannten, beinah entsetzten Blick fixierte, so als erinnere er sie an jemanden, als hätte sie ihn wiedererkannt. Kennen wir uns von irgendwo, fragte er verwirrt. Sie schüttelte mit einem traurigen Lächeln den Kopf. Manche Leute erinnern einen an etwas, sagte sie, man weiß nur nicht an was.

Elizabeth war Malerin, begabt und eigenwillig, mit einer Art sechsten Sinn begabt, der ihr den Anschein großer Einsicht und Klugheit gab. Den Reichtum ihrer Familie nahm sie für selbstverständlich, weder schämte sie sich seiner, noch tat sie sich darauf etwas zugute. Sie führte Max in die Künstlerkreise ein, die ihm bisher verschlossen gewesen waren. Er betrachtete sich selber nicht als Künstler, sondern als Handwerker, als Liebhaber schöner

Dinge und Räume. Das, was er durch sein Können erreicht hatte, erschien ihm als natürliches Resultat seines Bedürfnisses, jeden Raum, den er betrat, zu vermessen und zu gestalten. Durch Elizabeth lernte er den russischen Maler Peter Blume kennen, in ihrer Wohnung begann seine lebenslange Freundschaft mit Paul Friedberg, der damals noch von kinderfreundlichen Spielplätzen in den Slums der Lower East Side träumte, und auch seine Feindschaft mit dem Konzeptkünstler Sol Lewitt, dessen Skulpturen in den Museen Max besuchte, um ihnen verstohlene Fußtritte zu versetzen. Elizabeth empfing sie alle in ihrem Art déco-Apartment, das Max seinem Auftrag gemäß restauriert hatte, als gehöre es einer Frau, die ihren Geliebten erwartete. In ihren Bildern, die sie außerhalb ihrer Wohnung nie ausstellte, lag eine damals überholt wirkende Expressivität, die eher das Interesse an ihrer Person als an ihrer Kunst weckte. In seiner Wohnung hing ein Selbstporträt, das sie ihm geschenkt hatte, ein beunruhigendes, in dunklen Ölfarben gehaltenes Bild mit tiefen Schatten und hellen, vor Entsetzen geweiteten Augen, das Porträt einer ausgemergelten Frau im Angesicht ihres Todes.

Nach einigen Monaten war sein Begehren für Elizabeth so vollständig erloschen, daß jeder erwartungsvolle Blick, jede Zärtlichkeit von ihr ihn nur noch in Panik versetzte. Er wollte sie nicht kränken und erzählte ihr, er habe einen Aufsatz von Sigmund Freud gelesen, der ihm wie auf den Leib geschrieben sei, geradezu als habe Freud sein Problem vorweggenommen. Es sei ihm körperlich unmöglich, erklärte er ihr, gleichaltrige oder ältere Frauen zu lieben, es müsse eine Art Inzesttabu sein, sogar die Haare trüge sie ja wie seine Mutter, die Steckkämme, die Spangen, nein, auch wenn sie sich eine andere Frisur machen ließe, der

Schaden sei bereits angerichtet. Sie gingen durch den vorfrühlingshaften Park, das Grün in den Bäumen war noch nicht mehr als ein Flirren, das die Zweige umspielte, es war noch ungewohnt, die Menschen ohne Mäntel in der Nachmittagssonne spazieren zu sehen. Max schaute einer jungen Frau nach, deren wehendes blondes Haar in der Sonne leuchtete. Elizabeth folgte seinem Blick. So jung war ich nie, sagte sie.

Sie blieben Freunde, und nach der anfänglichen Verstimmung vertiefte sich ihre Freundschaft zu einer Zuneigung, die frei von Erwartungen und daher großzügiger als eine Liebesbeziehung war. Nach wie vor erschienen sie als Paar bei den Stieglitz' in Mamaroneck, in Mark Rothkos Atelier, und Max hielt seine Liebschaften vor ihr geheim.

Nach dem Tod ihrer Mutter übersiedelte Elizabeth nach London. Sie führten lange Telefongespräche, bei denen sie ihm sagte, wie viel er ihr bedeutete, in ihren Briefen stand, was sie in seiner Gegenwart nie ausgesprochen hätte, daß er der einzige sei, den sie jemals geliebt habe. Solche Sätze machten ihn befangen, sie führten ihm sein Ungenügen vor Augen angesichts ihrer unbeirrbaren Treue. Sie gab das Apartment am Central Park auf, und wenn sie nach New York kam, holte er sie vom Flughafen ab und brachte sie in seine Wohnung. Solange sie bei ihm wohnte, hatte die Frau, mit der er gerade zusammen war, keinen Zutritt zu seiner Wohnung, er traf sie anderswo. Elizabeth schlief in seinem Bett, und Max schlug in seinem Arbeitszimmer ein Behelfsbett auf. Sie lag mit zugeknöpftem Nachthemd unter der Decke, so lautlos und keusch, als dürfe er sie nicht atmen hören.

Nach einigen Tagen lockerte sich die anfängliche Spannung, sie redeten bis zum frühen Morgen, nachdem sie spät nach Mitternacht von alten Bekannten nach Hause gekommen waren. Nur mehr selten, beim Abschied, spürte er ihre Sehnsucht.

Auf der Fahrt zum Flughafen machten sie vage Pläne für gemeinsame Reisen, von denen sie beide wußten, daß sie unverwirklicht bleiben würden.

Bei ihrem letzten Treffen war sie hagerer als sonst und sehr blaß. Eine erschöpfte, vorzeitig gealterte Frau. Die brennenden Augen in ihrem abgezehrten Gesicht erschreckten ihn, und als er sie umarmte, spürte er ihre mageren Schulterblätter unter dem Jackenstoff wie gestutzte Flügel.

Bist du krank, fragte er.

Aber sie lächelte und schüttelte den Kopf.

Und ihm fiel nichts Besseres ein, als ihr beim Abschied aufzutragen, sie müsse mehr essen, damit sie wieder zu Kräften käme. Zu diesem Zeitpunkt hatte sie ihn bereits als Erben ihres Import-Export-Imperiums eingesetzt. Sie war erst zweiundfünfzig, als sie wenige Monate später in London an dem Krebsleiden, das sie ihm verheimlicht hatte, starb. Erst als er ihren Brief las, den sie für ihn hinterlassen hatte, begriff er das Ausmaß ihrer Einsamkeit. Du sollst dir keine Vorwürfe machen, schrieb sie, die Größe deiner Menschlichkeit zeigte sich, als du das Interesse an mir verloren hattest. Jeder ist großherzig, solange er verliebt ist, du bist es auch danach geblieben.

*

Max war siebenundvierzig. In seine Haare mischte sich das erste Grau, aber er hatte sich alterslos und unverwundbar gefühlt, bis er innerhalb eines halben Jahres Elizabeth an einen frühen Tod und die einzige Frau, mit der er sich ein gemeinsames Leben hätte vorstellen können, an seine eigenen Ängste verlor, die so heftig waren, daß er sie noch lange nicht benennen konnte.

Er hatte Dana im Russian Tea Room kennengelernt. Es war der Abend, als Artur Rubinstein am Nebentisch dinierte. Dana war Studentin an der Columbia University und abends kellnerte sie im Russian Tea Room, um sich das Studium zu finanzieren. Ihre Art, sich zwischen den Tischen zu bewegen, ihre sparsamen Gesten und ihr warmes Lächeln erweckten den Anschein, als wäre sie die Gastgeberin dieses Premierentreffs neben der Carnegie Hall mit der europäischen Eleganz seiner Kandelaber, Orientteppiche und tiefen Samtnischen. Das Schwarz ihrer hochgeschlossenen engen Kleider und ihr aufgestecktes Haar verliehen ihr eine altmodische Anmut. Aber was Max noch mehr verblüffte als ihre Erscheinung war ihr Geist. Sie schien aus demselben Überfluß der Phantasie und einer atemberaubend raschen Auffassung zu schöpfen wie Ben vor seiner Erkrankung. Ihr Witz und ihre Antworten kamen leicht und schnell wie Floretthiebe, und mit der Behendigkeit einer Tänzerin bewegte sie sich von Tisch zu Tisch, zog bewundernde Blicke auf sich, zog Max in ihren Bann, ohne es ihm zu erlauben, sich ihr zu nähern. Noch nie war er auf eine Eroberung so stolz gewesen, als sie schließlich einwilligte, ihn zum Lunch zu treffen.

Ich kann es nicht glauben, sagte er, eine Frau wie dich erobert zu haben.

Das hast du doch noch gar nicht, lachte sie.

Er holte sie nach der Sperrstunde ab, er ging nicht mehr in den Russian Tea Room, er könne es nicht ertragen, wenn sie andere Männer nicht anders als ihn behandelte, gestand er. Alles an dieser Liebe hatte etwas Märchenhaftes, Unwirkliches, zum erstenmal fürchtete er, es könne eines Tages zu Ende sein. Nicht seine, sondern ihre Liebe könnte verschwinden, so unerklärlich wie sie gekommen sei, und ihn in einem Leben zurücklassen, das ohne sie nicht zu ertragen wäre. Diese Liebe darf nicht aufhören, beschwor er sie eines Nachts und war von der Heftigkeit dieser neuen Sehnsucht nach Dauer selber überrascht. Er hatte sich daran gewöhnt, daß jedes Ansinnen einer Frau, eine Bindung einzugehen, Panik in ihm hervorrief. Mit Dana redete er von einer gemeinsamen Zukunft, er nahm sie zu seiner Mutter mit nach Hause und war stolz und zufrieden wie ein Ehemann, als sich die beiden Frauen mochten.

Sie erinnert mich an Ben, sagte er zu Mira, findest du nicht?

Nicht im Wesen, erwiderte sie, vielleicht eine gewisse Ähnlichkeit, die Augen, die schmale Nase.

Sie warf ihm einen schnellen, fragenden Blick zu. Nein, sagte sie, ihr passiert nichts, sie steht mit beiden Füßen auf der Erde.

Dann wurde Dana schwanger. Sie wollte das Kind, trotz des Studiums. Aber Max bekam eine Angst, die er selber nicht ganz verstand. Er wollte Dana, daran hatte sich nichts geändert, er wollte sie auf keinen Fall verlieren, aber nicht das Kind, auf keinen Fall ein Kind.

Warum nicht, wollte sie wissen, wir wollen doch zusammenbleiben, das sagst du doch?

Ich kann es dir nicht erklären.

Du liebst mich nicht, du bist schon wieder auf der Suche, das ist es.

Er wolle keine Kinder, schrie er sie in seiner Panik an, niemals werde er Kinder wollen, er wolle nicht Menschen in die Welt setzen, die so sehr leiden müßten.

Wie wer, fragte sie.

Er schwieg.

Schließlich gab sie nach, willigte in die Abtreibung ein, er bezahlte dafür. Er glaubte immer noch, ihre Liebe würde dennoch standhalten. Dana stellte ihm alle Geschenke, die er ihr gemacht hatte, vor die Tür, zerbrochenes Glas, Schmuck zwischen den Scherben. Sie ließ ihm ausrichten, er sei für sie gestorben. Sie servierte nicht mehr im Russian Tea Room, sie legte den Telefonhörer beim Klang seiner Stimme auf, sie schickte seine Briefe ungeöffnet zurück. Einige Jahre später begegnete er ihr durch Zufall im Central Park, sie saß im Schatten einer Platane mit Wurzeln, die wie Schwellen über dem Kiesweg lagen, und lachte entzückt in das Gesicht eines Säuglings, den sie mit beiden Händen über ihrem Kopf strampeln ließ. In ihrem Glück schien sie ihm schöner als je zuvor. Er ging vorbei, ohne sie zu grüßen, was hätte er ihr sagen sollen?

Vaterschaft, sagte er an diesem Abend zu einer Frau, mit der er schon begonnen hatte, sich zu langweilen, sei eine Form der Unsterblichkeit, die er nie angestrebt habe. Sie sah ihn verständnislos an, aber er war schon nicht mehr darum bemüht, einen guten Eindruck zu machen.

Nach Danas Verschwinden schien es Max, als sei alle Phantasie und Kraft aus ihm gewichen. Zum erstenmal lehnte er Aufträge ab, er fühlte sich leer, an einem Endpunkt angelangt, und die Sehnsucht, aus New York fortzugehen, wurde übermächtig. Er hatte eine Erbschaft gemacht, er hatte ausgesorgt, aber dieses Wissen steigerte seine Hoffnungslosigkeit. Er brachte Ben in einer beaufsichtigten Wohngemeinschaft unter und setzte seiner Mutter eine großzügige Rente aus. Aber Mira lebte bereits in ihrer eigenen verstörten Welt. Lange Zeit merkte er ihre Veränderung nicht, es schien ihm bloß, als habe ihr Körper einen weiteren Schritt auf den Tod zu getan. Er spürte die Kühle ihrer Wangen, wenn er sie küßte, es kam ihm vor, als wiche unentwegt Leben und Wärme aus ihrem Körper, und in der fortschreitenden Erstarrung krümmten sich ihr Rücken und ihre Finger.

Mira hatte aufgehört, an seinem Leben Anteil zu nehmen wie früher, sie hatte sich in ein mißtrauisches Schweigen zurückgezogen, und ihre Wahrnehmungen erschienen ihm bizarr und wunderlich. Unter ihrem Fenster, berichtete sie ihm, parke immer dasselbe Auto, es stünde dort in der frühen Abenddämmerung bis kurz nach Mitternacht, und jedesmal, wenn er aussteige, blicke der Mann kurz zu ihr hinauf, er bemerke sie immer, sie könne es an seinem Grinsen sehen, dann zünde er sich eine Zigarette an und gehe in das gegenüberliegende Haus. Ich bin sicher, daß er mich von dort aus observiert, sagte sie, und ihre Augen waren vor Angst geweitet. Dann hörte sie auch ein Rauschen im Telefon. Es ist, als käme deine Stimme von einem anderen Stern, flüsterte sie, ich kann jetzt nicht reden, ich werde abgehört.

Wer sollte sich denn für dein Leben interessieren, daß er dich observiert, fragte Max ungeduldig.

Du bist naiv, sagte sie mit einer geheimnisvollen Miene, du siehst immer nur die Oberfläche, aber ich weiß mehr.

An ihrem Geburtstag führte er sie in Manhattan zum Essen aus, aber sie rührte ihren Teller kaum an.

Iß, forderte er sie auf, schmeckt es dir nicht?

Sie hockte geduckt auf ihrem Sessel, den Tränen nah, siehst du nicht, wie sie mich anstarren, fragte sie und warf verängstigte Blicke auf den Kellner, der im Türrahmen lehnte. Er beobachtet mich die ganze Zeit, flüsterte sie, wir sollten lieber gehen, bevor er Verstärkung holt.

Nimm dich zusammen, Mutter, bat Max ärgerlich. Er war zu sehr mit sich selber beschäftigt, als daß ihn Miras Wahnvorstellungen ernstlich beunruhigten.

Einmal fand er einen Strauß weißer Rosen im Abfalleimer, die vor sich hin welkten. Warum gibst du sie nicht ins Wasser, fragte er erstaunt, von wem sind sie?

Von Saul, sagte sie, er wünscht mir den Tod, er schickt mir weiße Rosen, das ist ein Todeszauber.

Mira wurde nicht einfach verrückt, denn zwischen den Attacken von Verfolgungsphantasien ging sie aus, besuchte ihre Freundinnen, plauderte im Supermarkt mit der Kassiererin, besuchte Ben und schätzte stets seinen Zustand richtig ein, wenn sie mit Saul oder Max telefonierte. Freunde holten sich bei ihr Rat, sie spürte unterschwellige Stimmungen, unausgesprochene Gefühle, und mit ihren für das Unsichtbare geschärften Sinnen gewann sie der Wirklichkeit Deutungen ab, die nur für sie Sinn ergaben. Die Nachbarn hielten sie für eine exzentrische alte Dame, ihre Bekannten lächelten nachsichtig, wenn sie mit ihren Interpretationen zu weit ging, und sagten, sie hört das Gras wachsen. Gewiß war sie scharfsinnig, aber plötzlich, ohne Vorwarnung, zappelte sie in einem Netz geheimnisvoller Botschaften und apokalyptischer Bedrohungen, die sie von den Vorgängen der Außenwelt nicht mehr unterscheiden konnte. Der Obdachlose, dem sie an manchen Tagen einen Zehn-Dollar-Schein zusteckte, konnte sich in den Augenblicken, in denen panische Angst sie zu vernichten drohte, in ihren Todesengel verwandeln.

Max hatte angenommen, daß im Lauf der vielen Jahre, in denen sie das Haus ihrer Jugend mit keinem Wort erwähnt hatte, ihre Erinnerung daran verblaßt war. Spät in ihrem Leben, kurze Zeit vor ihrem langsamen Tod in einem Pflegeheim, fand sie einen neuen Ort des Trostes. An der Küste, nördlich von Bridgeport, in einem der kleinen Feriendörfer, die auf Pfählen über die Dünen ragten, hatte sie auf einem ihrer Ausflüge mit Vorortbussen, mit denen sie meist bis zur Endstation fuhr, um dann durch die Straßen zu schlendern, zwischen zwei Gartenzäunen ein Schlupfloch zu einer verlassenen Bucht entdeckt. Es war eine ruhige kleine Bucht, von einem überhängenden Felsen geschützt, der am späten Nachmittag einen weichen blauen Schatten auf den Strand warf.

Einmal nahm sie Max zu dieser Bucht mit. Doch er wußte damals noch nicht, was ihr dieser Ort bedeutete. Er war nur irritiert, daß sie sich offensichtlich auf einem Privatstrand befanden. Er hatte oben am Zaun das Schild *No Trespassing* gesehen. Sie konnten fortgejagt werden. Es war ein kühler, windiger Septembertag, und das aufgewühlte Meer lud nicht zum Baden ein. Und daß sie mit ihren hellen Leinenschuhen ins Wasser ging und ihm ungeduldig, wie einem Kind, befahl, sich die Hosen aufzukrempeln und zu ihr hinauszuwaten, verärgerte ihn. Die Landzunge war steinig und reichte weit ins seichte Wasser, das mit unruhigen Gischtkämmen den Rand von Tang und zerbrochenen Muscheln überspülte. Kein Mensch war weit und breit und keine Boote, nur das rhythmische Tosen der Brandung, die an den Küstenfelsen zerschellte.

Max war gereizt, und er weigerte sich damals noch, die Zeichen ihrer Wesensveränderung zu erkennen.

Ich hätte dir meine Bucht nicht zeigen sollen, sagte sie, fahr mich nach Hause.

Es war ihr letzter gemeinsamer Ausflug gewesen, das letzte Mal, daß er sie im blendenden Gegenlicht der Abendsonne gegen den Stoßverkehr der Pendler nach Brooklyn fuhr. Bald darauf hatte sie einen leichten Schlaganfall, und nach ihrer körperlichen Genesung brachte Max sie in einem exklusiven Altersheim in New Rochelle unter.

Nun, mit zunehmender Verwirrung, redete sie wieder deutsch, und Max, der der einzige war, den sie bei seinen Besuchen noch erkannte, mußte feststellen, daß sie ihre Jugend und das Haus in H. mit ungetrübter Frische in ihrer Erinnerung aufbewahrt hatte.

Schließlich ging sie fort, ohne es jemandem zu sagen. Sie mußte den Pendlerzug nach Stamford genommen haben und dort in einen Amtrak-Zug nach Boston umgestiegen sein. Umsichtig in ihrer Verwirrtheit trug sie eine kleine Reisetasche bei sich, mit allem, was sie brauchte: Geld, Handtuch, Toilettensachen, Nachthemd. An einer Autobahnauffahrt von East Haven wurde sie aufgelesen, am Ende ihrer Kräfte. Sie habe zu ihrem Strand gehen wollen, sagte sie zu den Polizisten.

Sie kam in ein Pflegeheim und nach einem weiteren Schlaganfall saß sie im Rollstuhl. Doch meist, wenn er sie besuchte, lag sie so reglos im Bett wie die Gegenstände, die sie umgaben. Sie verzog ihren Mund zu keinem Lächeln, wenn er eintrat, ihr Blick war erwartungsvoll auf das Papiersäckchen in seiner Hand geheftet, in dem er ihr jedesmal das gleiche Geschenk mitbrachte: *Ice cream-sundae*, das sie so gern aß und worauf sie früher, um nicht zuzunehmen, verzichtet hatte. Dann saß er an ihrem Bett und sah ihr zu, wie sie versuchte, Eis und Schokoladensauce mit dem kleinen Plastiklöffel zum Mund zu bringen, ohne sich anzukleckern, aber am Ende gab sie immer auf und ließ sich von ihm füttern.

Wie geht es meinem Vater Hermann, fragte sie.

Gut, sagte Max, er läßt dich grüßen.

Sag ihm auch einen schönen Gruß. Warum besucht mich Sophie nie?

Er schwieg und kämpfte mit den Tränen.

Er hob sie in den Rollstuhl und fuhr mit ihr durch die Gänge, am Schwesternzimmer vorbei, wo er sich im zufälligen Plauderton erkundigte, wie es ihr ginge. Widerspenstig wie ein Kleinkind, sagte die Schwester vorwurfsvoll. Nach einer Stunde küßte er sie auf die Wange, die sich wie zerknittertes Seidenpapier anfühlte, und wenn er aus der

Drehtür an die Sonne trat, mußte er den Schrei zurückhalten, der sich gegen seinen Willen seinen Stimmbändern entringen wollte.

Ihr Leben dauerte noch Jahre, pendelte zwischen Momenten überscharfer Klarheit und langen Dämmerzuständen. In einem lichten Augenblick machte sie ein Testament und verfügte, daß man sie nach ihrem Tod verbrenne, was gegen das jüdische Gesetz verstieß. Man solle ihre Asche in jener Bucht bei Bridgeport in den Wind streuen, über das Meer. Victor und Saul sträubten sich gegen dieses Ansinnen, meinten, es sei bloß ein Ausdruck ihres kranken Geistes gewesen, aber Max konnte es verstehen, daß sie nicht in dem Land begraben werden wollte, in dem sie nie wirklich glücklich gewesen war. Ihr Leben sei schließlich an diesem Ort zur Ruhe gekommen, wenn auch nur für Nachmittage. An diesem winzigen Strand, nicht größer als ein windgeschützter Garten, sei ihr für Stunden die Flucht aus einer Welt gelungen, die sie zugrunde gerichtet habe, und sicherlich habe sie, wenn sie über die endlose graue Fläche des Atlantiks blickte, das Haus ihrer glücklichsten Jahre vor sich gesehen.

II

– I –

AN EINEM Augusttag im Jahr 1974 stieg Max, übernächtigt nach einem langen Flug, am Züricher Bahnhof in den Schnellzug nach Wien. Der hohe blaue Himmel und der kühle Wind versetzten ihn in eine erwartungsvolle Stimmung, und als er mit dem Taxi in die Stadt hineingefahren war und all die Schilder und Hinweistafeln in der Sprache gelesen hatte, die ihm von früher Kindheit an vertraut gewesen war, seinem Ohr jedoch vertrauter als seinen Augen, hatte ihn eine große Zuneigung ergriffen, für die ihm unbekannte Stadt und ihre Menschen, ja für den ganzen Kontinent, seine *Old World*. Alles war so kleinräumig, so sauber, nach der klebrigen Schwüle des New Yorker Sommers – er war bereit, Europa zu lieben. Mit diesem Hochgefühl verließ er die Stadt, die er kaum betreten hatte, begierig, endlich nach H. zu kommen.

Zuerst saß er allein im Abteil. Er sah im Vorüberfahren die Einfamilienhäuser mit ihren eingezäunten Gärten und dachte, wie er sich wohl fühlen würde in diesem anderen, engeren, doch offenbar zufriedenen Leben.

In Sargans setzten sich zwei alterslose Frauen zu ihm ins Abteil. Sie ließen sich mit Nachdruck nieder, als würden sie nie wieder aufstehen müssen, die Beine wie Pflöcke nebeneinandergestellt, den Stoff ihrer Röcke straff über den Knien gespannt. Max hörte ihnen zu, wie sie von ihren erwachsenen Kindern redeten, der Hochzeit der jüngsten Tochter, den Enkelkindern der anderen, ihren Gesundheitsproblemen, den überstandenen Krankheiten, der Ehemann der einen sei nach einer Operation auf Kur, jetzt brauche sie eine Zeitlang nicht zu kochen ... Nach einer Weile hörte Max nicht mehr zu, er verstand nicht alles, es kostete ihn Mühe zuzuhören. Es war ein breiter, kehliger Akzent, den er noch nie gehört hatte, nicht der vertraute, fragende Tonfall der Mutter oder Evas. Trotzdem trafen ihn die Laute seiner Kindheitssprache wie ein Stich schmerzlicher, sehnsüchtiger Trauer.

Mira hatte wenig Begabung für die Nachahmung von Sprachen gehabt. Ihr Englisch klang ähnlich wie ihr Deutsch, ein wenig nasal, die Vokale zu Zwielauten und weichen Konsonanten zerdehnt. Als Kind unter Gleichaltrigen hatte Max sich stets geschämt, wenn seine Mutter auftauchte mit ihrem schwerverständlichen, lächerlichen Englisch. *Greaseball* nannte man solche Leute mit einem mitteleuropäischen Akzent, *just off the boat*, gerade vom Einwandererschiff herunter, ein Makel, den Einwandererkinder zu vertuschen trachteten. In den ersten Jahren hatten sie zu Hause nur deutsch gesprochen, und Mira schickte lieber ihre beiden älteren Söhne einkaufen, um ihre Unsicherheit in der fremden Sprache zu verheimlichen. Als Max in die Schule kam, konnte er nur Deutsch und ein paar englische Vokabeln, ein paar Redewendungen, die er bei Ausflügen aufgeschnappt hatte und die ihm gefielen.

Mein Kapperl, hatte er verzagt gerufen, als er seine Mütze nicht fand, und die anderen Kinder hatten ihn verspottet.

Später, als er und seine Brüder Jugendliche waren, hatten sie untereinander englisch und mit der Mutter deutsch gesprochen, wobei das Deutsch seiner Brüder immer reiner war, frei von dem Akzent, der seine Aussprache färbte. Nachdem in Europa der Krieg ausgebrochen war, mußte man sich vorsehen, wo man in der Öffentlichkeit deutsch sprach, und danach benutzte Mira für den Rest ihres Lebens die fremde Sprache, auch wenn sie ihre Nuancen nie wirklich beherrschte.

Max war in einer Ecke eingenickt, er merkte erst wieder auf, als die Frau mit der strengen Dauerwelle, die ihm gegenübersaß, tief seufzte und kurz auflachte. Ja, damals, sagte sie. Mit einem sehnsüchtigen Klang in der Stimme sagte sie es, und es war klar, daß sie von ihrer Jugend sprach. Erinnerst du dich, wie wir jeden Samstag in die Berge gewandert sind, fragte sie ihr Gegenüber, so unternehmungslustig sind wir damals gewesen, hundemüde von der Arbeit während der Woche und trotzdem um vier in der Früh schon auf und los. Die Mädelführerin, warf die andere ein, wie hat sie doch schnell geheißen, weißt du, die mit der Gretlfrisur, die hat uns so begeistert. Kannst du dich an das Lied erinnern? Sie summte ein paar Takte, die andere summte mit, sang einzelne Wörter, unterbrach sich, wie war doch der Text, daß man so vergeßlich wird. Sie lachten, das ist halt lange her. Kannst du dich erinnern, wie wir bei Sonnenaufgang vor der Hütte gestanden sind und gesungen haben und an die Lagerfeuer in der Nacht? Sie erinnerten sich an die Männer, die damals Jugendliche waren, die eine hatte ihren Mann schon gekannt, die andere hatte auf einen ihr Auge geworfen, der dann gefallen war. Das war achtunddreißig, sagte sie, mein Gott, und es ist, als wäre es gestern gewesen.

Max schaute auf die Landschaft draußen, die engen Täler, die Nadelbäume nah am Bahndamm, die Schluchten und Rinnsale, die steil ins Tal stürzten, hie und da tauchte ein Dorf auf, malerisch, gewiß, mit einem Kirchturm, geraniengeschmückten Balkonen, eine Landschaft für Ansichtskarten.

Hier waren sie jung gewesen, und hier wurden sie alt. Max dachte an den Nachmittag am Meer vor zwei Monaten. In der tiefstehenden Sonne hatten die aufgerauhten Wellen wie die Schuppen eines riesigen Fisches geglänzt. Er hatte es nicht über sich gebracht, die Urne zu öffnen, er war mit hochgekrempelten Hosen hinausgewatet, wie Mira bei ihrem letzten gemeinsamen Ausflug, und hatte sie vorsichtig ins Wasser gleiten lassen.

Max fühlte eine sprachlose Wut aufsteigen. Er ging auf den Gang hinaus und ließ sich vom Fahrtwind die Haare raufen.

*

Als er endlich in H. aus dem Zug stieg, war Max zu müde, um nach einem guten Hotel, einer dauerhaften Bleibe zu suchen. Direkt dem Bahnhof gegenüber sah er ein Gasthaus mit dem Schild *Zimmer frei* neben der Tür. Das muß für den Anfang reichen, sagte er sich, ein Bett, eine Waschschüssel, eine Tür, die die Außenwelt fernhielt. Im Flur und in der Diele roch es faulig nach Küchenabfällen und Abort, und der Wirt war mürrisch. Er schaute gespannt zu, die Ellbogen auf die Theke der Rezeption aufgestützt, wie Max ächzend seinen Koffer die enge Treppe hinaufschleppte.

Vom Fenster seines Zimmers sah Max auf den Bahnhofsplatz hinunter, den von Autos gesäumten Park, die Bäume, die vom Staub eines langen Sommers grau geworden waren, ein paar hoffnungslose Gestalten auf den Parkbänken. Auch ohne das Fenster zu öffnen, wußte er, daß es still da unten war, als wäre die Uhr nicht bloß auf dem Postgebäude neben dem Bahnhof stehengeblieben.

Später weckten ihn Zugansagen aus einem unruhigen

Schlaf. Er träumte von weißen Zäunen, weißen Holzhäusern, schneebedeckten Dächern, einer überbelichteten Albinolandschaft, die ihm schmerzend in die Augen stach. Wie knipste man im Kopf das Licht aus, so daß es dunkel blieb, auch wenn man die Augen öffnete? Er drückte auf seine Schläfenadern, aber es half nichts. Mit Kopfschmerzen wachte er auf, erinnerte sich vage an den Traum und sagte sich, daß er wohl vom Tod geträumt hatte.

Besuchen Sie hier Verwandte, fragte der Wirt, als Max sich an den Frühstückstisch setzte.

Nein, antwortete Max, ich kenne keinen Menschen hier.

Aber Sie sind doch hier geboren, es steht in Ihrem Paß, beharrte der Wirt.

Max schwieg.

Sind Sie schon lange von zu Hause fort, wollte der Wirt wissen. Er hatte das Frühstücksgeschirr, dickwandiges weißes Porzellan, und die Kaffeekanne vor Max hingestellt und machte keine Anstalten wegzugehen.

Ich bin hier nicht zu Hause, sagte Max.

Sie sind Amerikaner, stellte der Wirt fest, aber Sie sind hier geboren. Es war ein eigenwilliges Beharren, das auf eine Erklärung pochte.

Sagen Sie, fragte Max, gibt es hier eine jüdische Gemeinde?

Wieso, fragte der Wirt verblüfft zurück. Er schaute Max minutenlang forschend an. Dann schien ihm ein Licht aufzugehen, und ein pfiffiges, verstohlenes Grinsen huschte über sein Gesicht. Gleich darauf hatte Max den Eindruck, als sei etwas Vorsichtiges, Lauerndes in seinen Blick getreten. Der Wirt holte beflissen das Telefonbuch, schrieb die Adresse auf einen Kassenzettel, sagte, aber gern, als Max sich bedankte, selbstverständlich, keine Ursache.

Irgend etwas hatte sich verändert, Max konnte nicht genau sagen, was, und der Wirt stellte keine Fragen mehr.

*

Spitzer erwartete Max in seinem Büro, und sofern der erste Augenblick einer Begegnung für alle weiteren Zusammenkünfte ausschlaggebend war, standen die Aussichten günstig. Er saß an seinem wuchtigen Schreibtisch, leicht gebeugt, feingliedrig, die Brille weit auf die Nasenspitze gerutscht, mit aufmerksamen, besorgten Augen. Vielleicht war es auch nur die überdimensionale Größe des Tisches und die Höhe des Raumes, die ihn so zerbrechlich erscheinen ließen. In Spitzers braune Augen trat eine Wärme, fast Freude, die Max als spontane Sympathie deutete.

Nein, nein, wehrte er ab, er sei nicht extra hergekommen, weil Max angerufen habe, er sei immer hier, jeden Tag, außer an den Feiertagen und am Sonntag.

Spitzer war Sekretär der Gemeinde, gewissermaßen ihr Vorsteher, *Schammes*, wenn Sie wollen, auch Vorbeter, wenn es sein muß.

Ich bin ein zwanghafter Erlediger, sagte er zu Max, deshalb verbringe ich mehr Stunden hier, als es irgend jemand von mir verlangen würde.

Max erzählte von seinen bisherigen Erlebnissen, von den Frauen im Zug, dem neugierigen Wirt und daß er sich beobachtet fühle, seit ihn der Wirt mit diesem hinterhältigen, schlauen Blick angesehen habe.

Dem sollten Sie nicht soviel Gewicht beimessen, sagte Spitzer, das hier ist eine Kleinstadt und nicht New York. Die meisten Leute hier kennen keine Juden. Es ist wahrscheinlich eher Neugier als böser Wille. Ich lebe ja auch hier, sagte er und lachte.

Was soll das heißen, fragte Max, wieso kennen sie keine Juden?

Es sind nur wenige zurückgekommen, erklärte Spitzer, und keiner hier will sich erinnern, keiner redet darüber, sie nicht und wir auch nicht, öffentlich jedenfalls nicht.

Wie können Sie hier leben? fragte Max. Er meinte es nicht als Vorwurf, doch Spitzer faßte es so auf.

Das muß jeder für sich selber entscheiden, sagte er, und ohne daß er sich bewegte, schien es, als zöge er sich zurück, als träte Abwehr in seine Augen.

Man kann hier leben, natürlich, versicherte er und schaute auf die Brandmauer vor seinem Fenster. Es ist auch nicht anders als überall sonst.

Allein schon dieser Raum, dachte Max. Dann fragte er: Scheint hier mitunter die Sonne herein?

Draußen war es kühl, fast schon herbstlich, es hatte den ganzen Morgen leicht geregnet.

Nein, sagte Spitzer versöhnlich, das ist Norden, aber ich neige nicht zu Depressionen, bloß zu Rheumatismus.

Mit Rückstellungsverfahren kenne er sich aus, versicherte Spitzer, damit habe er sich mehr als einmal herumschlagen müssen, nicht zuletzt in eigener Sache. So ein Verfahren kann sich hinziehen, sagte er, das kann mitunter Jahre dauern. Er schien in seinem Element, nannte ihm einen erfahrenen Rechtsanwalt, mit dem Max sich am besten gleich in Verbindung setzen solle.

Ich brauche keinen Anwalt, beharrte Max, es ist eine sonnenklare Sache.

Spitzer lachte. Das denken alle: Man hat ihnen etwas weggenommen, also muß man es zurückgeben, das ist nur recht und billig. Aber die auf der anderen Seite haben ihre Tricks. Sie werden einen Anwalt brauchen.

Max schüttelte den Kopf: Ich nicht.

Spitzer zwinkerte ihm amüsiert zu.

Zusammen gingen sie am nächsten Tag den Berg hinauf, ein ruhiges Villenviertel wie damals, als Max nach dem Krieg zum erstenmal wieder hergekommen war. Damals war ihm die Friedhofsmauer auf halber Höhe, über die Birken und Trauerweiden hingen, nicht aufgefallen. Wenn man sich an dieser Stelle umwandte, sah man unterhalb die Stadt mit ihren grünen Zwiebeltürmen und ihren grauen und roten Dächern liegen. Die Häuser hier oben standen zurückgebaut hinter hohen schmiedeeisernen Zäunen oder gestutzten Hecken, Autos parkten davor; die hatte es kurz nach dem Krieg noch nicht gegeben. Sein Haus war eines der wenigen, die sich nur durch das alte, niedrige und bereits schadhafte Mäuerchen von der Straße abgrenzten. Die Anzeichen von Häuslichkeit rund um das Haus ärgerten Max, die Kinderschaukel an der Stange, an der die Frau damals ihren Teppich geklopft hatte, die Gummistiefel neben der Tür. Er sah darin eine Selbstbehauptung, die sich überheblich und wie selbstverständlich über zugefügtes Unrecht hinwegsetzte, als wäre dieses Unrecht nie geschehen. Max sah eine Frau in seinem Alter im Nachbargarten stehen, sie schaute direkt, ohne die Miene zu verziehen, zu ihm und Spitzer herüber, die Hände in die Hüften gestemmt.

Hatte Sophie den Nachbarn etwas anvertraut, bevor sie vertrieben wurde, Bücher, Hausrat, Bilder, das schöne Delfter Porzellan für Pessach, an das Max sich erinnerte? Sollte er zu der Frau hinübergehen und sie ansprechen? Er wollte zuerst mit Spitzer darüber reden. Spitzer kannte die Menschen hier. Irgendwann später würde er sicherlich die älteren Nachbarn fragen, aber nicht jetzt.

Sie gingen um das Haus herum. Die argwöhnische Nachbarin bog ebenfalls um die Ecke ihres Hauses, um sie im

Auge zu behalten. Begonien wuchsen in Blumenkästen auf der Balustrade der Terrasse. Von dieser Terrasse gab es ein Foto, das Max in der marmorierten Schachtel seiner Mutter gefunden und vor wenigen Wochen in einen Rahmen gesteckt hatte: Mira, näher und schärfer als auf den meisten anderen Fotos, fast war es ein Porträt, in einem langen hellen Kleid, den Kopf in einem überraschten, fragenden Lächeln leicht vorgereckt, den Arm an der weißen Säule abgestützt und unter ihrem Ellbogen der kleine steinerne Löwe auf seinen Hinterpranken.

Der Löwe ist weg, sagte Max erstaunt.

Spitzer lachte: Da wird sich bestimmt noch einiges mehr verändert haben.

Das Haus war grau und grobkörnig verputzt, Spitzer wies auf die schadhaften Stellen der Mauer hin, dann auf die tief in die feuchte Erde eingesunkenen Steinplatten der Terrasse, die an der Vorderseite lose Dachrinne.

Ein bißchen verwahrlost, stellte er fest. Er hatte bereits recherchiert: Das Haus war im Besitz der Stadtverwaltung.

Schauen Sie, sagte er und Max' Augen folgten seinem Finger, sahen, wie der Vorhang sich bewegte.

Was machen Sie da, rief die Nachbarin herüber.

Erinnern Sie sich an die Familien Kalisch und Berman, rief Max zurück.

Nie gehört, sagte die Nachbarin, die wohnen sicher schon lange nicht mehr da.

Nein, sagte Max, schon lange nicht mehr.

Sie ging kopfschüttelnd ins Haus.

Sie sollen ruhig wissen, daß ich da bin, sagte Max, und Spitzer lächelte nachsichtig.

*

Bei den Behörden und in den Amtsräumen von Gerichtsbeamten stieß Max rasch an Grenzen, mit denen er nicht gerechnet hatte. Seine Kenntnis der Sprache reichte nicht aus, um das Amtsdeutsch zu verstehen, mit dem man ihn, davon war er überzeugt, nur einschüchtern und entmutigen wollte.

Was heißt das, fragte er allzuoft, das verstehe ich nicht.

Seine gereizte Ungeduld stieß auf Sturheit, mit der ein Beamter die ihm unverständlichen Wendungen wiederholte, bis Max grußlos wegging. Und immer wieder fielen Sätze, die ihn wütend machten: *Es wird schon seine Ordnung haben.* Davon gingen die Beamten aus. Im Grundbuch seien keine Unrechtmäßigkeiten festzustellen, wurde ihm mitgeteilt. *Rein rechtlich* seien seine Ansprüche nicht nachvollziehbar.

Was heißt rein rechtlich, wollte er wissen. Von welchem Recht ist hier die Rede? Für welches Regime arbeiten Sie überhaupt? fragte Max.

Er möge nicht frech werden, wurde er zurechtgewiesen.

Sie haben kein Unrechtsbewußtsein, beklagte er sich bei Spitzer, nicht das geringste Gefühl von Schuld.

Rein rechtlich, beharrte der Beamte bei Gericht, dessen schmales, verschlossenes Gesicht Max im Lauf der Wochen vertraut geworden war, rein rechtlich gebe es mehrere schwerwiegende Probleme bei seinem Besitzanspruch.

Ja? fragte Max, die wären?

Er glaubte ein amüsiertes Aufblitzen in den sonst unbeteiligt kalten Augen des Beamten zu erkennen, als er sagte: Sie haben ja noch nicht einmal bewiesen, daß Sie der sind, der Sie zu sein vorgeben.

Sie haben meinen Paß gesehen, wandte Max ein.

Ich will Ihnen nicht nahetreten, aber der kann gefälscht sein.

Die Miene des Sachbearbeiters war wieder korrekt und undurchdringlich.

Eine Weile hatten sie Ruhe voreinander, Max und sein Sachbearbeiter, denn Max wartete auf Bestätigungen und Nachweise aus New York. Die Polizeibehörde von Manhattan ließ ihn schriftlich wissen, daß gegen ihn nichts vorliege, keine einzige Vorstrafe, nicht einmal *traffic violations*, weder falsch parken noch überhöhte Geschwindigkeit.

Er brauche eine Meldebestätigung, erklärte Max einem Sergeant von der District Police am Telefon und fühlte sich gleich entspannter beim Klang der saloppen Umgangssprache des Polizisten.

What's up, buddy, fragte er.

Max hätte wetten können, der Mann sei ein untersetzter Fünfziger irischer Abstammung, amüsiert über das noch nie gehörte Ansinnen, eine Bestätigung nach Europa zu schicken, daß Mr. Max Berman eine Wohnung an der Upper West Side besitze.

Meldebestätigung, sagte er zu einem anderen, hast du schon mal von einer Meldebestätigung gehört?

Da rufen Sie am besten bei der Hausverwaltung an, schlug der Polizist vor.

Ein Rechtsanwalt, der ihm schon öfter geholfen hatte, wenn Ben in Schwierigkeiten geraten war, verschaffte ihm schließlich die geforderten Dokumente und riet ihm, einen Anwalt mit seiner Besitzklage zu beauftragen.

Genießen Sie Europa, sagte er, und lassen Sie jemanden für sich arbeiten, der dafür ausgebildet ist.

Doch Max hatte sich in die Vorstellung verbissen, er müsse sein Erbe aus eigener Kraft zurückgewinnen. Es war wie bei einem Spiel, bei dem die Regeln feststanden und abgekürzte Verfahren nicht gelten durften.

Ein freundlicher, etwas ratloser Beamter vom Einwohnermeldeamt in H. beklagte sich, daß Max erst jetzt käme. Wäre er früher gekommen, hätte die Rückstellungskommission sich mit seinem Fall befaßt, die hätten genau gewußt, was zu tun sei. Auch er mutmaßte, daß Max professionelle Hilfe brauchte.

Ein anderer Beamter, mißtrauisch und wortkarg, schaute ihn über den Brillenrand hinweg an wie einen Gauner, der sich etwas erschleichen wollte. Er saß, jedesmal wenn Max sein Büro betrat, vor einem Notizblock und kaute mißmutig an einem Bleistift. Aber wenn er sich erst einmal in Begeisterung geredet hatte, türmte er mit großem Eifer Hindernisse vor Max auf. Er hielt ihm lange, allgemein gehaltene Vorträge über das Erbrecht, über Pflichtanteile ohne Testament und Pflichtansprüche mit Testament. Es schien ihn glücklich zu machen, sein Wissen vor einem aufmerksamen Zuhörer auszubreiten. Von Max wieder auf seinen Fall zurückgelenkt, stellte er voll Tatendrang einen *Marschplan* für ihn auf, denn so drückte er sich aus: Sie brauchen jetzt dringend einen Marschplan. Als erstes mußten die Sterbeurkunden der verstorbenen Besitzer sichergestellt werden.

Aber drei von ihnen wurden umgebracht, woher soll ich die Urkunden dafür nehmen?

Das zu beantworten liege nicht in seiner Kompetenz, erklärte der Beamte ungerührt. Wie wollen Sie denn wissen, daß sie umgebracht wurden, wenn Sie es nicht beweisen können, fragte er.

Mein Onkel, sagte Max beherrscht, wurde im Frühjahr 1938 nach Dachau deportiert, meine Tante kam 1944 von der Rampe weg direkt in die Gaskammer, mein Großvater ist in Lódz verhungert.

Der Mann blätterte verlegen in den Akten. Diese Wendung im Gespräch war ihm peinlich, aber nur kurz, denn schon hatte er in seinen Unterlagen etwas entdeckt, das ihn zu erleichtern schien.

Moment mal, rief er erfreut, das ändert alles. Das Haus wurde ja rechtmäßig wegen Steuerbetrugs enteignet. Da haben Sie aber keine große Chance, dann war es ja eine ordnungsgemäße Pfändung, rein rechtlich gesehen, fügte er verbindlich lächelnd hinzu, als er aufblickte und Max' Gesicht sah.

Ohne ein Wort verließ Max den Raum und ging geradewegs zu Spitzers Büro.

Ich kann nicht mehr, sagte er und ließ sich auf das rissige Leder des Besuchersessels vor dem Schreibtisch fallen.

Spitzer legte die Hand auf den Telefonhörer: Soll ich jetzt den Anwalt anrufen?

Habe ich eine Wahl, fragte Max resigniert.

Der Anwalt, Dr. Leitner, ein unscheinbarer Mensch, dessen sandfarbenes Äußeres an die Tarnfarben bestimmter Tiere in freier Wildbahn erinnerte, war zuversichtlich. Er fand nichts Ungewöhnliches an der Millionenklage der Finanzbehörde des Reichsgaues gegen einen entlassenen Beamten und Kleinaktionär, den dieser Reichsgau sich anschickte, um seinen Besitz und um sein Leben zu bringen. Er nannte Präzedenzfälle, die sich nicht länger als sechs Jahre hingezogen hätten, und beruhigte seinen Klienten mit beschwörenden Gesten seiner gepflegten, fast graziösen Hände: Das sei Anfang der fünfziger Jahre gewesen. Damals war alles noch viel schwieriger, erklärte er, damals bestritt das Land noch die Rechtsnachfolge des Reichsgaues und konnte sich dabei auf einen Spruch des Verfassungsgerichts stützen. Außerdem, sagte er mit kaum hörbarer Ironie, hatte man damals noch ständig mit Ministerialbeamten zu tun, die schon achtunddreißig, neununddreißig Gauwirtschaftsberater gewesen waren. Die sind inzwischen mehrheitlich im Ruhestand. Dr. Leitner lächelte fein und hintergründig.

Es war erstaunlich, was Dr. Leitner in kurzer Zeit zum Vorschein brachte: braune, eingerissene Schriftstücke mit Reichsadler und Hakenkreuz, der gesamte Schriftverkehr zwischen Finanzbehörde, Vermögensverkehrsstelle und Geheimer Staatspolizei, eingelangt, erledigt, dem Kreisamtsleiter von einem Staffelführer mit *Heil Hitler* überstellt, in Reichsmarkbeträgen geschätzt und später, als alles zum Verkauf stand, abgewertet, das Inventar aufgelistet, die Möbel, eine Biedermeierkonsole, plötzlich standen die Gegenstände wieder klar vor Max: das kleine Ölbild von Pissaro, eine Allee im Herbst, ein Bild bei dem ihn immer eine unerklärliche Verzagtheit ergriffen hatte. Spitzenvorhänge und diverse Orientteppiche (auch der mit den geheimnisvollen Tieren), Meißner Porzellanfiguren (einem Hirtenknaben hatte eine seiner feinen, zarten Hände gefehlt), ein zweiarmiger und ein neunarmiger Silberleuchter (Schabbat und Chanukka), ein vollständiges Meißner Service (mit Goldrändern und Zwiebelmuster, es kam nur zu Feiertagen auf den Tisch), Manschettenknöpfe mit Perlen (während ihr Besitzer in Dachau Sträflingskleider trug), zwei Armbanduhren, eine zweireihige Perlenhalskette, ein Paar Smaragdohrringe, die Max sich nicht ohne die Ohren seiner Besitzerin, ohne die Arme, Hände, die Menschen, die dies alles getragen hatten, vorstellen konnte, diese jedoch sah er um so deutlicher vor sich: die schlanke, ein wenig anämische Tante Sophie mit ihren großen, ängstlichen Augen, die sich neben ihrer temperamentvollen Schwester zurückhaltend und unscheinbar ausnahm, Alberts runder haarloser Kopf auf dem Foto vor dem Haus.

Aus diesem Schriftverkehr leitete Dr. Leitner folgenden

Sachverhalt her: Ein SA-Sturmbannführer zeigte Interesse an der Villa, plötzlich war es eine Villa. Er wies bei seiner Bewerbung auf die Verfolgung während der *Systemzeit* hin, forderte Wiedergutmachung für erlittene Schäden, forderte tatsächlich das Haus als Entschädigung für seine Leiden im Ständestaat. Die Finanzbehörde beantragte die *Vernehmung des Albert Israel Kalisch, seit fünfzehnten März des Jahres 1938 in Schutzhaft im KL Dachau.* Dem Antrag wurde vom Sicherheitsdienst *nicht stattgegeben.* Dafür wurde Sophie vorgeladen. Von ihrer Einvernahme gab es kein Protokoll. Danach, im Frühsommer 1938, mußte sie nach Wien abgeschoben worden sein. Dorthin hatte Mira das erste Affidavit geschickt, daran erinnerte sich Max, aber die Adresse war ihm entfallen. Warum hatte Sophie nichts unternommen? Sie hätte mit dem Affidavit auch Albert freikaufen können.

Zwischen den reichsadlergeschmückten Briefköpfen des amtlichen Schriftverkehrs lag ein Brief mit Sophies Handschrift an die Finanzbehörde von H. Mein Mann, schrieb sie, der wegen Steuerhinterziehung ins Konzentrationslager Dachau verbracht wurde, besitzt weder die Mittel noch den Charakter für einen derartigen Betrug. Der Brief war mit dem 30. Juni 1938 datiert. Glaubte sie zu diesem Zeitpunkt noch immer an die Lügen der Behörde oder daran, daß sich alles als Irrtum herausstellen würde? Wartete sie gar auf Alberts Rehabilitierung? Sie sei mittellos, schrieb sie, aber das Affidavit für sie und ihren Mann sei unterwegs. Hatten nicht Saul und Mira ihr schon im Mai das Affidavit geschickt? War es nicht angekommen? War sie übersiedelt? Irrte Max sich im Datum? War es vielleicht der Gang zum Amt, wo sie sich um die *Steuerunbedenklichkeitsbescheinigung* hätte anstellen müssen, vor dem sie zurückschreckte? Sophie war damals keine junge

Frau mehr, sie mußte über fünfzig gewesen sein. War sie krank geworden? Hätte sie es Mira verheimlicht, wenn sie bettlägrig geworden wäre? Was hatte sie in den Monaten vor dem Pogrom in den Straßen Wiens gesehen, erlebt, daß sie Hals über Kopf, bevor Albert aus Dachau freikam, geflohen war, nach Prag und dann nach Budapest, wo die Verwandten ihrer frühverstorbenen Mutter lebten?

Max betrachtete Sophies Schrift, die er von ihren Briefen an seine Mutter kannte, eine nervöse, fahrige Schrift, bei der die Buchstaben in alle Richtungen zu streben schienen. Vielleicht war sie Linkshänderin gewesen wie Benjamin, vielleicht bloß außer sich vor Angst. Ein verträumtes, ängstliches Mädchen war sie in Miras Schilderungen gewesen, lange Zeit ein Kind, weltfremd und verschlossen, für junge Männer habe sie sich so lange nicht interessiert, daß sich ihr Vater bereits Sorgen gemacht hatte. Sie heiratete spät, viel später als Mira, obwohl sie fünf Jahre älter war, und sie heiratete einen verläßlichen, stillen Mann, an den sich niemand genau erinnern konnte. Sophie sah ihrer jüngeren Schwester kaum ähnlich, und sie hatte nichts von ihrer Lebenslust, nichts von ihrer selbstbewußten Unbekümmertheit. Aber auch nichts von Miras Aufbegehren, ihrem Jähzorn, ihren Anfällen von Verzweiflung. Statt sich aufzulehnen, ergriff sie die Flucht, so auch damals, als sie nach Ungarn zu den Verwandten floh, die sie nur aus ihrer Kindheit kannte. Sie halte es in der Wohnung, die ihr zugewiesen worden war, nicht aus, hatte sie ihrer Schwester berichtet, sie müsse ein Zimmer mit einer fünfköpfigen Familie teilen. Was machte sie in diesen Monaten in Wien? Trieb sie sich in der Stadt herum, saß sie den ganzen Tag auf ihrem Bett in jenem Zimmer, schüchtern, unfähig sich gegen die Ansprüche anderer durchzusetzen? Sie war Sauls Sprechstundenhilfe gewesen, später hatte sie einige Jahre in einer Anwaltskanzlei gearbeitet. Sie hatte viel gelesen. Die Bücher mit den aufgeschlagenen Seiten nach unten auf Sessellehnen, Tischen, sogar am Badewannenrand, waren stets Tante Sophies Bücher gewesen. Hatte sie damals nach der Vertreibung, auf der Flucht, Bücher mitgenommen, hatte sie die Ruhe, in die schützende Welt eines Buches zu fliehen?

Es gab Augenblicke, in denen sie Max unerträglich deutlich vor Augen stand: ängstlich, verzweifelt, allein. Albert, um vieles älter als sie, war ihr einziger Schutz vor dem Leben gewesen, denn das Leben, schon das ruhige Leben im Frieden, wurde ihr schnell zu anstrengend. Unvorstellbar, daß sie Albert einfach im Stich gelassen hatte.

So lückenlos der Schriftverkehr des Reichsgaues die Enteignung und Neuverteilung ihres Vermögens aufgezeichnet hatte, so wenig sichtbar wurden die Enteigneten. Es ging ja auch nicht um sie. Sie waren weggeschafft, sie waren nicht mehr im Weg, als das Gerangel zwischen Finanzbehörde, Sicherheitsdienst und Gauverwaltung einsetzte, denn jede der Institutionen der neuen Macht meldete ihren Anspruch auf den Hauptanteil der Beute an. Hatte Albert Israel nun *seinen Wohnsitz nach Dachau verlegt,* rätselte ein Beamter der Gauverwaltung, da Dachau ja im Reichsgebiet liege, oder handle es sich um Auswanderung. Es ging um die Entrichtung der *Reichsfluchtsteuer*, die aus dem *Erlös der Liegenschaft* zu entrichten war, nun da Albert und Sophie mittellos und für die zuständigen Behörden an Ort und Stelle nicht mehr von Interesse waren. Der Schriftverkehr zwischen Oberfinanzpräsidium und Gaubehörde zog sich über viele Monate hin. Schließlich wurde in einem Bescheid vom Dezember 1939 die Finanzbehörde, seit fast zwei Jahren Eigentümerin der konfiszierten Beute, *von der Entrichtung der Reichsfluchtsteuer entbunden*, weil eindeutig festgestellt werden konnte, hieß es, daß *Albert Israel Kalisch seinen Wohnsitz innerhalb des Reichgsgebiets lediglich verlegt* habe. Sophie war schon zu Lebzeiten ein für die Behörden zu vernachlässigender Faktor gewesen. Dr. Leitner allerdings schloß daraus, daß sich mit diesem Spruch ein Machtkampf zwischen *Alten Kämpfern* und gewandten Emporkömmlingen in der Partei entschieden habe.

Die Geschichte des Hauses war mit der Ermordung ihrer Besitzer noch lange nicht zu Ende, und Dr. Leitner mußte Max daran erinnern, denn er schien bei so vielen Dokumenten und soviel Spitzfindigkeit, mit der um die Beute gefeilscht worden war, das Interesse zu verlieren.

Sie war weltfremd, sagte er niedergeschlagen, das hat meine Mutter immer gesagt: Wenn Sophie nur nicht so weltfremd gewesen wäre.

In jener Zeit konnte man sich Weltfremdheit nicht leisten, sagte Dr. Leitner trocken.

Der SA-Sturmbannführer, der sich auf die Verhaftung Alberts anscheinend etwas zugute hielt, pochte weiterhin auf sein Vorrecht, den Besitz zu günstigen Bedingungen zu erwerben. Sein Ersuchen wurde abgewiesen, denn nun zeigte auch der Schwiegersohn des Gauhauptmanns ein Interesse an der Villa. Der Gauhauptmann stellte ihm ein *Unbedenklichkeitszeugnis* aus, betonte, daß sein *arischer Stammbaum ohne Unterbrechungen auf deutschem Boden gewachsen* sei. Der Schwiegersohn kaufte Haus und Grund um einen Bruchteil der Summe, die Albert als Steuerschuld angelastet worden war. Zusätzlich zu der Villa erwarb er eine Rum- und Likörfabrik aus jüdischem Besitz, bei der Albert Aktienanteile besessen hatte. Mitglied der NSDAP seit 1928, gab er bei seinem Ansuchen auf Erwerb als Beruf Kaufmann an. Er war offensichtlich stolz darauf, im Jahr 1934 wegen Landfriedensbruchs angeklagt und ins

Reich geflohen zu sein. Von dort kam er im März 1938 zurück, um die *Volksabstimmung* im *Wahlgau* zu organisieren. Sein Gesamtvermögen bezifferte er auf 60 000 Reichsmark, aber zu der Frage, *welchen Betrag wollen Sie investieren*, schrieb er: 5000 RM. Der Parteigenosse und Obergruppenführer bekam das Haus für 9000 Reichsmark, wovon er 800 in bar bezahlte.

Fünf Jahre lang wohnte er in dem Haus, mit einer Frau und drei Kindern; eines von ihnen, den Sohn, fand Max im Telefonbuch. Die Vorstellung von der Tochter des Gauhauptmanns in Sophies koscherer Küche quälte Max.

1943 ging der Obergruppenführer mit seiner Likörfabrik in Konkurs. Die Untermieter, ein Parteigenosse von der *NS-Volkswohlfahrt* und seine ihm im selben Jahr angetraute Frau übernahmen das Haus, das Ende jenes Jahres in den Besitz der Gauverwaltung überging. Der u. k. gestellte Parteigenosse blieb auch nach 1945 in seiner Wohnung, wurde zwar von der US-Militärregierung aus dem Dienst entlassen, aber 1947 als *Minderbelasteter* wieder von der Gemeinde eingestellt. Nun wußte Max auch den Namen der Frau, die ihm bei seinem ersten Besuch nach dem Krieg Antwort und Zutritt zu seinem Haus verweigert hatte. Sie mochte mittlerweile um die Fünfzig sein, in seinem Alter. Die Kinder studierten wohl oder sie hatten schon ihre eigenen Familien. Wenn sie von Zuhause redeten, meinten sie sein Haus. Ihre Kindheitserinnerungen verbanden sie mit den Räumen, aus denen Menschen wie ihre Eltern Sophie und Albert in den Tod getrieben hatten. Hier feierten sie Feste, hier hatten sich die siebenundzwanzig Jahre der Ehe des Parteigenossen und seiner Frau abgespielt. Sie waren *eingesessen*, und wenn man die Nachbarn fragte, seit wann die beiden dort wohnten, würden sie sagen, schon immer, so lange wir uns erinnern. Gewiß, sie waren nicht die Besitzer, aber was machte das schon aus? Sie hatten ein Wohnrecht auf Lebenszeit und zahlten eine lächerlich geringe Miete an die Stadt H.

Max war nun nicht mehr danach zumute, den Nachbarn Fragen zu stellen. Er glaubte genug zu wissen. Einmal noch ging er den Berg hinauf, um ein paar Fotos zu machen, von dem Haus unter den hohen Bäumen, der verwahrlosten Terrasse, den Fenstern mit den zugezogenen Storevorhängen, eine Festung, die ihr Inneres nicht preisgab, weil sie anderen gehörte, ihnen selbst dann noch gehören würde, wenn ihm die Stadtgemeinde seinen Besitz zurückerstattet hätte. Wie konnte er darauf warten, daß fast Gleichaltrige freiwillig den Ort verließen, wo sie zu Hause waren? In absehbarer Zeit würde er der Eigentümer des Hauses sein, versprach sein Anwalt, aber er wollte ihre Wohnungen nicht sehen, mit ihrer kleinbürgerlichen Häuslichkeit nicht in Berührung kommen. Die Bilder, die Miras Erinnerungen in seinem Gedächtnis hinterlassen hatten, sollten unangetastet bleiben.

Einmal saß Max einem jungen Gerichtsbeamten gegenüber, der denselben Namen wie der Parteigenosse trug, es war ein häufiger Name in dieser Stadt, wie aus der langen Liste im Telefonbuch ersichtlich war. Er blätterte erschreckt im Grundbuch. Es sei das erste Mal, daß er beruflich mit dieser Problematik zu tun habe, gestand er. Er sprach sehr leise und gequält, als müsse er im Zimmer eines Schwerkranken tröstende Worte finden. Seine kaum verheilten Aknenarben glühten vor Scham oder Verlegenheit. Max empfand Sympathie für den jungen Mann, doch gleichzeitig fragte er sich mißtrauisch, ob er der schuldbewußten Ahnungslosigkeit Glauben schenken durfte. Hatte der Mann sich wirklich noch nie damit beschäftigt, was außer dem Krieg, an den er sich vielleicht dunkel erinnerte, geschehen war? Max war unsicher, wie manchmal in jener Zeit, als Miras Krankheit fast unmerklich begonnen und sie in jeder unfreundlichen Geste, jedem hingesagten Wort Verfolgung gewittert hatte. Spürte sie etwas, wofür ihm die Antennen fehlten, hatte er sich damals gefragt, oder war es bloß die harmlose Gedankenlosigkeit der Umwelt, die sie quälte? Damals hatte er das Mißtrauen seiner Mutter mit forciertem Optimismus abgewehrt, weil er es nicht ertragen hatte, wie ihre Angst sie auffraß. Er mochte die Menschen, er ließ sich von ihrem Kummer und ihren Nöten leicht bewegen, manchmal zu Tränen rühren. Woher, fragte er sich nun, kam dieses stets bereite Mißtrauen, seit er sich in dieser Stadt aufhielt?

Wenn Max an solchen Tagen durch die Straßen ging und in die Gesichter schaute, fragte er sich bei jedem: Hätte der mich versteckt oder angezeigt? Bis er das gleiche Unbehagen spürte, das seine Mutter durchs Leben gehetzt hatte. Es gab Tage, an denen flößten ihm die Gesichter der Menschen, die ihm begegneten, eine unbestimmte Angst ein, er traute ihnen nicht, keinem von ihnen. Im Bahnhofswirtshaus, in dem er noch immer wohnte, hatten sie sich an ihn gewöhnt. Der Wirt behandelte ihn nach wie vor mit einer lauernden Vorsicht und an manchen Tagen ironisch unterwürfig, aber das ältliche Zimmermädchen, das sich nur ächzend bückte, so daß Max ihr half, wenn er zufällig beim Aufräumen im Zimmer war, und auch die Wirtin schienen bei seinem Anblick jedesmal hocherfreut.

Wie soll ich mir das erklären, fragte er Spitzer. Einerseits wissen sie von nichts, andererseits behandeln sie einen mit dieser Mischung aus Unterwürfigkeit und Überheblichkeit. Und wenn man sie anspricht, schauen sie beleidigt weg.

So sind die Leute eben, meinte Spitzer gleichmütig, Kleinstädter, sie sind verunsichert, sie haben Angst.

Und dieser junge Beamte bei Gericht, der von nichts wußte?

Sie reden mit ihren Kindern nicht darüber, sagte Spitzer.

Max zuckte die Achseln: Schließlich bin ich nicht hier, um diese Stadt zu mögen oder zu verstehen.

Er hatte sich eine Aufgabe gestellt, und wenn die erfüllt war, würde er nach Hause reisen. Denn es war ihm in diesen Wochen klargeworden, wie sehr er an New York hing. Es würde nie einen Zweifel daran geben können, daß er dort, zwischen Alphabet City und Crotona Park, hingehörte.

Aber nicht allzulange nach seiner Rückkehr würde die alte Sehnsucht nach Europa ihn wieder heimsuchen, nicht sofort, sondern allmählich würde sie sich bei ihm einnisten und die Wahl der Möbel und Gegenstände bestimmen, die er für seine Klienten erwarb, die Projekte, für die er sich begeisterte und auch die Frauen, deren Nähe er suchte. Und sogar hier in H. verspürte er an manchen Orten, an manchen Tagen einen Anflug von Wohlbefinden, fast von Vertrautheit, der ihn streifte wie eine vage Erinnerung, eine nicht zu erklärende Verwandtschaft. Regten sich seine alten Träume von einem Europa, das schon vor seiner Geburt zerstört worden war, die heile Welt der Erinnerungen seiner Mutter?

Er traf sich nun täglich mit seinem Anwalt in einem Kaffeehaus, das ihm ein wenig das Gefühl vermittelte, in jene Zeit zurückversetzt zu sein. Er mochte das staubige Licht, das durch die Vorhänge sickerte, das unpersönliche, körperlose Summen der Stimmen, und auch das verläßliche Erscheinen Dr. Leitners, von dem er nichts wußte und der keine privaten Fragen stellte. Er war korrekt von seinen auf Hochglanz geputzten Schuhen bis zum gescheitelten schütteren Haar, und er vermittelte Max die gelassene Zuversicht, daß er am Ende zu seinem Recht kommen würde. Man würde nach Yad Vashem schreiben, die hätten die vollständigsten Totenlisten, erklärte er. Seine trockene, umständliche Förmlichkeit riß Max oft zu sarkastischen Bemerkungen hin, die Dr. Leitner nicht verstand, sie verwirrten ihn, aber nie leistete er sich eine so heftige Gefühlsäußerung wie sichtbares Gekränktsein.

An der Glastür mit den Milchglasarabesken hob der Anwalt kurz seinen beigen Hut an, schüttelte Max die Hand und verschwand unter den Arkaden, wer weiß, wohin. Vermutlich in seine Kanzlei, um später nach Hause zu gehen, von einer unscheinbaren Frau sein Abendessen vorgesetzt zu bekommen und zu Bett zu gehen. So stellte Max sich das Leben Dr. Leitners vor.

Max lenkte seinen Schritt zu der breiten, zu jeder Tageszeit belebten Hauptstraße, an Schaufenstern vorbei, in denen er sein Spiegelbild betrachten konnte, erstaunt, daß er sich von den anderen Passanten nicht sichtbarer unterschied. An einer kleinen, einladenden Bäckerei mit stets weißen frischgestärkten Gardinen bog er in die Färbergasse ein und wurde sofort von der Düsternis ihrer schmalbrüstigen, eng aneinandergebauten Häuser umfangen, nur ein runder Torbogen gab Einblick auf einen Innenhof mit einer alten Linde.

Die ausgetretene Stiege des Gemeindehauses war Max inzwischen so vertraut, daß er den Lichtschalter neben der Tür nicht mehr zu suchen brauchte. Nach wenigen Stufen würde das Tageslicht vom Flur im ersten Stock den Weg erhellen. Spitzer war immer da. Er tat beschäftigt, aber es kam Max so vor, als habe er gewartet. Wie Dr. Leitner war Spitzer ein Fixpunkt auf seinen täglichen Runden durch die Stadt, ein Gesprächspartner, auf dessen Verläßlichkeit er zählen konnte, und dennoch wußte er kaum etwas über ihn. Eine neugierige Frage nach seinen Lebensumständen zu stellen, wäre Max wie eine Indiskretion erschienen, er konnte sich diese Unnahbarkeit bei soviel freundschaftlicher Anteilnahme nicht erklären, es schien Max, als läge der Mittelpunkt von Spitzers Leben an einem Ort, der ihm selber unzugänglich, ja unvorstellbar war.

Ich war gerade mit Leitner im Kaffeehaus, berichtete Max, ich glaube, er ist der anständigste und leidenschaftsloseste Mensch, der mir je begegnet ist.

Er hat eine sehr ausgeprägte Leidenschaft für Gerechtigkeit, wandte Spitzer ein.

Max lächelte ironisch: Der hätte uns bestimmt versteckt.

Ist das der Test, fragte Spitzer, dem Sie alle, die Ihnen begegnen, im Zweifelsfall unterziehen?

Wundert Sie das, fragte Max, wie würden Sie mir vorschlagen, die eingesessene Bevölkerung einzuteilen? In launige Witzbolde, die einen Marschplan aufstellen, um möglichst viele Hürden aufzubauen, bis man aufgibt, und anständige Langweiler wie Leitner?

Leitner hätte Sie gar nicht verstecken können, sagte Spitzer, er galt als Mischling zweiten Grades.

Max staunte: Dabei habe ich gedacht, ich wüßte alles, was es über ihn zu wissen gibt.

Sehen Sie, sagte Spitzer mit einem verschmitzten Lächeln, wir sind komplizierter, als Sie denken.

Dieses *Wir* befremdete Max. Konnte man sich hier tatsächlich zugehörig fühlen?

Leitners Geschichte brachte Spitzer ins Erzählen. Er liebte Anekdoten, vor allem makabre voll schwarzer Hintergründigkeit, und wenn er dann fertig war, lachte er, bis er sich die Tränen von den Wangen wischen mußte. Er konnte sich vor Lachen nicht halten, wenn er bei der Geschichte von seinem Cousin an die Stelle kam, wo er als Kellner auf einem Luxusdampfer vor der Küste Floridas mit einer Verbeugung einer Dame die Suppe über das Abendkleid geschüttet hatte, worauf er weinte, so herzzerreißend weinte, vor allen Leuten, daß ihm die Dame Geld gab und ihn tröstete, aber er weinte immer fort, erzählte Spitzer und konnte kaum noch an sich halten, er weinte, und sie zog immer neue Geldscheine aus ihrer Handtasche, worauf er nur immer heftiger weinen mußte. Und Spitzer prustete laut heraus und schaute Max an, der nicht mitlachen konnte, weil er bereits die ganze Geschichte kannte und wußte, daß der Cousin aus einem Viehwaggon abgesprungen war und sich als Vierzehnjähriger allein ins unbesetzte Frankreich durchgeschlagen hatte, von dort nach Kuba, dann nach Florida, später nach New York, wo er in einem fensterlosen Zimmer wohnte, mit nur einem stinkenden Entlüftungsschacht, und das Malheur mit der Suppe war ihm an dem Tag passiert, an dem er erfuhr, daß er der einzige war, der von seiner Familie übriggeblieben war.

Dem Cousin gehe es gut, sagte Spitzer, er sei inzwischen verheiratet, habe Kinder, eine Anstellung und eine Wohnung in Queens in einem Wolkenkratzer im zweiundzwanzigsten Stock mit einer herrlichen Aussicht. Irgendwann würde Spitzer ihn besuchen.

Da gebe es andere, erzählte er, hier in der Gemeinde, denen es bei weitem nicht so gutginge wie seinem Cousin. Ilja, zum Beispiel, das sei eine traurige Geschichte, um ihn müsse man sich regelmäßig kümmern. Als Kind sei er von polnischen Bauern vier Jahre lang in einem Erdloch versteckt worden, vier Jahre, in denen er nicht habe reden dürfen, keinen Laut, und jetzt, als einziger, der die Familie überlebt habe, vegetiere er in einer Pflegeanstalt, stumm und schwachsinnig. Der ist nicht mehr zurückgekommen, sagte Spitzer.

Über sich selber erzählte Spitzer wenig. Er sei in H. geboren und in die Schule gegangen, hätte seine Bar Mizwa in der Synagoge nebenan gemacht.

Sie standen am Fenster, neben Spitzers wuchtigem braunen Schreibtisch mit dem eingelassenen grünen Hartgummibelag, und schauten auf den Hof hinunter, der von der Ostmauer der Synagoge begrenzt wurde. Ein Stapel Holzpaletten lag in der Ecke, sie stießen an die Brandmauer des gegenüberliegenden Gebäudes.

Bei der Entrümpelung vor ein paar Jahren, erzählte Spitzer, habe er in einem Container vor einem Haus in der Hofgasse eine Torarolle gefunden, ohne Schmuck, ohne Mantel, nur das Pergament, zerfetzt und eingerissen, die oberste Lage aufgeweicht, aber aufgerollt und noch lesbar. An ihren Holzgriffen habe er sie erkannt, sie hätten unter einem durchnäßten alten Teppich hervorgeragt. Am Abend davor habe er sie noch nicht gesehen, erst in der Früh, und die ganze Nacht habe es geregnet. Jemand mußte sie all die Jahre versteckt und sich ihrer dann bei Nacht und Regen heimlich entledigt haben. Spitzer habe sie eine Weile im Büro, im Kleiderschrank liegen gehabt, aber sie war nicht mehr brauchbar, sie war zu beschädigt. Dann hatten sie erwogen, sie auf dem Friedhof zu begraben. Schließlich habe sein Bruder die Torarolle nach Israel mitgenommen.

Er nahm ein Foto aus seiner Schreibtischlade: So hat die Synagoge ausgesehen.

Max betrachtete das ein wenig überbelichtete Bild eines klassizistischen Tempels mit einer breiten Treppe zum Portal, Rundbogenfenstern und Säulen, ein rundes Fenster mit sechseckiger Steinmetzarbeit an der Stirnseite. In der offenen Lade lag auch das Foto einer jungen Frau. Max nahm es in die Hand.

Das ist Flora, sagte Spitzer, 1946 waren wir beide einundzwanzig, da haben wir geheiratet, und 1954 ist sie gestorben.

Er nahm Max das Foto aus der Hand, schloß die Lade mit einem nachdrücklichen Ruck.

Warum ist sie so jung gestorben, fragte Max.

Spitzer hob leicht die Schultern. Bei der Befreiung hat sie achtunddreißig Kilo gewogen, sie hat sich nie mehr wirklich erholt. Ich hätte nicht mit ihr hierbleiben dürfen.

Wir wollten den Tempel renovieren, fuhr Spitzer mit einer fremden Stimme fort, offensichtlich bemüht, das Thema zu wechseln. Er zeigte zur Ostmauer der Synagoge hinüber: Innen war sie ganz ausgebrannt, auch das Dach war verbrannt, schließlich haben sie löschen müssen, sonst hätte das Feuer übergegriffen. Bis Kriegsende war sie eine Brandruine, dann ist sie in ein Lagerhaus umgebaut worden. Seit Jahren verhandeln wir mit der Stadtverwaltung wegen der Renovierung, eine zähe Sache, aber jetzt laufen uns die jungen Leute weg, sie wandern aus, was sollen sie auch hier. Manchmal denke ich, wozu noch die Synagoge renovieren, wenn dann am Ende doch keiner mehr da ist.

Wo waren Sie achtunddreißig, fragte Max.

Auf der Flucht, mit meinem älteren Bruder die Donau hinunter auf einem Frachtschiff, gerade dreizehn, ein Kind und bis dahin immer sehr behütet, die Taschen voller Geld und Mutters Diamanten in die Jacke eingenäht.

Und Sie sind zurückgekommen, sagte Max fragend.

Mein Bruder auch, sonst niemand.

Max schwieg. Er wollte nicht mehr dieselbe Frage stellen wie bei ihrer ersten Begegnung und spüren, wie Spitzer ungreifbar wurde. Aber es schien, daß Spitzer die unausgesprochene Frage vorweggenommen hatte, denn er sagte ein wenig irritiert: Irgendwo ist man eben zu Hause, das kann man sich nicht immer aussuchen. Warum ich mir das angetan habe, diese Gemeinde zu meinem Lebensinhalt zu machen, alle möglichen Leute wollen das wissen, die ich nicht um ihre Meinung gefragt habe, und ob denn irgendeiner gesagt hätte, schön, daß du wieder da bist? Nein, das nicht. Natürlich war es den Leuten, die ich von früher kannte, peinlich, daß ich wieder da war. Aber einer muß sich ja kümmern um das, was uns gehört: den Friedhof, das Gemeindehaus, die Synagoge. Ich bin hier aufgewachsen, sagte Spitzer mit einem Anflug von Trotz, da gibt es Erinnerungen, auch gute. Und überhaupt, er schaute Max ärgerlich an: Ich will mich nicht rechtfertigen müssen, als hätte ich etwas Schlechtes, irgend etwas Unanständiges getan.

Ich habe gar nichts gesagt, erwiderte Max.

Lieferwagen fuhren in den Hof, parkten für die Nacht. Arbeiter verschlossen die Tore des Lagerhauses.

Gehen wir, schlug Spitzer vor, es ist sechs.

Und wo waren Sie achtunddreißig? knüpfte Spitzer an das Gespräch von vorhin an.

In New York. Ich war in ein Mädchen aus Wien verliebt. Sie war meine erste ganz große Liebe. Sie war nur ein Jahr älter, aber um vieles erwachsener als ich. Ich habe ihr erzählt, daß mein Vater in Przemyśl geboren sei. Ich hatte mir Przemyśl immer als Dorf vorgestellt, ein kleines romantisches, chassidisches Dorf. Sie hat mich ausgelacht: Przemyśl sei kein Dorf, schon gar kein chassidisches. Das hat mir ungeheuer imponiert, daß sie sich von mir durch überhaupt nichts beeindrucken ließ. Sie hieß Eva. Nach dem Krieg hat sie mich aufs College geschickt und einen anderen geheiratet. Aber sie hat die Leidenschaft für die alte Welt in mir wachgehalten. Sie und meine Mutter.

Wie jeden Donnerstag versuchte Spitzer Max zu überreden, am Schabbat zum Beten zu kommen.

Ich hab's nicht mit Gott, wehrte Max ab, ich hab mit Gott nie viel anfangen können. Mit meiner Mutter bin ich in die Synagoge gegangen, weil sie das glücklich gemacht hat. Uns alle um den Tisch zu versammeln und zuzuschauen, wie es uns schmeckte, das war ihr wichtig. Solange sie in ihrer Wohnung in Brooklyn lebte, habe ich jeden Freitagabend mit ihr verbracht. Seither war ich nie mehr in einer Synagoge.

Sie brauchen ja nicht zu beten, meinte Spitzer. Schauen Sie es sich einfach einmal an. Außerdem haben wir immer öfter weniger als zehn Männer.

Vielleicht morgen, versprach Max. Aber er wußte, daß er auch morgen mit schlechtem Gewissen in seinem Zimmer am Bahnhofsplatz sitzen und überlegen würde, wie lange er in dieser Stadt noch ausharren sollte.

— 2 —

NOCH BEVOR Spitzer erneut Gelegenheit hatte, Max an seine religiösen Pflichten zu erinnern, zwang ihn ein unerwartetes Begräbnis, seine Zurückhaltung aufzugeben und Nadja zu ihm zu schicken mit dem Auftrag, Max solle zum Friedhof kommen, es seien nur neun Männer anwesend und sie bräuchten zehn, um Kaddisch zu sagen. Jetzt gleich, schärfte er ihr ein, wir warten.

Sie lief zielstrebig quer durch den Park, eilig und blind für alles um sie herum, ohne die Koketterie junger Frauen, die sich oft ihrer Bewegungen so bewußt waren, selbst wenn niemand sie beobachtete, als gingen sie an einer Spiegelwand an sich vorbei.

Max stand am Fenster und überlegte gerade, wie er den Tag gestalten sollte. Er war seit einem Monat in der Stadt, es war Ende September, es wurde kühl und die Abende schienen ihm endlos. Neugierig beobachtete er eine junge Frau, die quer über die Rasenfläche lief, die etwas zu kurzen Beine in flachen Schuhen, der schwarze Rock ließ ihre stämmigen Waden frei, aber nicht die Knie und saß zu eng um ihre Hüften, der Wind strich ihr das dunkle, glatte Haar aus einer hohen Stirn. Als sie seinem Blick entschwand und es gleich darauf klopfte, wußte er, daß sie zu ihm kam, von Spitzer hergeschickt. Er müsse sofort mitkommen, forderte sie mit so heftigem Nachdruck, daß sich sofort Widerstand in Max regte. Konnte sie nicht etwas mehr Charme aufbieten, ein wenig weibliche Überredungskunst?

Nicht jetzt, sagte Max kühl, ich habe zu tun.

Sie warten, bis wir kommen, erklärte sie und blieb entschlossen vor ihm stehen, aber in ihr Gesicht war plötzlich eine gespannte, aus unerfindlichen Gründen fast freudige Erwartung getreten. Aus der Nähe fand Max ihr Gesicht ungewöhnlich, besonders in einer Stadt wie H., die einen erstaunlich einheitlichen Menschenschlag hervorgebracht zu haben schien. Sie wirkte dunkler, als sie war, er fragte sich, welcher tatarische Vorfahre ihrem breiten, spitz zulaufenden Gesicht seine Züge aufgeprägt hatte, die schmalen, schrägen, fast asiatischen Augen, den großen, vorwurfsvoll geschürzten Mund und überhaupt dieses widerspenstige Beharren. Aber ihn sah sie mit einem Ausdruck entzückten Wiedererkennens an, so daß er fragte: Sind wir uns denn schon einmal begegnet?

Nein, nein, sagte sie schnell und wurde rot, ich habe Sie nur auf der Straße gesehen.

Das schmeichelte seiner Eitelkeit. Er fiel mit seinen einundfünfzig Jahren noch immer jungen Frauen auf. Wie alt mochte sie sein, um die Zwanzig? Und gleich war er bereit, sie in einem ganz anderen Licht zu sehen, nicht mehr ungehobelt und uncharmant, eher von einer ungestümen Wildheit, die etwas Reizvolles hatte. Jedenfalls hatte sie sein Interesse geweckt, und er war bereit mitzukommen.

Gehen wir, sagte er, ist es weit?

Nein, rief sie über die Schulter, höchstens zehn Minuten, und ging ihm über die Treppe voraus, als führe sie ihn ab.

Während er neben ihr ging, sah er sie immer wieder von der Seite an und fragte sich, ob dies ein Anfang sein könnte, von irgend etwas, das den ganzen Aufwand an Zeit und Mühe des Werbens um eine Frau rechtfertigte. Er hatte schon seit langer Zeit nicht mehr die berauschte Leichtigkeit erster Verliebtheit erlebt, obwohl er nie lange allein gewesen war. Mit der Zeit waren die Muster seiner Liebesbeziehungen einander immer ähnlicher geworden, voraussagbar und wegen der schnell einsetzenden Langeweile immer kürzer. Er glaubte, Frauen zu kennen, sie auch soweit zu verstehen, wie ein Mann eine Frau eben verstehen konnte, sie zu mögen und ganz sicher zu seinem Wohlbefinden zu brauchen. Aber er verglich sich manchmal, wenn er einer Frau sein allzu schnell erlahmtes Interesse erklären mußte, mit einem Connaisseur, dessen Geschmack im Lauf der Jahre ausgefallener geworden und schwieriger zu reizen war. Er sei gewissermaßen überfüttert von der Liebe. Das war kein Kompliment, aber es schaffte ihm endlose

Debatten und Krisen aus dem Weg, denn gegen Übersättigung gab es kein anderes Mittel als Abstinenz.

Und dann hatten die Todesfälle in den letzten Jahren, der von Elizabeth, seiner Mutter, seinem alten Lehrer, einem Bildhauer in den Wäldern Vermonts, seine Lebensfreude gedämpft und seinen Unternehmungsgeist vermindert.

Du solltest endlich heiraten, hatte ihm ein Freund, auf den er stets gehört hatte, geraten, gerade jetzt, wo du niedergeschlagen bist und dich allein fühlst, brauchst du die Beständigkeit einer Ehe.

Aber Max, der schon vor der Verausgabung der Liebe zurückschreckte, fürchtete die Ehe als einen Zustand der Unfreiheit. Frauen seien anstrengend, gab er zu bedenken, wenn man sie glücklich machen wolle, und das sei nun einmal der Sinn einer Beziehung, müsse man sich auf sie einstellen, ihnen ununterbrochen Beweise liefern, wie sehr man sie liebe, man müsse sie beschenken und nicht nur mit materiellen Dingen, mit Aufmerksamkeiten, Überraschungen, sonst habe das ganze von vornherein keine Spannung und keinen Reiz. Liebe sei Verausgabung, ohne sich aufzusparen, und der Versuch, das Einzigartige in einem Menschen zu entdecken. Daher erstaunte es ihn auch nicht, wenngleich es ihn doch jedesmal enttäuschte, daß er von Frauen, die ihm wenig bedeuteten, auch wenig bekam.

Wie heißen Sie, fragte er und betrachtete ihr Profil, das etwas von der entrückten Klarheit japanischer Tuschzeichnungen hatte.

Nadja, antwortete sie und wandte ihm ihr Gesicht zu, ihren großen trotzigen Mund und neugierige Augen unter dichten Brauen, die über der Nasenwurzel beinahe zusammenwuchsen. Reden Sie weiter, fragen Sie mich etwas, schien dieser Blick zu drängen, aber sie nannte bloß ihren Namen, und Max schwieg.

Wir müssen uns beeilen, sagte sie ungeduldig. Sie können nicht anfangen ohne uns, es sind nur neun Männer auf dem Friedhof.

Sie ist zu herrisch, dachte er, zu direkt. Er mochte das Spielerische, das überraschend Vieldeutige des Flirts.

Er mußte sich Mühe geben, mit ihr Schritt zu halten. Sie führte ihn mit einer Bestimmtheit, die den Unmut in ihm verstärkte, der unterwegs wieder in ihm hochgestiegen war. Sie mochte ja interessant aussehen, aber sie hatte nichts Verführerisches an sich. Es war ein unerwartet langer Weg, den sie fast im Laufschritt zurücklegten, über stark befahrene Straßen ohne Ampel oder Fußgängerübergang, an schmucklosen Zweckbauten vorbei und zwischen alten grauen Häusern entlang. Hoch oben auf einem Bahndamm verlangsamte ein Schnellzug seine Fahrt. Schließlich erreichten sie die Friedhofsmauer, hinter der hohe, üppig grünende Bäume aufragten.

Eine kleine, verloren wirkende Schar alter Leute stand um ein ausgehobenes Grab, unterhielt sich, keine Kinder, nur eine Witwe, Freunde. Die Witwe kam auf Max zu und bedankte sich für sein Kommen. Spitzer drückte ihm erleichtert eine Kippa in die Hand. So, jetzt können wir anfangen, sagte er. Der Sarg ruhte bereits auf Holzlatten über dem aufgeworfenen Erdwall. Die Sonne stand schon hoch. Max war beim Laufen ins Schwitzen gekommen, jetzt spürte er den Wind, er machte ihn frösteln. Es war still, als gäbe es keine Stadt jenseits dieser Mauern, nicht den Vormittagsverkehr, durch den sie sich gerade einen Weg gebahnt hatten, nur die Vögel in den Zweigen und die Gebete, denen er nicht folgen konnte. Der Verstorbene hatte Mordechai ben Yitzhak geheißen, aber wahrscheinlich war der Name, unter dem ihn seine Nachbarn kannten, ein ganz anderer gewesen. Max fühlte sich für den schwindligen Bruchteil eines Augenblicks in eine ferne, vergangene Zeit versetzt. Dann griffen die Männer zu den Schaufeln, auch er, als wäre er nur dazu auf den Friedhof gekommen, einen Unbekannten zu begraben. Kühl rann der Schweiß seinen Rücken hinunter. Er fühlte sich sehr jung und kräftig unter all den hinfälligen Alten. Ein warmes Gefühl der Zugehörigkeit durchströmte ihn, als er sich zu den andern umwandte und dankbare Anerkennung in ihren Augen las. Warum sollte er auch darauf beharren, daß er nichts mit ihnen zu tun hätte, daß es reiner Zufall sei, jüdische Eltern gehabt zu haben, daß er ihnen nichts schuldig sei. Hier wurde er offenbar gebraucht, von diesen Menschen wurde er ohne Frage und Mißtrauen angenommen.

*

Mehr als jemals zuvor und stärker als in anderen Städten, in denen er sich vorübergehend aufgehalten hatte, fühlte sich Max in H. unentwegt darauf verwiesen, daß er fremd war. Es waren die flinken, aufmerksamen Blicke, die es ihm bestätigten, und jedesmal bei seinem ersten Satz spürte er, wie alle aufhorchten und sich fragten, woher er komme.

Vergessen Sie nicht, ermahnte ihn Spitzer von Zeit zu Zeit, das hier ist nicht New York, nicht einmal eine Großstadt.

Aber Max war kein beliebiger Tourist, der von weither kam und deshalb auffiel. Er saß als Jude den Beamten gegenüber, die mit seiner Rückstellungsklage befaßt waren, als Jude ging er in seinem Hotel aus und ein, und hätte er diesem Umstand kein Gewicht beigemessen, sie hätten es ihn nicht vergessen lassen, es war ihren Gesichtern abzulesen, ihren gezügelten, neugierigen Blicken. Es stand als Scheu, als Befangenheit oder als Unbehagen in ihren Augen. Er ertappte sie bei ihrer erschrockenen, überstürzten Freundlichkeit, wenn sie erfuhren, wer er war, als hätten sie zu freimütig Unzensiertes ausgeplaudert, als hätten sie sich unbeobachtet zu sehr gehenlassen. Zu Hause, in New York, hatte Max kaum jemals darüber nachdenken müssen, was es für andere bedeuten mochte, daß er Jude war.

Spitzer gab ihm mit einem amüsierten Zwinkern seine Genugtuung zu erkennen, als Max am Freitagabend in der Tür des Betraumes erschien, ein Stockwerk tiefer als an anderen Tagen, direkt unter Spitzers großem, düsteren Büro. Er begrüßte ihn wie einen bereits sehnlich erwarteten Gast und stattete ihn mit Kippa und Gebetbuch aus, und Max fand wider Erwarten nichts anstößig oder scheinheilig daran, einfach dazustehen und sich umzusehen, ohne die Absicht zu beten oder auf ein Gefühl frommer Ergriffenheit zu warten.

Der Betsaal war nüchtern, hell erleuchtet, mit ein paar alten Bänken, die man vermutlich aus der ausgebrannten Synagoge gerettet hatte, dahinter Stuhlreihen wie in einem Vortragssaal, vorn ein hohes flaches Pult und dahinter ein schlichter dunkelblauer Samtvorhang, der den Toraschrein verhüllte. Diese improvisierte Schlichtheit hatte etwas Rührendes, etwas, das in seiner Vorläufigkeit und Vergänglichkeit zum Beschützen einlud, ein Bedürfnis, dem Max selten widerstehen konnte. Und auch die Gemeindemitglieder, wenige Familien, viele allein, mehr alte Leute als Jugendliche, machten diesen stillen, gedämpften Eindruck, auf den Max nicht gefaßt war.

Er war mit seiner Mutter in eine kleine Synagoge gegangen, wo im Unterschied zu den großen Synagogen in Manhattan die Männer von den Frauen noch getrennt saßen und nur Männer zur Tora aufgerufen wurden, aber selbst sie hatte über hundert Menschen gefaßt, und kleine Kinder lärmten durch die breiten Gänge und quietschten vor Vergnügen, wenn sie von ihren Müttern eingefangen wurden. Als Junggeselle hatte Max sich immer ein wenig fehl am Platz gefühlt, hatte die unausgesprochene Erwartung gespürt, daß es auch für ihn längst an der Zeit war, eine Familie zu gründen und Kinder großzuziehen.

Nadja saß jenseits des Mittelgangs neben einer lebhaft wirkenden, kleinen alten Dame mit weißem, kurzgeschnittenem Haar, das sie sich manchmal mit einer schwungvollen Handbewegung aus dem Gesicht schob. An jedem Freitagabend saßen die beiden einträchtig auf denselben Plätzen nebeneinander wie Mutter und Tochter, und Nadja beugte sich aufmerksam zu der alten Frau hinüber, wenn die sie am Ärmel zupfte, um ihr etwas zuzuflüstern.

Jugendliche gebe es anscheinend nicht allzu viele in der Gemeinde, bemerkte Max zu Spitzer.

Was sollen sie hier auch, erwiderte Spitzer. Das aufregende Leben spielt sich heutzutage anderswo ab. Israel zieht viele an. Man schickt sie auf Verwandtenbesuch, zum Studieren, zum Hebräischlernen, und sie bleiben.

Wer ist die alte Dame, mit der Nadja gerade flüstert, fragte Max, eine Verwandte von ihr, ihre Mutter?

Das ist unsere *Rebbezn*, die Witwe des Rabbiners Vaysburg.

Geht sie deshalb so ehrfürchtig mit ihr um?

Nadja ist unser Findelkind, unser Kuckucksei. Spitzer lächelte liebevoll zu ihr hinüber.

Mit dreizehn sei Nadja gegen Ende des Schuljahrs in Spitzers Büro aufgetaucht und habe ihn gefragt, ob sie am Religionsunterricht teilnehmen dürfe. Der katholische Religionslehrer an ihrer Schule wolle sie nicht mehr sehen, weil sie störe.

Und bei uns wirst du nicht stören, hatte Spitzer gefragt.

Ich glaube nicht, hatte sie gemeint, das Problem mit dem katholischen Religionsunterricht wäre nämlich, daß sie Jüdin sei.

Ihre Geschichte von der jüdischen Herkunft ihrer Mutter klang ziemlich verworren, und Beweise konnte sie keine liefern. Das käme oft vor, berichtete Spitzer, daß Jugendliche aufgrund irgendeiner obskuren jüdischen Abstammung erwarteten, als Juden in die Gemeinde aufgenommen zu werden, entweder aus Geltungsdrang oder weil sie etwas Besonderes sein wollten, oft auch bloß, weil sie einsam seien und mit ihrer eigenen Familie nicht mehr verwandt sein wollten.

Wir schicken sie meist fort, sagte Spitzer. Manche kommen ein paarmal und bleiben dann von selbst weg. Aber mit Nadja war es anders. Niemand brachte es über sich, sie wegzuschicken, aber ermutigt hat sie auch keiner. Trotzdem blieb sie hartnäckig, suchte von Anfang an Frau Vaysburgs Nähe, lernte, indem sie bei ihr im *Siddur* mitlas; den Rest brachte ihr Spitzers Nichte Ofra bei, die später dann mit ihren Eltern nach Tel Aviv gezogen war, und in den Bar Mizwa-Unterricht kam Nadja auch und saß als einziges Mädchen in der letzten Reihe. Das alles mußte ungefähr sieben oder acht Jahre her sein, rechnete Spitzer nach.

Er frage sich manchmal, fuhr Spitzer fort, ob er Nadja nahelegen solle, Jüdin zu werden, aber dann lasse er es jedesmal wieder. Man soll keine Proselyten machen, schon gar nicht in einer so kleinen Gemeinde. Die obskuren Großmütter und Urgroßmütter konnten reine Erfindung sein, um sich ein wenig zu legitimieren. Spitzer gab nichts auf solche Geschichten. Aber für Nadja empfand er eine

Art väterlicher Zärtlichkeit. Er hatte nie ausdrücklich nach ihren Eltern gefragt, außer in Sätzen wie: Was sagt dein Vater dazu, daß du zu den Juden gehst?

Dem ist das egal, hatte Nadja geantwortet.

Es schien, als habe sich ihre Jungmädchenschwärmerei für die um einige Jahre ältere Ofra in eine starke Anhänglichkeit an ihren Onkel verwandelt, nachdem Ofra ausgewandert war. Sie begleitete ihn manchmal bis vor sein Haus, kam oft in sein Büro, fragte ihn, ob er sie mitnähme, wenn er die Kranken der Gemeinde besuchen ging, bot alle möglichen willkommenen und unnötigen Hilfen an.

Sie kommt mir manchmal wie ein junges Tier vor, das Wärme sucht, sagte Spitzer.

Nadja hatte auch versucht, Spitzer nach dem Tod seiner Eltern, nach seinen Erlebnissen vor der Flucht, nach seiner Kindheit in den dreißiger Jahren zu fragen, aber er hatte ihre Neugier schroff zurückgewiesen. Frag lieber deine Eltern, was damals war, hatte er gesagt. Er könne nicht von damals sprechen, das müsse sie verstehen, er wolle nicht. Sehr heftig war er dabei geworden, und sie hatte sich erschreckt entschuldigt. Nachher tat ihm seine Heftigkeit leid, er nahm sie zu seinen Krankenbesuchen bei Ilja mit, weil sie ihn darum gebeten hatte; er selbst hielt es nicht für richtig, ihr das Elend dieser in der Dunkelheit eines Erdlochs und im Schweigen zerrütteten Seele vorzuführen.

Nein, es war keine gute Idee gewesen, sie hatte auf dem ganzen Heimweg kein Wort mehr geredet.

Um ihre Frage dennoch auf seine Weise zu beantworten, nahm Spitzer sie an Orte mit, die er vielleicht nur ihretwegen aufsuchte, Orte, wo damals noch keine Wegweiser und Gedenktafeln darauf verwiesen, daß dort ein Nebenlager eines Konzentrationslagers gewesen war. Er blieb vor Häusern stehen, die in den fünfziger Jahren über den

Grundfesten der Lagerbaracken und den Leichen errichtet worden waren, bis jemand erschien, um unwirsch zu fragen, was er hier suche, oder ihn gleich ohne viele Worte wegzujagen.

Macht es Ihnen nichts aus, hier zu wohnen, fragte er die Leute. Hier, genau an dieser Stelle wo Ihr Haus steht, sind Juden ermordet worden. Macht es Ihnen nichts aus, so unbekümmert auf einem fremden Friedhof zu leben?

Nadja lernte eine aufsässige, zornige Seite Spitzers kennen, die nur wenige je zu Gesicht bekamen. Später würde sie verstehen, daß er so, ohne Belehrungen und ohne ihr seinen eigenen Schmerz zu offenbaren, ihre politische Erziehung übernommen hatte.

Ein-, zweimal steckte sie den Kopf zur Tür herein, als Max in Spitzers Büro saß, sagte jedesmal, Entschuldigung, ich dachte nur ... und zog sich zurück. Bis auf das eine Mal, als die beiden Männer gerade aufbrechen wollten. Es war ein strahlender, fast sommerlicher Herbsttag, und im Büro war es wie immer klamm und kühl.

Komm mit, sagte Spitzer, als Nadja erschien, wir gehen ins Kaffeehaus.

Sie saßen in einem Gastgarten nahe am Fluß, von dem ein frostiger Lufthauch heraufstieg, trotz der Sonne und der Mücken, die zwischen braungeäderten Kastanienblättern tanzten. Auf der anderen Seite des Flusses ragte ein schattiger Hang in den herbstlichen, wolkenlosen Himmel, feuchtdunkel in seiner Sonnenferne. Wie schön, freuten sich Spitzer und Nadja. Max stellte sich vor, es wäre ein Flußtal in einem fremden, fernen Land, er wollte keine überschwenglichen Gefühle für diese Stadt aufkommen lassen, sie sollte ihm vom Leib bleiben, in angenehmer Entfernung. Er stellte sich kurz vor, wie es wohl wäre, in dieser Stadt verliebt zu sein, und sein Blick fiel auf Nadjas Gesicht, das jetzt, da sie schwieg und in sich versunken war, klein und traurig wirkte. Ihr voller, ungeschminkter Mund erinnerte ihn an die Zeit unmittelbar nach dem Krieg, als sich alle Frauen solche herzförmig geschwungenen Lippen malten, auch seine Mutter.

Dann sprachen Nadja und Spitzer über Ofra. Sie wolle Sängerin werden. Sie sei verlobt gewesen. Sie habe kein Glück mit Männern. Eine so schöne Frau! Und wie Nadja sie bewunderte. Wie selbstlos sie von ihr schwärmte, so sehnsüchtig, so verletzt: Ofra habe ihr kein einziges Mal geschrieben. Sie schreibe eben nicht, erwiderte Spitzer. Welchen exquisiten Geschmack sie habe, schwärmte Nadja, die Türkisohrringe, das indische Kleid mit den vielen kleinen Spiegeln.

Ob sie nicht von etwas anderem reden könnten, fragte Max.

Doch, sagte Spitzer und legte den Arm um ihre Schulter. Wissen Sie, daß Nadja Malerin ist?

Sie schaute verlegen an Max vorbei, in das Glitzern des Flusses.

Im Ernst? fragte Max interessiert. Haben Sie ausgestellt? Leben Sie davon?

Nein, räumte sie verlegen ein, sie habe die Kunstschule in der Stadt besucht und arbeite in einer Druckerei. Aber sie habe eine Mappe, fügte sie stolz hinzu, und zum erstenmal lag in ihrem Blick ein Anflug weiblicher Koketterie.

Was machen Sie in der Druckerei, fragte Max.

Nichts Besonderes, meinte sie wegwerfend, Werbegraphik, Design für Plakate, Auftragsarbeiten eben. Sie zuckte die Schultern: Es ist ein Job.

Es gibt zu viele Maler heutzutage, stellte Max nüchtern fest.

Sie schwieg. Eine beharrliche Entschlossenheit straffte Kinn und Mund. Sollte sie ihre Träume haben. Malerin. Jüdin. Laß sie in ihrer Traumwelt leben, gebot sich Max, wenn sie das braucht, um die Enge und das Lähmende dieser Stadt zu ertragen, das wird sich legen, wenn sie älter wird. Aber es machte ihn ungeduldig, es deprimierte ihn, mit anzusehen, wie sich so viele Erwartungen verflüchtigen würden. Sie ist am falschen Ort geboren, dachte er, hier gibt es keine Chance, nur Träume, die verfliegen.

Er sei bereit, sich ihre Mappe anzusehen, sagte Max betont herzlich, er glaube, etwas von Malerei zu verstehen.

Spitzer erklärte ihr, wie berühmt Max sei, er habe sogar ein Haus an der Fifth Avenue, dem Symbol amerikanischen Überflusses, restauriert.

An Spitzers hintergründigem Lächeln und dem ironischen Glitzern in seinen Augen erkannte Max, daß er sein zögerndes Interesse für Nadja bemerkt hatte und es guthieß.

*

Am Abend betrachtete Max sich länger vor dem Spiegel. Er gefiel sich. Kein Zweifel, er besaß ein angenehmes, einnehmendes Äußeres. Das dunkelbraune Haar mit dem rötlichen Schimmer war dicht wie eh und je, ergraut nur an den Schläfen und fast schon ein wenig lang, aber es stand ihm, machte ihn jünger, es war sein Zugeständnis an die Zeit, an den Geschmack der Jungen. Einige graue, genaugenommen farblose Fäden in seinem kurz gestutzten Bart störten ihn keineswegs; er mochte diese subtilen Hinweise, daß er bereits ein gutes Stück Leben hinter sich hatte, die an manchen Tagen bläulichen Schatten unter den Augen, die Lachfalten in den Augenwinkeln. Den umschatteten Blick hatte er vor langen Jahren als Jugendlicher einstudiert, bis irgendeine Frau, wahrscheinlich Eva, ihn theatralisch fand, aber da war er schon zur Gewohnheit geworden und stellte sich wie von selbst ein, sobald er sich einer Frau näherte. Spitzer war ein, zwei Jahre jünger als er, und trotzdem wirkte er älter, irgendwie verbrauchter, mit seinem runden Rücken und dem schütteren grauen Haar. Max hatte ihn noch nie mit einer Frau zusammen gesehen.

Wie Nadja mit ihren einundzwanzig Jahren sie wohl sah, ihn und Spitzer? Als alte Männer, denen sie arglos und kindlich ihr Vertrauen schenken konnte? Sie kam ihm sehr unschuldig und unerfahren vor.

Max hatte sich zwar schon gefragt, woran es lag, daß er bis jetzt noch nie das Bedürfnis verspürt hatte, in H. die Bekanntschaft einer Frau zu suchen, aber vielleicht lag es daran, daß er den Leuten hier mißtraute, auch denen, die nach dem Krieg geboren waren. Er würde jede junge Frau, der er sich näherte, fragen wollen, was ihr Vater während des Kriegs gemacht habe, und selbst wenn er sich diese Frage verbiß, würde sie als Argwohn zwischen ihnen stehen. Es könnte sich herausstellen, daß der eine oder andere Vater dieser hübschen jungen Frauen direkt am Tod seiner Verwandten Mitschuld trug, es war eine kleine Stadt, und nichts war anonym wie in der Großstadt. Bei Nadja spürte er, daß sie unglücklich war, daß sie an dieser Stadt litt und mit der zornigen Entschlossenheit, die sie so unzugänglich machte, nach einem Ausweg suchte. Er dachte mit Sympathie, sogar Bewunderung an sie, aber er zögerte, sich ihr aus Mitgefühl zu nähern, wenn er sich nicht zu ihr hingezogen fühlte. Wir werden ja sehen, was sich ergibt, sagte er abschließend zu seinem Spiegelbild. Was Frauen betraf, ließ er sich seit jeher von Eingebungen leiten.

An vielen Tagen saß Max in der Bibliothek, studierte den Amtskalender der Jahre 1938 bis 1945, schrieb sich Namen auf, verglich sie mit jenen, die der *Völkische Beobachter* anerkennend erwähnte, suchte sie später im Telefonbuch und fand sie, mit denselben Amtstiteln, vermehrt durch die Namen ihrer Kinder und Enkel. Max legte die Liste triumphierend Dr. Leitner vor. Der hob die Schultern und zeigte nicht das geringste Erstaunen: Natürlich, wohin hätten sie auch verschwinden sollen?

Wer nicht gestorben ist, den finden Sie im Telefonbuch, sagte er trocken.

Mit dem Haus läuft alles wie am Schnürchen, berichtete er, alles ist unter Kontrolle. Dr. Leitner war eine Fundgrube für Redewendungen, hinter denen er geschickt verbarg, was er wirklich dachte. Aber er mußte doch etwas fühlen, wenn er sagte: Wir haben Ihren Großvater für tot erklären lassen. Er schob ihm beglaubigte Abschriften der Sterbeurkunden hinüber. Es mußte ihm doch mehr bedeuten, als ein paar Hindernisse aus dem Weg geräumt zu haben, um für seinen Klienten die Rückstellung eines Hauses zu erwirken.

Ich will das Haus nicht mehr, wollte Max sagen, aber er wußte, daß er es nur sagen wollte, um Dr. Leitner ein einziges Mal bestürzt zu sehen.

Wann kann ich einziehen, fragte er statt dessen.

Dr. Leitners sandfarbene Augenbrauen näherten sich dem Haaransatz über seiner Stirn. Nun schien er tatsächlich bekümmert. Die Sache sei nämlich die, vorläufig sei die Mansarde zur Benützung frei, zwei Zimmer, aber ohne Bad und Küche. Das Problem läge in der Unkündbarkeit von Mieterschutzwohnungen.

Sie meinen, ich soll in meinem eigenen Haus als Untermieter wohnen?

Sie könnten sich dann besser um alles kümmern, als Hausbesitzer, gab Dr. Leitner zu bedenken. Das Haus ist reparaturbedürftig. Es wäre ratsam, die Reparaturen zu beaufsichtigen, sonst könnte es teuer werden.

Sie meinen, jetzt fangen die Ausgaben erst an, und ich darf dafür in zwei Dachkammern wohnen?

Der Mann mußte beschränkt sein, fand Max, wenn er ihm einen solchen Vorschlag machte, hinter seiner Anständigkeit, seiner emotionslosen Genauigkeit einfach nur beschränkt, im Denken und im Fühlen. Er stand auf und verabschiedete sich kühl.

Ich kann warten, sagte Max, und wenn es noch dreißig Jahre dauert, bis der letzte draußen ist.

Er ging geradewegs zu Spitzer.

Ja, sagte Spitzer, ich kenne das, Flora und ich haben im Haus meiner Eltern acht Jahre lang in einem Zimmer gewohnt, und die anderen Mieter haben uns nicht einmal gegrüßt.

Ich warte, bis es leer steht, beharrte Max.

Er war müde und fühlte sich besiegt, als er durch die Straßen mit den strengen Bürgerhäusern, ihren abweisenden grauen Fronten zum Bahnhof ging. Seit zwei Monaten ging er jeden Tag zum Bahnhof, wie ein Pendler, wie ein Obdachloser. Er hatte die vage Vorstellung gehegt, daß er am Ende als Besitzer in sein Haus übersiedeln würde, wenn auch nur für kurze Zeit, für einen Monat, eine Woche, vielleicht nur eine Nacht, um an Miras Stelle den Triumph der Heimkehr auszukosten.

*

Am nächsten Freitag abend verabredete sich Max mit Nadja und nahm mit Genugtuung ihre unverhohlene Freude über die Einladung wahr. Sie habe ein hübsches Lächeln, fand er. Sollte er abreisen, ohne wenigstens einen Flirt gehabt zu haben?

Als Max sein Stammcafé pünktlich zur verabredeten Zeit betrat, wartete Nadja bereits an einem der runden Marmortischchen, das Gesicht erwartungsvoll zur Tür gewandt, und als er eintrat, huschte ein Lächeln darüber. An diesem Morgen hing vor den Fenstern dichter Nebel, der wie ein durchsichtiger Schleier sogar im Raum die Luster zu entrücken und die Wandleuchten zu verdunkeln schien. Nach der Begrüßung schwieg sie und schob ihm, kaum daß er sich gesetzt hatte, ihre Mappe hinüber. Für unverbindliches Geplauder war sie nicht zu haben. Max putzte sorgfältig seine schmale Goldrandbrille mit einer Serviette, um ihrem Diktat ein wenig symbolischen Widerstand zu leisten. Im trüben, verschwimmenden Licht betrachtete er ihre Zeichnungen. Soviel konnte er sehen: Sie hatte nicht Elizabeths leichte Hand und auch nicht ihre kühne Phantasie. Hatte sie dennoch etwas? Eine Spur von einer fürs Malen nützlichen Begabung? *Bridgeclub*, hatte sie an den unteren Rand einer Tuschzeichnung geschrieben. Zu genau ausgearbeitet für eine Karikatur, bemerkte er. Trotzdem, diese Typen kannte er, er war ihnen begegnet auf Schritt und Tritt, und er mußte zugeben, daß er sie nie so unbarmherzig scharf gesehen hatte, wie sie hier saßen, bösartig, zänkisch und blasiert. Oder eine Bleistiftzeichnung, die den Titel *Sonntagnachmittag* trug: Ja, so flanierten sie die Geschäftsstraße auf und ab, in Trachtenkostümen, Hut auf dem Kopf, Handtaschen von den angewinkelten Ellbogen baumelnd, mit schlauen, verstohlenen Blicken, vorgeschobenem Kinn und unbewegten Mienen.

Er warf Nadja einen schnellen Blick zu; wie mußte sie es hassen, hier zu leben, wie unglücklich mußte sie sein. Sie schaute gespannt auf seine Hände, die ihre Zeichnungen wendeten. Er schob die Blätter von sich und sah sie plötzlich schärfer, sah die ungeschickte Linienführung, die schwerfällige Hand. Sie wird es nicht schaffen, dachte Max, sie wird zugrunde gehen, aber eine Malerin wird sie nicht, auch keine Karikaturistin.

Er begegnete ihrem Blick, in dem er die Überzeugung las, daß er die Macht hatte, ihre Träume zu erfüllen. Ihr gläubiger Blick war wie eine Erpressung, ein Druck auf seinen Magen. Die schmalen Hände, die die Kaffeetasse umklammerten, der Spitzenkragen einer unmöglichen Theaterbluse, extra angezogen für diesen besonderen Anlaß, bei dem sie, vielleicht zum erstenmal, jemandem ihre zornige, gequälte Seele offenbarte.

Konnte er ihr einfach sagen, es fehlt Ihnen an Begabung?

Die Sonnenstrahlen, die den Nebel aufzulösen begannen, trafen auf ihre dunklen Augen und ihre linke Wange. Schon möglich, daß sie jüdische Vorfahren hat, wie sie behauptet, dachte Max, als käme in ihrem Gesicht, wie bei den Zeichnungen, etwas zum Vorschein, zu unbestimmt, es zu benennen, das er zuvor nicht beachtet hatte.

Haben Sie eine gute Kamera, fragte er. Sie sah ihn erstaunt an.

Weil Sie das Auge haben, erklärte er, aber nicht die Hand.

Sie klappte die Mappe zu und blickte auf ihre Hände. Ihre Unterlippe schob sich vor wie bei einem trotzigen Kind. Er hoffte, sie würde nicht zu weinen anfangen.

Versuchen Sie es mit dem Fotografieren, schlug er vor.

Sie schüttelte den Kopf und schaute geradeaus.

Er war erleichtert. Sie würde nicht weinen, ihr Blick war zornig, verletzt, enttäuscht und stur. Selbst wenn sie mehr Begabung hätte, würde es ihr nichts nützen. Sie mußte weg von hier. Jetzt bäumt sie sich noch auf, dachte Max, mit diesen Zeichnungen, diesem haßerfüllten Blick auf ihre Umwelt, und indem sie auch noch vorgibt, Jüdin zu sein, und damit wahrscheinlich ihre ganze Familie gegen sich aufbringt. Aber wenn sie hierbleibt, wird sie irgendwann aufgeben, sie wird einen Einheimischen heiraten, und allzu wählerisch kann sie nicht sein, denn sie ist nicht der Typ, an den sie hier gewöhnt sind. Die Familie wird auf einer kirchlichen Hochzeit bestehen, auf getauften Kindern. Mit vierzig liegen dann die Jugendträume, das Malen, das Judentum weit hinter ihr, es wird nur mehr für ein wenig Nostalgie ausreichen, wenn sie zurückblickt. Warum sollte ausgerechnet sie stärker sein als ihre Herkunft?

Max wartete schweigend und geduldig, daß sie sich faßte. Um sie von ihrer Enttäuschung abzulenken, fragte er schließlich, wie das mit der Jugendbewegung sei, hier in der Stadt, und ob sie achtundsechzig etwas davon mitbekommen habe oder vielleicht dabeigewesen sei?

Sie meinen Israel, fragte sie.

Wieso Israel, erkundigte sich Max verblüfft.

Weil alle ausgewandert sind vor fünf, sechs Jahren, fast alle.

Nein, erklärte er ihr amüsiert, die Counter Culture, Hippies, Vietnam, Flower Power, das alles. Er selber hielt nichts davon, so machte man seiner Meinung nach nicht Politik. Er fand die ziellose Energie dieser Jugend ermüdend und ihre Parolen naiv. Und was die jungen Frauen betraf, hatten sie in ihrer hemmungslosen Direktheit jede Raffinesse verloren.

Ach so, die Studenten, meinte sie gleichgültig. Ihr Blick wurde abwesend und schweifte durch den Raum, sie schwieg. Es schien ihr nicht einzufallen, ihrerseits Fragen zu stellen.

Auf seiner angestrengten Suche nach einem neuen Thema, das sie interessieren könnte, kam Max schließlich auf die Frage nach ihrem Lieblingsmaler. Plötzlich belebte sich ihr Gesicht. Lionel Feininger, sagte sie, Joseph Stella, kennen Sie die? Er nickte, erzählte von Ausstellungen, die er besucht hatte, von den regelmäßigen Besuchen im neueröffneten Whitney Museum in seiner Kindheit. Sie lehnte sich vor, begierig, angespannt, und Edward Hopper, haben Sie seine Bilder auch gesehen?

Sie müssen nach New York kommen, rief er, von ihrer Begeisterung angesteckt, ich führe Sie in alle Museen und in die Galerien im Village. Er geriet ins Schwärmen, erzählte von den Galerien, deren Besitzer er kannte, redete von Malern, mit denen er befreundet war, und vergaß angesichts ihrer Verzückung und seiner Sehnsucht nach New York, daß er ihr unentwegt Versprechen machte, die er nicht vorhatte einzulösen.

Gegen Mittag brachen sie auf, ihr Gespräch über Malerei war in seine Schilderungen von New York übergegangen, er fand kein Ende.

Als ich Sie zum erstenmal gesehen habe, erzählte Nadja, haben Sie sich ein Kipferl in einer Bäckerei gekauft und es im Gehen gegessen. Da dachte ich, Sie müssen Amerikaner sein, vielleicht aus New York.

Sie gingen über den Stadtplatz und die Kastanienallee am Fluß entlang, er ließ sich von ihr führen. Stachlige graugrüne Kastanien lagen auf dem Weg, manche ohne Schale, glänzend braun. Max bückte sich und hob zwei auf, eine davon, die größere, hielt er ihr hin: Auf ein Wiedersehen in New York, sagte er.

Vom Fluß stieg der Nebel auf wie Wasserdampf aus einem heißen Bad, ein goldfarbenes Wogen in der Sonne. Max zog Nadja an sich und küßte sie. Er wußte zwar, daß er auch damit leichtsinnig ein Versprechen gab, aber damit konnte er sich später befassen, jetzt galt es, seiner Eingebung zu folgen und für den Moment das Richtige zu tun. Sie besaß, wie er vermutet hatte, keinerlei Erfahrung. Ihre Angst vor dem, was ihr geschah, schien so groß wie ihr Verlangen danach, sie zitterte am ganzen Körper. Er legte seinen Arm um ihre Taille, so gingen sie weiter. Ihr feierliches Schweigen war ihm peinlich. Es hat nicht soviel zu bedeuten, wie du meinst, hätte er sagen wollen, es ist nur eine romantische Anwandlung, aber er schwieg, und jeder, der ihnen begegnete, mußte sie für ein Liebespaar halten. Womöglich glaubte sie es selber auch.

Sie führte ihn in einen Stadtteil, den Max noch nie betreten hatte, ein fast ländliches Straßendorf, einstöckige Häuser, die von Stützmauern und hängenden Gärten herab einen langgestreckten Bootsanlegeplatz überblickten.

Hier wohne ich, erklärte sie, in einem Anbau, man kann ihn von der Straße aus nicht sehen.

Sie standen einander verlegen gegenüber und achteten auf Abstand.

Ich gebe Ihnen meine Adresse, stellte sie mit der Bestimmtheit fest, die er an ihr bereits kannte. Sie griff blind in die Mappe und riß ein Stück Papier von einem Blatt, teilte es in zwei Teile, und händigte ihm einen aus. Sie tauschten ihre Adressen, als handelte es sich um eine Geschäftsabmachung.

Ich würde Sie sehr gern besuchen kommen, wiederholte sie und lächelte traurig. Dann hielt sie ihm die Hand hin. Wie schmal und kühl sie war, wie ein gläserner Gegenstand. Jetzt wußte er, was es mit ihrem Lächeln auf sich hatte. Es zeigte eine Verletzbarkeit, die sie sonst verbarg.

*

Bald darauf reiste Max ab. Er hatte Nadja nicht wiedergesehen. Er hatte auch sein Haus nicht mehr aufgesucht. Immer, wenn er wegging, von einem Ort oder einer Frau, kam es ihm vor, als sei ihm das, was er verließ, schon vorher fremd geworden. Bald würde er das Haus besitzen, nach dem sich Mira ihr ganzes Leben lang gesehnt hatte. Dennoch, es war ein fremdes Haus in einer fremden Stadt, die ihm wie ein Lebewesen vorkam, das sich stur fortpflanzte und die Vergangenheit überwucherte, ein dumpfes, manchmal bösartiges, manchmal geschundenes Geschöpf mit einer unverwechselbaren Ausdünstung, für die er allmählich eine Witterung bekommen hatte.

Spitzer und Dr. Leitner brachten Max zum Bahnhof. Er sei froh, wegzukommen, sagte er, aber er werde schreiben, er werde anrufen, Spitzer solle ihn in New York besuchen, sie würden sich wiedersehen, vielleicht schon bald.

Die Dächer waren schwarz vor Ruß und Nässe, und die Straßen glänzten im Regen, als der Zug aus der Stadt hinausfuhr. Die Landschaft ertrank in der feuchten Dämmerung eines lichtlosen Tages. Am nächsten Morgen würde er in Rom sein. Er war erleichtert und zugleich ein wenig bedrückt, als habe er etwas Wichtiges vergessen oder zurückgelassen.

– 3 –

ALS MAX von seiner Reise durch Italien und über die Schweiz schließlich in ein bereits winterliches New York zurückkehrte, hatte er Nadja längst vergessen und legte ihre Adresse achtlos in eine der vielen Schachteln, die sich in seinen Kleiderschränken stapelten und Souvenirs aller Art enthielten.

Seine Adresse dagegen, auf ein Stück von einem abgerissenen Zeichenblock gekritzelt, lag auf Nadjas Schreibtisch, auf dessen Aufsatz mit zierlichen Laden und Fächern auch noch ein Foto ihrer jung verstorbenen Mutter stand. Das Blatt mit seiner fast kalligraphischen Handschrift blinkte ihr, wenn sie abends nach Hause kam, entgegen wie eine Eintrittskarte in eine freie Welt.

Für Nadja war die Welt ein kalter Ort. Sie konnte nicht wählerisch sein, wo sie sich für einen Augenblick die Hände wärmte. Rettung, wenn man sie überhaupt erhoffen durfte, mußte von außen kommen, denn mit den Menschen, die ihr das Leben zugeteilt hatte, wollte sie nichts zu tun haben.

Seit sie als Zehnjährige mit ihrem Vater in diese Stadt gezogen war, hatte sie sich geweigert, an seinem Leben teilzunehmen, *meine Familie* zu denken, wenn von ihm, der Stiefmutter und ihrem Halbbruder die Rede war. Als habe eine Zehnjährige ohne Verwandte, ohne Fürsprecher eine andere Wahl, als sich in das Vorgefundene zu fügen. Niemand war grausam, niemand schloß sie aus. Man ließ ihr Zeit für die Trauer um die Mutter, zwang sie nicht, die Neue Mutter zu nennen, verstand, daß sie nicht zur Hochzeit des Vaters gehen wollte, nie gratulierte, zu keinem Freudentag der Familie. Daß sie das Hochzeitsfoto in zwei Hälften schnitt, die eine in den Müll warf und den Vater in einen zu breiten Rahmen steckte, war eine unnötige Provokation. Sie machte Schwierigkeiten, sie wurde unerträglich, sie hungerte untertags und fraß nachts den Kühlschrank leer. Sie versuchte, sich im Schwimmbad zu ertränken, sich zu Tode zu verkühlen. Schließlich wurde sie in das kleine Dachzimmer im Gartentrakt verwiesen. Nadja versuchte durch Abwesenheit und Wegschauen die Existenz ihrer neuen Familie zu negieren, sie wenn möglich auszulöschen, und der Anblick dieses aufsässigen, zornigen Kindes empörte nicht nur die Stiefmutter, auch deren Verwandtschaft und die Gäste, die ins Haus kamen.

Nadjas Vater war ein schweigsamer Mensch. Sie hatte nie herausgefunden, ob er sie liebte, jedenfalls ignorierte er sie. Wenn sie seine Nähe suchte, mußte sie ihn verfolgen, ihn allein aufstöbern, wenn er nach Büroschluß oder an Samstagen selbstvergessen im Garten werkte. Ich muß mit dir reden, bat sie und stellte sich ihm in den Weg, während er den Gartenschlauch durch die Gemüsebeete zu den selbstgezüchteten Rosen zog, die sein ganzer Stolz waren. Irgendwann begann sie dann zu weinen. So endete jeder Annäherungsversuch mit ihrer Verzweiflung, die ihn nie erreichte, denn Gefühlsausbrüche waren ihm ein Greuel, die kannte er zum Überdruß aus seiner ersten Ehe. Er drückte seinen Unmut aus, indem seine Lippen schmäler wurden und seine Nasenflügel sich blähten; dann war es sinnlos, ihm nachzulaufen, sich gegen ihn zu werfen.

Nadjas Vater hatte keine Freunde, nur Bekannte, die ihm seine gesellige Frau zuführte, und einen Schachpartner, der jeden Sonntagabend zur gleichen Zeit erschien. Als dieser Schachpartner starb, ging Nadjas Vater zum Begräbnis, saß ohne Gemütsregung bei der Totenzehrung und räumte danach die Schachfiguren und das Brett in eine Lade, die selten geöffnet wurde. So war er auch über den Tod seiner ersten Frau, Nadjas Mutter, hinweggegangen.

Die Frau, die er in zweiter Ehe geheiratet hatte, war ein Schwall vorgefaßter Meinungen. Sie teilte die Welt in Schädlinge und Nützlinge ein, Regenwürmer im Garten waren Nützlinge, Kohlweißlinge waren Schädlinge, denen sie haßerfüllt mit dem Tennisschläger hinterherjagte. Nadja entwickelte sich zu einem Schädling. Sie mußte aus dem Haus entfernt werden, in einen Anbau über einem Schuppen, der nur über eine steile Sprossenleiter zu erreichen war. Diesen Bau konnte man nicht lautlos verlassen, denn die Leiter knarrte, die Tür des Schuppens quietschte, so war man auf ihr Erscheinen immer vorbereitet.

Vermutlich waren im Schweigen und in der Gefühlsarmut dieser Jahre Nadjas Mitteilungsbedürfnis und ihre Einfühlung in die Erwartung anderer verkümmert, aber vielleicht war sie auch immer so gewesen, verschlossen, unwirsch und direkt. Jedes Entgegenkommen stieß sie aus dem Gleichgewicht, ein freundlicher Blick, eine gedankenlos verweilende Hand auf ihrem Arm trieben ihr Tränen in die Augen. Als Kind hatte sie eine Gesichtslähmung gehabt, die Unregelmäßigkeit in ihrem Gesicht, ein leicht hängendes Augenlid, die etwas schlaffere linke Wange, waren fast verschwunden, aber sie hatte zu lang damit gelebt, zu hart am Verschwinden dieses Makels gearbeitet, als daß sie sich nicht noch immer gebrandmarkt fühlte und sich für häßlich hielt. Außerdem wuchs ihr dunkler Flaum auf der Oberlippe und am Kinn, den sie sich mit der Pinzette auszupfte.

Trotzdem sehnte sie sich und verliebte sich und litt wie alle anderen, die auf Erwiderung ihrer Gefühle hoffen durften und es leichter hatten. Mit sechzehn erregte sie die flüchtige Aufmerksamkeit eines Achtzehnjährigen. Ihr Glück und ihre Aufregung waren schier unerträglich, sie war entschlossen, alle gehorteten Kostbarkeiten, alles, was sie liebte, schnell vor ihm auszubreiten, bevor er Zeit hatte, sich abzuwenden. Die Haare gewaschen und glänzend, mit Lockenwicklern in widerspenstige Wellen gelegt, in einem rotgetupften Kleid, das längst aus der Mode war, ging sie in atemloser Erwartung an der Seite eines blasierten Gymnasiasten durch die Frühlingslandschaft. Vom flirrenden Licht, den ersten Blüten an Mostobstbäumen, den Leberblümchen auf den Lichtungen berauscht, rezitierte sie Gedichte, die in ihr das Gefühl von Erhabenheit und Freude auslösten. Er kickte Steinchen vor sich her und war gelangweilt. Bevor sie aufgab, nötigte sie ihn, die steile Leiter zu ihrem Dachzimmer hinaufzusteigen, breitete ihre Zeichnungen vor ihm aus: Ein Gefangener, dessen knotige Hände sich um die Eisenstäbe vor seiner Zelle klammerten. Ein Mädchen, das auf eine weite Landschaft blickte. Ein kahler Baum bei Sonnenuntergang. Er aber betrachtete die alten Kalenderfotos, die sie mit Reißnägeln an die Wand geheftet hatte: Dünenlandschaften, Wüste, fein geriffelt wie ein gelber See in einer leichten Brise. Ausgedörrte Erde, von der Sonne in Stücke gerissen, verdorrte Stengel in schwarz versengten Kratern.

Das gefällt dir, fragte er.

Ich mag Skelette, sagte sie und lachte.

Das bist du, zweifellos, stellte der Achtzehnjährige altklug fest, genauso steril, so intellektuell und emotional verkümmert. Er war sehr stolz auf seine scharfsinnige Analyse. Er sagte, er wolle später Psychologe werden.

Danach saß sie in einem Zimmer, das nie mehr dasselbe sein würde wie früher. Es war verwüstet, ganz wie er es beschrieben hatte, steril und tot.

Daß Nadja eines Nachmittags direkt vom katholischen Religionsunterricht in Spitzers Büro kam, entsprang keiner momentanen Eingebung, sondern war eine oft erwogene Entscheidung, die sie dennoch nicht ausreichend begründen konnte.

Der Mädchenname ihrer Mutter war Siegel gewesen, ein jüdischer Name, hieß es, die Familie komme aus einer östlichen Provinz der alten Habsburger Monarchie, und von der Mutter hatte es geheißen, sie habe jüdisch ausgesehen. Deshalb hatte Nadja auch ein Foto ihrer Mutter mitgebracht, gleichsam als Beweis. Spitzer war nicht beeindruckt. Gebe es denn Erinnerungen an jüdische Verwandte, jüdische Feste, Traditionen, ein bißchen jüdisches Wissen, das sich über die Generationen erhalten habe?

Nichts. Nadja schüttelte den Kopf. Nur einen Onkel, von dem man sagte, er trage immer einen Hut und benehme sich jüdisch. Sie hatte ihn verstohlen und sehr genau betrachtet. Als ihr Vater mit ihr nach H. zog, verschwand er aus ihrem Gesichtsfeld.

Wie benimmt man sich jüdisch, hatte sie gefragt und sofort gespürt, daß dies keine gute Frage war, eine peinliche Frage, für die sie sich zu schämen hatte. Deshalb fiel sie sich gleich eifrig selbst ins Wort, sie wisse schon, was gemeint sei, und erließ so den Erwachsenen die Antwort.

Halachisch bist du keine Jüdin, stellte Spitzer fest.

Was ist halachisch?

Dem jüdischen Gesetz nach.

Einem Gesetz war mit Ahnungen und Eingebungen nicht beizukommen, und schon gar nicht mit beunruhigenden Erfahrungen, die sie selber nicht begriff und die sie klugerweise nicht erwähnte, weder damals noch später. Auf ihrem Schulweg nahm sie meist eine Abkürzung durch den Stadtpark, weil dort die Bäume einen grünen Tunnel über den Weg spannten, nur für wenige Schritte, aber lang genug, um sich an einen Ort fern der Stadt versetzt zu fühlen. An jenem frühen Nachmittag im Juni hatten die Blätter wie feuchte Blüten im Mittagslicht geglänzt. Sie war noch immer verletzt und empört über eine Ungerechtigkeit, die ihr in der Schule widerfahren war, niemand war ihr zu Hilfe gekommen und hatte sie verteidigt, und zu Hause würde sie nicht einmal davon erzählen können. Und plötzlich unter dem leuchtenden Grün empfand sie diese unerklärliche Gewißheit, die sie nur aus Träumen kannte, eine Tröstung, die sie Wut und Empörung vergessen ließ, eine Antwort, die ihr für alle späteren Jahre im Gedächtnis bleiben würde, auch wenn sie mit ihr nicht gleich etwas anzufangen wußte. Das braucht dich nicht zu kümmern, dachte sie, wichtig ist, daß du selber weißt, du bist Jüdin. Ein losgelöster Gedanke, ein felsenfestes Wissen einen Moment lang, das sich verflüchtigte, schon beim Nachhausekommen zerstoben war und dennoch hartnäkkig haftenblieb und sie schließlich in Spitzers Büro trieb.

Sie war erleichtert, daß Spitzer, als sie zu den Gottesdiensten kam, ihr Erscheinen ohne große Verwunderung hinnahm, und daß auch sonst niemand Fragen stellte. Am Anfang kostete es sie jedesmal ihren ganzen Mut, sich am Freitagabend vor dem Essen fortzustehlen und durch das Haustor in der Färbergasse in den ersten Stock zu gehen, den Raum zu betreten, in dem sie erstaunte Blicke trafen, Blicke, die zu fragen schienen, was will dieses Mädchen von uns? Frau Vaysburg nickte ihr stets freundlich zu. Nadja verstand es als Einladung und setzte sich neben sie.

Woher nahm sie den Mut? Aus jenem Augenblick der Gewißheit, daß alles, was ihr anfangs fremd, ja verboten erscheinen mußte, etwas mit ihr zu tun hatte, und daß sie eines Tages verstehen würde, wenn sie nur die Richtung beibehielt? Am Anfang war es wie eine Wanderung auf einem Seil, mit jedem Schritt weiter von allem Bekannten weg, von dem sie sich zwar verstoßen fühlte, das aber harter, sicherer Boden war. Schwindelerregend, die fremde Schrift zu lernen, sie zu buchstabieren, allmählich ein System und Zusammenhänge zu begreifen, bis langsam die Kenntnisse, die sie sich zusammenklaubte, vertraut wurden und Sinn ergaben. Verstohlen eignete sie sich Wissen an, als dürfe niemand erfahren, wie unwissend sie mit ihren vierzehn Jahren war, verlegen vor den Gleichaltrigen, die sie mit skeptischer Distanz in ihrer Mitte duldeten. Sie sah sich selber hoch oben auf ihrem Seil, in dünner Luft, schwindlig und glücklich über ihre Kühnheit. Doch es kam immer wieder vor, daß sie ermüdete und sich wünschte, daß diese Anstrengung ein Ende habe. Dann bekam sie es mit der Angst zu tun. Denn nun waren beide Ufer gleich weit entfernt, und einen Sturz würde sie nicht überstehen, es wäre ein Fall ins Bodenlose. Nie würde sie es ertragen, sich einzugestehen, daß sie versagt habe und alle Anstrengungen vergeblich gewesen seien. Allein das Ufer, zu dem sie unterwegs war, schien manchmal unerreichbar. Vielleicht war dieser Seiltanz fernab fragloser Zugehörigkeit alles, was sie erreichen konnte, ein Ringen um ihr Gleichgewicht, ein ganzes Leben lang?

Vielleicht solltest du zum Judentum übertreten, schlug Frau Vaysburg vor, sonst bist du ewig weder Fisch noch Fleisch.

Aber ich glaube nicht an Gott, erklärte Nadja.

Ja, dann würde es schwierig sein.

Nadja besaß weder die Überzeugungskraft noch die Durchtriebenheit, Frömmigkeit vorzutäuschen, sie hatte nur ihren sturen Willen und ihre blinde Überzeugung, daß all das Wissen, das sie sich aneignete, für sie lebenswichtig war.

Für kurze Zeit, vielleicht anderthalb Jahre lang, wenn sie die scheuen, behutsamen Anfänge mitzählte, verwandelte ihr Ofra, Spitzers Nichte, die Stadt in einen bewohnbaren Ort. Das waren die besten Jahre ihrer Jugend. Unter Ofras Anleitung lernte sie hebräisch lesen und schreiben, erstaunt über den Beifall, stolz auf ihre Fortschritte und begierig auf Ofras Lob. Ofra war drei Jahre älter, und in Nadjas Augen war ihre Schönheit einzigartig, ihre großen lebhaften Augen, die exotischen Ohrringe unter dem schulterlangen Haar. In Ofras Gegenwart hatte sie das Gefühl wirklicher zu sein, bedeutend und herausgehoben. Als sie zum erstenmal mit Ofra auf der Terrasse eines Cafés saß, schien es ihr, als befände sich ihr zu Füßen das ehrfürchtig staunende Publikum der Stadt. Mit vorsichtigen Fragen drang Ofra in ihre Einsamkeit vor, wartete geduldig, wenn sie um Worte rang: Es gab so vieles, das sie noch niemals ausgesprochen hatte, es lag in ihren Zeichnungen und Skizzen verborgen, aber es war mit Worten so schwer zu fassen.

Wenn Nadja den Mut zum Reden gefunden hatte, mußte sie schnell reden, denn sie fürchtete, die Freundin könnte sich gelangweilt abwenden, bevor sie fertig war. Nachts redete sie weiter, ihre Tage waren ein nicht abbrechender Monolog, der aufflammte zum Gespräch und abebbte in eine glückliche Erschöpfung, weil nie alles gesagt sein würde und Ofra, davon war Nadja überzeugt, dennoch alles schon ahnte und verstand.

Sie war verliebt in Ofra, deshalb war ihr die Stadt auf einmal so verwandelt, selbst an Regentagen leuchtete sie in einem seltenen Licht – jemand hätte es ihr sagen müssen, sie begriff es erst viel später.

Aber ihr Hunger war noch nicht gestillt, als Ofra wegging. Ofra war achtzehn, sie hatte maturiert, sie würde in Israel leben. Sie war die erste unter den Jugendlichen der Gemeinde, die nach Israel gingen. Das Wort *Alija* fiel in den Gesprächen nach dem Gottesdienst immer häufiger, als bedeute es einen Aufstieg zu höheren Ehren, eine Auszeichnung, mit der man rechnen konnte, ein Allheilmittel gegen schlechte Noten in der Schule, eine Zukunft, die

Nadja verschlossen war. Die Buben, mit denen Nadja im Bar Mizwa-Unterricht gesessen war, wurden erwachsen und verschwanden. Man muß loslassen können, sagten die Eltern, man darf den Kindern nicht im Weg stehen. Wenn sie zu den Hohen Feiertagen oder zu Pessach aus Israel auf Besuch kamen, waren sie braungebrannt und hatten etwas Strahlendes, gewissermaßen Heldenhaftes an sich und dienten in der *Zahal*. Immer öfter wurde das Glück der anderen ihr auch hier zum Schmerz, wenn sie eine Bar Mizwa feierten oder eine Hochzeit, und die Familien, die das Morden überlebt hatten, zusammenkamen, unbekannte Gesichter aus Ländern so fern wie Amerika, sogar Neuseeland, und den Betsaal füllten, Familienfeste, wie Nadja sie nicht kannte. Sie war eingeladen mitzufeiern, aber es schüchterte sie ein, an einer Geborgenheit teilzuhaben, die für sie keine Dauer hatte. So also konnte man genießen, so feierte man, so tanzte man die Horra, wenn man Familie hatte. Spitzer bemerkte ihren Schmerz, drückte sie schnell an sich, sagte ihr, daß sie eine jüdische Seele hätte, und was immer er damit meinte, für sie bedeutete es, du gehörst dazu.

Frau Vaysburg saß bei den Gottesdiensten verläßlich neben ihr. Die vielen Stunden an den Hohen Feiertagen, während die Höhepunkte der Festliturgie kamen und verebbten, der Sessel drückte und die Zehen klamm wurden, während die Männer die Tora aushoben und einander beim Vorlesen und den Segenssprüchen ablösten, erzählte Frau Vaysburg ihr mit einer zittrigen Mädchenstimme Geschichten aus ihrer Jugend im rumänisch-bulgarischen Grenzgebiet, von der Landschaft dort und den Bauern, die in der Zeit der Verfolgung geholfen hatten, sie erinnerte sich, welche Kleider sie als junges Mädchen besessen hatte, und wie sie ihren Mann zum erstenmal gesehen hatte, aber jedesmal kam sie an jenen Punkt, an dem sie schnell das Thema wechselte oder an dem ihr Blick auf den Seiten des Festgebetbuchs Halt suchte und sie verstummte. Zu Pessach brachte sie Nadja *gefilte Fisch*: Damit du wenigstens weißt, wie es schmecken soll, wenn du später einmal selber für jemanden kochst.

Frau Vaysburg setzte ihr Träume in den Kopf, die nicht Wirklichkeit werden konnten. Dort, wo bei anderen Familiengeschichten waren, Wurzeln, Tradition, Zugehörigkeit, da war bei Nadja nichts, weder Wurzeln noch Boden, nur Leere. Von der mütterlichen Familie war sie abgeschnitten, sie pflegten keinen Umgang, es gab keinerlei Verbindung, nicht einmal Adressen. Sie erinnerte sich an ein paar Begegnungen in ihrer Kindheit, an sehr viel ältere Cousins, die mit ihr nichts anzufangen wußten, außer sie zu erschrecken, wenn sie allein im Flur das Badezimmer suchte, an schemenhafte Erwachsene wie an den angeblich jüdisch aussehenden Onkel.

Du wirst dich entscheiden müssen, sagte Ofra an dem Freitag abend vor ihrer Abreise, als sie am Fluß entlang durch die Stadt und den Berg hinauf in die Vorstadt gingen und von der anderen, fernen Seite wieder zum inzwischen nächtlichen Flußufer hinunterstiegen.

Es wäre nicht fair, meinte Ofra, sozusagen zwei Familien zu haben, zwei Loyalitäten und frei nach Laune zwischen zwei Zugehörigkeiten hin und her zu pendeln.

Nadja schwieg. Dachte Ofra denn, sie sei sonst noch irgendwo verankert, wo sie auf eine andere Weise lebte und feierte, und käme ins Bethaus nur aus Sympathie, aus naiver Begeisterung für alles Jüdische, aus Schuldgefühlen?

Sie mögen uns nicht, sagte Ofra, ich habe mich hier nie zugehörig gefühlt. Du hast es leichter, du kannst wählen, wie du leben willst.

Es gibt kein Drüben, aus dem ich austreten könnte, erklärte Nadja und verstummte vor der Anmaßung ihrer Behauptung. Wußte sie denn, wie Ofra sich all die Jahre ihrer Schulzeit gefühlt hatte? Sie hatte nie davon gesprochen. Wenn die Klassenkameradinnen mit den Kriegstaten ihrer Väter prahlten? Wenn in allen Fächern von Besinnung auf die nächsten katholischen Feiertage die Rede war? Beim Schulgebet? Die Deutschlehrerin habe ihr einen Spruch von Weinheber ins Heft geschrieben, hatte Ofra einmal erzählt und sich über den Satz lustig gemacht: Wer nicht gehorchen will, kann nie befehlen. Zwölf Schuljahre lang war sie in einer Tradition unterrichtet worden, die sich ihres Ursprungs nicht einmal bewußt war, die sich für schuldlos hielt und doch nur schamlos war.

*

Nadja sah keine Möglichkeit, nach der Matura von zu Hause wegzukommen. Für ein Studium in einer anderen Stadt gab es kein Geld, Mädchen studierten nicht, hieß es bei ihr zu Hause, Mädchen heirateten.

Du wirst nicht wählerisch sein können, du bist nicht hübsch, sagte die Frau des Vaters.

Ein Jahr später begann sie, die Söhne ihrer Bekannten einzuladen, sie fühlte sich verpflichtet, sie meinte es gut, es würde schwer sein, ein reizloses, störrisches Mädchen wie Nadja zu verheiraten. Doch Nadja zeigte kein Interesse und schwor sich, bei der ersten Gelegenheit, die sich bot, fortzugehen.

In ihrer hilflosen Widerspenstigkeit entwickelte Nadja einen unbestechlich genauen Blick, mit dem sie die Stadt und ihre Einwohner betrachtete. Sie zeichnete, was sich ihrer Sprache versagte, in zornigen Übertreibungen, in lächerlichen Figuren von hinterhältiger Boshaftigkeit. Es brachte ihr Erleichterung, eine Art Überlegenheit, sogar Befreiung für kurze Zeit. Es war ihre Rache.

Als die Schule und die ersten Lehrjahre in der Druckerei um waren, lebte sie schweigsam in ihrem Hinterzimmer, ging jeden Freitag und, wenn sie frei hatte, auch samstags zum Gottesdienst ins Bethaus. Sie hatte die Dekorationen für alle Feste von Purim bis Chanukka übernommen, war nicht mehr wegzudenken aus dem Leben der Gemeinde und hatte ihre Ungeduld in vage Träume zurückgedrängt. Irgendwann würde sie diese Stadt verlassen und nie wiederkommen, irgendwann würde sie eine richtige Malerin sein.

*

Als Nadja Max Berman zum erstenmal aus dem Tor des Gemeindehauses in der Färbergasse treten sah, hatte sie den flüchtigen Eindruck, als wäre sie ihm schon einmal irgendwo begegnet. Deshalb folgte sie ihm, anstatt wie beabsichtigt zu Spitzers Büro hinaufzusteigen. Er war ein Fremder hier, das sah sie sofort, und wie alles, was von draußen kam, erregte sein Erscheinen eine erwartungsvolle Freude in ihr. Ein wenig schlampig, in einem Sakko, das einem beleibteren Mann hätte passen können, die Hände auf dem Rücken und mit seinen großen Füßen, die er kaum vom Boden hob, über die Straßenkreuzung schlurfend, als wäre sie eine Promenade, machte er abrupt vor einer Bäckerei halt, nahm die Brille ab und drückte die Finger gegen Nasenwurzel und Augen, als habe ihn ein Gedanke überwältigt, ging weiter, kehrte nach wenigen Schritten um und betrat den Laden. Sie ging weiter, aber als sie an der Ecke zurückblickte, trat er gerade mit einem Papiersäckchen ins Freie, holte ein Kipferl heraus und biß hinein, begann es im Gehen zu verzehren, die Füße gedankenverloren unter sich weiterschiebend. Sie lächelte amüsiert über diese Unbekümmertheit, und es schien ihr, als lächelte er zurück.

Nach jenem Vormittag beim Begräbnis, als sie ihm wiederbegegnete, ertappte sie sich manchmal bei Tagträumen, die sie sich schnell verbat. Sie betrachtete sein Erscheinen als Zeichen, daß in dieser Stadt und in ihrem Leben Veränderungen noch möglich waren. Die Freiheit, die sie ersehnte, haftete an ihm wie ein exotischer Duft, den er als Verlockung zurücklassen würde, wenn er fortging. Sie hatte flüchtige Visionen von einer Großstadt und war nicht im mindesten erstaunt, als sie erfuhr, er lebe in New York, denn genau so hatte sie sich einen New Yorker vorgestellt, so unbekümmert, daß er in H. auf der Straße aus einem Papiersack aß und viel zu lose sitzende Sakkos trug. Wenn sie Max manchmal in ihre Tagträume einbezog, redete sie auch so mit ihm, wie dieses erste Bild es ihr eingegeben hatte, freundschaftlich und vertraut. In seiner Gegenwart dagegen war sie unsicher, sie fürchtete, daß er sie für einfältig und hinterwäldlerisch hielt und war sich ihrer Unerfahrenheit mit Männern peinlich bewußt. Aber daß ihre Zeichnungen ihn beeindrucken würden, davon war sie überzeugt gewesen.

Und dann waren es gerade die Zeichnungen, die ihm nicht gefielen, und seine Idee, sie solle statt dessen fotografieren, fand sie beleidigend. Sie fühlte sich mißverstanden, und dennoch bezog sie alles, was sie nach seiner Abreise erlebte, auf ihn, versuchte sich seinen ironischen Blick auf ihre Umwelt anzueignen, und hoffte, daß er ihr schreiben würde. Seine Adresse lag auf ihrem Schreibtisch wie ein Versprechen, und nachdem sie ihm zu Chanukka einen langen Brief geschrieben hatte, wurden ihr die Tage und Wochen zu einem verzehrenden Warten auf eine

Nachricht von ihm. Im Februar antwortete Max mit einer schmeichelhaften Valentinskarte. Von einem fernen Verehrer stand darauf, und Nadja nahm es wörtlich.

– 4 –

ALS MAX im Februar Nadjas zweiten Brief bekam, lief gerade eine Edward Hopper-Ausstellung im Museum of Modern Art. Er schickte ihr die Kunstpostkarte eines Bildes mit dem Titel *eleven a. m.*: Ein nacktes Mädchen, dessen langes, rötlichbraunes Haar ihr Gesicht fast vollständig verdeckte, blickte vom blauen Fauteuil eines Hotelzimmers auf das träge Licht eines Großstadtvormittags. Er sei durch die Ausstellung gegangen und habe die Bilder mit ihren Augen zu betrachten versucht, schrieb er.

Nadjas Briefe waren unbeholfen. Max spürte, daß sie lange dabeigesessen war, um an ihnen zu feilen, aber die Unbeholfenheit war aufschlußreich; sie sagte nie das, was sie meinte, es schien, als kreise sie mit jedem Satz um ihre Sehnsucht, von H. wegzukommen, und ihre verzweifelte Ungeduld übertönte alles Gesagte. Er wußte, er würde dieser Sehnsucht nicht lange widerstehen können.

Was seine Freunde an Max am meisten schätzten, war seine Hilfsbereitschaft. Er konnte zwar monate-, sogar jahrelang aus ihrem Leben verschwinden, ihre Briefe ignorieren und sie am Telefon auf ein vages Später vertrösten, aber sie wußten, wenn sie ihn brauchten, würde er für sie dasein, und nichts Dringlicheres würde ihn hindern. Durch meine

Familiengeschichte, sagte Max, ist mir das Einspringen bei Krisen zur zweiten Natur geworden.

Bei Frauen verstärkte sich seine Hilfsbereitschaft zu dem, was er selbstironisch seinen Pygmaliontick nannte, seine Freude daran, Begabungen zu entdecken, die auf den ersten Blick verborgen blieben, und ihnen die Möglichkeiten zur Entfaltung bereitzustellen. Das sei es, was ihn begeistern könne, das Aufblitzen einer von ihnen selbst noch nicht erkannten Fähigkeit, einer Eigenart oder einer Form von Schönheit, die darauf wartete, zum Vorschein zu kommen. Daß diese jungen Frauen meist irgendwann seine Geliebten wurden, erklärte er sich mit seinem Charme, die Vorstellung von Abhängigkeit war ihm ein Greuel.

Max betrieb seine Beziehungen zu Frauen wie eine Kunst, bei deren Ausübung ihm nichts zu kostspielig oder zu mühsam war. Frauen erregten in ihm stets von neuem ein beinahe kindliches Erstaunen: Wie ein Lächeln ein Gesicht verändern konnte; wie eine winzige Kopfbewegung ihn entwaffnen konnte; wie manche Frauen mit einer fast unmerklichen Geste, einem Blick ein ganzes Spektrum von Nuancen zwischen Zustimmung und heftiger Abwehr ausdrückten; wie ihn ein flüchtiger Blick vom fernen Ende eines Saales verfolgte und nicht mehr losließ, bis er die Frau gefunden hatte, die ihn mit ihren Augen herbeigelockt hatte. Er staunte darüber, wie eine unscheinbare Frau unter dem Blick der Zuneigung schön werden konnte, in welchem feinen Gleichgewicht Charakter, Stimmung und sichtbar werdender Ausdruck standen. Max war ein Kenner der kleinen Gesten, der mehrdeutigen Verständigung, ein flatterhafter Demokrat der Vielfalt, ein Sammler, der seine Entdeckungen grenzenlos bewunderte und sie dennoch nicht besitzen wollte. Er war überzeugt, alles Schöpferische käme aus dem Begehren und alle Zerstörung aus dem Verlangen nach Besitz. Eine Frau zu heiraten, behauptete er, bedeute, den Ausnahmezustand, der die Liebe sei, durch Zwang zu zerstören.

Solange Max um eine Frau warb, war er extravagant: Er hielt diskret Limousinen an und zahlte im voraus, um ihr das Warten am Straßenrand auf eines der vorbeirauschenden Taxis zu ersparen. Geschenke kaufte er nach Augenblickseingebungen, wenn er in einer Auslage einen Schal, ein Schmuckstück erspähte, das ihn an die begehrte Frau erinnerte. Solange er entflammt war, entwickelte er mitunter eine fast unheimliche Fähigkeit, Wünsche zu erraten, Launen vorwegzunehmen. Er war ein begeisterter und eleganter Tänzer, was man ihm nicht zutraute, wenn man ihn über die Straße schlurfen sah, und er ging tanzen, ob seine jeweilige Gefährtin mitkommen wollte oder nicht. Aber nach einigen Wochen stürmischen Werbens nahm er sein gewohntes Leben wieder auf. Sobald es für ihn nichts mehr zu entdecken gab, ließ sein Interesse nach, und auch wenn er Beziehungen selten ohne Erklärung abbrach, irgendwann wurde das Ende spürbar, und Max ließ es erleichtert geschehen.

Im Sommer schickte Nadja ihm ein Foto. Es sprach eine deutlichere Sprache als ihre Briefe. Sie saß am sandigen Ufer des Flusses, der durch H. floß, die Beine angezogen, die Arme um die Knie, und bot der Kamera ein tapferes Lächeln. Er dachte an die Zeichnungen, die unbestechlich scharfsinnigen Wahrnehmungen hinter den unbeholfenen Linien, an den Trotz und die Entschlossenheit, die auf dem Foto fehlten – ihre vielen Widersprüche reizten ihn.

Mit Hilfe eines Freundes, der im Kuratorium einer Stiftung saß, gelang es Max, Nadja einen Studienplatz an einem kleinen Privatcollege in New Jersey und ein Stipendium zu verschaffen. Er wußte, das war erst der Anfang dessen, was er für sie tun würde. Er mußte sie hartnäckig und behutsam lenken, damit sie zu ihrer Begabung fand. Mit dem Entschluß, sich in ihr Leben einzumischen, hatte er es auf sich genommen, sie mit allem zu versorgen, was ihm für sie wichtig schien. Er hatte sie nie gefragt, ob sie das wollte, doch er war sicher, sie hätte zugestimmt.

*

Seit Max Nadja das letzte Mal gesehen hatte, waren zwei Jahre vergangen, Zeit genug, um sich aus den Briefen und dem Foto eine Vorstellung von ihr zu schaffen, die die Erinnerung verzerrte. Daher war er erstaunt, als sie in der Ankunftshalle des JFK-Flughafens auf ihn zutrat, gut, fast ein wenig zu auffallend gekleidet und selbstbewußt. Aber ihr Selbstbewußtsein wich bereits bei der Begrüßung der eigenartigen Mischung aus Scheu und trotziger Schroffheit, an die er sich erinnerte. Und als sie in die hochsommerlich feuchte Hitze des Flughafengeländes hinaustraten, verstummte sie vollkommen. Sie fuhren wortlos in seinem Lincoln Continental, dessen Größe und Geräumigkeit sie offenbar beeindruckten, den Van Wyck Expressway nach Norden, durch Queens und am East River nach Westen, quer durch die trostlosesten Gegenden der Bronx.

Hier bin ich aufgewachsen, sagte Max in das lange Schweigen hinein.

Wie schrecklich, meinte Nadja.

Damals hat es hier nicht so schlimm ausgesehen wie jetzt, beschwichtigte er ihr Entsetzen, es sind nur ein paar Straßenblocks, eine Fahrt von zwanzig Minuten von hier bis nach Midtown Manhattan, aber ich habe zehn Jahre dazu gebraucht, dort wirklich anzukommen.

Max fuhr sie geradewegs nach New Jersey zu ihrem College. Er stand unter Termindruck mit einer Auftragsarbeit und er hatte erst vor kurzem eine neue Frau kennengelernt, eine kapriziöse Schönheit, die seine ganze Aufmerksamkeit forderte. Von Nadja, davon war er überzeugt, würde er noch früh genug in Anspruch genommen werden.

Sie können sich jederzeit an mich wenden, sagte er, rufen Sie an, wenn Sie mich brauchen.

Sie nickte. Er spürte ihre Angst und ihre Aufregung und fühlte sich ein wenig schäbig, weil er sie, ohne weitere Erklärung und ohne ihr die schönen Seiten New Yorks gezeigt zu haben, dort aussetzte.

Nach zwei Stunden Autofahrt durch eine spätsommerliche, leicht hügelige Landschaft erblickten sie es beide: Das College lag am Rand einer Kleinstadt – als wären Kleinstädte das ihr bestimmte, unentrinnbare Schicksal.

So habe ich es mir nicht vorgestellt, meinte Nadja kleinlaut.

Auf einer Anhöhe über der Stadt Fairfield luden sie ihre Koffer vor einem viktorianischen Gebäude aus. Auf der Rasenfläche davor lagerten Jugendliche unter Bäumen.

Willkommen, sagte eine forsche Blondine, die sie im *Student Center* empfing, Nadjas künftige Studienberaterin. Ich mag die Stadt, erklärte sie auf Nadjas Frage, ob es denn keinen größeren Ort in der Nähe gäbe, ich lebe gern hier, weil ich ein Kleinstadtgirl bin. In ihrem Geländewagen fuhren sie über die Wege des Campus, während sie mit einer blechernen, dozierenden Stimme Nadja die Hausordnung des Studentenwohnheims erklärte. Vor dem Zimmer, das Nadja mit einer anderen Stipendiatin teilen würde, verabschiedete sie sich mit einem fröhlichen *Good luck*.

In einem *Coffee shop* mit einem winzigen Garten und wackligen Eisentischchen ließ er Nadja zurück, vor einem klobigen Becher voll Kaffee, der überwältigend nach Zimt schmeckte.

Besuchen Sie mich in New York, sobald Sie Lust haben, ermunterte er sie.

Sie sah ihn an, als wolle sie ihn bitten, sie gleich wieder mitzunehmen. Aber sie schwieg und schaute ihm mit den entsetzten Augen eines Kindes nach, das man im Dunkeln allein läßt.

Fairfield war in den zwanziger Jahren eine blühende Eisenindustriestadt gewesen. Seither hatten zuerst die Fabriken, dann die Geschäfte und Restaurants geschlossen, die arbeitsuchenden Bewohner waren abgewandert, die Stadt war verödet und verarmt. Sie lag in einer Talsenke zwischen zwei Flüssen wie ausgestorben, an Wochentagen war es in ihren Straßen ebenso still wie an Sonntagen, und wer sich blicken ließ, schien endlos Zeit zu haben, die Arbeitslosen, die mit Plastiksäcken zu Füßen des Heldendenkmals saßen, die Schulkinder, die am frühen Nachmittag aus gelben Schulbussen sprangen. Autos fuhren im Kreisverkehr einmal um das Standbild eines heldenhaften Überläufers aus dem Bürgerkrieg, von dem das College seinen Namen hatte, und strebten nach dieser erzwungenen Verzögerung mit erhöhter Geschwindigkeit der Ausfallstraße nach Allentown zu.

Trotz der Trostlosigkeit der vielen aufgelassenen Geschäfte mit ihren papierverklebten Schaufenstern und der lähmenden Stille der Straßen Fairfields verbrachte Nadja mehr Zeit in der Stadt als auf dem Campus. Es gab eine Buchhandlung, die zu dem heruntergekommenen *Coffee shop* gehörte, in dessen Garten Max sie am ersten Tag zurückgelassen hatte. Hier zwischen verstaubten Romanen fand Nadja alte Kunstbände und Drucke, kunsthistorische Abhandlungen und Bücher über experimentelle Fotokunst, hier stieß sie zum erstenmal auf Man Ray und verstand, daß Max sie nicht hatte herabsetzen wollen, als er ihr zu fotografieren riet, statt zu malen. Vielleicht hätte sie all diese Bücher auch in der College-Bibliothek gefunden, aber dorthin ging sie, um zu studieren, und nicht, um einfach zu schmökern. Oft war sie in der Buchhandlung die einzige, die sich in den engen Gängen zwischen den raumhohen Regalen aufhielt. Es wurde *ihre* Buchhandlung, die sie allmählich mit fast zärtlichem Besitzerstolz betrat.

Kommen sonst keine Leute, fragte sie das Mädchen an der Kaffeemaschine.

Hier liest man nicht, antwortete die junge Frau, die meisten Menschen hier haben anderes zu tun.

Während Nadja langsam in Fairfield heimisch wurde, blieb ihr der College Campus mit seinen efeubewachsenen viktorianischen Studentenhäusern, den parkähnlichen Grünflächen und Wegen, diese Idylle eines abgelegenen Sanatoriums, fremd. Sie war älter als die meisten Studenten und fühlte sich mit ihren dreiundzwanzig Jahren fehl am Platz, als sei sie unter Kinder verschlagen worden. Am Anfang hatte sie erschreckt ihre unbefangenen Annäherungsversuche abgewehrt, sie waren ihr aufdringlich erschienen, dann ließ man sie in Ruhe, und es fiel ihr schwer, den unverbindlich munteren Ton zu finden, mit dem diese Jugendlichen untereinander verkehrten. Ihr spartanisches Zimmer teilte sie mit einer französischen Studentin, mit der sie in die Cafeteria und zu den Campus-Veranstaltungen ging, froh jemanden zu haben, der sie begleitete, aber zu sagen hatten sie sich wenig. Viele freie Stunden verbrachte sie in einer abgelegenen Koje der Bibliothek. Dort lernte sie, und dort in der Stille vergingen ihr die Stunden und Tage als gleichförmige Gegenwart.

Die Unterrichtsstunden langweilten sie ohnehin. Es kam

ihr vor, als müsse sie fünf Jahre nach der Matura in Fächern nachsitzen, die sie nie gemocht hatte und mit denen sie ein für alle Mal fertig war.

Ich habe hier noch nichts gelernt, womit ich irgend etwas anfangen könnte, sagte sie nach einigen Monaten zu ihrer blonden Studienberaterin.

Sie habe schon gehört, entgegnete diese, daß die Europäer unduldsam und vorschnell mit ihrem Urteil seien. Warum sie nicht einem Sportteam beitrete, dort würde sie lernen, was ihr vor allem fehle, nämlich Teamgeist und soziale Fertigkeiten.

Nadja fühlte sich gemaßregelt. Es bedurfte noch einer langen Lehrzeit, bis sie begriff, auf welche Weise sie versagt hatte.

*

Wenn sie Max anrief, hatte Nadja oft den Eindruck, sie störe ihn. Er antwortete ausweichend auf ihre Frage, wann sie ihn in New York treffen könne: Er habe im Augenblick besonders viel zu tun, er müsse ständig unterwegs sein. Es dauerte fast zwei Monate, und die Sommerhitze hatte längst nachgelassen, bis er sie empfing.

Sie fuhr mit dem Greyhoundbus durch die hügelige Landschaft, deren Bäume bereits in den Herbstfarben leuchteten. In der Schalterhalle der Port Authority wartete Max auf sie, schlanker als sie ihn in Erinnerung hatte, sportlich und gutgelaunt. Die Herzlichkeit, mit der er sie begrüßte, gab ihr den Eindruck, daß er sich über ihr Kommen freute.

Mit dem Taxi fuhren sie durch Straßen, die sie bereits von Fotos kannte. Trotzdem war sie von der strengen Geometrie der Straßenschluchten beeindruckt, sie erschienen ihr wie Tunnels, die schnurgerade einem immer gleich weit entfernten Punkt zustrebten. Sie sah spiegelnde Glasfronten an sich vorüberflitzen, Plätze wie Landschaften aus Stein neben gotischen Kathedralen und klassizistischen Palästen. Und einige dieser Fassaden waren das Werk des Mannes, der neben ihr auf dem Rücksitz des Taxis saß und ihr die Namen der Gebäude nannte, an denen sie vorüberfuhren.

Sie fuhren die Columbus Avenue nach Norden, und als sie nach rechts abbogen, war Nadja überrascht, daß die kurze Straße vor ihnen abrupt am Central Park endete. Das also war die Adresse, die sie auf ihre Flugpostkuverts geschrieben hatte: West 88th Street.

Sie standen vor einem altmodischen, gepflegten Haus, das europäisch anmutete, mit Balustraden bis zum ersten Stock und Treppenaufgängen aus schwarzem Marmor. Max wohnte im obersten Geschoß des sechsstöckigen Hauses. Mit seinen dunkelbraunen Holzdielen und den schmalen, dunklen Konsolen und Bücherborden erinnerte der Vorraum an einen Saal in einem Renaissancepalazzo. Max beobachtete amüsiert Nadjas Gesichtsausdruck. Es wird gemütlicher, sagte er, weiter drinnen.

Die Fenster waren hoch und schmal mit braunen Läden, die das Licht in Streifen durch die Lamellen sickern ließen.

Kommen Sie, Max faßte sie leicht um die Schultern: Ich gebe Ihnen eine kleine Führung durch mein Museum. Er wies mit einer großzügigen Geste auf die vielen Dinge, die Plastiken, Wandteppiche, Bilder, Schalen, Kassetten und Kerzenleuchter an den Wänden, auf Regalen, Truhen und Simsen. Nichts davon, erklärte er ihr, befände sich aus purem Zufall hier, wenig davon habe er gekauft.

Ein jeder Gegenstand, betonte er, ist mit meinem Leben eng verbunden, ein jeder hat eine ganz besondere, persönliche Bedeutung.

Er breitete seine Schätze vor ihr aus mit dem begeisterten Besitzerstolz eines Knaben, der einer Schulkameradin zum erstenmal sein Zimmer zeigt: Hier eine Stehlampe von Micah Lexier, und diese Fußbank hat Paul Siskin für mich entworfen.

Er lachte: Meine Künstlerfreunde haben manchmal eine eigenartige Vorstellung von Gemütlichkeit, sie halten sich nicht an herkömmliche Proportionen. Deshalb mußte ich mit den Möbeln sparsam sein, die vielen Dinge, die man mir ins Haus getragen hat, verlangen einen kargen Hintergrund.

Er wies auf eine frostige Landschaft in Öl: Maxfield Parrish, eines der letzten Bilder vor seinem Tod. An der Wand gegenüber hing Elizabeths düsteres Selbstporträt. Und auf einer schmalen Art déco-Konsole darunter stand ein aufgeklappter Scherenschnitt, der eine Bühne vorstellte, mit einer winzigen Ballerina in rosa Tüll.

Max folgte Nadjas Blick. Das ist wahrscheinlich Kitsch, gab er zu, aber er hat seine Richtigkeit hier an diesem Platz. Er fuhr mit der Hand zögernd über einen breiten Silberrahmen, der wie Spitzenhandarbeit aussah und nichts als eine braune Haarlocke enthielt. Aber er verzichtete auf eine Erklärung, ging zu anderen Dingen über, Ausstellungskatalogen mit Widmungen, die ihr Max schweigend hinhielt, bekannte Namen darunter, die sie gehört oder gelesen hatte.

Sie haben viele berühmte Leute gekannt, sagte Nadja anerkennend.

Ja, erwiderte er, manchmal konnte ich helfen. Aber die Frauen, fügte er hinzu, die danken es einem ja selten.

Sie sah ihn verwundert an.

Das Mädchen hier, um nur ein Beispiel zu nennen, erklärte Max, während er Nadja einen schweren Goldrahmen mit einem stark retuschierten Foto reichte – eine hochtoupierte Frisur der fünfziger Jahre, dunkle müde Augen, das Gesicht flach und schattenlos –, sie war eine begabte Pianistin, aber skrupellos und doppelzüngig. Er lachte auf, bitter, fast verächtlich, stellte das Bild auf das Regal zurück, kramte vier Fotos aus einer geschnitzten Zigarrenkiste.

Wie viele verschiedene Frauen sind das, glauben Sie?

Er sah Nadja gespannt an, sein Blick diktierte ihr die Antwort, obwohl sie nichts weiter erkennen konnte als vier unterschiedlich belichtete Schnappschüsse einer abweisenden blonden Frau.

Vier, antwortete sie folgsam.

Er triumphierte: Sehen Sie, ein Chamäleon, eine Verwandlungskünstlerin und die intelligenteste Frau, die ich jemals gekannt habe. Und was hat sie aus sich gemacht? Kinder hat sie, einen Mann, der sie betrügt, und wer schickt ihr noch immer Geld, damit sie es ein wenig leichter hat? Ich natürlich.

Er verstummte, als er in Nadjas Gesicht Abwehr bemerkte. Es war ihr unangenehm, sich Erläuterungen zu Fotos unbekannter Frauen anhören zu müssen.

Er führte sie in ein großes Eckzimmer mit einer prächtigen Stuckdecke und Stuckleisten, Reliefarbeiten aus weißem Stuck bis zum Fußboden. Es war eine spärlich möblierte Bibliothek mit modernen Plastiken auf dem Kaminsims und einem schlichten schwarzen Eßtisch mit Stühlen, die, wie er sagte, Le Corbusier entworfen hatte. Der Tisch war für zwei Personen gedeckt, ohne Tischtuch, aber mit weißem Porzellan und schwerem Silber.

Ich mag Tischdecken nicht, erklärte Max kategorisch, und Vorhänge verabscheue ich auch. Aber seit meiner Kindheit liebe ich Stuck. Er ist das, was mir bei meiner Arbeit immer am besten gelingt. Ich mag auch Spiegel nicht. Sie sind ein billiges Täuschungsmittel und verwischen nur die Klarheit der Konturen.

Das strenge Weiß der Wände wurde von Bücherrücken in schmalen Regalen aus stahlverstärktem Glas und einem großen Ölbild von Georgia O'Keefe unterbrochen: eine flammend rote Blüte, aus der schwarze Staubgefäße züngelten.

Die Küche lag hinter weißen Falttüren, die einen begehbaren Schrank vortäuschten, als habe Max in seiner Wohnung jeden Eindruck von Häuslichkeit vermeiden wollen. Dort ließ er Nadja keinen Blick hineintun, er nötigte sie sitzen zu bleiben, während er einen Gang um den anderen auftrug und wieder wegräumte.

Lassen Sie sich verwöhnen, ermunterte er sie, es macht mir Freude.

Sie saßen einander gegenüber, das Kerzenlicht warf weiche Schatten auf sein Gesicht und ließ es schmal erscheinen, Nadja merkte zum erstenmal das Grübchen in seinem Kinn, und sie betrachtete seine Hände, die kräftig wirkten wie bei einem Handwerker und viel heller waren als sein Gesicht.

Er fragte sie nach dem College, ob sie sich eingelebt und ob sie Freunde gefunden habe.

Nadja war zurückhaltend mit ihren Antworten, sie fürchtete, er könnte Kritik und Unzufriedenheit als Undankbarkeit auslegen. Ja, doch, erwiderte sie einsilbig, sie habe sich ganz gut eingelebt, es sei ungewohnt, aber man sei freundlich zu ihr, nein, klagen könne sie nicht.

Und was steht in den Briefen von zu Hause, fragte er, vermißt man Sie?

Sie wurde rot: Ich habe noch niemandem geschrieben, ich bin nicht dazu gekommen.

Die Wahrheit war, sie wollte H. völlig aus ihrer Erinnerung streichen, es sollte für sie aufhören zu existieren.

Als er sie fragte, ob ihr Fairfield inzwischen ein wenig besser gefalle, erwiderte sie, Amerika bestünde gewiß nicht nur aus Städten wie Fairfield. Aber er überhörte die Anspielung, daß sie mit ihm gerne New York besichtigen würde. Er hütete sich offenbar, ihr weitere Versprechungen zu machen.

Sie spielte gedankenlos mit dem schweren silbernen Serviettenring, drehte ihn in den Händen.

Dieses Silber ist von meiner Mutter, sagte Max nachdenklich. Sie hat es versetzen müssen, als wir kein Geld mehr hatten. Und Jahre später, als ich für eine Klientin Tafelsilber suchte, hab ich es durch Zufall bei einem Antiquitätenhändler gefunden. Es besteht kein Zweifel, die Initialen stimmen, auch die Delle an einem der Ringe, aber ursprünglich waren es acht, jetzt sind es nur mehr zwei.

War es für Ihre Mutter schwer, von Europa wegzugehen, fragte Nadja.

Sie war für die Emigration schon zu alt, und sie war drüben zu glücklich gewesen, hier kam sie mit dem Leben nicht zurecht. Ich glaube, sie hat hier keinen glücklichen Tag gehabt, sagte Max, vielleicht glückliche Stunden, aber die hatten alle mit uns Kindern zu tun, die glücklichsten und die furchtbarsten Stunden.

Es muß schwer sein, sich in Amerika einzugewöhnen, meinte Nadja.

Für Sie vielleicht noch nicht, mutmaßte Max, Sie sind noch jünger. Für jeden gibt es eine andere Grenze.

Es war Nacht geworden. Die hohen Fenster hatten sich in schwarze Spiegel verwandelt, gegen die Wind und Regenböen peitschten. Die Kerzenflammen des dreiarmigen

Leuchters flackerten leicht in einem Luftzug, den man nicht spürte.

Ich muß gehen, sagte Nadja.

Im Vorraum küßte er sie. Sie ließ es geschehen, aber sie war enttäuscht. Er schickte sie fort, ohne Anstalten zu machen, sich mit ihr wieder zu verabreden. Als sie aus der Umarmung zurücktrat, fühlte sie etwas Hartes unter ihrem Absatz, sie schaute hinunter, es war ihr Ohrring aus Silberfiligran, zertreten. Max hob ihn auf. War er wertvoll, fragte er besorgt.

Er war von meiner Mutter, sagte Nadja und kämpfte mit den Tränen.

Sie traten hinaus in einen Herbststurm, der Max die Haustür aus der Hand riß. Das Taxi war noch nicht da. Max hielt einen großen Schirm über Nadja, aber der Regen durchnäßte sie von allen Seiten. Das Herbstlaub auf dem Gehsteig wurde von einer reißenden Brühe mitgeschwemmt. Als Nadja ins Taxi stieg, reichte Max dem Chauffeur das Fahrgeld und nannte ihm Port Authority als Ziel. Dann war sie zum erstenmal in New York allein und beschloß, es am kommenden Wochenende auch allein zu erkunden.

*

Doch dazu kam es nicht. Am Samstag morgen, noch vor dem Frühstück, klopfte Max an die Tür, um sie nach New York mitzunehmen. Er käme aus Philadelphia, da läge Fairfield auf dem Weg.

Dieses Wochenende weckte Nadjas uneingeschränkte Liebe zu New York, die sie auch später nie widerrief. Aber das wußte sie an jenem Samstag im Oktober noch nicht, auch nicht, daß dieser Tag immer als der schönste in ihrer Erinnerung haftenbleiben würde.

Bei Balducci's im West Village aßen sie *Cesar's Salad* und *muffins* zum Kaffee. Max führte sie in die Galerien von SoHo, von denen er ihr in H. vorgeschwärmt hatte und stellte sie den Besitzern mit der Andeutung vor, daß auch sie Malerin sei. Sie flanierten zwischen den Buden des Flohmarkts in Greenwich Village, und Max kaufte ihr ein ausgefallenes orientalisches Ohrgehänge, als Trost für den Silberohrring, den sie in seinen Armen zertreten hatte. Am späten Nachmittag fuhren sie die Madison Avenue hinauf nach Norden, um diese schönste Tageszeit, wie Max versicherte, im Park zu verbringen.

Der lange, milde Herbst war eine neue Jahreszeit für Nadja, die sie aus Europa nicht kannte. Die klare, dünne Luft, in der die Konturen der Türme und Wolkenkratzer wie Scherenschnitte in ein makelloses Blau stachen, machte sie schwindlig. Die Ahorn- und Ginkgoblätter leuchteten so grell und golden in der Abendsonne, als stünden sie in Flammen, hie und da schwebte ein Blatt zu Boden. Kein Lufthauch regte sich, und erst als die Sonne verschwunden war, ahnte man den Biß herbstlicher Kühle.

Im Zwielicht flanierten sie an der Fifth Avenue nach Süden, und Max zeigte ihr die erste Fassade, die er als Dreißigjähriger restauriert hatte. Er legte den Arm um sie, und als er sie an sich zog, fühlte sie seinen Herzschlag durch die dünnen Kleider. Sie hatte in diesem Augenblick die Gewißheit, daß etwas Unvermeidliches und Richtiges anfing und daß es schon an jenem Herbsttag am Fluß vor zwei Jahren angefangen hatte, oder vielleicht schon, als sie ihn in der Färbergasse aus dem Gemeindehaus hatte treten sehen. Sein Gesicht, das dem ihren jetzt ganz nahe war, flößte ihr die Zuversicht ein, daß alles, was noch geschehen würde, seine Ordnung hatte. Es mußte nicht mehr ausgesprochen werden, ob sie mit ihm nach Hause gehen und die Nacht verbringen wolle.

Ich habe gar keine Erfahrung, sagte sie nur.

Ich weiß, antwortete er, und das ist gut so. Dann kommst du später wenigstens nie auf den Gedanken, die hastige Befriedigung mit Liebe zu verwechseln.

Die Liebe sei wie ein Gespräch, das keiner Worte bedurfte, lehrte er sie. Frage und Antwort ließen sich nicht unterscheiden, jenseits der Zeit, die irgendwo in der dunklen Wohnung auf einem Kaminsims tickte; sie sei wie ein Angespültwerden an einen Ort, an dem alle Empfindungen zusammenströmten, ununterscheidbar und doch so klar und heftig wie nie zuvor.

Liebe ist Mystik, sagte Max.

Nadja glaubte ihm jedes Wort und bekam dafür, wonach sie sich am meisten sehnte: Geborgenheit. Er war der Lehrer, sie die Schülerin.

Geh, schau dich im Spiegel an, wie schön du bist, befahl er.

Im grellen Licht des Badezimmers sah ihr ein unbekanntes Gesicht entgegen, mit einem irren Glanz in übergroßen Augen. Dieses Gesicht weckte in ihr Angst und Stolz zugleich, als sei sie endlich dort angekommen, wohin sie unterwegs gewesen war. Sie fühlte sich befreit von allen Mängeln.

Am nächsten Tag gingen sie ins Museum of Modern Art. Sie spürte, wie Max sie verstohlen betrachtete, während sie von Bild zu Bild ging. Das schmeichelte ihr zwar, aber es schmälerte ihre Konzentration. Sie würde später allein zurückkommen, beschloß sie. Unter den Art déco Mosaiken des Edison Café aßen sie Blinsen. Dann gingen sie in enger Umarmung zum Times Square hinunter.

Es ist, als würde ich die Stadt ein zweites Mal entdecken,

rief Max übermütig und küßte sie lange mitten auf dem Gehsteig der Fifth Avenue.

Es war ein unwirkliches New York, das sie erlebten, nicht bloß eine Stadt, sondern ein Labyrinth voll Verheißungen, ein glanzvoller Traum, der sich hinter dem leuchtenden herbstlichen Nebel abzeichnete, nur für sie.

Wenn es ein Traum ist, sagte Nadja, will ich nie daraus erwachen.

Die Abende waren blau, und in den geschwungenen Glasfronten am Bryant Park entzündete die tiefstehende Sonne ihr Feuerwerk. Die leuchtenden Ginkgoblätter entfalteten im Schweben ihre größte Schönheit, die erloschen war, sobald sie mit einem trockenen Rascheln den Boden berührten. Übergangslos tauchten Max und Nadja in die Filme ein, die sie besuchten, meist europäische Filme, die sie mit der Schwermut von längst Vergangenem berührten – es war alles gleich irreal, die Gegenwart und die Vergangenheit.

Von nun an verbrachten sie jedes Wochenende zusammen. Nadja lebte wie in einem glücklichen Taumel, in dem nichts mehr von Bedeutung war außer den Stunden, die sie mit Max verbrachte. Das Zimmer, in das sie jeden Montagmorgen zurückkehrte, die Wege und Gebäude des College, denen die Abwesenheit des Geliebten ihre Wirklichkeit entzog. Sie saß in ihrer Koje in der Bibliothek, sie ging mit der französischen Studentin essen, sie bestand sogar ihre ersten Prüfungen mit passablen Noten, aber alles, was dort geschah, war wie ein fremdes, seltsames Schauspiel.

Eines Nachts schreckte das Telefon sie in Max' Bett aus dem Schlaf. Max antwortete einsilbig, mürrisch, sagte, ja, nein, jetzt nicht, dann vollends erwacht mit ärgerlicher Stimme: Hör zu, ich bin nicht allein ... Ja, mit einer

Frau … Vielleicht sollten wir uns treffen, um darüber zu sprechen. Er hielt den Hörer weit weg von seinem Ohr, während eine aufgeregte, laute Frauenstimme Beschimpfungen in den Raum schrie. Dann legte er leise auf.

Nadja schaute ihn fragend an: Wer war das?

Eine, die nicht glauben kann, daß es aus ist, sagte Max gleichmütig.

Habe ich sie vertrieben?

Eigentlich nicht, es war schon vorher zu Ende. Erinnerst du dich an den Samstag, als ich dich abholte? Die Nacht davor habe ich beschlossen, Schluß zu machen, es gab zu wenig Gemeinsames, es gab zu viele Mißverständnisse.

Der Morgen graute, das erste fahle Licht stahl sich zwischen die senkrechten Lamellen der Fensterläden.

Du bist mir näher, sagte Max und beugte sich über sie, mit dir habe ich eine Stadt gemeinsam, die hier niemand kennt.

Sie schüttelte heftig den Kopf, wollte etwas sagen, aber er küßte sie.

Ob du es wahrhaben willst oder nicht, sagte er später, die Stadt, in der du aufgewachsen bist, hat dich geprägt, durch dich lerne ich sie kennen.

Es wurde hell, die Sonne warf weiße Streifen auf die Wand über dem Bett, die langsam weiterwanderten, über die Bettdecke, über den hellen Holzfußboden, und irgendwann erloschen. Und sein bewegliches Gesicht verwandelte sich im Lauf der Stunden, war nahe, zärtlich und aufmerksam, dann fern, abgewandt, nachdenklich oder müde, aber immer bereit, sich ihr zuzuwenden, mit ihren Bedürfnissen und Gefühlen im Einklang, ebenso wie sein Körper.

Hast du dich also doch in mich verliebt, sagte sie irgendwann im Lauf dieser langen Morgenstunden. Es war keine Frage, sondern eine Feststellung, und deshalb fiel es ihr nicht gleich auf, daß er darauf schwieg.

*

Wochen später, als sie nach dem neuen Theaterstück eines jungen britischen Dramatikers, der von sich reden machte, das Lincoln Center verließen, wiederholte Nadja ihre Frage.

Sag mir die Wahrheit, fragte sie kokett, hast du dich in mich verliebt?

Aber Max überhörte auch diesmal ihre Frage und wies auf den von Scheinwerfern angestrahlten Springbrunnen auf dem viereckigen Platz vor dem Gebäude: Hab ich dir schon erzählt, daß Wallace Harrison seine erste Skizze für den Brunnen in meiner Wohnung entworfen hat? Wir sind uns einmal recht nahegestanden, aber dann ist ihm der Ruhm zu Kopf gestiegen. Er redete weiter, aber Nadja hörte nicht mehr zu.

Sie gingen zu seinem Haus zwischen Columbus Avenue und Central Park West, ein kurzer Spaziergang in der bereits ein wenig frostigen Nacht, an kleinen, mit eisernen Scherengittern verschlossenen Läden und überquellenden Mülltonnen vorbei, und Nadja war zum erstenmal, seit ihre Liebe begonnen hatte, verstimmt.

Liebst du mich, wiederholte sie, als sie im Bett nebeneinander lagen.

Warum bestehst du so sehr auf diesem einen Satz, antwortete er leicht irritiert. Ich werde mich niemals mehr so verlieben, daß ich sagen kann, jetzt habe ich mich verliebt. Dazu bin ich zu alt.

Nadja lachte: Ab wann ist man zu alt, sich zu verlieben?

Das letzte Mal, daß ich mich richtig verliebt habe, war mit zweiundvierzig. Die Wehmut in seiner Stimme und der ferne Blick taten ihr weh.

Die Frau mit den vier Gesichtern, fragte sie einer Eingebung folgend.

Er sah sie überrascht an. Ja, genau die.

Wut stieg in Nadja auf. Sie drehte ihm den Rücken zu, aber später stimmte seine Zärtlichkeit sie wieder um.

Du hast keinen Vergleich, sagte er, aber glaub nicht, daß es so leicht ist, jemanden wie mich zu finden. Und nach einer Weile, bittend: Es kann dir doch egal sein, ob und wie sehr ich in dich verliebt bin, es fehlt dir doch an nichts?

Sie schwieg. Sie erkannte plötzlich, wie wenig sie über ihn wußte. Er hatte nie mehr als in kurzen Andeutungen über sich gesprochen. Oder hatte sie es versäumt, ihn zu fragen? Doch wie und wonach? Außerdem stellten Schülerinnen keine Fragen, dachte sie zornig in einem ersten Aufbegehren.

Bemüht, die Verstimmungen wegzureden, erklärte ihr Max nun, daß Liebe etwas Schicksalhaftes sei und sich nicht durch guten Willen beeinflussen lasse. Wenn es nicht vom ersten Augenblick an diese unerklärliche Gewißheit gebe, dann sei es keine Liebe. Ein verwandtes Gefühl, mag sein, etwas, das sich zur Zuneigung entfalten könne, aber Liebe sei so selten, daß man Jahrzehnte davon zehren müsse.

Und wenn es nur einer so empfindet, fragte sie, der andere nicht?

Dann zählt es nicht.

Wie oft hast du es erlebt, wollte sie wissen.

Dreimal, erwiderte er ohne zu zögern.

Mit wem noch außer der Frau mit den vier Gesichtern?

Das gehe sie nichts an, erwiderte er schroff.

Dann schwiegen sie.

Habe ich dir Grund gegeben, dich zu beklagen? Es war der kühle zuvorkommende Ton der Frage, der Nadja verletzte, als frage er eine Tischpartnerin im Restaurant, ob ihr Steak auch richtig gebraten sei.

Nein, ich beklage mich nicht, erwiderte sie leise.

Sie ging ohne Frühstück weg, ohne sein Aufstehen abzuwarten. Die Zeit der Unbekümmertheit war vorbei. Sie fühlte sich besiegt, aber sie würde ihn noch in Erstaunen versetzen. Von nun an kämpfte Nadja um seine Liebe und ahnte doch von Anfang an, wie aussichtslos dieser Kampf war. Eine Frau mit vier Gesichtern? Sie würde ihn mit ganz anderen Verwandlungskünsten überraschen, Desdemona, Lulu, Gretchen, Helena, die widerspenstige und die gezähmte Kate in rascher Folge; die ganze traurige Palette weiblicher Existenz war sie bereit, ihm vorzuführen. Er staunte und ließ sie gewähren, beobachtete verwirrt ihren verbissenen Kampf um seine Liebe, die er ihr nie entzogen hatte.

Komm, beruhigte er sie, entspann dich, sei du selbst, ich liebe dich ja auf meine Art.

Bei jedem Streit kreisten sie um die Frage, ob und wie sehr, wie ausschließlich er sie liebte.

Vergiß nicht, daß ich dich liebe, wiederholte er nach solchen ermüdenden Debatten, wenn sie am Montagmorgen in der Früh seine Wohnung verließ. Er winkte ihr im Morgenmantel von seinem Türspalt nach, warf Kußhände, sang alte Schlager hinter ihr her. Aber wenn sie außer Hörweite war, sagte sie bitter: Ja, auf deine Art.

Zu ihrem vierundzwanzigsten Geburtstag schenkte Max ihr eine Leica, die teuerste Spiegelreflexkamera, die er hatte finden können, dazu Wechselobjektive und Stativ. Er habe sein Versprechen nicht vergessen.

Welches Versprechen, fragte sie.

Er habe damals in H. versprochen, sich ihrer Begabung anzunehmen. Deshalb sei sie hier.

Ich zeichne kaum noch, gab sie zu. Ihr Leben war in einem Wirbel fremder, seltsamer Bilder zerstoben: Die Wege und Gebäude des Campus – ein unwirklicher Ort, an dem man sich vom Leben erholte und vor ihm floh; die drahtigen, verkommenen Gestalten, die um die Greyhound-Station in Fairfield standen und sie bereits wie eine alte Bekannte begrüßten; die Fahrt durch eine langsam kahler und kälter werdende Landschaft; ihre Besessenheit, die sie jeden Freitag nach Manhattan trieb. Sie lief zu ihm, immer in großer Eile, als sei jede Minute ohne ihn ein unerträglicher Verlust. Jedesmal schien es ihr, als hätte das Warten um keine Sekunde länger dauern dürfen.

Jetzt wirst du fotografieren lernen, erklärte Max.

Ich kann es schon seit Jahren, behauptete Nadja. Er hatte manchmal etwas Belehrendes, das sie ärgerte.

Ja, meinte er wegwerfend, so wie alle andern, aber noch nicht so, wie du es können wirst. Es hat etwas zu tun mit der Art, wie du die Dinge ansiehst. Es ist ein Blick, der die Skelette aus Fleisch und Kleidern schält, ich habe ihn in deinen Zeichnungen gesehen, so sollst du fotografieren lernen.

Ich habe einmal zu jemandem gesagt, ich mag Skelette, erinnerte sie sich verwundert über seine Intuition.

Ich schleiche mich in fremde Köpfe ein, lachte Max, und nichts ist aufregender und lohnender.

Die Skelette in meinem Kopf, stellte Nadja amüsiert fest, das also war es, was dich an mir interessiert hat. Sie mochte seine spielerische Selbstironie, mit der er jeder Auseinandersetzung die Spitze brach und sie versöhnlich stimmte. Und sie liebte seinen trockenen hintergründigen Witz.

Im Sommersemester würde sie einen Fotokurs belegen, versprach sie. Bis dahin, bestimmte Max, würden sie in Manhattan auf Motivjagd gehen, als Team, Jäger und Fährtensucher unterwegs – so nannte er von nun an ihre Streifzüge durch die Stadt.

Es wurde kalt, eisige Winde fielen in die Schneisen der Häuserschluchten ein. Die Zeit, sich aneinander zu schmiegen und durch den Park zu flanieren, war vorbei. Sie saßen in Cafés und beobachteten Menschen.

Erzähl mir von ihnen, forderte er sie auf.

Sie erfand Geschichten, die zu den Gesichtern paßten, zu den Kleidern, wie sich diese Menschen bewegten und wie sie redeten. Sie amüsierte ihn. Zum erstenmal bewunderte er sie, und aus seiner Bewunderung erwachte langsam ein Begehren, von dem Nadja nichts ahnte. Die Anerkennung, die Bestätigung, daß sie etwas Besonderes sei, die er ihr vorenthalten hatte, jetzt zollte er sie ihr, aber nicht so, wie sie es sich wünschte. Sie wurden ein Team, und wenn sie die Köpfe zusammensteckten und über Unbekannte mutmaßten, begann die Freude an der Kameradschaft unmerklich ihre Beziehung zu verändern.

Und jetzt, sagte er, stell die Belichtung und die Entfernung ein, unauffällig, damit keiner hersieht, laß die Kamera unten bis zum Abdrücken.

Wie sieht der Glatzkopf dort drüben aus, beschreib ihn mit einem Bild, forderte er Nadja auf.

Wie ein brütender Geier, schlug sie vor.

Sie lachten.

Nadja fotografierte.

Auf dem Heimweg redeten sie von den Fotos, die sie geschossen hatte. Zurück in der Wohnung überlegten sie, ob man im Badezimmer eine Dunkelkammer einrichten könne. Spät, als sie wach im Bett nebeneinander lagen, fragte Nadja: Warum reden wir nie mehr über uns?

Aber das tun wir doch, entgegnete Max, wir reden pausenlos nur über dich.

Das Porträt ist deine Stärke, entschied er, bleib dabei.

Daran hielt sie sich viele Jahre. Ihre Abhängigkeit mußte ihn erschrecken und ihm zugleich schmeicheln, eine Verantwortung, der er sich von Zeit zu Zeit entziehen mußte.

Er sagte nicht, bleib mir vom Leib, ich brauche Abstand. Er sagte nur: Dieses Wochenende habe ich was anderes vor, und ihre Stimme, dort in Fairfield, zwei Autobusstunden entfernt, klang aufgeschreckt.

Wie ein Kettenhund, der anschlägt, sagte er und versuchte einen Witz daraus zu machen, aber Nadja fand es gar nicht komisch.

Was hast du vor, wollte sie wissen, mit wem?

Vielleicht besuche ich meinen Bruder, vielleicht will ich auch einfach einmal allein sein.

Dann stand sie unangekündigt vor seiner Tür, bereit, sich auf jede Rivalin zu stürzen. Aber da war niemand außer ihm. Er saß am Eßtisch, der ihm, wenn er allein war, als Schreibtisch diente, und grübelte und arbeitete an Skizzen, an Thesen, die nie zu Büchern wurden, nicht einmal zu Artikeln. Er hatte den ganzen Tag die Wohnung nicht verlassen, saß selbstvergessen in seinem Morgenmantel vor einem Berg kreuz und quer mit seiner zierlichen Handschrift bedeckter Zettel, als Nadja wie ein wütender Sturm hereinfegte. Erleichtert warf sie sich auf ihn, glücklich über ihren Irrtum, zog ihn ins Bett, und er ließ sie gewähren, geschmeichelt, erschreckt.

Ich will nicht, daß du diesen Überfall wiederholst, sagte Max, als er sie am Sonntag abend zum Bus brachte.

Aber du hast dich doch gefreut, beschwichtigte sie.

Max schwieg und ließ seinen Blick durch die Halle schweifen.

*

Der Frühling kam spät. Noch im April trieb tagelang ein Sturm Schnee waagrecht vor sich her, häufte ihn zu meterhohen Wächten an, der Verkehr war lahmgelegt, und bei Max hallte stundenlang das Telefon durch die leeren Räume. Wo mochte er während dieses Schneesturms stekken?

Er war durch den Park gegangen, in dem unberührter Schnee lag, weiß und funkelnd wie auf einer Landstraße nur für wenige Stunden, bevor die Schneepflüge und Räumautos ausrückten und die weiße Masse zu Matsch und Eiswasser zerquetschten. Als er die Stille der Schneelandschaft, ihre gedämpften fernen Geräusche noch im Ohr, die Wohnung betrat, schrillte das Telefon. Es läutete noch immer, als er den Mantel abgelegt hatte und aus dem Bad zurückkam, und es verfolgte ihn rücksichtslos in die Küche.

Er gab auf. Es war Nadja, in Panik, verzweifelt, voll Groll. Er schrie sie an. Stunden später entschuldigte er sich, hörte sich eine Weile ihr Schluchzen an, legte auf, rief wieder an, schlug vor, sie solle zu ihm kommen, jetzt gleich.

Sie spürten beide, daß etwas auf sie zukam, das sie nicht mehr aufhalten konnten, und keiner hätte sagen können, wann es seinen Anfang genommen hatte.

Max, bat sie, kaum daß sie zur Tür hereingekommen war, ich halte es dort nicht mehr aus, in dieser trostlosen Stadt und dieser Schule, ich möchte für einige Zeit, ein paar Wochen, vielleicht bis zum Sommer bei dir wohnen.

Er war mit ausgebreiteten Armen auf sie zugekommen,

wie immer, wenn sie seinen Trost suchte und er sie in die Arme nahm und festhielt, bis sie ruhig wurde. Er ließ die Arme sinken.

Nein, sagte er mit einer Schärfe, die sie an ihm nicht kannte, nein, du ziehst nicht bei mir ein, auf keinen Fall, das lasse ich nicht zu.

Aber ich habe niemanden außer dir, nirgends. Sie kämpfte mit den Tränen.

Nein, beharrte Max, bei mir zieht niemand ein, du schon gar nicht.

Dann schrie sie und konnte sich nicht mehr beherrschen, sie schleuderte ihm jede rachsüchtige Beleidigung entgegen, die ihr einfiel, alles, was sich im Lauf der Monate angesammelt und worüber sie geschwiegen hatte: Daß sie eine Ansichtskarte aus den Catskills in seinem Schlafzimmer gefunden habe, mit einem Poststempel vom November, eine Frauenhandschrift zweifellos, und Küsse von A. sei daraufgestanden. Sie schrie, wie sie ihr ganzes Leben noch nie geschrien hatte, das ganze Elend ihrer Kindheit schrie sie ihm ins Gesicht, als habe er es verschuldet.

Max stand weit weg, am Fenster, sein Gesicht lag im Dunkeln, aber hätte sie seine Züge erkennen können, hätten die Kälte und Ferne sie erschreckt. Er löste sich vom Fenster und ging zur Badezimmertür.

Mehr kann ich nicht für dich tun, sagte er, aber seine Worte gingen in ihrem Ausbruch unter.

Wenn du dich jetzt im Spiegel sehen könntest, höhnte er: Richtig abstoßend siehst du aus.

Das hörte sie. Sie verstummte, als habe sie darauf gewartet, als habe sie es provozieren wollen, dieses Geständnis, daß er sie nicht liebte, daß sie ihm häßlich erschien.

Geh doch zum Teufel mit deiner Eifersucht, sagte er kalt. Die Klinke der Badezimmertür in der Hand, forderte er sie auf zu gehen: Wenn ich herauskomme, will ich, daß du weg bist.

Nadja stand mitten in der Diele und sah sich um. Ihr Blick fiel auf die Zigarrenkiste. Die Frau mit den vier Gesichtern. Sie würde die Fotos zerreißen, und ihre Fetzen über den Fußboden streuen. Statt dessen steckte sie die Fotos ein.

Sie verließ die Wohnung, lief die Treppen hinunter, zornig, verletzt, entsetzt darüber, was sie angerichtet hatte, aber mit der Überzeugung zurückzukommen. Er würde sie anrufen, er würde sie in die Arme nehmen, sie würden sich versöhnen. Aber nicht jetzt, nicht gleich. Es sollte ihm leid tun, er sollte erkennen, daß er sie brauchte.

Ein warmer Wind fuhr durch die Schneisen, zerrte an den Telefonleitungen, rüttelte an den mageren, kahlen Bäumen. In wenigen Stunden war der Schnee verschwunden, und kleine Seen von Schmelzwasser überschwemmten die Gehsteige. Der Wind fiel ihr in den Rücken und trieb sie vorwärts, als sei ein Umwenden und Zurückgehen ausgeschlossen.

Hatte er sie hinausgeworfen? Hatte sie ihn verlassen? Sie wußte es nicht, sie spürte ihre Beine nicht, die sie im Laufschritt nach Süden trugen, sie lief an U-Bahn-Stationen vorbei, sie hatte keine Ahnung, wie spät es war. Am frühen Nachmittag war sie noch voller Erwartung im Bus gesessen, auf den Feldern der Farmen lag Schnee. Jetzt dämmerte es, und ein dunkler, warmer Wind trieb sie fort. Sie wußte es und wollte es nicht wahrhaben, verbannte, was damit zu tun hatte, wie einen unerträglichen Anblick aus ihrem Kopf: Es war zu Ende.

– 5 –

NADJA BLIEB bis zum Sommer im College, aber sie schwänzte die Vorlesungen und Übungen, nur zum Fotokurs ging sie, lernte Filme zu entwickeln, mit verschiedenen Linsen und Filtern umzugehen und überraschende Wirkungen zu erzielen. Sie fuhr nicht mehr nach Manhattan, sie sparte das Geld, das sie beim Sortieren der College-Post verdiente. Wenn Max sie suchte, konnte er sie finden. Noch widerstand sie dem Drang, ihn anzurufen. Er hatte sie hinausgeworfen, er mußte den ersten Schritt tun. Aber er rief nicht an. Sie wagte sich nicht mehr weit vom Telefon unten am Treppenabsatz weg, und noch nie hatte sie soviel Zeit in ihrem Zimmer verbracht. Immer auf der Lauer, aber kein einziger Anruf war für sie. An dem Tag, an dem sie auszog, beschäftigte sie keine andere Furcht, als daß sie sich nun von Max abschnitt, endgültig, als bräche sie in eine Wildnis auf, in der er sie nur wiederfinden konnte, wenn sie ihn anrief. Sein Schweigen schien endgültig.

Sie fand im Village, in Manhattan, ein Zimmer, ganz unerwartet, durch eine Zufallsbekanntschaft im Bus. Es war ein schönes Zimmer in einer geräumigen Wohnung mit hellgrün lackierten Möbeln. Die Räume waren angefüllt mit raumhohen exotischen Topfpflanzen und zwei Papageien, die sich in ihren Zweigen frei bewegten. Die Wohnung gehörte einer Professorin, die zwischen New York und Philadelphia pendelte und froh war, daß jemand sich um die Papageien kümmerte.

In den ersten Monaten arbeitete Nadja in der Küche eines Delikatessenladens mit einem kleinen schmalen Restaurant in der sechsundfünfzigsten Straße, wo am Vormittag exzentrische alte Damen sich zum *brunch* trafen und in der Mittagspause Büroangestellte ihre Sandwiches in braunen, gefalteten Papiersäckchen abholten. Hier beachtete sie niemand und sie fühlte sich dennoch nicht allein gelassen. Aber sie mußte einen Job finden, bei dem sie genug verdiente, um sich die Verwirklichung des Traumes zu leisten, den Max ihr in den Kopf gesetzt hatte: Sie wollte Fotografin werden.

Einmal ging sie mit einem Arbeitskollegen, einem Kellner aus Puerto Rico, nach der Arbeit und nach einem Drink in seine Wohnung. Sie schlief mit ihm, hörte sich sein obszönes Gestammel an, mit dem er sich Mut machte, ließ seine unpersönliche Lust über sich ergehen, beobachtete ihn kühl und unbeteiligt und war noch vor Mitternacht wieder in ihrem eigenen Bett im Village.

See you around, sagte sie, wenn er ihr nachstellte, später, ein anderes Mal.

Aber nichts, was sie sah und erlebte, konnte Max aus ihrem Kopf verbannen, und der Gedanke, daß er nun unerreichbar war, versetzte sie in eine fieberhafte Panik, bis sie es nicht mehr aushielt und ihm schrieb. Anfangs erzählte sie in einem erzwungen fröhlichen Plauderton von ihrem Job, der ruhigen Seitenstraße im Village, eine schöne Gegend, mit Oleander vor dem Haus und einer Allee von Ginkgobäumen. Doch bald bemächtigte eine gehetzte Dringlichkeit sich ihrer Briefe.

Die Papageien verdreckten die Wohnung mit ihren scharf riechenden Exkrementen, und Nadja durfte kein Fenster öffnen, damit sie nicht davonflogen. Es war ein schwüler, dampfender August, die Hitze und der Gestank drückten sie auf ihr Bett, wälzten alle Ängste über sie. Konnte Max denn nicht die Verzweiflung in ihren Briefen spüren?

Du fehlst mir, flehte sie in immer hemmungsloser werdenden Botschaften, ich wache auf und höre unten auf der

Straße deine Stimme, aber wenn ich hinunterschaue, ist niemand da, oder ein Unbekannter geht vorbei.

Schnell, bevor sie es sich anders überlegte, warf sie diese Zeugnisse ihrer Unterwerfung in einen Postkasten. Danach wartete sie voller Zorn auf ihn und auf sich selber, weil sie wußte, daß ihr Warten vergeblich war.

Von öffentlichen Telefonen rief sie bei ihm an, die einzige Nummer, die sie auswendig kannte, und wußte nicht mehr, ob sie aus Sehnsucht oder aus Rachsucht nicht von ihm ablassen konnte. Sie horchte auf seine Stimme, wie sie die ganze Skala von einladender Neugier bis zum Ärger durchlief, atmete flach, während er fragte: Wer spricht, wollen Sie sich nicht melden?

Einmal hatte sie sich gemeldet. Er hatte geschwiegen, so lange, bis sie fragte: Bist du noch da?

Es tut mir leid, hatte er kühl gesagt, ich kann nichts mehr für dich tun.

Dann hatte ihr das Besetztzeichen ins Ohr gehämmert. Seither lauschte sie nur mehr stumm seinem Atem, und die Unsicherheit, mitunter Furcht in seiner Stimme, wenn er fragte, wer ist dort, erfüllte sie mit Befriedigung, einem hämischen Gefühl des Triumphs.

Er mußte wissen, daß sie es war, die ihn nachts aus dem Schlaf riß, nach Mitternacht, wenn sie auf dem Heimweg an keinem öffentlichen Telefon vorbeigehen konnte, weil ein Zwang, sich an diese letzte, einseitige Verbindung zu klammern, sie dazu trieb. Und eines Tages meldete sich eine Frauenstimme von einem Tonband: Die Nummer, die Sie rufen, wurde geändert. Erst da gab sie auf.

Aber sie wartete. Jedesmal, wenn das Telefon klingelte, wurde ihr Herzschlag schneller. An jeder Straßenecke, an jeder U-Bahn-Station konnte sie ihm begegnen, so groß konnte die Stadt doch gar nicht sein.

Im Spätherbst fand Nadja eine Anstellung in der Fotoabteilung eines *drugstore*. Sie durfte in der Dunkelkammer arbeiten und nahm an einem Fortbildungskurs in New Haven teil. Wenn sie im roten Licht der Dunkelkammer unter dem Vergrößerungsgerät die Belichtungszeit bestimmte, Filter für Kontraste einlegte und mit dem Fotopapier im Vergrößerungsrahmen abstimmte, war sie mit sich und ihrer Aufgabe so sehr im Einklang, daß sie Max für immer länger werdende Zeitabschnitte vergaß. Es konnte vorkommen, daß sie zwischen dem Morgen und der frühen Dunkelheit, wenn sie auf die Lexington Avenue hinaustrat, kein einziges Mal an ihn gedacht hatte.

Ganz hörte sie nie auf, an Max zu denken, auch viele Jahre später erschien er ihr noch in ihren Träumen, aber sie gab in diesem Winter die Hoffnung auf, daß er sich melden würde. Als der Frühling das erste Grün in die mageren Bäumchen vor ihrem Haus trieb und die Parkanlagen sich belebten, merkte sie eines Tages, daß sie glücklich war.

Sie hatte sich, seit die Professorin, bei der sie wohnte, ein Gastsemester lang an irgendeiner Universität des Mittelwestens lehrte, in deren Badezimmer eine Dunkelkammer eingerichtet, damit sie ihre eigenen Filme nicht mehr schnell und verstohlen während der Arbeitszeit entwickeln mußte. Und ausgerechnet jetzt, als sie manchmal gar nicht glauben konnte, daß sie es war, die sich so frei und ohne Furcht in dieser Stadt bewegte, nahm sie sich an einem freien Abend die Fotos der Frau mit den vier Gesichtern vor, fotografierte sie mit verschiedenen Belichtungszeiten, unterschiedlicher Tiefenschärfe und bemerkte, wie das Gesicht eine unerklärliche Faszination auf sie ausübte.

Es mußten die Augen sein, die eine fast hypnotische Wirkung besaßen.

Hatte Max nicht gesagt, es sei ein magisches Gesicht? Sie nahm die Körper anderer Frauen, anderer Fotos, setzte ihnen das Gesicht auf, dessen Augen unverwandt auf sie gerichtet waren, fremd und mit einem spöttischen Glanz, der auf den Belichtungsstreifen aufblitzte und erlosch, auf weichem Papier verschwand und bei hartem Kontrast ohne Mitteltöne sie schrill ansprang. Diese schmerzhaften Kontraste liebte Nadja. Sie entblößten, was Grautöne verhüllten, sie zerrten die letzten Schleier weg. Nadja war entschlossen, Schmerz zuzufügen, auch sich selber.

Du weißt zuwenig über mich, hatte Max einmal gesagt. Sie hätte ihn aushorchen müssen, aber ihre Bedürftigkeit war damals zu groß gewesen, um sich den Abstand dazu leisten zu können, und zu jung war sie auch gewesen. Wer war diese Frau mit den verrückten Augen, und warum hatte sie ihm soviel bedeutet?

Sie vergrößerte das Negativ, bis jede Pore sich zu einem Krater ausgewachsen hatte, verwandelte das Gesicht mit Hilfe von Kontrastpapier und Filtern in eine wüste, verdorrte Todeslandschaft, weiß, weißer als eine in Kalk ertränkte Leiche, das Haar ein dunkler, verklebter Rand, wie skalpiert, eine Totenmaske, die letzte Rundung von Wangen und Kinn weggebeizt von Nadjas Mordlust, die Schwärze der Augenhöhlen und Kiefer unter den Wangenknochen. Aber die Augen waren nicht umzubringen, sie starrten ihr entgegen, körperlos, weit geöffnet, auch als die Vergrößerungen längst zum Trocknen an der Wäscheleine hingen.

Dieses Gesicht war das erste, mit dem sie sich vom Erlernten entfernte. Ein Positiv sei gut gelungen, hatte man sie gelehrt, wenn es möglichst viele Grautöne in den richtigen Abstufungen enthielte. Nun entdeckte sie die Möglichkeit, beim Fotografieren und Entwickeln die Wirklichkeit zu verändern, zu verzerren, wenn nötig zu verstümmeln, um die unbarmherzige Wahrheit an die Oberfläche zu spülen.

Sie nahm an Wettbewerben teil, einzelne Fotos wurden in Ausstellungen gezeigt. Bei einem Porträtwettbewerb gewann sie einen Preis, nicht den ersten, aber es war ein Anfang. Und jedesmal ertappte sie sich bei dem Wunsch, meist nur ein flüchtiger Gedanke, daß Max davon erfahre.

Die Frau mit den vier Gesichtern nannte sie eine Fotoserie, mit der sie sich für eine Ausstellung New Yorker Künstlerinnen bewarb. Es ginge um die Unsichtbarkeit der Frau, stand in der Ausschreibung, die Unsichtbarkeit im männlichen Blick, ihre Vernichtung im Vorgang des Betrachtens. Diese Fotos verhalfen Nadja zum Erfolg, eröffneten ihr eine Karriere: Der von der tiefstehenden Sonne grotesk verlängerte Schatten einer Frau am Strand; eine flüchtige, von der Geschwindigkeit und der Wölbung des Spiegels verzerrte Reflexion im Seitenspiegel eines fahrenden Cabriolets; ein eingetrockneter Blutfleck auf grobem Stoff, so stark vergrößert, daß man den Sättigungsgrad jeder Stoffaser erkennen konnte. Und die verwüstete Unbekannte in den Phasen ihrer Vernichtung, vom Blick einer eifersüchtigen Frau verstümmelt, von ihrer wütenden Vernichtungsorgie in der Dunkelkammer. Nur Max hätte sie wieder zusammensetzen können, die ursprünglichen Züge der Frau mit den vier Gesichtern, die keinen Namen hatte.

Von wem sind Sie beeinflußt, fragte eine Journalistin.

Ich weiß es nicht, entgegnete Nadja, ich glaube von einem Mann.

Es war keine Antwort, die im Trend lag, und die Journalistin ließ sie stehen.

Nadja konnte ihren Job im *drugstore* aufgeben und aus der Wohnung mit den Papageien ausziehen. Mit sechsundzwanzig konnte sie sich den Traum ihrer Kindheit erfüllen und als Künstlerin leben.

Zwei Jahre nach der Trennung sah sie Max zufällig zur Mittagsstunde auf der Betoneinfriedung vor einem Bankgebäude an der Park Avenue sitzen, direkt gegenüber dem Waldorf Astoria, zu dessen Fassade er hinüberstarrte, als hätte er sie noch nie gesehen. Er saß zwischen Büroangestellten in dunklen Geschäftsanzügen, die ihren *lunch* verzehrten, in der frostigen Aprilsonne und wirkte niedergeschlagen. Sein Bart schien ein wenig länger und grauer geworden. Sie hatte ihre Leica bei sich. Als sie den Sucher auf ihn richtete, nahm er die Brille ab und preßte mit jener Geste, die sie so gut kannte, die Fingerspitzen gegen Augen und Nasenwurzel. Sie drückte ab. Erst als sie den Blick abwandte, traf sie die ungeheuerliche Erkenntnis, daß sie ihn gesehen hatte, dem sie ihr längst vertrautes Leben in New York und ihren Beruf verdankte, und sie hatte nicht das Bedürfnis gehabt, ihn anzusprechen. Sie hatte ihn mit ihrem einsamen, geübten Blick gesehen, registriert, Maß genommen, im richtigen Moment, bei seiner charakteristischen Geste abgedrückt, ganz professionell. Und erst jetzt, zwei Häuserblöcke weiter, vor dem Viadukt der Grand Central Station, zitterten ihr die Hände.

Als sie das Negativ in ihrer Dunkelkammer betrachtete, war er ihr fremd. Ein bedrückt wirkender, in sich gekehrter Mann Mitte Fünfzig, dem sie einen Augenblick seines Lebens entwendet hatte. Einen Augenblick, in dem er sich unbeobachtet geglaubt hatte. Es war das einzige von ihr selber entwickelte Foto, das sie von ihm besaß, und es glich doch nur von ungefähr dem Mann, den sie geliebt hatte.

*

Der erste Auftrag führte Nadja ans Meer. Sie sollte für eine Reiseagentur Küstenlandschaften fotografieren, Badeorte, Feriendörfer entlang der Küste Neuenglands. Die Einsamkeit der Leuchttürme seien ein willkommener Kontrast zu den bunten, belebten Stränden, erklärte man ihr, als jener letzte Fluchtpunkt, von dem man in Städten träume, überhaupt Wasser, der Blick aufs Meer, der die Sehnsucht nach Unendlichkeit, nach Grenzenlosigkeit sichtbar mache. Und diese Sehnsucht solle sie mit Bildern sättigen.

Sie fuhr mit einem gebrauchten Pontiac, der fast so geräumig wie Max' Lincoln Continental war, die Buchten zwischen New Haven und Cape Cod entlang, und weiter nordwärts bis Maine, lernte die stille Verzweiflung amerikanischer Kleinstädte kennen, beobachtete einsame Menschen, wie sie zögernd aus ihren Autos stiegen, an die Betonmauer gelehnt, die die Straße vor der Brandung schützen sollte, eine Weile unschlüssig auf den leeren Strand hinunterblickten und ungetröstet weiterfuhren. Es war September, kurz nach *Labor Day*, und die Strände hatten sich geleert. Sie fotografierte tiefhängende Wolkenbänke über einem bleigrauen, stumpfen Meer. Das war es nicht, was sonnenhungrige Touristen sehen wollten. Eher schon Lichtseen am Horizont über glitzerndem Wasser. Sanddünen hoch wie Wüstenberge. Strandhafer im satten Gold des späten Nachmittags. Tiefblaue Wellen wie Samt auf einem Zuschneidetisch. Eine reglose Wasseroberfläche wie der geschliffene Spiegel eines leeren Himmels. Muscheln und Fußstapfen im Sand auf einem verlassenen Strand. Ein Holzsteg, der sich im Schilf verlor. Die langen, fein geriffelten Sandbänke von Cape Cod. Die Einsamkeit der leerstehenden Sommerhäuser. Der angewehte, knöcheltiefe Dünensand auf allen Wegen und keine einzige Fahrspur. Die Traurigkeit der Sonnenuntergänge in einer menschenleeren Landschaft. Die vielen Meilen Marschland zwischen Plymouth und Hull mit ihrer unzugänglichen Fauna, den Wasservögeln, die aufgeschreckt und ungeschickt über das Moorgras flatterten. Wochenlang war sie allein unterwegs, die Kamera griffbereit, ganz auf das Sehen konzentriert, auf Farben, Formen, Stimmungen. Die Leuchttürme ragten weit draußen über unwirtlichen Landzungen auf, ausgesetzte, robuste Kegel auf nacktem Felsen, die den dichten weißen Herbstnebel mit ihrem Lichtschein kaum durchdringen konnten.

Nadja suchte die Badeorte entlang der atlantischen Küste in ihrer abweisenden Verlassenheit auf, als wolle sie sie zwingen, etwas preiszugeben, was sie im Sommer verhüllten. Die Sturmböen, die sich mit Regenschwaden mischten, warfen sich gegen die Brandungsmauern. Die Spielautomaten standen verwaist in den leeren Vergnügungslokalen. An den Abenden setzte sie sich an das beschlagene Fenster eines *diners* und hörte meist irgendeinem Einheimischen zu, der ihr seine Lebensgeschichte erzählte. Manchmal fragte sie am Ende, ob sie ihn fotografieren dürfe.

An einem feuchten kalten Abend saß Nadja als einziger Gast in einem Hafenrestaurant in Nantasket. Sie war bereits auf dem Rückweg nach New York. Ein Paar, frierend in dünnen Windjacken, setzte sich an den Nebentisch. Die Frau trug ein ungeschickt um den Kopf gewundenes Tuch und hielt ihre Tasche mit beiden Händen auf den Knien fest. Sie gingen so behutsam und zärtlich miteinander um, daß Nadja nicht den Blick von ihnen wenden konnte. Als die Frau langsam den Schal vom Kopf nahm, war sie darunter kahl. Es mußte sich um die Folgen einer Chemotherapie handeln, durchsichtige Härchen befanden sich da, wo einmal volles Haar gewesen war, die Kopfhaut war sehr bleich. Unter ihrem dünnen Rock zeichnete sich ein Verband ab. Aber als der Mann sich zu ihr hinüberbeugte und sie auf die Wange küßte, als berühre er etwas unendlich Kostbares, brannten Nadja die Tränen in den Augen – so sehr beneidete sie diese Frau.

Von diesen beiden machte sie kein Foto, auch nicht von dem Schriftsteller ohne Werk, in dessen Wohnwagen sie zwei Wochen verbrachte, bevor der Winter mit den ersten Böen schweren Schneeregens einbrach. Das Liebespaar in Nantasket hatte Nadja in Freds Arme getrieben.

Weitab vom Strand, hinter den Dünen und Ferienvillen, befand sich ein großer Platz voller Wohnwagen, ein Feriendorf für jene, die von einem Leben am Meer träumten und es sich doch nicht leisten konnten. Jetzt im Spätherbst waren die Wagen verriegelt, das braune Gras in den Schlamm gestampft, und an stürmischen Tagen hörte man die unsichtbare Brandung. Nur Fred war noch da.

Er hatte sich eines Abends in einem *seafood diner* zu Nadja gesetzt und über falsches Bewußtsein und den Sinn des Lebens philosophiert. In den sechziger Jahren habe er Songs geschrieben und bei Dichterlesungen seine Lyrik vorgetragen, erzählte er, seither wolle niemand mehr seine Gedichte und Aphorismen hören oder gar drucken, es sei eben alles vorbei.

Mann, waren wir großartig, schwärmte er, als er von der Studentenbewegung in San Francisco erzählte.

Er rauchte und redete bis spät in die Nacht, sie tranken Wein. Sie blieb die Nacht bei ihm. Nadja war viele Wochen allein gewesen, die ganze Atlantikküste bis nach Bar Habor hinauf und zurück. Im Auto hatte sie Musik gehört, sie hatte in Motels geschlafen, wenn sie vom Fahren müde war, und beim nie abbrechenden Geräusch vorbeifahrender Autos das Gefühl gehabt, als fahre sie auch im Schlafen noch weiter. Manchmal hatte sie sich mit Fischern über Netze und Hummerfallen unterhalten und sie bei der Arbeit fotografiert, und manchmal hatte sie geglaubt, die Einsamkeit keinen Tag länger zu ertragen. Jetzt hörte sie Fred zu, er sprach zu ihr, auch wenn er ihre Gegenwart beim Reden kaum wahrnahm.

Aber am Ende, wenn er vom Reden müde war, wurde er zu einem warmen Körper, der Liebe gab, ein wenig Nähe, eine unkonventionelle Häuslichkeit. Er wollte nichts über sie wissen. Er wollte reden und mit ihr schlafen, er wollte nicht allein sein, wenn der Regen auf das Dach des Wohnwagens trommelte und die Brandung sich wie ein fernes Donnergrollen gegen die Küste warf. Warum er sich plötzlich in dem schmalen Bett, das sie teilten, über sie beugte und seine glühende Zigarette auf ihre Haut drückte, schien er selber nicht zu wissen. Er beobachtete sie mit einem dummen, neugierigen Grinsen, versuchte weder sich zu rechtfertigen noch zu entschuldigen, während sie ihre Kleider zusammenraffte.

Erst als sie am frühen Morgen in ihrer Wohnung die Reisetasche auspackte, bemerkte sie, daß die Spiegelreflexkamera, die Max ihr geschenkt hatte, fehlte.

Es war inzwischen nicht mehr so, daß sie Max den Groll über seine Zurückweisung nachgetragen hätte oder daß noch jene alte Sehnsucht der ersten Zeit ihres Alleinseins sie quälte. Aber bei ihrer Arbeit, beim Fotografieren und in der Dunkelkammer, wenn sie müde war, in Eile, wenn sie dachte, so ist es gut, kam es ihr oft so vor, als stünde er neben ihr, unzufrieden, unerbittlich und erklärte ihr, das könne jeder, damit dürfe sie sich nicht zufriedengeben. Wenn die Bilder in der Schale mit dem Entwickler immer deutlichere, schärfere Konturen gewannen und Nadja von

Begeisterung erfaßt wurde, von diesem Rausch über ein gelungenes Werk, mußte sie sich immer wieder seiner Skepsis stellen, seinen belustigten, ironischen Blick entkräften.

Auch von ihrer Begabung und daß sie nicht spurlos verschwinden könne, weil sie in ihrer Wahrnehmung verankert war, wußte sie ja nur durch ihn. Dieses Wissen gab ihr Sicherheit, ließ sie auch Mißerfolge, Rückschläge und die Erfahrung ihrer künstlerischen Grenzen ertragen. Ihre Phantasie war begrenzt, und das hinderte sie an der großen Karriere. Sie brauchte die Wirklichkeit, um sich an ihr zu messen.

Bevor sie den Mann traf, den sie heiraten würde, hatte sie bereits gelernt, daß jeder neue Versuch in der Liebe eine Enttäuschung war. Aber die heftigste Enttäuschung war durchgestanden, sie war Vergangenheit. Auch das gab ihr Sicherheit und eine gewisse Härte. Aber es kam immer wieder vor, daß eine Geste, ein Satz eines anderen Mannes sie an Max erinnerte, und dann spürte sie jedesmal einen kleinen Stich von Bedauern.

Nach sechs Jahren verließ Nadja New York. Es kam ihr vor, als sei der Glanz der Stadt verblaßt, und sie sehnte sich immer häufiger nach einem weiten Himmel, nach der Stille eines frühen Morgens auf dem Land. Um neun Uhr, wenn die Geschäfte öffneten, hatte sich die Frische des Morgens in Manhattan so gründlich verflüchtigt, daß nur mehr der Druck seines forcierten Tempos auf allen Straßen und Menschen lastete. Sie übersiedelte in eine Kleinstadt in Pennsylvania, nur um nach kurzer Zeit wieder aufzubrechen. Manchmal besuchte sie zu den Hohen Feiertagen die Stadt ihrer Kindheit, aber sie blieb nie länger als zehn Tage. Jeder längere Aufenthalt wäre ein Eingeständnis gewesen, daß ihr etwas fehlte. In der Gemeinde erfuhr sie, daß Spitzer Max in New York besucht habe und daß Max sich irgendwann in H. niederlassen werde, jedenfalls rede er schon seit Jahren davon. Irgendwann würde sie ihn wiedersehen, das war zu erwarten. Sie hoffte, ein Wiedersehen würde sie nicht berühren, aber sie fürchtete sich davor.

III

— 1 —

WER MAX Berman in jenen Jahren kennenlernte, erfuhr auch bald von seinem Haus in H., in dem seit vierzig Jahren Menschen lebten, die es ohne jedes Unrechtsbewußtsein für ihr Zuhause hielten. Sie waren so alt wie er, und Jahr für Jahr im selben Tempo wie er selber, bewegten sie sich einen Schritt weiter auf den Tod zu. Dennoch erfüllte ihn ihr Altern mit Genugtuung. Es brachte ihn auch dem Tag näher, an dem er in sein Haus einziehen würde. Er war der letzte, der seinen Anspruch auf das Erbe geltend machen konnte. Ben starb, noch keine sechzig, an den Folgen seiner von Psychopharmaka zerrütteten Gesundheit.

Max' Vater war fast neunzig Jahre alt geworden, sie hatten wenig Kontakt gehabt, erst als Saul im Sterben lag, hatte Max ihn öfter im Spital besucht. Beim Begräbnis sah er nach vielen Jahren seinen älteren Bruder Victor wieder, der seit den fünfziger Jahren in Tel Aviv lebte. Max war nie in Israel gewesen, seine Wurzeln lägen in Europa, sagte er, und wenn er reiste, dann in die Städte, die er zum erstenmal als Soldat gesehen hatte, Rom, Florenz, Siena, Ravenna, Bergamo, Triest, und die er nur ihrer Schönheit wegen liebte, es hing keine schmerzliche Erinnerung an ihnen. Siebzehn Jahre lang hatte er es vermieden, nach H. zurückzukehren.

Victor hatte das volle weiße Haar des Großvaters. Es ist lange her, sagte er verlegen bei der Begrüßung, ich hätte mich schon früher bei dir melden sollen.

Es war Victor, der am Grab ihres Vaters Kaddisch sagte, aber erst als sie über Ben sprachen, löste die Trauer über dessen gequältes Leben die angespannte Fremdheit zwischen den beiden Brüdern. Sie verbrachten zwei Tage miteinander, und Max erfuhr, daß er eine Nichte hatte, eine linke israelische Rechtsanwältin, die ihrem Vater Kummer machte und ihm mit ihren zweiunddreißig Jahren noch immer keine Enkel geschenkt hatte. Trotz des Fotos, das Victor bei sich hatte, fiel es Max schwer, sich diese junge Frau als eine nahe Verwandte vorzustellen. Er würde sich im Ruhestand in einen Kibbuz in den Hügeln um Jerusalem zurückziehen, sagte Victor.

Und du wirst wohl dein ganzes Leben hier in New York festsitzen, vermutete er.

Nein, sagte Max, irgendwann gehe ich nach Europa und lebe in unserem alten Haus in H. Hast du noch Erinnerungen an diese Zeit?

Es schien ihnen, als spanne sich eine unsichtbare Brücke in eine so ferne Vergangenheit, daß es der Anstrengung bedurfte, sie mit Bildern zu beleben. Sie waren zusammen Kinder gewesen, im selben Haus, von denselben Erwachsenen geliebt, und dazwischen lag ein ganzes Leben, in dem sie einander fremd geworden waren, doch nicht so fremd, daß diese frühe Verbindung, die ersten gemeinsamen Jahre, nicht alle Fremdheit in den wenigen gemeinsamen Stunden hätte löschen können. Es gab niemanden mehr außer ihnen, der diese Bilder mit ihnen teilte: Sophie in ihrem Schaukelstuhl mit einem Buch, der Großvater am Tischende, der mit erhobenem Weinglas den Segen sprach, Miras Aufforderung an die Kinder, ein letztes Mal zum Haus zurückzublicken, um es fest im Gedächtnis zu bewahren. Mit ihnen würden diese Erinnerungen verlöschen. Noch nie waren sie einander so nahe gewesen.

Nach zwei Tagen brachte Max seinen Bruder zum Flughafen. Sie umarmten sich, keiner lud den anderen ein, ihn zu besuchen, sie wußten beide, daß sie einander nicht schreiben würden, daß sie einander vielleicht zum letztenmal sahen. Aber sie waren versöhnt, und diese späte Versöhnung war wie ein starkes Band, das keiner neuen Beweise mehr bedurfte.

Kurz vor seiner Abreise nach Europa einige Jahre später erreichte Max nachts die Stimme seiner Nichte mit ihrem starken israelischen Akzent: Victor war gestorben.

Max' Ruf als begehrter Raumdesigner führte ihn oft in andere amerikanische Städte, nach Boston, San Francisco, Los Angeles, er hatte mit einem jüngeren Architekten eine Firma gegründet, beschäftigte Angestellte, hatte eine Anzahl von Lieferanten und Unternehmern unter Vertrag. Die Zeiten, wo er selber auf der Stehleiter gestanden und Stuckdecken ausgeleuchtet hatte, waren vorbei, und auch die Erregung beim Betreten eines großen, leeren Hauses, die Begeisterung, wenn das Werk Gestalt annahm. Er kämpfte nicht mehr um die Verwirklichung seiner Vorstellungen, wenn ein Klient anderer Meinung war.

Er ist es schließlich, der in dieser Scheußlichkeit leben muß, sagte Max resigniert, ich kann ihm nur meinen Vorschlag anbieten. Manchmal kaufte er ein vernachlässigtes Haus in Villengegenden, renovierte es, ohne daß ihm ein Auftraggeber seine Ideen aufzwingen konnte, freute sich eine Weile daran und verkaufte es an jemanden, den er für würdig hielt, in dem Haus zu wohnen. Er brauchte seine Arbeit nicht mehr anzubieten, man kam zu ihm.

Von Zeit zu Zeit wurde er der Stadt überdrüssig. New York ermüdete ihn, er sah darin ein beunruhigendes Signal seines Alters, die feuchte Hitze der endlosen Sommer setzte ihm zu, die hektische Nervosität, die Manhattan ständig zum Vibrieren brachte, ohne Atempause, selbst in der Nacht. Resigniert schaute er auf die schmutzigen Bündel schlafender Obdachloser in Hauseingängen und über Entlüftungsschächten, wie Höhlenmenschen hausten sie in Unterständen aus Pappe, zwischen den Gerüsten von Baustellen. Er fühlte sich hilflos, er wich den Dealern aus und merkte, daß er immer seltener ausging. Nie hatte er die Armut als etwas betrachten können, das ihn nichts anging. Er wußte, er gehörte zu den Privilegierten, für die New York das Ausgefallenste und Teuerste in die Auslagen legte, und es stieß ihn ab.

In den siebziger Jahren, in der ersten Euphorie seines neuen Wohlstands, hatte er die Idee gehabt, einen ebenerdigen Lagerraum in Midtown Manhattan zu kaufen und einen *shelter* einzurichten, der Aufenthaltsort, Wohnraum und Schlafstätte für Obdachlose werden sollte. Und weil er die Häßlichkeit reiner Zweckmäßigkeit verabscheute, hatte er diese Räume hübsch eingerichtet, wie er es gewohnt war. Nach kurzer Zeit waren die Wasserhähne abmontiert, die Badezimmerarmaturen wurden ein halbes dutzendmal gestohlen, bevor er aufgab, und das Geld, das er zur Verfügung gestellt hatte, war verschwunden, die Sozialarbeiter über alle Berge. Als er die mutwillig demolierten Räume betrat, die grellen Graffiti an den Wänden sah, die eingeschlagenen Fensterscheiben, gab er auf, verbittert, deprimiert, wenn auch nicht ohne Schuldgefühl.

Manchmal, gestand er, hasse ich diese Stadt.

Dann verließ er New York immer wieder von Zeit zu Zeit, mietete in einem ruhigen Vorstadtviertel ein Haus mit einem großen Rasenstück, Pinien, die ohne Zaun ins Nachbargrundstück übergingen, irgendwo auf Long Island, in Rye oder Mamaroneck, nah genug am Wasser, daß man die Brandung hörte. Dort kam die nervöse Energie, die ihn noch im Schlaf anzutreiben schien, allmählich zum Stillstand.

Doch bald, nach einigen Monaten, wurde er der Ruhe überdrüssig, und Erinnerungen an Bilder, Gerüche, und Töne meldeten sich wieder, wie etwa Pee Russells Klarinettensolo in einem Jazzkeller von Midtown Manhattan, die tiefen Ledernischen einer Lounge, in der er mit Freunden gesessen war, die längst in anderen Städten lebten oder gestorben waren. Bars fielen ihm ein, über die ganze Stadt verstreut, im Village und an der Upper East Side, die jede ihre eigene Atmosphäre hatte und die er nicht mehr finden würde, selbst wenn es sie noch gab. Er erinnerte sich an Nahes und weit Zurückliegendes, den Augenblick etwa, als er zum erstenmal mit Eva die Grand Central Station betrat oder mit Wallace Harrison vor dem Lincoln Center stand, am Abend, nachdem man die letzten Gerüste abgebaut hatte. Er sehnte sich nach den jähen Windböen an den Straßenecken, die einem unter die Kleider fuhren, und dem Geruch von Hot dogs und verbranntem Öl, vermischt mit Benzindämpfen und dem fernen salzigen Duft des Meeres. Es war seine Stadt, und seine Erinnerungen reichten zurück bis zum Central Park seiner Kindheit, als der Eisbär Gus im Becken des Zoos herumgeplanscht war, und diese Stadt war der Schauplatz seiner unvergeßlichsten Momente gewesen, jenes Abends, als er Dana zum erstenmal im Russian Tea Room sah und der Nacht, in der er sie nach der Sperrstunde dort abholte und zu sich nach Hause mitnahm – vor mehr als dreißig Jahren.

Es begann ihn zu stören, daß jeder Ausflug nach New York mit Vorbereitungen verbunden war, und daß er nicht mehr wußte, welche Filme liefen, er vermißte die Nachmittage in der Buchhandlung *Strand*, mit den unüberblickbaren Reihen von Regalen, aus der er schwindlig vom Lesen der Buchtitel und überwältigt von der Menge an Wissen, das er nie besitzen würde, ans Tageslicht trat. Er stellte sich vor, an einem Samstag morgen zwischen Canal Street und Orchard Street die Flohmarktstände entlangzuschlendern und bei Jonah Schimmel in der Houston Street die besten *knishes* von Manhattan zu essen. Und wenn er erst angefangen hatte, vom Essen zu träumen, begann er bald zwischen Manhattan und der Vorstadt hin und her zu pendeln, zuerst nur um ins Restaurant oder ins Theater zu gehen, aber einige Male im kilometerlangen Verkehrsstau eingekeilt, beschloß er in seine Wohnung zurückzukehren.

Wann die brennenden Schmerzen und der Druck im Brustkorb angefangen hatten, konnte er nicht sagen, sie kamen beim Treppensteigen, oder wenn er Ärger hatte, bald bei jeder Belastung, jeder Anstrengung. Zum erstenmal wurde ihm bewußt, daß er ein Herz besaß, das nicht bloß ohne sein Zutun Blut durch den Körper pumpte, sondern daß es wie ein feines Meßgerät bei jeder Unachtsamkeit ausschlug und ihn ängstlich machte, ihm ein bestimmtes Tempo aufzwang und ihn an seinem gewohnten Leben hinderte. Max hatte nie über seinen Körper nachgedacht, er hatte sich auf ihn verlassen. Das einzige Ärgernis, das ihm das Älterwerden brachte, war, daß ihn andere als alten Mann zu sehen schienen, sein Kompagnon in der Firma, Bauarbeiter, und was ihn am meisten irritierte, jüngere Frauen, die auf seine Annäherungsversuche mit amüsiertem Staunen reagierten, als hätten sie nicht erwartet, daß ein alter Mann wie er sie noch begehren könnte. Eine Vierzigjährige hatte ihm unverblümt erklärt, daß ältere Männer auf sie keinerlei erotischen Reiz ausübten.

Und selbst nach geglückter Verführung verließ ihn nie die Angst vor dem jähen Stechen in der Brust, dem Schmerz bis in den Arm, die jede Liebesnacht peinlich abrupt beenden konnte.

Als Max den Brief von Spitzer bekam, in dem er ihm mitteilte, daß nun die letzte Partei aus seinem Haus ausgezogen sei und es für ihn bereitstünde, hatte ihn zum erstenmal der Tod gestreift. Er hatte einer Bypassoperation zugestimmt, und plötzlich wurde sein Leben vom Tagesablauf des Spitals bestimmt. Er war ganz und gar damit beschäftigt, sich auf sich selbst zu konzentrieren, das Herz, das wie ein stampfender Motor in seinem Brustkorb kämpfte und Wellen von Schmerz durch seinen Körper fluten ließ, die unter den Schmerzmitteln abebbten und zu neuer Heftigkeit anschwollen. Die Nachricht erreichte ihn zu einem Zeitpunkt, als es ihm schien, er empfinge die Post eines anderen. Er selbst war ausschließlich darauf bedacht, seinem Körper unnötige Schmerzen zu ersparen, um nicht bei jeder unvorsichtigen Bewegung, die an seinem zersägten, langsam verheilenden Brustkorb zerrte, laut aufzustöhnen.

Als er nach Wochen im Spital und im Sanatorium nach Hause kam, war er niedergeschlagen und ängstigte sich vor dem Alleinsein wie nie zuvor. Eine langjährige Freundin, die er als junge Architektin in Albany kennengelernt hatte und der er damals eine Anstellung verschaffen konnte, hatte von sich aus angeboten, ihn während der ersten Zeit zu pflegen. Aber sie hatte ihre eigene Arbeit mitgebracht, in die sie sich ungerührt an seinem Schreibtisch vertiefte, während er sich ganz seinen Schmerzen hingab und seiner Angst davor, daß sein Leben nie mehr wie früher werden würde. Ihr Mangel an Fürsorge und ihre Selbstvergessenheit ärgerten ihn, er wurde ungeduldig und gereizt, machte ihr Vorhaltungen und stellte Forderungen, die sie mit der Erklärung von sich wies, sie sei keine Krankenschwester. Schließlich ergriff sie die Flucht. Bevor sie jedoch ging, nannte sie ihn einen Mann, der nicht gelernt hätte, in Würde alt zu werden. Das traf ihn.

Er setzte nun seinen ganzen Ehrgeiz daran, die alte körperliche Ausdauer zurückzugewinnen, und als er ohne lange Verschnaufpausen die sechs Stockwerke bis zu seiner Wohnung zu Fuß bewältigte, war es ein Triumph. Langsam und mit einer Geduld, die er erst lernen mußte, eroberte er sich sein altes Leben zurück. Aber er hatte erfahren, daß seinem Körper Grenzen gesetzt waren und seine Kräfte schnell erlahmten.

An einem milchig blauen Wintertag spürte Max zum erstenmal, wie etwas von seiner alten Lebensfreude in seinen genesenden Körper zurückströmte. Beinah drei Monate waren seit der Operation vergangen, es war Dezember, und ein Blizzard war über die Stadt hinweggefegt. Der Schnee funkelte auf den Dächern und blendete, sogar die Luft war wie vom Frost erstarrt. Es gab keine Farben außer Weiß und einem unendlichen, klaren Blau. An diesem Tag ging er lange im Central Park spazieren und fühlte sich mit seinem Leben ausgesöhnt. Er sah der Sonne zu, wie sie an den Baumstämmen und den Häuserwänden der Fifth Avenue hochglitt, während sie sank, und er spürte eine Art freudiger Erwartung.

Alles, was er auf die lange Bank geschoben, was er für später, für den fernen Lebensabend aufgehoben hatte, wollte er jetzt tun. Er würde in das Haus seiner Mutter einziehen und jede Jahreszeit dort zumindest einmal noch erleben. Jetzt war die Zeit gekommen, und mit dem Alter war die Sehnsucht nach den Kindheitserinnerungen gewachsen, ihren Gerüchen, Stimmen, den Schatten und dem

Licht in den Räumen zu verschiedenen Tageszeiten, die er wiedererkennen würde wie zurückkehrende Bilder aus einem dem Vergessen entrissenen Traum.

— 2 —

IM LANDEANFLUG schaute Max auf das hügelige Land hinunter, eine unruhige Landschaft mit kleinen Waldschöpfen, die ihre Zungen an die Flüsse heranschoben, Felder, Wiesen, scharf abgegrenzt, ein Teppich aus kleinen Vierecken, Dörfern, Marktflecken, Kleinstädten. Es war Anfang März, und die Erde hatte noch etwas Rohes, Nacktes nach einem strengen Winter. An schattigen Hängen lag noch Schnee.

Das Haus stand leer. Es gehörte ihm, er würde noch heute einziehen. Er hatte Spitzer gebeten, es provisorisch mit dem Nötigsten auszustatten. Die Renovierung sollte die Krönung seines Berufslebens werden, er brachte fertig gezeichnete Pläne mit, und unentwegt hatte er Ideen. Es würde seine letzte Arbeit sein, und er würde zusehen, wie sie sich entfaltete, ihn wie ein ganz und gar auf seine fernen Erinnerungen abgestimmtes Gehäuse umschloß und den Zauber seiner Kindheit wiederbelebte, heitere Gegenwart, die keine Zeiteinteilung kannte. Er war überzeugt, er kehre an den Ort zurück, an dem er sterben werde.

Max mochte die schläfrige Atmosphäre kleiner Flughäfen, die Nachlässigkeit der Zollbeamten. Spitzer stand unter den Wartenden und hielt Max mit einem verschmitzten Grinsen einen Haustürschlüssel entgegen, bevor sie sich umarmten. Sie hatten einander in den achtzehn Jahren, die vergangen waren, nur einmal wiedergesehen, als Spitzer für eine Woche in New York gewesen war. Er war auf Max' wiederholte Einladung hin gekommen, hatte bei ihm gewohnt, und Max hatte sich bemüht, sich ganz auf seine Wünsche einzustellen. Aber am Ende hatte er den Eindruck gehabt, daß Spitzer froh war, wieder nach Hause zu fliegen. Seither schrieben sie einander Glückwunschkarten zu den Feiertagen. Max hatte manchmal angerufen, aber seine Anrufe schienen stets Panik auszulösen, denn Spitzer begann jedes Gespräch mit der bangen Frage, ob etwas passiert sei, ob alles in Ordnung sei, ob er auch ganz gewiß gesund sei. Max fürchtete, daß diese Anrufe seinem Freund keine Freude machten, sondern ihn aus dem Gleichgewicht brachten, daher ließ er es nach einigen Versuchen wieder sein.

Spitzer war siebenundsechzig, er war jünger als Max, aber er war stark gealtert und schien an Kurzatmigkeit zu leiden. Auch als die Koffer längst verstaut waren und sie im Taxi saßen, war Spitzers Atem noch immer von Zeit zu Zeit von einem asthmatischen Pfeifen begleitet.

Max unterdrückte die besorgte Frage: Bist du krank?

Das Taxi hielt vor Max' Haus. Die Laubbäume waren noch kahl, aber die Tannen- und Fichtenwipfel verdunkelten den Vorplatz, wo die Steinplatten tief in das morastige Erdreich eingesunken waren.

Die haben in den letzten Jahren alles herunterkommen lassen, sagte Spitzer. Aber das war zu erwarten.

Der Parteigenosse war vor einem Jahr gestorben, und die Tochter hatte nun ihre alte Mutter zu sich genommen, soviel war Spitzer bekannt. Er hatte nie verstanden, warum Max es ablehnte, das Haus mit seinen Mietern zu teilen, es mußte etwas mit seinem feinen Gespür für die Atmosphäre eines Hauses zu tun haben. Immer wenn Spitzer im Auftrag von Max hier gewesen war, um Reparaturen zu überwachen oder mit den Mietern zu verhandeln, war es so ruhig im Haus gewesen, daß Max völlig unbehelligt den ersten Stock und die Mansarde hätte bewohnen können. Aber für Max war es undenkbar, täglich Menschen zu begegnen, die sich hier breitgemacht und Kinder gezeugt hatten, während Sophie und Albert ermordet worden waren und während Mira viel lieber hier als an irgendeinem anderen Ort gelebt hätte. Er konnte es ihnen nicht verzeihen, auch wenn sie daran nicht direkt schuldig waren.

Schön, daß du da bist, wiederholte Spitzer, als sie vor der Haustür standen. Freust du dich?

Es war etwas beklemmend Feierliches an diesem Augenblick, in dem Max in der Dämmerung die Tür, die ein neues Schloß hatte, aufzusperren versuchte. Es gelang ihm nicht.

Ein schlechtes Omen, sagte Max.

Seit seiner Bypassoperation befiel ihn mitunter ein vages Entsetzen wie eine böse Ahnung. Er hatte dieses unerklärliche Entsetzen sein ganzes Leben lang gekannt, als Kind beim Hinuntertauchen in den Schacht der Rolltreppe zur U-Bahn, später manchmal, wenn er bei Sonnenuntergang nach Westen aus der Stadt hinausgefahren war, oder auf dem Highway angesichts der rot glühenden Sonne so nah am Horizont, oder wenn er Ben in seinem Zimmer mit sich selber reden hörte, ihm zusah, wie er seinen Stimmen lauschte und ihnen antwortete. Aber seit der Operation überfiel ihn diese Angst oft ohne Anlaß, als ob eine schützende Decke von der Welt gezogen wäre und ein eisiger Hauch ihn anwehte, unerbittlich, bereit ihn zu vernichten, und er wußte nicht, was es war, wenn nicht die Berührung des Todes.

Max ertappte sich dabei, wie er oft ängstlich nach innen

horchte, auf sein unzuverlässiges Herz. Es peitschte ihn vorwärts, bis er keuchte, oder legte ihm eine lähmende Eisenklammer um die Brust und jagte ihm Schmerzen in den Körper, denen er nachlauschte wie dem Echo einer fernen Detonation.

Spitzer gelang es schließlich, das Haustor aufzusperren. Im Flur roch es modrig, diffuses Licht fiel aus dem hohen Buntglasfenster mit roten und blauen Arabesken auf die Holztreppe.

Hier muß die Küche sein, sagte Max und wandte sich nach rechts. Sie traten in einen hellen, fast leeren Raum, mit ein paar Gartenmöbeln, einem großen, altmodischen, vom Alter gelb gewordenen Spülstein, einem unförmigen, ebenso überdimensionalen Kühlschrank und einem weißen Küchenschrank ohne Tür. Es mußten Gegenstände aus Sophies Küche gewesen sein, aber in Max lösten sie keine Gefühle aus, es war, als befände er sich in einem fremden Haus.

Erkennst du es wieder, fragte Spitzer.

Ja und nein, den Spülstein, das Fenster draußen auf dem Treppenabsatz, aber es ist alles so fremd und tot.

Es wird schon wieder lebendig werden, wenn du dich erst einmal eingelebt hast, beruhigte ihn Spitzer.

Der Gartentisch am Fenster war mit einem weißen Tischtuch gedeckt.

Meine Frau hat ein bißchen was für dich vorbereitet, sagte Spitzer, damit du nach der langen Reise nicht gleich weggehen und einkaufen mußt.

Ein halbes Huhn in einer Pfanne, Sauergemüse, ein Laib Brot, Geschirr, allerlei Verpacktes im Kühlschrank und auf den Regalen, von der Frau des langjährigen Freundes, die Max nie zu Gesicht bekommen hatte. Er wußte nur, daß Spitzer in zweiter Ehe mit einer Einheimischen verheiratet war, einer Katholikin, die ihr eigenes Leben hatte. Vielleicht war sie wie Spitzer, dachte Max, hilfsbereit, ohne viel Umstände und Worte zu machen.

Spitzer verabschiedete sich, erklärte Max, wie die Heizöfen funktionierten, warf ihm von der Tür aus einen besorgten Blick zu. Die Koffer standen wie unschlüssige Gäste im Flur.

Nein, nein, sie sollen stehenbleiben, beschwichtigte Max den Freund, der sich nicht losreißen konnte von diesem zögernden, bedrückenden Einzug.

Max ging durch die Zimmer. Keines entsprach den Vorstellungen, die er sich all die Jahre gemacht hatte. Klein waren sie, und er hatte sie immer groß in Erinnerung gehabt, und dunkel von den nah ans Haus gepflanzten Bäumen, deren Zweige an die Scheiben kratzten, als wollten sie eingelassen werden. In keinem dieser Räume würde er wohnen, bevor sie renoviert und das abgestandene Grau der Wände, die hellen Vierecke, die Möbel und Bilder hinterlassen hatten, übertüncht wären. Das Haus war fremd und abweisend, es enttäuschte ihn.

Schließlich trug er seine Koffer in die Veranda, die sein Onkel Albert nachträglich zu einem winterfesten Raum hatte ausbauen lassen. Selbst mit den vielen kleinen Fensterrahmen, die ihm die Aussicht auf die Wiesen und den Fluß zerteilten, war dies das hellste Zimmer. Nur wilder Wein würde im Sommer die Fenster säumen. Er stellte sich eine große Glasfront vor, den Giebel aus transparenten Glasziegeln, eine Schiffsbrücke, die über dem Hang schwebte, spärlich und einfach möbliert, wie er es seit seiner Kindheit gewohnt war: ein Bett, ein Tisch, zwei Stühle, einige Regale, die sich wie in seiner New Yorker Wohnung nach und nach von selber füllen würden, mit Gegenständen vom Flohmarkt, Mitbringseln von Freunden, mit

Dingen, die ihm Menschen ins Haus brachten, auch wenn sie selber bald wieder verschwanden, Erinnerungsstücke an einen unvergeßlichen Abend, sichtbare Spuren flüchtiger Augenblicke, die sich in seinen Räumen wie Sedimente seiner Lebensjahre ansammelten. Es war das Zufallsprinzip, das er reizvoll fand, daß jedes Erlebnis und jede Begegnung durch einen ganz bestimmten Gegenstand vergegenwärtigt wurde und das Gewicht der Erinnerung trug, als wäre es ein Symbol. Je älter er wurde, desto mehr lebte er in Symbolen.

Vielleicht solltest du einige Zimmer, die du nicht selber bewohnst, vermieten, hatte Spitzer vorgeschlagen. Schließlich war es ein großes Haus, in dem zwei Mietparteien Platz gefunden hatten. Spitzer hätte ihm auch jemanden nennen können. Aber Max wollte davon nichts wissen.

Eine eigenartige Müdigkeit drückte ihn nieder. Ihn fror, obwohl das Haus beheizt war. Spitzer, der jeden Tag anrief oder auf einen kurzen Besuch vorbeikam, fragte, ob er Max eine Ärztin schicken solle, Malka, ein Mitglied der Gemeinde.

Nein, nein, ihm fehle nichts als Wärme, erwiderte Max. Die ersten Wochen vergingen, ohne daß er etwas unternahm, von kleinen Spaziergängen abgesehen. An manchen Morgen wachte er vom Funkeln einer schneebedeckten Landschaft auf, jeder Zweig, jeder Ast so weiß und fremd, daß er sich nicht gleich daran erinnerte, wo er war. Dann schob sich von einem Augenblick zum nächsten ein schwarzer Wolkenvorhang vor die Sonne, ein Sturm kam auf, riß an den Lärchen am Hang, dichter Schneeregen fegte über das Tal, und alles war wieder schwarz und erschreckend kahl.

Max hatte mit vielen Unterbrechungen sein ganzes Leben in New York verbracht. Soviel Natur war ihm unheimlich, er fühlte sich von ihr bedroht, von diesen Frühjahrsstürmen, die über das am Hang ausgesetzte Haus hinwegtobten und an den Fenstern rüttelten. Er schaute auf die vom Winter noch kränklichen, graugrünen Wiesen hinaus wie ein Gast, der zur falschen Jahreszeit in einem Hotel abgestiegen ist und sich nun fragt, wie er die Zeit totschlagen soll. Vielleicht würde der Aufenthalt in seinem Haus am Ende nur eine Station gewesen sein – wer sagte denn, daß er seinen Lebensabend hier verbringen mußte? Jede Jahreszeit zumindest einmal, hatte er vor seiner Abreise gesagt, das war er Miras Andenken schuldig.

– 3 –

DER BETRAUM am Freitagabend war überheizt.

Wir werden alt, sagte Spitzer, wir frieren leicht. Wenn wir nicht ordentlich einheizen, kommt Frau Vaysburg noch im Mai im Wintermantel.

Max kannte nur wenige der Anwesenden von seinem ersten Besuch: Frau Vaysburg, kleiner, als er sie in Erinnerung hatte, zäh und zerbrechlich, wie ein kleiner, munterer Vogel mit lebhaften braunen Augen. Steiner, ein untersetzter Siebziger mit weißer Künstlermähne, und seine schweigsame, anmutig schüchterne Frau. Gisela Mandel kam erst regelmäßig, seit sie Witwe geworden war, der Schabbat war allein so schwer zu ertragen. Chaim Alter mit seinem starken polnisch-jiddischen Akzent war immer noch ein streitbarer Junggeselle, der keinen mit seinen sarkastischen Bemerkungen verschonte. Er mußte weit über siebzig sein und hatte noch seine pfefferfarbene Bürstenfrisur und sein fast faltenloses Gesicht.

Spitzer leitete den Gottesdienst. Er betete schnell, als wollte er es rasch hinter sich bringen. In den hinteren Reihen saßen jüngere Leute, Malka, die Ärztin, mit ihrem elfjährigen Sohn. Spitzer hatte sie in den ersten Wochen nach Max' Ankunft doch zu ihm nach Hause mitgebracht, weil er sich Sorgen um ihn gemacht hatte, aber Malka hatte Spitzers Bedenken zerstreut: der Klimawechsel, Eingewöhnungsschwierigkeiten, Umstellung in der Ernährung, egal, jedenfalls nicht alarmierend. Mit ihrer kleinen stämmigen Figur erinnerte sie Max an Nadja, aber ihr Lächeln war gewinnend und selbstbewußt. Ihre optimistische Munterkeit wirkte auf Max wie eine strenge Aufforderung, sich endlich aufzuraffen und sein Leben in die Hand zu nehmen. Seit ihrem Besuch rief Malka öfter an, als sei er automatisch ihr Patient geworden. Sie fragte, ob er etwas brauche, ob sie vorbeischauen solle, wie sie ihre Visiten beiläufig ankündigte. Und Max wehrte erschrocken ab, nein, nein, er habe alles, es fehle ihm an nichts. Er wußte nicht recht, was er von Malka halten sollte. Sie war so fürsorglich, so aufmerksam, daß er sich trotz ihrer Beschwichtigungen alt und gebrechlich fühlte, und ihre mütterliche Strenge machte ihm Angst. Er hatte es nie gemocht, von resoluten Frauen Anweisungen erteilt zu bekommen.

Malka ist einsam, erklärte ihm Spitzer, sie lebt mit ihrem Sohn allein, der Mann hat sie verlassen. Daß sie nach sechs Jahren aber immer noch allein war, verstand Spitzer nicht: eine hübsche junge Frau mit soviel Lebensmut. Man müßte sie irgendwohin schicken, wo es Männer gibt, ins Ausland vielleicht, oder sie müßte in einer größeren Stadt leben mit einer richtigen Gemeinde, meinte er. Sie braucht Geselligkeit, sie hat ein Talent, Menschen zusammenzubringen. Auch mich hat sie schon öfter zu sich nach Hause eingeladen. Es wäre andererseits schade, wenn sie wegginge.

Auf die Idee, daß Malka einsam sein könnte, war Max nicht gekommen.

Malka und Daniel saßen zwischen Frau Vaysburg und den beiden Barons, die sich im Alter immer ähnlicher geworden waren, beide mit den vorsichtigen Bewegungen fast Blinder. Lea Baron trug immer noch die sandfarbene Perücke, die sie seit zwanzig Jahren am Schabbat trug. Sie machte ihr feines Gesicht auf eine ganz ungereimte Weise jünger und legte beim Betrachter die Überlegung nahe, wie sie mit ihren eigenen Haaren oder einer anderen Perücke aussehen würde.

Die anderen in den letzten Reihen, auch ein paar Jüngere, schienen Max nicht recht zu der Gemeinde zu gehören. Sie sahen fragend um sich, als wüßten sie nicht, was vor sich ging und was von ihnen erwartet wurde. Aber am Schluß drängten sie sich eifrig um Spitzer, schüttelten ihm innig die Hand und bedankten sich.

Wer sind die, fragte Max.

Gäste, Interessierte.

Juden?

Nein, sie kommen, weil sie neugierig sind, Christen, die sich für das Judentum interessieren.

Das gibt es, fragte Max. Und so viele?

Ja, es ist offenbar in Mode, den Juden beim Beten zuzuschauen.

Sie lachten.

Danach gingen sie in Spitzers Stammcafé, die alten Bekannten von früher und Malka, um auf Max und seine Rückkehr ein Glas Wein zu trinken. Wie lange ist es her, fragte Chaim Alter, daß Sie so tatkräftig zur Schaufel gegriffen haben, damals beim Begräbnis? Fünfzehn Jahre?

Achtzehn Jahre, sagte Max.

Sie sahen ihn forschend an. Wie alt mochte er sein. Und Max dachte, alt sind sie geworden, während er das Glas hob und L'Chaijim sagte.

Damals hatten sie sich über das Älterwerden noch keine Gedanken gemacht, weder über das eigene noch über das der anderen. Sie alle hatten Geschichten, die sich ähnelten, und keine Angehörigen außer der Familie, die sie selber vor vierzig, fünfundvierzig Jahren gegründet hatten, meist hier, in dieser Stadt, in einem DP-Lager, auf der Durchreise. Dann waren sie geblieben. Ihre Erinnerungen an früher mußten immer größere Zeiträume überspringen, das Leben, von dem sie erzählten, lag weit in der Vergangenheit.

Sie redeten über Abwesende, die Kinder, die Enkel lebten anderswo, und das war gut und richtig so. Den Enkeln zuliebe hatten sie im Alter noch fremde Sprachen gelernt, Iwrit, Englisch, damit sie sich mit ihnen unterhalten konnten. Sie reichten Fotos herum, der älteste Enkel in israelischer Uniform, die Enkelin als Braut, sie spekulierten, wem sie ähnlich sahen.

Daniel war an Malkas Arm eingeschlafen, er war eines der wenigen Kinder der Gemeinde. Ob sie nicht lieber nach Wien ziehen wolle, fragten sie Malka, schon des Kindes wegen.

Dann kamen sie auf Nadja zu sprechen. Eine ruhelose Seele, meinte Frau Vaysburg. Sie lebe jetzt in London, sei verheiratet gewesen und habe es nun doch geschafft, Jüdin zu werden. Ob sie im Herbst wieder herkommen werde, fragte jemand, sie käme ja immer um die Zeit der Hohen Feiertage auf Besuch. Sie kommt immer wieder, sagte Frau Vaysburg, aber nie bleibt sie lang. Ich hätte ihr so sehr ein wenig mehr Zufriedenheit gewünscht.

Auch Nadja war Gegenstand von Erinnerungen und Vermutungen geworden.

Wir werden alt und sterben aus, sagte Spitzer auf dem Heimweg, wir sind mitsammen alt geworden, die ganze Gemeinde.

Sie hatten nicht denselben Weg, aber Max bot an, ihn zu begleiten.

Auf mich wartet ohnehin keine Schabbatmahlzeit, meinte Max.

Auf mich auch nicht, erwiderte Spitzer lachend.

Es ist immer noch eine Schande, als Jude hier zu leben, fuhr Spitzer fort. Wenn ich alte Freunde von früher treffen will, muß ich nach Zürich fahren oder sonstwohin, hierher kommen sie nicht. Meinen Cousin aus New York mußte ich in Frankfurt treffen, in Deutschland ausgerechnet. Auf den Boden dieses Landes und dieser Stadt, sagte er, setzt er nie wieder einen Fuß.

Das könne er gut verstehen, meinte Max, sie wollen eben nicht zusehen, wie die alten Nazis, die sie vertrieben haben, in Frieden und Wohlstand alt geworden sind, ohne daß sie jemals zur Rechenschaft gezogen wurden.

Du hast gesehen, wie klein die Gemeinde geworden ist, sagte Spitzer, es gibt kaum Nachwuchs.

Aber es waren doch einige jüngere Familien mit Kindern da, widersprach Max.

Ja, einige Russen sind in der letzten Zeit angekommen, man freut sich, man versucht zu helfen. Meist sind es junge Ehepaare mit Kindern, eine Zukunft für die Gemeinde. Aber sie bleiben nicht, warum auch? Und wie soll man bei manchen wissen, ob sie wirklich Juden sind? Am Ende kommt mitunter heraus, daß sie durch uns nur an ein Visum oder eine Arbeitsbewilligung kommen wollten, und sobald sie bemerkt haben, daß wir über keinen so großen

Einfluß verfügen, bleiben sie weg. Die Leute glauben immer noch, wir hätten irgendwelche geheimnisvollen Beziehungen, dabei haben wir nicht einmal die Mittel, das Gemeindehaus zu renovieren. Nur die Synagoge, die wird bald fertig, ausgerechnet jetzt, wo zu den Hohen Feiertagen nicht einmal mehr zehn Männer kommen, damit man die Tora ausheben kann. Wir müssen von anderswo Minjan-Männer anfordern.

Sie waren zum Fluß gekommen. Der Mond war ein gelber, zerfaserter Fleck auf der Wasseroberfläche, die Sterne hingen flimmernd in der Schwärze der kalten Märznacht.

Es wird noch schneien, prophezeite Spitzer, meine Gelenke sagen es mir.

Du hast eine Frau, sagte Max unvermittelt. Warum sieht man sie nie? Hast du auch Kinder?

Eine Tochter, Helene, sie ist siebzehn, antwortete Spitzer. Dann schwieg er, und Max spürte, daß er nicht weiterfragen sollte. An der Brücke verabschiedeten sie sich. Max machte kehrt und ging auf seinen Berg hinauf. Spitzer mochte ein guter Freund sein, ein gütiger, ein selbstloser Mensch, der sich gern und ohne Dankbarkeit zu erwarten um andere sorgte, aber die Trennlinie, die er zwischen seinen Freunden und seinem Leben zog, war unerbittlich. Max hätte ihm heimlich folgen müssen, um das Haus zu sehen, in dem er wohnte. Immer verabschiedete er sich vorher, irgendwo unterwegs. Wer waren die beiden Frauen, die er seine Familie nannte? Man rief Spitzer nie zu Hause an, man richtete sich nach seinen Zeiten im Büro. Man traf ihn im Kaffeehaus, nie zu Hause, und stellte keine neugierigen Fragen, denn das mochte Spitzer nicht, dann verfiel er leicht in verstimmtes Schweigen.

Im Lauf der nächsten Monate kam es manchmal vor, daß Max durch die Stadt ging und er es fast für selbstverständlich hielt, daß er nun hier war und nirgendwo anders. Es war nicht mehr die Stadt, die seine Mutter gekannt hatte, auch nicht die, aus der man einst seine Verwandten abgeholt hatte, aber sie war das Gehäuse, das alle diese unsichtbar weiterlebenden Städtebilder umschloß. Und etwas Unverwechselbares war ihr geblieben. Nie würde sie sich von Grund auf, in ihrem Wesen ändern. Sie war längst keine Kleinstadt mehr, und dennoch würde sie eine Kleinstadt bleiben, auch bei einer halben Million Einwohner.

Er wußte, daß die Stadt, die Spitzer mit sich herumtrug, eine andere war als die, die das Auge wahrnahm. Für Spitzer waren es andere Abwesenheiten, die ihn wie Luftschichten, wie Temperaturzonen durch die Stadt begleiteten. Er hatte Max erzählt, wie er als Kind mit anderen Kindern der Nachbarschaft im Fluß geschwommen sei, und er habe sich damals nicht als Außenseiter gefühlt. Nur er sah die Stelle im Fluß und den Zehnjährigen mit seinen Freunden, wenn er über die Brücke nach Hause ging. Und wenn er die Brücke betrat, waren es immer gleichzeitig die Holzbohlen der alten Brücke, auch wenn er nicht jedesmal daran dachte. Der Stadtplatz würde nie ganz das Rot und Schwarz der Hakenkreuzfahnen ablegen, deshalb umrundete er ihn lieber. Es ballten sich dort zu viele Erinnerungen. Und auch an der Synagoge, die jetzt eingerüstet war, mit dem sechseckigen Fenster unter dem First, konnte er nie vorbeigehen, ohne einen kurzen Blick darauf zu werfen. Es war wie ein Reflex, den er sich nicht mehr abgewöhnen konnte. Die Geschäfte in der Hauptstraße benannte er bei sich nach ihren ursprünglichen Besitzern, Stern & Söhne, Schneider Farben und Lacke, Kleiderhaus Schneeweis, auch wenn von den renovierten Fassaden bis zu den neu hinzugefügten Stockwerken, um von den Besitzern ganz zu schweigen, alles verändert war. Damals, in den frühen dreißiger Jahren, hatten jüdische Händler Kleider in die offenen Türen ihrer Geschäfte gehängt, manchmal auch auf die Straße, und die Zeitungen hatten sich ereifert, die Konkurrenz war aufgebracht: Die Juden verwandelten die Stadt in einen orientalischen Basar. Damals schon hatte es Aufrufe zum Boykott gegeben, auch vereinzelten Vandalismus. Und jetzt, zum Winterschluß hingen Mäntel und Anoraks wieder vor den Eingängen, aber wer außer Spitzer erinnerte sich noch an damals?

Max war begierig auf Spitzers Erinnerungen, sie waren dieselben, fast dieselben, die Mira gehabt haben mußte, aber er bekam von Spitzer immer nur flüchtige Eindrücke, kurze Anekdoten zu hören, die mitten im Satz abbrechen konnten. Spitzer erinnerte sich an die zerstörte Bahnhofshalle unmittelbar nach dem Krieg, an die Betondecke, die durchhing, als wäre sie ein verbeulter Pappendeckel. Und Max verband mit diesem Ort das Dorfgasthaus, einstöckig und kaisergelb. Jetzt stand an seiner Stelle ein Bürohochhaus mit einer Bank im Erdgeschoß, und der Park war nicht mehr abgelegen wie ein Ausläufer der Stadt, sondern er lag gepflegt, mit Blumenrabatten und Springbrunnen, mitten in der Stadt.

Je mehr Lebenszeit einen Menschen mit einer Stadt verband, desto vielfältiger wurden ihre Schichten, unsichtbar für andere und doch stets gegenwärtig. Wie die Jahresringe eines Baumes lagerten sie sich im Bewußtsein ab, manche heller und andere dunkler, durchlebtes Unglück war vielleicht nur erahnbar in einer Unregelmäßigkeit, die von einer tiefen Narbe herrührte. Und alle Erfahrungen und Erinnerungen zusammen schufen in Menschen wie Mira und Spitzer wohl jene starke Zugehörigkeit, dachte Max, die sich auf keinen anderen Ort übertragen ließ. Wenn er mit Spitzer unterwegs war, erschien es ihm, als reagierte er auf jede Straße, auf jede Gegend anders. Manchmal zwang Spitzer ihnen einen Umweg auf, oder er wurde schweigsam, als sei er an einer bestimmten Stelle auf einen Mechanismus getreten, der ihn an einen anderen Punkt seiner Erinnerung versetzte.

Auf seinen Wanderungen durch die Stadt entdeckte Max im ältesten Stadtteil einen Laubengang, so schmal, daß man ihn mit ausgebreiteten Armen vermessen konnte. Im Schlußstein eines Fundaments glaubte er eingemeißelte Schriftzeichen zu entdecken, unleserlich, er fuhr sie mit dem Finger nach, von rechts nach links: Konnte es ein gestohlener Grabstein aus einem geschleiften jüdischen Friedhof sein? Man mußte Spitzer fragen.

An den toten Rändern der Stadt entdeckte er eine Zeile einstöckiger Häuser hinter dem Rücken des restaurierten Schlosses, so dörflich und abgelegen, als wolle sie sich geduckt davonschleichen in eine ferne Zeit. Diese Straße erschien ihm wie eine Schneise in eine unbestimmte Vergangenheit, beinahe so, als wären ihre Bewohner längst verschwunden und nichts als diese Häuser mit eingesunkenen Dächern und kleinen, blinden Fenstern seien zurückgeblieben. Ihre romantische Verwahrlosung reizte den Restaurator in Max. Aber auch diese Häuser würden bald saniert werden, vermutete er. Noch hielten sich Moospolster auf den durchhängenden Dächern, und der abgebröckelte Putz hatte schorfige Wunden an den Mauern hinterlassen, zwischen Straße und den feuchten Fundamenten erholte sich ein Streifen Rasen vom Winter, und in den Hinterhöfen setzten Spalierobstbäume das erste Grün an. Ein Wohnviertel für sich, beinah ein Dorf, mit schmalbrüstigen, dicht aneinandergedrängten Häusern in einer Sackgasse, die vor ihrem Ende scharf abgeknickt war. Am Ende der Straße stand ein Haus, größer als alle anderen, mit einem mächtigen Holztor, dessen rote Farbe verblichen, abgeblättert war, einem seitlichen Anbau, einer Empore, dachte Max, und maurischen Fenstern. Fast prächtig erschienen ihm diese kühnen Fenster in der bäuerlich-kleinstädtischen Umgebung. Waren unter dem Giebel nicht zwei Nischen wie offene Flügel zu erkennen? Max erfaßte die Erregung des Entdeckers, der auf einen kostbaren, von den Jahrhunderten verschütteten Fund stößt: Hatte er ein Bethaus gefunden, von dem niemand etwas ahnte? Er rüttelte am verschlossenen Tor, suchte nach einem rückwärtigen Eingang, fühlte sich beinah wie einer, der verschollenes, längst abhanden gekommenes Eigentum wiedererkennt.

Begeistert, atemlos stürzte er in Spitzers Büro. Auch dort war die Zeit stehengeblieben. Die dunkelbraunen Möbel, der knarrende Ledersessel mit den Rissen, sogar die Kekssorte, die Spitzer aus der Schreibtischschublade zog, um sie ihm anzubieten. Nichts hatte sich seit Max' erstem Besuch verändert.

Das kann ich nicht recht glauben, meinte Spitzer, ich müßte davon wissen, wenn es in dieser Gegend ein Bethaus gegeben hätte.

Was hältst du davon, wenn ich eine Chronik schriebe, fragte Max, eine Chronik der Juden dieser Stadt, vom Anfang bis zum Ende?

Welchem Ende, fragte Spitzer alarmiert.

Wenn es uns nicht mehr gibt?

Dann wird es andere geben, jüngere.

Dennoch war Spitzer über diese Idee erfreut, sie würde Max beschäftigen, seinen ziellosen Streifzügen durch die Stadt einen Zweck und eine Richtung geben.

*

Max hatte schon öfter in seinem Leben etwas zu schreiben versucht, aber über zahllose handgeschriebene Seiten mit vielen Randbemerkungen und Fußnoten war er nie hinausgekommen. Wenn seine Neugier an einem Gegenstand erloschen war, wenn das Chaos der Zettel auf seinem Tisch unüberschaubar wurde, legte er alles in eine der vielen Schachteln, schob sie in einen Schrank und wandte sich einem neuen Thema zu. Es hatte ihn immer geärgert, daß ihm die Fähigkeit fehlte, seine Gedanken klar zu ordnen und Unwesentliches wegzuschieben, wie es ihm stets bei der Gestaltung von Flächen und Räumen gelungen war.

An vielen Tagen saß Max nun in der Stadtbibliothek oder im städtischen Archiv, ließ sich Handschriften und Jahrbücher bringen, las von Feuersbrünsten, Geburten adliger Kinder, Herzögen und Erzherzögen, ihren Fehden und ihren Siegen, fand Erwähnungen von Epidemien, Hochwasser und Mordprozessen, aber über die Juden fand er nichts. Erst als Thomas, ein junger Bibliothekar mit einem sympathischen, offenen Gesicht und überschwenglicher Zuvorkommenheit, sich seiner annahm, Zollordnungen und Mautbestimmungen vor Max ausbreitete, traten in skizzenhaften, verschwommenen Konturen einzelne jüdische Kaufleute in die neunhundertjährige Geschichte der Stadt.

Woran er arbeite, fragte Thomas, er habe in ihm gleich den Privatgelehrten erkannt.

Max lachte: So also sieht ein Privatgelehrter aus?

Auch Thomas lachte, er hatte ein gewinnendes verschämtes Lächeln, das sich langsam über sein ganzes Gesicht ausbreitete. Arglos beteuerte er, daß Juden ihn schon immer fasziniert hätten.

Immer schon, fragte Max ironisch.

Ja, immer schon, seit seiner Kindheit, warum, das könne er auch nicht sagen.

Mich haben immer Zugvögel fasziniert, sagte Max, ihr Drang zu einem Zeitpunkt, den sie zuvor ja nicht errechnet haben, fortzuziehen und ihr Ziel zu wissen. Menschen habe ich meist mit einiger Mühe zu verstehen versucht.

Thomas errötete unter seiner blonden Bürstenfrisur, entschuldigte sich, so sei es nicht gemeint gewesen.

Anfangs hatte Max das eilfertige Wohlwollen des, wie er bald erfuhr, frisch promovierten Historikers überrascht, es kam, fand er, zu schnell und zu bedingungslos. Er verhielt sich distanziert, wartete, daß der junge Mann seine Motive preisgab oder in seiner Beflissenheit bald nachließ, aber Thomas begrüßte ihn jedesmal, als sei Max' Erscheinen eine Auszeichnung, die ihm persönlich widerfuhr.

Max verfolgte seine Spurensuche mit zunehmender Besessenheit, er kehrte immer wieder zu jenem Haus mit den räudigen gelben Mauern und den maurischen Fenstern zurück. Nie sah er jemanden das Haus betreten oder verlassen. Spitzer zeigte ihm die nachgewiesenen Bethäuser aus dem vorigen Jahrhundert, Bürgerhäuser mit klassizistischen Verzierungen, mitten in der Stadt, ohne die geringste Spur ihrer ursprünglichen Bestimmung, nicht einmal die verwischten Zeichen einer Vertuschung. Wie eine Grasnarbe, die sich im Frühjahr über den Wunden des Vorjahrs schließt und sie unsichtbar macht, so standen diese Häuser zwischen den anderen, ihre Geschichte verleugnend. Im Parterre des ehemals größten Bethauses vor dem Bau der Synagoge standen alte Kommoden, Porzellan, Silbergegenstände eines Antiquars, auch Kerzenleuchter, zweiarmig, siebenarmig. Max betrat den Laden, niemand hätte sagen können, in welche Richtung sich die Betenden gewandt hatten, wo sich der Toraschrein befunden habe.

Auch der Besitzer wußte nichts und wollte Max nur wieder loswerden.

Es war Thomas, der Max die schönen Seiten der Stadt zeigte, kleine Parkanlagen mit breiten Linden, abgeschiedene Laubengänge und Renaissancehöfe, Fassaden und Giebel, an denen er bisher achtlos vorbeigegangen war, und steile Gassen, von denen aus sie rote Ziegeldächer überblickten, geschnitzte Holzbalkone mit Spitzenvorhängen, und zwischen bewaldeten Hängen die Stadt, in das angewinkelte Knie des Flusses gebettet. Thomas war hier geboren, seine Eltern waren hier geboren und seine Großeltern auch. Er kam aus einem seit Jahrhunderten eingesessenen Bürgerhaus, dessen Fenster auf eine verkehrsfreie Seitengasse der Fußgängerzone blickten, und er liebte seine Stadt. Ihre Geschichte war ihm wichtig und auch, daß es in ihr keine unerforschten, finsteren Winkel gab.

Meine Mutter hat diese Stadt sehr geliebt, sagte Max zu Thomas, aber statt der erwarteten Freude fuhr in das Gesicht des jungen Mannes ein sonderbarer Ausdruck von Schmerz. Da ahnte Max, daß er irgendwann eine Beichte zu hören bekommen würde.

Von den Samstagsflohmärkten trug Max seinen Hausrat zusammen, nicht wegen der Ersparnis, sondern weil Dinge ohne Geschichte für ihn tot waren. Erst die Erinnerungen, selbst wenn es nur mögliche, erfundene waren, machten sie lebendig, aber nicht für jeden, denn jeder Gegenstand hatte, einmal zum Leben erweckt, ein unverwechselbares Wesen, eine Aura, die ihn nur bestimmten Käufern kenntlich machte. So wie das gelbe Haus am Ende der Sackgasse, zu dem es ihn immer wieder zurücktrieb.

Zwischen Bierkrügen und Likörgläsern entdeckte er zwei kleine versilberte Becher.

Nein, Schrift könne das keine sein, meinte die junge Frau

am Verkaufsstand, eine brünette Schönheit mit lachenden, blauen Augen. Putzen müsse man sie, aber sie habe es schon versucht, es habe nicht viel genützt, die Schnörkel seien zu tief hineingraviert.

Wie alt sie wohl sein mögen, überlegte Max. Sie hatte keine Ahnung, es seien nicht ihre Sachen, die sie hier verkaufe, sie wisse nicht, woher sie kämen.

Könnten es Weinbecher sein?

So klein? Sie lachte. Vielleicht Kerzenständer, für dicke Kerzen. Es waren Kidduschbecher, Max las ihr die hebräische Schrift vor, die ihr wie eine Ansammlung sinnloser Schnörkel erschienen war, die Frucht des Weinstocks, las er.

Ich bekomme diese Sachen in Kommission, beteuerte sie erschrocken. Nach so vielen Jahren waren diese rituellen Gegenstände endgültig herrenlos geworden, keiner hatte mehr gewußt, wozu man sie gebrauchen konnte. Die wertvollen Stücke, die schweren Schabbesleuchter, die geschliffenen Weingläser standen in Museen und vielleicht noch in Wohnzimmerschränken als Beutestücke, aber der Hausrat der Armen wurde herrenlos, mit ihrer Bedeutung für den Besitzer verlor er seinen Wert.

Wer wohl die Wertsachen aus Sophies Küche bekommen hatte, den silbernen Korb für die Barches, den Sederteller, alles, woran sie gehangen haben mußte? In welchen Küchen, die er nie betreten würde, standen sie? Dinge sind unverwüstlich, das bewiesen seine Funde, der Bessamimbehälter, den er bald nach den Kidduschbechern fand, ein abgewracktes Stück, ohne die Glöckchen an der Spitze des Zwiebelturms und an den vier Ecken – nur mehr die leeren Ringe bezeugten, daß es sie gegeben haben mußte.

Diesen Turm habe ich schon wochenlang hier stehen, den gebe ich Ihnen umsonst, wenn Ihnen sonst noch was gefällt, sagte der Händler.

Da waren einmal Glöckchen dran, sagte Max und zeigte auf die leeren Ringe.

Schon möglich, entgegnete der Händler mürrisch, ich sage Ihnen ja, Sie können ihn als Zugabe geschenkt haben.

Max brachte seine Schätze heim, gab ihnen auf den Regalen in der Veranda einen Platz, fand, daß es Zeit war, die Küche zu renovieren. Das Haus hing noch immer wie ein ausgebeulter, vererbter Anzug an ihm, sperrig und muffig, aber einzelne Räume, die Veranda, das Bad, die Küche begannen schon, schmiegsamer zu werden, wärmer, einen Geruch anzunehmen, den er für seinen hielt, und oben, bei geöffneten Verandafenstern, roch er den Frühling, er zerrte ein wenig an ihm, zupfte ihn, machte vage Versprechungen. Die Zweige waren noch kahl, aber sie hatten feuchte, harzige Knospen angesetzt.

In der letzten Zeit, seit er in Europa war, vielleicht schon seit seiner Krankheit, verspürte er eine diffuse Sehnsucht.

An Freitagabenden, wenn er vom Gottesdienst nach Hause kam und es war noch hell, denn es blieb immer länger hell, glaubte er, die Zeit stünde still und forderte etwas von ihm. Dann grübelte er bis spätabends über den Notizen zu seiner Chronik, hing einzelnen knappen Randbemerkungen in den Annalen nach, die Thomas für ihn ausgehoben hatte, versuchte sich Gesichter zu den Namen vorzustellen, den Juden Friedlein, den ersten, der in einer Kaufurkunde des Jahres 1306 als Hausbesitzer erwähnt wurde. Frau Rahel, deren Grabstein sieben Jahrhunderte überdauert hatte. Hatte sie weiße Hauben mit Bändern und lange, schwarze Röcke getragen, weite Röcke mit verborgenen Taschen, in denen die schweren Schlüssel zur Speisekammer klimperten, so wie er es in einer Kulturgeschichte des aufkommenden Bürgertums gesehen hatte, oder hatte es für jüdische Frauen damals schon besondere

Kleidervorschriften gegeben? Rahel, die Tochter des Markus, das Eheweib des Moyses, mitten im Sommer gestorben, am zweiundzwanzigsten Sivan, der zufällig auf Max' Geburtstag fiel, woran sie wohl gestorben sein mochte? Jedenfalls starb sie in einer kurzen Friedenszeit nach dem dritten Kreuzzug und vor der Anklage wegen Hostienschändung im Jahr 1338, so daß Moyses ihr einen Grabstein aus rotem Marmor setzen konnte, im Jahr 5099 nach Erschaffung der Welt, eine dauerhafte Steinmetzarbeit. Obwohl der mit Kalk übertünchte Stein inzwischen der Eckstein eines Hauses in einer dunklen Toreinfahrt war, konnte man die Inschrift noch entziffern. Ein Glücksfall, daß es niemanden geniert hatte, weder den Baumeister noch den Besitzer, die Vorderseite eines jüdischen Grabsteins ins Fundament zu fügen.

Im Archiv sprach er mit Thomas darüber, welcher Pogrom es gewesen sein mochte, der einem zu Vermögen gekommenen Christen jüdische Grabsteine als Baumaterial zugespielt habe. Aber in Thomas' Vorstellung war das Mittelalter eine Zeit, in der geheimnisvolle, wandernde Juden in Phantasiegewändern die Handelswege bereisten, unbehelligt von den Rittern, die in heiligem Eifer nach Jerusalem zogen, um christliche Heiligtümer zu retten. Er wußte Anekdoten über Richard Löwenherz, als sei er ein Held seiner Kindheit gewesen, und lustige Geschichten aus der Pestzeit. *Huius anni umb Sanct Jacobs Tag hueb sich der Sterb gemainiglich in der Welt, das der Mensch ain Drüs gewann und starb danach am dritten Tag; in demselben Sterben und in demselben Jahr wurden die Juden erschlagen und verbrannt in allen teutschen Landen*, lasen sie in der Abschrift eines Chronikblattes aus dem Jahr 1350.

Damit habe er sich noch nicht beschäftigt, gestand Thomas zerknirscht. Siebenhundert Jahre Mord und Vertreibung in seiner Stadt, in regelmäßiger Wiederholung, als drehe man sich in einer endlosen Gegenwart, und niemand habe eine Ahnung, keiner wisse davon, nie sei darauf die Rede gekommen, nicht in der Schule und nicht während des Studiums.

Das ist schwer zu glauben, sagte Max.

– 4 –

VOR PESSACH tauchten plötzlich andere Gesichter in der Gemeinde auf, Zugvögel, die jedes Jahr zwei, drei Wochen nach H. kamen, aus Gewohnheit oder Heimweh. Zuerst kamen die Leafs, die in Santa Barbara, in Kalifornien, lebten und früher Grünblatt geheißen hatten. Sie hatten sich hier kennengelernt, gleich nach dem Krieg, in einem DP-Lager am Rand der Stadt, und anschließend war Edith Leaf ein paar Jahre an der Stadtbühne als Schauspielerin engagiert gewesen. Wenn sie gemeinsame Erinnerungen austauschten, hatte Spitzer feuchte Augen und ein verklärtes Lächeln wie ein Widerschein von einem Gesicht, das er längst abgelegt hatte. Auch Chaim Alter und Gisela Mandel bekamen dann diesen beschwipsten Übermut, als wollten sie sagen, wir sind gar nicht hier, in eurer Gegenwart und in eurer Stadt, die nie die unsere war, und wenn irgend jemand glaubt, wir seien bloß ein paar wunderliche Alte, die ihre Jugenderinnerungen feiern, dann soll er es ruhig glauben.

Malka lud alle zum Seder ein. Der große Tisch im Wohnzimmer, mit seinen vielen kleinen Schalen voll Petersilie,

Salzwasser und *Charosset* wurde zu klein, Max saß auf einem Klavierstuhl zwischen Frau Vaysburg und einer etwa dreißigjährigen Frau, die er nicht kannte und die er verstohlen betrachtet hatte, seit sie unschlüssig in der Tür gezögert hatte. Er richtete es so ein, daß er neben sie zu sitzen kam. Sie nickte ihm zu und nannte ihren Namen, Diana, mit solcher Selbstverständlichkeit, als wäre dieses Zusammentreffen längst vereinbart. Sie sagte ihren vollen Namen, aber er nannte sie Diana, kein Name hätte besser zu ihr gepaßt, schlank, elegant, distanziert und dabei sehr weiblich und von einer spürbaren nervösen Angespanntheit. Ihr Familienname war in der Stadt sehr verbreitet, kein jüdischer, aber vertraut. Er hatte ihn schon öfter gehört oder auch gesehen. Mit einem rätselhaften Lächeln parierte sie seine Neugier und fesselte sein Interesse – so sehr, daß Spitzer ihn ermahnte, still zu sein und bei der Zeremonie zuzuhören.

Ich war schon viele Jahre bei keinem Seder, sagte Max, seit dem Tod meiner Mutter nicht mehr, dabei habe ich mich als Kind immer darauf gefreut, weil zu Pessach die ganze Familie versammelt war. Und Sie, fragte er Diana, wie war das bei Ihnen?

Sie lächelte, nickte und schwieg.

Spitzer leitete den Seder. Während Max ihm zusah, seine Konzentration beobachtete, sagte er sich, daß Spitzer ein tief religiöser Mensch sein mußte. Er hatte nie einen solchen Menschen gekannt, er wußte nicht, was das war: ein religiöser Mensch. Und jetzt, in diesem flüchtigen Augenblick, konnte er es verstehen und hätte es doch niemandem erklären können.

Malkas Daniel sang die vier Fragen. Er hatte eine schöne Kinderstimme, er würde die vier Fragen noch viele Jahre singen müssen, genauso wie Max in seiner Kindheit, weil er der Jüngste war, bis zu dem Pessach, an dem sie keinen Seder mehr hatten, weil Saul mit Victor in Washington und Ben in der Psychiatrie war. Dann war Max plötzlich der Älteste gewesen, der einzige, der sich um Mira und den kranken Bruder kümmerte.

Daniel würde H. eines Tages verlassen, aber bis dahin würde er wohl der Jüngste sein. Malka strahlte, sie saß für diese wenigen Minuten ganz still und andächtig neben ihrem Sohn. Gleich würde sie wieder aufspringen, in die Küche eilen und Spitzers vorwurfsvollen Blick auf sich ziehen.

Malka glaubt zu verzweifelt an das Gute, dachte Max. Das machte sie ihm so schwer erträglich. Und es setzte ihn von vornherein ins Unrecht. Er erinnerte sich an einen Abend vor wenigen Wochen in diesem selben Wohnzimmer, an dem er zusammen mit anderen Bekannten Malkas eingeladen war. Sie lud oft Gäste in ihre große Wohnung in einer Neubausiedlung am Stadtrand. Max hatte diese Menschen, die er nicht kannte, beobachtet und war das Gefühl nicht losgeworden, daß sie etwas verbargen und sich dabei unbehaglich fühlten. Zuerst hatte er lange nicht verstanden, wovon die Rede war, denn nichts war klar ausgesprochen worden. Das Wort Gesinnung war häufig aufgetaucht, er fragte sich, ob sie Mitglieder eines Clubs waren, einer Gesinnungsgemeinschaft? Alle brüsteten sich ihrer *aufrechten Gesinnung*, sie ließen durchblicken, daß sie dadurch Nachteile in Kauf genommen, sogar schon Freunde verloren hatten.

Welche Gesinnung vertreten Sie, fragte Max seine Tischnachbarin.

Sie sah ihn erstaunt an. Eine antifaschistische, sagte sie.

Ist das nicht selbstverständlich heutzutage, fragte er.

Später kam das Gespräch auf Katastrophen, eine Feuersbrunst vor dreißig Jahren, die eine Kirche eingeäschert hatte, und natürlich die große Katastrophe des letzten Weltkriegs. Einer erinnerte sich, wie sein Vater aus der russischen Kriegsgefangenschaft zurückgekehrt sei, umständlich erzählte er, wie sie als Kinder vor dem Zubettgehen die Kleidung über die Stuhllehnen legen mußten, um sie bei Bombenalarm schnell anziehen zu können, aber die meisten waren nach dem Krieg geboren und sprachen nur mit ernsten Mienen vage über das *unsagbare Leid* in jener Zeit.

Wie hat die Bevölkerung das eigentlich erlebt, fragte Max, als die Juden plötzlich aus der Nachbarschaft verschwunden waren?

Sie sahen einander fragend und betreten an. Einer der Gäste erkundigte sich teilnahmsvoll nach Max' eigener Geschichte und der Anzahl seiner Toten. Max schwieg auf diese Frage, so wie auch Spitzer immer schwieg, mit einer abwehrenden Geste, und es war eine peinliche Stille eingetreten. Als die Gäste fortgegangen waren, hatte Malka ihn beschworen: Man muß seine Erfahrungen mitteilen, Sie hätten diesen Leuten mehr entgegenkommen müssen, sie meinen es gut und sie sind anständig. Vorurteile kann man nur abbauen, wenn man den Dialog sucht.

Gerade die Vorurteile habe er ja gespürt, erwiderte Max, und ein großes Unbehagen auf beiden Seiten.

Max wandte sich wieder Diana zu und stellte vorsichtige Fragen, wie man sie Unbekannten stellt. Ihre Augen waren transparent wie Bernstein.

Sie redete, als lenke sie von etwas ab. Ihr kleiner geschminkter Mund hinterließ einen roten Rand an ihrem Weinglas, an dem sie immer nur nippte, wenn die anderen tranken. Die vorgeschriebenen vier Gläser. Diana legte ihre Finger über das Glas, schüttelte den Kopf.

Längst hatte der Wein die Erinnerung beflügelt. Edith Leaf hatte ihren gefeierten Auftritt als Miranda in der ersten Shakespeare-Inszenierung seit dem Krieg, und ihr Ehemann Eduard warf ihr vierundzwanzig rote Rosen auf die Bühne, so alt war sie damals, und seine braunen Locken flogen bei diesem eleganten Wurf von seinem Platz in der zweiten Reihe. Edith strich vorsichtig über sein Toupet, das ihm wie ein Fell von Ohren und Nacken abstand. Damals habe er viel schöneres Haar gehabt, beteuerten sie beide.

Gisela Mandel hievte ihre Leibesfülle aus dem Sessel, hob ihr Glas und sang *bej mir bistu schejn*. Auch sie hatte Erinnerungen, achtzehn sei sie bei ihrer Hochzeit gewesen und blonde Zöpfe habe sie gehabt, so lang und dick.

L'Chaijim, rief Eduard und hob sein Glas.

Sie waren die erste Hochzeit nach dem Krieg, erklärte er für alle, die es nicht wissen konnten.

Sein Andenken zum Segen, sagte Gisela Mandel und setzte sich, um nach dem Taschentuch zu suchen.

Die Jüngeren hörten schweigend zu und atmeten die erhitzte Luft von damals. Chaim Alter hatte andere Erinnerungen: Dreißig Kilo hat die Gretl Stern gewogen, und zu Fuß ist sie aus Mauthausen nach Hause gegangen, sagte er.

Und weil sie ihn nicht hatte heiraten wollen, blieb er ledig, das wußten alle, auch daß er eifersüchtig darauf achtete, daß der Platz neben ihrem Grab für ihn frei blieb.

Ich habe von Schnecken überlebt, erzählte Herr Baron, die lagen neben dem Weg, so hab ich Escargon entdeckt.

Wir sollten von etwas anderem reden, ermahnte sie Spitzer und klopfte an sein Glas.

Frau Vaysburg holte Fotos aus ihrer Handtasche, ihre Kinder und ihre Enkel. Das war ihr Leben, weit weg von hier. Ihr Iwrit war fließend, sie hatte so viele Sprachen lernen müssen im Lauf ihres Lebens.

Sprachen sind mir immer leichtgefallen, sagte sie. Im Mai fliege ich wieder zu ihnen, sie strahlte, mein jüngster Enkel kommt zum Militär.

Später, als Daniel sein Lösegeld für das versteckte Stück Mazze bekam, zog sie ein kleines, in ein Papiertaschentuch gewickeltes Stück Mazze aus ihrer Handtasche: Das ist vom letzten Jahr, es hat auch Glück gebracht.

Max fiel auf, daß sie nur zu ihm sprach, als säße Diana nicht daneben.

Kennen Sie Diana, fragte er.

Ja, ja, natürlich, sagte sie schnell, als habe er ein unschickliches Thema berührt.

Die anderen sangen die traditionellen Lieder, verbesserten einander lachend, riefen am Ende einstimmig: Nächstes Jahr in Jerusalem.

Max wollte sich noch nicht von dieser Frau verabschieden, von der er nichts wußte und der er sich trotzdem nähergekommen glaubte. Malka umarmte ihre Gäste, einen nach dem anderen, schüttelte Hände, küßte Wangen, und ihre Herzlichkeit erlahmte keinen Augenblick. War da sekundenlang eine Spur Distanz, als sie zu Diana sagte: Danke, daß Sie gekommen sind?

Wo wohnen Sie, fragte Max.

Sie nannte eine Seitengasse des Stadtplatzes.

Haben Sie Lust, noch ein wenig spazierenzugehen?

Sie schüttelte den Kopf: Ich müßte längst zu Hause sein.

Sie bat Malka, ihr ein Taxi zu rufen.

Die Bushaltestelle ist vor dem Haus, wandte Malka ein.

Das geht wahrscheinlich schneller, sagte Max, und ich könnte Sie nach Hause bringen.

Aber Diana beharrte auf dem Taxi. Ob er sie in den nächsten Tagen einmal ins Kaffeehaus einladen könne, fragte Max, als sie sich im Taxi der Fußgängerzone der Innenstadt näherten. Sie nickte, und ohne Koketterie nannte sie ihm das Kaffeehaus und die Zeit, morgen um halb acht. Ihre Gedanken schienen bereits mit etwas anderem beschäftigt, als sie sich zerstreut verabschiedete und schnell ausstieg, ohne sich umzublicken. Max fuhr weiter zu seinem Haus.

*

Max spürte die nervöse Anspannung, eine Mischung aus Lampenfieber und Vorfreude, die den Herzschlag beschleunigte, als er am nächsten Abend aufbrach. Dann saßen sie sich im Kaffeehaus gegenüber. Diana sah ihn an, als warte sie darauf, daß er etwas Bestimmtes sagte, etwas, worauf sie vielleicht den ganzen Nachmittag gewartet hatte, das, weswegen sie hierhergekommen war, um ihn zu treffen. Sie saßen wie von einer Membran umschlossen, die Geräusche des Cafés, das unpersönliche Summen, das Klirren von Gläsern, ein gelegentlicher Ruf nach einem Kellner drangen zu ihnen wie aus großer Ferne.

Sie sind nicht Mitglied der Gemeinde, fragte Max.

Sie schüttelte den Kopf. Ich bin nicht Jüdin, sagte sie bitter und richtete den Blick auf ihre Tasse. Dann gab sie sich einen Ruck und schaute ihm herausfordernd in die Augen, als wollte sie sagen: Stell endlich deine Fragen.

Er hatte Angst vor einem Geständnis, das sie soviel Kraft kostete, was immer es sein mochte. Deshalb erzählte er von seinem Haus, wie er das erste Mal als Erwachsener nach H. gekommen war, wie er es zurückgewonnen hatte.

Ich wohne in einem solchen Haus, sagte sie, es gehört seit 1939 meinem Schwiegervater.

Sie beobachtete Max ängstlich und herausfordernd, als

erwarte sie eine heftige Reaktion. Er schwieg, schaute sie an.

Jüdische Vorfahren? fragte er.

Sie nickte: Mein Vater.

Max lachte auf. Was sagt der zu seiner Schwiegerfamilie?

Ich habe ihn nicht gekannt, erwiderte sie leise.

Sie lehnte sich zurück, erschöpft, als sei alles gesagt.

Max hätte sie gern umarmt oder gestreichelt. Er legte seine Hand auf ihre Linke, mit der sie das Tablett hin und her schob. Sie zog die Hand zurück, nahm die Tasse in die andere Hand und trank ihren Kaffee in einem einzigen Schluck.

Die Spiegelpfeiler reflektierten die Wandbeleuchtung, spiegelten einzelne Gesichter, ein Mann sah unverwandt zu ihnen herüber.

Sie stand abrupt auf, als hätte eine plötzliche Panik sie erfaßt, die sie nur mühsam im Zaum halten konnte.

Ich muß gehen, sagte sie. Ja, es war Panik in ihrer Stimme.

Darf ich Sie begleiten, fragte Max.

Nein, sagte sie scharf und wiederholte in beherrschtem Ton: Nein, danke, es ist nicht weit. Ich rufe Sie an, versprach sie.

Dann ging sie, ohne sich umzublicken, schnell hinaus.

Der Mann in der Fensternische sah ihr nach. Dann schaute er wieder Max an, lange, prüfend, bis Max den Sitzplatz wechselte und ihm den Rücken zukehrte. Er las noch eine Weile in den Tageszeitungen, dann rief er den Kellner und zahlte. Er glaubte, den Blick des Fremden im Rücken zu spüren, als er zur Tür ging.

Es war schon spät, als Max auf die Straße trat, benommen. Er wollte weder mit dem Bus noch mit dem Taxi nach Hause fahren, er hatte ein Gefühl, als sei ihm etwas zugestoßen, das zu nah war, um es zu erkennen. Es war eine drückend warme Föhnnacht. Der Wind rüttelte an Dachrinnen und jagte allerlei Unrat durch die stillen Straßen. Wolkenfetzen zogen über die volle Mondscheibe. Ein Taxi fuhr eine Weile neben ihm her wie ein Streifenwagen. Als er den Berg hinaufstieg, fühlte er einen Anflug der Beklemmung im Brustkorb, die er fürchtete. Er mußte stehenbleiben und verschnaufen. Jetzt bereute er, daß er das Taxi nicht angehalten hatte. Die halbe Nacht lang lag er wach, hörte den Wind und die Zweige, die an die Fenster schlugen.

*

Zerschlagen stand er am Morgen auf, verweilte länger als sonst im Badezimmer vor dem Spiegel, fragte sein Spiegelbild besorgt: Werde ich alt? Und meinte damit nicht die Jahre, sondern ob seine Anziehung auf Frauen abgenommen habe. Er war sich ihrer immer sicher gewesen, aber seit der Operation hatte sich etwas verändert, etwas, das nicht ganz greifbar war, ein Ausdruck in den Augen, ein Welken der Haut, ein Erschlaffen der Muskeln, als hinge das Fleisch loser an den Knochen. An jenem ersten Abend, als er bei Malka eingeladen war, hatte sie ein Foto von ihm gemacht. Mit seiner auf den schmalen Nasenrücken gerutschten Brille schaute er aus wie ein bekümmerter Vogel. Gewiß, sein Haar war noch voll, und es hatte lange Zeit, zumindest aus der Entfernung, seine ursprüngliche dunkelbraune Farbe bewahrt, doch jetzt war es genauso grau wie lange schon sein Bart. Die Augen lagen in einem Netz von Falten und sahen müde aus, als hielten sie sich nur mit Mühe offen.

An diesem Morgen wurde sein Blick von einem Fleck auf seiner rechten Schläfe abgelenkt, ein hellbrauner, daumennagelgroßer Fleck. Ein Melanom? Und überhaupt, jetzt, wo er die Brille abgenommen hatte und seine Haut aus kurzsichtiger Nähe Zentimeter um Zentimeter betrachtete: War sie nicht fleckiger als früher, breiteten sich die Altersflecken nicht schon wie Flechten über Stirn und Wangen?

Er riß sich von diesem entmutigenden Anblick los: Ich werde eben alt. Er sah den Handwerkern zu, die den Terrakotta-Boden in der Küche legten, unschlüssig noch, wie er die Decke gestalten sollte, als Spitzer zu Besuch kam. Spitzer kam selten zu ihm, und wenn, dann nur am Abend. Er brachte eine Plastiktasche voll Lebensmittel mit, einen Karton Mazze und ein ganzes gebratenes Huhn.

Du hast in letzter Zeit abgenommen, erklärte er, du mußt essen, das ist von meiner Frau.

Von jener Unbekannten, die Max sich beleibt und freundlich, mit Kleiderschürze und dicken Beinen vorstellte.

Spitzer, rief Max, du bist einer der sechsunddreißig Gerechten.

Dann nenn mich Arthur, sagte Spitzer trocken, so heiße ich nämlich, ich nenn dich auch nicht Berman.

Max hätte nicht erklären können, warum er seinem Freund den Vornamen verweigerte, aber er erinnerte sich, daß es Frauen gegeben hatte, die ihn nie mit Vornamen angeredet hatten. Es war eine Scheu, als nähme er sich durch den Gebrauch des Vornamens eine Intimität heraus, die ihm nicht zustand.

Ich werde mich bemühen, sagte Max, aber er wußte, er würde sich nicht überwinden können.

Sie redeten über den Seder, über Malka, daß sie zu Spitzer gesagt habe, Max sehe müde und abgezehrt aus, er esse wohl nicht regelmäßig und ausreichend.

Was weißt du über Diana, fragte Max.

Spitzer nickte, als habe er auf die Frage gewartet. Sie gefällt dir, sagte er.

Sie fasziniert mich.

Kein Wunder. Sie ist eine schillernde Person. Ihr Sohn ist Ministrant in der Stadtpfarrkirche. Dort sitzt sie jeden Sonntag ganz vorn, höre ich. Am Freitagabend kommt sie zu uns, manchmal, nicht immer, wenn sie wegkann, ohne daß es auffällt.

Und warum auch nicht, meinte Spitzer, sie ist zu nichts verpflichtet. Nur daß sie so verzweifelt dazugehören möchte, ist tragisch.

Vor neun oder zehn Jahren, erzählte Spitzer, sei ein junger Mann bei ihm im Büro erschienen, ein netter Mensch, keiner von denen, die bereits beim Betreten des Gemeindehauses in eine Imitation des Jiddischen verfielen, damit man sie auch verstünde. Ganz sachlich habe er ein Foto von Alexander Baranovits auf den Tisch gelegt und gefragt, ob Spitzer ihn kenne, dieser Mann sei nämlich der Vater seiner Frau, und sie wolle mehr über ihn erfahren.

Ich habe ihm gesagt, sie solle doch selber kommen, sagte Spitzer, ich wollte sie mir erst einmal ansehen. Sie kam bereits am nächsten Freitag, schüchtern, sehr aufgeregt, als trete sie zu einer Prüfung an. Sie brachte das Foto mit, ihre Mutter habe es ihr gegeben. Sie zeigte es erwartungsvoll: Mein Vater. Sonst sagte sie nichts.

Was hätten wir ihr sagen sollen, fragte Spitzer. Alex war neunzehn, als er im sechsundvierziger Jahr ins DP-Lager am Stadtrand kam, ein Kind, völlig verwildert. Weiß Gott, was er mitgemacht, was er gesehen hat. Er hat nie davon geredet. Aber es war schwer, ihn aus den Schlägereien herauszuhalten. Der Krieg war für ihn noch nicht zu Ende. Ich glaube, er ging für ihn nie zu Ende. Er suchte die

Wirtshäuser auf, in denen sich die ehemaligen Nazis trafen. Er forderte sie heraus, dann prügelte er sich mit ihnen. Oft habe ich ihn am nächsten Tag von der Wachstube abgeholt, oder aus dem Krankenhaus. Er konnte seine Rechnung mit ihnen nie begleichen, seine Wut war zu groß. Verwandte hatte er keine mehr, er hatte niemanden. In ihm war so viel Verzweiflung, sagte Spitzer, das einzige, was wir tun konnten, war, ihn immer wieder auf die Beine zu stellen.

Einmal, erzählte Spitzer, hätte er Alex ein Fahrrad besorgt. Fahrräder waren damals nicht so leicht zu bekommen. Er fuhr sich einen Nagel in den Reifen, und statt es zu schieben, warf er es in seiner Wut über die Brücke. Später zog Alex sich zurück, tauchte nur mehr auf, wenn er in Geldnot war. Er war aufsässig, er forderte. Am Ende wichen ihm alle aus.

Warum ist er hiergeblieben, fragte Max.

Ja, einmal haben wir ihm sogar Geld zum Auswandern nach Israel gegeben, erinnerte sich Spitzer. Nach einem halben Jahr war er zurück. Das Schlimme war, er hat nicht unterscheiden können, wer seine Freunde und wer seine Feinde waren.

Hatte er Arbeit, einen Job?

Das schaffte er nicht, jedenfalls nie lange. Er hatte immer bald Streit mit seinen Arbeitskollegen, seinem Chef, und er hatte keinen Beruf gelernt.

Vielleicht haben wir uns alle schuldig an ihm gemacht, überlegte Spitzer, wir waren hilflos, er wollte von uns nichts, nur Geld.

Wer war die Frau, mit der er diese Tochter hatte, fragte Max.

Spitzer wußte es nicht. Er hatte nicht gewußt, daß Alex überhaupt ein Kind hatte, bis diese junge Frau auftauchte.

Sehe ich ihm ähnlich, hatte sie Spitzer gefragt. Er konnte sich nicht genau erinnern, aber er sagte: Ja, ein wenig.

Da strahlte sie.

Was hätte ich ihr sagen sollen, fragte er Max. Daß er ein aufsässiger Schnorrer war, ein Querulant, ein so tief Beschädigter, daß niemand ihn mehr hatte zurückholen können?

Dann suchte sie Spitzer im Büro auf, forderte, als Mitglied aufgenommen zu werden. Wie sie darauf beharrte, ohne Einwände gelten zu lassen, zornig auf einem Recht pochend, das ihr nicht zustand, erinnerte sie Spitzer an ihren Vater.

Sie müßten übertreten, wandte er ein.

Wieso, begehrte sie auf, ich bin mit einem Juden blutsverwandt, ich habe genug dafür mitgemacht.

Er erklärte ihr, daß es die Mutter sei, die zähle.

In Ordnung, sagte sie, dann trete ich über. Geben Sie mir einen Termin.

Vom Lernen und Warten, vom dreimal Weggeschicktwerden, wie es der Brauch forderte, hielt sie nichts. Sie habe Scholem Aleichem gelesen. Sie wisse, daß jüdische Frauen nichts lernen müßten, nur den Haushalt führen, und das könne sie. Sie habe eine sehr eigenartige Vorstellung von einem Übertritt gehabt, erzählte Spitzer, und eine große Sturheit.

Inzwischen sei sie zweiunddreißig, und ihr Ungestüm habe sich gelegt. Sie muß ja auch auf die Familie Rücksicht nehmen, sagte Spitzer, vor denen hat sie Angst, sie ist ja völlig von ihnen abhängig. Sie kommt zu uns, wenn sie kann, hinter dem Rücken der Schwiegereltern, die im selben Haus wohnen.

Trotzdem, meinte Spitzer abschließend, man muß sich keine Sorgen um sie machen, sie weiß, was für sie gut ist, und sie kann für sich selber sorgen, betonte er und schaute Max an, als wolle er ihn warnen.

Da bin ich nicht so sicher, widersprach Max.

Sie war ihm nicht wie eine starke Frau erschienen. Zäh vielleicht, aber unsicher, gequält und einsam. Wie eine, die in großer Ferne von sich leben mußte, in einer Kälte, an der man zugrunde gehen konnte. Er glaubte, ein Gespür für solche Frauen zu haben. Er glaubte sogar, sie anzuziehen, weil er ihre Gefährdung erkannte, die Mutlosigkeit, die sie einholte, während sie ihr Leben immer weniger als das eigene empfanden.

Hör auf, sie retten zu wollen, sagte Spitzer, du kannst ihr nur schaden.

Nachdem er sich von Spitzer verabschiedet hatte, ging Max auf die Terrasse, deren frischgetünchte Säulen in der Dämmerung sehr weiß erschienen, als hätten sie das letzte Tageslicht gespeichert. In der stumpfen Abendbläue draußen schwammen die letzten von der untergegangenen Sonne geröteten Wolken. Plötzlich erschien ihm alles, das ganze Haus und der Himmel, dieses ganze Land sehr fremd und unbegreiflich.

– 5 –

MAX HATTE nicht wirklich damit gerechnet, daß Diana sich melden würde. Aber sie rief an, redete hastig, als müsse sie sich diesen kurzen Augenblick des Redens stehlen.

Sie trafen sich am Nachmittag am Fluß, auf derselben Kaffeehausterrasse, auf der Max vor Jahren mit Spitzer und

Nadja gesessen war, und wo Nadja ihm hoffnungsvoll von ihrer Berufung als Malerin erzählt hatte. Aber bald fiel der feuchte Schatten des Waldes am Hang über die leeren Tische, und es wurde kalt.

Ich habe mich mein ganzes Leben lang ums Wurzelschlagen bemüht, erzählte Diana, durch die Familie, in die ich eingeheiratet habe. Eine eigene Familie habe ich nie gehabt. Aber die Sicherheit, die alle anderen besitzen, fehlt mir. Für die Christen bin ich eine Jüdin, und bei den Juden werde ich nicht akzeptiert. Das spür ich doch, schnitt sie Max' Einwand ab.

Sind Wurzeln so wichtig, fragte Max. Sind wir denn Pflanzen, daß wir Wurzeln brauchen? Ich habe auch keine Wurzeln, tröstete er sie, es ist aufregend, ein wurzelloser Kosmopolit zu sein. Zu Hause ist man dort, wo man liebt.

Sie schüttelte ärgerlich den Kopf: Sie reden von etwas, wovon Sie keine Ahnung haben.

Mag sein. Er verstummte, ließ sie reden. Vielleicht war er für sie wie der Unbekannte im Zugabteil, dem man erzählt, was man noch keinem Menschen sonst je anvertraut hat.

Ich habe eine schreckliche Kindheit gehabt, sagte sie, ich bin ein weggegebenes Kind.

Alle Kindheiten sind grausam, wandte er ein, fast alle, auf unzählige, unterschiedliche Arten. Auch meine war in mancher Hinsicht schrecklich.

Die klare Bernsteinfarbe ihrer Augen verdunkelte sich vor Zorn, wenn Max ihr widersprach.

Aber meine Kindheit muß verschwiegen werden, sagte sie trotzig, sie ist wie eine Krankheit, über die man nicht redet und von der niemand wissen darf. Die andern dürfen ihre schlimmen Kindheiten herzeigen und Mitgefühl fordern, ich nicht.

Sie knickte Zahnstocher und schaute ihren beringten Fingern konzentriert bei dieser Arbeit zu. Ich habe mehr gelitten als alle anderen, beharrte sie, und Max widersprach ihr nicht mehr.

Sie hatte beschlossen, diesem Unbekannten, aus Gründen, die er nicht ahnen konnte, zu erzählen, woran sie sonst zu ersticken fürchtete. Mit einer fordernden Dringlichkeit, als habe sie schon lange auf ihn gewartet, auf einen wie ihn. Und während sie redete, begann sie vor Kälte zu zittern.

Eigentlich heiße ich Dina, sagte sie. Ihr Vater habe es so gewollt, es sei der Name seiner Mutter gewesen, aber dann sei daraus auf der Geburtsurkunde der Name Diana geworden, und alle hätten sie immer so genannt.

Sie erzählte von ihrem Vater, den zwei flüchtigen Begegnungen mit ihm. Das erstemal in einem kahlen Amtsraum, als sie fünf Jahre alt war. Die Ziehmutter, bei der sie aufwuchs, war dabei. Man nahm ihr Blut ab. Sie mußte Schuhe und Strümpfe ausziehen, man schwärzte ihr die Fußsohlen und die Finger und drückte die Zehen, einen nach dem anderen, dann die Finger, einzeln, auf ein Stück Papier. Der Unbekannte, ihr Vater, mußte die ganze Zeit im Raum gewesen sein, aber sie hatte ihn nicht bemerkt. Erst als sie weinte, war er plötzlich da, nicht nah genug, um sie zu berühren, streckte ihr seine offene Hand hin, hockte auf den Fersen vor ihrem Stuhl und lächelte. Sie konnte sich nicht erinnern, was es war, das er ihr auf seiner ausgestreckten Handfläche angeboten hatte: Schokolade, ein kleines Spielzeug, Geld? Es war auch alles ganz schnell gegangen, denn die Ziehmutter hatte sie an sich gerissen und war mit ihr fortgelaufen, sie war zornig gewesen, empört, hatte Diana hinausgezerrt, als müsse sie das Kind vor diesem Mann in Sicherheit bringen. Ein schlechter, ein böser Mensch, hatte sie gesagt, als Diana sie nach dem Mann fragte. Aber später, als sie älter war und die Begegnung nicht vergessen konnte, hatte die Ziehmutter zugegeben: Das war dein Vater. Er habe die Unterhaltszahlungen verweigert, die Vaterschaft bestritten. Der kahle Amtsraum war ein Zimmer im Gerichtsgebäude.

Ich kannte ihn nicht, sagte Diana, aber ich war ganz sicher, daß ich ihn früher schon einmal gesehen und in dem Amtsraum wiedererkannt hatte, nur konnte ich mich nicht mehr erinnern. Ich war später, nachdem mein Sohn zur Welt gekommen war und ich in eine schwere Depression verfiel, in Therapie. Da habe ich wieder versucht, mir meine frühe Kindheit zu vergegenwärtigen, aber alles vor meinem vierten Lebensjahr war wie hinter einer verschlossenen Tür. Nur damals, als ich ihn sah, das war wie ein Lichtspalt, diese Gewißheit: Das ist mein Vater. Und dann fällt die Tür wieder zu, und keine Anstrengung kann irgend etwas von dem, was hinter der Tür ist, ins Gedächtnis zurückbringen.

Es muß ein Gedächtnis geben, spekulierte sie, das nur Gefühle aufbewahrt, noch vor den Bildern, lange vor den Gedanken. Von dort muß mein intuitives Wissen gekommen sein, als ich ihn sah, daß er nicht irgendein Unbekannter, sondern mein Vater war.

Es seien, erzählte sie, bei der Therapie einige neue Erinnerungen aufgetaucht, die sie zeitlich nicht einordnen konnte. Ein Bild von einer Wiese, feuchtem Gras und einem seichten Bach, alles sehr sonnig und hell, und trotzdem erfülle diese Erinnerung sie mit einer unerklärlichen Beklemmung. Ihre Mutter sei dagewesen mit einem Mann, aber sie wisse nicht, ob der Mann ihr Vater oder der spätere Liebhaber der Mutter gewesen sei, den sie dann auch geheiratet habe. Nach der Hochzeit der Mutter sei sie zu ihrer Ziehmutter gekommen, einer unverheirateten Verwandten. An diese Jahre könne sie sich wiederum gut erinnern. Ein anderes Bild gäbe es noch aus ihrer frühen Kindheit bei der Mutter: die braunen Stäbe eines Gitterbettes, zwischen denen sie auf eine weißlackierte Küche geblickt habe, und an dem Tisch seien zwei Menschen gesessen, ihre Eltern, das wisse sie mit unumstößlicher Sicherheit.

Ein einziges Mal habe sie ihren Vater noch gesehen, da habe sie sein Foto bereits besessen und ihn erkannt, durch Zufall habe sie ihn wiedergesehen, als sie vierzehn war und von der Schule mit dem Bus nach Hause fuhr. Er habe an einer Straßenkreuzung auf Grün gewartet, und sie sei an ihm vorbeigefahren und habe sich nach ihm umgedreht, bis er zwischen den Passanten verschwunden war. Aber auch er müsse sie erkannt haben, denn ihre Blicke hätten sich getroffen, und er sei stehengeblieben und habe ihr nachgeschaut.

Diana hatte beim Erzählen schon eine ganze Weile gezittert, obwohl sie vor geraumer Zeit die Terrasse verlassen hatten und nun in einem kleinen dunklen Raum mit einer Theke saßen, doch jetzt begannen ihre Zähne aufeinander zu schlagen. Max zog seine Jacke aus und wollte sie ihr über die Schultern legen, aber sie wehrte ab, ihr sei nicht kalt, das seien die Nerven. Sie sah sehr blaß und abgespannt aus, erschöpft wie nach einer Anstrengung.

Den Haaransatz habe ich von ihm, sagte sie und strich sich die leichte Krause ihres gewellten Haares aus der Stirn. Es heißt, eine hohe Stirn ist ein Zeichen jüdischer Intelligenz, sagte sie ohne jede Ironie. Finden Sie, daß ich eine hohe Stirn habe?

Manchmal schien sie Max so schutzlos und leichtgläubig, daß es schmerzte, ihre Selbstentblößung mitanzusehen.

Wissen Sie, sagte Max, das mit der Stirn und der jüdischen Intelligenz, das sind Vorurteile.

Sie hatte, was immer man ihr als Makel angelastet haben mochte, in eine Auszeichnung verwandelt, ein kostbares Zeichen der Zugehörigkeit.

Auf ihrem Nachhauseweg die Kastanienallee am Fluß entlang und über die Brücke erzählte Diana vom Garten ihrer Schwiegermutter auf dem Land, in dem nur Einheimisches wachsen durfte, vom jahrelangen Gartenkrieg, den sie um jede Pflanze führten, und wie gern sie an dem warmen windgeschützten Hang Tamarisken gepflanzt hätte.

Sie könne die Tamarisken und andere exotische Gewächse in seinem Garten pflanzen, bot Max ihr an. Ich habe dazu ohnehin kein Talent, sagte er, ich bin ein Stadtmensch, Zimmerpflanzen und Haustiere habe ich immer verabscheut.

Eine plötzliche Woge des Übermuts erfaßte ihn, dort auf der Brücke, ein heftiges Glück über diesen wolkenlosen Frühlingsabend. Es gab also doch ein Leben für ihn hier in dieser Stadt, neue Menschen, unerwartete Dinge, die geschehen konnten, Abenteuer, vielleicht eine neue Liebe, und wenn nicht, dann eben eine Freundschaft mit dieser verstörten jungen Frau.

Diana sagte, sie würde ihm gern dabei helfen, einen Garten anzulegen. Abrupt blieb sie stehen, gab ihm die Hand: Ich habe einen anderen Weg als Sie. Sie wollte nicht, daß sie zusammen den Stadtplatz überquerten.

Ich bin so glücklich, daß wir uns kennengelernt haben, sagte Max fast gegen seinen Willen. Er wollte sie nicht erschrecken.

Sie lächelte: Nächstes Mal kaufen wir Setzlinge und Blumensamen, bald, vor Monatsende.

Er wartete jeden Tag auf dieses nächste Mal, vom Morgen bis zum Abend, aber er war sich dessen nicht bewußt, er war nun von einem neuen Ehrgeiz besessen, mit dem er die Renovierung des Hauses vorantrieb. Die Küche war schon fertig und sah wie eine alte italienische Speisekammer aus. Die Terrasse war jetzt so, wie sie in Max' Erinnerung gewesen war, und das Wohnzimmer war vorläufig ein spärlich möblierter Saal, der aus zwei kleineren Zimmern entstanden war, mit dunklem Parkett, hohen schmalen Fenstern und funkelndem Morgenlicht, in das die jungen Blätter eines großen Nußbaums ihre hellen Schattenfinger streckten.

Diana kam mit ihrem Auto und brachte zwei Blumenkisten voll frischem Grünzeug in dunklem, feuchtem Humus. Sie trug Jeans und das widerspenstige Haar in einem Knoten am Hinterkopf, es ringelte sich um ihre runde Stirn. Sie erschien ihm jung, jünger als zuvor, jünger auch als die zweiunddreißig Jahre, die sie alt war. Sie war so schön, daß Max sie immerfort ansehen wollte und es doch nicht wagte: Sie wirkte unberührbar.

Die Erde war dunkel und schwer von den Regenfällen am Anfang des Monats. Max grub allein die Beete um, die von den Mietern verwüstet zurückgelassen worden waren. Er war berauscht von seinem neuen Leben. Noch nie hatte er eine Schaufel oder einen Spaten in der Hand gehalten, noch nie einen Garten umgegraben. Zusammen setzten sie eine Klematis unterhalb der Balustrade und eine blasse Glyzinienstaude in den windgeschützten Winkel zwischen Hauswand und Terrassentreppe.

Wisteria heißen Glyzinien bei uns, erklärte Max und beschrieb, wie sie geblüht hatten, mit schweren lila Trauben an der Hauswand bei Freunden, die er oft mit Elizabeth zusammen besucht hatte.

Elizabeth ist seit dreißig Jahren tot, überlegte er. Und ich buddle Wisteria ein und warte darauf, daß sie blühen werden.

Neben unansehnlichen Johannisbeerstauden, denen Diana einen reichen Ertrag prophezeite, senkten sie einzeln die Wurzelfäden von Blumenpflänzchen in die Erde, und jeder Setzling bekam einen abgebrochenen Zweig zum Anlehnen und wurde mit einem roten Wollfaden angebunden. Sie hockten nebeneinander in der klebrigen Erde, und manchmal berührten sich ihre Haare oder ihre Schultern. Sie taten beide so, als fiele es ihnen nicht auf, und rückten nicht auseinander.

Nie fragte Max nach ihrem Mann oder nach ihrem Kind, nie nach ihren anderen Verpflichtungen. Als könne er so ihr Bleiben durch einen Bann, der alles andere auslöschte, verlängern.

Sie war es, die von ihnen anfing. Wie groß ihre Angst sei und sie unentwegt verfolge, daß ihrem Mann etwas zustoßen könne, denn dann wäre sie ganz allein auf der Welt. Auch deshalb habe sie lange Zeit zum Judentum übertreten wollen, damit dann jemand da sei für sie und ihr Kind. Aber Spitzer habe gemeint, das sei kein ausreichender Grund. Er könne sich die Panik nicht vorstellen, diese Angst ausgesetzt zu sein und ohne einen Menschen, der sich verantwortlich fühle.

Es ist eine Angst aus Ihrer Kindheit, erwiderte Max behutsam.

Sie habe Glück gehabt, diesen Mann zu finden, sagte sie, aber es klang nicht glücklich. Er sei ein guter Mensch, einfühlsam, ganz anders als seine Eltern, nur eben schwach. Er habe Angst vor seiner Mutter, deshalb könne er sie,

Diana, nicht vor den Schwiegereltern schützen. Aber er verstünde, wie wichtig die Verbindung zur jüdischen Gemeinde ihr sei. Er habe auch zugestimmt, den Sohn auf den Namen Alexander zu taufen.

Ich weiß, ich bin ungerecht zu ihm, sagte sie zerknirscht. Er kann es mir nicht recht machen. Ich bin unglücklich und habe keinen Grund, und immer habe ich die Angst vor dem Verlassenwerden. Er würde meinem Übertritt nichts in den Weg legen, aber Axel, das würde er nie zulassen.

Als sie damit begann, am Freitagabend Kerzen anzuzünden, erzählte sie, habe er geschwiegen und so getan, als bemerke er nichts, und als Axel fragte, was sie da mache, habe ihr Mann gesagt, Kerzenanzünden sei ein schöner Brauch, und sie nicht mehr zu Wort kommen lassen. Andererseits schenkte er ihr manchmal etwas Jüdisches, einen Bildband, einen jüdischen Kalender oder ein Buch.

Lieben Sie ihn, fragte Max unvermittelt.

Sie sah ihn nachdenklich an: Ich weiß es nicht. Ja doch, fügte sie dann schnell hinzu, ich habe ihn gern.

Von dem Sohn erzählte sie wenig, sie schien nicht das Bedürfnis zu haben wie andere Mütter. Dafür sprach sie über die Schwiegereltern, die ihr nachspionierten, und über ihre Mutter, der sie nie verziehen hatte und die sie verachtete. Auch von der Ziehmutter erzählte sie, einer bigotten, engstirnigen Frau, die alle haßte, die ein besseres Leben hatten.

Wenn man ihr zuhört, dachte Max, könnte man glauben, sie sei von Feinden umzingelt. Doch ihm gegenüber verhielt sie sich selbstbewußt, sie gab ihm Anweisungen, wenn sie zusammen im Garten arbeiteten und bestimmte, wann es genug war. Er fand keine Spur von Schüchternheit oder Unterwürfigkeit an ihr.

Er hätte ihre Telefonnummer im Telefonbuch nachschlagen können, aber er tat es nicht. Wozu? Er durfte sie nicht anrufen, sagte er sich, einerlei wie sehr es ihn danach verlangte, sie zu hören.

Sie tauchte auf und verschwand, meist unangekündigt, sie gab keine Erklärungen für ihr Kommen und für ihr Ausbleiben, auch wenn sie eine ganze Woche lang nicht kam. Und Max stellte keine Fragen, forderte keine Erklärung. Er redete sich ein, es habe seinen Reiz, in einem Zustand ständiger Erwartung zu leben. Auch wenn sie da war, blieb etwas von dieser Erwartung bestehen, es ging eine kühle Reserviertheit von ihr aus, selbst wenn sie miteinander lachten, eine Abwesenheit mitunter, als spiele sie routiniert die Rolle einer anderen.

Zwischen ihren Besuchen goß er an jedem Sonnentag die jungen Pflanzen, die Erde, aus der bald Blätter und Triebe in unerhörten Farben und Formen sprießen würden.

Die Baumblüte dieses Jahres war geradezu schamlos üppig, aber als man vor lauter weißen und rosa Blüten weder die Zweige noch das erste Knospen der Blätter sehen konnte, begrub der Schnee eines Kälteeinbruchs die Wiesen, und die Blüten fielen von den Bäumen.

Wenn sie kam, meist am frühen Nachmittag, galt Dianas erster Blick stets dem Garten. Sie begutachtete die Tamariske, die sie an einen Bambusstab festgebunden hatte, und die weichen, glatten Lanzen der Iris, stand lange vor den noch fest verschlossenen Knospen der Rosen, beugte sich zu den zarten Keimlingen, die aus der Erde kamen und deren endgültiges Aussehen Max ein Rätsel war. Sie brachte Knoblauchzehen, um die Wühlmäuse zu vertreiben, und Max bewunderte ihre Begabung und ihr Wissen.

Wenn Sie hier nicht mehr nach dem Rechten sähen, sagte er, würde ich den Garten wahrscheinlich wieder zur Wildnis verkommen lassen.

Das tun Sie ohnehin, lachte sie, Sie haben ja noch nie gejätet!

Aber er behauptete, er könne Unkraut von den gesäten Pflanzen nicht unterscheiden, bis er sie an den Blüten erkenne.

Bei aller scheinbaren Leichtigkeit ihres Umgangs blieb eine Distanz, die es ihm verbot, sie zu duzen. Sie überhörte jedes Kompliment, und es lag immer eine leise Befangenheit zwischen ihnen.

Einmal saß sie auf dem steinernen Sockel der Terrasse, dort, wo in seiner Kindheit der kleine venezianische Löwe auf seinen Hinterpranken gesessen war, und Max kam durch den Garten und schaute zu ihr hinauf.

Bist du glücklich, fragte er, und sie nickte.

Danach duzte sie ihn, ohne jede Erklärung, unvermittelt, wie sie alles tat.

Aber wenn sie ging, wagte er nicht zu fragen, wann sie wiederkomme. Er wußte auch nicht mit Sicherheit, ob nicht sein Garten der Hauptgrund für ihr regelmäßiges Erscheinen war.

Du kommst doch nur, um die Fortschritte der Sonnenblumen zu inspizieren, sagte er halb im Scherz.

Die Sonnenblumen lasse ich nicht im Stich, antwortete sie.

Aber sie saßen auch viele Nachmittage auf der Terrasse und an trüben Tagen auf der Veranda über dem Tal. Nie brachte sie etwas zu essen mit, wie Spitzer und Malka das jedesmal taten. Sie kam, um zu reden, und begann oft zu erzählen, bevor sie sich gesetzt hatten. Meist ging es um ihre Kindheit, und sie gestand, daß sie vieles noch niemandem erzählt hatte, aber sie sagte es nicht so, als sei sie dankbar für seine Anteilnahme, sondern als gewähre sie ihm das Privileg ihres Vertrauens.

Sie erzählte von der Härte und der heidnischen Gottesfurcht ihrer streng katholischen Ziehmutter, die zu häßlich und zu unbeugsam gewesen war, um sich vom Leben zu holen, was anderen ohne Anstrengung zufiel. Und die das Leben deswegen gehaßt habe, auch die Liebe, die sie nie erfahren hatte. Und dennoch hatte sich die Liebe zu dem fremden Kind, der Jugendsünde einer Verwandten, irgendwie zu ihr Bahn gebrochen; als Sorge um das ihr anvertraute Mädchen. Kurze Zeit nach Dianas Auszug war sie, als habe sie ihre Lebensaufgabe erfüllt, nach kurzer Krankheit gestorben.

Und deine Mutter, fragte Max, wie ist die?

Wenn man Diana Glauben schenkte, mußte ihre Mutter ein Ungeheuer an weiblicher Eitelkeit sein, gierig nach gesellschaftlichem Rang und Geld.

Hat sie denn gar keine guten Eigenschaften, fragte Max, keine einzige? Was sei mit der Lehrstelle in einem Juwelierladen, die sie ihrer Tochter verschafft habe? Oder daß Diana während ihrer Lehrzeit zwei Jahre lang bei ihr und ihrem Mann gewohnt habe?

Weißt du, was andere Eltern für ihre Kinder tun, fragte sie zornig.

Ich bin ein verlassenes Kind, wiederholte sie bitter, ich habe keine guten Erinnerungen.

Keine einzige, keine glücklichen Augenblicke, fragte Max, denk nach.

Warum hatte er, während er ihr zuhörte, immer das Gefühl, daß sie einen ganz bestimmten Eindruck erwecken wollte und irgend etwas verbarg?

Er spürte aber auch, wie sie sich quälte, und wollte ihr

helfen, die Leichtigkeit und die Freude des Lebens zu entdecken.

Doch, gab sie zu, die Lehrzeit sei schön gewesen, wie sie von ihrem Chef für die ersten Schmuckstücke, die sie entworfen hatte, gelobt worden sei. Dann habe sie ihren Mann kennengelernt und geheiratet.

Bist du jemals aus dieser Stadt hinausgekommen, fragte er.

Doch, einmal zu einem Berufsschulkurs nach Wien, aber sie sei auch gern wieder heimgekommen.

Dann weißt du ja gar nicht, wie es wäre, anderswo zu leben?

Sie überlegte. Es würde auf jeden Fall bedeuten, allein zu sein, meinte sie, oder sich nicht verständigen zu können. Ich habe Angst vor dem Alleinsein, gab sie zu.

Wir könnten zusammen reisen, schlug er wagemutig vor.

Sie schüttelte den Kopf: Ich habe einen Mann und ein Kind und Schwiegereltern. Mein Platz ist hier. Sie lächelte. Daß ich zu dir komme, ist das größte Wagnis, das ich mir leiste.

Sie liege nachts oft wach, erzählte sie Max. Schon seit ihrer Kindheit könne sie manchmal bis in die frühen Morgenstunden nicht einschlafen. Dann würde sie am liebsten jeden Schmerz, jede Verletzung, alles, jemandem haargenau erzählen. Aber als sie damit bei ihrem Mann begonnen habe, sei eine ganz andere Geschichte dabei herausgekommen, und das Wichtigste sei wieder ungesagt geblieben. Das wenige, das sie ihm erzählt habe, sei auf subtile Weise gegen sie verwendet worden, an jedem Konflikt mit den Schwiegereltern sei ihre Kindheit schuld gewesen. Seither schweige sie auch ihm gegenüber.

Und jetzt hast du alles mir erzählt, meinte er.

Sie schüttelte den Kopf: Noch lang nicht alles.

Sie sah ihn nachdenklich an, als formuliere sie einen schwierigen Gedanken: Ich fühle immer, daß ich anders bin, aber ich weiß nicht, auf welche Weise.

Warum solltest du anders sein, fragte Max.

Wegen meines Vaters und wegen meiner Kindheit.

War denn die Kindheit deines Mannes glücklich?

Nein, gab sie zu, bei diesen Eltern. Er ist ganz anders als sie, er hat immer unter seinem Vater gelitten. Aber er ist auch ganz anders als ich. Wir bemühen uns, aber da bleibt immer etwas, was der eine am andern nicht versteht.

Gibt es denn keine glücklichen Menschen in diesem Land, rief Max, was ist das für ein Land?

Auch meinen Vater haben sie kaputtgemacht, sagte sie nach einer Weile. Sie haben ihn nicht existieren lassen.

Wer hat dir das gesagt, wollte Max wissen.

Sonst wäre er bei uns geblieben, sicher.

Es nieselte, als er sie vor das Haus zu ihrem Auto begleitete, aber es war noch hell, ein eigenartiges Zwielicht, das die Farben vor ihrem Verlöschen noch einmal aufleuchten ließ.

Würde es dir etwas ausmachen, mich Dina zu nennen, fragte sie an der Gartentür und ging, ohne seine Antwort abzuwarten, die Stufen hinunter auf die Straße zu ihrem roten Toyota.

– 6 –

IM FRÜHJAHR hatten noch die hellgrünen Blätter vor den hohen Fenstern die Sonne eingelassen, sie hatten sich im Wind gedreht und gewendet und ihre silbrige Unterseite entblößt. Je weiter der Sommer fortschritt, desto dunkler wurde es tagsüber in den Zimmern des Erdgeschosses. Sie verwandelten sich in kühle Aquarien, einzelne, vom dichten Laub durchgelassene Sonnenbündel irrlichterten unruhig über die Wände und erloschen wieder. Nur von der Veranda blieb der Blick frei. Hier und da schimmerte ein gezacktes Blatt wilden Weins durchs Fenster, aber die ungemähten Wiesen mit dem bereits hüfthohen Gras und ihren wildwachsenden Blumen lagen vor ihm ausgebreitet.

Max saß an seiner alten tragbaren Olivetti und tippte seine Notizen ins reine. Er konnte sich nicht erinnern, wann er sich je zuvor so leicht und klar gefühlt hatte.

Während der Judengemetzel des Edelmannes Rintfleisch, schrieb er, *der mit seiner aufgewiegelten Bande Zukurzgekommener durch Süddeutschland zog, versuchte Albrecht der Erste, so gut er konnte, seine Juden zu schützen, immerhin waren sie seine beste Einnahmequelle. So anstößig erschien seine Parteilichkeit dem Klerus, daß man aufhörte, in den Kirchen für ihn zu beten. Das allerdings konnte Albrecht sich noch weniger leisten, denn er lag in Fehde mit Adolf von Nassau und war auf die Unterstützung von Klerus und Volk angewiesen. Er mußte daher den Juden vorübergehend seinen Schutz entziehen, um Schlimmeres zu verhüten, nämlich Land an den Kaiser zu verlieren. Wie sehr der Herzog an seinen Juden hing, zeigte sich daran, daß er ihnen nach seinem Sieg unverzüglich ihre Bewegungsfreiheit wiedergab, jedenfalls den wenigen, die noch am Leben waren. Sie bekamen auch ihre Häuser zurück, damit er sie sogleich mit Abgaben be-*

legen konnte. Bereits im Jahr 1321 kassierte sein Nachfolger Friedrich der Schöne eine beträchtliche Summe in Silber. Zu diesem Zeitpunkt blieben ihnen noch genau fünfzehn Jahre bis zum nächsten Massaker, allerdings wußten sie es nicht. Sie betrauerten ihre Toten vom letzten Kreuzzug, bauten Häuser, wo und wann man es ihnen erlaubte, schafften für den Herzog Geld herbei, damit er ihnen gesonnen blieb, und konnten sicher sein, daß diese Ruhepause nur ein Aufschub war bis zum nächsten Morden.

Max hatte das Wörterbuch neben der Schreibmaschine liegen. Es irritierte und erstaunte ihn, daß ihm so viele Ausdrücke und Wörter fehlten, er mußte in jedem Satz mehrmals nach Begriffen suchen, war nie mit der blinden Gewißheit dessen, der immer in der einen Sprache gelebt hatte, sicher, daß das Wort, das er unter mehreren anderen Möglichkeiten wählte, das einzig richtige war. Im Gespräch war ihm diese Unsicherheit nie aufgefallen, es gab stets eine Fülle von Möglichkeiten Dinge zu sagen, sie mußten nicht exakte Nuancen wiedergeben, nur ungefähren Sinn vermitteln. Und immer, nach jeder längeren Unterbrechung, während der er seine Muttersprache nicht benutzt hatte, konnte er sie mühelos wieder hervorholen, jedesmal erstaunt darüber, wieviel verloren Gewähntes sich selbstverständlich wieder einstellte. Erst jetzt, beim Schreiben, vertraten ihm englische Wendungen den Weg und nahmen alle Ausdruckskraft für sich in Anspruch, und nach den deutschen Begriffen mußte er erst suchen, unschlüssig, welche genau zutrafen. Er würde Thomas fragen, wie seine geschriebenen Sätze in seinen Ohren klangen.

Wie sich wohl nach den Massakern das Zusammenleben der Juden mit den Bürgern der Stadt gestaltet hatte? Verkehrte man miteinander, privat oder nur geschäftlich, mit Mißtrauen und Angst auf beiden Seiten, die Angst der einen um ihr Seelenheil, wenn sie Ungläubige in ihrer Mitte duldeten, die der anderen um ihr Leben, ihr Hab und Gut?

Die christlichen Bürger wurden schließlich ihrer Duldsamkeit überdrüssig, schrieb Max weiter, *denn ihre Schulden, auch die der Kirche bei den Juden, waren beträchtlich angewachsen. Sogar das Stift außerhalb der Stadtmauern hatte eine goldene Monstranz verpfänden müssen und fand es an der Zeit, sie sich durch die Gewalt der Gläubigen wiederzuholen. Zwanzig Jahre waren seit dem letzten Morden vergangen.*

So lange braucht eine Generation, um im Frieden heranzuwachsen, dachte Max, die Erinnerung ist zwar noch nicht verblaßt, aber die Spuren sind verwischt. Den Kindern vom Kreuzzug 1308, die zwanzig Jahre später selber Kinder hatten, saß der Schrecken wohl noch in den Gliedern. Etwas so Harmloses wie der Oxydationsprozeß in einer Monstranz, vielleicht schon in berechnender Absicht verpfändet, bereitete dem unsicheren Frieden ein jähes Ende.

Blutflecken auf dem Leib des Herrn, nur Juden konnten diese gräßliche Marter ersonnen haben. An einem Sonntag nach der Messe, durch die Predigt angefeuert und durch die Kommunion gestärkt, bewaffneten sich die Gläubigen mit Äxten, Schaufeln, Dreschflegeln und Jägerspießen und drangen in die Häuser der Juden ein, während die Glocken der Stadt Sturm läuteten. Der Sonntagvormittag war ein klug kalkulierter Zeitpunkt, denn da konnte man die Juden mit größter Sicherheit zu Hause antreffen. Am Sonntagvormittag hatten sie Ausgangssperre, um die sonntägliche Ruhe durch ihren Anblick nicht zu stören.

Es gab die Augenblicke, in denen er innehielt und sich fragte, wozu schreibe ich das eigentlich, wer soll es denn lesen, und warum auf deutsch? Dann dachte er an Thomas, wie wenig er von der unterschlagenen Geschichte seiner

Stadt wußte. Und für ihn selber war sie das einzige, was ihn mit H. verband.

In seiner Abschrift von einer Chronikseite fand Max das Wort *abgeschlachtet*. Sonst nichts, keine Zahlen, weder der Toten noch der Überlebenden, nur daß sie in ihren Häusern *abgeschlachtet* worden seien. Wie sollte er eine Chronik schreiben, wenn ihm die Phantasie fehlte, wenn er vor diesem Wort stand wie vor einer Mauer? Rahel lag 1328 bereits unter ihrem Grabstein, aber Moyses und ihre Kinder, vielleicht auch ihr Vater Markus und die ungenannte Mutter waren noch am Leben. Wie viele Menschen waren es, die an jenem Sonntag vormittag den bewaffneten Bürgern zum Opfer fielen? Max hatte nur drei Kaufurkunden gefunden. Gab es noch mehr von Juden bewohnte Häuser? Er kannte die Gegend, wo diese Menschen gewohnt hatten. Es mußten damals enge Gassen gewesen sein, Gassen, die bereits von einem Pferdewagen blockiert waren, in denen man sich an die Mauern schmiegte, wenn man aneinander vorbeiging. In denen es kein Entkommen gab. In denen das Feuer rasch um sich griff. Danach gab es für eine Weile keine Juden mehr in der Stadt.

Max sparte Platz aus, suchte nach anderen Notizen, schrieb weiter, schrieb sich in Wut, die sich bei ihm stets in Sarkasmus äußerte. *Nach dem Pogrom, zum Dank für die mit göttlicher Hilfe gelöschten Schuldscheine und die kostenlose Rückerstattung der gepfändeten Monstranz, bauten die Bürger der Stadt eine Wallfahrtskirche.*

Die vom Stadtschreiber verwalteten Annalen verloren nicht viele Worte über den Pogrom, dafür gab es viel Lob für die Erbauer der Kirche.

Es stellte sich heraus, daß die blutende Monstranz Wunder wirken konnte. Diese Idee kam einem einfallsreichen Franziskaner und brachte Geld in die Stadt. Von überall her kamen nun die

Siechen und hinterließen Ablaßspenden und Votivtafeln, ganz zu schweigen von Unterkunft und Verpflegung, die sie während ihres Aufenthaltes bezahlten. Scharen von Pilgern bevölkerten die Stadt. Von allen Landstrichen, die noch keine eigenen wundertätigen Reliquien besaßen, strömten sie herbei und machten eine ehemals mittelgroße Handelsstadt an einem Fluß zum Zentrum der Frömmigkeit, und sie gedieh so rasch, daß sie bald ihren ersten Mauerring sprengte. Tatsächlich ein Wunder. Die Juden, die vom Massaker übriggeblieben waren, einer oder zwei blieben immer über, verkauften ihre Häuser innerhalb der Stadtmauern …

Verkauften? Wann hatten Juden während oder nach einem Pogrom je etwas verkaufen können? Max suchte nach der Kopie der Urkunde. Gewiß, da kaufte einer, aber er kaufte von einem, über den es in der Urkunde hieß, er habe *Synagog und der Juden Schuell kristlich an sich gebracht*. Weshalb sollte er des Juden Hirschleins Haus gekauft haben, wenn er es *kristlich* an sich bringen konnte?

Max stellte sich vor, wie sich danach die Reste der Gemeinde im schützenden Rücken der Stadtmauern angesiedelt hatten, in einer Zeile schmaler Häuser. Er sah auf den Rasenstücken zwischen Hausmauern und Wegen blaue Irisblüten wuchern, Gemüsegärten und Obstbäume zu den Feldern der Bauern hin und am Ende der Straße ein neues Bethaus. Wenn sie schon bei jedem noch so geringfügigen Vergehen füreinander bürgen mußten, war es vernünftig, nahe beieinander zu wohnen. Aber das alles war bloße Phantasie, und die Häuser, die er im Sinn hatte, waren viel später gebaut worden, zu einer Zeit, in der es seit Jahrhunderten keine Juden mehr in der Stadt gegeben hatte.

Die Pestjahre waren nachgewiesen und auch die Verfolgung, sogar von einem sorgfältigen Stadtschreiber, der die Toten gezählt hatte: *Um der Seelen willen, die gewissenhafte Kleriker vor dem Höllenfeuer zu retten versuchten, sperrte man dieses Mal die Juden einen Monat lang in eine Scheune, in der Hoffnung, daß wenigstens eine Handvoll sich taufen ließe. Außerdem forderten die Bürger Lösegeld von reicheren Judengemeinden, aber die hatten ihre eigenen Sorgen. Es wurde nichts aus dem Lösegeld, und keiner ließ sich taufen. So blieb den Stadtvätern keine andere Wahl*, schrieb Max, *als die Scheune anzuzünden. Damals ebnete man den ersten Friedhof ein, auch Frau Rahels Grab, und verwendete die Grabsteine für den Bauboom, der auf die Pestzeit folgte. Fünfhundert zählte der Chronist, dreihundert, die gefangengenommen wurden und zweihundert Erschlagene. Viele Kinder wurden getauft und in Klöstern erzogen. Von den getauften Judenkindern führten keine Spuren aus den Klöstern hinaus, die meisten vergaßen wohl ihre Herkunft und wurden fromme Mönche. Aber am Ende wurden auch die Überlebenden und die Zurückgekehrten vertrieben. Am Ende des fünfzehnten Jahrhunderts gab es wieder einmal für alle Zeiten keine Juden mehr in der Stadt.*

Wörtlich las Max in der Chronik: *Die Juden wurden allesamt gänzlich ab und aus dem Land geschafft.* Wohin hatte man sie geschafft? Auf Scheiterhaufen, wie üblich? Erschlagen, wie üblich? Ohne Besitz, auch der beweglichen Habe beraubt, zu Fuß, nach Osten, nach Polen, wo seine Großmutter gelebt hatte und gestorben war, niemand wußte, wie sie gestorben war. Oder noch weiter, nach Podolien, wo sein Großvater aufgewachsen war. Fortgeschafft, vogelfrei, ohne Rechte, ohne Geleitbrief.

Max nahm die Brille ab, damit der Druck nachließ, der von seinen kurzsichtigen Augen ausging, suchte mit Daumen und Zeigefinger an der Nasenwurzel jene Stelle, die Erleichterung schaffte, wenn er die Finger dagegen preßte. Er saß seit vielen Stunden an seiner Schreibmaschine, der Tisch war mit Fotokopien und Zetteln übersät, die Jahrhunderte gerieten ihm durcheinander in ihrer Wiederholung des immer Gleichen, im Kreisen um vorhersehbares Unheil, vorhersagbar und dennoch unabwendbar und den Chronisten nur Randbemerkungen wert, während er eine Geschichte aus lapidaren Nebensätzen zu filtern suchte, die Geschichte einer durch die Jahrhunderte nachgetragenen, unerwiderten Liebe der Juden zu diesem unwürdigen Ort, dem keine andere Erwiderung einfiel als Raub, Plünderung und Mord.

Aber am nächsten Morgen war Max bereits von neuem unterwegs, mit einer langen Liste von Fragen und Wünschen nach Urkunden, Jahreszahlen, Fakten, die er Thomas vorlegen wollte. Er würde wissen, wo man suchen mußte.

Thomas war sehr genau, Spekulationen über nicht dokumentierte Geschehnisse seien nicht Sache des Historikers, erklärte er. Spitzer hingegen ging von seinen eigenen Erfahrungen aus, und eine Verkaufsurkunde konnte Anstoß sein, daß er Max die Geschichte eines beliebigen Hauses über Generationen schilderte.

Weißt du, daß Diana Miteigentümerin eines Hauses ist, für das den Besitzern nie Entschädigung gezahlt wurde, fragte er Max.

Es sei ein Eckhaus mit alten Gewölben im rückwärtigen Teil und einem Tor in einer Seitengasse, groß genug, daß man am Anfang des Jahrhunderts noch mit einem Fuhrwerk in den Hof fahren konnte. Aber die Fenster der Wohnetagen gingen auf den Stadtplatz.

Diana wird dir das bestätigen können, meinte Spitzer ironisch, sie wohnt über den Rundbögen einer Arkade.

Abraham Pevner sei einer der ersten Geschäftsleute gewesen, denen die Stadt eine Konzession für den Handel mit Textilwaren erteilt habe. Seine Söhne hätten das Eckhaus gekauft, und es sei siebzig Jahre lang im Besitz der

Familie geblieben. In den dreißiger Jahren hätten sie Konfektionswaren eingeführt, was bei der Konkurrenz Zorn und Aufrufe zum Boykott ausgelöst habe. Spitzer erinnerte sich an die Beliebtheit des Geschäfts in den ärmeren Schichten. Es muß ein begehrtes Beutestück gewesen sein, als die alten Kämpfer das Raubgut untereinander aufteilten, mutmaßte er.

Als Spitzer nach dem Krieg aus Palästina zurückkam, hatte das Geschäft einen neuen Namen. Viele Geschäfte hatten neue Namen. Die Zeugen des Namenswechsels hatten keine Erinnerung an den Zeitpunkt der Veränderung. Sie hatten Schlimmeres mitgemacht, daran erinnerten sie sich genau, an die Bombennächte, die Sirenen, oft mehrere Male in der Nacht, den Zusammenbruch, den Hunger nach dem Krieg. Vorwurfsvoll hätten sie ihm davon erzählt, erinnerte sich Spitzer. Das können Sie sich gar nicht vorstellen, hätten sie gesagt, was wir mitgemacht haben, seien Sie dankbar, daß Sie das nicht haben mitmachen müssen.

Von Dianas Schwiegervater sprach man in der Stadt noch immer mit Ehrerbietung: ein fähiger Geschäftsmann, eine markante Gestalt, groß und gebieterisch, so blickte er auf jeden herab, der sich ihm nahte, ein Patriarch. Seine Frau war es, die das Geschäft führte, selber Stoffe verkaufte, von neun Uhr morgens bis sechs Uhr abends, und nichts entging ihr. Sie, sagte man, sei die Seele des Geschäfts. Sie war es, die auf Modemessen fuhr und neue Waren einkaufte. Man konnte sie jederzeit antreffen, mit ihr ins Gespräch kommen, sie war sehr freundlich, auch zu Max. Trotz ihrer modisch eleganten Kleider hatte sie eine derbe Direktheit, die als solide galt und bei der Kundschaft gut ankam.

Wissen Sie, gestand sie Max, den die Neugier in ihr Geschäft getrieben hatte, in der Modebranche sind die Juden in der Überzahl. Sie sah ihn verschmitzt an: Man bekommt dafür einen sechsten Sinn, verstehen Sie mich nicht falsch.

Er verstand sie richtig. Sie hatte ihn eingeschätzt und ihn wissen lassen, daß sie wußte. Vor Jahren war eine Verwandte der Pevnerfamilie in H. aufgetaucht, um zu sehen, was aus dem Haus ihrer Kindheitsbesuche geworden war. Dianas Schwiegermutter hatte auch sie sofort richtig eingeschätzt: Man konnte sie einschüchtern. Nicht einmal Pevner habe sie geheißen und habe die Wohnung sehen wollen. Die Schwiegermutter war empört, sie fühlte sich im Recht, und die Angestellten, sogar die Kundinnen, empörten sich mit ihr: Eine Unbekannte, die sich nicht auswies, eine Ausländerin mit schlechtem Deutsch wollte in die Wohnung. Man drohte ihr mit der Polizei, die Verkäuferin an der Kasse griff zum Hörer, da flüchtete die Fremde. Eine Geistesgestörte, sagte die Besitzerin, wann immer sie davon erzählte.

Bei Spitzer hatte die Fremde sich den Schlüssel zum Friedhof geholt. Der Zugang zu den Gräbern ihrer Vorfahren wurde ihr gewährt. Außer ihr war nie jemand aus der Familie Pevner zurückgekommen.

Max sah Diana manchmal in der Stadt. Er rief sie nicht, wenn sie ihn nicht sah oder nicht sehen wollte. Er verstand. Sie war eine Frau der besten Gesellschaft der Stadt, sie hatte einen Ruf zu verlieren, den guten Ruf ihrer Schwiegereltern. Er sah ihr zu, wie sie an einem Freitag morgen zwischen den Marktständen hindurchging, es war Erdbeerzeit, und sie stand lange vor den Erdbeerkistchen, ließ sich Zeit, die reifsten auszuwählen, ging weiter, grüßte, wurde gegrüßt, verweilte bei einem Stand voll hoher Schnittblumen in Wasserkübeln, wo man sie offensichtlich kannte, wählte Margeriten und blaßblaue Edelwicken, verabschiedete sich mit großer Herzlichkeit. Sie schlenderte zwischen den Ständen hindurch, kaufte, bis der Korb gut gefüllt war, der Morgen einer Hausfrau, die im Einklang mit ihrem Leben war, in ihrem blauen Kostüm, das ihr gut stand, ihr dunkles Haar hervorhob. Es war eine Freude, sie anzusehen. Wer konnte wissen, ob sie sich hier zu Hause fühlte? Wer konnte sich anmaßen zu erkennen, wo der Schein begann? Und wenn schon? Max kannte ihre andere Seite, er liebte beide.

Diana stellte ihren vollen Korb neben ihre Beine, ließ sich an einem Kaffeehaustisch am Rand des Blumenmarkts nieder, die Strümpfe an ihren Beinen schimmerten, als sie ein Knie über das andere schlug. Sie schenkte dem Kellner ein strahlendes Lächeln, und der Mann lief mit dem Widerschein ihres Lächelns im Gesicht ins Innere des Cafés. Einen Augenblick lang, den sie mit sich allein war, lag eine müde, verdrossene Traurigkeit in ihren Zügen, vielleicht nur in den Augen und den Mundwinkeln – ein Moment der Schwermut, den sie sich leistete. Max ging auf ihren Tisch zu, er wollte sie begrüßen, im Vorbeigehen, wie ein flüchtiger Bekannter. Sie schenkte auch ihm ein Lächeln, aber in ihre Augen trat ein kleiner Schrecken. Ich bin hier verabredet, sagte sie, aber einstweilen … Sie deutete auf den leeren Stuhl. In ihren Augen stand die Furcht, daß er sich setzen könnte.

Er schüttelte den Kopf: Ich bin in Eile.

Bis bald, schön dich zu sehen, rief sie ihm erleichtert nach.

Sie ist genau die Frau, die dieser Stadt entspricht, dachte er im Weitergehen und wollte sich diesen Satz für Spitzer merken. Spitzer würde fragen, an welche Eigenschaft er dächte, und Max würde keine Antwort wissen, denn nie würde er sie vor Spitzer denunzieren und die Worte sagen, die ihm spontan eingefallen waren: dünkelhaft und verlogen. Nein, protestierte er gegen das eigene Urteil, das ist sie nicht. Denn was soeben geschehen war, diese kurze Begegnung, diese freundliche Abfuhr, würde an ihr nagen wie ein Unrecht, das war der Unterschied. Sie würde zu ihm kommen, sobald sie entschlüpfen konnte, um ihm alles zu erklären, vielleicht mit einer Ausflucht, einer Notlüge, was machte das schon aus?

*

Sie kam am nächsten Nachmittag, wieder in dem blauen Kostüm, als hätte sie sich seither nicht umgezogen, ein wenig verlegen, ein wenig außer Atem, ohne Auto. Er wartete geduldig, daß sie ihre Munterkeit ablegte, ihre atemlose Überdrehtheit, die sie noch eine Weile weitertrieb, als drehte sie sich im Stehen.

Es ist eine Kleinstadt, sagte sie schließlich, wie zur Erklärung.

Das weiß ich, erwiderte Max, du mußt dich für nichts entschuldigen. In ihren hellen Augen war unverhüllte Angst: Sie haben mich in der Hand. Meine Schwiegermutter ist über alles informiert.

Worüber?

Über meine Herkunft und daß ich manchmal ins Bethaus gehe, und auch daß ich schon öfter hierherauf gefahren bin, zu dir.

Wie eine Verbrecherin auf der Flucht zählte sie ihre Vergehen auf, und es war deutlich in ihrem Gesicht zu lesen, welche Strafe sie am meisten fürchtete: die Verstoßung.

An all dem scheint mir nichts anstößig, sagte Max sachlich.

Sie schaute ihn überrascht an, als habe sich eine unerwartete Perspektive eröffnet.

Aber die Schwiegermutter hatte im Lauf von zehn Jahren

Sätze gesagt, die nicht aus dem Gedächtnis zu tilgen waren und die, widerspruchslos hingenommen, zu einer Art Wahrheit geworden waren. Du hast uns ein Kuckucksei ins Haus gebracht, habe sie zu ihrem Sohn gesagt. Bei einer Familienfeier habe sie es gesagt, alles komme bei diesen Familienzusammenkünften zur Sprache, aber nie direkt, sondern mit einem zweideutigen Grinsen, umschrieben, so als müßten sie ein gesittetes Wort für Stuhlgang finden. Man witzelte: War Diana nun zu koscher oder nicht recht koscher? Und die Schwiegermutter rätselte, woher die Neigung ihres Sohnes zu Fremdartigem komme, von ihr jedenfalls nicht, denn sie hätte sich nie zu *Andersrassigen* hingezogen gefühlt. Und Diana saß dabei und schwieg. Ob sie es richtig fände, habe sie Diana einmal gefragt, daß sie sich unter Vorspiegelung falscher Tatsachen in eine prominente Familie wie die ihre eingeschlichen habe? Man habe angenommen, der Ehemann der Mutter sei auch ihr Vater.

Max nahm die Brille ab und drückte sich Daumen und Zeigefinger gegen die Nasenwurzel. Hör auf, sagte er, das ist doch alles Schwachsinn, und du nimmst das ernst?

Weil alles, was ich tue, und wie ich es tue, auch was ich unterlasse und wenn ich schweige, weil alles beobachtet und ausgelegt wird, sagte sie, und alles, was ihnen nicht gefällt oder was sie nicht verstehen können, wird auf meine jüdische Herkunft zurückgeführt.

Max nickte. Kokettierst du nicht manchmal auch damit?

Selbst wenn ich es täte, ginge es euch nichts an, sagte sie zornig.

Wen, euch? fragte Max amüsiert.

Die Hilflosigkeit ihres Zorns hatte ein kindliches Pathos, eine unschuldige Egozentrik. Es gelang ihm nicht, sie dabei ganz ernst zu nehmen.

Sie erzählte, wie sie vor Jahren an einem Jom Kippur erst zu *Neïla*, zum Schlußgebet, erschienen sei, weil sie am Nachmittag im Geschäft hatte aushelfen müssen. Dann habe sie Axel noch vom Reitunterricht abgeholt und ohne sich umzuziehen sei sie ins Bethaus gelaufen, in Jeans und Pullover.

Sie habe die Ablehnung gespürt, obwohl niemand das Wort an sie gerichtet habe. Es gab anschließend Brötchen, erzählte sie, und niemand hat mir etwas angeboten. Sie sei sich fehl am Platz und schäbig vorgekommen, dabei habe sie sich nur deshalb nicht umgezogen, um keine Zeit mehr zu verlieren. Soviel Ablehnung von allen Seiten habe ich nicht verdient. Sie brach in Tränen aus.

Jom Kippur, erklärte ihr Max, ist der höchste Feiertag, den halten sogar nicht religiöse Juden ein. Man nimmt sich frei oder man geht nicht hin. Vielleicht hat es sie gestört, daß du erschienen bist, als wäre der Besuch der Synagoge bloß ein weiterer Termin für dich.

Sie hielt ihr Taschentuch auf dem Schoß zusammengeknüllt und schwieg. Aus der Nachbarschaft hörte man Klavierklänge, immer von neuem dieselbe Tonfolge eines Sonatensatzes, der stets an derselben Stelle abbrach.

Diana sah Max mit erwartungsvollen Augen an, und als er die Aufforderung in ihrem Blick nicht länger ertrug, stand er auf.

Auch sie stand auf und trat einen Schritt auf ihn zu. Wenn sie im Sinn hatte, woran er dachte, war es nicht der richtige Zeitpunkt. Sie waren einander oft schon viel näher gewesen. Alles hatte seine Zeit, und die zu erkennen, war das Geheimnis für ein Gelingen, das hatte er oft genug erfahren. Aber sie hatte geweint, und sie hatte ihr geheimgehaltenes Ressentiment gelüftet, sie mußte sich so entblößt und verwundbar fühlen, daß ihr nur dieser gewagte

Schritt in seine Arme einfiel. Er näherte sich vorsichtig ihrem Gesicht, das sie ihm darbot mit einer Geste resignierter Selbstpreisgabe. Sie gab keinen Laut von sich, keinen Seufzer, als habe sie einen Entschluß getroffen und warte nun auf die Vollstreckung. Er küßte sie, und sie ließ es zu. Sie ließ es auch geschehen, als er ihr die Kostümjacke von den Schultern streifte, die Bluse aufknöpfte und auszog, dann den Rock. Die Dämmerung hatte längst alle Farben zurückgenommen und begonnen, die Konturen zu löschen. Er konnte ihr Gesicht nicht mehr deutlich erkennen, sah nur ihre geschlossenen Augen, verstand ihre schweigende Bereitschaft als Zustimmung. Ihre Kleidungsstücke fielen zu Boden, während sie sich küßten, lang, immer von neuem. Aber als er sie an der Hand nahm, um sie zum Bett zu führen, fuhr sie hoch, als sei sie eben aufgewacht. Nein, bat sie, ich kann nicht. In ihrer Stimme war eine so wilde Panik, daß er sie losließ. Er half ihr die Kleider aufzusammeln und achtete darauf, daß ihre Körper sich nicht mehr berührten.

Im grellen Licht der Deckenlampe standen sie sich gegenüber, und im schwarzen Spiegel des Fensters konnten sie sich aus den Augenwinkeln in ihrer Verlegenheit beobachten. Sie bat ihn, ein Taxi anzurufen, sie gingen wortlos hinunter zur Gartentür.

Diana, begann er, es tut mir leid, ich wollte …

Dina, bat sie, nenn mich Dina.

Ich kann nur dein Liebhaber sein, sagte er, nicht dein Vater.

Sie schaute ihn entsetzt an. Dann ging sie die Straße hinunter, dem Taxi entgegen, ohne ein Wort des Abschieds.

– 7 –

WENN MAX an diesen endlosen Abenden des Frühsommers auf der Veranda saß und zusah, wie der Fluß nach Sonnenuntergang zu einer blanken Fläche wurde, die nichts spiegelte, nur alles Licht zurückwarf, oder wie am Horizont Gewitterwolken die flimmernden Sterne vom Himmel wischten, überfielen ihn die Einsamkeit und das Altern wie nie zuvor. Die Tage vergingen einförmig, schnell und paradoxerweise zugleich unendlich langsam.

Unterhalb der Terrasse stand ein Pfingstrosenstrauch, der langsam über Tage seine Blüten zu entfalten begann, in deren schattigem Grund sich lange eine dunkle Nachtfarbe hielt, bis sie sich ganz geöffnet hatten. Eine Weile maß er den Fortgang der Zeit an den sich von Tag zu Tag entfaltenden und verändernden Blütenblättern. Dann fielen sie einzeln zu Boden, es war, als schlösse die Natur mit jedem Verblühen ein Kapitel ab.

Max hatte die Kisten, die er sich aus New York hatte schicken lassen, bisher nicht vollständig ausgepackt, die Bücher, ohne die er geglaubt hatte, nicht länger als einige wenige Wochen leben zu können, Kleidung, Erinnerungsstücke. Jetzt schien es ihm, als blähte sich die Vergangenheit auch ohne sie allzusehr auf. Unentwegt stand längst Vergessenes vor ihm und gewann neue Bedeutungen, die es nie zuvor gehabt hatte. Die Zukunft wurde klein und dunkel. Bald würde er an den Punkt kommen, an dem Zukunft nicht mehr denkbar war.

Hatte er nicht das Haus restaurieren wollen, um in die Vergangenheit zurückzukehren, die Träume seiner Mutter zu beleben? Aber das Haus seiner Kindheit ließ sich nicht zurückgewinnen. Je weiter die Restaurierungsarbeiten voranschritten, desto mehr verblaßten die alten Bilder. Erinnerungen ermüdeten ihn, gleichzeitig waren sie alles, was ihm an diesen einsamen Abenden geblieben war. Die Zeit hatte sich verlangsamt, ganz so, wie er es sich in früheren Jahren gewünscht hatte, aber der Stillstand war wie eine Lähmung.

Was Max beunruhigte, war das langsame Zurückweichen seiner Lebenskraft, das Nachlassen des Gedächtnisses, der schleichende körperliche Verfall und das Schwinden der Neugier, sogar auf Menschen. Selbst die Zufälle des Lebens hatten sich zu oft wiederholt, um noch Erstaunen hervorzurufen. Alles erinnerte ihn schon an etwas anderes, Vergangenes, und er wußte, wie es enden würde. Das kurze Abenteuer mit Diana – vorhersehbar, enttäuschend. Wie er erwartet hatte, war sie ohne Erklärung verschwunden. Es gab nichts zu erklären. Er war ein väterlicher Freund, in dessen Bewunderung sie sich gefallen hatte. Manchmal, wenn er am Geschäft ihrer Schwiegereltern vorbeiging, sah er Diana hinter einem schmalen Ladentisch stehen und Stoffbahnen aufrollen. Er ging vorbei ohne Bedauern und ohne zu verweilen. Was ihn kränkte, war die Achtlosigkeit, mit der sie über ihn hinweggegangen war, auch wenn diese Erfahrung sich schon oft genug wiederholt hatte, so daß sie nicht unerwartet gekommen war.

Er hätte diese sonnigen warmen Tage genausogut irgendwo anders verbringen können, fand er, im Gebirge oder an einem See. Plötzlich überkam ihn eine heftige Sehnsucht nach dem Meer, nach Neponset Beach, südlich von Brooklyn, wohin sie als Kinder mit Mira gefahren waren, um sich das Haus, in dem er jetzt saß, weit hinter dem Horizont in allen Einzelheiten auszumalen.

Am Ende, dachte er, und das Ende wartete als eine längst beschlossene Sache, würde er nur einen Bruchteil von dem unternommen, erlebt, gelesen und gedacht haben, was er sich für sein Leben erwartet hatte, und womöglich stellte sich heraus, daß es das Falsche gewesen war, das, was er gar nicht gewollt hatte.

Er bekam Anrufe von New York, mit Mel, seinem Kompagnon, telefonierte er jeden Freitag, Freunde sagten, sie vermißten ihn. Wenn er ins Archiv ging oder zu Spitzer, versuchte er vor drei Uhr nachmittags zu Hause zu sein, das war die Zeit, zu der sie anriefen, morgens, sechs Stunden früher, bevor sie ins Büro gingen. Er selbst rief erst nach Mitternacht drüben an, da waren zumindest jene Freunde, die bereits zurückgezogen lebten, anzutreffen. Wann kommst du zurück, fragten sie, was machst du dort. Nicht viel, sagte er, ich restauriere mein Elternhaus, ich lebe auf dem Land, ich genieße die Ruhe.

Das glaube ich dir nicht, entgegnete seine alte Freundin Eva, du kannst Ruhe nicht genießen, du bist ein Stadtmensch, erzähl mir nichts von ländlichen Idyllen. Du kannst auch hierherkommen, um Ruhe zu genießen, beschwor sie ihn, ich habe eine romantische kleine Bucht nicht weit von Neponset Beach entdeckt.

Gerade daran denke er jetzt öfter, gab Max zu.

Sie erzählten ihm von Vernissagen, die er versäumte, Ausstellungen, von denen sie begeistert waren, sie wühlten in ihren nächtlichen Telefongesprächen Unruhe und Sehnsucht nach seinem gewohnten Alltag in ihm auf.

Wie kannst du nur unter diesen Leuten leben, sagte Eva vorwurfsvoll, ich bin kein einziges Mal zurückgefahren.

Ich lebe nicht eigentlich unter ihnen, erklärte Max, ich sehe sie auf der Straße, ich kenne nur ein paar von ihnen, eigentlich lebe ich in der Vergangenheit dieser Stadt, an ihrer Oberfläche habe ich mich nur vorläufig eingerichtet.

Du redest Unsinn, sagte sie, das sind Ausflüchte.

Eva wollte ihn zwingen, sich zu entscheiden, als sei es irgendwie unmoralisch, sich zwei Orten gleichzeitig zugehörig zu fühlen. Er gab ihr recht, der größte Teil seines Lebens band ihn an New York, aber auch H. und Europa waren Teil von ihm, Teil seiner Erinnerung.

Was suchst du dort, insistierte sie.

Ich weiß nicht, sagte Max, etwas Unsichtbares, das unter der Oberfläche liegt, ich habe es noch nicht gefunden. Wie sollte er es ihr erklären, wenn es ihm selber schwerfiel, seine verschiedenen Verwurzelungen und Zugehörigkeiten zu verstehen.

Du mußt doch einsam sein, vermuteten seine Freunde, langweilst du dich nicht in einer Kleinstadt?

Alles, was sie vermuteten, stimmte ein wenig aus ihrer Sicht und hatte doch mit seiner Gegenwart in H. keinen Berührungspunkt.

*

An seinem siebzigsten Geburtstag Anfang Juni saß Max den ganzen Tag in Hörweite des Telefons und wartete. Er wußte, es war absurd zu warten, denn niemand konnte ahnen, daß er Geburtstag hatte, und außerdem, wann war es ihm jemals wichtig gewesen, daß Gratulanten sich um ihn scharten? Am Ende gab er es auf, so zu tun, als sei er nicht daheim geblieben, um zu warten. Er lauschte auf die Stille in seinem Haus, auf das Rauschen des Stadtlärms in der Ferne, den Wind in den Bäumen, die Vögel, das Klavierspiel in der Nachbarschaft. Geburtstage in diesem Haus, die wenigen, an die er sich unbestimmt erinnern konnte, waren stets Anlaß zu Festen gewesen, lange Tische auf der Terrasse und Gäste, die in seiner Erinnerung nur noch ein buntes Flattern heller Mädchenkleider waren, Kinderstimmen wie das Tschilpen aufgeschreckter Spatzen und auf den Tischen das Rot der Erdbeeren in Schalen, denn sein Geburtstag fiel in die Erdbeerzeit.

Am Abend rief er Spitzer an, berichtete vorwurfsvoll, daß er soeben seinen siebzigsten Geburtstag allein verbracht hätte, wo es doch vielleicht sein letzter wäre. Eine Stunde später erschienen Spitzer und Thomas mit einer Flasche Wein und mit einem zur Hälfte aufgegessenen Kuchen. Er habe zu spät angerufen, als daß man noch irgendwo eine ganze Geburtstagstorte hätte auftreiben können.

Sie saßen bis spät in die Nacht und redeten über die vielen Pläne, die Thomas hatte, mit ihnen, mit der Gemeinde. Die Synagoge würde spätestens in einem halben Jahr fertig renoviert sein, man müsse die Stadtgemeinde einbeziehen, man brauche ein Konzept für einen würdigen Rahmen. Thomas spürte den Widerstand der beiden alten Männer, er verstehe ja, räumte er ein, ein wenig ihre Zurückhaltung. Aber Zurückhaltung, versuchte er ihnen zu erklären, sei fehl am Platz, sie seien lange genug unsichtbar im Abseits gestanden. Heutzutage hätten viele Menschen Interesse am Judentum, sagte er, und sein Blick war eindringlich und voll Eifer, sie wollten mehr erfahren über die jüdischen Rituale, die Symbole, die Lebensweise. Das sei doch begrüßenswert?

Ja, ja, natürlich, erwiderte Spitzer beschwichtigend.

Sie sind jung, sagte Max, Sie glauben an Veränderung, und das ist gut.

Überall seien Veränderungen in Gang, rief Thomas begeistert, die vielen Bücher in den Buchhandlungen über Judentum, jüdische Kunst. Es gäbe einen großen Nachholbedarf, jetzt endlich, nach so vielen Jahren, und er sei keineswegs allein mit seinen Ideen, wie man der jüdischen Sache Öffentlichkeit verschaffen könne.

Sie meinen, das ändert etwas, fragte Max, in den Köpfen

der Leute, die weniger begeistert von den Juden sind als Sie?

Max mochte Thomas, nicht nur wegen seiner Hilfsbereitschaft im Archiv. Er hatte etwas Sauberes, früher hätte man gesagt, etwas Ritterliches. Einen aufrechten Goj, hatte Max ihn im Gespräch mit Spitzer einmal genannt.

Du sollst sie nicht immer Gojim nennen, hatte Spitzer ihn gewarnt, das ist beleidigend, sie sind Katholiken.

Seither nannte Max alle Nichtjuden Katholiken, auch jene, die darauf bestanden, konfessionslos zu sein.

Es gab auch Sektenmitglieder, die regelmäßig in großer Zahl zu den Gottesdiensten kamen. Sie waren interessiert und wißbegierig, und Max wich ihnen aus, weil sie so viele Fragen stellten, auf die er keine Antwort gewußt hätte. Er verwies sie an Malka, die sich für lange Erläuterungen Zeit nahm. Was Malka verstimmte, war, daß sie am Ende doch ihre eigenen Antworten längst parat hatten, und daß all diese Glaubensgespräche stets zu Berichten von übernatürlichen Ereignissen und Erleuchtungen wurden, die ihr offenstünden, wenn sie sich nur bekehrte.

Hätten sie nicht gleich sagen können, wer sie sind, fragte Malka verstimmt, das hätte Zeit gespart, sie wissen ohnehin alles besser.

Max, der sich in seiner Chronik über brennende mittelalterliche Scheunen Gedanken machte, lachte über Malkas Empörung: Wir haben schon ganz anderen Bekehrungsversuchen widerstanden.

Thomas hingegen hatte keine Hintergedanken und keinen Glaubenseifer. Er war mit ganzer Leidenschaft damit befaßt, von seiner Faszination an allem, was jüdisch war, zu berichten.

Warum ausgerechnet wir, fragte Max.

Weil der Großvater Gauinspektor gewesen sei. Das quälte ihn. Manchmal, gestand er, lähme ihn diese Schuld, hindere ihn am Atmen, wie eine fürchterliche Angst, als kämen Schrecken auf ihn zu, die doch nur der Widerschein vergangener Schrecken seien.

Warum dann, wollte Max wissen, dieses Widerstreben, über den Großvater nachzudenken?

Der Frage nach dem Gauinspektor war Thomas noch jedesmal ausgewichen. Das deprimiere ihn, gestand er, das halte er nicht aus, wenn er zu lange darüber nachdenke, ekle es ihn vor sich selber.

Haben Sie mit Ihrem Großvater über diese Zeit geredet, fragte Max.

Thomas schüttelte den Kopf: Nicht richtig. Es ging nicht. Er wurde immer wütend. Ich war zu jung. Einmal hat er mich gefragt, wie ich mir das denn vorstelle, Widerstand. Die ganze gute Gesellschaft in unserer Stadt sei deutschnational gewesen. Das war schon seit dem Ersten Weltkrieg so. Man habe sich nicht ausschließen können, man war ja bekannt. Es klang alles logisch, was er sagte, erinnerte sich Thomas. Er hat mich gern gehabt, ich wollte ihn nicht verärgern. Ich hatte ihn lieber als meinen Vater, sagte er zögernd, ich war sein erster Enkel und ich sehe ihm ähnlich. Er kam zu meiner Maturafeier, obwohl er schon todkrank war. Eine Woche später starb er.

So also hatte der Gauinspektor in seiner Jugend ausgesehen, dachte Max, ein vertrauenerweckend sauber wirkender Mann mit weichen, beinahe edlen Zügen und diesem gespannten, begeisterungsfähigen Blick?

Es ist alles so schwer zu erklären, sagte Thomas gequält.

Sie schwiegen und hingen ihren Gedanken über den toten Gauinspektor nach.

Ob sie sich an einer Podiumsdiskussion beteiligen würden, wenn er sie organisierte, fragte Thomas.

Ich nicht, sagte Spitzer, ich bin kein Redner.

Kommt drauf an zu welchem Thema, meinte Max.

Judentum heute, schlug Thomas vor.

Lassen Sie mich darüber nachdenken, antwortete Max ausweichend.

Es wurde spät, Spitzer schaute erschöpft und müde aus. Ich hätte keinen Wein trinken sollen, sagte er, ich bin ihn nicht gewohnt. Er hatte Mühe über die Treppe und zum Auto zu kommen, sein Gesicht war grau, Schweiß stand ihm auf der Stirn.

Ich fühle mich nicht wohl, es geht vorbei, sagte er beschwichtigend. In Thomas' Auto fuhren sie davon, Spitzer blicklos auf seine Schwäche konzentriert, zusammengesunken.

Einige Tage später schickte Thomas einen Artikel an Max, den er für eine Lokalzeitung verfaßt hatte: Zum siebzigsten Geburtstag eines verlorenen Sohnes unserer Stadt. Er war gut gemeint. Er war auch mutig. Es war ihm sicherlich nicht leichtgefallen, von Max' ermordeten anstatt von seinen umgekommenen Verwandten zu schreiben, von Raub und Diebstahl zu sprechen, wenn es Wörter wie Arisierung und Enteignung gab. Aber sollte diese trostlose Jammergestalt, ein Mann, gebeugt, mit müden, tieftraurigen Augen, vom Leid geläutert, den sein junger Freund mit liebevoller Sentimentalität porträtierte, wirklich er sein? Ein verlorener Sohn? Würde Thomas seinen Vater oder den feschen Gauinspektor so beschreiben?

Thomas war zu stolz und auch zu scheu, das wußte Max, um ihn darauf anzusprechen, aber jedesmal, wenn sich ihr Blick begegnete, würde Max die unausgesprochene Frage, wie ihm der Artikel gefallen habe, in Thomas' Augen sehen.

Schön war Ihr Artikel, sehr schön, sagte Max, als er Thomas' Büro betrat. Ich habe mich darüber gefreut.

Thomas strahlte.

Max versuchte nicht, ihm zu erklären, daß er ihn so nicht hätte darstellen dürfen. Vielleicht war es die Vergeblichkeit, die ihn oft im Erklären innehalten ließ, eine plötzliche Einsicht in die Ambivalenz von Gefühlen, die Vielschichtigkeit von Motiven, oder eine neue Milde, eine Sehnsucht nach Ruhe, weil sich die Aufregung nicht lohnte, vielleicht nie gelohnt hatte.

Max ermüdete schnell über den Dokumenten in diesen Tagen. Sein Leben lang war er davon überzeugt gewesen, daß man Geduld aufbringen müsse, bis man genügend Erfahrung gesammelt habe, um etwas Bedeutsames sagen zu können. Jetzt fürchtete er, zu lange gewartet zu haben und der Anstrengung nicht mehr gewachsen zu sein. Auf eine Eintragung, die ihn weiterbrachte, kamen Stöße von Büchern und Dokumenten, die seine Kräfte nutzlos vergeudeten und seine Augen ermüdeten. Manchmal erschien es ihm, als forsche er nach den verwischten Spuren eines legendären Stammes, der kaum Zeugnisse seiner Existenz hinterlassen hatte.

Sie schreiben die Chronik auf deutsch, wunderte sich Thomas, nicht in Ihrer Muttersprache?

Deutsch ist meine Muttersprache, sagte Max, wir haben zu Hause deutsch gesprochen, bis der Krieg ausbrach, es ist meine private Sprache, sie klingt mir immer mit der Stimme meiner Mutter im Ohr nach.

Thomas fand seine geschriebene Sprache ein wenig steif. Sie haben einen sehr gewählten Stil, meinte er vorsichtig.

Wenn Max nach einem halben Tag in der staubigen Luft des Archivs nach Hause kam, war er müde, als hätte er schwere körperliche Arbeit geleistet, und er legte sich hin. Für ein paar Minuten nur, dachte er, aber der Schlaf raubte ihm jedesmal größere Stücke des verbliebenen Tages, und die Sonne war längst auf ihrem täglich gleichen Weg durchs Zimmer an ihrem äußersten Punkt angekommen und brachte das satte Grün der Weinranken zum Leuchten.

Er ging in den Garten hinunter, um dem letzten Licht zuzusehen, das kühl und fern den Fluß mit metallischer Spitze berührte, um später die Nadeln der Lärche neben dem Haus in eine feurige Glut zu tauchen. Die Sonnenblumen, die Diana gesät hatte, entwickelten kräftige Stämme und hoben ihre Köpfe. Sie hatten fast seine Körpergröße erreicht und neigten ihm ihre großen gelben Blüten zu. Diana hatte nun doch ihr Wort gebrochen und sie im Stich gelassen.

Wenn die lange Dämmerung in eine sternenhelle Nacht übergegangen war, setzte er sich an den Schreibtisch, zog die Notizen und Zitate über das fünfzehnte Jahrhundert aus seiner Karteischachtel: Zahlen, Dekrete, Beschuldigungen, die unwidersprochen geblieben waren, Urteile, Beschlagnahmungen der Ware fahrender jüdischer Händler. Er schrieb:

Die Überfälle waren von Mitgliedern der Stadtverwaltung angezettelt worden, vollstreckt von einem zornigen Proletariat, das die Zusammenhänge nicht durchschaute.

Am Gründonnerstag 1426, stand in den Annalen, sei ein Kind verschwunden. Der Stadtchronist erwähnte mit verhohlener Bewunderung die Würde und Todesverachtung, mit der die Juden für ihr nicht nachgewiesenes Verbrechen gestorben seien. Das Kind wurde ertrunken in einem Teich gefunden, zu spät.

Nachdem die Stadt Bischofssitz geworden war, wurden die Kleidervorschriften verschärft, der spitze Hut, der gelbe Fleck, kreisrund und deutlich sichtbar zu tragen, sonst gab es Geldstrafen oder nach Gutdünken Folter.

Die verschwommenen Gesichter auf dem Foto vor dem Haus tauchten vor seinen Augen auf, die schwarzen Anzüge, die hellen Kleider mit den Spitzenkrägen. Nie hatte er sich die Verschwundenen anders vorgestellt. Nun sah er plötzlich Sophie in bodenlangen Kleidern ohne Spitzenbesatz und ohne Schmuck, denn die waren den christlichen Bürgerinnen vorbehalten. Hermann im Ghetto von Lódz, ein Greis, gezeichnet von einem gelben Fleck. Von den schlechten Zeiten gab es selten Fotos, auch Mira hatte sich in ihren späteren Jahren nicht mehr fotografieren lassen. Von ihrem Elend wollte sie kein sichtbares Zeugnis hinterlassen, als Achtundzwanzigjährige auf der Terrasse ihres Hauses, so sollte sie in der Erinnerung bleiben. Aus den ersten Jahren nach der Emigration gab es noch gelegentliche Schnappschüsse, auch sie hörten später auf. Nach ihrem fünfundvierzigsten Lebensjahr wehrte sie jede auf sie gerichtete Kamera panisch ab.

Die Juden hatten ihre eigenen Bäder, schrieb Max, *ihre eigenen Garküchen, sie hielten sich in ihren eigenen Straßen auf, sie feierten ihre Hochzeiten, begingen ihre Begräbnisse verstohlen, um keine Aufmerksamkeit und kein Ärgernis zu erregen. Das Bischofspalais lag in einem anderen, einem neueren Stadtteil. Dorthin zu gehen, hatten die Juden keine Veranlassung.*

Es war eine Gegend mit alten Bäumen hinter ehemaligen Klostermauern, barocken Erkern und Fassaden, unter denen die strengen spätmittelalterlichen Gebäude spurlos verschwunden waren, doch damals mußten die schmalen Einbahnstraßen wie Boulevards erschienen sein, wie Promenaden für einen sonntäglichen Spaziergang vor der Stadt.

Das Konzil hatte es den Christen untersagt, schrieb Max, *Lebensmittel bei den Juden zu kaufen oder mit ihnen zu verkehren, weder nachbarschaftlich noch freundschaftlich, noch so, wie man mit Menschen verkehrte, die in denselben Straßen lebten, dieselbe*

Luft atmeten, aufstanden und zu Bett gingen zu denselben Zeiten wie man selber. Die Geistlichkeit verbot jeden Kontakt unter Androhung von Höllenpein, die wirklicher war als das Leben, denn was war das Leben außer dem fortgesetzten Versuch, Satan hinters Licht zu führen und sich die ewige Seligkeit zu sichern? Und nun befand sich die Versuchung Satans leibhaftig unter ihnen, gekennzeichnet und gebrandmarkt, und jede freundliche Anrede konnte ewige Verdammnis nach sich ziehen. Das zehrte an den Nerven, erstickte jeden Anflug menschlichen Mitgefühls.

Max hielt inne. War das nicht schon zuviel der Deutung. Wer waren diese Menschen, wie sollte er sie sich vorstellen, und konnte er das überhaupt? Eines war jedoch ziemlich sicher: Man fand keine Juden in Gaststuben und öffentlichen Bädern, man sah sie nicht beim Tanz und bei keinem Fest. An Festtagen hatten sie Ausgangssperre, das war belegt. *Da saßen sie in ihren Häusern*, schrieb er, *und hofften, daß nichts den Haß oder den Übermut der Christen entfachte. Das christliche Bürgertum, die gute Gesellschaft, stellte seinen Reichtum im Zentrum der Stadt zur Schau wie eh und je. Es waren wohl auch damals nur einige hundert Menschen, ein paar dutzend Familien. Ihre Häuser standen an der Geschäftsstraße der Neustadt, nahe dem Palais des Bischofs, oder in den seit den Pogromen der Pestzeit verbreiterten Gassen der Altstadt, und alle Judenhäuser von damals hatten neue Besitzer.*

Er arbeitete oft bis spät in die Nacht, bis die Stille so tief und unheimlich wurde, als wäre er der letzte Zeuge der Menschheitsgeschichte. Dann konnte er nicht einschlafen, fragte sich, warum er seine letzten Kräfte gab, um herauszufinden, daß die Geschichte seiner Generation sich schon seit siebenhundert Jahren wiederholte. Zum Bau des Domes neben dem Palais des Bischofs hatte man sich mehr Zeit genommen als zwanzig Jahre. War das die Stadt, in der er leben wollte? Das Haus, der Garten, gewiß, die waren ihm allmählich vertraut genug geworden, daß er ohne zu zögern von seinem Haus sprach, seinem Garten. Hätte er sie verpacken und verschicken können, die Stadt wäre es nicht gewesen, die ihn hielt.

– 8 –

MAN HATTE sich eine Ehrung für Max ausgedacht, nachträglich zu seinem siebzigsten Geburtstag hängte ihm der Bürgermeister ein großes Kreuz an einem Ripsband um den Hals. Er mußte sich bücken, der Bürgermeister war nicht sehr groß. Thomas blinzelte gerührt und stolz in die Blitzlichter der Fotografen. Er hatte Max überrumpelt und ihn unter falschen Vorwänden zu dieser Feier gelockt. Jetzt stand er für das Gruppenfoto neben Max wie ein anhänglicher Sohn.

Der Bürgermeister machte vage Anspielungen auf Max' Verdienste. Man wünsche sich die zahlreiche Rückkehr der Juden in die Stadt, erklärte er beim ersten Toast, der Anfang sei gemacht. Und er prostete Max zu. Doch wollte bei Tisch keine Stimmung aufkommen. Frau Vaysburg flüsterte mit den Barons und mit Gisela Mandel am Ende der langen Tafel. Der Bürgermeister beugte sich abwechselnd zu Max oder zu Spitzer mit einer wohlüberlegten Frage. Der Angesprochene hörte zu essen auf und gab ausführlich Antwort. Der Sekretär des Bürgermeisters unterhielt sich mit Malka über gemeinsame Bekannte und das Spital, in dem sie arbeitete. Der Pressefotograf umschlich den Tisch auf der Lauer nach einem Schnappschuß.

Der Unbekannte, dem Thomas seinen Platz neben Max überlassen hatte, und der die Frage, wer er denn sei, durch kurzes Wegsehen überhörte, fragte Max, ob er schon heimisch geworden sei in H.

Ich bin hier geboren, sagte Max.

Ich weiß, aber ich meine, ob Sie sich wie ein Einheimischer fühlen.

Max schwieg.

In welchem Lager waren Sie?

Wie? fragte Max, wann?

In welchem Konzentrationslager?

Ich war bei der Befreiung von Dachau dabei, sagte Max, und habe einen Mord an einem Aufseher verhindert. Das habe ich später oft bereut, aber damals glaubte ich an so etwas wie höhere Gerechtigkeit und daß der Mensch kein Recht hat, sich zu rächen. Dann machte ich mich auf die Suche nach Verwandten, aber es war niemand mehr da. Einmal, in einem Zugabteil, fragte mich ein Deutscher, ob ich auf Besuch zu Verwandten fahre. Alle ermordet, habe ich gesagt. Wie viele, wollte er wissen. So an die vierzig, sagte ich. Dazu nickte er sachverständig: Das ist normal. Da hat es mir leid getan, daß ich mich damals als Dreiundzwanzigjähriger mit der Waffe vor den Aufseher gestellt hatte.

Sie waren also amerikanischer Besatzungssoldat, schloß der Mann. Glauben Sie, daß der Antisemitismus in diese Stadt zurückkehren könnte, fragte er weiter.

Sie meinen, berichtigte ihn Max, unter welchen Bedingungen er wieder gewalttätige Formen annehmen würde.

Der andere nickte.

Wenn sich die Zeiten ändern, sagte Max zerstreut, jederzeit.

Am nächsten Tag hätte Max in der Zeitung, in die er

noch nie einen Blick geworfen hatte, die Schlagzeile lesen können: *Solange Vollbeschäftigung garantiert, keine Gefahr von rechts, sagt jüdischer Jubilar*.

Warum sie mir ausgerechnet ein Kreuz zum Geburtstag schenken mußten, sagte Max zu Spitzer, als er es abnahm und in die Jackentasche steckte, das kann ich mir nicht einmal aufhängen.

Du hast Thomas eine Riesenfreude gemacht, sagte Spitzer.

Sie machten einen Umweg in die Färbergasse zu Spitzers Büro.

Die Synagoge hinter dem Gerüst hatte begonnen, ihre ursprünglichen Konturen anzunehmen, wie auf dem Foto in Spitzers Schreibtischlade. Spitzer erzählte, daß er am Abend nach Arbeitsschluß einmal über die Latten und Mörtelhaufen hineingeklettert sei. Er war in der Mitte des Raumes auf dem Lichtfleck stehengeblieben, der von den Fenstern unter der neuerrichteten Kuppel auf den Steinboden fiel. Er hatte es als ein Licht in Erinnerung, das mit keinem anderen Lichteinfall vergleichbar war. Er hätte es als rein beschrieben oder als erhaben, wenn er feierlichen Wörtern nicht mißtraut hätte, aber im Grund gab es kein Wort dafür. Vielleicht läge es bloß an den noch leeren Fensterstökken, den verschalten Wänden, aber es sei für ihn nicht mehr die alte Synagoge. Es ist nicht mehr das, was es einmal war, sagte er resigniert, und wird es auch nicht werden.

Die Schatten der Geschichte, hatte der Bürgermeister gesagt, als zitiere er einen Vorredner, würden sich nun heben, die Synagoge würde in neuem Glanz erstrahlen.

Sie sahen zu, wie Schutthaufen mit Schubkarren weggefahren wurden. Von nun an, hatte der Bürgermeister gesagt, müssen Versöhnung und Freude herrschen.

*

Spitzer hatte einen jungen Kantor zu sich bestellt. Er hieß Eran und hatte eine schöne Tenorstimme. Die Frauen werden sich in seine Stimme verlieben, sagte er. Das Vorbeten sei ihm in letzter Zeit zu anstrengend geworden, gestand er Max, jetzt, wo die Hohen Feiertage bevorstünden, wäre es Zeit, sich nach einem Ersatz umzusehen.

In diesen Wochen saß Spitzer nachmittagelang im Büro und schrieb lange Briefe, die er dann, bevor er wegging, in der Schreibtischlade verschloß. Niemandem erzählte er davon, auch Max nicht. Er schrieb die Briefe an die junge Frau, die am Beginn des Sommers ohne Ankündigung erschienen war, eine Studentin, kaum älter als seine eigene Tochter. Sie hatte die Idee, über Enteignungen jüdischer Häuser in der Nazizeit zu arbeiten. Spitzer hatte einen ganzen Schrank voll Akten über Rückstellungsverfahren, und niemand – von einigen zurückgekehrten Opfern und deren Anwälten abgesehen – hatte ihn je dazu befragt. Spitzer hatte sich immer von spontanen Eindrücken von Menschen leiten lassen und war noch immer fähig, mit vorbehaltloser Begeisterung jemandem sein Vertrauen zu schenken, den er für den Boten einer höheren Macht hielt. Mit Nadja war es ihm so ergangen. Und jetzt mit Margarethe.

Ich kann mich des Gefühls nicht erwehren, schrieb er, daß unsere Wege sich nicht zufällig gekreuzt haben. Auch diesen Brief schickte er nicht ab.

Er glaubte an die kabbalistische Theorie, die er zugleich für einen Aberglauben hielt, daß manche jüdische Seelen sich in ein ihnen fremdes Umfeld verirrten, in christliche Familien etwa, und suchen müßten, so lange, bis sie die ihnen von Anfang an vertraute, angestammte Umgebung gefunden hätten. Aber es ließ sich nicht mit so banalen Erklärungen deuten, es war nichts Faßbares, eher ein Funke, der übersprang, am ehesten zu vergleichen mit der Liebe, aber auch diese Bezeichnung war noch zu einfach, zu profan.

Ich komme aus einer Nazi-Familie, hatte Margarethe gesagt und ihn angesehen, als sei sie darauf gefaßt, daß er ihr die Tür weise.

Spitzer schwieg und schaute sie fragend an.

Da kann ich Ihnen nicht helfen, sagte er.

Ich dachte nur, das sollten Sie vorher wissen, erklärte sie.

Spitzer nickte: Da haben Sie recht.

Den ganzen Sommer saßen sie über den Akten. Er las vor, erklärte, und sie saß daneben und beschrieb die Blätter eines Notizblocks auf ihren Knien. Sie schien ihm mit ihrem ganzen Körper zuzuhören und strömte den herben Geruch einer bestimmten Kletterpflanze aus, den er von irgendwoher kannte, aber er erinnerte sich nicht genauer, auch nicht an den Namen der Pflanze, nur an den herben Duft. Er vermißte ihn an den Tagen, an denen sie fortblieb.

Manchmal unterbrach sie ihn und stellte direkte Fragen, die andere niemals zu stellen gewagt hätten.

Warum sind Sie zurückgekommen, wollte sie wissen. Dann zog sie den Kopf ein und sah ihn vorsichtig von unten an, als erwarte sie eine Zurechtweisung.

Er habe nicht einfach allem den Rücken kehren können, versuchte er zu erklären, den Toten, dem Zerstörten, den Erinnerungen. Ich bin ein anhänglicher Mensch, sagte er.

Und das Zurückkommen nach dem Krieg?

Sie sind uns aus dem Weg gegangen, erzählte Spitzer, es war ihnen peinlich. Mein Bruder war älter, der ist mit den Siegern zurückgekommen, mit den Engländern. Das hat die Ablehnung noch verstärkt. Vor einem DP-Lager auf dem Land, in einer Kleinstadt, gab es einen Aufstand der Bevölkerung. Die Leute zogen vor die Lagerbaracken, warfen Steine und schrien, schlagt die Juden tot. Das war 1947.

Warum sind Sie dann geblieben, beharrte Margarethe.

Vielleicht glaube ich an die Veränderbarkeit der Menschen, sagte er.

Spitzer ging mit Margarethe auf den Friedhof, zeigte ihr die hohen Marmortafeln der Kafkas, der Kohns und der Edelsteins. Sie fand Namen, die ihr geläufig waren, Namen von Bekannten ihrer Eltern, von Mitschülern, mit denen sie gemeinsam im Firmunterricht gesessen war. Er zeigte ihr, wo man ihn begraben würde, neben seiner ersten Frau Flora. Sie war seit achtunddreißig Jahren tot. Er erzählte Margarethe, wie er und sein Bruder nach dem Krieg den Handwerksbetrieb seiner Eltern wieder aufzunehmen versucht hatten, eine Tischlerei, Tag und Nacht hätten sie zu viert gearbeitet, die beiden Brüder mit ihren Frauen.

In einer Stadt wie dieser, sagte er, wenn einen die anderen nicht wollen, da geht nichts, ganz gleich, wie sehr man sich anstrengt. Dann starb Flora, mein Bruder ging nach Israel, und ich war für die Gemeinde zuständig. Vielleicht bin ich deswegen geblieben.

Er suchte nach einem Stein für Floras Grab.

Vielleicht weil ich sie hier begraben habe, fügte er hinzu, wo sie doch gar nichts zu tun hatte mit dieser Stadt.

Die ganze Geschichte der Juden von H. können Sie hier studieren, sagte er, während sie die Reihen zwischen den Gräbern entlanggingen, besser als anderswo, hier wird sie lebendig. Zwischen den schwarzen Marmorsteinen, unter hohen Bäumen gingen sie im Schatten auf festen Wegen; im feuchten Zwielicht wuchernden Efeus war die Vergangenheit in einer kühlen, jenseitigen Ruhe erstarrt. Doch diesseits des Mittelganges lag eine andere Vergangenheit, roh und gegenwärtig, in der schattenlosen Mittagssonne, die Wege nachgiebig, wie unterhöhlt, und die Grabsteine klein, unregelmäßig wie lockere Zähne. Die hier lagen, waren nicht alt geworden, ihre Todestage fielen auf geschichtsträchtige Daten, März 1938, November 1938, im achtundfünfzigsten Lebensjahr, im vierunddreißigsten Lebensjahr, im zweiunddreißigsten Lebensjahr, drei Menschen einer Familie an einem einzigen Tag im März 1938. Es waren junge Tote, die in diesen zurückgelassenen Gräbern lagen. Von denen, die sie zurückgelassen hatten, war keine Spur geblieben, nicht auf diesem Friedhof; und unter vielen Steinen lagen keine Toten, auf ihren Grabsteinen stand nur ein Ort: Theresienstadt, Treblinka ... Andere wiederum nannten nur einen Geburtsort, da lagen Menschen, die aus Kovno gekommen waren, aus Lódz, aus Szeged und Budapest, um hier zu sterben. Sie hatten den Krieg gerade lang genug überlebt, um wieder Individuen zu werden, denen ein eigenes Grab zustand. Das unterschied sie von jenen fünfhundert an den Straßenrändern Ermordeten im Massengrab, die weder Namen noch Herkunft hatten, nur ein Todesjahr.

Ich könnte Ihnen Geschichten erzählen, sagte Spitzer, vielleicht tue ich es noch. Jetzt bin ich ein wenig mitgenommen.

Aber der sonst so verschlossene Arthur Spitzer wurde noch mitteilsamer, geradezu tollkühn. Er ging mit Margarethe durch die Straßen der Stadt, benannte laut und vernehmbar, am hellichten Tag, jedes ehemals jüdische Haus mit seinem alten, aus den Grundbüchern getilgten Namen, er wies mit ausgestrecktem Arm auf die Häuser, deren Geschichte er seiner Zuhörerin erzählte, das Textilgeschäft Pevner, und dort über der Uhr des Juweliers war die Kanzlei des Rechtsanwalts Doktor Leeb gewesen, das

Eckhaus hier, mit dem vorspringenden Erker und den Türmchen hat der Familie Poirisch gehört, sie hatten ein Kurzwarengeschäft im Erdgeschoß, jetzt ist es ein Schmuckgeschäft. Wie ein Richter ging Spitzer durch die Stadt, hocherhobenen Hauptes, als rücke er mit diesem öffentlichen Bekenntnis unterschlagene Besitzverhältnisse zurecht.

Innerhalb weniger Tage im Frühjahr achtunddreißig wurden die Häuser und Geschäfte enteignet, sagte er. Und wie viele Jahre haben mein Bruder und ich um unser Elternhaus kämpfen müssen. Aber das Geld, die sogenannte Reichsfluchtsteuer, hat bis heute keiner zurückbekommen.

Sie bogen in einen kleinen Park hinter dem Gerichtsgebäude ein. Spitzer mußte sich setzen. Mit einem Taschentuch wischte er sich den Schweiß aus Stirn und Nacken.

Ich bin ein wenig außer Atem, sagte er erschöpft. Verschnaufen wir hier ein wenig, bis sich das Herz beruhigt.

Sie schaute ihm besorgt und ratlos zu, wie er nach Atem rang.

Es geht schon wieder, erklärte er nach einer Weile. Es war die Aufregung, es war meine erste Stadtführung. Jetzt könnte ich eigentlich beruhigt sterben, witzelte er.

An diesem Abend ging Spitzer um sechs Uhr nicht wie sonst geradewegs nach Hause, sondern auf den Berg hinauf; ein schwüler Juliabend, ein leichter Wind, der nicht kühlte, und länger werdende Schatten auf den Rasenflächen. Es war sehr still, die Villenbesitzer verbrachten ihren Sommer im Gebirge. Er fand Max im Garten vor den voll aufgeblühten Sonnenblumen, so konzentriert, als unterhielte er sich mit ihnen.

Redest du mit ihnen, fragte er.

Max lachte. Ich befrage sie, aber sie haben selber keine Ahnung.

Sie saßen draußen, während ein glühendes Abendrot die Landschaft erleuchtete, die Bäume und das Haus, jeden Gegenstand im Garten, so daß es schien, als besäßen die Dinge nur diese eine Seite, die der untergegangenen Sonne zugewandt war. Dann wurde es dunkel, die Bäume rauschten stärker, und Spitzer fröstelte.

Es kommt ein Wetterumschlag, prophezeite er, die Schulter, die ganze linke Seite tut mir weh. Ich sehne mich in letzter Zeit öfter nach Ruhe, es wird mir alles zuviel, auch im Büro. Und diese Niedergeschlagenheit manchmal, so etwas habe ich früher nicht gekannt.

Er schaute Max fragend an.

Max nickte. Die Sehnsucht nach Ruhe und zugleich die Ungeduld. Das kenne ich auch.

In unserem Alter, worauf wartet man? fragte Max. Auf den Tod? Auf den Tod kann man nicht warten, wie soll man auf seine eigene Auslöschung warten, das ist gegen die Natur. Also worauf sonst?

Spitzer schüttelte den Kopf. An den Tod denke ich noch nicht. Ich habe eine siebzehnjährige Tochter, im Herbst wird sie achtzehn. Und die Gemeinde, was würde mit der Gemeinde passieren? Es ist wohl der Sommer, der mir zu schaffen macht, ich hab die Hitze nie vertragen, schon als Jugendlicher im Kibbuz nicht. Auch ein Grund, daß ich zurückgekommen bin.

Wenn es dich nicht gäbe in dieser Stadt, sagte Max, wäre ich sehr einsam. Dann wäre ich vielleicht überhaupt nicht mehr da. Es ist nicht so geworden, wie ich es mir vorgestellt habe, sondern ganz anders, und das hat vermutlich auch wieder seinen Reiz.

Spitzer war schweigsam und bedrückt. Irgendwann im Lauf des Abends faßte Max ihn scharf ins Auge. Sein müdes, graues Gesicht beunruhigte Max.

Was ist mit dir?

Spitzer erzählte von seinem Spaziergang durch die Stadt mit Margarethe.

Weißt du, was so erstaunlich war, sagte er. Niemand hat von uns auch nur die geringste Notiz genommen.

Ich habe ihr unser Grab gezeigt, erzählte er, und sie hat einen Stein darauf gelegt.

Bist du in sie verliebt, fragte Max.

Das will ich doch nicht hoffen, lachte Spitzer. Es war so dunkel, daß Max sein Gesicht nicht deutlich sehen konnte.

Es hatte zu regnen angefangen. Sie warteten unter den Bäumen vor dem Haus auf das Taxi. Der Wind rauschte in den Wipfeln und raschelte in den Blättern der Hecke.

Später erinnerte Max sich an einen Impuls, den Freund zurückzuhalten, eine minutenlange Panik ohne sichtbaren Grund, die ihm den Magen zusammenzog und in den Brustkorb stieg, eine vertraute Wahrnehmung aus der Zeit vor der Operation. Er brachte sie nicht mit Spitzer in Verbindung.

Sie winkten einander im Dunkeln zu, dann stieg Max zurück in seine Veranda unter das Glasdach und hörte dem Gewitterregen zu, dessen Trommeln rasch nachließ.

*

Das letzte Mal sah er Spitzer bei der Podiumsdiskussion, zu der er sich von Thomas hatte überreden lassen. Spitzer saß in der letzten Reihe der schlechtbesuchten Veranstaltung und schaute besorgt zu den drei Diskutanten hinauf. Zu Max' rechter Hand saß ein Frommer und zu seiner linken ein Mittsechziger im Steireranzug. Thomas hatte sie offenbar ausgewählt, um dem Publikum drei verschiedene Arten von Juden vorzuführen. In seiner Einführung berichtete er nicht ohne Freude an der Überraschung, daß der Fromme als Katholik erzogen und der Trachtenträger einen Rabbiner zum Großvater gehabt habe. Die Zuschauer reckten die Hälse. Die Diskussion auf dem Podium war kurz und höflich. Wie lebte man in einer christlichen Gesellschaft? Ganz gut. So recht und schlecht. Von den Grenzen der Assimilation war die Rede. Der Mann im Steireranzug erzählte Familiengeschichten, die Geschichte seiner Emigration und seiner Rückkehr, er hatte offensichtlich Freude am Erzählen.

Max erspähte Diana unter den Zuhörern. Sie saß neben einem distinguiert aussehenden Mann mit einem wachen, intelligenten Gesicht. Sie lächelten einander zu. Auch ihr Mann lächelte und nickte ohne Argwohn. Er mußte ihrer sehr sicher sein.

Thomas forderte das Publikum auf, sich an der Diskussion zu beteiligen. Ein Ehepaar hob die Hände. Man kenne sowenig Juden, sagte der Mann, es sei so schwierig, sie möchten fragen, wie sie denn gern behandelt würden, die Juden.

Normal, sagte Max trocken, ich hätte es gern, wenn man mich normal behandelt, wie jeden andern, wie einen Katholiken. Er sah zu Spitzer und grinste.

Es gab ältere Herren, die Verworrenes über den Unterschied von Schuld und Scham sagten, einer wies heftig den Vorwurf der Kollektivschuld von sich. Thomas erklärte, davon sei nicht die Rede gewesen.

Ob er sich als Österreicher betrachte, wurde Max' weltlicher Nachbar gefragt.

Was dagegen spräche, fragte er zurück.

Das Publikum lachte höflich, Thomas schüttelte den Kopf und schaute den Fragenden drohend an. Dann kamen trotz Thomas' auffordernder Gesten keine Fragen mehr.

Ich weiß nicht, ob das viel gebracht hat, sagte Thomas enttäuscht, während er mit dargebotener Hand Max' Schritte vom Podium herunter bewachte. Ob er ihn einem Mann vorstellen dürfe, den er seit seiner Jugend verehre, fragte er Max. Ein Geistlicher schüttelte ihm die Hand, und als er wieder nach Spitzer Ausschau halten konnte, war er verschwunden.

Vier Tage später rief Malka an. Max brütete gerade über seiner Chronik, er hörte Chopin im Radio und ärgerte sich über die Störung.

Spitzer sei tot, an Herzversagen gestorben.

Um ihn entstand eine Stille, als fiele die Welt ins Nichts.

IV

– 1 –

DIE TODESNACHRICHT traf die Gemeinde unvorbereitet. Wer würde sich an den Hohen Feiertagen um alles kümmern? Wer wußte überhaupt, worum man sich kümmern mußte? War Spitzers Tod das Ende der Gemeinde? Wer konnte sie weiterführen, wer würde je das baufällige Haus in der Färbergasse als sein Zuhause betrachten, so wie Spitzer es getan hatte? Die anderen waren stets wie Gäste gekommen, in ein wohlbestelltes Haus, das Zentrum ihres Lebens lag anderswo, bei ihren Kindern im Ausland, in der Vergangenheit, in ihrem eigenen Haushalt, oder sie waren unterwegs, betrachteten, was sich ihnen hier an jüdischem Leben bot, als eine Station, die sie als angenehme Erinnerung mitnehmen würden. Nur für Spitzer war das Gemeindehaus Mittelpunkt gewesen, lebenslänglich, ohne kündbaren Vertrag. Er war der Hüter des Erbes gewesen. Würde nun alles zum Stillstand kommen?

Spitzer wurde an einem warmen Herbsttag begraben. Der Altweibersommer spann seine Fäden zwischen den Friedhofswegen, sie schimmerten in der Sonne. Es waren viele gekommen, die Max nicht kannte. Frau Vaysburg kannte sie, und sie begrüßten sie mit der Ehrerbietung, die sie der Witwe des letzten Rabbiners zollten.

Alles ging sehr einfach und still vor sich unter dem hohen, blaßblauen Himmel. Der helle Holzsarg, die ausgehobene Grube, die Gebete. Spitzers Bruder sagte Kaddisch. Er war größer und kräftiger, aber er hatte die gleichen feinen Züge. Ich bin der nächste, dachte Max und kam wie vor zwanzig Jahren beim Zuschaufeln des Grabes ins Schwitzen. Wenigstens brauchst du nicht zu schaufeln, wenn du selber dran bist, sagte er in Gedanken zu Spitzer.

Keine Gespräche mehr in Spitzers Büro, keine gemeinsamen Spaziergänge am Freitagabend nach dem Gottesdienst mehr, keine überraschenden Besuche. An jedem Ausweg, wohin er sich auch wandte, standen die Worte *Nie mehr* wie Wachtposten, vor denen seine Gedanken kehrtmachten.

Angesichts eines selbergebackenen Kirschkuchens in Spitzers Büro hatte Max im Frühsommer gesagt: Deine Frau werde ich wohl auch nicht vor deinem Begräbnis zu Gesicht bekommen. Jetzt stand sie am Grab, neben dem Bruder, Spitzers Frau, dahinter seine Tochter. Zwei schlanke Frauen mit rötlichblondem Haar, die Tochter ein wenig dunkler, beide wie abgewandt, als wollten sie ihren Schmerz mit niemandem teilen. Max schüttelte ihre Hände, nannte seinen Namen und bedankte sich bei der Frau für die vielen Mahlzeiten, die sie ihm hatte zukommen lassen. Sie nickte stumm, in ihrem runden Gesicht, dessen Formen sanft und harmonisch wirkten, lag eine tiefe Unbeugsamkeit.

Max schlug Thomas' Angebot aus. Er wollte sich nicht in vorhersehbaren Sätzen auf einer bequemen Heimfahrt über Spitzer unterhalten. Er wollte allein sein, allein den Berg hinaufgehen, am Friedhof an der Kurve auf halbem Weg eine Pause machen und auf die Stadt in ihren Herbstfarben hinunterschauen, über die Friedhofsmauer, die welken Kränze und den Rauch, der in zähen Schwaden über den Boden zog.

Beim Tod seines Vaters hatte er ein ähnliches Gefühl von

Versäumnis verspürt. Aber damals war es vor allem die Trauer darüber gewesen, daß er so viele Jahre gebraucht hatte, ihn zu verstehen, daß er ihn kaum gekannt hatte. Als er ihn zum letztenmal im Spital besuchte, einen geschrumpften Greis mit fast schwarzen Altersflecken auf Stirn und Schläfen, gegen die das schüttere weiße Haar sich leuchtend abhob, hatte ihn ein Schwindel erfaßt, als wäre er in einem fremden Traum: Dieser hinfällige alte Mann, dem er aus dem Bett half, während das im Nakken zusammengebundene Spitalsnachthemd auseinanderfiel und einen bleichen, ausgemergelten Körper freilegte, war sein Vater, und er wußte nichts über die Höhepunkte und die Tiefschläge seines Lebens, seine Enttäuschungen und seine Träume, auch nicht, was ihm seine Söhne bedeutet hatten. Er fragte ihn nach der Spitalskost und nach seinen Schmerzen, nach den Ärzten und ob er nachts schlafen könne, und das Schweigen zwischen ihnen war kaum auszuhalten. Und auch nicht mehr zu brechen.

Als er nach Spitzers Begräbnis nach Hause kam, wusch er sich im Bad die Hände. Er schaute dabei in den Spiegel, und es schien ihm, als blicke er verständnislos auf eine stehengebliebene Uhr. Die Blätter der Edelkastanie vor dem Fenster verdeckten die Sonne und zogen Lichtreflexe über den Spiegel. Im Sommer war es immer ein wenig dämmrig in diesem Raum, sogar am Morgen, und aus dem Dämmer, wie aus der Tiefe eines dunklen Bildes, schaute ihm ein alter Mann mit einem farblosen Bart entgegen, forschend, nachdenklich, und lächelte ihm schließlich zu. Das tröstete ihn ein wenig. Er war ihm sympathisch, dieser traurige Alte.

Ziellos ging er durch das Haus, den Garten, ohne irgendwo Ruhe zu finden. Die Sonnenblumen waren verblüht. An einem Nachmittag im August, nach einer Woche Regen und Kälte, hatten ihre nun schwarzen Gesichter zu Boden geschaut. Da mußte er wieder an Diana denken, und daß nun schon zwei Monate seit ihrem letzten Besuch vergangen waren.

Sie hatte zwei- oder dreimal angerufen, und er hatte sich gefreut, ihre Stimme zu hören. Aber er kam weder mit seinen Fragen noch mit der intimen Herzlichkeit, die er in seine Stimme legte, an sie heran. Sie hielt ihn mit ihrer Munterkeit auf Distanz, plauderte über Belangloses, bis es Zeit für die Abschiedsfloskeln war. Sehe ich Sie wieder, hatte er gefragt. Sie versprach, wieder anzurufen, und er hatte sich gefragt, ob sie vielleicht belauscht wurde, ob sie in dem großen Haus am Stadtplatz unter Bewachung stand. Dann mußte, wie ihm schien, alle Vertrautheit zwischen ihnen doch nicht abgebrochen sein. Wenn er sich ihr Gesicht zu vergegenwärtigen suchte, sah er sie reglos wie auf einem Foto auf dem Sockel der Balustrade sitzen.

Auch in den nächsten Tagen lebte Max in einer Art Betäubung, als verharre die Zeit in einem Schwebezustand, in dem nichts mehr seine alte Gültigkeit besaß, oder als sei ein Stück Land hinter ihm in einen Abgrund gebrochen, und die Luft erschien ihm ein wenig kälter als zuvor. Er beobachtete die Vögel, die sich zum Abflug sammelten, sie tauchten plötzlich in Schwärmen über dem Flußtal auf. Während sie dagewesen waren, hatte er sie nicht beachtet.

*

Nadja rief unerwartet an. Sie mußte ihm erklären, wer sie war, er hatte ihre Stimme nicht mehr erkannt, und auch der Name war wie aus großer Entfernung auf ihn zugekommen und hatte sich zögernd in seinem Gedächtnis zu einem Bild verdichtet: eine junge Frau mit glattem, schulterlangem Haar, in einer weiten lila Strickjacke, die er ihr geschenkt hatte, im kahlen Vorfrühling des Central Park, fröstelnd, mit hochgezogenen Schultern und geröteten Wangen. Er versuchte, die neue Stimme mit diesem Bild in Einklang zu bringen, die direkte, ein wenig schroffe Art der Fünfundzwanzigjährigen von damals und diese dunkle, ruhige Stimme. Mit welcher besitzergreifenden Entschlossenheit sie versucht hatte, sich seiner zu bemächtigen und bei ihm einzuziehen.

Die Frau, der er zwei Tage später die Haustür öffnete, war eine Unbekannte, mit straff zurückgekämmtem, dunklem Haar und einem kühlen Blick, dem nichts zu entgehen schien. Alles an ihr schien schmal und streng, die mit einer Spange im Nacken zusammengehaltene Frisur, die ganze von oben bis unten in Schwarz gekleidete Gestalt. Er glaubte, etwas wie Belustigung in ihren Augen glitzern zu sehen. Schön, dich wiederzusehen, sagte sie und gab ihm die Hand. Es war eine linkische Unbeholfenheit in dieser Geste, die eine vage Erinnerung in ihm wachrief.

Er hob ihre Hand zu einem angedeuteten Kuß an seine Lippen, das hatte sie als Jugendliche stets belustigt. Ihre Hände waren noch immer kühl wie Glas.

Auf der Straße hätte ich dich nicht erkannt, sagte er, offenbar hast du deinen eigenen Stil gefunden.

Sie lachte auf. Und weil er fürchtete, sie mit dieser Bemerkung verletzt zu haben, fügte er hinzu: Du bist eine vollendete Erscheinung.

Er merkte, wie sie ihm auf den Mund starrte. Er fühlte sich unbehaglich unter diesem scharfen, taxierenden Blick. War es sein Gebiß? Hatten die Zahnimplantate sein Lächeln verändert, seine Artikulation? Es war gute Arbeit, langwierig und kostspielig und von seinen ursprünglichen Schneidezähnen kaum zu unterscheiden, der gleiche enge

Spalt zwischen den Vorderzähnen, nur gepflegter, glatter. Der Schneidezahn, der nach einem Faustschlag damals als Jugendlicher abgestorben war, hatte im Lauf der Jahre immer mehr nachzudunkeln begonnen und war brüchig geworden. Vor etwa zehn Jahren war er abgebrochen. Niemandem waren die neuen Implantate jemals aufgefallen.

Sie schien sein Unbehagen zu bemerken. Du siehst gut aus, sagte sie schnell.

Für mein Alter, erwiderte er mit einem ironischen Lächeln.

Ich habe gehört, du warst krank?

Ich hatte eine Bypassoperation, das ist längst vorbei. Er führte sie durchs Haus. Die Renovierungsarbeiten sind noch immer nicht fertig, sagte er entschuldigend.

Schön, sagte sie und wies auf die Deckenleisten und Fensternischen im Wohnzimmer. Stuck ist wohl noch immer deine Leidenschaft.

Ja, aber ich finde nicht die dazu passenden Möbel.

Ein langer Tisch aus schwarzlackiertem Holz und hochlehnige, schmale Stühle gaben dem Raum die Strenge eines Refektoriums, die zum Grün des Gartens direkt vor den Fenstern, zur Unruhe von Licht und Schatten im Kontrast stand.

Dann führte er sie nach oben, auf die Veranda, die aus dem Haus herausragte wie der Bug eines Schiffes. Ein gestrandetes Schiff auf einem Hang über dem Fluß: eine beängstigende Selbstauslieferung an die Naturgewalten. Noch nie hatte er den Raum, in dem er arbeitete und schlief, so gesehen, wie er ihn nun mit ihren Augen sah, so ausgesetzt, so weltflüchtig und kühn.

Hier lebe ich, sagte er. Dieser Raum war von allem Anfang an fertig, als hätte er immer schon auf mich gewartet. Ich habe nur die Fensterfront vereinfacht und das Licht hereingelassen.

Er sah den Raum plötzlich wie einen letzten, vorgeschobenen Posten.

Ich habe einmal Leuchttürme fotografiert, sagte Nadja, irgendwie erinnert mich das daran.

Sie faßte ihn einen Augenblick lang scharf ins Auge, dann drehte sie sich dem Fenster zu und blickte auf den Hang, aufs Tal. Es schien, als wolle sie vermeiden, daß sie sich einfach nur gegenüberstanden.

Als sie sich ins Zimmer zurückwandte, ging sie beinah ein wenig zu geschäftig zum Schreibtisch, auf dem sich Papier und Karteikarten in unterschiedlichen Formaten und Farben häuften, Bücher, ein Wasserglas, leere Kaffeetassen.

Du arbeitest? fragte sie.

Ich schreibe eine Chronik von H.

Eine Chronik? Sie hob erstaunt die Brauen, und er bemerkte die waagrechten Linien auf ihrer Stirn und auch die beiden tiefen Falten, die an ihren Mundwinkeln vorbei zum Kinn liefen.

Eigentlich stelle ich mir eine besondere Form von Geschichtsschreibung vor, erklärte er und dämpfte sofort den Eifer in seiner Stimme. Nicht eine Anhäufung von Fakten, wie ich sie in Annalen und Urkunden finde, sondern Lebensläufe, Einzelschicksale, die nur für Augenblicke, in historischer Zeit gemessen, ans Licht getreten sind, manchmal nur im Augenblick ihres Todes.

Er erzählte ihr die Geschichte der Frau Rahel und ihres Grabsteins und vergaß dabei, daß sie sich nun doch gegenüberstanden und daß sie ihn aufmerksam betrachtete, während er redete.

Das klingt wie ein historischer Roman, meinte Nadja.

Nein, kein Roman, mehr Nachprüfbarkeit, mehr Augenmerk auf die realen Menschen und ihre Spuren, die sich sofort verwischen, kaum daß sie flüchtig in irgendeinem Dokument erscheinen.

Das Problem dabei ist, sagte er, daß die Stadtschreiber die Juden kaum jemals erwähnten. Sie gehörten einfach nicht zur Geschichte dieser Stadt. Es ist die ausgeblendete Geschichte von H., die ich schreiben möchte, über die die überlieferte Geschichte hinweggeht, so daß ihr Fehlen nicht einmal bemerkt wird.

Für wen schreibst du sie, wollte sie wissen.

Das habe ich mich selber schon oft gefragt, erwiderte Max. Vielleicht als Vorwand dafür, hier zu sein, oder für die Juden, die in zwanzig oder fünfzig Jahren hier leben werden. Einfach, damit man weiß, daß es hier Juden gegeben hat, seit es diese Stadt gibt. Damit man es nicht mehr vergessen kann.

Sie schwieg.

*

Später, nachdem er in der Küche das Abendbrot zubereitet hatte, Käse, Brot, Salat, und durch die gemeinsamen Handgriffe, beim Aufdecken und Abräumen, eine neue vorsichtige Nähe entstanden war, erzählte Nadja von ihren beruflichen Stationen. Sie vermied jede Anspielung auf ihre frühere Beziehung. Sie sagte: Nach dem College, als ich ein paar Jahre in Manhattan lebte. Sie sagte nicht, nachdem du mich hinausgeworfen hattest oder nachdem ich dich verlassen hatte. Sie redete, als hätte sie ihn damals noch nicht gekannt, erzählte von ihren ersten Erfolgen und wie später ihre Karriere stagnierte und sie auf einmal wieder bei der Werbung landete, wie früher, in der Druckerei in H.

Ich war verheiratet, sagte sie und schien zu erwarten, daß ihn diese Neuigkeit erstaunte.

Und wo ist dein Ehemann jetzt, fragte er mit einem ironischen Lächeln.

Vermutlich noch immer in Pennsylvania, sagte sie. Da war er jedenfalls als wir uns das letztemal sahen.

Wie war er, fragte Max.

Sie lachte. Sehr häuslich.

Das wolltest du doch, entfuhr es ihm.

Ja, das wollte ich, sagte sie, ohne auf seine Anspielung einzugehen. Das war auch eine Zeitlang schön. Ich konnte seiner Liebe ganz sicher sein. Ich teilte sie nur mit seiner Liebe zu der Kleinstadt in Pennsylvania, in der er aufgewachsen war und in die wir sofort nach seinem Studium übersiedelten.

Fairfield, fragte Max.

Sie lachten beide, und es schien, daß sie nun auch von früher reden konnten.

Nein, Pottsville.

Pottsville, rief Max mit übermäßiger Betonung auf der ersten Silbe.

Sie lachten.

Und was hat der Potz in Pottsville gemacht?

Er war Pharmazeut. Wir hatten eine Apotheke mit einem *drugstore*. Wir verkauften, was man eben in einem kleinen Ort alles braucht, spätabends, wenn das Einkaufszentrum geschlossen ist.

Du hast verkauft?

Er und seine Mutter. Ich habe die Fotos der Kunden entwickelt, wie bei meinem ersten Job.

Du mußt ihn sehr geliebt haben, stellte Max fest.

Ja, sagte sie und hielt seinem Blick stand. Ich liebe ihn noch immer, aber ich habe es dort nicht mehr ausgehalten.

Und dann?

Dann ging ich zurück nach New York, und dann mit einem Auftrag nach London. Ich mache immer noch hin und wieder Porträts, sagte sie und fügte lächelnd hinzu: Du weißt, das ist meine Stärke.

Wie bist du draufgekommen, daß du von Pottsville so sehr genug hattest, daß du sogar deinen Geliebten verlassen hast?

Ofra war auf Besuch gekommen, erzählte Nadja. Sie war so schön und frei wie damals am Ende unserer Kindheit. Und ich hatte zugenommen, weil man in Pottsville nicht sehr viel anderes machen konnte, als zu essen, und seine Mutter war eine gute Köchin.

Wie hat dir das passieren können, war Ofras erste Frage. Sie fand, daß ich mich gehenließ. Und plötzlich sah ich mich: stumpf, schlampig und übergewichtig. Irgendwann wäre ich selber auch draufgekommen.

Und vorher warst du glücklich?

Vorher war ich dankbar, sagte Nadja, er hat mir Geborgenheit gegeben, ein richtiges Zuhause.

Sie schwiegen. Es war ein langes, unbehagliches Schweigen, während Nadja zum Fenster hinausblickte. Die frühe Dämmerung verwischte ihre Züge, und ihre Stimme klang, als käme sie von draußen, als sie beiläufig sagte, man glaubt am Anfang immer, nichts würde Spuren hinterlassen.

Er machte Licht, und Nadja kam an den Tisch, auf dem noch ein Kaffeelöffel vom Morgen lag, gedankenlos oder nervös nahm sie ihn auf und drehte ihn in der Hand, und als sie ihn fragte, wie sein Leben verlaufen sei, war ihre Stimme unsicher, als suche sie nach einem neutralen, unbefangenen Ton.

Da gibt es nicht soviel zu erzählen, was wichtig genug

wäre, sagte Max. Alle seine Verwandten und viele seiner Freunde waren gestorben, aber von denen hatte er Nadja nie etwas erzählt, warum jetzt davon anfangen. Mit seinen beruflichen Erfolgen wollte er nicht prahlen, und über Frauenbekanntschaften konnte er erst recht nicht reden. Ich wohne noch immer an meiner alten Adresse, sagte er statt dessen.

Die Tischlampe ließ ihre Augen tiefer und größer erscheinen, und die schwarzen Schatten verwandelten ihr Gesicht, so daß es ihm fremd erschien, ein Gesicht, als sei es gerade erst im Entstehen, weder das Mädchen von damals noch die Frau von vorhin.

Hattest du nie das Bedürfnis hierher zurückzukommen, fragte Max.

Sie schüttelte den Kopf: Das wäre wie ein Scheitern für mich gewesen.

Sie sprachen von Spitzer und von seinem plötzlichen Tod.

Er war mir mehr Vater als mein eigener, sagte Nadja. Er war immer für mich da. Unvorstellbar, daß er nicht mehr in seinem Büro sitzt.

Sie schwiegen.

Es war ein Irrtum, sagte Max schließlich und gab dem Zwang nach, endlich auszusprechen, was ihn quälte und was so bar jeder Vernunft erschien: Daß er glaube, den Tod, der ihn in seinen einsamen Stunden in diesem Haus beschäftigt hatte, angezogen und auf Spitzer gelenkt zu haben. Ich weiß, es ist absurd, sagte er, aber warum ist er ausgerechnet den Tod gestorben, den ich erwarte?

Hast du denn Angst vor dem Tod, fragte Nadja.

Nicht eigentlich Angst. Ich sitze hier oben auf meiner Schiffsbrücke und halte Ausschau, und manchmal ist er so nah, daß ich ihn mit den Fingerspitzen berühren könnte, fast sehen kann ich ihn, wie er am Rand der Nebelzone zögert. Aber wenn ich mich anstrenge zu verstehen, was für eine Gegenwart es denn eigentlich ist, die ich zu spüren glaube, dann wird mir der Kopf leer und das Denken wird noch schwerfälliger als sonst, und ich gebe auf, denke mir, es ist nichts und es war niemals etwas da.

Auch Nadja sprach im Lauf des Abends von ihren Ängsten.

Seit so vielen Jahren, sagte sie, fotografiere ich Gesichter, und trotzdem verstehe ich die Menschen nicht, sie werden mir immer fremder, und meine Angst vor ihnen nimmt zu. Manchmal denke ich, was ich fotografiere, sind meine eigenen Alpträume oder meine Träume, die ich in fremde Gesichter lege. Nur damals in Pottsville, während meiner Ehe, lebte ich ohne Angst, dafür hielt ich die Enge und die Vorhersagbarkeit nicht aus.

Es war schon nach Mitternacht. Nadja sah auf die Uhr. Der Zauber war vorbei. Sie waren wieder in einer Gegenwart, in der es schwierig war, über die ungreifbaren Dinge zu reden. An der Tür, bevor er aufsperrte, beugte Max sich schnell zu ihr hinunter und küßte sie auf den Nacken. Sie ließ es zu, so ungerührt, als hätte sie es nicht wahrgenommen, als sei es nicht geschehen. Sie klemmte sich die Mappe voll Manuskriptseiten, die er ihr zum Lesen mitgegeben hatte, unter den Arm, und mit der freien Hand berührte sie seine Wange und lief die Stufen zur Straße hinunter, wo das Taxi wartete.

Im Bett, bevor er einschlief, nahm Max dieselben Seiten und las sie mit fremden, mit Nadjas Augen: *Einmal, in den Jahrzehnten der Inquisition, wurde ein Pogrom durch einen Proselyten ausgelöst. Er war Stadtschreiber und Ordenspriester und lernte bei Aron, dem Toraschreiber, hebräisch, um das Alte Testament in der Sprache Gottes zu lesen. Das mußte über viele*

Jahre gegangen sein, denn zur Zeit seines Übertritts war er bereits ein alter Mann. Daß man ihn gleich nach seiner Beschneidung und dem rituellen Untertauchen zum Scheiterhaufen karren würde, muß er gewußt haben. Seine Ordensoberen hatten ihn wohl kaum im unklaren gelassen, wie sein Abfall vom Christentum aufgenommen werden würde. Aber hatte er auch Arons Tod in Kauf genommen, wohl wissend, daß er mit ihm zusammen verbrennen würde? War seine Umkehr die Erschlagenen und Vertriebenen wert, die nichts mit ihm und seinem Glaubenswechsel zu schaffen hatten, nicht einmal davon wußten?

Danach verbot die Kirche erneut jede Zusammenkunft zwischen Juden und Christen. Aus flüchtigen Gesprächen konnte ein Glaubensgespräch entstehen. Franziskanermönche hielten der versammelten Judengemeinde, die ihnen von der Stadtverwaltung per Dekret vor die Kanzel getrieben wurde, regelmäßige Bekehrungspredigten. Sie sollten nicht im unklaren bleiben über ihre Verbrechen, allen voran den Gottesmord, und über die Höllenstrafen, die sie erwarteten. Wenn die christlichen Missionare riefen, Ihr werdet brennen, konnten die Juden es getrost wörtlich nehmen.

Als genau auf den Tag ein Jahr nach dem Gemetzel die Stadt bis auf wenige Häuser niederbrannte, flüsterte das Volk von einer Strafe Gottes wegen der verbrannten Juden …

Spätnachts, ausgesetzt in der Stille und der Menschenferne, packte ihn unvermittelt das Entsetzen bei dem Gedanken, in dieser Stadt zu sterben und hier begraben zu werden. Spitzers Nähe tröstete ihn nicht. Ich werde hier untergehen wie ein Stein, dachte er, und die Erinnerung an mich wird nicht einen einzigen Kreis ziehen, bevor mich und meine Chronik das Vergessen schluckt.

Wer soll sie denn lesen? Wer ist denn noch da, um sie zu lesen? Er hätte seine eigene Lebensgeschichte schreiben müssen, sagte er sich, und die seiner Eltern, und nicht auf deutsch, sondern auf englisch. Statt dessen vergeudete er seine letzten Jahre in einer fremden Stadt und schrieb in der Sprache jener Menschen, denen er so gleichgültig und unverständlich war, wie ihnen alles Jüdische durch die Jahrhunderte gleichgültig und unverständlich gewesen war.

*

An den folgenden Tagen kam Nadja oft, manchmal schon am Vormittag, meistens am frühen Abend.

Sie habe Spitzers Begräbnis versäumt, sagte sie, jetzt wolle sie etwas länger bleiben, weil Ofra die Trauerwoche in der Stadt verbrachte.

Max konnte sich nicht erinnern, Ofra beim Begräbnis gesehen zu haben, aber Nadja behauptete, sie sei dort gewesen.

Nadja wollte sich nicht festlegen, wie lange sie bliebe. Sie wohnte bei ihrem Vater, in ihrem alten Zimmer über dem Schuppen. Ihr Vater, erzählte sie, habe sich endgültig aus dem Leben zurückgezogen. Seit seine geschwächten Augen ihm das Lesen russischer Romane nicht mehr erlaubten, säße er in seinem Wohnzimmer und höre Bach-Kantaten. Seine Frau war früh verstorben, sein Sohn lebte in einer anderen Stadt. Der Verdacht, daß es keine Kommunikation zwischen Menschen gebe, sei ihm offenbar zur Gewißheit geworden, sagte Nadja, er heuchle keine Freude, wenn sie nach Hause komme, er sei am Leben nicht interessiert. Seine Gleichgültigkeit mache sie nicht mehr unglücklich, sie berühre sie kaum.

Am ersten Abend war die Nähe zwischen ihr und Max zeitweise groß gewesen, und Max hatte gehofft, daß eine neue Vertrautheit zwischen ihnen entstünde. Aber wenn Nadja ihn besuchte, dann schien es ihm, als käme sie gegen ihre eigene Überzeugung und als könne jedesmal das letztemal sein.

Nadja hatte es sich angewöhnt, die Abkürzung am Flußufer entlang und über die Wiesen zu Max' Haus zu nehmen. Sie lachte über sein freudiges Erstaunen, wenn er mit einem weit ausholenden Winken am Fenster der Veranda stand wie der Kapitän eines Schiffes in Seenot.

Zuerst war sie ein kleiner heller Punkt in der Ferne, dann eine schmale Gestalt mit der ihr eigenen nachdrücklichen Gangart, die gewiß Fußabdrücke im weichen Wiesenboden hinterließ. Die wilden Gräser und das letzte blaßblühende Unkraut des Herbstes streiften ihre Waden, während sie näher kam.

Einmal schlug sie Max vor, sie in London für ein paar Wochen zu besuchen, aber als er abwehrte, er wollte seine Arbeit an der Chronik nicht unterbrechen, bedrängte sie ihn nicht. Sie fragte nur, was ihm denn diese Stadt H. bedeute, sie könne sich nicht vorstellen, daß er hier glücklich sei.

Wir haben beide keine Wurzeln in dieser Stadt geschlagen, sagte sie, mach dir nichts vor.

Die Chronik ist etwas wie die Lebensaufgabe meiner letzten Jahre, sagte Max, das will ich zu Ende führen. Uns an die Vergangenheit zu erinnern ist das einzige, was uns am Ende bleibt, und manchmal geht die Vergangenheit weiter zurück als unsere eigene Erinnerung.

Seit Spitzers Tod war Max am Freitagabend nicht mehr zum Gottesdienst gegangen. Er sagte, er würde Spitzers Abwesenheit nicht ertragen. Als Nadja begann, am Freitagabend Gäste mitzubringen, war er zwar anfangs skeptisch, aber beim zweitenmal fand er bereits Gefallen an der Idee, und am dritten Freitag schlug er vor, die Gäste selber zu bewirten, sie müsse zum Essen nichts mehr mitbringen. Waren anfangs nur Frau Vaysburg, Malka mit ihrem Sohn und die Barons gekommen, schlossen sich bald Eran, Gisela Mandel und Chaim Alter an, und das Wohnzimmer verlor etwas von seiner einsamen, entrückten Größe. Als er sein Weinglas hob, erinnerte er sich, wie sein Großvater in diesem Raum den Wein gesegnet hatte und an die Einsamkeit Miras in ihren letzten Lebensjahren, als er der einzige war, der sie am Schabbat besuchte. Er fühlte sich auf einmal sehr glücklich, als habe er etwas Bedeutendes getan oder als sei ihm nach langer Zeit etwas Entbehrtes geschenkt worden. Sie aßen wie eine Familie, vertraut, zwanglos, sie redeten beim Essen, sie lachten, Max spürte die Sympathie, die man ihm entgegenbrachte.

Aus Spitzers Familie war niemand gekommen, obwohl Nadja ihre Freundin Ofra und die beiden Frauen eingeladen hatte.

Vielleicht wollten sie allein sein, mutmaßten Max' Gäste, vielleicht war es dieselbe Scheu, die sie all die Jahre vom Bethaus ferngehalten hatte.

Wer hat für Spitzer Schiwa gesessen, fragte Max.

Sein Bruder und Ofra, sagte Nadja.

In seiner Wohnung?

In ihrer Wohnung, bestätigte Nadja. Aus dem Schweigen, das folgte, schloß Max, daß alle mit derselben hilflosen Verlegenheit an die beiden Frauen dachten. Sie alle hatten die Frau und die Tochter, die sie nicht kannten, nicht stören wollen, ihnen nicht ihre Trauerrituale aufdrängen wollen – und sie allein gelassen.

Nur schade, daß niemand während der dreißig Trauertage für ihn Kaddisch sagt, warf Frau Vaysburg ein.

Sie schwiegen, spannen ihre Gedanken weiter, jeder für sich, vielleicht berührten ihre Gedanken einander in der Stille. Helene, Spitzers Tochter, würde eines Tages Kinder haben, dachte Max, und eines oder das andere würde vielleicht Züge des Großvaters tragen. Aber irgendwann im Lauf der nächsten sechzig, siebzig Jahre würde die Erinnerung an ihn verblassen und in den folgenden Generationen endgültig verlöschen. Das Wissen um die Zugehörigkeit, die Spitzers Lebensinhalt gewesen war, würde schon früher verlorengehen. Vielleicht würde ein Urenkel nach seinen Ahnen forschen und am Ende erstaunt auf einem ihm fremden jüdischen Friedhof vor Spitzers Grab stehen, in einer Stadt, in der kaum noch Juden lebten. Und wenn der Urenkel oder die Urenkelin beschlösse umzukehren, zu den jüdischen Wurzeln zurückzukehren, mit nichts in der Hand als einem sturen Anspruch, wie Nadja es getan hatte? Es wäre ein weiter Weg ohne Garantien. *Die vierte Generation wird das Land besitzen*, stand in der Tora, aber über wie viele Generationen hielt sich eine Erinnerung?

– 2 –

KEINEN BESUCH hätte Max weniger erwartet als den von Spitzers Tochter. Deshalb verstand er zuerst auch nicht, als sich in der folgenden Woche eine junge Stimme mit »Helene Spitzer« meldete. Sie wolle ihn besuchen, sie habe Fragen und müsse ihm etwas zeigen.

Es kam Max wie ein Geschenk vor, das Spitzer ihm in seiner Großzügigkeit und Fürsorge aus einer anderen Welt zusandte: seine Tochter.

Sie ist schön, dachte Max, als er sie an der Tür empfing, und sie war sich ihrer Schönheit nicht bewußt. Er sah Spitzers Züge wie eine feine Skizze ihrem Gesicht zugrunde liegen, die sanften konkaven Formen, das zögernde Lächeln, das langsam zu den Augen aufstieg, aber sie nur selten erreichte. Auf der Veranda setzte sie sich auf den Sessel, der in der Sonne stand. Ihr dunkelblondes Haar schimmerte rot, eine funkelnde Palette von Rottönen, die er fasziniert betrachtete.

Mein Vater hat mir erzählt, daß Sie an einer Chronik arbeiten, er hat mir aufgetragen, Ihnen diese Mappe zu geben, wenn er … Sie verstummte, aber sie weinte nicht und hielt ihm eine Mappe in einem marmorierten Einband hin, wie Max sie im Archiv gesehen hatte, eine Mappe, wie man sie heute nicht mehr kaufen konnte: Seine Familiengeschichte, seine Toten, denen er nachgereist war, schon in jungen Jahren nach dem Krieg, zuerst mit Flora, dann allein, zu den geschleiften Ghettos, in denen sie verhungert, zu den Waldstücken am Rand von Riga und Minsk, in denen sie erschossen worden waren. Spitzer hatte sich nicht mit Berichten und Todesnachrichten zufriedengegeben, er war ihnen nachgefahren, wie man zu Sterbenden fährt, um ihnen beizustehen. Und auch die Vorfahren der Toten, seine Vorfahren, waren in der Mappe verzeichnet, mit Urkunden und Hinweisen auf ihre Erwähnung in den Geburtsregistern von Böhmen bis hin nach Polen.

Er hat nur wenig davon erzählt, sagte Helene, er war sehr verschlossen. Nur mit seinem Bruder hat er ausführlicher darüber geredet. Er sagte, er wollte uns mit diesen traurigen Geschichten nicht belasten. Aber sein Schweigen war manchmal auch belastend.

Wie sollte jemand, der nicht davon betroffen war, die lebenslängliche Trauer um die Ermordeten verstehen? Aber Max sagte es nicht.

Ich wußte natürlich, sagte Helene, daß er seine Familie

verloren hat, seine Eltern, seine Großeltern, die jüngeren Geschwister, aber es waren seine Toten, deren Andenken er eifersüchtig für sich behielt, so daß sie mir fremd geblieben sind.

Er tat es sicherlich in bester Absicht, versicherte ihr Max, er war ein sehr rücksichtsvoller Mensch.

Aber wen wollte er eigentlich beschützen, überlegte Max, während er schweigend Helenes Gesicht betrachtete, seine Frau und seine Tochter vor zuviel schmerzlichem Wissen oder seine Toten und Flora, die an den Folgen des Konzentrationslagers gestorben war? Worin lag sein Geheimnis, und hatte er überhaupt eines? Wer sollte hier vor wem in Schutz genommen werden?

Von den verstorbenen Verwandten auf unserem Friedhof, dem katholischen, sagte sie, gab es Fotos und Erinnerungen. Meine Mutter hat oft von ihnen erzählt. Meine Großmutter starb sehr jung, mit fünfunddreißig, und ein im Zweiten Weltkrieg gefallener Onkel meiner Mutter war nicht viel älter als ich jetzt bin. Wir sind oft auf den Friedhof gegangen.

Helenes Mutter kam aus einer großen Familie, Handwerker aus der näheren Umgebung von H., eine Familie, die zusammenhielt, Familienfeste feierte und Traditionen in Ehren hielt. Da seien Zugehörigkeiten entstanden, und ihr Vater habe nicht dazugehört, deshalb habe er sich von der Familie ferngehalten und sei seine eigenen Wege gegangen.

Warum hat er Ihre Mutter und Sie vor uns versteckt, fragte Max.

Ich glaube, es war von Anfang an ausgemacht, daß ich katholisch aufwachse. Er hat den Willen meiner Mutter respektiert. Und sie hat es respektiert, daß er so viel in der Gemeinde war. Es gab nie Diskussionen darüber, aber ich denke jetzt, daß es ihm Freude gemacht hätte, wenn ich mehr Interesse an seiner Welt gezeigt hätte. Ich habe früher zu wenig darüber nachgedacht.

Er hat auf seinen Anteil an Ihrer Erziehung verzichtet, sagte Max, wohl weil er es so für besser hielt.

Und so hat Spitzer ihr das Kind überlassen, dachte Max, damit es in *ihrer* Stadt, *ihrer* Religion heimisch werde, damit es ihre Wurzeln besäße. Und wenn er betete: Es seien diese Worte, die ich dir heute befehle, in deinem Herzen, schärfe sie deinen Kindern ein und sprich von ihnen – was hatte er dann gefühlt?

Es war nicht immer leicht für uns, sagte Helene, daß er ein zweites Leben hatte, eines, von dem wir nichts wußten.

Es muß eine ganz besondere Beziehung gewesen sein, die das ausgehalten hat, mutmaßte Max.

Sie nickte. Sie haben einander vertraut. Ich hatte eine gute Kindheit.

An Freitagabenden hatte Spitzer oft jene, die keine Familien hatten, überredet, mit ihm ins Kaffeehaus zu gehen, auf einen Sprung, wie er zu sagen pflegte. An Feiertagen hatte er das Nachhausegehen hinausgeschoben, weil dort der Alltag auf ihn wartete. Aber er hatte nie ein Wort darüber verloren. Er lebte täglich den Konflikt zwischen den Religionen in seiner Ehe, seinem Beruf, in seiner Menschenliebe aus, ohne je rechthaberisch oder ungerecht zu werden. Vielleicht gelang ihm das nur, indem er schwieg und sich zurücknahm.

Haben Sie seine erste Frau gekannt, fragte Helene vorsichtig.

Max schüttelte den Kopf.

Sie muß sehr schön gewesen sein. Ich habe ein Foto von ihr gesehen. Aber er hat auch über sie nie geredet. Trotzdem ist Mutter immer eifersüchtig gewesen auf diese Flora. Bis heute glaubt sie, daß er die erste Frau mehr geliebt hat, daß sie ihm näher war und daß sie mehr gemeinsam hatten. Und jetzt liegt er, wie er es sich gewünscht hat, neben ihr. Und wir werden später im Grab der Familie meiner Mutter liegen, auf der katholischen Seite desselben Friedhofs.

Das sind Dinge, sagte Max, auf die nur er die Antwort gewußt hätte. Aber vielleicht hätte es gar keine eindeutigen Antworten gegeben. Das war sein Geheimnis, man muß es respektieren.

Meine Mutter, fuhr Helene fort, war über das karge Begräbnis meines Vaters entsetzt, keine Blumen, der armselige helle Sarg, ohne Musik und ohne Ansprachen. Eine Schande, hat sie gemeint. So sei ihm das sicherlich auch nicht recht gewesen, wo er doch auf Schönheit so großen Wert gelegt hat – auf einen hübsch gedeckten Tisch, auf gute Manieren.

Er ist als Jude begraben worden, erklärte Max.

Nach einer Weile sagte sie ruhig, sie müsse nun gehen. Er begleitete sie zur Tür. Noch einmal fiel das Licht der bunten Glasfenster auf dem Treppenabsatz in ihr Haar. Er könne ein Stück mit ihr gehen, schlug er vor, aber sie sagte, nein, sie müsse sich beeilen, aber sie werde wiederkommen, sie habe viele Fragen.

So oft Sie wollen, rief er ihr nach.

Er ging ins Haus zurück und fand lange keine Ruhe. Eine glückliche Unrast trieb ihn in den Garten, unter die Bäume, deren Blätter, lose und welk, bereit zu fallen, im Herbstwind schaukelten. Nichts war zu Ende, unvermutet fing etwas Neues an.

*

Es gab Tage, die vom frühen Morgen an in ihre eigene Festlichkeit gehüllt waren. Auch der Neujahrstag am Beginn des Herbstes hatte für Max nie ganz diesen Glanz aus frühen Kindheitstagen eingebüßt. Selbst in den Jahren, in denen er ihn nicht beging, hatte er seine fordernde Anwesenheit und zugleich einen Verlust gespürt.

Von den Verandafenstern aus, die am Morgen oberhalb der Nebelgrenze lagen, sah der Himmel gläsern und hoch aus, während sich unten über dem Fluß und der Stadt eine weiße Nebeldecke ausdehnte. Die matte Sonne stocherte im Nebel. Bevor es Mittag war, würde sie ihn durchlöchert haben. Sie hatte sich bereits der Kirchtürme bemächtigt und funkelte auf ihren Spitzen, als Max in seinem besten Anzug die stets stille Straße hinunterging. In den Buchenhecken, die die Straße säumten, bewegte der leise Wind die trockenen Blätter. Ein Hund und ein Mann im Trainingsanzug und mit struppigem Haar kamen ihm entgegen. Der Hund schaute Max fragend an, aber sein Besitzer hatte ihn schon gesehen und den Blick abgewandt. Längst wußte Max, daß man die Menschen in dieser Gegend nicht grüßte, sie schienen das bedrohlich zu finden.

In der Stadt war ein gewöhnlicher Wochentag im Gang: Menschen, die zur Arbeit gingen, zum Einkaufen eilten, während er, nur durch seinen dunklen Feiertagsanzug herausgehoben, zum Bethaus schritt. Er fühlte sich, wie früher in der Kindheit, wenn sie an einem Samstagnachmittag fein herausgeputzt von Brooklyn in die Bronx zurückkehrten, befangen und zugleich privilegiert.

Im Betsaal waren sie bereits versammelt: Malka, geschäftig wie eine Gastgeberin, mit Daniel, der frisch gewaschen und geschniegelt aussah, Gisela Mandel, kurzatmig und voll Neuigkeiten über alle, die nicht kommen konnten, Chaim

Alter, der kürzlich einen Schlaganfall erlitten hatte, Lily Leaf, die im fernen Kalifornien mit einem Oberschenkelhalsbruch im Spital liege. Herr Baron stand mit seiner sanften Frau ein Stückchen abseits, und beide lächelten Max traurig an. Frau Vaysburg sprach mit Nadja und erschien neben ihr noch kleiner und zerbrechlicher als sonst. Auch Thomas war da. Er eilte erleichtert und erfreut auf Max zu, um ihm von einer Fülle neuer Pläne zu berichten. Aber Max konnte sich nicht auf ihn konzentrieren. Diana war nicht gekommen, und warum warf Nadja ihm nur einen kurzen Blick und ein flüchtiges Lächeln zu? Und Helene? Warum hatte er unsinnigerweise gehofft, daß Helene kommen würde?

Dafür waren Menschen da, die er noch nie gesehen hatte oder die so selten erschienen, daß er sich nur dunkel an sie erinnerte. Das beunruhigte ihn ohne ersichtlichen Grund, es schien ihm, als habe sich der Festglanz des Tages ein wenig verdunkelt. Eran, der junge Vorbeter, erschien in weißem Gebetskittel und Tallis mit den auswärtigen Minjan-Männern, Flüchtlingen auf der Durchreise, Auswanderern, die auf ein Visum warteten. Sie standen herum und warteten, mischten sich nicht unter die Einheimischen, und nur ihre Frauen erzählten mitunter von ihrem früheren Leben im Irak, im Iran, zeigten den anderen Frauen Fotos, mutmaßten, was sie in Amerika, wohin sie alle wollten, erwarten würde. Die Männer beteten und lasen die Tora mit einer Sicherheit, die erkennen ließ, daß sie es von klein auf gesehen und geübt hatten. Sie waren die Akteure, die anderen waren Zuschauer.

Eran stammte aus einer unwirtlichen Gegend auf kurdischem Gebiet. Das hatte er Malka erzählt, die sich gleich seiner angenommen hatte. Und Malka gab seine Geschichte weiter und verwechselte all die exotischen Details, die er ihr in einem verworrenen Sprachgemisch berichtet hatte: In welcher Armut er aufgewachsen sei, mitten unter den Wilden eines Mongolen- oder Ossetenstammes, in einem Holzhaus auf Stelzen, unter dem sein Vater, ein Pferdehändler, seine Pferde hielt. Daß er als Kind in den Wäldern umhergestreift sei und Vogellaute nachgeahmt habe, und daß es bei ihm zu Hause nur Holzbesteck gegeben habe. Mit zwölf sei er mit Eltern und Geschwistern nach Israel ausgewandert und habe in einer Jeschiwa studiert. Aber in Malkas Augen war er immer noch ein verwildertes, einsames Kind aus dem Kaukasus.

Über Erans Frömmigkeit herrschten Zweifel. Es gab Gerüchte, daß er häufig bei McDonald's oder an Imbißbuden aß, auch Würstel habe man ihn essen sehen. Aber Malka verteidigte ihn. Er sei ein lebenslustiger Mensch, kindlich, auf seine Weise fromm, man müsse ihn mögen, und es bestand kein Zweifel, Eran liebte sie. Sein erster Blick galt Malka, wenn er den Betraum betrat, und er benutzte jeden Vorwand, sich nach ihr umzudrehen. Er stellte ihr seit Wochen nach, warf andächtige Blicke in ihr Schlafzimmer, wenn sie ihn nach einer Schabbatmahlzeit zur Tür brachte, und überredete sie zu Wanderungen in die Umgebung, wo jeder Vogelruf und jeder bemooste Stein ihn begeisterten und er ihr Kosenamen zurief, ohne auf die erstaunten Blicke der übrigen Wanderer zu achten. Er hatte ein großes Wissen und ein ungeheures Bedürfnis, sich mitzuteilen, aber nur selten konnte man seinen Sätzen zusammenhängenden Sinn entnehmen, weil er zu viele Sprachen unterschiedslos und gleichzeitig verwendete.

Max saß zwischen Herrn Baron und einem unzugänglich schweigenden jungen Mann, der sich ganz in seinen Tallis gehüllt hatte. Baron erzählte Max, daß er und seine Frau mit ihren Kindern in eine andere Stadt ziehen würden, wo man als Jude leben könne, mit einem Minjan im Tempel und koscheren Geschäften. Jetzt, wo er längst in Pension und Spitzer tot sei – was hielte sie da noch hier? Spitzer war die Seele, sagte Baron. Jetzt löst sich alles auf, Sie werden sehen.

Max nickte: Ja, dann sind das wohl unsere letzten Hohen Feiertage zusammen.

Bei der Toralesung blieben seine Gedanken bei dem Satz hängen: *Und ihre Seele war voll Bitterkeit.* Er las nicht weiter. Er kannte ja die Geschichte. Er wußte, daß Gott auf Channas Tauschangebot eingehen und ihr das erflehte Kind, Schmuel, geben würde. Aber Max verweilte bei ihrer Bitterkeit. Wenn es niemanden gab, den man bestürmen oder verwünschen konnte für etwas, das man nicht bekommen hatte, was dann?

War es vierzig, fünfundvierzig Jahre her? Max sah Dana in ihrem grüngelb gemusterten Sommerkleid vor sich, so deutlich, als sei keine Zeit darüber vergangen, er sah ihren schmalen Rücken und wie sie mit beiden Händen die Tischplatte so fest umklammert hielt, daß ihre Fingerknöchel weiß wurden, während er sagte: Es geht nicht ums Heiraten. Ich will nicht, daß dieses Kind jemals existiert. Wie sie sich an diesem Tag getrennt hatten, daran erinnerte er sich nicht, aber das Muster des Sommerkleids und die weißen Knöchel sah er deutlich vor sich. Wie halten die anderen das aus, fragte er sich. Jeder, der so alt geworden ist wie ich, hat etwas, das ihn fast wahnsinnig machen muß, weil er den Augenblick nicht mehr zurückhaben kann, um sich ein zweitesmal zu entscheiden. Wie kommen die anderen durch ihre schlaflosen Nächte? Wenn sich keine Gründe mehr angeben lassen, die Zusammenhänge nicht mehr zwingend erscheinen, und die Augenblicke, in einem unerbittlichen Gedächtnis festgefroren, nicht die kleinste Veränderung oder Linderung mehr erlauben? Und wen konnte man nach so langer Zeit um Vergebung bitten? Wenn fast ein ganzes Leben seither vergangen war, die vielen nicht mehr gutzumachenden Jahren, und jene Liebe von einst sich längst in Haß oder Gleichgültigkeit verwandelt hatte?

Der erste Schofarton, klagend und archaisch, riß Max aus seinen Gedanken. Einen Moment lang, kürzer als ein Gedanke, fühlte er sich angehört. Als habe er sich beklagt, daß das Leben eine Täuschung sei, bei der man betrogen wurde und betrog, und jemand, der dafür verantwortlich war, habe einfach gesagt: Ja, ich weiß.

Am Taxistand in der Nähe nahm Max ein Taxi und empfand ein mißmutiges Schuldbewußtsein wegen seiner Bequemlichkeit, als habe er den Feiertag eigenmächtig und vorzeitig beendet. Als ob er sich je an religiöse Gebote gehalten hätte.

Er kam gerade rechtzeitig, um Helene an seiner Haustür vorzufinden. Sie drückte mit ganzer Körperkraft auf die Klingel. Sie hatte ihm ein Gastgeschenk mitgebracht: eine Schachtel Mazze vom letzten Pessach, weil doch ein jüdischer Feiertag sei, sagte sie.

Er lachte. Sie sind rührend, sagte er.

Er richtete ihnen Brötchen mit Käse, wusch Weintrauben, fragte sie, was sie trinken wolle. Sie aßen am Küchentisch. Es war ein Gleichklang zwischen ihnen, eine Harmonie, die er mit keinem Wort vertreiben wollte.

Ich habe nächsten Montag Geburtstag, sagte sie. Ich bin an einem Schabbat Schuva geboren, hat mir mein Vater erzählt, das ist anscheinend etwas Besonderes.

Es ist der Samstag zwischen dem Neujahr und dem Versöhnungstag, der Schabbat der Umkehr, erklärte Max.

Spitzer ist ein Mystiker gewesen. Vielleicht hat er gehofft, dachte er für sich, daß seine Tochter durch ihre Geburtsstunde einmal in seiner Welt ankommen würde.

Was hat es damit auf sich, wollte sie wissen.

Man kann es nicht erklären, sagte Max. Es hat etwas mit religiöser Zuversicht zu tun. Übrigens habe ich eine Geschichte für Sie. Ich habe die Mappe studiert und eine Geschichte für die Chronik aufgeschrieben. Aber gehen wir zuerst in mein Zimmer.

Max sprach von seiner Veranda immer als von seinem Zimmer, als wäre er in den anderen Räumen nur ein Gast. Der Ausschnitt der Natur, den er von dort oben wahrnahm, erschien ihm wie ein gültiger Ausschnitt der Welt. An ihm maß er das Fortschreiten der Jahreszeiten – an einem einzelnen wilden Kirschbaum am Hang. Als er im Vorfrühling angekommen war, hatten die schwarzen feuchten Linien der Äste ihn an eine Tuschzeichnung erinnert; nun waren die Blätter, eben erst ein hellgrünes Flirren in der Frühlingssonne, schon wieder braun. Und er war mittendrin im Leben mit dieser Achtzehnjährigen, der er den Vater erklären mußte. Das war jetzt seine Aufgabe: ihr jene Seite des Vaters zu enthüllen, die dieser ihr nie zugewandt hatte. Sonst blieb sie ihr ganzes Leben an ihre nachgetragene Liebe gefesselt.

Mütterlicherseits, las Max vor, *kam Spitzers Familie aus Susice in Westböhmen. Irgendwann gab es in der gleichmäßigen Generationenfolge von Händlern, Kaufleuten und Dorfgehern ein schwarzes Schaf. Er taucht nur kurz mit seiner Schandtat auf und wurde dann mitsamt seinen Nachkommen aus dem Gedächtnis der Familie getilgt. Er hieß Samson und war ein Dieb. Aber der Zufall wollte es, daß dieser Samson in der Stadtchronik von H. mit einer Eintragung gewürdigt wurde. Er hatte sich der Diebsbande des Juden Hirschel angeschlossen, die adligen Guts-*

besitzern Pferde stahl, sie ein paar Städte weiter trieb und dort verkaufte. Auch Christen gehörten der Bande an, sogar eine Frau, Mariam Sommer, deren Religion nicht angegeben wird. Samson war ein vom Pech verfolgter Mann. Er hatte in allen möglichen Berufszweigen sein Glück versucht, mit Bettfedern gehandelt, sich bei Fuhrleuten verdingt, bevor er zu Hirschel stieß. Und kaum hatte er sich seiner Bande angeschlossen, flog sie auch schon auf. Die drei christlichen Pferdediebe kamen mit Stockhieben, Geldstrafen und Ausweisung aus dem Landkreis davon. Die Juden wurden gefoltert und zum Strang verurteilt. Hirschel wurde gehenkt. Samson ließ sich taufen. Ob er heiratete und Kinder hatte, womit er seinen Lebensunterhalt verdiente, läßt sich nicht sagen. Er blieb in der Stadt und wurde nicht ausgewiesen. Das war die Belohnung für den Glaubenswechsel. Aber von nun an gehörte er zu den von Juden und Christen gleichermaßen gemiedenen Überläufern, von beiden Seiten verachtet, besonders von den Christen. »Getaufter Jude« wird bei jeder amtlichen Erwähnung angeführt, man sollte nie vergessen, daß er verdächtig war. Damals gab es eine kleine Zahl getaufter Juden in der Stadt, in der man jüdischen Händlern sonst nur mit Passierschein und Konzession an Markttagen das Handelsrecht einräumte.

Hundert und etliche Jahre später wurde wieder eine Judengemeinde in H. gegründet. Die Gründerväter, die ersten, die gegen den Widerstand des Klerus und eingesessener Bürger Konzessionen erwarben und ein Bethaus einrichteten, später eine Mikwe und eine koschere Garküche, blieben unter sich, wohnten in zwei, drei aneinandergrenzenden Straßen rund um das neue Bethaus, weitab von der ersten Synagoge aus dem Mittelalter, von der sie vielleicht nichts mehr wußten. In diesem Viertel hatten die meisten auch ihre Kontore, ihre Geschäfte. Jahre später verkaufte ihnen die Stadt ein paar Hektar Land außerhalb der Stadtgrenze für einen Friedhof, damit sie ihre Toten nicht mehr bei Schnee und

Wind und Sommerhitze mit Pferden hundert Kilometer weit zum nächstgelegenen Friedhof karren mußten.

In den späten achtziger Jahren des 19. Jahrhunderts heiratete ein Samuel Spitzer eine gewisse Marianne Samson aus gutem bürgerlichen, aber christlichen Haus. Es war vermutlich keine gern gesehene Liaison. Sie muß Jüdin geworden und vom Rabbiner unter der Chuppa getraut worden sein, denn ihre Kinder waren Juden. Von ihr ist nichts bekannt. Aber ihr Sohn gehörte zu den Gründern der neuen Synagoge. Er muß wohlhabend gewesen sein, denn er stiftete den Toravorhang, ein goldbesticktes Prunkstück aus blauem Samt. Andere stifteten zehn Torarollen mit silbernen Kronen und bestickten Mänteln.

Dein Vater zog die Überreste der letzten Torarolle aus dem Sperrmüll, erzählte Max, und als Mariannes Enkel in die Schule gingen, saßen die Mörder schon mit ihnen auf der Schulbank und bereiteten sich auf den Ernst des Lebens vor. Ihr zweiter Sohn Menachem gründete den Gesangsverein, er muß musikalisch gewesen sein, so wie Ihre Cousine Ofra. So verschlungen sind die Wege.

Eine spannende Geschichte, sagte Helene, aber was wollen Sie mir damit sagen? Daß ich übertreten soll wie Marianne Samson?

Ich weiß nicht, erwiderte Max erschrocken. Nein, ich glaube nicht.

Diese ganzen Zuordnungen deprimieren mich, sagte Helene. Einmal hatten wir Besuch, ich weiß nicht, wer die Leute waren, Amerikaner, Freunde meines Vaters. Die Frau wartete, bis niemand außer ihr und mir im Zimmer war, nur um mir zu sagen, daß sie nicht verstehe, wie mein Vater so etwas habe tun können: zurückzukommen und mit einer von *ihnen* auch noch ein Kind zu haben. Das mußte sie *mir* sagen. Warum?

Max schwieg. Er legte seine Manuskriptblätter auf den

Tisch und schaute in den sommerlich heißen Nachmittag über der herbstlichen Landschaft. Anderswo, zum Beispiel in Brooklyn, überall auf der Welt, wo Juden Neujahr feierten, gingen sie jetzt, vor Sonnenuntergang, an einen Fluß, um die Sünden des vergangenen Jahres ins Wasser zu werfen. In seiner Kindheit waren sie an den East River gegangen, und die Möwen hatten die Brotkrümel, die ihre Sünden symbolisieren sollten, im Flug aufgefangen. Auch damals, dort in Brooklyn, waren Neujahrstage immer heiße Spätsommertage gewesen. Die warme Brise vom Meer her hatte die Brotkrümel weit über das Wasser getragen. Das Kreischen der Seevögel hatte etwas Barbarisches, Beängstigendes gehabt. Er hatte sich am Morgen vorgenommen, gegen Abend zum Fluß hinunterzugehen und Brotkrümel ins Wasser zu streuen.

Jetzt war die Gelegenheit verstrichen.

Ich möchte nur, daß Sie Ihren Vater besser verstehen lernen, sagte er müde, sonst nichts.

Ich weiß, daß er sich gefreut hätte, wenn ich manchmal in das Bethaus mitgekommen wäre, gestand sie. Aber als Kind wußte ich nicht, worum es ging, und später wollte ich bloß in Ruhe gelassen werden. All diese Themen, um die von Zeit zu Zeit unausgesprochene Spannungen aufkamen, Religion, Feiertage, Zugehörigkeit – da wollte ich mich lieber heraushalten.

Und jetzt tut es Ihnen leid, fragte er.

Sie nickte: Ein wenig. Seinetwegen.

Max war plötzlich müde, unendlich müde. Wie sollte das junge Mädchen das verstehen, das ihm interessiert zusah, wie er gegen diese Müdigkeit ankämpfte, das diffuse Unwohlsein, das über ihn hinwegrollte, dann abebbte und einen neuen Anlauf nahm. Aber er wollte sie nicht beunruhigen, er wollte mit seinem Körper allein sein. Wie weit alles andere wegrückte, wenn der Körper sich bemerkbar machte.

Er begleitete sie nicht zur Tür. Sie sollte die Haustür einfach offenlassen.

*

Am Jom Kippur holte Nadja ihn am späten Nachmittag ab, in einem hellen Kostüm, frisch und munter. Sie sah ihn forschend an: Du hast abgenommen. Fühlst du dich nicht wohl?

Doch, sagte er geduldig. Ich werde eben alt.

Schon im Stiegenaufgang des Gemeindehauses hörten sie das ungewöhnliche Stimmengewirr, ein Geschnatter wie im Theaterfoyer, nichts von der ein wenig bedrückten, feierlichen Stille eines Jom Kippur. Männer und Frauen drängten sich im Betraum, lachten, begrüßten sich, kannten einander offenbar. Es waren, wie Malka in Erfahrung gebracht hatte, Mitglieder jener ursprünglich aus Amerika kommenden christlichen Sekte, die sich *Freunde Gottes* nannten und öfter schon erschienen waren, noch nie jedoch in so großer Zahl. Sie beteuerten, wie sehr die Juden ihnen am Herz lägen, unterhielten sich miteinander und waren guter Dinge. Diana saß in ihrer Mitte, und zwei Frauen redeten auf sie ein – es war ihr sichtlich unangenehm. Sie schaute zu Max hinüber, ignorierte ihre Nachbarinnen, suchte beharrlich Frau Vaysburgs und Malkas Aufmerksamkeit durch freundliches Nicken zu erregen. Offenkundig saß sie wieder einmal zwischen allen Stühlen.

Die alten Gemeindemitglieder hielten verwirrt nach bekannten Gesichtern Ausschau. Die fremden Gäste warteten gespannt und neugierig wie im Theater, steckten die Köpfe zusammen, flüsterten und nickten sachverständig. Eine angespannte Unruhe erfüllte den Raum, eine Zerstreutheit, die Erans Stimme, auch als er das *Kol nidre* anstimmte, nicht sammeln konnte.

Keine Spur von zerknirschter Scheu, nichts vom heiligen Schrecken des Gerichts, unmöglich, auch nur für einen Augenblick die Gedanken von der beunruhigenden Banalität loszureißen: Hier saßen am höchsten Feiertag des Jahres Mitglieder einer christlichen Sekte, die gekommen waren, um den Juden einer sterbenden Gemeinde beim Beten zuzusehen. Es lag eine makabre Lüsternheit in dieser Neugier.

Bring mich bitte nach Hause, sagte Max zu Nadja, ich will weg von hier.

In den nächsten Tagen brach unvermittelt die Kälte ein, der Wind fegte über den Hang und über das ledrig gewordene, verbrauchte Grün der Wiesen. Es waren Tage, an denen es kaum hell wurde, so tief und regenschwer hingen die Wolken. Als es nach einer Woche aufklarte, schien die Kraft der Sonne gebrochen, und dünne Wolkenschlieren zogen wie Rauchschwaden über ihre fahle Scheibe.

Jeden Morgen begann Max seine Arbeit voll neuer Energie, die jedoch gegen Mittag bereits wieder verflogen war. Er schrieb fieberhaft an seinem Manuskript, jetzt wo er für seine Geschichten ein Gegenüber hatte: Helene. Wenn er schrieb, war es, als redete er mit ihr, als fände er Antworten auf ihre Einwände, zerstreute ihre Zweifel. Jetzt, wo ich alt bin, dachte er, und noch ein wenig Wissen, vielleicht sogar Weisheit, weitergeben könnte, fehlt mir die Kraft und Ausdauer.

Die Vorfahren der Spitzers und der Walchs, schrieb er, *kamen aus dem Nordwesten Böhmens. Sie legten viele Wegstunden mit ihren Rössern und Leiterwagen zu den Wochenmärkten der umliegenden Städte zurück, vermutlich durch die Wälder auf Schmugglerpfaden, denn auf den Hauptstraßen mußten sie so hohe Mautgebühren entrichten, daß ihre Reise unrentabel geworden wäre. Levi Walch, ein Vorfahre mütterlicherseits, erhielt im Jahr 1573 einen Paßbrief, im Erzherzogtum Handel zu treiben, allerdings mit der Anweisung, zu allen Zeiten den gelben Fleck sichtbar auf seiner Kleidung zu tragen. Wer ihn zu verbergen suchte, dem wurde die Ware abgenommen, und nach zweimaliger Verwarnung wurde er beim drittenmal ausgewiesen. Sein Enkel Jakob Walch mietete zusammen mit anderen fahrenden Juden Warenlager außerhalb der Städte. Das Judengewölbe in H. wurde während der Karwoche im Jahr 1677 von Seminaristen, angehenden Theologen, geplündert und zerstört, angeblich aus Rache für den Gottesmord.*

Die Walchs, entnahm Max den Dokumenten in Spitzers Mappe, waren alle fahrende Händler gewesen. *Stets der Witterung und der Willkür ausgesetzt,* schrieb Max, *abhängig von der Gunst der Zöllner, der Unaufmerksamkeit der Wegelagerer und davon, daß die Hohlwege, die sie benutzten, sich im Frühjahr nicht in reißende Bäche verwandelten und ihre Ware fortspülten. Selbst wenn die Stadt, für deren Wochenmarkt sie eine Lizenz vorweisen mußten, bereits in Sicht war, bedeutete dies keineswegs, daß sie ihre Ware und ihre Freiheit nicht doch noch verlieren konnten, vielleicht sogar ihr Leben. Sie hafteten füreinander, ein Jude war der Stadtverwaltung so gut wie der andere. So konnte die Flucht eines Juden, jedes geringfügige Delikt jeden beliebigen anderen die Freiheit kosten. War einer zahlungsunfähig, wurde die Ware eines anderen konfisziert. Es bedurfte auch keiner Verfehlungen, um gefoltert zu werden. Auf Empfehlung der Landgerichtsordnung durften Juden »nach vernünftigem Ermessen«, wie es in der Verordnung hieß, gefoltert werden. Das brachte beträchtliche Summen von Bestechungsgeldern ein. Auch wer das Pech hatte, nach Beendigung des Wochenmarktes in der Stadt aufgegriffen zu werden, wurde gefoltert. Daran änderte sich in zweihundert Jahren wenig. Es waren jedoch die böhmi-*

schen Städte, in denen sie sichtbare Spuren hinterließen, schrieb er.

Vielleicht fahre ich im nächsten Frühling mit ihr dorthin, dachte Max unternehmungslustig. Er überlegte nicht, wie sie in diese Dörfer und Kleinstädte gelangen sollten, er stellte sich nur vor, wie sie durch eine sanft hügelige Landschaft fahren würden, zwischen Löwenzahnfeldern und an flachen Seen vorbei, auf Landstraßen, die in Ortschaften mit barocken Kirchen hineinführten und sich zu Dorfplätzen verbreiterten. Er war nie in Böhmen gewesen, auch nicht in Prag, aber Mira war in Südböhmen geboren und hatte ihre Kindheit dort verbracht, und bei einem Verwandtenbesuch hatte sie Saul zum erstenmal gesehen, dort hatten sie sich kennengelernt, nicht in Wien, sondern im Schatten eines Baumes in einem Dorf, das seit dem Krieg von einem Stausee überschwemmt war. Max hatte immer eine sehr deutliche, ein wenig märchenhafte Vorstellung von dieser Szene gehabt. Sie stand so unverrückbar in seinem Bewußtsein, als habe er ein Foto davon gesehen. Und seine mütterlichen Vorfahren waren auf dem Friedhof einer slowakischen Kleinstadt begraben.

Er würde Helene vorschlagen, im Frühsommer, bevor es heiß wurde, dorthin zu fahren. Denn das hatte Max inzwischen begriffen, er mußte sie zu jenen Orten führen, die ihr zeigten, wie sie im abgewandten Leben ihres Vaters einen Platz finden konnte, an dem sie seine Liebe spürte.

– 3 –

WENN NADJA kam, lag jetzt manchmal Bedrücktheit über ihrem Zusammensein, flüchtig und ungreifbar wie die Melancholie des Älterwerdens, die Max mitunter ohne Anlaß überfiel. Nie sprachen sie über die Vergangenheit und auch nicht über konkrete Zukunftspläne. Manchmal ertappte er sie dabei, wie sie ihn nachdenklich ansah, als wolle sie etwas über ihn erfahren, wonach sie nicht fragte. Die einzige Vertraulichkeit zwischen ihnen war, daß sich ihre Hände öfter scheinbar zufällig berührten und sie ihm dann zulächelte, als wolle sie die Berührung bestätigen.

Nadja kam oft, fast jeden Tag, drei Wochen lang, aber jeder Tag konnte der letzte sein. Wenn Max fragte, wann sie wegmüsse, sagte sie: Bald, ich bin schon viel zu lange hier. Aber sie legte sich nicht fest.

Ofra war wieder abgereist, und die anderen Mitglieder der Gemeinde standen ihr nicht nah genug, daß sie ihretwegen länger geblieben wäre.

Du schiebst meinetwegen deine Abreise hinaus, sagte Max, und die Genugtuung war seiner Stimme anzuhören.

Sie schwieg, blickte abwesend aus dem Fenster, sagte etwas Belangloses über seinen Garten.

Bleib, bat er, meinetwegen.

Sie drehte sich abrupt zu ihm um, Erstaunen im Gesicht: Brauchst du mich?

Einen Augenblick lang hoffte er, sie würde die wenigen Schritte auf ihn zukommen und ihn umarmen. Ihre Arme hoben sich leicht, und ihre Augen leuchteten auf, doch nur für den Bruchteil einer Sekunde. Dann lächelte sie, doch so, als hinge sie einer Erinnerung oder einem Gedanken nach, ihr Lächeln war zu fern, als daß er die wenigen Schritte, die sie trennten, zu machen gewagt hätte. Als er sie zum Auto begleitete, blieb sie bei den zwei Lärchen vor dem Haus stehen, deren feine gelbe Nadeln ein Spinnennetz verband, und sah ihn an, als wolle sie noch etwas sagen, aber dann wandte sie sich zum Gehen.

Nun hing es von ihr ab, wieviel Nähe es zwischen ihnen gab. Zufällig mußten die Berührungen sein, damit Nadja sie zuließ. Wenn er die Hand nach ihr ausstreckte, wandte sie sich ab. Dann sah sie manchmal aus, als würde sie gleich zu weinen anfangen. Ihre Zurückhaltung lähmte Max.

Mitunter brachte sie Besuch mit, Malka, die seine Attacken von Erschöpfung als larvierte Depression bezeichnete.

Auch Thomas kam, von dem er wußte, daß er Nadja nicht besonders mochte, denn Nadja wollte in die Gespräche einbezogen werden, und Thomas war in ihrer Gegenwart gar nicht gesprächig. Er hatte eine Gesellschaft gegen Rassismus und Ausländerfeindlichkeit gegründet und mußte nun Nadjas Kritik ertragen, die ihm erklärte, daß sie sich von den Zielen einer solchen Gesellschaft nicht mitgemeint fühle. Wenn sie es wolle, werde er einen anderen Namen finden, beschwichtigte er sie gereizt, aber in seiner Miene war deutlich zu lesen, daß er ihr jedes Recht auf ihre Meinung absprach.

Die Freitagabende an Max' Tisch wurden nicht zur Gewohnheit, auch wenn die Gäste beim Abschied jedesmal beteuerten, daß man sich bald wieder treffen sollte. Wenn Nadja abreiste, vermutete er, würde es wieder still werden in seinem Haus. Nadja bemühte sich, Ordnung und Abwechslung in sein Leben zu bringen, sie sorgte für Geselligkeit, gemeinsame Schabbatmahlzeiten mit Menschen, die zum Gespräch zusammenkamen und einander mochten.

Wenn er am Abend oder spätnachts allein zurückblieb, fragte er sich, ob sie ihn liebte. Er war sich fast sicher – und war am nächsten Tag, beim nächsten Zusammensein, von neuem mutlos. Dieses Nachgrübeln über Nuancen ihres Verhaltens, über verborgene Bedeutungen ihrer Sätze, und daß er es nicht wagte nachzufragen, machte ihn abhängig. Liebte *er* sie denn? Oder war Liebe nicht das Wort für die wehmütige Freundschaft, die sie verband? Wenn sie fort war, fiel die Spannung von ihm ab, die er in ihrer Gegenwart spürte, und er konnte unbefangener über sie nachdenken, ihre Sätze und Gesten richtiger deuten. Es kam häufig vor, daß er sich ganz grundlos bei irgendeiner banalen Tätigkeit an sie erinnerte und an ihrem Bild, an einem Gespräch mit ihr hängenblieb. In der Erinnerung an sie fühlte er sich glücklich und lebendig.

Es war Oktober und der Fluß, der bewaldete Hang auf der anderen Seite, die Stadt im äußersten Blickwinkel am Rand des Gartens schienen in den blassen Herbstfarben sehr weit entfernt. Nadja kam wie fast jeden Abend über die Wiesen vom Fluß herauf.

Max hatte die Freude ihrer langsamen Annäherung, die gespielte Überraschung, mit der er ihr übermütig zuwinkte, dieses täglich erneuerte Ritual immer genossen. Nun stand ihre Abreise bevor. Er hörte, wie sie die Terrassentür öffnete. Dann kamen ihre Schritte, und er war schon in der Diele, sie zu empfangen.

Er hatte für sie gekocht und in der Küche bereits gedeckt: Kartoffelpuffer mit Apfelmus, die sie gern aß. Genauso, wie Mira sie zu Chanukka gebraten hatte. Er schaute ihr zufrieden beim Essen zu, während er Tee trank. Er selber hatte in letzter Zeit keine Lust zu essen. Ich bin alt, wehrte er ihre Frage ab, ich brauche nur eine Mahlzeit am Tag, ich habe zu Mittag gegessen.

Es war so still, wie es nur an einem Herbstabend still sein konnte, als wäre alles gesagt und getan.

Dieser Herbst sollte nicht aufhören, sagte Nadja.

Max schwieg.

Das Gefühl, als sei alles, was man tut, ein letztes Mal, kennst du das, fragte sie.

Er nickte, lächelte. Du bist für solche Ahnungen zu jung, erwiderte er.

Aber sie schüttelte den Kopf.

Vielleicht die ersten Vorboten des Alters, meinte er, so fängt es an. Später schwindet dieses Endzeitgefühl. Es wird gleichgültig, wie oft man etwas noch tun wird. Das Ende hört auf, etwas Neues zu sein.

Sie gingen in die Veranda hinauf, wo sich der glasklare Himmel in einer offenen Fensterscheibe spiegelte. Bevor sie sich setzen konnte, hielt Max Nadjas Hand fest.

Ich habe nachgedacht, sagte er. Es wäre schade um uns, wenn wir einfach so auseinandergingen.

Sie standen sich gegenüber, sehr nah, er glaubte Zustimmung und Erleichterung in ihrem Gesicht zu erkennen.

Es wird nicht einfach sein, sagte Nadja.

Die Annäherung ihrer Hände, ihrer Körper schien anfangs wie ein vorsichtiges Zurückgleiten in eine ferne, verlorengegangene Intimität. Aber die Befangenheit blieb bestehen, wurde auch durch die behutsamen Zärtlichkeiten nicht aufgehoben. Er spürte sein Versagen und wollte nicht darüber nachdenken, woran es lag. Bei aller Enttäuschung war er auch ein wenig erleichtert. Nichts blieb also von der Zeit unberührt, und der Körper speicherte keine Erinnerungen und behielt sie frisch. Die Frau in seinem Bett war eine Vierzigjährige mit einem schönen, vom Altern noch kaum berührten Körper, der ihm eine fast unpersönliche Bereitschaft zur Lust entgegenbrachte.

Es tut mir leid, sagte er.

Sie lächelte und zog die gezackte Narbe auf seinem Brustbein nach. Da hat dich der Tod berührt, sagte sie leise.

Es gäbe auch andere Möglichkeiten dich zu befriedigen, lenkte er ab.

Sie schüttelte den Kopf: Darum geht es nicht.

Worum geht es denn, fragte er müde.

Um die Zeit dazwischen, die läßt sich ja doch nicht auslöschen.

Er sah sie fragend an.

Jetzt ist es zu spät, Max, sagte sie sanft, in der Zeit dazwischen ist viel passiert.

Ich bin ein alter Mann, ich weiß, sagte er bitter.

So einfach ist das nicht. Wir würden doch ständig an damals denken, aber das läßt sich nicht wiederholen, das ist vorbei.

Vielleicht wären wir jetzt reifer für eine Liebe, gab er ihr zu bedenken.

Sie schwieg, und er hatte den Verdacht, daß sie schwieg, um nichts Verletzendes zu sagen.

Hast du einen Liebhaber, fragte er und spürte einen Stich von Eifersucht.

Sie lachte auf. Selbst wenn es so wäre, sagte sie, das stünde auf einem anderen Blatt.

Sie blieben noch eine Weile nebeneinander liegen, hingen beide ihren Gedanken nach. Später zogen sie sich schnell, leicht voneinander abgewandt, an.

Max begleitete sie zur Haustür. Kommst du wieder, fragte er.

Natürlich, sagte sie. Ich ruf dich an, wenn ich in London bin.

Max konnte lange keinen Schlaf finden. Nadjas Duft, den er immer gemocht hatte, war auf seinem Kissen zurückgeblieben. Irgendwann später ging er ins Badezimmer, stand vor dem Spiegel und betrachtete seinen Körper: Die Narbe, ein dunkelroter, ausgefranster Blitz, der über sein Brustbein lief, das weiße Brusthaar, die gelblich weiße Haut, die leicht nach vorn gesunkenen Schultern, der Oberkörper ein schlaffes Fragezeichen, wenn er ihn seiner gewohnten Haltung überließ, die Hautfalten eines wieder zurückgegangenen Bauchansatzes. Er hatte stets einen guten, verläßlichen Körper gehabt, breitschultrig, athletisch. Sogar die Ärzte hatten ihn anerkennend gefragt, welche Sportart er betreibe. Keine, hatte er geantwortet, ich habe in meinem Beruf genug Bewegung.

So sehen wir Alten unter den Kleidern eben aus, sagte er zu seinem Spiegelbild. Gar nicht so schlecht, wenn man bedenkt, was wir alles mitgemacht haben.

Er hatte schon lange sein Spiegelbild keiner so ausführlichen Betrachtung unterworfen, und er wollte sich jetzt nicht an früher erinnern.

Die Nacht war windstill, die Blätter, die den ganzen Sommer unablässig geraschelt hatten, lagen auf der Erde. Es war so still, als habe draußen alles zu existieren aufgehört. Max horchte beklommen in diese Stille hinein, als könne sie bei jeder jähen Bewegung, jedem lauten Geräusch, das er verursachte, über ihm zusammenstürzen und alles unter sich begraben.

*

Nach langer Abwesenheit tauchte Diana wieder auf, unangekündigt und unerwartet wie früher. Der Garten müsse winterfest gemacht werden, erklärte sie, als sei seit ihrem letzten Besuch nicht mehr als eine Woche vergangen, und ging unverzüglich daran, die Rosen zu schneiden, deren Blühen sie nie gesehen hatte. Sie gab sich so geschäftig, daß Max sich fragte, warum sie gekommen sei, wenn sie die Absicht hatte ihm auszuweichen.

Die Sonnenblumen sind ohne dich verblüht, rief Max. So lange warst du weg, seit Ende Juli.

Das sei notwendig gewesen, erklärte sie ernsthaft, sie habe Zeit gebraucht, um wieder zu sich zu kommen.

Und jetzt, fragte er, bist du bei dir?

Ich bin noch immer in Therapie, sagte sie und sah ihn bedeutungsvoll an.

Warum in Therapie. Wozu?

Diese Beziehung, diese beginnende Beziehung mit dir hat alles ausgelöst.

Wir hatten keine Beziehung, sagte er und fand seine Stimme unnötig hart.

Was immer es war, entgegnete sie schnell, es war mir zuviel.

Sie luden das welke Laub auf den Schubkarren, er schichtete es unter ihrer Anleitung zu einem Komposthaufen auf. Jetzt war Max froh, daß er etwas mit seinen Händen tun konnte, während er vergeblich versuchte, einen Blick von ihr zu erhaschen und zu deuten. Aber sie vermied es, ihm in die Augen zu sehen.

Warum bist du gekommen, fragte Max.

Weil es wichtig für mich ist, das sagt meine Therapeutin. Diana gab diese Erklärung völlig unbefangen.

Aha, rief er, der Besuch ist Teil der Therapie!

Ich muß lernen, mich anzunehmen, erklärte sie, ich muß mich meinen Schatten stellen.

Das ist nicht deine Sprache, sagte Max ärgerlich. Ich will dich hören, nicht deine Therapeutin.

Sie erzählte von Phobien, die sie gehabt habe, und daß ein alter Konflikt durch ihn wieder aufgebrochen sei.

Welcher alte Konflikt, wollte Max wissen.

Eine Übertragungsneurose, sagte sie fast stolz.

Er schüttelte den Kopf. Ich kenne den Jargon, winkte er ab. Max sah sie an, wie sie mit einer Schulter an der Säule auf der Terrasse lehnte. Dasselbe gekräuselte Haar über der runden Stirn, die bernsteinfarbenen Augen, zum Greifen nah und zugleich gepanzert mit fremden Worten, mit einem herausfordernden und dabei leeren Blick und einer Selbstbeherrschung, unter der sie wie eine gespannte Saite nervös zu vibrieren schien.

Bist du wenigstens glücklich, fragte Max und erinnerte sich daran, daß er ihr diese Frage schon einmal gestellt hatte und daß sie sich seither duzten.

Sie sah ihn verständnislos an und schwieg.

Mein Mann weiß von meinem Besuch, sagte sie statt einer Antwort. Er hat dich damals bei dem Podiumsgespräch gesehen.

Ich erinnere mich, erwiderte Max.

Meine Schwiegermutter kennt dich auch, fuhr sie fort.

Die ganze Familie hat also mitgeholfen, dir den Kopf zurechtzusetzen. Sie müssen dich sehr lieben, meinte Max sarkastisch.

Sie reagierte nicht.

Ich werde dich jetzt regelmäßig besuchen, erklärte sie, wenn es dir recht ist.

Mit Vergnügen, sooft du willst, rief Max.

Nur einmal in der Woche, sagte sie bestimmt.

Dabei blieb es. Sie fuhr von nun an fast jeden Dienstagnachmittag mit ihrem roten Toyota vor und begrüßte ihn mit einem aufmunternden: Wie geht's? Manchmal hatte Max den Verdacht, daß sie zu ihm kam, wie man die Kranken im Altersheim besucht, um deren Einsamkeit zu lindern. In Dianas Liebenswürdigkeit spürte Max deutlich den Hochmut junger Frauen, die glaubten, ihre Gegenwart sei ein Privileg, mit dem sie jene beschenken konnten, denen das Alter nur mehr Erinnerungen und hilflose Sehnsucht nach Jugend übriggelassen hatte. Der routinierte Plauderton, mit dem sie ihn ermüdete, und ihre kühle Freundlichkeit erschienen ihm herablassend. Sie saß ihm in ihren maßgeschneiderten Kostümen elegant gekleidet gegenüber, nippte an ihrer Tasse Tee, nichts, was sie tat, wirkte natürlich. Man hatte ihr verboten, die zu sein, die er gekannt hatte, getrieben, auf der Suche, und es war ihr nicht gelungen, sich neu zu erfinden. Sie schlug die Beine übereinander, beobachtete ihn, ihr gekünsteltes Verhalten war irritierend. Wollte sie ihm gefallen oder wies sie jedes Begehren als unpassende Verirrung von sich? Es war etwas Kränkendes an diesen Inszenierungen. Sie ließ kein ernsthaftes Gespräch und keine Nähe zu, und wenn sie ging, fühlte Max sich mutlos, als hätte er versagt.

*

Das erste Schneetreiben kam unerwartet früh in diesem Jahr, und mit dem Schnee stoben die letzten Herbstblätter durch die schneidende Luft. Max war nicht vorbereitet auf diesen Winter. Die Gartenstühle standen noch auf der Terrasse, Schnee sammelte sich auf ihren Flächen. Nur im harten, gläsernen Licht klarer Abende und in einigen frostigen Nächten hatte man den nahenden Winter ahnen können. Der Wind fuhr wie mit Messern in die Ritzen und Fugen des alten Hauses. Es war zugig und ungemütlich geworden in seiner Veranda.

Manchmal ging Max am Vormittag ins Kaffeehaus, manchmal besuchte er Thomas im Archiv, aber es gab viele Tage, an denen die Abwesenheit Spitzers im Büro in der Färbergasse ihn so bedrängte, daß er die Stadt mied.

Eines Abends war er so krank, daß er am nächsten Morgen Malka anrief. Malka lief vor ihm her, die Holztreppe zur Veranda hinauf, schlug vor, daß er ihr den Haustürschlüssel aushändige für weitere Visiten, und erklärte, er habe eine Grippe. Kein Grund zur Besorgnis. Max war nicht besorgt, er war nur erschöpft, und Malkas Ermahnung, er solle das Haus nicht verlassen, war überflüssig. Nach einer Woche stellte sie eine Lungenentzündung fest.

Thomas saß öfter an seinem Bett, Malka umsorgte ihn, Helene kam auf Besuch. Aber Max sehnte sich nach Nadja, wünschte sich, daß sie an seinem Bett säße, wenn er aufwachte, und nicht mehr fortginge.

Als er wieder zu Kräften kam, wollte er an der Chronik weiterschreiben. Man weiß nie, sagte er zu Thomas, wieviel Zeit einem noch bleibt. Statt dessen schrieb er an Nadja, fast jeden Tag, so wie man in ein Tagebuch schreibt, Briefe, die er nicht abschickte. Sie rief oft an, aber am Telefon redeten sie über Alltägliches, und danach war er unzufrieden, als hätten sie kostbare Zeit mit Überflüssigem vertan. Nachdem er den Hörer aufgelegt hatte, schrieb er ihr dann einen langen Brief, weil er doch wieder nichts von dem gesagt hatte, was ihn wirklich beschäftigte.

Malka schalt ihn, daß er sich gehenließe, Bewegung würde ihm guttun. Er mochte diese Müdigkeit, die ihm manchmal die Tage zu einem einzigen, unendlich langen Tag verschmelzen ließ. Zweifellos würde er eines Tages wieder auftauchen aus dem Nebel, aber etwas, das spürte er, veränderte sich in seinem Körper, und er ließ es mit banger Neugier zu. Kündigte sich so eine letzte schwere Krankheit an? Er saß in seinem Korbstuhl auf der Veranda, im dämmrigen Zwielicht, die Natur hatte sich zurückgezogen, die Bäume rund ums Haus hatten sich auf ihr kleinstes Volumen, ihr nacktes Gerippe reduziert. War er hier am richtigen Ort?

Die vergangene Zeit türmte sich vor ihm auf und nahm ihm die Sicht. Alles war seit so langer Zeit vergangen, dreißig, vierzig, fünfzig Jahre, Ben war seit vierzehn Jahren tot, Mira seit mehr als zwanzig Jahren, alle waren tot, Elizabeth, Victor, Spitzer. Manchmal fühlte er sich wie einer, der dem Todesengel entwischt ist. Das munterte ihn auf und erinnerte ihn daran, daß er das Leben immer geliebt hatte, sogar in schlechten Zeiten. Es gab noch zuviel zu erledigen: die Chronik, die er noch um seine eigene Familiengeschichte erweitern wollte, die Reise mit Helene, und auch Nadja war ein unerledigtes Kapitel in seinem Leben. Er sehnte sich nach Nadja. Jetzt, da er keine Macht mehr über sie hatte, fragte er sich oft, was sie wohl gerade tat und ob sie an ihn dachte.

Malkas Besuche riefen ganz neue Sehnsüchte in ihm wach. Sie brachte ihm meist eine gekochte Mahlzeit mit, wärmte sie für ihn auf, hantierte eine Weile in der Küche, leichtfüßigen Schrittes lief sie die Treppe hinauf, stellte das Tablett in der Veranda vor ihn hin, saß bei ihm, während er aß, und schüttelte die Kissen auf. Ich komme Sie auch besuchen, wenn Sie nicht mehr krank sind, neckte sie ihn. Später wusch sie das Geschirr ab, rief ihm einen Gute-Nacht-Gruß zu. Dann fiel die Haustür ins Schloß, und er hörte den Motor ihres Autos anspringen. Es war das erstemal in seinem Leben, daß er das Alleinsein als ein Verlassenwerden empfand. Er hatte es immer abgelehnt, mit einer Frau zusammenzuleben, die Ehe war ihm als Einschränkung erschienen, ein Zwang, der die Liebe und die Lebensfreude in der Eintönigkeit erstickte. Und nun sehnte er sich sogar nach Nadjas Gegenwart.

Fast einen Monat lang hatte Max das Haus nicht verlassen. Für ihn lag auch etwas Beruhigendes in seiner Bewegungslosigkeit, während das Tageslicht und die vertrauten

Menschen mit ihren Geräuschen kamen und gingen: Thomas' gewissenhaftes Scharren auf dem Fußabstreifer und seine vorsichtigen Schritte, Malkas ruckartiges Bremsen, ihr energischer Schritt, ihr überfallartiges Öffnen der Haustür, als erwarte sie eine grausige Überraschung im Flur vorzufinden, der es mit mutiger Entschlossenheit entgegenzutreten galt, ihr ebenso abruptes Abfahren nach einem Besuch, und jedesmal wieder Stille, als seien die Geräusche nur ein Vorwand, um die Stille zu vertiefen.

Nur Helene beeindruckte er noch mit seiner hinausgezögerten Bettlägrigkeit, gegen die Malka längst Spaziergänge und Stadtbummel verordnet hatte. Helenes blaugraue Augen schauten ihn so verstört an, daß er sie trösten mußte: Keine Sorge, es geht mir gut, es ist nur eine Müdigkeit, die der Winter mit sich bringt, Malka behauptet sogar, ich simuliere.

Wenn sich auf Helenes Gesicht Besorgnis zeigte, sah sie ihrem Vater am ähnlichsten.

Sie sprachen über Spitzer. Das machte beide glücklich.

Ich habe ihm kein einziges Mal gesagt, wie gern ich ihn gehabt habe, gestand sie bedrückt.

Er hat es gewußt, tröstete er sie.

Sie erzählte ihm, wie sie ihrem Vater als Kind Gedichte von Heine aufsagen mußte, andächtig habe er zugehört.

Sie trug einen Davidstern an einem dünnen Lederband um den Hals.

Woher haben Sie den Stern, fragte Max.

Sie errötete. Den habe ich schon lange. Ofra hat ihn mir geschenkt.

Aber Sie tragen ihn erst jetzt.

Sie nickte, schaute zum Fenster hinaus. Jetzt ist es leichter, sagte sie, es stellt niemand mehr Fragen.

Im Frühjahr fahren wir zusammen nach Böhmen, wo Ihre

Vorfahren herkommen, versprach er ihr, und er bemerkte erstaunt, daß er sich plötzlich gar nicht mehr müde fühlte, daß er sich selbst ganz vergessen hatte in seinem Eifer, Wege zu finden, daß ihre Trauer sich eines Tages in Glück verwandelte.

Als sie gegangen war, schaute er lange noch in den blauen Nachmittag hinaus, in die langsame Dämmerung im Schneelicht. Es war so still, als hätte die Welt die Stimme oder er das Gehör verloren. Er öffnete das Fenster. Die kalte Luft schmeckte wie bitteres Metall. Bevor die Farben sich vor der Nacht zurückzogen, breitete sich ein rötlicher Schimmer über die verschneiten Wiesen und den Himmel, ein lichtdurchlässiger Schleier, auf dessen Grund das Abendlicht wie ein Versprechen lag.

Jijeh tov, war eine Redensart von Spitzer gewesen: Es wird gut werden. Vielleicht.

– 4 –

ENDE APRIL kam Nadja auf einen kurzen Besuch. Sie bereitete eine Reise nach Osteuropa vor, in die Slowakei, nach Polen und in die Ukraine. Sie war angespannt und von ihren Recherchen in Anspruch genommen. Es war der erste große Auftrag, seit sie für die Londoner Fotoagentur arbeitete.

Als sie Max nach seiner Genesung zum erstenmal sah, erschreckten sie das fahle Weiß seiner Wangen und die tiefen, blauschwarzen Schatten unter seinen Augen. In London hatte sie mit dem Gedanken gespielt, ihn einzuladen, mit ihr zu kommen. Aber nun war sie erleichtert, daß sie den Gedanken wieder verworfen hatte. Der Grund, daß sie es sich anders überlegt hatte, war Bogdan gewesen. Sie würde sich mit ihm in Krakau treffen, und zusammen würden sie nach Ostpolen und in die Ukraine fahren, das Land, in dem er seine Kindheit verbracht hatte. Undenkbar, daß Max und Bogdan zusammenträfen. Mit Bogdan hatte sie jene Art von Beziehung gehabt, vor der Max sie damals, vor vielen Jahren, gewarnt hatte – der hastigen Sucht nach Befriedigung. Er hatte sich geirrt, auch die kurzen, heftigen Begegnungen hinterließen Spuren, wenn auch ihre Verletzungen oberflächlichere waren, Schürfwunden, deren Narben nicht fürs ganze Leben blieben.

Sie traf Max zum Ausgehen gekleidet an, in einem Anzug, der lose um seinen Körper hing, und er schien sehr glücklich, sie zu sehen, er führte sie ins Haus, als habe er nur auf sie gewartet.

Ich hatte gehofft, du würdest länger bleiben, sagte er.

Wie lange, fragte sie und lächelte.

Wenn du möchtest überhaupt, für immer.

Sie sah ihn erstaunt an.

Ich richte dir ein Zimmer ein, schlug er vor, damit du nicht mehr im Dienstbotenzimmer deines Vaters wohnen mußt.

Laß mich darüber nachdenken, sagte sie vorsichtig, vielleicht können wir darüber reden, wenn ich wiederkomme.

Wann immer es dir recht ist, sagte er.

Sie hatte ihm zwei Fotos mitgebracht. Das eine, das sie ohne sein Wissen vor dem Waldorf Astoria aufgenommen hatte, und einen Schnappschuß, auf dem sein Gesicht kaum erkennbar war, nur der dunkelblaue Dufflecoat mit der Kapuze und den Hornverschlüssen, den er damals getragen hatte. Sie erinnerte sich an den sonnigen Wintertag, an dem sie zum erstenmal mit der neuen Leica in den Park gegangen waren, so deutlich, daß sie sich die beißende Kälte und das Knirschen des Schnees vergegenwärtigen konnte, daß sie den weißen Atemhauch vor ihren Mündern sah und den wolligen warmen Stoff seines Mantels gegen ihre Wange zu fühlen glaubte. Sie mußte nur das Foto ansehen.

Wann war das, fragte er.

Irgendwann im Winter, im Central Park. Sie tat, als erinnere sie sich nicht genau.

Und das? Er betrachtete das Foto, auf dem er in der rechten Hand seine schmale Brille hielt und die Finger seiner Linken müde, fast wie leidend, gegen die Nasenwurzel drückte.

Ein gutes Foto, sagte er anerkennend. Habe ich da gewußt, daß du mich fotografierst?

Nein, sagte sie, das war zwei Jahre später.

Ich bin sehr stolz auf dich. Er hob die Arme und ließ sie dann wieder sinken. Sie stand zu weit entfernt für eine Umarmung, und sie trat keinen Schritt auf ihn zu.

Du hast mir übrigens ein paar Fotos gestohlen, sagte Max schelmisch, glaub nicht, daß ich es nicht bemerkt habe.

Die Frau mit den vier Gesichtern, fragte Nadja.

Er lachte. Nennst du sie so?

Ihr Gesicht verschloß sich, und sie schlug die Augen nieder, damit das Glitzern zurückgehaltener Tränen sie nicht verrate.

Er legte einen Arm um ihre Schulter: Vergiß sie bitte, ich habe seit vielen Jahren nichts mehr von ihr gehört.

Sie wußte, wenn sie ihn jetzt fragte, ob er sie liebe, würde er ja sagen. Aber sie fragte nicht.

*

Am letzten Nachmittag vor ihrer Abreise kam Nadja wie schon im Herbst vom Fluß herauf über die Wiesen, die ihre Schuhe durchweichten, um dieser glücklichen Augenblicke des Näherkommens willen. Sie saßen lange auf der Terrasse. Max erzählte von Spitzers Mappe, er nannte ihr die Namen von Orten, in denen dessen Vorfahren gelebt hatten und wo sie vielleicht begraben waren.

Bring Fotos mit, wenn du in diese Gegenden kommst, ermahnte er Nadja. Vielleicht findest du auch Spuren meiner Familie. Kommst du nach Przemyśl?

Das habe sie vor, sagte Nadja, sie wolle dort jemanden besuchen.

Geh auf den Friedhof, such die Gräber der Bermans, es muß eine große Familie gewesen sein, Berman und Schammestik haben sie geheißen.

Der Urgroßvater, erzählte Max, sei ein Findelkind gewesen, angeblich von sephardischen Eltern, die in einem Zug im Grenzgebiet zwischen der Türkei und Rußland ermordet worden seien. Die Großmutter stammte aus Przemyśl, dort habe sich der Großvater, der in Lemberg aufgewachsen sei, niedergelassen. Es war eine Liebesheirat, etwas ganz Unerhörtes zu jener Zeit der arrangierten Ehen. Max hatte diese Großeltern und die in Polen gebliebenen Geschwister seines Vaters nie kennengelernt, nicht einmal Fotos habe er gesehen. Die älteste Schwester des Vaters war als Jugendliche nach Amerika ausgewandert, eine zweite war ihr gefolgt. Sie hatten sich beide in Chicago niedergelassen, in seiner Kindheit habe ein loser Kontakt bestanden, aber der sei nach der Scheidung der Eltern unterbrochen worden. Die anderen, sagte Max, die geblieben sind, wurden wohl ermordet. Die Briefe haben nach 1941 aufgehört. Mach bitte Fotos von den Gräbern, schärfte er ihr ein.

Dann hing jeder seinen Gedanken nach. Es war kein angespanntes Schweigen, eher wie der auspendelnde Rhythmus von Gespräch und Stille.

Nadja betrachtete sein Gesicht, als müsse sie es sich für später einprägen. Seine schmalen, abgemagerten Züge gaben ihm eine asketische Entrücktheit, die nicht zu ihm paßte. So saß er lange, der Sonne zugewandt, mit geschlossenen Augen. Sie hätte nicht sagen können, ob er schlief, aber am liebsten hätte sie ihn berührt, um sich zu vergewissern, daß er warm und lebendig war. Sie dachte, daß sich so vielleicht der Tod ankündigte, indem er sich probeweise auf einem schlafenden Gesicht niederließ und es verwandelte.

Als er die Augen öffnete, sah er ihren erschrockenen Blick und lachte: Noch bin ich am Leben.

Aber sie hatte auch gespürt, daß er wußte, was sie gesehen hatte, und es abwehren mußte, weil ihm Fürsorglichkeit immer Unbehagen bereitet hatte und daß ihn gleichzeitig ihre stumme Sorge auch beglückte.

Später, als es kühl geworden war, saßen sie eine Weile in den Korbstühlen unter dem Dach aus Glasziegeln. Die Wolken, fast direkt über ihnen, erinnerten sie an Sanddünen, so fließend und weich. Ganz ausgeliefert kam sie sich vor, unter dem weiten Himmel, wie angespült von der Zeit, und das Bedürfnis, in eine zeitlose Unendlichkeit hinausgetragen zu werden, war überwältigend. Sie waren einander so nahe, wie sie sich kommen konnten, aber das Verlangen in ihr war nicht gestillt. Es war nicht mehr Liebe, die sie von ihm wollte, die war er ja zu geben bereit. Es hatte mit früher zu tun, aber es hätte nicht ausgereicht, wenn er sie um Verzeihung gebeten hätte. Die Liebe, die er ihr jetzt anbot, kam um neunzehn Jahre zu spät, und die Verweigerung von damals wog noch immer schwerer als seine Abhängigkeit im Alter, die etwas Mitleiderregendes für sie hatte. Hätte er sie gefragt, was sie von ihm erwartete, dann hätte sie sagen müssen: Daß du die Zeit zurückdrehst bis zu jenem Nachmittag im April nach dem Schneesturm und daß von da an alles so geworden wäre, wie wir es uns erst jetzt vorstellen könnten.

Im Flur an der Haustür küßten sie sich, und unvermittelt, für einen Augenblick, war die Vergangenheit gegenwärtig, alle Nuancen der sinnlichen Empfindung, die seine Küsse damals hervorgerufen hatten.

Willst du nicht doch bleiben, wenigstens für eine Nacht, fragte er.

Nein. Nadja schüttelte den Kopf. Ich muß morgen schon sehr früh auf.

*

Am nächsten Morgen fuhr Nadja bereits durch Dörfer, die Max ihr genannt hatte, durch Marktflecken mit verfallenen Bürgerhäusern, deren barocke Fassaden früheren Wohlstand vermuten ließen.

Sie fotografierte einen Fries über dem Eingang zur Diskothek *Calypso*, auf dem zwischen zwei auf ihren Hinterbeinen aufgerichteten Löwen im Halbrelief in hebräischen Buchstaben die Inschrift *Beit tefila l'jehudim*, Bethaus der Juden, zu lesen war. Später, wenn der Film entwickelt war, würde sie die Ortschaften, die sie jetzt nur in ihr Notizbuch eintrug, den Fotos zuordnen.

Die Ortschaften lagen oft am Ende mächtiger Alleen, erfüllten aber selten die von der Pracht der Bäume geschürten Erwartungen. Manchmal war die Straße zwischen sumpfigen Böschungen schmal wie ein Steg, Weidenstrünke lehnten sich ihr in den Weg, und in der Ferne versanken Dörfer in den Feldern.

In der Umgebung einer slowakischen Ortschaft fand sie den Friedhof, auf dem Max' Vorfahren mütterlicherseits begraben waren. Er lag mitten in einem lichten Laubwald. Ein alter Mann entstieg seiner Behausung wie einer Gruft. Wortlos entfernte er das Vorhangschloß von den rostigen Flügeln eines schmiedeeisernen Tores und schlurfte in seine Hütte zurück. Waldmeister und junge fette Farnbüschel wuchsen auf den Wegen. In die Inschriften auf den Steinen hatten sich graue Flechten und Moos gefressen, sie waren nicht mehr zu entziffern. Hier waren seit vielen Jahrzehnten keine Toten mehr begraben worden. Junge Buchenschößlinge versperrten die Wege zu den abgelegeneren Gräbern, der Wald war im Begriff, den Friedhof zu überwuchern, die Steine aus ihren Fundamenten zu heben und zu Fall zu bringen. Es war ein von den Lebenden vergessener Friedhof.

In einem abschüssigen Waldstück mit scharfen Kehren stand ein Lastauto, dessen Fahrerkabine tief in einen zersplitterten Baumstamm gerammt war. Ein abgebrochener Ast ragte in die leere Kabine. Ein Polizeiauto bewachte den Ort. Zwei oder drei Kilometer weiter lag ein Dorf in der Sonne. Männer gingen über den Dorfplatz, in Arbeitskleidung, unrasiert und ausgemergelt, struppig sahen sie aus und müde, der Unfall im Wald war so weit weg, als wäre er nicht geschehen, und wüßten sie davon, was könnten sie anderes tun, als in ihrem Dorf ihrer Arbeit nachgehen?

Nach der polnischen Grenze wurde die Landschaft flacher, zwischen den Feldern lagen Kiefernwälder mit hohem hellem Gras zwischen den Stämmen. Die Flüsse schnitten sich tief zwischen Ufergebüsch in die Landschaft ein.

Bogdan erwartete sie an der östlichen Ausfallstraße von Krakau. Als sie ihn an der Abzweigung zu Nova Huta stehen sah, in engen Jeans und Cowboystiefeln, auf seine Art anziehend, und er ihr von weitem zuwinkte, wäre sie am liebsten an ihm vorbeigefahren. Er lehnte sich mit aufgestütztem Unterarm in ihr Fenster. Sein Lachen hatte früher stets wie eine Herausforderung auf sie gewirkt, der dunkle Haarschopf, der ihm tief in die Stirn fiel, und seine starken weißen Zähne, seine Unbekümmertheit, ja Gleichgültigkeit waren ihr wie eine Einladung zu einem Abenteuer ohne kalkulierbaren Ausgang erschienen. Reden hielt er für Zeitverschwendung. Vor ihren Freunden hatte sie ihn verleugnet, sie fürchtete, es wäre für alle zu offenkundig, daß nichts als eine starke körperliche Anziehung sie verband. Deshalb war sie grundlos kühl, fast schroff, als er sie aufforderte, auf den Beifahrersitz zu rücken, sie sei sicher müde und er wolle fahren.

Ich fahre, bestimmte sie und kurbelte das Fenster hoch.

Er zuckte die Achseln, warf seinen Seesack auf den Rücksitz, setzte sich neben Nadja und zündete sich eine Zigarette an.

Wir fahren heute bis Lwow, erklärte er. Sein Englisch bewahrte auch nach zehn Jahren in London noch einen starken russischen Akzent.

Nein, sagte Nadja ruhig, wir fahren bis Przemyśl.

Dann schwiegen sie lange, es war ein gereiztes, verdrossenes Schweigen.

In Polen übernachte ich nicht, begann er nach einer Weile von neuem, aber Nadja antwortete nicht.

Er rauchte schweigend seine filterlosen Zigaretten. Einmal, als es ihr nicht gleich gelang, einen Traktor zu überholen, sagte er: So laß doch mich fahren. In seiner Stimme lag unterdrückte Wut.

Sie fuhren an Tarnow vorbei. Es lag wie ein Gürtel heller Wohnblöcke auf den Hügeln. Sie fuhren geradewegs nach Osten, es war, als nähme man einen Anlauf über den Rand der Welt. Die weiten Felder der Ebene begrenzten den farblosen Himmel. In den Dörfern blühte der Flieder und gab den windschiefen Katen einen Anflug von Romantik. Obstbäume umstanden die Dörfer, als müßten sie die menschlichen Behausungen vor der Weite schützen.

Die Holzhäuser mit der Breitseite zur Straße erinnerten sie an alte Fotos jüdischer Häuser vor dem Krieg. Auch die Bürgerhäuser der Kleinstädte, durch die sie fuhren, riefen mit ihren schmiedeeisernen Balkonen, den ebenerdigen Türen vage Erinnerungen an etwas wach, das sie schon irgendwann auf Bildern gesehen oder in Erzählungen gehört, vielleicht auch nur gelesen hatte. Die Namen auf den Wegweisern, Jaroslaw, Lublin, Belzec, bezeichneten Orte der Vernichtung.

Nadja hielt von Zeit zu Zeit an, fotografierte: Brunnen, blühende Kastanien mit breiten Kronen, Balkone, geschnitzte Fensterrahmen, tiefe Türrahmen aus dunklem Holz, in denen sie später beim Entwickeln und Vergrößern nach den schwachen Abdrücken von Mezuzot suchen würde. Sie fotografierte die Melancholie dieser einsamen Straßen am späten Nachmittag und hoffte, sie würde auf den Bildern sichtbar werden.

Ich weiß nicht, was es da zu fotografieren gibt, schimpfte Bogdan und blieb rauchend im Auto sitzen. Auf diese Art kommen wir heute nie bis Lwow.

Sie schwieg und beachtete ihn nicht.

Deutlicher als die Plattenbauten moderner Vorstädte, sichtbarer als die vereinzelten Rinder und Pferde auf blühenden Wiesen standen ihr die deutschen Panzer vor Augen und die Kolonnen der aus dem Alltag Gerissenen auf dem Weg in den Tod.

Gegen Abend zog eine Gewitterwand auf, verbarg die Sonne, die ihr letztes grelles Licht auf die Häuserwände strahlte und die Wiesen in ein unnatürlich giftiges Grün tauchte, bevor die Schwärze sie verschlang. Dann saßen sie im Prasseln und Toben des niedergehenden Wolkenbruchs.

Fahr schneller, forderte Bogdan grob.

Sie kannte diese rücksichtslose Seite an ihm, so wie sie seine Fähigkeit zu großer Zärtlichkeit kannte, und sie wußte, daß alles, was er tat, einen Zweck verfolgte, auch wenn es manchmal aussah, als sei er bloß Launen unterworfen.

Die Hinweisschilder nach Przemyśl tauchten auf.

Bogdan saß weit in seinen Sitz zurückgelehnt. Es sind jetzt nur noch eineinhalb Stunden bis Lwow, sagte er.

Nadja schwieg und bog zum Stadtzentrum ab.

Du wirst es bereuen, drohte er.

Sie blieb stehen, hielt Passanten die Adresse der Frau, die sie besuchen wollte, hin, verstand an den wortreichen Erklärungen nur *proste*, geradeaus, verfuhr sich, folgte mit verwirrtem Blick gestikulierenden Händen, die in alle Richtungen zugleich zu weisen schienen. Bogdan sprach polnisch, das war ein Grund gewesen, daß sie ihn mitgenommen hatte, aber er half ihr nicht. Er saß stumm neben ihr.

Es war schon dunkel, als Nadja schließlich das Haus in einer unbeleuchteten Sackgasse fand. Sie bot Bogdan Geld an, damit er sich ein Quartier suche, nannte ihm die Zeit, wann sie ihn am nächsten Morgen beim Auto treffen wollte. Wortlos, ohne sie anzusehen, ging er davon.

Irina war die Verwandte einer langjährigen Freundin Nadjas. Sie wußte von Nadjas Kommen und hatte, wie sie sagte, seit Stunden auf sie gewartet. Irina war eine untersetzte Frau mit einer Fülle dunklen Haars, das ihr ungebändigt vom Kopf abstand. Was jedoch als erstes an ihr auffiel, war ihre Gesichtsbehaarung, und daß sie sich ihrer quälend bewußt zu sein schien.

Wo ist Ihr Begleiter, fragte sie Nadja.

Ich habe ihn weggeschickt. Er haßt mich.

Irina kochte Pirogi, und sie saßen bis spät in die Nacht und schauten Familienfotos an: Frauen in schwarzen Umhangtüchern mit langen Fransen, Frauen in Pelzjacken vor Hauseingängen, stolze Frauen mit geraden Rücken und schmalen Taillen auf Hochzeitsfotos, Frauen in weiten Rökken, auf denen kleine rüschengeschmückte Kinder saßen. Seltener ein Mann, stehend, ein wenig abseits, den Blick in die Ferne gerichtet, neben Frau und Kindern. Hochzeitsgesellschaften. Ein Bräutigam, hoch aufgeschossen mit hängenden Schultern und Schnurrbart neben der Braut, einem Ballen aus weißem Stoff, aus dem ein kleines, erschrecktes Gesicht blickte.

Meine Freundin hat mir erzählt, daß ein Teil Ihrer Familie Juden wären, sagte Nadja.

Meine Urgroßmutter war Jüdin, berichtigte Irina sie, die Mutter meiner Großmutter mütterlicherseits.

Dann sind Sie auch Jüdin, stellte Nadja fest.

Irina lachte auf. Ich bin Polin. Ich weiß nichts vom Judentum. Schon meine Großmutter wurde katholisch erzogen.

Gibt es noch Juden in Przemyśl, fragte Nadja.

Irina schüttelte den Kopf: Ich würde es wissen. Es gibt welche, die von Juden abstammen, aber man redet nicht davon. Man weiß es, weil man die Eltern gekannt hat, die Großeltern, aber sie selber machen nichts davon her. Es ist einfach kein Thema. Auch von uns weiß es niemand, ich bin erstaunt, daß meine Cousine es erwähnt hat.

Was geschah mit Ihren jüdischen Verwandten während des Krieges, fragte Nadja.

Irina sagte, sie wisse es nicht, sie sei erst nach dem Krieg geboren worden.

Ich bin Polin, wiederholte sie.

An der katholischen Universität in Lublin hatte sie studiert, dann war sie nach Przemyśl zurückgekehrt, um am Gymnasium zu unterrichten.

Der Vater eines Freundes von mir ist hier geboren, erzählte Nadja. Berman, Schammestik, sagen Ihnen die Namen was?

Irina schüttelte den Kopf.

Vielleicht finden wir die Namen auf dem jüdischen Friedhof, wir können morgen hingehen, bevor Sie weiterfahren.

*

Als sie am Morgen aus dem Haus traten, wartete Bogdan schon beim Auto. Er war mürrisch und erwiderte den Gruß der beiden Frauen nicht. Widerwillig kletterte er auf den Rücksitz. Irinas Haus stand in einem alten, heruntergekommenen Stadtteil mit engen Gassen und hohen dunklen Häusern, Balkonen, auf denen Wäsche trocknete.

Es war ein kleiner Friedhof, von einer verfallenen Steinmauer umzäunt, viel hohes Gras und wilde Sträucher. Dazwischen halbversunkene Steine, rohe Betonbuckel wie gehäutete Rücken von Tieren, unbeschriftete, entblößte Fundamente ohne jedes eingeritzte Zeichen. Die wenigen Steine aus schwarzem Marmor trugen das Todesjahr 1942, ohne Ausnahme.

Nadja ging durch das hohe, vom Frühtau feuchte Gras und fotografierte. Dann nahm sie den Film aus ihrer Kamera, suchte in ihrer Fototasche nach weiteren Filmrollen und gab sie Irina. Bei Ihnen sind sie sicherer, sagte sie, ich hole sie mir auf der Rückreise.

Sie wünschten einander Glück. Irina wünschte eine gute Reise. Nadja warf einen Blick zurück aufs Auto, wo Bogdan saß und rauchte. Ich wäre ihn viel lieber los, sagte sie, er ist ein Klotz am Bein.

Behalten Sie ihn, riet ihr Irina, es ist gefährlich auf der anderen Seite der Grenze. Man hört immer wieder von Überfällen. Irina wollte nicht nach Hause gebracht werden, sie ließ sich am Stadtrand absetzen. Sie winkte Nadja nach, bis das Auto am Ende der Pappelallee verschwand.

*

Irina war die letzte Zeugin vor Nadjas Verschwinden. Die Zöllner an der Grenze erinnerten sich an das Auto, an die Papiere, nicht an die Frau, an ihr Gesicht und welche Kleidung sie getragen habe, ob sie etwas gesagt, etwas gefragt habe.

Diesseits und jenseits der Grenze lag die Ebene mit gelb blühendem Brachland, braunen Äckern, Pappelreihen, die wie Karawanen am Horizont vorüberzogen.

– 5 –

IN EINER schwülen Nacht eine Woche nach Nadjas Abreise hatte Max einen Alptraum. Er sah sie mit dem Gesicht nach oben in einer Wasserlache liegen, und das klare Wasser kräuselte sich über ihren weit geöffneten Augen. Ihr Haar lag breit gefächert auf dem Grund wie auf einem Kissen. Als er aus dem Traum hochschreckte, wußte er für einen bewußtlosen Augenblick, daß sie tot sei, aber bei seiner Rückkehr ins langsame Erwachen erlosch das Wissen, und was ihm blieb, war dieses Bild.

Dennoch lebte er in den nächsten Tagen in einer Rastlosigkeit, einer Anspannung, die er sich nicht erklären konnte. Erst als Nadjas Vater anrief, um ihn von ihrem Tod zu benachrichtigen, wußte Max, daß er gegen seinen Willen auf diesen Anruf gewartet hatte, und noch während er wie betäubt den Telefonhörer in der Hand hielt, stieg das Traumbild wieder in ihm auf.

Nadja sei in der Ukraine verunglückt. Ein Autounfall, heißt es. In der Stimme ihres Vaters glaubte er Skepsis zu hören.

Max suchte ihn in dem Haus auf, das er vor zwanzig Jahren das erste Mal von außen gesehen hatte. Er betrat das Wohnzimmer, in dem die Gegenwart der Frau noch spürbar war, Nadjas Stiefmutter, die schon seit vielen Jahren tot war. Der niedrige Raum war mit billigen Nippsachen überladen, alle Oberflächen von Obstschalen, Stofftieren und selbstgehäkelten Schonbezügen bedeckt, und mitten in all dem Kitsch saß ein kleiner kahlköpfiger alter Mann, dessen fast vornehme Schlichtheit so gar nicht zu der Umgebung paßte, in der er sich wohl zu fühlen schien. Er bot Max Kaffee und Kekse an, als sei er mühelos in die Rolle der Hausfrau geschlüpft.

Sie waren ein Freund meiner Tochter, fragte er und betrachtete ihn mit einem Blick, der nicht erkennen ließ, wieviel er wußte.

Max nickte.

Es war etwas Unwirkliches daran, wie der Vater sagte: *Meine Tochter*, und *war*. Als sei es Max noch nie wirklich zu Bewußtsein gekommen, daß auch sie jemandes Tochter war, geliebt, selbst wenn sie es nicht hatte wahrhaben wollen. Und daß sie es *gewesen* war, unwiderruflich. In diesem *war* sprang Max zum erstenmal die Endgültigkeit von Nadjas Tod an, die ihn in den nächsten Wochen quälen würde, bis er glaubte, es nicht mehr zu ertragen.

Sie haben sich schon lange gekannt, fragte ihr Vater.

Wir kannten uns seit 1974, sagte Max und war selber erstaunt über die verflossene Zeit, Nadjas ganzes erwachsenes Leben.

Verzeihen Sie, begann der Vater vorsichtig, ich will nicht indiskret sein ... sind Sie sich nahegestanden, ich meine ...? Er suchte nach den richtigen Worten und fand sie nicht, verstummte.

Ob ich sie geliebt habe, ob sie mich geliebt hat, vollendete Max die Frage seines Gegenübers in Gedanken. Das war nun nicht mehr wichtig, und gerade deshalb begriff er in diesem Augenblick mit einer Klarheit, die keinen Zweifel zuließ, daß sie nie aufgehört hatte, ihn zu lieben, und daß sie ihr ganzes Leben nach seinen Erwartungen geformt hatte, ihren Beruf, ihre Suche nach einer dauerhaften Erfüllung. Er blieb zurück mit dem überwältigenden Gefühl, versagt zu haben, und sein Versagen war unwiderruflich.

Man könnte es eine Art Liebesbeziehung nennen, sagte Max, obwohl wir uns für lange Zeit aus den Augen verloren hatten.

In den braunen Augen des alten Mannes leuchtete Dankbarkeit auf und eine Wärme, die Max nicht erwartet hatte. Dann machte er sich an den gehäkelten Rüschen des Teewärmers zu schaffen, um seine Tränen verstohlen wegzuwischen.

Später erzählte er, daß er lange nicht habe glauben können, daß seine Tochter verunglückt sei, und immer wieder gesagt habe, nein, so was passiert meiner Tochter nicht. Sie sei doch immer unterwegs gewesen und nie sei ihr etwas zugestoßen. Man habe sie neben der Straße gefunden, in einem Maisfeld, dort müsse sie mehrere Tage gelegen sein, und nur durch das Adreßbuch in ihrer Hosentasche sei es gelungen, sie zu identifizieren, Fotoausrüstung, Paß, Geld, alles sei weg gewesen. Das kann doch kein Unfall gewesen sein, meinte ihr Vater.

Was hat man denn bei ihr gefunden, fragte Max.

Ihr Vater holte die Jeans hervor, die man ihm übergeben hatte, sie war fleckig und steif vom Blut. Die zerrissene Bluse und die ausgetretenen Schuhe kannte Max. In diesen Schuhen war sie am letzten Tag über die nassen Wiesen gekommen. Sie hatte sie zum Trocknen in die Sonne gestellt, während sie barfuß durchs Haus lief.

Was werden Sie unternehmen, fragte er.

Nadjas Vater sah ihn fragend an.

Wir sollten doch der wahren Todesursache auf den Grund gehen, meinen Sie nicht?

Schädeltrauma, steht im Obduktionsbericht, sagte ihr Vater gedankenverloren, die Polizei dort geht von einem Autounfall aus.

Ohne Zeugen, ohne Auto, einfach eine Tote am Straßenrand? fragte Max kopfschüttelnd.

Was macht es denn jetzt noch für einen Unterschied, fragte der alte Mann sachlich. Auch wenn wir beweisen könnten, daß es ein Mord war, ändert es nichts daran, daß sie tot ist.

Beim Abschied nahm er Max' Hand in seine beiden Hände. Wissen Sie, sagte er leise, wir standen uns nicht sehr nahe. Sie hat mir meine zweite Heirat nie verziehen.

Am selben Abend rief er noch einmal an, um zu fragen, ob Max wisse, wie Nadja habe begraben werden wollen.

Jüdisch natürlich, sagte Max.

Aber es gab keine Dokumente und es blieb keine Zeit,

jemanden zu beauftragen, in ihrer Londoner Wohnung nach Beweisen zu suchen, daß sie tatsächlich Jüdin gewesen sei. Sie hatte nie erwähnt, welcher Gemeinde sie angehört habe, und niemand wußte, welcher Rabbiner ihren Übertritt hätte beglaubigen können.

So kam es, daß Nadja auf dem katholischen Friedhof begraben wurde. Ohne Priester, das hatte Max sich ausbedungen. Die Mitglieder der jüdischen Gemeinde waren gekommen, Eran las die Totengebete, Max sagte Kaddisch, inmitten von Kreuzen und Gräbern, die kleinen Blumengärten glichen, und ohne Minjan.

Sie fuhren zu Max' Haus, wuschen sich die Hände, aßen, was Malka mitgebracht hatte. Viele behandelten Max, als sei er Witwer geworden. Die älteren Gemeindemitglieder redeten über Nadja, erinnerten sich, wie sie als Dreizehnjährige zum erstenmal im Bethaus aufgetaucht sei, wie unbeirrbar sie immer wieder gekommen war; sie lobten ihre Treue über all die Jahre ihrer Abwesenheit, denn fast jedes Jahr habe sie die Hohen Feiertage mit ihnen verbracht. Sie bedauerten, daß Nadja kein Glück gefunden habe.

Später, als sie fort waren, ging Max die Wiese unterhalb seines Hauses hinunter bis zum Fluß. In der langen Dämmerung des Frühsommers schwamm der Mond bleich und zerbrechlich zwischen weißen Wolken. Die Wiese war taufeucht, sie netzte seine Knöchel wie kühles Wasser. Er bückte sich und tauchte die Hände in das Gras, der kühle Windhauch ließ ihn frösteln. Am Flußufer wandte er sich um und schaute zum Haus hinauf, das so fern und fremd auf der Anhöhe stand, als habe es nichts mit ihm zu tun. Sein ganzes Leben erschien ihm plötzlich so unpersönlich und weit weg wie dieses Haus. Nadja und Spitzer waren tot. Was suchte er noch hier?

Der Aufstieg, steiler als er vermutet hatte, strengte ihn

an. Aber jedesmal, wenn er stehenblieb, um Atem zu holen und auszuruhen, spiegelte die breite Glaswand der Veranda den weiten Himmel und das Licht der untergegangenen Sonne. Wäre jemand hinter den Fensterscheiben gestanden und hätte aufgeregt gewunken, er wäre unsichtbar geblieben. Aber Nadja hatte doch gelacht und immer zurückgewunken? Hatte sie ihn gesehen oder ihm bloß auf gut Glück eine Freude machen wollen?

Nadjas Vater schickte ihm Irinas Brief und die Filmrollen, die Nadja ihr übergeben hatte. Der Brief berichtete von Nadjas letztem Abend, von Bogdan, den Irina als *verschlagen* bezeichnete, und daß Nadja eine Vorahnung gehabt habe. Sie habe erwähnt, daß sie lieber ohne ihren Begleiter weitergefahren wäre. Auch Irina glaubte nicht, daß es ein Unfall gewesen sei, aber sie schien den Fatalismus von Nadjas Vater zu teilen. Nun sei es wohl für Nachforschungen zu spät, schrieb sie.

Die Fotos zeigten Stadtplätze mit barocken Häusern. Ihre beschädigten Mauern strahlten eine reizvolle, verblaßte Schönheit aus. Die grüne Patina von Zwiebeltürmen schimmerte hinter weit ausladenden Platanen. Es war eine verträumte Welt, die sich da vor ihm auftat, sie hatte etwas Entrücktes. Er glaubte Nadjas Stimmung zu spüren, ihre Sehnsucht, als er die Bilder betrachtete – diese einsamen, geraden Landstraßen, die zwischen Pappelalleen unausweichlich auf einen Punkt jenseits des Horizonts zustrebten und diese melancholische grüne Ebene ohne den geringsten Anhaltspunkt für das Auge, deren einzige Aussage die Leere zu sein schien: die Leere des lastenden Himmels, die Abwesenheit von Menschen, gähnende Leere, die Beklemmung hervorrief. Es waren Bilder von unerträglicher Verlassenheit. Die letzten Fotos mußte sie auf dem Friedhof von Przemyśl aufgenommen haben – das mußten die Gräber seiner Verwandten sein, diese rohen, verstümmelten Überreste des alten Friedhofs. Jetzt erst erinnerte er sich, daß er gelesen hatte, die Grabsteine der jüdischen Friedhöfe in Ostpolen seien zum Straßenbau für Nachschubwege der Wehrmacht benutzt worden.

An diesem Nachmittag beschloß Max, nach New York zurückzukehren, solange er die Kraft besaß, sich gegen die Lähmung und den Schmerz der Verluste zur Wehr zu setzen. Die Leere, die der Tod von Spitzer und nun von Nadja zurückgelassen hatte, würde sich nicht füllen, nicht wenn er hierblieb. Er mußte sich vor dieser Stadt und diesem Haus retten, wenn er leben wollte.

Als er seinen Flug gebucht hatte, war er erleichtert. Jetzt konnte er auch wieder an die Chronik denken, die seit Wochen unberührt auf seinem Schreibtisch lag. Er würde in New York an ihr weiterschreiben.

*

In diesen Wochen war das Gerüst vor der alten Synagoge verschwunden, ihr Verputz war so frisch, als müsse er noch feucht sein: ein schöner, klassizistischer Tempel mit hohen schmalen Rundbogenfenstern und mit einem breiten betonierten Vorplatz, den auf der einen Seite das baufällige Gemeindehaus begrenzte.

Bei der Eröffnung saß Max als Ehrengast zwischen Frau Vaysburg und Malkas Daniel in der ersten Reihe. Es war ein heller, strenger Raum, die schmalen Säulen mit anmutigen Bögen stützten die Empore, der leere Toraschrein war von einem blauen gestickten Vorhang verhüllt, davor stand auf einer breiten Bühne das Rednerpult.

Thomas achtete darauf, daß Max allen Würdenträgern der Stadt vorgestellt wurde. Der Tempel war bis auf den letzten Platz besetzt, und hinten an der Tür drängten sich

Neugierige, aber die Mitglieder der Gemeinde fanden in der ersten Reihe Platz. In ihrem Rücken füllte sich der Raum immer noch mit Gästen, es war ein gedämpftes Summen wie vor einem Konzert. Die Anwesenden kannten sich, sie schüttelten sich die Hände, winkten einander zu und ließen sich nieder.

Ein Kammerorchester spielte Mendelssohn, dann traten alle, die in der Stadt etwas zu sagen hatten, in der Reihenfolge ihrer Bedeutung ans Rednerpult. Sie zitierten Sätze berühmter toter Juden und forderten zum Dialog auf und zur Toleranz gegenüber allem Fremden. Ein katholischer Würdenträger rief bewegt, es sei an der Zeit, einem machtvollen Dennoch Bahn zu brechen. Dann sang ein Schülerchor Schalom Aleichem.

In diesem Raum, dachte Max, waren seine Eltern unter dem Traubaldachin gestanden, und Spitzer war ein halbes Jahr vor seiner Flucht zu seiner ersten Toralesung aufgerufen worden. Es würde hier Konzerte geben, Kulturveranstaltungen. Bei Stadtführungen würde man hier verweilen und vorsichtig über die Geschichte reden und über die Eigenart jüdischer Sakralbauten. Und die Gemeinde würde wohl am Freitagabend im Betraum zusammenkommen, wie sie es gewohnt waren, das war praktischer.

Niemand wunderte sich, daß Max für längere Zeit wegfuhr, als hätte jeder von Anfang an mit diesem Abschied gerechnet.

Besuchen Sie uns zu den Hohen Feiertagen? fragte Frau Vaysburg.

Max schüttelte den Kopf: Das ist zu früh, vielleicht zu Pessach.

Also dann bis Pessach, riefen sie ihm fröhlich nach.

Der Bürgermeister gibt ein Festessen, sagte Thomas, wir sind eingeladen.

Nein, sagte Max, ich möchte nach Hause.

Thomas fuhr ihn zu seinem Haus, und Max lud ihn ein, noch eine Weile zu bleiben. Auch in der Mittagshitze kam vom Fluß herauf eine kaum merkliche kühle Brise, in der die Blätter sich träge bewegten. Das helle Grün der Glyzinien mit ihren symmetrischen Rispen klammerte sich an das Holzgitter zwischen den weißen Säulen. Sie hatten noch nicht geblüht, sie würden erst in ein paar Jahren blühen. Mücken tanzten im zitternden Licht zwischen dem vielen Grün.

Das alles wollen Sie verlassen, fragte Thomas, jetzt im Sommer, wo es am schönsten ist?

Ich komme wieder, sagte Max.

Und warum brechen Sie auf einmal so rasch auf, wollte Thomas wissen.

Seit Nadjas Tod weiß ich nicht mehr so recht, was ich hier eigentlich mache, sagte Max mehr zu sich.

Wir suchen Verlorenes immer am falschen Ort, sagte Thomas schließlich.

Später, als er gegangen war, kam Helene und erzählte munter von ihren Plänen. Sie wolle ihre Cousine in Tel Aviv besuchen, sie habe den Flug bereits gebucht.

Vielleicht lernen Sie in Tel Aviv einen jungen Mann kennen und kommen gar nicht wieder, neckte sie Max.

Sie wurde rot. Ich werde Ihnen davon berichten, sagte sie, wenn ich wiederkomme.

Dann bin ich schon in New York, aber Sie können mich dort besuchen, jederzeit.

Das würde sie bestimmt tun, versprach Helene. Sie war in Aufbruchsstimmung und voll des hektischen Tatendrangs, der bei jungen Menschen auf die Trauer folgt, dachte Max.

Ich schicke Ihnen die Chronik, sobald sie fertig ist, sagte er beim Abschied.

Sie müssen alles hineinschreiben, was Sie mir nicht erzählt haben.

Wenn er ihr gegenüberstand, konnte er nicht umhin, nach den flüchtigen Spuren von Spitzers Zügen in ihrem Gesicht zu forschen.

Sie werden mir am meisten fehlen, sagte Max.

Helene umarmte ihn schnell. Er spürte erstaunt, wie schmal und fest ihr Körper war.

*

Max sah die Stadt und die umliegenden Hügel ohne Bedauern unter sich kleiner werden, bevor das Flugzeug durch eine geschlossene Wolkendecke stieß. Er hatte der Gegend und dem Ort, mit denen ihn frühe Erinnerungen verbanden, einen langen Besuch abgestattet, und wie es seine Absicht gewesen war, hatte er jede Jahreszeit zumindest einmal dort erlebt.

Nun flog er nach New York. Nichts Unbekanntes erwartete ihn da. Seine langjährige Freundin Eva würde ihn abholen. Sie würde sich in seine Arme werfen und rufen, *welcome home*. Sie hatte seine Liebe zu Europa nie verstanden.

Er würde das Meer wiedersehen, er hatte sich oft danach gesehnt, nach seiner besänftigenden Weite und dem regelmäßigen Geräusch der Brandung. Von Coney Island Beach würde er wie als Kind über der Wasserfläche den Horizont absuchen und ohne Sehnsucht wissen, dort drüben stand sein Haus und wartete auf ihn. Schon morgen wollte er seinen Spaziergang durch den Central Park machen, am Abend, wenn es kühler war.

Er mußte gleich nach seiner Ankunft seinen Geschäftspartner Mel anrufen und eine ganze Liste von Freunden und Bekannten, bis er des Redens müde war. Der Besitzer des Delicatessen an der Ecke Broadway würde ihn sicher überschwenglich begrüßen und fragen, wo er so lang geblieben sei, und auch der wortkarge alte Grieche, der in Max' Gebäude nach dem Rechten sah und Reparaturen machte, würde auf seine Weise Freude zeigen.

In *Paola's*, seinem Stammlokal, bekam er sicher einen Tisch, auch wenn alle Tische längst reserviert waren. Er nahm sich vor, jeden Tag ins Theater zu gehen, ins Lincoln Center und ins Village, bis es in ganz Manhattan nichts Neues mehr zu sehen gäbe. Dort, in New York, hieß er Max, einfach nur Max, und nicht Herr Berman. Er spürte eine Woge von Wärme in sich aufsteigen, die stärker wurde, je näher er New York kam.

Hans Veigl

LACHEN IM KELLER

VON DEN BUDAPESTERN ZUM WIENER WERKEL

Kabarett
und
Kleinkunst
in Wien

LV
Löcker Verlag
Wien 1986

Printed in Austria

Lektorat: Anton Schütz
Graphische Gestaltung:
Catherine F. Rollier, Wien
Satz, Druck und Bindung:
R. Spies & Co., Wien
ISBN 3-85409-086-2

INHALT

CABARET & KABARETT IN WIEN

VORWORT

Cabaret (Kabarett, franz.), Schenke, Kaffeebrett, fächerweise abgeteilte Schüssel für Kompotte; Cabarettier, Schenkwirt – das ist alles, was Meyers Konversationslexikon aus dem Jahre 1889 über diesen Gegenstand zu sagen weiß, und der neunbändige Herder, 3. Auflage 1905, umschreibt das Bühnentreiben trokken mit „Pariser kleine theaterartige Darstellungen in der Art des Überbrettls". Sachs-Villattes französisch-deutsches Wörterbuch wieder fügt einer ähnlichen Erklärung noch die Bemerkung hinzu, man könne darunter auch ein Wirtslokal ohne Unterkommen für die Nacht verstehen.

Es ist überflüssig festzustellen, daß diese ausgezeichneten Enzyklopädisten in einem beklagenswerten Irrtum befangen waren, der, wie schon der Kabaretthistoriker Richard Wiener feststellte, „bei letzterem geradezu an Irreführung grenzt, und bestenfalls mit pädagogischen Gründen entschuldigt werden kann, da das Wörterbuch gelegentlich ja auch von der unmündigen Jugend für die Erledigung von Schulaufgaben herangezogen wird, wobei Hinweise auf Nachtlokale gewiß untunlich sind".

Wie schon der Begriff „Varieté" und „Brettl" steht auch das „Cabaret" in der Tradition des großstädtischen Vergnügungstheaters für verschiedene, einander überlagernde Kunstformen wie Tanz, Dichtung, Literatur und bildende Kunst zum Zwecke zeitbezogener Unterhaltung. Rodolphe Salis war mit seinem 1881 in Paris eröffneten Cabaret artistique *Chat noir* zwar zum Vorläufer dieses Genres geworden, doch in der Monarchiemetropole war es um die Jahrhundertwende vor allem das Volkstheater- und Volksliedersängervorbild gewesen, dem sich das Kabarett der frühen Jahre anschloß und aus dem es als neue, urbane Kunstform hervorgehen sollte.

Von den drei alten Vorstadtbühnen Wiens ist die der Leopoldstadt bis um die Mitte des vorigen Jahrhunderts das eigentliche Volkstheater gewesen. Hier wurde aus lebensbejahendem Barocktheater, vorjosephinischem Stegreifspiel und lokalem Volkshumor das Wiener Volksstück, die Posse geboren, in dem sich Ernst und Scherz, Sinnliches und Übersinnliches in Form von Volksmärchen, Zauberspielen und Parodien mischten. Im Mittelpunkt stand Stranitzkys Hanswurst, La Roches Kasperl, die Alt-Wiener Figuren Staberl und Thaddädl, und dargestellt wurden sie vom jungen Raimund, vom extemporierenden Nestroy, dem grotesken Knaack, vom gemütvollen Matras und dem populären Blasel.

Die Bierfiedler und Volkssänger des Wiener Praters leiteten ihr unterhaltsames Tun wieder von der Pestzeit des 17. Jahrhunderts und ihrem Überwinder, dem „Sackpfeiffer Augustin" her. Bänkelsänger und Harfenisten, der Volkssängerreformator Johann Baptist Moser, der Budenbesitzer Johann Fürst, das bekannte Duo Nagel und Amon, Wilhelm Wiesberg, Luise Montag, Edmund Guschelbauer, Josef Armin und viele andere finden sich in den Singspielhallen am Rande der Leopoldstadt und bald auch in den Vergnügungslokalitäten entlang der Tabor- und Praterstraße.

Volkstheater- und Volkssängertraditionen inspirierten auch einige, dem Nachtleben günstig gesonnene Bohémiens, die vom Kaffeehaus, dem Ort ränkevoller Boshaftigkeiten ausgehend, im neuentstandenen Kabarett ein ähnlich willkomme-

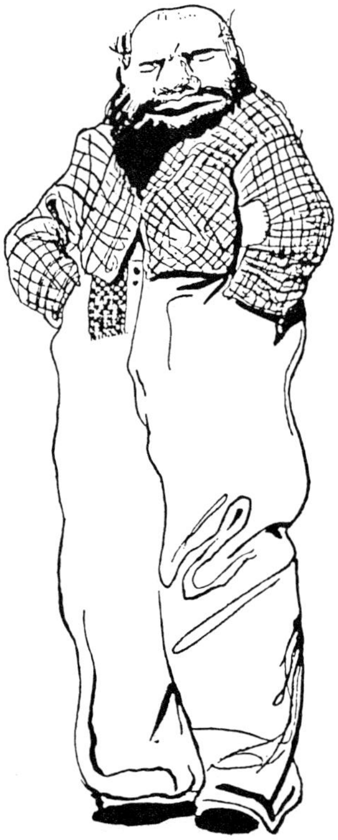

Carl Hollitzer. Selbstporträt

nes Betätigungsfeld entdeckten, auf dem sich ihre künstlerische Rechtfertigung des Dilettantismus verwirklichen ließ. Als der, der er war, trat der Vortragende des „klassischen Kabaretts" aufs kleine Podium, machte, was er konnte, sah aus, wie er wollte, und was ihm an technischen Fähigkeiten abgehen mochte, ersetzte er durch die Wirkung seiner zumeist originellen Persönlichkeit. Peter Altenberg, Carl Hollitzer, Egon Friedell und Alfred Polgar fanden hier ihre vergnügliche Verwirklichung, doch daneben und danach wurde das Wiener Kabarett nur allzu oft zum Aushängeschild gaststeigernder Gastronomie degradiert. Derart merklich merkantile Unternehmungen übertrugen sich auf die künstlerischen Darbietungen, Neugründungen häuften sich ebenso rasch wie Insolvenzen, und so war geschäftsmäßig in diesen Etablissements oftmals nur ein Besucher anzutreffen, der täglich kam, der Gerichtsvollzieher.

Nicht allzu häufig war also im Wiener Kabarett ein kritisch-politischer Geist beheimatet; Scherz, Satire, Ironie und das Fehlen tieferer Bedeutung zeichneten es im Grunde auch dort aus, wo es den Anspruch erhob, erneuernd zu wirken. Erst Anfang der dreißiger Jahre besannen sich junge arbeitslose Schriftsteller, Schauspieler und Komponisten der verschütteten Tradition des Volkstheaters und gründeten mehrere politische und literarische, der Zensur abgelistete Kleinkunstbühnen.

Was von all dem vorhanden war, ging in den Jahren nach 1938 verloren und kann nur noch unzulänglich rekonstruiert werden. Und dennoch üben die erhalten gebliebenen Kabarettexte dieser Jahre noch heute eine merkwürdige Faszination aus – als verzerrter, stellenweise blinder Spiegel des Zeitgeschehens. Humor ist die Waffe des Ohnmächtigen. Doch manche nachdenklichen Monologe von Autoren wie Fritz Grünbaum tragen Widerstand und den Geist des Lieben Augustin in sich, der die Pest nur mit einem Mittel zu überwinden verstand: durch Lachen.

DIE KLABRIASPARTIE: LUFTMENSCHEN SPIELEN KARTEN

HEINRICH EISENBACH UND DIE BUDAPESTER ORPHEUMGESELLSCHAFT

Der Nachruhm eines solchen Künstlers ist kurz, aber schön. Er dauert nur so lange, als noch ein Mensch von denen lebt, die ihn gehört, gesehen und sich an ihm erheitert haben. Erinnert sich von diesen einer noch nach vielen Jahren, dann lächelt er und sagt: Ach ja . . . Eisenbach: Das ist sein Nachruhm.

Felix Salten[1]

Die Juden, die aus dem Osten der Monarchie nach Wien gekommen waren, siedelten sich zumeist im zweiten Bezirk, zwischen Prater, Nordbahnhof und Donaukanal an, wo sich im Unteren Werd, nahe der Taborstraße, bereits im 17. Jahrhundert ein Ghetto befunden hatte. Zu Ehren Kaiser Leopold I., der dieses Ghetto 1670 schleifen ließ, hatte die Insel im Donaustrom vom dankbaren Magistrat den Namen „Leopoldstadt“ erhalten.

Ratenhändler, Börsenmakler, Geschäftemacher aller Art, kleine Schneider, Altkleiderhändler und „Luftmenschen“ bestimmten das Leben und Treiben des Bezirkes. In einem Gewirr östlicher Dialekte und Jargons, gebrochen durch das erfrischende Ottakring- bis Erdbergerisch der Praterausrufer und Zuhälter, wuchsen hier, mit Auge und Ohr die Leopoldstädter Umwelt aufnehmend, Peter Altenberg, Arthur Schnitzler und Elias Canetti heran. Das Leben in Hinterzimmern und Obdachlosenheimen war auf Assimilierung und bürgerlichen Aufstieg ausgerichtet. Der arme Hausierer, der im nahen Prater mit Ansichtskarten handelt, wird seinen talentierten Sohn in die höhere Schule schicken, welcher dann, einmal Arzt oder Rechtsanwalt geworden, im ersten Bezirk arbeiten und im neunten wohnen wird, währenddessen der alte Hausierer weiterhin seine Karten anbieten und der talentierte Sohn aus Dankbarkeit diese nur bei ihm kaufen wird.

Durch zwei große Straßen pulsierte das Leben in der Leopoldstadt: durch die Tabor- und Praterstraße. Hier traf man Carl Ujváry, den Sänger der Praterstraße, hier konnte man, wenn man sich ins nächste Café bequemte, junge Brettldichter und Artisten aller Art einer oft unabsehbaren Karriere entgegenlungern sehen, jenen Hermann Steinschneider etwa, der zuerst Kabarettexte verfaßte, dann als Telepath auftrat (unter dem Künstlernamen Erik Jan Hanussen), um bei den Nationalsozialisten in Berlin kurzfristig zu höchsten Ehren zu kommen, bevor er von ihnen erschossen wurde. Hier traf man Rastelli, den König der Jongleure ebenso wie Breitbart, den stärksten jüdischen Mann seiner Zeit.[2]

„Die Praterstraße ist beinahe herrschaftlich. Sie führt direkt ins Vergnügen“, beschrieb sie der aus Galizien zugewanderte Schriftsteller Joseph Roth. „Juden und Christen bevölkern sie. Sie ist glatt, weit und hell. Sie hat viele Cafés. Viele Cafés sind auch in der Taborstraße. Es sind jüdische Cafés. Ihre Besitzer sind meist jüdisch, ihre Gäste fast durchwegs. Die Juden gehen gerne ins Kaffeehaus, um Zeitung zu lesen, Tarock und Schach zu spielen und Geschäfte zu machen.“[3] Sie gingen auch gerne ins Theater.

Die ersten jüdischen Spielstätten im Bezirk waren um 1890 entstanden. An wechselnden Orten und unter wechselnden Namen traf man diese Künstlergesellschaften im Hotel *Stephanie*, im *Roten Stern*, beim *König David*, später im *Theater Reklame*, im *Varieté Trianon* und im *Lustspieltheater*, die sich *Jüdische Volksbühne, Jüdisches Theater* und *Jüdische Künstlerspiele* nannten.[4]

Die Volkssänger des Praters besaßen in den neunziger Jahren des vorigen Jahrhunderts noch immer ihr Stammpublikum, doch langsam vollzog sich ein Wandel: In der Leopoldstadt etablierten sich nun, wie in der Innenstadt, Vergnügungslokale, die sich den Namen „Varieté" gaben und in den Cafés der Prater- und den Hotels der Taborstraße zu finden waren.

Josef Modl, der sich zuvor in der Singspielhalle Drexler im Prater als Unterhalter einen Namen gemacht hatte, gründete im Jahre 1889 mit den Damen Würtenberg und Kovats, den „Brüdern" Max Rott und Benjamin Blaß, mit Camillo Walzl, dem Kapellmeister M. O. Schlesinger und dem Singspielhallen-Konzessionär M. B. Lautzky die *Budapester Orpheumgesellschaft.* Man spielte vorerst beim *Schwarzen Adler* in der Taborstraße 11, dann bei Stalehner und Tökes in Hernals, ab 1895 im Hotel *Stephanie.* Später, ab 1903, kam das Hotel *Central* in der Taborstraße 8 hinzu, nach 1905 noch verschiedene Praterlokalitäten und 1911 schließlich die spätere *Roland-Bühne*, das Haus Praterstraße 25.

Als Modl kontraktmäßig ein Engagement im *Etablissement Ronacher* antreten mußte, trat Ferdinand Grünecker an seine Stelle; dessen Frau Marietta Jolly sowie Friedrich Singer und die „komische Alte" Kathie Hornau wurden neu hinzuengagiert, sodaß bei den *Budapestern* bald täglich gespielt wurde. Die Besucherzahlen stiegen und stiegen, und das bescheidene Soiréelokal mußte in einen großen Theatersaal mit geeigneter Bühne umgewandelt werden. Das Publikum bestand vorwiegend aus den Geschäftsleuten und Ladenbesitzern des Bezirkes, die für einen Logenplatz 2 Kronen, für einen Sitzplatz bis zu 1 Krone 40 und für „mit Kleidungsstücken belegte Stühle den vollen Entree" zu bezahlen hatten. Die Hauptanziehungsattraktion im *Schwarzen Adler* bildeten die jüdischen Possen und die Duette der „Gebrüder Rott", die den „Tandelmarkt" besangen und allabendlich das von ihnen kreierte Duett „Fahr'n ma herein nach Großwardein" darboten.

1894 werden Ferdinand Grünecker und seine Frau Marietta Jolly von den Brüdern Herrnfeld nach Berlin verpflichtet, und an ihre Stelle tritt nun der Komiker und Tanzduettist Heinrich Eisenbach mit seiner Frau Anna. Eisenbach, der 1870 als Sohn eines Großkaufmannes in Krakau das Licht der Welt erblickt hatte, begann seine Theaterkarriere in Budapest als Clown, wurde dann Gesangskomiker und malte, da das Geld nie reichte, zudem Landschaften in Öl, für zwei Gulden pro Meter. Sein schauspielerisches Talent wurde allerdings erst bei den *Budapestern* gewürdigt, und wenn sich Eisenbach in den folgenden Jahrzehnten allabendlich, bis zu seinem Tod 1923 auf der Bühne zeigte, ging seinem Auftritt stets eine Applausovation voraus. „Mit seinem Grinsen strich er eine Welt der Würde und Wichtigkeit mitten durch. In einem Demutsblick seiner kugligen Augen lag alles Hundehafte der Menschen-Existenz", beschrieb ihn der Theaterkritiker Alfred Polgar.[5] Eine wilde, verzweifelte Komik lebte in ihm, mit der er auch seine Solovorträge ausstattete, kleine alltägliche Geschichten aus der Leopoldstadt, entsprungen dem Ghetto des Ostens: Kommt ein Heiratsvermittler zu einem jungen Mann und sagt: „Sie, ich hab' für Sie eine Braut. Großartig, schön, jung, reich, eine große Mitgift hat sie, und wenn heute – morgen ihr Vater stirbt, fallt a vier Stock hohes Haus auf Sie. Dann . . .", „Halt, halt", ruft der junge Mann aus, „jetzt nennen S' mir auch die Fehler, die s' hat." „Fehler, Fehler?" erwiderte der Heiratsvermittler, „eigentlich hat s' gar kane . . ., das heißt, einen kleinen Fehler hat se, aber den merkt man gar net. Sie hat den einen Fuß etwas kürzer." – „Was", schreit der Jüngling, „und das wagen Sie mir anzubieten?" „Nu, nu", erwidert der andere, „sagen Sie, wie steht's, wenn Sie eine

Flucht vor der Ghetto-Traurigkeit

heiraten, die das nicht hat, eine mit zwei gleich große Füß'? Is sie schon reich? Fallen da auch zwei Häuser auf sie? Und sagen Sie schon ja, alles hat se, auch zwei gleiche Füß'. Nun heiraten Sie und sie hat das Unglück, nach der Hochzeit beim Absteigen von der Elektrischen zu fallen, bricht sich einen Fuß, die Rettungsgesellschaft führt s' in ein Sanatorium – a Sanatorium . . . die Operation – was das alles kost' . . . während dem . . . Da haben Se e fertige Sache!"[6]

Eisenbach war ein Enthusiast aller Moden und Neuheiten, so huldigte er dem Radsport, der eben elektrifizierten Straßenbahn (auf die Frage des einen Bauern, wo denn da die Pferde seien, erwidert in einer Eisenbachschen Anekdote der andere: „No, die sitz'n drin.") und brachte auch den in Luegers Wien wieder modisch gewordenen Antisemitismus mit ins heitere Spiel. Zwei Juden, so erzählte Eisenbach in jenen Jahren, gehen miteinander spazieren und kommen dabei an einer Kirche vorbei. Da sagt der eine: „Über uns Juden is so e schlechte Zeit ereingebrochen durch den Antisemitismus, ich mecht mich sofort taufen lassen." Darauf erwidert der andere: „Wenn Du dach taufen laßt, laß ich mich auch taufen." „Nu", sagt der andere, „weißt Du was? Ich geh sofort erein und laß mich taufen. Wart da auf mich, ich wer der dann sagen, wie es war." Er geht hinein, der andere wartet draußen, nach einer Stunde kommt er bereits getauft aus der Kirche, der andere empfängt ihn mit den Worten: „Nu, wie war's?" Sagt der Getaufte: „Schmecks, Du Saujud!"[7]

Hauptdarsteller, Regisseur, Dramaturg und Autor der *Budapester* war Eisenbach in einer Person geworden, und den Aufbau des Programms gestaltete er stets gleich: Der Abend begann mit einem klingenden Marsch, es folgten die Nummern verschiedener Gesangshumoristen, ihnen schloß sich der erste Einakter an, der zumeist von einem der Hausautoren Otto Taussig, Josef Armin, Anton Groiss, Arthur Franzetti, Adolf Glinger oder Louis Taufstein stammte. Nach der Pause folgte als Höhepunkt des Abends die Soloszene von Eisenbach oder Max Rott sowie ein weiterer Einakter. In seinen Auftritten lobte ersterer auch gern die Konkurrenz, und über die im Mai 1895 eröffnete Nachbildung der Dogenstadt im Prater, *Venedig in Wien*, reimte er hintergründig:

A Paar Würstel mit Kren, e Brod und ein Bier,
Drauf ruf ich die Kellnerin zahlen zu mir.
Sie verlangt für die Zech 5 fl von mir gnädig –
Segn's so billig lebt man doch nur in Venedig.[8]

„In einem Menschen wie Eisenbach ist es wieder einmal die nie zerstörbare, nicht zu bändigende Lebenskraft, die der Ghetto-Traurigkeit entwischen will. Fluchtartig. Rebellisch geworden und bis zum Rasen gebracht durch den ewig dumpfen Druck, überschlägt sie sich nun in Kontrasten. Pathos des Leidens wandelt sich in zynischen Witz, Verzweiflung kippt um und spottet ihrer selbst in gesalzenen Späßen, tausendjähriger Schmerz wird zum Gelächter des Abends"[9], so beschrieb ihn der Kritiker Felix Salten. Saltens Worte treffen besonders auf Eisenbachs Darstellung des Simon Dalles in der berühmt gewordenen Posse „Die Klabriaspartie" von Adolf Bergmann zu.[10] Dieser Einakter, eine Aneinanderreihung jüdischer Witze im Rahmen einer Kartenpartie, erzählt von den Schicksalen der kleinen Hausierer und Schnorrer, deren Leben eine Kette von Mühsal und Unsicherheit, ein ständiger Kampf ums tägliche Brot ist, und die beim Karten-, Domino- und Würfelspiel ihre Zuflucht suchend, in gegenseitigem Betakeln, grimmigem Humor und unerbittlicher Selbstpersiflage ihren Trost fanden.

Ort der Handlung ist ein kleines, dürftiges Kaffeehaus in der Leopoldstadt. Simon Dalles, Jonas Reis, Prokop Janitscheck, der Kibitz Dowidl, der Kellner

Eine unscheinbare Kaffeehausszene

Moritz und zum guten Schluß Frau Reis, die ihren Gatten erfolglos nach Hause zu leiten versucht, sind die Protagonisten des Spiels, das erstmals am 19. November 1890 bei den Budapestern aufgeführt wurde und danach noch tausende Vorstellungen erleben sollte.

Der Kellner Moritz läßt bereits in seinem Prolog keinen Zweifel daran aufkommen, daß die Ringstraßengesellschaft nie sein Publikum war: „Wenn ich zu an' sag', mei Geld will ich haben, sagt er, Ihna Geld können Sie ja haben, aber meines nix . . . Gestern sag' ich: ‚Sie, Herr Dalles, was stecken Se ma de Reibhölzeln ein?' ‚Nuna', sagt er, ‚ich wer' warten, bis sich se andere Leut' einstecken.' E Kibitz kummt da 'erein, nur de Gall. Der sagt Nachmittag um Viere: ‚Moritz, da geben Sie mir auf mei' Sessel Obacht und lassen Se mir kan ehersetzen, ich geh' nur z' Haus Kaffee trinken, kumm aber gleich z'ruck' . . . e Klabriaspartie kummt da alle Tg z'samm', nicht emal in Thiergarten können se schöner beisammen sein, aber was brauch' ich Ihna da lang erzählen, se wer'n gleich versammelt sein."

Janitscheck betritt daraufhin forsch die Lokalität, fordert eine „Limonad ohne Limonie", den Zucker hat er selbst mitgebracht, und setzt sich. Simon Dalles trifft ein, gefolgt von Herrn Reis und Dowidl, dem Kartenkibitz, der sich mit dem Witz vorstellt: „Meine Herren, schlecht hört man von Paris." Alle: „Warum?" Dowidl: „Weil es sehr weit ist . . ." Daraufhin drängt Dalles auf den Spielbeginn, denn „wir sein doch nix zu unsern Vergnügen da". Und das Spiel beginnt, ständig durch Alltagsweisheiten und geistige Kraftmesserei unterbrochen.

JANITSCHECK: Meine Herren, wie können wir alle von dem Erdapfel essen, ohne zu zerbrechen und ohne zu zerschneiden? Aber wer das nicht errathet, muß mir a Sechserl geben.
REIS: Eso fangt an!
DOWIDL: Da ham se von mir e Sechserl!
DALLES: Da ham se von mir auch ans!
REIS: Nu, wenn ehm Dowidl e Sechserl gebt, da ham Se von mir auch e Sechserl.
JANITSCHECK: Meine Herren, Sie sind so gescheit und wissen das nicht?
ALLE: Na!
JANITSCHECK: Wenn Sie das nicht wissen, wieso soll ich das wissen? Ich gib mir auch ein Sechserl.
REIS: Seh' dar an da, er gebt sich auch e Sechserl.
DALLES: Uns hat er nur gehek'lt und Ihna nix?
DOWIDL: Na, ich hab' en doch e falsches Sechserl gegeben.
DALLES: Sie, Dowidl, gem Se Acht, bei der Ferdinandsbrucken steht e Esel, er möcht' gern in de Leopoldstadt geh'n, aber der Esel därf nix auf de Brucken geh'n, er därf nix übern Wasser schwimmen, er därf auf ka Schiff steigen, auf ka Wagen tragen därf er sich auch nix lassen, und wie kummt der Esel doch 'erüber?
DOWIDL: Seh'n Se, das weiß ich nicht.
REIS: Ich auch nicht.
JANITSCHECK: Ich weiß das auch nicht.
DALLES: Das hat ja der Esel auch nix gwußt. Also gehma weiter. Herr Janitscheck, thal'n Se aus.[11]

Und Janitscheck teilte aus, in jenem Idyll des kleinen Cafés, das außerhalb seiner selbst nicht denkbar wäre: „Wenn Reis, Simon Dalles, der Zahlkellner Moritz das Lokal verlassen, hören sie auf zu sein" (Alfred Polgar). „Ohne die Toleranzen, die Wärme, die unausgesprochenen, aber unverbrüchlich gültigen Abmachungen des Idylls kann man sie nicht lebend denken."[12]

Als die „Klabriaspartie" das erste Mal gespielt wurde, ahnte wohl niemand, am allerwenigsten der Autor selbst, welchen Siegeszug diese unscheinbare Kaffeehausszene antreten würde. Tausend Ensuite-Aufführungen hat sie bei den *Buda-*

pestern erlebt, sodaß schließlich Glinger und Taussig mit der Posse „Zur Hebung der Sittlichkeit" ein Seitenstück zur Kartenpartie schreiben mußten. Adolf Bergmann erhielt ein einmaliges Honorar von fünf Gulden. Für diesen Betrag ging das Stück mit allen Rechten, für alle Länder und alle Zeiten in den Besitz der damaligen Direktion des *Budapester Orpheums* über. Bei der zweihundertsten ausverkauften Aufführung schämte sich diese dann doch ein wenig und machte dem Autor der „Klabriaspartie" ein „freiwilliges Geschenk", wie man ausdrücklich betonte, von dreißig Gulden. „Wären damals im Rauchtheater schon geregelte Tantiemen-Verhältnisse gewesen", urteilte 1925 Otto Taussig, „oder wäre das Stück heutzutage geschrieben worden – welch' ungeheure Summen an Tantiemen müßten die Theaterdirektoren dafür – schuldig bleiben?! Fünfunddreißig Gulden für ein Stück, das zum allererstenmal wagte, jüdische Ausdrücke auf die Bühne zu bringen, wenn man bedenkt, daß Glinger und ich mit den Worten ‚Meschugge', ‚Schickse' und ‚Schicker' Hunderttausende verdienten, nicht zu reden von ‚Petite', das uns Millionen eingetragen hat."[13] Selbst „meschugge" geworden, ist Adolf Bergmann später in ein Irrenhaus gesteckt worden und dort auch gestorben.

Schattenbild von Hans Schließmann

Den Jonas Reis in der „Klabriaspartie" spielte damals stets Max Rott, der 1863 als Mendel Rottmann im galizischen Radimno als Sohn eines wohlhabenden Kaufmannes geboren worden war. Über Lemberg und Przemysl gelangte der aufstrebende Schauspieler nach Budapest, wo sich in *Herzmanns Orpheum* der Tenorist Benjamin Blaß dazugesellte und beide als „Brüder Rott" Mitbegründer des *Budapester Orpheums* in der Taborstraße wurden. Max Rott, der bis 1915 allabendlich neben Eisenbach auftrat, war der Schöpfer der Figur „Leiser, der doppelte Buchhalter" gewesen, ein Schlieferl und schadenfroher Zaungast des Lebens. Wie überhaupt Rott zumeist die kleinen Halunken und Geduckten, die Nutznießer von Vorteilen, voll Chuzpe und Schwäche darstellte, und „seiner Rollen Rolle war: der mit allen Salben geschmierte Angeschmierte".[14]

1907 bis 1908 hatte Eisenbach seine eigene Gesellschaft im Hotel *Stephanie* gegründet, kehrte aber bald wieder zu den *Budapestern* zurück, die Karl Kraus im Jahr 1911, ganz im Gegensatz zum Hofburgtheater und dessen Direktor, Freiherr von Berger, als alleinige Unterhaltungsbühne gelten ließ: „Nun, man wird doch da sehen – heißt es in den Stücken jener *Budapester Orpheumgesellschaft*, die nicht nur in den Leistungen der Herren Eisenbach und Rott das einzige reelle Theatervergnügen bietet, das Wien nach Girardi heute zu bieten hat, sondern die auch als das einzige künstlerische Abbild einer Kulturformation, welches heute auf einem Podium gezeigt wird, mit allem Unflat alles überbietet, was die Theater- oder Taschenspielerei der Berger und Reinhardt imstande ist."[15] „Aber ich behaupte", polemisierte Kraus erneut im Jänner 1912, „daß die *Budapester Orpheumgesellschaft* Musterleistungen bietet, welche in der Wiener Schandpresse nicht kritisch besprochen werden dürfen, sondern annonciert werden müssen".[16] In der darauf folgenden Fackel-Nummer findet sich der interessante Vorschlag, das zumeist leerstehende Burgtheater an die *Budapester* zu verpachten: „Gäbe es hier Künstler wie die Herren Eisenbach und Rott, Könner wie Herrn Berg und alle andern – die prächtige Frau Hornau ist nicht ersetzt worden –, so könnte man getrost auch den Schund hinnehmen"[17], lautete der theatralische Reformplan von Kraus.

Im „Burgtheater des Kabaretts" spielen nun neben Eisenbach und Rott, Armin Springer, Hans Moser, Rolf Wagner, Sándor Rott aus Budapest, Adolf Glinger, Risa Bastée, Josef Fleischmann, Alexander Trebitsch und der junge Armin Berg, der hier, noch etwas unsicher ob der Wirkung, seine „neuesten Schlager" zum Vortrag bringt:

Nur einmal in der Woche sing' ich ein neu's Couplet,
Und wenn Sie mir applaudieren,
dann freu' ich mich uj je.
Denn Ihren Beifall hör' ich auf Ehre wirklich gern,
Doch hoff' ich, daß nicht sagen
die Damen und die Herrn,
Wenn Sie um zwölf nachhaus geh'n:
Die Gall soll ihm herausgehn.[18]

Alexander Trebitsch tritt nun in Soloszenen als kleiner Moritz Kohn aus der Glockengasse auf, dessen Entreelied so beginnt:

Ich bin der kleine Moritz
Mein Tate kennen Sie.
Der hat seit vielen Jahren schon
A G'schäft da vis-avis.
Ich bin e großer Tunichtgut
Mei Tate hat gesagt:
Wenn der sich nicht bald ändern tut
Daß er mich noch erschlagt.

Was man dem Vater des kleinen Moritz nicht allzu übel nehmen sollte, und gewiß endet die inkriminierende Tat mit einem Freispruch, läßt man vor Gericht die hinterlassenen Monologe des kleinen Moritz in der Beweisaufnahme zu: „E Schwester hab ich auch", erzählt der aufgeweckte kleine Kohn, „19 Jahre is sie alt, unberufen unbetamt. Wenn sie auf der Gassen geht, bleiben alle Leut stehen und seh'n sie an, sie tragt nämlich die Brust rückwärts. Sie hat e kleinen Buckel. Das hat aber nix gemacht, sie hat doch schon e Kind. Wie mei Tate geschimpft hat, wie das angekommen is, schrecklich. Aber wie er das Kind gesehen hat, hat er doch gesagt, das is e gut gemachtes Jüngerl. Ich war im Nebenzimmer und wie ich das gehört hab, hab ich so e Freud gehabt, denn wenn es nicht e so gewesen wär, hätt ich wieder die Schuld gehabt und Pätsch bekommen."[19]

Als der erste Weltkrieg ausbricht und die Direktoren der *Budapester*, Lechner und Feitel, zögern, das Unterhaltungsetablissement in diesen Zeiten weiterzuführen, nimmt Eisenbach das Unternehmen in die Hand und vereinigt sich mit Glinger und Taussig zu einer Kompagnie, der auch das Possentheater *Max und Moritz* in der Annagasse 3 angeschlossen wird. Auch jetzt findet sich die „Klabriaspartie" auf dem Programm, in der sich eine Stelle befindet, die zu dem Nachdenklichsten gehört, was in einer Posse je geschrieben wurde und in der bitterste Armut mit Besitztum zu protzen versucht. Simon Dalles will der Frau Reis ein Kompliment machen und tut das mit den Worten:

DALLES: Ganz e betamtes Weiberl, seh'n Se an, wie se lacht, und die schöne Haar, was se hat.
REIS: Se gebt sich aber auch Acht auf de Haar. Alle Nacht sperrt sie se in Nachtkastel ein.
FRAU REIS: Zu was erzählste das?
REIS: Se soll'n wissen, mir ham e Nachtkastl.[20]

DES SÄNGERS FLUCH ODER SCHEITERN IN WIEN

FELIX SALTENS JUNG-WIENER THEATER ZUM LIEBEN AUGUSTIN

Ein interessantes Ereignis war auch das Inslebentreten des ‚Jung-Wien-Theaters', ob mit Erfolg oder Mißerfolg; interessant war es unbedingt.
Wilhelm Karczag[1]

Als die *Wiener Allgemeine Zeitung* vom 15. November 1901 für den kommenden Abend die Eröffnungsvorstellung des *Jung-Wiener Theaters zum lieben Augustin* ankündigt – nicht ohne sie sogleich durch das „Zuckerl" der Uraufführung eines frisch entdeckten Johann-Strauß-Walzers schmackhaft zu machen[2] –, hat die leichte Muse Wien längst erobert: In der *k. k. Gartenbau-Gesellschaft* finden täglich Varietéveranstaltungen mit dem „Jodler-Humoristen" Anton Sattler statt, im Etablissement *Ronacher* treten die Geschwister Noisset und der populäre sächsische Humorist Mörbitz auf, und in *Danzer's Orpheum*, das sich in einem Otto Wagner-Bau aus dem Jahre 1866 einquartiert hat, läßt Direktor Gábor Steiner, wie stets „zum letzten Male", die Dramolette „Automatenzauber", „Ballettprobe" und „Unterbrettl" spielen.

Felix Salten. Zeichnung von Dolbin

Der Bühnenehrgeiz der Jung-Wiener hatte sich das von Wilhelm Karczag geleitete Theater an der Wien ausgesucht. Hier sollte die in das Zeichen des legendären Wiener Volkshelden, der zu betrunken war, um von der Pest hinweggerafft zu werden, gestellte Veranstaltung, von Felix Salten, dem Kulturredakteur der *Wiener Zeitung*, als gänzlich neuartige Attraktion beworben, und durch den literarischen Kreis um Hermann Bahr favorisiert, über die Bretter und bald in die Brüche gehen. Die *Jung-Wiener* hatten ein großes Vorbild nicht-wienerischer Provenienz: Wolzogens *Überbrettl* in Berlin, eine Bühne, von der zwar niemand behaupten konnte, daß sie die herrschende Moral bedroht oder der Kunst neue Bahnen gewiesen hätte, die aber immerhin eine Anzahl literarisch hochqualifizierter Mitarbeiter unter ein Dach und auf eine Bühne gebracht hat, so etwa Otto Julius Bierbaum, Ludwig Thoma oder Richard Dehmel. Mit der Weichenstellung in Richtung literarisches Varieté stand freilich auch die sogenannte „angewandte Lyrik" ins Haus, das hochmodische Genre, welches erst jüngst durch den Reichsfreiherrn von Wolzogen aus dem „Goldschnittkäfig" befreit worden war. „Die Bestrebungen der angewendeten Lyrik reichen ja weit zurück", bemühte sich Siegfried Löwy in der *Österreichischen Volks-Zeitung*, der neugeborenen Kunstgattung eine honette Herkunft zu verschaffen. So weit in der Tat, daß ihre Wurzeln in einer Zeit liegen, in welcher das Theater noch nicht „mit den Vorgängen der alltäglichen Reelität zu sehr beschäftigt war". Robert Schumann sei der erste gewesen, der den Weg zur angewandten Lyrik zeigte, „in dem großen Konzertwerk ‚Des Sängers Fluch'", einem Werk, mit dem allerdings schon Schumanns Zeitgenossen, wie Löwy einräumt, „nicht viel anzufangen" wußten.[3]

Gerade den deutschen Romantiker Schumann hatten sich die Exponenten der Wiener angewandten Lyrik somit als Schutzpatron für ihr modisch-avantgardistisches Unternehmen auserkoren. Daneben, das stand außer Zweifel, durfte der Lokalkolorit nicht fehlen, sonst wären alle ernsthaften Erfolgschancen schon von vornherein verspielt gewesen. So versuchte das *Jung-Wiener Theater* auf das Auseinanderfallen von populärem Zuspruch und kulturellem Interesse mit einem Doppelangebot zu antworten: Es wollte ein Varieté sein, aber eines, „das durch die besondere Pflege der spezifisch wienerischen Note in Musik, Dichtung und Malerei einen völlig unabhängigen, durchaus bodenständigen Charakter haben wird".[4]

Was vom *Jung-Wiener Theater* übriggeblieben ist: die Erfahrung eines Mißerfolgs wirkte im Erfahrungsschatz der Folgezeit als Warnung vor allen gleichartigen Ambitionen weiter. Dabei wäre das Unternehmen möglicherweise anders ausgegangen, hätten nicht mißliche Begleitumstände ihren Schatten schon über die Première geworfen. Namen wie Marya Delvard, Hugo von Hofmannsthal oder Hermann Bahr, die als wirkungsvolle Anziehungspunkte die Vorankündigung geziert hatten, fehlten im Eröffnungsprogramm. So war es kein Wunder, wenn das Ausbleiben der spezifisch wienerischen Note mißfällig registriert wurde. Das umfangreiche journalistische Nachspiel, zu dem der 16. November 1901 Anlaß gegeben hat, hatte dennoch seine rezensorischen Lichtblicke, besonders für die szenische Seite des Dargebotenen. Kolo Mosers an diesem Abend zum ersten Mal präsentierte „Stilbühne", eine bühnenästhetische Errungenschaft, der, wie der Rückblick zeigt, noch eine brisante Karriere beschieden sein sollte, wurde einhellig positiv aufgenommen. Ja, einer der Rezensenten ließ sich von dem aus schwarzen und weißen Quadraten komponierten Muster der Dekorationsvorhänge Mosers sogar seine Überschrift suggerieren. Eine für das, was der Theaterabend außer den Vorhängen bot, allerdings nicht gerade wohlwollende Überschrift. Sie lautete: „Der Vorhang war Schach, die Vorstellung matt".[5]

Ebenso ernüchternd für die zeitgenössische Theaterszene wie aufschlußreich für den Historiker ist aber das spontane Unverständnis, mit dem das Wiener Publikum an jenem Abend das Auftreten des singenden Dichters Frank Wedekind bedacht hat. Wedekind, der in Wien nur als Dramatiker einen Namen hatte, erntete als Bänkelsänger das, was er selbst später seinen „grandiosen Durchfall in Wien" zu nennen pflegte. Er trug drei Nummern vor, „Brigitte B.", die „Ballade von den sieben Hellern" und als Höhepunkt seine mit Männerphantasie gesättigte „Ilse":

Frank Wedekind.
Karikatur von Th. Th. Heine

Ich war ein Kind von fünfzehn Jahren,
Ein reines unschuldsvolles Kind,
Als ich zum erstenmal erfahren,
Wie süß der Liebe Freuden sind.

Er nahm mich um den Leib und lachte
Und flüsterte: O welch ein Glück!
Und dabei bog er sachte, sachte
Den Kopf mir auf das Pfühl zurück.

Seit jenem Tag lieb' ich sie alle,
Des Lebens schönster Lenz ist mein;
Und wenn ich keinem mehr gefalle,
Dann will ich gern begraben sein.[6]

Die schroffe Ablehnung der Wedekindschen Liedkunst wurde nur durch einige wenige der zahlreichen Pressestimmen gemildert, und zwar neben Bahr und Hevesi besonders durch Berta Zuckerkandl, die Tochter des *Neues-Wiener-Tagblatt*-Gründers Moriz Szeps, welche für die (von ihrem Bruder Julius geleitete) *Wiener Allgemeine Zeitung* die Theaterkritiken verfaßte. Ihr ausführlicher Bericht bietet, neben dem beispielhaften Versuch, die Darbietung Wedekinds gegen sein (und das hieß wohl auch: ihr eigenes) Publikum zu verteidigen, und einem unverhohlenen Zweckoptimismus für die Sache der Jung-Wiener, ein kulturhistorisch interessantes Porträt des Premièrenabends:

> Felix Salten hat mit seinem „Jung-Wiener Theater zum lieben Augustin", welches vorgestern seinen Premièrenabend gab, den Versuch gemacht, ein neues Forum für die moderne Verbindung von Lyrik, Musik, Tanz und Farbenstimmung zu schaffen. Ein Versuch, welcher vielleicht, wenn wir den Eindruck auf das Publicum betrachten, nicht ganz gelungen ist. ... So hatten gerade jene Sachen ... einen vollen Erfolg, durch die Director Salten dem Publicum Concessionen machte, während diejenigen Nummern, welche die künstlerischen Seiten des Programms bildeten, theils direct auf Widerspruch stießen. Die selbstgesungenen Lieder des Dichters Wedekind und die Stimmungsbilder Rivières erregten den Unwillen des Publicums. Wedekind ist, wie man weiß oder wissen sollte, ein Dichter, dessen Ironie traurige Bitterkeit, dessen Hohn oft tiefstes Mitleid ist. Seine ganze Persönlichkeit wurde mißverstanden, man gab sich nicht die Mühe, einer fremdartigen Individualität näherzutreten. Die Art aber, wie Herr Wedekind abgelehnt wurde, barg jene Härte, welche das Publicum stets dann übt, wenn es im Unrecht ist. – Das Schattenspiel „Ahasver" von Fragerolles und Rivière wurde ebenfalls abgelehnt ... Mehr Glück hatte die ernste Introduktionsnummer, die dramatische Ballade „Des Sängers Fluch" mit der Musik von Schumann. Hier zeigte Felix Salten seine feine Regiekunst und sein Verständnis für moderne Interpretation ... Die zweite Abtheilung brachte ein reizendes Lied von Bodenstedt, welches uns ohne den erläuternden Tanz Fräulein Sartori's noch mehr gefallen hätte, und dann sang Herr Christoff Gedichte von Jakobowsky, Musik von Brüll, und Lieder von Otto Bierbaum. In sehr einfacher, lieber Art, ganz ohne Pose und Komödiantengrimasse gab Herr Christoff die bunten Lieder; es wirkte denn auch und hatte einen warmen Erfolg. Nun flatterte ein sehr hübsches Duett von Fräulein Sartori graziös gemimt und von Natzler lustig gesungen: „Der windige Schneider" vorüber und Frau Niese erschien. Sie trug ein in Musik gesetztes Gedicht „Der Seelen-Wanderer" vor. Es ist die geistreiche Biographie eines Floh-Daseins in Versen und birgt in der heiteren Form viel Lebenswahrheit und fein-psychologische Beobachtung. Das schlug ein. Alle folgenden einzelnen Liedernummern, so das „Soldatenlied", welches Streitmann sang, der „lustige Mädchenreigen", von Natzler vorgetragen, die österreichischen Lieder der Niese, wurden mit ungetrübtem Frohsinn genossen. Diese bunte Liederreihe zog aber auch durch einen einzig gestimmten Raum. Dadurch, daß Director Salten die szenische Ausgestaltung der Bühne Kolo Moser übertragen hat, beweist er, wie richtig und vornehm er die wahre Moderne auffaßt. ... Wir freuen uns auf die Weiterentwicklung des Jung-Wiener Theaters. Nicht gleich, nicht mit dem ersten Erscheinen kann ein Programm sich durchsetzen, kann es feste Gestaltung und Formung erhalten. Eine Persönlichkeit aber, die, wie Felix Salten, die künstlerischen Enunciationen der Zeit so feinfühlig aufnimmt und sie in ihrer kritischen Thätigkeit so verständnisvoll zu interpretiren weiß, wird es verstehen, der Popularisirung moderner Stimmungswerthe durch die Bühne den Weg zu ebnen.[7]

Otto Julius Bierbaum. Karikatur von Bruno Paul

Bei Hermann Bahr las man es anders. „Stürmischer Applaus", berichtete er, „heftiges Zischen, fanatische Begeisterung, hämische Erbitterung, eine förmliche Schlacht zwischen den Parteien, die beide mitunter alle Besinnung zu verlieren schienen – das war der erste Abend des Jung-Wiener Theaters zum lieben Augustin."[8] Der Kritiker Bahr selbst lobte zugleich so umfassend, daß keiner der Mitwirkenden leer ausging, und so angepaßt, daß er die ohnehin unbestrittene Erfolgsnummer des Abends, die Darbietung der Hansi Niese, allem anderen noch voranstellte. Bahr bezeichnete ihren Auftritt als einen „brillant vorgetragenen allerliebst geistreichen Scherz".

Karl Kraus sah die Gründe für diese allzu entgegenkommende, „allerliebste" Kritik Bahrs nicht im ästhetischen Bereich, sondern im Umstand, daß Bahr der

Bühne „eine seiner Schöpfungen anvertraut" habe.[9] Kraus hatte schon fünf Jahre vor Saltens Theaterunternehmen in der „Demolierten Literatur" mit den Jung-Wienern und ihrem Erfolgsrezept des Einander-empor-Förderns abgerechnet. Jetzt forderte er erneut das Ende der Cliquenwirtschaft in der Literatur wie im Journalismus. Seine Polemiken machten bekannt, daß Löwy finanziell am Unternehmen beteiligt war, Zuckerkandl dem Theaterkritiker Salten in der *Wiener Allgemeinen Zeitung* ressortmäßig unterstand und Hevesi zum engeren Freundeskreis zählte.

Im ganzen gesehen überwogen ohnedies die negativen Reaktionen. Der Kritiker Max Burckhard sprach kurzerhand von einem Mißerfolg und erklärte: „Die Vorstellung bot manches Interessante, aber bei weitem das Interessanteste an ihr war eine Reihe von mehr äußern Momenten und bloßen Begleiterscheinungen. Zunächst der sonderbare Umstand, daß das literarische Jung-Wien, nach dem das *Jung-Wiener Theater* benannt ist, im Programm der Eröffnungsvorstellung gar nicht vertreten ist. Dann die Wahrnehmung, was für Ausgleitungen selbst einem so erfahrenen und tüchtigen Theaterkritiker, wie Felix Salten es zweifellos ist, widerfahren können, wenn er den ersten Schritt von dem festen Boden der Theorie hinüber auf die schwanken Bretter der Praxis macht. Ferner der Kampf zweier Scharen gemieteter Soldtruppen, die nach schon vorher ausgegebenen Losungen im Theater ganze Salven von Applaus und Gezische gegeneinander abgaben, und schließlich am nächsten Morgen die Urteile in den Blättern, miteinander kontrastierend nicht anders denn schwarz und weiß."[10] Auch Burckhard vermißte Bodenständiges und schloß seinen Artikel in der Hoffnung, beim nächsten Novitätenabend jenem literarischen Jung-Wien zu begegnen, von dem Salten nur den Namen entliehen habe.

Clique und Claque. Zeichnung von Fritz Schönpflug

Den empfindlichsten Widerspruch löste allerdings die szenische Aufführung von Schumanns „Des Sängers Fluch" aus. Salten wollte seinem Varietéabend mit dem Werk, dessen Komposition schon in die Periode der geistigen Umnachtung Schumanns fällt, eine Brücke zur „großen Tradition" bauen, ein Vorhaben, dem seine Kritikerkollegen mit umso weniger Nachsicht gegenüberstanden, als ein früherer Versuch, Schillers „Glocke" auf der Bühne darzustellen, gerade von Saltens Seite eine polemische Stellungnahme heraufbeschworen hatte.[11] Nun schrieb Max Graf im *Neuen Wiener Journal:* „Daß man eine Schumann'sche Concertcantate (eines der schwächsten Werke dieses Meisters, den hier fast alle Erfindung verlassen hat) szenisch aufführt, ist ein Einfall, welcher den blutigsten Dilettantismus verrät."[12] – „Wer kein eingefleischter Monarchenhasser ist", vernahm man von Max Kalbeck im *Neuen Wiener Tagblatt,* „findet es ganz in Ordnung, daß der zum Rasen gebrachte König endlich mit dem . . . Kraftausdruck ‚Stirb, feiger Sclavensohn!' den verwegenen Tenoristen aufspießt." Kalbecks Resümee der Schumann-Bearbeitung: „Des Sängers Fluch ist ein Fluch des Sängers geworden."[13] – „Was kann uns so ein Ueberbrettl bieten", rief auch Hugo Schulz von der *Arbeiterzeitung* dem lieben Augustin ins Grab nach, „wenn wir in den letzten Jahren unser eigenes, uraltes, volksthümliches Brettl schmählich im Stich gelassen haben, weil es einem besser geschulten Geschmack nicht mehr zu entsprechen schien, während nun nach allem, was wir gehört haben, viele von unseren alten Wiener Gassenhauern den ‚deutschen Chansons' des Herrn Bierbaum textlich und musikalisch mindestens ebenbürtig sind."[14]

So kam es, daß die Direktion des *Theaters an der Wien* nach der siebenten Aufführung des Salten-Brettls am 22. November zur heiteren Muse zurückkehrte, und mit dem „Zigeunerbaron" und der „Fledermaus" ihren Betrieb wieder aufnahmen. Und dabei wäre es auch geblieben, hätte sich der enttäuschte Organisator mit seiner Niederlage abfinden können. Aber statt dessen erschien schon sechs Wochen darauf ein Versuch, den Prozeß um das *Jung-Wiener Theater* neu aufzurollen: eine eingehende Rechtfertigung des Unternehmens aus Saltens Feder, und unter Heranziehung der freundlicheren unter den Kritikern. Karl Kraus, von dem vorangegangenen Versuch, ein neues, auf die Macht der Presse gegründetes Wiener Theater ins Leben zu rufen, zu Höchstleistungen inspiriert, antwortete Salten wie folgt:

> Der liebe Augustin klopft an den Deckel seines Sarges, meldet sich zum Leben und betheuert, dass man ihn zu Unrecht begraben habe. Herr Felix Salten hat die feierliche Stille des Jungwiener Friedhofs durch ein Feuilleton über sich selbst, seine gescheiterten Hoffnungen, seine dennoch nimmerruhende Sorge um Österreichs Varieté-Zukunft gestört. Der feinsinnige Organisator jener grössten künstlerischen Niederlage, die, seit heimische Händler fremde Kunstwerthe auf den Markt bringen, erlebt ward, der Mann, den Herrn Wolzogens Profite nicht schlafen liessen, den das Sedan des deutschen Varieté zur Nachahmung spornte und mit dessen Namen nun für alle Zeiten die Erinnerung an ein Königgrätz des Ueberbrettls verknüpft sein wird, Felix Salten bleibt auch im Unglück stolz ... Es war eine überflüssige Grausamkeit, der alten Wunde unnennbar schmerzliches Gefühl zu wecken. Aber für ein bischen Heiterkeit ist das Wiener Publikum dem Veranstalter des Jung-Wiener Theaters selbst dann dankbar, wenn er sie erst durch ein Feuilleton über sein Unternehmen bietet. So hat man gern seiner Versicherung gelauscht, dass bei der Gründung des „lieben Augustin", an der sich Herr Siegfried Löwy mit zwanzigtausend Kronen betheiligt hatte, von „Profitgier" keine Rede sein könne. Und wo denn die „Clique" sei, der die Förderung des Jung-Wiener Varieté zugeschrieben wurde, während man doch in Wahrheit mit „allgemeiner unverhohlener Freude" dagegen losgezogen sei? Der Lobhymnus, mit dem Herr Salten ein paar Zeilen später sich dem selbstlosesten aller Förderer, Hermann Bahr, empfiehlt, ertheilt seiner erstaunten Frage die Antwort. Und dabei ist er undankbar gegen Herrn Hevesi, der in Wien und Budapest das Seine that und seinen jugendlichen Ueberschwang wahllos zwischen Kolo Moser und Fräulein Sartori, Bodenstedt und Streitmann sich entfalten liess; undankbar gegen die Blätter, die in der nicht unbeträchtlichen Einflusssphäre Siegfried Löwy's liegen.[15]

Ernst von Wolzogen

Zuletzt endete der Versuch, das literarische *Überbrettl* Ernst von Wolzogens für Wien zu adaptieren und in Gestalt des *Lieben Augustin* ein künstlerisches Forum für jung-wienerische „Enunciationen" zu schaffen, vor dem Bezirksgericht. Das Ehepaar Louise und Franz Kragl, Mieter des Caférestaurants im *Theater an der Wien,* wurde wegen eines Defizits von 47.000 Kronen der fahrlässigen Krida angeklagt. Sie verantworteten sich mit dem Hinweis auf den Mißerfolg von Saltens *Überbrettl.* Franz Kragl sagte aus, daß er durch Felix Salten veranlaßt worden sei, ein geräumiges, im Mezzanin gelegenes Lokal zu mieten, und kein anderer als Adolf Loos war der Zeuge, der ihm diese Angabe bestätigte. Salten, so Loos, habe Kragl in seiner Anwesenheit auch aufgefordert, nach den Vorstellungen des *Jung-Wiener Theaters* „ganz besonders für Keller und Küche vorzusorgen", erwarte man doch ein erlesenes Publikum, in dem auch „der Statthalter und der hohe Adel" nicht fehlen würden.[16] Mit der Verurteilung von Franz und Louise Kragl zu sechs Wochen resp. zehn Tagen strengem Arrest senkte sich der Vorhang über den lieben Augustin. Erst dreißig Jahre später, am 7. November 1931, wird er im *Café Prückel* wieder auferstehen ...

MÜNCHEN IN WIEN: DAS NACHTLICHT

DAS KLASSISCHE KABARETT UND SEINE PROTAGONISTEN

Kabarettiers waren auch Ludwig Scharf, Erich Mühsam, Friedell.
Solcher Künstler Gesellschaft zog mich ins Kabarett.
Karl Kraus[1]

Nach der Jahrhundertwende war Wien mit seinen rund 1,9 Millionen Einwohnern zur europäischen Großstadt emporgewachsen. Die „Spätgründerzeit" brachte eine wirtschaftliche Wiederbelebung, und die Operette gelangte zu ihrer zweiten Blüte – der sogenannten „silbernen Ära", die in Franz Lehár, Edmund Eysler, Leo Fall, Emmerich Kálmán und Oscar Straus ihre bedeutendsten Interpreten fand.

Äußere Einflüsse von Gastspielen französischer und deutscher Ensembles verschmolzen mit der heimischen Tradition der Volkssänger und Volkskomödien und ließen eine eigenständige Form der Kabarettkunst entstehen, die Chansons, Couplets, Balladen, lyrischen Texten, Operetteneinaktern, Volksliedern und Parodien gleichermaßen ihren Stempel aufprägte.[2] Die Zeitungen und Fremdenführer sind voll von Varieté- und Kabarettanzeigen. Sie dokumentieren das Zerstreuungsbedürfnis einer lawinenartig anwachsenden Großstadt. So erlebt das Wiener Kabarett, wenn auch nur kurzfristig, eine „klassische Ära", während derer es zum Symbol einer urbanen Gesellschaft aufblüht.[3]

Der „Wiener Cicerone" von 1903 empfiehlt dem reisenden Publikum zur Unterhaltung den Besuch von *Danzer's Orpheum* in der Wasagasse 33, das *Etablissement Ronacher* in der Seilerstätte, das *Wiener Kolosseum* in der Nußdorfer Straße 4, das *Sommer-Orpheum* im dritten Prater-Kaffeehaus und die *Budapester Orpheum-Gesellschaft* in der Taborstraße. Am 1. September 1903 eröffnet Ben Tiebers *Apollo-Theater* im Haus Gumpendorfer Straße 63, das neben den „Labacans, komisch-exzentrischen Akrobaten mit ihrem Hund" einen „Kosmographen" – „System Mester" – verpflichtet hat, der aktuelle Bilder aus dem Russisch-Japanischen Krieg vorführt. Dazu kommt noch das Bier-Kabarett *Nachtasyl Bohème* im Etablissement *Gartenbau,* wo der junge Richard Hutter seine ersten Conférencen gibt, das *Café Ritz* in der innerstädtischen Spiegelgasse, in welchem das *Wiener Cabaret Donauweibchen* für Amüsement sorgt, und, am Praterstern, Gábor Steiners Sommertheater *Venedig in Wien,* das einen weiteren Versuch unternimmt, Ernst von Wolzogens Berliner *Überbrettl*-Erfolge in der Donaumetropole nachzuspielen. Auf einem ehemaligen Kasernengrund Ecke Stubenring-Wollzeile eröffnet Maxime Lurion ein modisches Kaffeehaus, in welches bald ebenfalls eine bunte Kabarettistenschar Einzug hält.[4]

Gewiß ein imposantes Angebot. Was man aber dabei nicht übersehen darf, das ist, daß es gasthungrige Gastronomen, um die Sektkonsumation besorgte Etablissementbesitzer gewesen sind, von denen all diese Theater ins Leben gerufen wurden und zeitlebens abhingen. Die theatralischen Neuschöpfungen standen damit im Zeichen ungleicher Partnerschaft, in der Kunstsinn und kabarettistische Schaffensfreude einerseits, ökonomischer Anpassungsdruck anderseits in spezifischer und Wiener Weise nämlich so verbunden waren, daß die Dauermisere des lokalen Theaterbetriebs und die engen Schranken des Kabaretts selbst zu einem besonders innig gepflegten Gegenstand des kabarettistischen Schaffens wurden. So beim Kabarettisten Rudolf Oesterreicher:

Rudolf Oesterreicher

„Wir haben zu wenig Theater in Wien,
Es ist eine Schande für unsere Stadt!"
So ruft mit tiefbekümmertem Sinn
Gar mancher Direktor, der noch keins hat.
Und daß nicht mehr lang nur so wenige stünden,
Geht er gleich dran, ein neues zu gründen.

Nun war da draußen in Breitensee
Ein herrlicher Platz, in der nächsten Näh
Der großen Kavalleriekaserne,
Auf dem des Abends bisher gerne
Das Volk sich zusammenfand schon seit Jahren,
Besonders in Form von Liebespaaren.

Kaum war dieser schöne Platz entdeckt,
Entstand sofort ein Theaterprojekt,
Es bildete sich ein Komitee
Der Theaterfreunde von Breitensee
Und berief bald eine Versammlung ein,
Zu gründen – einen Theaterverein.

Als erster sprach, das ist ja klar,
Der Direktor, der noch keiner war:
„In dem Theater, das wir jetzt gründen,
Soll edelste Kunst nur die Aufnahme finden,
Ein solches Theater braucht nämlich Wien,
In Scharen werden die Leute dann zieh'n
Nach Breitensee – zu uns hinaus,
Denn alles verlangt so ein Musenhaus,
In dem man klassische Stücke erschaut
Mit Römern, Hohenstaufen und Welfen,
Und unser Theater wird nur erbaut,
Um einem dringenden Bedürfnisse abzuhelfen."

Da stand ein dicker Wiener auf:
„I waß zwar net, was a Hohenstauf'
Und a Welfe is, aber i denk' ma halt so:
Das is a Ritterstuck mit ein' großen Halloh,
Wo s' fechten und trommeln und blasen und schießen
Und dampfende Ströme von Menschenblut fließen.
Aber jetzt frag' i, was nutzt so a Bombardement,
Wann ma dabei unt', im Parkett, net rauken kann.
Sehn S', i, wann i ohne Zigarrl sitz,
Da gift i mi bei die schönsten Witz'
Und mir san alle so in Breitensee.
Drum sag' i, gründ' ma lieber a Variété
Und bei dem Bau könnt' ma glei' drauf nehmen Bedacht,

Marya Delvard.
Karikatur von Ernst Stern

Rudolf Oesterreicher

Daß ma im Sommer aus dem Variété a Dampfbad macht.
Na ja, baden muß ma, im Sommer gar,
Und so rentiert sich die G'schicht' dann 's ganze Jahr,
Beim schlechten Wetter — geht's Variété,
Und beim schönen — hab' ma für's Bad den Entree!"

Auf diese Worte folgte nun,
Eine der hitzigsten Debatten,
Weil einige nach einem Bad
Kein dringendes Bedürfnis hatten.
Die Stimmung — wurde immer heißer,
Stieg bis zum Siedegrad schier,
Zum Schlusse endlich kam zu Worte,
Ein fescher Kavallerieoffizier:

Ich glaub, so weit sollte man's nicht treiben,
Und doch lieber — bei Theater bleiben.
Nur eines, also — das ist klar,
Verfehlt wäre klassisches Repertoire,
Dafür ist hier nicht die richtige Stätte:
Wir wollen lustige Operette,
Wo straff gespannte Handlung ist los
Mit Benützung — straff gespannter Trikots,
Wo man zu einem süßen Lied
Auch kleine, süße Füße sieht ...

Ja, so ein Theater brauchen wir,
Denn große Not herrscht leider hier
In diesem Nest, dem ganz infamen,
An wirklich entgegenkommenden Damen!
Dadurch — fehlt einem etwas, man fühlt sich — so halb,
Es liegt auf der Brust ein furchtbarer Alp,
Man kommt sich so einsam vor — wie im Gebirg',
Man findet keinen Ergänzungsbezirk,
Kurzum, man verfällt in Melancholie,
Also, das ist doch kein Zustand für Kavallerie!
Aus alledem geht zur Genüge hervor,
Wir brauchen hier Op'rette mit weiblichem Chor,
So vierzig fesche Nixen und Elfen,
Um einem dringenden Bedürfnisse abzuhelfen."

Auf diesen Antrag folgte nun
Eine der hitzigsten Debatten,
Denn kontra — war'n die Ehefrau'n,
Doch pro, pro, pro — die Ehegatten.
Man schrie und zankte hin und her
Und immer mehr und immer mehr,
Noch war gegründet kein Verein
Und schon gab's dreierlei Partei'n
Theaterfreunde in Breitensee:
Operette, Dampfbad und Variété!

Ein Jahr verging! Und, siehe da,
Schon war fast der Vollendung nah

Ein Dampfbad, wie es dazumal
Der wack're Wiener anempfahl,
Auch schoß schon auf zu stolzer Höh'
Ein reizendes Variété. . . .
Ja, einer hatte gar voll Mut
Gegründet so ein Institut,
Wo Militär fand und Zivil
Stets Rosen — à la marechal Riehl,
Kurz, alles ward zum Leben erweckt,
Nur das Theater — blieb Projekt.
Und auf dem Platz,
wo Weiß und Gold
Der Musentempel stehen sollt',
Kam anstatt dem Theaterbau,
Geschmückt von Amoretten und Elfen — — —
Ein kleines Häuschen, still und grau:
Um einem dringenden Bedürfnisse abzuhelfen![5]

DIE ELF SCHARFRICHTER

An einem Samstag, dem 4. November 1905, öffnet im Philipphof in der Führichgasse 9 das *Moderne Cabaret* unter der künstlerischen Leitung Adolf Brakls seine Pforten. Zwei Wochen später stößt, nach vorangegangenem Zusammenbruch der Münchener *Elf Scharfrichter,* der Conférencier Marc Henry, ein Franzose, der bürgerlich schlicht Achille-Georges d'Ailly-Vaucheret heißt, zum *Modernen Cabaret,* und bald darauf findet sich auch noch die junge Diseuse Mella Mars auf dem Programmzettel.

Aber das *Philipphof-Kabarett* ist bald nur mehr als ephemeres Vorspiel für das schon im Jänner 1906 von Monsieur Henry gegründete Kabarett *Nachtlicht* erinnerlich. Es waren die Reste der *Elf Scharfrichter,* die Marc Henry von München weg nach Wien engagierte und die hier eine neue Richtstätte gefunden hatten. Die *Elf Scharfrichter,* die sich 1901 in der bayrischen Landeshauptstadt als erstes deutsches Kabarett mit „K" zusammengefunden hatten, waren Maler, Dichter, Musiker, Journalisten, Architekten, amüsante Lebemänner, Nichtstuer und Anarchisten, kurzum Kabarettlaien gewesen, die sich, wie sie der Brettlhistoriker Richard Wiener beschreibt, „in ihrer gewachsenen Erscheinung mit Bart und Bauch, mit ihren Talenten und menschlichen Besonderheiten, Leuten, die für dergleichen Sinn hatten, als merkwürdige Exemplare der Spezies Mensch" darboten.[6] Daß es viele Leute gab, die für derartiges Sinn hatten, stellt jener Zeit, kein schlechtes Zeugnis aus. Das Publikum genoß den komischen Kontrast, den die Scharfrichter zwischen ihrer betont bürgerlichen, bisweilen philiströs herausgearbeiteten äußeren Erscheinung, ihren Zwickern und Bärten, ihrem Galgengetue und grauenerregenden Namen aufgebaut hatten. Die Scharfrichter namens Hannes Ruch, Dionysius Tod, Frigidus Strang und Max Knax ließen dennoch durchblicken, daß hinter den bluttriefenden Pseudonymen der Komponist Richard Weinhöppel, der Lyriker Leo Greiner, der Lautensänger Robert Kothe und der Architekt Max Langheinrich ihr Unwesen trieben. In ihrer Mitte stand Frank Wedekind, der, im weißen Anzug, seinen berühmten „Tantenmörder" zur Laute sang. Als würdige Sekundanten, und als Verkörperung des französischen Erbteils, dessen das Kabarett mit Rücksicht auf seine Herkunft schon entwicklungsgeschichtlich bedurfte, fungierten Marc Henry und die Chansonette Marya Delvard. Was die *Elf Scharfrichter* aufführten, waren amüsante Galgen-, Volks- und Soldatenlieder, die dank ausgiebiger künstlerischer Inanspruchnahme des Dirnen- und Proletenmilieus ihr bürgerliches Publikum angenehm zu erschrecken wußten. In ihren zahlreichen Gastspielen popularisierten sie den Gedanken des Kabaretts, bis sie diesen Gedanken schließlich, genau gesagt

Marc Henry.
Zeichnung von Carl Hollitzer

ab 5. Jänner 1906, auch dem Wiener Publikum präsentierten: im *Nachtlicht*, dem es gelungen war, im ehemaligen *Wintergarten,* dem Champagnerheurigen des Volkssängers Brady, im Haus Ballgasse 6, Fuß zu fassen. Auf der Suche nach einer geeigneteren Spielstätte war Marc Henry in jenen Tagen einem alten Bekannten begegnet: dem Schriftsteller und Bohème-Wahrzeichen Altenberg, welcher den Conférencier der *Elf Scharfrichter* schon drei Jahre früher an prominentem Orte, in der *Fackel* nämlich, gewürdigt hatte und der Henry jetzt zu seinem Stammtisch mitnahm. Hier, im *Löwenbräu,* Teinfaltstraße 12, war inzwischen eine Künstlergesellschaft entstanden, zu deren festem Kern neben der Burgschauspielerin Tini Senders, dem Schauspieler, Schriftsteller und angehenden Kulturkritiker Egon Friedell, dem Schlachtenmaler (und Steinbruchbesitzer) Carl Hollitzer, der mit diesem befreundeten Tänzerin Gertrude Barrison und den Fabrikanten Felix und Julius Muhr auch Adolf Loos, Karl Kraus und Peter Altenberg zählten und die nun, zusammen mit Henry, der Delvard und dem Münchener Scharfrichter und Panizza-Freund Hannes Ruch, jene explosive Mischung aus Wiener Stammtischlaune und bayerischem Bohème-Humor zusammenbrauten, die bald über ihr scharfrichterliches Vorbild weit hinauswachsen und den eigentlichen Höhepunkt des klassischen Wiener Kabaretts markieren sollte.

Als das *Nachtlicht* am 5. Jänner 1906, zehn Uhr abends, unter der künstlerischen Leitung von Marc Henry und Hannes Ruch das Rampenlicht der Kabarettwelt erblickte, kostete der Eintritt zwei Kronen, für reservierte Plätze wurden drei Kronen eingehoben, und nach Schluß der Vorstellung warb das Unternehmen zudem noch für die „beliebten Brady-Abende bei freiem Entrée".[7] Das winzige Podium war quer in einer Ecke postiert, und an der Wand stand eine Statue der Marya Delvard in beängstigender Magerkeit, die, wie sich Richard Wiener erinnert, „vielfach bei Besuchern Anstoß erregte, weil sich unterhalb eine Art ewiges Licht befand".[8] Karikaturen und französische Plakate zierten die grob gespritzten Wände, und im Hintergrund sah das staunende Publikum die Kabarettkünstler, um Altenberg geschart, in einer gewaltigen Loge sitzen und zu Regiepreisen reichlich und in bester Laune essen und trinken. So war die Einstimmung beschaffen, die Altenberg zu seinen 100 Kronen monatlich benötigte, um für die *Wiener Allgemeine Zeitung* seine träumerischen Kritiken schreiben zu können, Kritiken, in denen er mit viel Subjektivität, Begeisterung und im Bedarfsfall durch Nachsicht gezügelter Beobachtungskraft ein ungetrübtes, oft wohl allzu ungetrübtes Bild der frühen Jahre des Wiener Kabaretts zeichnete. Wie Egon Friedell beklagte, durfte er in ihnen niemals tadeln: „Er hat das, wie so vieles andere, mit dem souveränen und gütigen Zynismus eines griechischen Weisen hingenommen; nur hie und da, wenn eine Nummer doch gar zu arg war, hat er sie nicht erwähnt." Karl Kraus hat sich von der nächtlichen Erwerbstätigkeit seines Freundes ein anderes Urteil gebildet. Er erklärte, Peter Altenberg sei „in deutscher Sprache der erste Dichter und der letzte Schmierer" gewesen.[9] Von Peter Altenberg stammt auch die folgende Nachtlicht-Premièrenkritik, die sich, vier Tage nach dem Ereignis, so liest:

Hannes Ruch, Marc Henry, Carl Hollitzer, Roda Roda, Felix Dörmann, Heinz Lebrun, Dolbin (v. li.)

Peter Altenberg

Man betritt einen wunderbar düsteren Raum, grau-lila. Ein Raum, wie für Zusammenkünfte von Schmugglern, Wilderern, Taschendieben. Unheimlich anheimelnd. Man ist unter sich, abgeschlossen vom Gros der Menschheit. Henry, der ideale Bohémien, der schlichte und tiefe Künstler, der unverlegene Conférencier, ist die Seele des Ganzen. Er spricht mit dem Publikum wie eine Mama mit ihrem Kinde, liebevoll, nachsichtig und zärtlich. Wir alle aus dem sogenannten intimeren Kreise verehren ihn geradezu. Seine Ballade „La marche" haben wir oft und oft gehört. Aber jedesmal entsteht in uns dieselbe Begeisterung. Diese düstere Frage in dem Liede: Wohin, wohin ziehen alle diese Leute?!? Dann die düstere Pause; dann die drei kurzen Trommelschläge; und dann der ekstatische Refrain! Man geht mit. Man jauchzt. Man erschauert. Ein Mensch gibt da sein eigenes Herz. Deshalb wird es von fremden Herzen aufgenommen wie ein Brudergruß. Die Ballade „La marche" ist ein Ereignis, das man mitnimmt in die leeren Tage!

Ebenso ergreifend ist die Ballade aus des Knaben Wunderhorn, „Die Pfarrerstochter", von Marya Delvard unvergleichlich vorgetragen.

Ueber alles Lob erhaben ist die zarte noble Musik zu den Balladen von Hannes Ruch. Es ist Musik, wie aus der einfachen Volksseele selbst herausklingend, dumpf-traurig und erfüllt von Herz. Man ist ihm direkt dankbar für seine edlen Einfachheiten, seine schlichte, liebe Art. Er ist ein Prachtmensch. Dann Franz Quidam, der so singt wie ein Schmied, ein Bauersmann, ein Steinmetz singen würde nach getaner Arbeit, ausruhend vom harten Sein und ihr Herz zusammenraffend zu künstlerischer Betätigung, im Frieden des Feierabends! Franz Quidam, wie aus „Geschichten für brave deutsche Knaben" bist du, so ein adeliges Vorbild für stürmische, drängende, kraftreiche Jugend!

Das süße Fräulein Ingrit Loris trägt das Lied „Die erste Konjugation" in unübertrefflicher, sanfter Lieblichkeit vor, künstlerisch sparsam in Ausdruck und Gebärde. Ludwig Scharf, der Dichter aus München, bringt seine tragischen Dichtungen mit einer tragischen, persönlichen Note vor, die ungemein packt. Leid der Menschheit, von einem Leidtragenden mitgeteilt. Dichter, Dichtung, Vortragender — — — eine Klage! Eine Anklage!

In der merkwürdigen und grotesken Szene „Der Nachbar" spricht ein Herr Karl Hauer den Nachbar ungemein eindringlich und ist in der Maske vorzüglich. Der Katalog enthält ausgezeichnete Karikaturen des Malers Karl Hollitzer.

Das Cabaret „Nachtlicht" sei den Freunden einfacher, sachlicher, allerechtester Kunst wärmstens empfohlen!

Die geniale Ausstattung des Raumes ist von Architekt Laske und Maler Huck.[10]

Peter Altenberg. Zeichnung von Fritz Schönpflug

Die Eröffnungsvorstellung des *Nachtlichts* war ein voller Erfolg. In einem endlos langen Gehrock, das Lockenhaupt mit dem schön gedrehten Schnurrbart von einem ungeheuren Kragen in die Höhe geschraubt, zelebrierte Marc Henry sein legendäres Deutsch in einer Begrüßungsconférence, die mit den Worten: „Und jetzt meine sehrch verehrchte Herrchschaften, wirch können sagen: von heute an hat Wien die erchste Cabaret" ausklang und einen bunten Reigen von Darbietungen eröffnete.[11] Blaß, hager, in schwarze Seide gehüllt, ganz die „innere Aristokratin der Kunstdarbietung", als welche sie Peter Altenberg nobilitiert wissen wollte,[12] erschien nun Marya Delvard, gefolgt von Carl Hollitzer, dem erbarmungslosen Karikaturisten des *Löwenbräustammtisches* und des *Nachtlichts*, der in seinen alten Uniformen auftrat und wirkungsvolle Landsknechtslieder zum besten gab. Dann kamen in zwangloser Reihenfolge, jeder von Marc Henry mit einigen treffenden Worten charakterisiert: der damals als Zeichner noch unrenommierte Fred Dolbin, der das „Erntelied" von Richard Dehmel und den „Lumpensammler" von Leo Greiner sang; Felix Dörmann, der aus seinem reichen Fundus erotischer Lieder einige müd-schwüle Verse zum besten gab, etwa die „Duldende Liebe", die auf die Verse schließt:

Wie deine Brüste auf und nieder wiegen,
Noch säumt der Sturm, der in den Nerven wühlt,
Es ist so süß, so regungslos zu liegen
Von deiner Küsse lauter Flut umspült;[13]

Es folgte die dramatische Szene „Der Nachbar“ von Hanns von Gumppenberg, welche aus einem einzigen, überaus langen Satz bestand, der von Karl Hauer gesprochen wurde, währenddessen das gesamte künstlerische Personal auf der Bühne versammelt nacheinander Selbstmord verüben mußte; und schließlich Gertrude Barrison, die die Kathinkapolka von Strauß tanzte. Als letzter Programmpunkt kam Monsieur Henry selbst, der sein französischsprachiges Programm erst vortrug und dann deutsch erläuterte. Auch der debütierende Egon Friedell stand – von Altenberg unerwähnt – in der Ballgasse auf der Bühne und las aus seinen aphoristischen „Eigenen Erlebnissen“ und dem „Panamahut“ vor, errang dabei aber so wenig Erfolg, daß Karl Kraus sich veranlaßt sah, im Jännerheft der *Fackel* Friedells Skizzen samt ausdrücklicher positiver Würdigung – „Der Verfasser hat sie einigemal im neuen Cabaret *Nachtlicht,* das mit vielen Talenten und gutem Glück die Schaulust des Wiener Publikums gegen die Harthörigkeit des Wiener Publikums verwertet zum Vortrag gebracht“[14] – nochmals abzudrucken.

Erich Mühsam.
Zeichnung von Eduard Thöny

Bald finden sich noch weitere Mitarbeiter im *Nachtlicht* ein, so der Lyriker und *Simplicissimus*-Autor Hans Adler, damals noch Beamter in St. Pölten, der Chansons verfaßte, wie das unvergleichliche „Frühlingslied“ der Marya Delvard, das mit den bemerkenswerten Worten endet:

Ach Gott, man wird so leicht verführt,
Man muß sich nur bemühen.[15]

Roda Roda, der „Humorist der Militärgrenze“ (Karl Kraus), gastierte ab erstem November 1906 bei den *Nachtlichtern.* Auch Hanns Heinz Ewers, Gabriel Montoya und der seine Ähnlichkeit mit einer Ohrenfledermaus kultivierende Scharfrichter Arcus Troll traten im *Nachtlicht* auf, neben dem damals 28jährigen und durchaus friedfertigen Anarchisten und Bohémien Erich Mühsam, der für März und April im *Nachtlicht* engagiert worden war, um, wie er später schrieb, „dem allnächtlichen Amüsementbedürfnis eines zahlungsfähigen Publikums durch den Vortrag humoristischer und satirischer Verse Nahrung zu geben“.[16] Mühsam hatte sich in der *Löwenbräu*-Runde mit Karl Kraus angefreundet, der mit den *Nachtlichtern* anfangs stark sympathisierte, und der in diesen Tagen auch selbst als Regisseur an der Bühne der Ballgasse mitwirkte – ein Umstand, der Kraus veranlaßte, sein Verhältnis zum *Nachtlicht* in der ersten Person klarzustellen: „Daß ich in Gesellschaft des Leiters Monsieur Henry und seiner Mitarbeiter zu sehen bin, ist unbestreitbar, auch daß ich ab und zu in szenischen Dingen mit Rat helfe. Aber im Ganzen habe ich zu dem Cabaret, das gegründet wird, keine andere Beziehung als die des Interesses, das ein Kunstfreund an einer künstlerischen Gründung nimmt ...“[17]

Das Interesse des Kunstfreundes dürfte vor allem Marya Delvard gegolten haben, doch diese zeigte sich dem uneigennützigen Ratgeber wenig geneigt. Das Drama im Kabarett begann, als die Delvard am 15. April 1906 für das *Fremden-Blatt* einen Artikel schrieb, betitelt: „Die guten Ratschläge“ und, offenbar Kraus meinend, klagte: „Sie verfolgen das Leben jedes Künstlers, die guten Ratschläge. Es ist, als ob sich alle Welt verschworen hätte, uns zu beraten. Man möchte glauben, daß die Nebenmenschen, Freund und Feind, alles von unserer Persönlichkeit fürchten. Sie gönnen es uns nicht, daß wir eines Tages auf uns selbst stolz sein könnten. Sie

Hanns von Gumppenberg

vielmehr wollen sagen dürfen: Ich hab's ihr geraten! Und so werden s i e desto größer, je kleiner sie u n s machen."[18]

Handgreifliche Auseinandersetzungen

Kraus ist merklich betroffen, zieht sich sofort vom Ensemble zurück und nimmt zum Kabarett als Kunstform eine distanzierte Haltung ein, nicht ohne seine Retirade mit scharfen Worten gegenüber Marya Delvard abzusichern: „Es ist der Trik aller, die selbst keine Persönlichkeit sind", replizierte er unter dem Titel „Scharfrichter" in der *Fackel,* „sich durch eine Verbindung mit berühmten Namen Reklame zu machen."[19] Marya Delvards Beschützer, Marc Henry, widersprach dieser Auffassung dann recht handgreiflich. In der Nacht des 30. April 1906 saß Kraus mit Erich Mühsam im Wiener Weinlokal *Casino de Paris* am Petersplatz, als die Kollegen vom Kabarett erschienen und an einem anderen Tisch Platz nahmen. „Plötzlich", so erinnerte sich Mühsam, „stürzte sich Henry auf Kraus, den er buchstäblich bis zur Bewußtlosigkeit verprügelte; es war höchst widerwärtig und roh. Ich lag, in dem Drange, Frieden zu stiften, beiseite geschoben, mit verstauchtem Finger, zerbrochenem Kneifer und zerfetztem Engagementsvertrag in einer Ecke am Boden, während Peter Altenberg seufzend zwischen den verwaisten und derangierten Tischen umherirrte und mit den Worten ‚Ich bin verzweifelt' von Freund und Feind die Sektreste austrank."[20]

Karl Kraus, der Freuds Prinzip von der großen Abstoßung zwischen den kleinen Differenzen nun am eigenen Leib verspüren mußte, zog publizistisch einen Schlußstrich unter das Unternehmen *Nachtlicht:* „Daß aus einem Bollwerk gegen das Philistertum eine vor ein Champagnergeschäft gehängte Liedertafel wurde, war meine private Enttäuschung",[21] formulierte er in der Mai-Nummer der *Fackel* und begann für den kommenden Prozeß gegen Henry seine Getreuen um sich zu scharen: Erich Mühsam, Egon Friedell, den ein wenig zögernden Peter Altenberg und vor allem Frank Wedekind, der seit seinem Durchfall im *Lieben Augustin* nicht mehr in Wien gastiert hatte, und der nun eine Ergebenheitsadresse an die *Fackel* adressierte, in der er mit fester Bündnistreue feststellte, „. . . daß ich die von mir herrührenden Verse, die im Cabaret zum Nachtlicht vorgetragen werden, l i e b e r n i e g e s c h r i e b e n h a b e n m ö c h t e, als daß sie aus dem Munde von Menschen, die sich durch solch gemeine Niederträchtigkeiten hervortun, wie Herr Henry und Frau Delvard, dem Publikum zur Unterhaltung dienen".[22]

Frank Wedekind. Karikatur von Ernst Stern

Die gewaltige und feurig geführte Polemik, von Kraus' Seite in der *Fackel* immer wieder neu entfacht, überdauert das *Nachtlicht* selbst. Denn noch vor Jahresende 1907 schloß das Kabarett in der Ballgasse seine Pforten. Die neuentstandene *Fledermaus,* nun Heimstätte des klassischen Wiener Kabaretts, hatte Marc Henry und viele andere bereits in ihren Bann gezogen.

Erich Mühsam mit Frank Wedekind. Zeichnung von Paul Rosié

KABARETT IM SEZESSIONSSTIL: DIE FLEDERMAUS

DIE DIOSKUREN FRIEDELL UND POLGAR UND IHR BEITRAG ZUM KLASSISCHEN KABARETT

Seht Ihr in uns nur ein wüstes Farbengetändel?!?
Wir können's nicht hindern. — Ist's mit Geschmack
gemacht, lebt es auch ohne Idee.
Peter Altenberg[1]

Programmheft, gestaltet von Bertold Löffler

Jeder Kunstrichtung ihr Kabarett!", so lautete das Motto des neuentstandenen Etablissements *Fledermaus*, einer Gründung der *Wiener Werkstätte*, das am 19. Oktober 1907 in Form einer Generalprobe vor geladenen Gästen im Souterrain des Hauses Kärntner Straße 35, Ecke Johannesgasse 1 seinen Spielbetrieb aufnahm.[2]

„Das Theater und Kabarett *Die Fledermaus* will sich in keiner Weise mit irgendwelcher bestehenden, scheinbar ähnlichen Unternehmung vergleichen", heißt es in einer von der *Wiener Werkstätte* herausgegebenen Schrift. „Es will, auf eigenen künstlerischen Anschauungen fußend, den fast verloren gegangenen, ursprünglichen Gedanken des Kabaretts wieder aufnehmen, erneuern, ausbauen und weiterführen . . ."[3] Der Vergleich mit ihren Vorgängern blieb der *Fledermaus* dennoch nicht erspart, alte Traditionen des Montmartrer *Chat noir* waren von Beginn an hier vertreten, ebenso wie die der Münchner *Elf Scharfrichter*, deren ungebrochenes Weiterbestehen schon durch Marc Henry, den nunmehrigen künstlerischen Leiter der *Fledermaus*, dokumentiert wurde. „Wie in Paris die Maler und Zeichner Toulouse-Lautrec, Chéret, Steinlen, Rivière, Willette, Henri Somn, Caran d'Ache an der Ausgestaltung des Cabarets mitgearbeitet, ihren Stil geprägt, sich mit *Le Chat noir* ihre eigene Wochenzeitschrift gegründet hatten", so taten sich nun in Wien, auf Anregung des kaufmännischen Direktors der im Mai 1903 gegründeten *Wiener Werkstätte, Productivgenossenschaft von Kunsthandwerkern in Wien*, Fritz Waerndorfer, zahlreiche Künstler des Sezessionismus zusammen.[4] Und wie schon zuvor den Kabaretts von Paris und München der Symbolismus und Naturalismus eigen war, blieb auch die Wiener *Fledermaus* eng mit der Entwicklung einer neuen Kunstrichtung, dem Sezessionismus, verbunden.

Nicht weniger als ein Gesamtkunstwerk sollte das neue Jugendstilkabarett werden, eine Stätte, „die der Kultur der Unterhaltung dient. Alle Sinne sollen hier gleichzeitig zum mindesten Anregung, wenn möglich auch Befriedigung finden, und keine von den Künsten (Poesie, Musik, Tanz, Malerei, Architektur) ist ausgeschlossen, um mit den ihr zukommenden Mitteln ihr Teil der beabsichtigten Gesamtwirkung beizutragen", steht weiter in der erwähnten programmatischen Schrift zu lesen.

Das Kabarett wurde, in Zusammenarbeit mit der *Wiener Werkstätte*, nach den Plänen des Wagner-Schülers und Mitbegründers der *Wiener Secession*, Josef Hoffmann, errichtet. Der Eingang der neuen Lokalität befand sich in der Johannesgasse: ein einfaches, schmales Portal, von Stablampen flankiert. Breite Streifen aus weißem und schwarzem Marmor bedecken die Wände des Abstieges, schon mit diesem Wandschmuck war, wie der Chronist der Sezessionisten, Ludwig Hevesi, anmerkte, „die Hoffmannsche Note allbereits angeschlagen".[5] Einmal hindurchgelangt, betrat der Zuschauer als nächstes einen von Bertold Löffler geschaffenen, dem Bühnenraum vorgelagerten „Bar-Room", der bis zum Plafond bedeckt war mit einem Mosaik aus viereckigen Majolikaplatten, von denen zahlreiche ornamentiert waren, und zwar „mit zeichnerischen, malerischen, plastischen Schnurren jeder erdenklichen Art, eine Ulkographie ohne Ende", wie Hevesi anmerkte, voll von Karikaturen und Portraits von Hoffmann, Kolo Moser, Czeschka, Waerndorfer, Löffler und anderen Mitwirkenden. Der Zuschauerraum bot etwa 300 Besuchern Platz, die an Tischen von drei bis zehn Kronen in schwarz-weiß gehaltene Sessel plaziert wurden. Die halbrunde Bühne schob sich, wie die Berichterstatterin der *Wiener Allgemeinen Zeitung*, Berta Zuckerkandl, anläßlich der Eröffnung hervorhob, in „weicher Fischer-Erlachscher Ausbuchtung graziös in den Zuschauerraum" hinein.[6] In der Tat war der Bühnenboden ungewöhnlich hoch angelegt, was Karl Kraus, Berta Zuckerkandl gegenüber, zu der tiefgehenden Bemerkung veranlaßte: „An eine Erhöhung des künstlerischen Niveaus zu glauben, weil außer den Preisen das Podium erhöht wurde, war eine der kühnsten Metaphern, die in der Kultursprache des Sechsuhr-Abendlandes je gehört worden sind."[7]

Peter Altenberg jedenfalls lobte uneingeschränkt das neue Kabarettheater und notierte: „Die ‚Wiener Werkstätten', ihr Feldherr Josef Hoffmann und sein Stab, haben einen herrlichen kleinen Raum geschaffen in weiß und marmorgrau und eine buntgescheckte Bar mit schneeweißem Plafond. Wo man hinblickt, zarte, besondere, mit Liebe ausgeführte Gegenstände dieser großen Künstlervereinigung. Alles einfach und apart, bequeme weiße Sesselchen, ein herrlicher Teppich, von Hoffmann entworfen, reizende elektrische Lampen, jeder einzelne Gegenstand ein wohlgehegtes, wohlgepflegtes Kunstwerkchen. Herrliche dessinierte farbige Vorhänge schließen rückwärts die Bühne halbkreisförmig ab, und alles, alles trägt bei zu einer schönen, vornehmen Gesamtwirkung."[8]

Aus dem Programmheft der Fledermaus 1907. Zeichnung von Jung

Als dekorative Mitarbeiter nennt das Programmheft neben Hoffmann und Löffler noch C. O. Czeschka, F. Dellavilla, Carl Hollitzer, Gustav Klimt, Anton Kling, Oskar Kokoschka, Franz Lebisch, Emil Orlik, Eduard Josef Wimmer-Wisgrill und Fritz Zeymer. Diese schufen aus Vorraum, Bar, Theatersaal, aus Bühne, Kostümentwürfen, Vorhängen, Plakaten, Programmheften, Tischservice und Interieurs, aus den Platzanweiserinnen und der Dame, deren Obhut die Lieux d'aisances anvertraut waren, ein einmalig komponiertes Gesamtkunstwerk voll grandioser, voll mondäner Totalität. „Zugegeben, daß die Welt schlecht eingerichtet ist, soweit sie noch nicht von der Wiener Werkstätte eingerichtet ist", bemerkte denn auch Karl Kraus angesichts des erreichten Gesamteindrucks.[9]

Marya Delvard.
Zeichnung von Carl Hollitzer

Wie sah nun der Inhalt aus, der in diesem festlich-dekorativen Rahmen seinen Platz finden sollte?

Den Auftakt der Première bildete ein Prolog Peter Altenbergs, von der jungen Schauspielerin Lina Vetter, der ersten Frau Adolf Loos', vorgetragen, in dem sich die Worte finden: „Ich möchte an einem Tischchen meine eigene Herrin sein, nicht Gastgeberin, noch Gast, tun, was mir beliebt im Augenblicke, essen, trinken, rauchen, begeistert sein oder ins Leere starren, wie es sich ergibt in unberechenbarer Laune, und Aug und Ohr den mannigfaltigen Vorgängen einer kleinen Bühne zuwenden, großmütig ihnen meine innern Aufmerksamkeiten schenken, falls es mir so genehm ist."[10]

Von Altenberg findet sich im Programm auch die fast surrealistische Szene „Masken". Marya Delvard, Gertrude Barrison und Lina Vetter-Loos repräsentieren darin jede einen bestimmten weiblichen Typ: die Künstlerin, die Kokette und die Weltdame. „In den ‚Masken', Aphorismen in der bekannten P. A.-Manier von Peter Altenberg, hat Professor Czeschka einfach-herrliche Kostüme entworfen, hat das ganze geordnet und so im Verein mit den außerordentlich sprechenden Damen Delward, Barrison und Lina Vetter und dem Komponisten Hannes Ruch diesen Aphorismen eine Art höheres Leben eingehaucht", lobt Altenberg in seiner Eigenschaft als Kabarettkritiker vorbehaltlos die Darstellung.[11]

Den zweiten dramatischen Beitrag des Abends bildete Hanns von Gumppenbergs Groteske „Die Totengräber", gestaltet von Carl Hollitzer, ein „Meisterstück einer modernen Inszenierungskunst, die ihre Aufgabe im historischen Naturalismus erkannt hat", wie Egon Friedell anerkennend berichtet.[12]

Wie schon im entschwundenen *Nachtlicht* tritt nun Hollitzer wieder als Bänkelsänger in historischen Kostümen auf, und Marc Henry conferiert geistreich wie stets. Gertrude Barrison, die jüngste der populären „Barrison-Sisters", trägt ihre Tanzkreation zu Griegs „Morgenstimmung" in einem von Fritz Zeymer gestalteten Rahmen vor und wird von Altenberg überschäumend gewürdigt: „Niemals ist in Wien mit dieser äußersten Anmut getanzt worden, so tragisch, ernst, vornehm, melancholisch und wieder freudig, kindlich, erstaunt und herzig." Auch der Diseuse Mella Mars wird applaudiert: „Sie ist die erste und einzige Wienerin, die im französischen Geist vorträgt, das heißt andeutet, pointiert, wieder wegwischt, hinweghuscht und erraten läßt, und alles mit unbeschreiblichem Takt und Geschmack."[13]

Der Star des Abends war jedoch Marya Delvard, die, wie schon in den *Elf Scharfrichtern* und im *Nachtlicht*, als ihr eigenes Markenzeichen stets bleich geschminkt und mit blutrotem Mund, schwarz gewandet, diesmal aber in ein von Löffler für sie entworfenes weißes Kleid mit rotem Schal gehüllt, das ihre zum Gesamtkunstwerk der *Fledermaus* beitrug, indem sie „einigen Liedern die Note ihrer besonderen Persönlichkeit" (Altenberg) aufdrückte.

Nachdem der *Fledermaus*-Vorhang gefallen war, sind es zunächst weitgehend die Mitwirkenden selbst gewesen, die gemeinsam mit ihren nächsten Anverwandten und sonstigen Bezugspersonen die Beweislast dafür zu tragen hatten, daß der Premièrenabend auch tatsächlich ein Erfolg gewesen ist. Das Publikum seinerseits, ohnedies zum größten Teil aus befreundeten Künstlern und Pressekritikern zusammengesetzt, hatte seine Zweifel und begründete diese mit der Diskrepanz zwischen sezessionistischer Form und eklektizistischem Inhalt. So meinte das *Illustrierte Wiener Extrablatt* erwartungsfroh: „Die Cultur wäre glücklich da, die Unterhaltung wird hoffentlich bald kommen."[14] Egon Friedell mußte sich mit einem Reporter herumschlagen, der geschrieben hatte: „Hoffentlich wird das Programm mit der Zeit das künstlerische Niveau dieses Interieurs erreichen." (Friedell: „Das ist eine Perfidie, denn das Programm hat dieses Niveau bereits erreicht, und die *Fledermaus* ist zweifellos das beste deutsche Kabarett, das man bis jetzt erreicht hat!")[15] Altenberg, Hevesi und Berta Zuckerkandl pflichteten Friedell bei. Allerdings schaltete die Redaktion der *Wiener Allgemeinen Zeitung* unmittelbar hinter Altenbergs enthusiastischer Besprechung eine „einem Freund unseres Blattes und der Fledermaus" zugeschriebene Zusatzbemerkung ein, in welcher es, schon merklich kühler, hieß: „Die äußere Form des neuen Kabaretts ist vorzüglich; es fehlt nur noch der vorzügliche Inhalt . . . Das Gute, das geboten wird, ist nicht neu, das Neue – mit geringen Ausnahmen – ist nicht gut . . . Es fehlt an neuen Themen, es fehlt an Originalität in der Behandlung der alten. Woher nehmen und nicht stehlen? fragen die Herren Kabarettiers. Aber sollte im weiten Reich der Kabarett-Möglichkeiten nicht gelingen, was zum Beispiel innerhalb des engen Bereiches der Eßzeug-Produktion gelungen ist?"[16]

Großen Verdruß erregte in der Tat das modische Design des Eß-Services, besonders Löffel und Messer stießen, wie Friedell überlieferte, auf Widerstand, weil man mit den einen „so schwer Sauce essen" und sich mit den anderen „so leicht schneiden konnte".[17] Karl Kraus wieder sah, seinen Blick vom Tisch hebend, nicht nur die „Messer, die beim besten Willen kein Wiener Snob in den Mund, und die Löffel, die keiner in die Tasche stecken kann", sondern ihre tiefere Bedeutung: „Und weil nun Spießbürgerlichkeit und Langeweile vor farbigen Hintergründen agiert und bei unsichtbarem Orchester singt, weil zu jedem Lied ein Sessel aufgestellt und jeder Aphorismus von Professor Hoffmann kostümiert wird, stehen wir wieder einmal am Beginn einer Kulturentwicklung."[18] Auch Friedell selbst muß schließlich in der *Schaubühne* schmerzhaft ironisch zugeben, „daß die ganze Sache in Wien glatt abgefallen ist. Vor allem beschwerte man sich darüber, daß dem Humor nicht Rechnung getragen werde. Aber für Possen haben wir ja das Burgtheater, und außerdem besitzt auch die *Fledermaus* eine humoristische Nummer allerersten Ranges, die nur dem Kunstgesetz der psychologischen Wahrscheinlichkeit zu wenig Rechnung trägt: nämlich die große Mittelpause, in der das wiener Publikum seine Urteile abgibt. In diesen Urteilen überwiegt das Wort ‚Sezession' (was eine große Lieblosigkeit ist, denn dieses Wort gilt in Wien als die unflätigste Verbalinjurie). Einzig ein anwesender Minister war milde, aber vielleicht nur deshalb, weil er zur liberalen Partei gehört. Er sagte: ‚Nun, ich könnte auch begreifen, daß man alle diese Dinge sehr schön und gut findet. Das ist schließlich Geschmackssache.' Nein, Exzellenz: das ist nicht Geschmackssache, sondern Sache des Geschmacks, und daher nicht Sache Wiens."[19]

Knapp eine Woche nach Eröffnung der *Fledermaus* findet sich „Das getupfte Ei", ein indisches Märchen in Form eines Schattenspieles aus beweglichen Lichtbildern vom einundzwanzigjährigen Maler Oskar Kokoschka auf dem Programm. Die Darbietung, obzwar kulturell interessant, gestaltete sich zu einer ungewollt humoristischen Unterhaltung. „Nur wenige Leute waren gekommen", schrieb der Dichter Max Mell über die Aufführung, „der Apparat, von den zitternden Fingern des Künstlers selbst geleitet, funktionierte nur stockend und die Leute begannen zu lachen, zu witzeln und zu schimpfen. So war es ein Mißerfolg und eine Wiederholung der Aufführung unterblieb."[20] Kokoschka, damals dem Jugendstil noch heftig zugewandt, ließ sich vom Publikum nicht beirren, und diesem zum Trotz führte er Ende 1907 seine Dichtung „Die träumenden Knaben", „eine Revision der Kindheitseindrücke, die der Dichter vornimmt" (Max Mell), in der Johannesgasse auf. 1908 erschienen die „träumenden Knaben" auch im Verlag der *Wiener Werkstätte*, versehen mit acht farbigen Blättern, auf denen der menschliche Körper zur dekorativen Arabeske wird. Am 29. März 1908 werden Kokoschkas Erstlingsdramen „Sphinx und Strohmann" und „Mörder Hoffnung der Frauen" in einer Fünf-Uhr-Nachmittagsmatinée in der *Fledermaus* aufgeführt sowie noch ein weiteres Mal die „träumenden Knaben" vom Schauspieler Ernst Reinhold rezitiert.

Goethe von Polgar und Friedell

Im Jännerprogramm 1908 findet sich erneut ein poetischer Beitrag von Peter Altenberg, das „Kabarettlied", das mit den leicht enthemmten Zeilen beginnt:

Ich fang mir mit meinen Blicken / die Männer ein — — —!
Was kümmert's mich, ob sich's mag schicken —
mein Mann schaut zu in Seelenpein.[21]

Lina Vetter-Loos bringt die Vamp-Stimmung „einer ungezogenen Kokette, die glaubt, das Leben sei zum Tändeln vorhanden und zum Aufreizen von unglücklichen Trotteln", urteilte Altenberg, „fast genial zum Ausdruck".[22]

Das Besondere des Jännerprogramms war jedoch die kurze Szene „Goethe" von Egon Friedell und Alfred Polgar gewesen. „Es ist zum erstenmal etwas ganz Neues, Einfaches und Gutes", befand Altenberg über den Sketch, „eine groteske, geistvolle Beurteilung der Goethe-Silbenstecher. Es ist literarisch und derb eindringlich zugleich, vor allem kurz und verständlich für jedermann. Den Inhalt zu erzählen, würde die Sache schädigen für die, die noch nichts davon gehört haben."[23] Dieser Vorbehalt gilt heute, nachdem die Szene über dreihundertmal en suite in der *Fledermaus* gespielt, dann im deutschsprachigen Raum mittels Gastspielen extensiv verbreitet wurde, sodaß der längst bewährte „Goethe" noch bis in unsere Tage auf Kleinkunstbühnen sein Unwesen treibt, nicht mehr, und der Inhalt ist der Folgende: Der auf Erden zurückgekehrte Dichterfürst springt für einen schlecht präparierten Prüfungskandidaten namens Züst ein und fällt wegen mangelhafter Kenntnisse seiner eigenen Biographie prompt beim gestrengen Professor und dem peniblen Landesschulrat durch. Friedell spielte den Olympier stets selbst; wie Mitautor Polgar beschrieb, beherrscht er nämlich „einen eigentümlichen schwäbisch-bayrischen Jargon, den er, in wienerischer Gesellschaft, frankfurtisch nennt". [24] Die übrige Besetzung trachtete man mit unentdeckten Talenten zu komplettieren.

Egon Friedell.
Zeichnung von Carl Hollitzer

In der *Fledermaus* war es, wie Polgar selbst aus bitterer Erfahrung wußte, Brauch, „daß Besucher, die durch häufiges Erscheinen und längeres Dableiben sich für den Aufenthalt in Kabaretträumen qualifiziert hatten, jählings, aus heiterm Himmel, engagiert wurden". Besonders der Darsteller des Schulrates, der „junge Maler K.", war hier in lebhafter Erinnerung geblieben, denn „bei der 300. Aufführung versprach er sich noch genau so sicher und hatte die gleichen Gedächtnisstörungen wie bei der Première. Die Rolle des Schulrates besteht aus vier Sätzen." Bei dem vergeßlichen, aber theaterbesessenen Maler dürfte es sich aller Wahrscheinlichkeit nach um den späteren Expressionisten Oskar Kokoschka gehandelt haben.[25]

1910 erschien in der *Schaubühne* unter dem Titel „Historie einer Dichtung" eine Entstehungsgeschichte des „Goethe", die, wie Kurt Tucholsky als erster befand, in gewisser Hinsicht amüsanter war als die Dichtung selbst. Hier erfuhr man auch, daß die virtuose Grundidee von Friedell stammen dürfte, der in der Nacht vom vierzehnten auf den fünfzehnten September 1908 eine scherzhafte Bemerkung über Goethe gemacht haben soll, und zwar eine dermaßen lustige, daß der Maler Carl Hollitzer, der sie gar nicht gehört hatte, strahlend vor Bonhommie und Anerkennungsfreude gerufen hätte: „Großartig! Ausgezeichnet!", wonach wieder etwa zwei Monate vergangen seien, während welcher Polgar und Friedell, „nachlässig und doch merkbar gedankenvoll hingeräkelt, die Huldigungen und Schmeicheleien der Cabaretleute freundlich entgegennahmen". Eines Abends schließlich sei, nach vorangegangenem unmäßigem Alkoholgenuß, Friedells Studierzimmer zur Geburtsstätte des „Goethe" geworden. „Wir arbeiteten also in Friedells Stube. Das heißt: ich arbeitete. Er lag auf der Ottomane, rauchte lange Pfeife und schlief." Und zuweilen kam Friedells Tante herein und brachte Nahrung. Sie kochte nicht schlecht, die Tante, besonders die Torten waren es, die Polgars Fleiß steigerten und von denen dieser später bekennen sollte: „Sie leben fort in meiner Erinnerung. Es tut mir nicht leid, mit Friedell die Szene ‚Goethe‘ verfaßt zu haben.“

Polgar schrieb also, konzipierte und verwarf, während Friedell zumeist, von der Tante treu umsorgt, als röchelnde Masse in seiner Ecke lag. „Der arme Egon!“, pflegte dann die Tante leise zu klagen, „der liebe Kerl! So müde ist er! Und dann muß er wieder weggehen! In die kalte Nacht!“ Und dennoch ergänzten beide Autoren einander vortrefflich: „Von mir“, pflegte Friedell zurückhaltend zu berichten, „ist gewöhnlich der schöpferische Einfall, die treibende Grundidee . . . Die mehr untergeordnete Arbeit der detaillierten Ausführung dieser fruchtbaren, zielweisenden Gedanken war dann Polgars Sache. Nur in einem ergänzten wir uns nicht: ich bin faul und er ist nicht fleißig.“[26] Am sechsten Tag gedieh dann das Werk, und als die Uhr neun schlug – Friedells Alarmzeichen für den täglichen Aufbruch in die kalte Nacht – wurde dem trüben Treiben ein jähes Ende gesetzt. „Wir beschlossen einfach, aufzuhören und die Satire ‚Goethe‘ als beendet anzusehen.“ Zwar machte die Dichtung nach Meinung der Dioskuren einen dürftigen Eindruck, doch „wir verscheuchten den Kleinmut durch lebhaftes, konziliantes Gelächter, wodurch wir einander trösteten und stärkten“.

Alfred Polgar. Zeichnung von Dolbin

Nach der Première teilte sich die Menschheit in zwei Fraktionen: Während man zum Beispiel Friedells Tante rückhaltlos für den „Goethe“ eintreten sah, erklärte Peter Altenberg: „Es ist der äußerste Dreck, und außerdem ist alles von A bis Z von mir!“ Andere wiederum, wie der Maler Hollitzer, waren teils für, teils gegen die Dichtung, je nachdem die Autoren anwesend oder abwesend waren. Was die Mitwirkenden anlangt, so mochten sie geschlossen gegen das Werk gewesen sein, weil sie so viele Daten auswendig lernen mußten. – „Wenn sie erst gewußt hätten, daß es lauter falsche Daten waren!“ (Polgar). Die ausländische Weltpresse schwieg das Stück hartnäckig tot, mit der einzigen Ausnahme der Londoner Sunday-Times, die ein begeistertes Feuilleton über die Szene brachte, in welchem vor allem der Goethe-Darsteller Friedell höchsten Ruhm einheimsen konnte. „Da er des Englischen nicht mächtig ist“, grübelte Polgar noch Jahre später, „dürfte der Essai kaum aus seiner Feder stammen.“

Doch selbst mißgünstige Äußerungen der Öffentlichkeit konnten dem eigentlichen Erfolg des „Goethe“ nichts mehr anhaben, war dieser doch ein Bildungserfolg: Er bestand, so Alfred Polgar, nämlich darin, daß „erst durch unsre Satire der in Wien bisher wenig geläufige, obzwar hochverdiente Schriftsteller J. W. Goethe populär geworden ist“.[27]

In diesem Jänner findet im *Kunstgewerbekabarett* neben der Aufführung von Altenbergs parodistischem „Märchen“ noch das Debüt der Schwestern Wiesenthal statt. Grete Wiesenthal zeigte erstmals den Solotanz nach dem „Donauwalzer“ von Johann Strauß, der ihre Weltkarriere einleiten sollte. Im März wird der Friedell-Polgarsche Einakter „Die Wohltäter“, „Karikaturen, in kurze bedeutsame Szenen umgewandelt, lebendiger Simplicissimus!“ (Altenberg), aufgeführt, und im Rahmen einer Matinée findet das Gastspiel des „Marionettentheaters Münchner Künstler“ statt, das Arthur Schnitzlers Puppenspiel „Der tapfere Cassian“ auf die Bühne bringt. Am 15. Mai endet die erste Spielzeit und mit ihr die Direktion von Marc Henry, dessen Nachfolge der Komponist Heinrich Reinhardt antritt.

Die neue Saison wird am 1. Oktober 1908 mit der Groteske „Der Freimann“ von Friedell und Polgar eingeleitet, darauf folgt deren textliche wie musikalische Vernichtung der Silbernen Operettenära mittels der Musteroperette „Der Petroleumkönig oder Donauzauber“. Die Musteroperette in drei Bildern dürfte die hinterhältige Antwort der beiden Autoren auf Direktor Reinhardts Bemühung gewesen sein, die

Fledermaus in eine ortsübliche Operetten- und Schwankbühne zu verwandeln. Von Friedell stammte, einmal mehr, „der schöpferische Einfall“, hatte er doch schon in seiner ausgiebigen Studienzeit einst gemeinsam mit seinem Freund Stefan Großmann ein Kabarett besucht, wo der Lokalbesitzer unvorsichtigerweise die Aufforderung an die Zuschauer gerichtet hatte, auch etwas zur Erheiterung der Menschheit beizusteuern. „Friedell und ich wechselten einige Blicke und Worte“, erzählt Großmann, dann seien beide auf die Bühne getreten, um eine Art Wienerlied ohne Worte von sich zu geben: „Das heißt, wir erfanden ein Duett, das eine Verhöhnung der blöden Wien-Verhimmelung war, die in den von meist unwienerischen Verfassern fabrizierten Wiener Volksliedern üblich war. Wir sangen unartikulierte Sätze, nach den sentimental-süßlichen Melodien dieser O-du-mein-Wien-Lieder und ließen nur manchmal das Wort ‚Stephansturm‘ oder ‚Donau‘ oder ‚Muatterl‘ deutlich werden, kurz ehe wir rührungserstickt inne hielten.“[28]

Peter Altenberg. Zeichnung von Carl Hollitzer

Damit war der Inhalt der Musteroperette bereits vorgegeben, den nun Alfred Polgar in bewährter Arbeitsteilung zu gestalten hatte. „Das Stück“, befand die Kritik dann auch wohlwollend, „strotzt von brillanten Einfällen, von kleinen, exquisiten Leckerbissen für die Kenner und Liebhaber namentlich der Varieté-Operette“. Doch zweifelte der Rezensent offenbar, ob das Publikum die Satire auf die Operettenform auch verstanden habe: „. . . im Halbdusel glauben sie das gleiche Milieu, ja sogar eine äquivalente Musik weiterzuempfinden, und es gelingt ihnen deswegen nicht, die böse, aber unwiderstehliche Satire zu erkennen.“[29] Es war Karl Kraus, der den Untergang der Operette durch schwarzen Humor befürchtete und den beiden Autoren riet, „einmal Ernst zu machen und eine lustige Operette zu schreiben“.[30]

Auch wenn die tiefere Absicht der Musteroperette selten goutiert wurde, das Publikum strömte, durch werbewirksame Anzeigen dazu verleitet, Abend für Abend in die Johannesgasse. Auch Arthur Schnitzler besuchte auf Einladung von Direktor Waerndorfer die *Fledermaus*-Attraktion. Als er kurze Zeit später, am Weihnachtstag 1908, im Verkaufslokal der *Wiener Werkstätte* zufällig Alfred Polgar begegnete, ließ er sich die Gelegenheit nicht entgehen, dem Kollegen anerkennend entgegenzuhalten, dessen Operette werde „auffallend oft zum hundertsten Male aufgeführt“.[31]

Friedell und Polgar verfaßten bis 1910 für das Kabarett noch einige Sketches, so die Parodie „Sherlock Holmes in der Parterrewohnung“, den „Kabarettgedanken“, die „Zehn Gerechten“ und eine Persiflage auf das der Zensur zum Opfer gefallene Militärlustspiel „Der Feldherrnhügel“ von Roda Roda und Carl Rössler, „Soldatenleben im Frieden“, das sich als „zensurgerechtes Militärstück“ präsentierte und so voll von fröhlichem Soldatenleben steckte, daß „jede Offizierstochter ihren Vater ohne Bedenken“ ins Theater mitnehmen könne.

Im März 1908 trägt Friedell eine seiner humoristischen Skizzen „Die Regieprobe“ vor.[32] „Er ist wirklich eines der ‚rührigsten‘ Mitglieder des Kabaretts, obzwar er es Gott sei Dank nicht einmal nötig hätte. Mitarbeiter an zwei Szenen, spielt er in beiden hervorragend mit, liest nun auch seine eigenen Sachen vorzüglich, bringt als Zugabe Altenberg-Anekdoten, die den Dichter zwar als Halbidioten, aber immerhin ganz richtig charakterisieren“, konstatierte der nunmehr als ständiger Varieté- und Kabarettberichterstatter bei einigen Wiener Blättern etablierte Peter Altenberg.[33] Und wenn er abends noch nicht ausgeschlafen war, sandte er gewöhnlich zwei Karten an seine langjährige, diskrete Gefährtin Helga Malmberg, von der wir erfahren: „Nachts trafen wir dann im Kaffeehaus oder Restaurant mit Peter zusammen. Ich berichtete über meine Eindrücke, und an Hand des Programms schrieb er seine originellen und überzeugenden Kritiken, ganz als sei er dabei gewesen . . .“[34]

Indes war die *Fledermaus* in ihrer Metamorphose vom Gesamtkunstwerk zur leichten Muse schon recht weit vorangeschritten. Anfang Mai veröffentlichte Altenberg darüber eine Stellungnahme, in der er der neuen Richtung aufrichtig Beifall zollte: „Man begann im Kabarett *Fledermaus* mit übertriebenem Idealismus, man endet mit richtig erfaßten Kompromissen! Das Kabarett ist nicht dazu vorhanden, um einigen größenwahnsinnigen Stars zu ihrem Triumph zu verhelfen! . . . Es sei eine Stätte mannigfaltiger Anregung und Unterhaltung!“[35]

Die zweite Spielzeit bot an Unterhaltung Gustav Meyrinks schauerlichen Einakter „Der Albino. Ein Nachtgesicht“. Egon Friedell, zupackender Dichter und feinsinniger Organisator zugleich, war nunmehr artistischer Leiter der Bühne. Es wäre schade, urteilte er, wenn der „Albino“ mangels anderer Initiativen allein auf den farbenfrohen Rahmen dieses Kabaretts beschränkt bliebe. Und es wären jedenfalls mit solchen Versuchen tiefere und künstlerische Wirkungen zu erzielen als mit den hysterisch-pathetischen Verskünsten unreifer Neuromantiker und den billigen Clownspäßen brutaler Possenkonfektionäre, wie Max Reinhardt, Alfred Polgar und Egon Friedell.[36]

Am 9. März 1909 veranstaltet die *Fledermaus* zum 50. Geburtstag seines Hauspoeten und bevorzugten Kritikers eine Matinée, für die Bertold Löffler ein Peter Altenberg-Gedenkblatt schuf, das zu diesem Anlaß an das Publikum ausgegeben wurde. Doch dieses hatte sich schon allzusehr gewandelt, und mit dem Ende der zweiten Saison war die Zeit der künstlerisch anspruchsvollen Programme endgültig vorbei. Waerndorfer, in finanzielle Schwierigkeiten gekommen, verkaufte das Kabarett.

Der neue Direktor heißt Hugo Stein, Leo Ascher und Béla Laszky übernehmen nun die musikalische Leitung, und bald gab es „engagierte Kräfte“ genug im Haus, Berufsentertainer, die mit reichlich pompösen Damen in Flittertoiletten, „Diseusen“ genannt, garnierte Nummern vorführten. Erotische Schwänke und die erfolglos bekämpfte Operette triumphierten.

Noch 1910 zieht sich Friedell von der künstlerischen Leitung zurück, mit dem neuerlichen Direktionswechsel steht nun der Schauspieler Egon Dorn kurzzeitig an der Spitze des Unternehmens. 1913 schließlich wird die *Fledermaus* unter den Brüdern Schwarz als *Femina* ein Revuetheater, worin schlankbeinige Mädchen auftraten, die man an den Tisch bitten konnte. „Ich habe auch gegen diese künstlerische Entwicklungsphase nichts einzuwenden“, äußerte sich heiter-gelassen der Olympier Egon Friedell zum Abgesang des klassischen Wiener Kabaretts, wenn nur „der Wein sich nicht so verschlechtert hätte“.[37]

Stefan Großmann

ZWISCHEN HÖLLE UND HIMMEL

WIENER NACHTLEBEN VOR 1914

Magisch lockt das Tabarin
Mittels Champus und Parfum,
Hier erst fühlt man frei sich ganz
Beim berühmten Tangotanz.
Homunkulus[1]

Erich Mühsam.
Zeichnung von Carl Hollitzer

Im Jahr 1906 war die „Klabriaspartie", die Hermann Bahr in seiner kühnen Paradoxie einst „klassisch" genannt hatte, diese Jargonposse aus Rabulistik und ewigem Gezänk, längst auch schon in Berlin heimisch geworden. Ihr Debüt in der Reichshauptstadt war unter der Leitung der beiden Theaterdirektoren und Charakterkomiker Anton und Donat Herrnfeld gestanden, die nun dank der erspielten Erfolge aus ihrer Kellerlokalität am Alexanderplatz in ein neues, im Zentrum der Stadt gelegenes Haus ziehen konnten. Josef Fleischmann von den Wiener *Budapestern* tritt jetzt in den eben gegründeten *Folies Caprice* im Berliner Norden auf: „Die Augäpfel schieben sich schielend nach links gegen die Nasenwand" – so beschreibt den Mimen recht drastisch die *Schaubühne* – „die Wurstlippen fletschen einen breiten, von Ohr zu Ohr reichenden Spalt, über den der krumme Ast der Nase hängt. Der enge Brustkorb wächst eckig aus der Figur hervor und schnellt nach dem Musiktakt wieder zurück. Und während die Füße, nach auswärts gespreizt, von einander klaffen, drängen sich die Knie nach innen und eng zusammen. Man schaudert, wenn dieses Monstrum über die Bühne watschelt." – Auch Ferdinand Grünecker war von der Taborstraße über die Herrnfelds nach Berlin gelangt, wo er, auf eigene Rechnung und Gefahr, in Schöneberg sein *Hansatheater* eröffnete. Dort bietet er, wie Siegfried Jacobsohns Zeitschrift berichtet, „das heimische Galizien unausgenützt" lassend „lediglich eine schwache Nachahmung der Herrnfeldware, diese aber derart mit Kneiptischzoten und Aborthumor ausstaffiert, daß einfach jede Gemütlichkeit aufhört" und das „bereits am dritten Abend seines Bestehens vor, stark gerechnet, fünfzig Menschen . . ."[2]

Soweit Berlin. Doch die Tendenz ist in Wien dieselbe: Die Brettlmuse gastiert zunehmend in Vergnügungslokalen, die mehr Sekt- denn Kunstgenuß bieten. Da eröffnet, im Februar 1906, am Neuen Markt 3, ein neues „Künstler-Cabaret", das sich *Schmiere* nennt und von Anton Rollet geleitet wird. Ebenfalls im Februar übersiedelt Adolf und Valerie Bretts *Café Reklame* in die Praterstraße 34, wo nun, gegenüber dem *Carl-Theater*, der aktuelle Humorist Theodor Stark auftritt.

Am 1. Oktober findet man in Josef Vallés Kabarett, das sich bereits *Simplicissimus* nennt, Mary Irber mit ihrem Barfußtanz und Erich Mühsam, der allerdings selbstverfaßte Gedichte vorträgt. Mary Irber, von Wedekind verehrt und in München von weitem bewundert wie die Pinakothek, wird von Vallé, der in der bayerischen Landeshauptstadt zuvor mit seinen *Sieben Tantenmördern* die *Elf Scharfrichter* abgelöst hatte, nunmehr für Wien verpflichtet. Hier, im *Simplicissimus*, singt sie allabendlich das aus dem Repertoire der Yvette Guilbert entlehnte und ins Deutsche übertragene Chanson „A la Villette":

Mary Irber

Er war kaum 20 Jahre alt,
Die Eltern beid' verlor er bald.
Man nennt ihn Toto Laripette
Und kannt ihn wohl in La Villette.

Er ließ sich gerne etwas geh'n
Doch war er, ach so stark und schön,
Und wenn er wollte, auch so nett
Und amüsant – in La Villette!

Er war auch nicht sehr elegant,
Hat schöne Kleider nie gekannt.
Ne kecke Mütze macht es wett,
Er trug sie stolz – in La Villette.

Er hatte einen Fleischerhund,
'nen biss'gen Köter stark und rund.
Ein kleiner Schoßhund flink – kokett,
Der taugt zu nichts in La Villette.

Er liebte mich, ich liebt' ihn sehr,
Man hätt' getrennt sich nimmermehr,
Wenn nicht hineingemischt sich hätt'
Die Polizei in La Villette.

Ob groß, ob klein, ob schwarz, ob hell,
Man nimmt sie alle weg uns schnell,
Und schleppt sie zur Gefängnisstätt'
Die braven Kerls – von La Villette.

Das letzte Mal als ich ihn sah,
Zur Hälfte nackt, so stand er da,
Dann schnallte man ihn auf ein Brett,
Das Richtbeil fiel – in La Roquette![3]

„Eine einzige Cabaretistin habe ich, der ich seit Beginn in der deutschen Cabaretbewegung mitgetan habe und wohl über hinlängliche Vergleichsmöglichkeiten verfüge, kennengelernt, die nicht nur der Rückentwicklung des Cabarets zum intimen Varieté zum Trotz ihre Echtheit als ganz persönliche, ganz unabhängige Künstlerin gewahrt hat, sondern die nach meiner Überzeugung das Vollkommenste darstellt, was in deutschen Cabarets seit den Tagen ihrer Anfänge je mitgewirkt hat. Ich spreche von Mary Irber . . ."[4] schrieb Erich Mühsam in der *Wiener Allgemeinen Zeitung*. Aber künstlerische Unabhängigkeit war nie hinreichende Bedingung für kabarettistischen Erfolg gewesen. Schon vier Nummern vor Mühsams Hymnus auf die Irber lasen die Abonnenten der *Wiener Allgemeinen Zeitung* folgende Ankündigung:

> Die Hölle wird am kommenden Freitag den 5. Oktober eröffnet. Künstler von internationaler Bedeutung haben zusammengewirkt, um sowohl den äußeren Rahmen als auch die Darbietungen dieses neuartigen Etablissements auf eine Höhe zu bringen, die auch den verwöhntesten Ansprüchen genügt. Professor Heinrich Lefler hat den Innenraum des Saales mit Bildern ausgeschmückt. Von Ludwig Graf sind prächtige Wandgemälde zu sehen. Die architektonische Ausschmückung ist von Professor Urban durchgeführt worden. Der große Saal präsentiert sich, seinem Namen entsprechend, als Hölle; freilich, als eine Hölle von größter Behaglichkeit, in der sich die Menschen gern festhalten lassen wer-

den. Leopold und Siegmund Natzler, in deren Händen die Leitung des Unternehmens liegt, haben ein Programm von außerordentlich künstlerischem Geschmack und reichem Inhalt zusammengestellt. Die musikalische Oberleitung liegt in den Händen des Komponisten Béla L a s z k y . Von den mitwirkenden Künstlern seien Richard G o d a i , Mella M a r s , Mascha D i g n a m genannt.[5]

Ein wenig Jugendstil, kurze Sketches, Vaudevilles und Operetteneinakter sowie, nicht zuletzt, einen „modernen Restaurationsbetrieb“ wollten die *Hölle*-Gründer Natzler & Natzler dem Publikum präsentieren, welches sie in ihrem im Souterrain des k. k. priv. Theaters an der Wien, Wien VI, Magdalenenstraße 8 (heute: Linke Wienzeile) gelegenen Lokal erwarteten. Alle „avantgardistischen“ – und das hieß nichts anderes als: alle literarischen – Ambitionen mußten dabei von vornherein ausgeschaltet sein: Der Mißerfolg, den Felix Saltens *Jung-Wiener Theater* in denselben Räumlichkeiten hinnehmen hatte müssen und von dem es sich nie mehr erholt hatte, war kaum fünf Jahre alt und noch zu gut erinnerlich, um neue „Experimente“ zuzulassen.

Am 7. Oktober fand schließlich die verschobene Eröffnung der 400 Plätze fassenden *Hölle* statt. Die erste Vorstellung brachte die einaktige Operette „Phryne“ zur Aufführung, die, laut Bericht, „stürmischen Beifall“ fand. Edmund Eysler hatte für den Premièrenabend das von Robert Bodanzky und Fritz Grünbaum geschriebene Libretto vertont. Der Star der *Hölle* aber war die stets von ihrem Mann Béla Laszky am Klavier begleitete Mella Mars. „Wenn sie die Bühne betrat“, schrieb Alfred Polgar in seinem Nachruf auf die im April 1919 Verstorbene, „war ihr Antlitz müde und gleichgültig, ohne Wunsch und Willen. Aber wie sie sang, erwachte es, wurde voll

Ausdruck, illuminierte sich, belebt von einer eigenartigen, unruhigen Schönheit ... Sie karikierte underb, mit dem spitzigsten Stift. Das Volle, Satte, Gemütliche und Breite war nicht ihres Humors Sache. Mehr die scharf profilierende, die charakteristische Linie, die genial flüchtig angedeutete Kontur. In Frankreich wäre sie sehr berühmt geworden, weil sie Texte gefunden hätte wie die Yvette oder Judic. Hier mußte sie die ekelhaften Sentimentalitäten und Albernheiten singen, die das um deutsche Nachtlokale flatternde Kleingeflügel fallen läßt. Ein Beweis für die schöpferische Begabung der Mars, daß sie an solchem Material doch die Mars wurde."[6]

Mella Mars

Als literarische Mitarbeiter fanden sich bei der Gründung der *Hölle* Wilhelm Sterk und der junge Fritz Grünbaum ein. Grünbaum hatte sich bei den Brüdern Natzler mit mehr oder weniger deutlich ins erotische Fach schlagenden Gedichten empfohlen und brachte, neben seinem „Märchen vom unschuldigen Nixlein", seinem „Rotkäppchen" und neben Monologen wie „Klein-Elschen und die Viere" und „Sie läßt mit sich handeln", den Prolog „Vorrede erspart Nachrede" zum Vortrag. Er zeigt, wie aus dem Jung-Wiener Theaterdebakel in der Folgezeit mit immer größerer Bestimmtheit eine Lehre gezogen wurde, die auf einen immer bewußter und immer radikaler durchgehaltenen Abstand der „leichten Muse" von der „ernsten" Literatur hinauslief:

Ein bißchen entzückend, ein bißchen fidonc,
Ein bißchen Dichter, ein bißchen cochon,
Ein kleinwenig Echtes, ein Körnchen Manier,
Auch einiges Schlechtes — das findet ihr hier!
Ein Scherzchen, ein Witzchen, doch nirgends die Spur
— Um Gotteswillen! — von Literatur;
Denn erstens: reizt sie die Kritik zu sehr,
Dann zweitens, wüßten wir auch nicht: woher?
Und drittens verdient man damit keinen Sous
Und viertens und überhaupt endlich: wozu?[7]

Am Samstag, dem 5. Jänner 1907, wird in der *Hölle* Franz Lehárs parodistischer Einakter „Mytislav der Moderne" uraufgeführt, ein Werk, das in einem fiktiven Balkanstaat spielt, in welchem der Lebemann Prinz Mytislav eine erotische Diktatur errichtet hat, deren ausgedehnte Vollzugsgewalt von der Kritik und dem Publikum äußerst zustimmend aufgenommen wurde. „Der von zwei sehr geschickten Versmachern, den Herrn Fritz Grünbaum und R. Bodanzky herrührende Text ist schon mehr als frivol; die wienerhaft süßen, von sinnlichem Reiz erfüllten Melodien Lehárs, wie nicht minder die brillante Darstellung des Fräulein Mella Mars halfen jedoch über die Schlüpfrigkeiten des Buches hinweg", urteilt das *Wiener Tageblatt*; „Ein veritables Premièrenpublikum, viele Künstler und Künstlerinnen, wohnten der Vorstellung in dem behaglich-schönen Theaterchen bei und veranstalteten einmütig eine Ovation für den vom Glücke mit Recht begünstigten Komponisten."[8]

Nach der Sommerpause findet am 2. Oktober 1907 die Wiedereröffnung in neuem Glanze statt: „Der frühere Höllensaal präsentiert sich nun als Höllenstüberl, wo sich das Krampus-Soloquartett ‚Silve' im Verein mit dem Teufelsduett ‚Grad und Ungrad' produzieren wird." Im neugestalteten Etablissement, „beleuchtet von Wolfram-Lampen der Firma Joh. Kremenetzky", conférieren nun Theo Körner und Egon Friedell. — „Ein voller und verdienter Erfolg war Herrn Rudolf Oesterreicher beschieden", berichtete die *Wiener Allgemeine Zeitung* über das neue Herbstprogramm. Der *Hölle*-Debütant Oesterreicher hatte sich nämlich aus dem aktuellen Impfthema die schlagkräftigsten Schlager geholt, die hellen Beifallsjubel auslösten ...[9] Die enthusiastische Reaktion des Publikums auf Oesterreichers „Impfung" mit ihren lastend-eindeutigen Zweideutigkeiten ist heute nicht mehr leicht zu vergegenwärtigen:

Der junge Doktor hat schrecklich zu tun,
Die Klingel bei ihm will gar nicht ruh'n,
Denn heute ist große Impferei,
Und alle möchten genießen schon
Die neueste Mode: Revaccination.

Zahlreiche Damen der Gesellschaft unterziehen sich der Wiederholungsimpfung, dem praktischen Doktor der gesamten Heilkunde wird „schwül" und „heiß", vor allem, als schließlich eine der Patientinnen in die Ordination zurückkehrt, denn bei ihr ist

Der Impfstoff mächtig aufgegangen,
Und sie bekam das nach kurzer Frist,
Was oft noch schlimmer als Blattern ist.[10]

Oesterreichers kabarettistische Vaccinationsparaphrase amüsierte jedenfalls königlich, und im Rückblick ist nichts leichter begreiflich als die Tatsache, daß ein Publikum, derart seelisch Ungereimtes so dankbar aufnahm, bald selbst außer Cabarets auch Ordinationen, wie etwa die in der Berggasse, bevölkern würde.

Am 1. Oktober 1910 verkündet das *Tabarin* in der Annagasse einen „großen Programmwechsel", im *Café Reklame* spielt die Salonkapelle Leopoldi, unterstützt vom Gesangs- und Tanztrio „Goldstein, Silberstein und Gallenstein", und bei Natzlers wird die Groteske „Verlobung" von Hanns v. Gumppenberg aufgeführt. Der Schauspieler und Regisseur Egon Dorn eröffnet das neue *Hölle*-Spieljahr mit einem geistreichen Prolog, Fritz Grünbaum, „jubelnd begrüßt, brachte neue, an guten Scherzen reiche Gedichte, in seiner drollig-suffisanten Manier, die den Bürger auf so einschmeichelnde Art zu frotzeln weiß"[11], zum Vortrage, und die Sitzplätze kosten den gefrotzelten Bürger nun zwischen drei und zehn Kronen. Die *Fledermaus*, in der jetzt das Künstlerpaar Mella Mars - Béla Laszky auftritt, spielt die „Walzerkomtesse", und im *Johann Strauß-Theater* wird „Die Fledermaus" gegeben.

Fritz Grünbaum.
Karikatur von F. Kugler

Bis zu jenem 1. Oktober 1910 hat sich das immer reicher und darum immer ephemerere Vergnügungsangebot derart verdichtet, daß für die *Hölle* unliebsame Konkurrenz im Nebenhaus sich breitmacht: Im Haus Magdalenenstraße 6 hält um acht Uhr abends ein neues Varieté, der *Himmel* – wie es sich nennt, um nicht mit der benachbarten *Hölle* verwechselt zu werden, zugleich aber von ihrer Bekanntheit zu profitieren –, seine Eröffnungsvorstellung: „Freunde des Humors und echt wienerischer Lustigkeit kommen in dem ... neu eröffneten Vergnügungsetablissement *Himmel* (nächst dem Theater an der Wien) glänzend auf ihre Rechnung", schwärmt die *Wiener Allgemeine Zeitung* in einer bezahlten Anzeige. „Allen voran ist Hansi Führer, die temperamentvolle Wiener Soubrette, eine Spezialität, zu der man der rührigen Direktion gratulieren kann."[12] Hinter ihr: Die zweifache Rache an Ostfriesland, „der ausgezeichnete Humorist Otto Otto", gefolgt vom jungen idealistischen Dichter Dr. Robert Weil, der sich „Homunkulus" nennt und in seinen Lebenserinnerungen noch einmal, von Zweifeln geplagt, auf seine kabarettistischen Anfänge zurückblickt:

> Im „Himmel“, wo ich den ganzen Winter über auftrat, hatte ich mich allmählich zum „Star“ hinaufgewitzelt. Ein großer Teil des Publikums kam eigens, um mich zu hören; ein ebenso großer, meist weiblicher, um mich – zu sehen. Ich war nun schon ganz Schlager, ganz Ware, ganz Konjunktur geworden. Das witterten auch die Herren Unternehmer, die sich zur Zeit, da ich noch als halbverhungerter Dichter herumschlich, keinen Pfifferling um mich geschert hatten. Nun regnete es mit einem Male Engagementanträge. Ich konnte mich ihrer kaum erwehren. Ursprünglich lehnte ich jedes Engagement von vornherein ab . . . Bald aber fühlte ich, daß ich schon zu schwach geworden war, den Lockungen zu widerstehen; zu schwach, all die Leiden und Entbehrungen, die der Verzicht auf eine einträgliche Erwerbsquelle für mich bedeutete, von neuem auf mich zu laden.[13]

Adele Sandrock im Kabarett

Auf der Wollzeile 34 gibt es seit kurzem ein neues Etablissement, die *Kleine Bühne*, die unter der Direktion Gutmann-Umlauft allabendlich anspruchslose Einakter und Couplets aufführt. Hierher wechseln nun aus der *Fledermaus* Mella Mars und Béla Laszky, der in der Wollzeile Wilhelm Sterks und Carl Michael Ziehrers Singspiel „Herr und Frau Biedermeier“ dirigiert. Friederike Gutmann-Umlauft versucht eine seltsame und ein wenig konturlose Mischung aus Kleinkunst und Klassik auf die Bühne zu bringen. So tritt im Februar 1911 sogar die als bärbeißig gefürchtete, klassische Burgtheaterheroine Adele Sandrock auf die Bretter der *Kleinen Bühne*: erst in der „Medea“ des Euripides, danach in der Titelrolle von Julius Berstls Komödie „Die Witwe von Ephesus“. Im März wieder konnte man die Tänzerin Gertrude Barrison bewundern.

Robert Oerley hatte für die *Kleine Bühne* den ehemaligen Theatersaal umgebaut und ein Rauchtheater geschaffen, dessen Wände ganz in Messing und Goldbraun gehalten waren, und in dem die Zuschauer ausschließlich an Tischen Platz fanden, denn Sitzreihen gab es in der *Kleinen Bühne* keine. Die Saalkuppel in Form eines stilisierten Sternenhimmels trug zahlreiche Beleuchtungskörper, die durch ein dekoratives Rhombensystem den Eindruck eines geflochtenen Netzes hervorriefen. Wie Adolf Loos bei der Eröffnung des Theaters nicht versäumte klarzustellen, rührte die Ornamentierung der Kuppel „vom Zimmermaler her und kann, wenn die Ornamentseuche vorbei ist, leicht entfernt werden“.[14]

Nach zwei Spielzeiten mußte die *Kleine Bühne* ihre Tore schließen: Auch die sezessionistische Ausstattung hatte die Erfolgserwartungen nicht gehalten, die man an sie geknüpft hatte. Aber dem Theater war im Souterrain eine Künstlerkneipe angeschlossen gewesen – ein Restaurant, an dessen Wänden künstlerische Plakatentwürfe der Sezessionisten gehangen hatten und in dem nach der Vorstellung „Konzert bei freiem Eintritt“ geboten wurde. Hier gründete nun, nachdem er sein Engagement in der *Hölle* beendet hatte, Egon Dorn im Oktober 1912 sein *Biercabaret Simplicissimus.*

DIE GRÜNDUNG EINER INSTITUTION:

DAS BIERCABARET SIMPLICISSIMUS

Es blieb markant für den roten Bulli, daß
er raunzend bellte, aber niemanden ins Wadl biß.
Rudolf Weys[1]

Er war nicht der Hort ätzendes Witzes und auch politischen Aufklärern bot er kein Zuhause. Mit seinem Vorläufer in München hatte der Wiener *Simplicissimus* lediglich den Namen gemeinsam; schon das Wappentier – in der bayrischen Hauptstadt jene von Th. Th. Heine entworfene, zähnefletschende Bulldogge – war in der Wollzeile zum gezähmten „Bulli" hochgezüchtet worden, der es sich nie einfallen ließ, in die Hand zu beißen, die ihn fütterte.[2]

Der Münchner und der Wiener „Bulli"

Der aus Lübeck stammende Schauspieler und Regisseur Egon Dorn, der sich selbst gern als „Dorn im Auge" bezeichnete, versprach, den Wienern etwas Neuartiges zu bieten, und das *Neue Wiener Extrablatt* war sein Prophet. Es verkündete gemessen: „In Wien wird in der Wollzeile 34 ein Bierkabarett ‚Simplicissimus' eröffnet. In Deutschland sind die Bierkabaretts längst eine Lieblingsstätte des großen Familienpublikums geworden, da sie neben Geist, Witz und derbem Humor – jedoch unter Ausschluß der Zote – literarisch-amüsante Abende bieten."[3]

Die Première fand am 25. Oktober 1912 um halb acht Uhr abends statt, und ehe sich der Vorhang zum erstenmal hob, trat Direktor Dorn selbst an die Rampe und erklärte kurz und entschlossen, was der *Simpl* sein wolle: eine Stätte, die echten Brettlsinn mit Satire und vor allem mit viel Witz verbindet, die immer eigene Wege gehen und die Besucher mit einem bunten Programm amüsieren will.

Ein buntes Mischprogramm mit gastierenden Kabarettgrößen, allmonatlich ausgetauscht und dem *Überbrettl* nachempfunden, sollte das Publikum bei bescheidenen Preisen unterhalten. Pro Sitz wurden an der Kasse 50 Heller verrechnet, und das Pilsner Bier vom Faß war in der Hoffnung kalkuliert worden, daß mit den Getränkepreisen auch die kritischen Ansprüche sänken. An ein eigenes Ensemble dachte Direktor Dorn ebensowenig, wie die Leiter ähnlicher Etablissements. Im

Josma Selim

Grunde war es, schon wegen der zahlreichen Konkurrenz, eine überflüssige Neugründung – freilich die zählebigste von allen.

Der erste Conférencier des Kellers hieß Richard Hutter. Wie er gleich eingangs feststellte, wolle er, im Gegensatz zu Ernst von Wolzogen, „kein Überernst vom Brettl“ sein. „Manchmal fehlt einer Sängerin gerade nur die Stimme“, conférierte Hutter bierernst an diesem Abend, „aber besser, sie hat keinen Alt, sondern ist jung“. Oder: „Ich darf Ihnen jetzt den Höhepunkt des Abends ansagen: Es wird frisch angeschlagen!“[4]

Am 25. Oktober 1912 jedenfalls ging es überschäumend los. Richard Hutter konnte bei der Première „zwölf große Attraktionen“ verkünden, unter ihnen Josma Selim, Louise Schäfer, Leo Valberg, die Chansonette Hilde Reimann und den musikalischen Begleiter Gustav Windhopp. Zu Josma Selims Auftritt vermerkte ein Rezensent: „Das höchst animierte Auditorium ließ sich den ‚Jim‘ wohl ein dutzendmal vorsingen.“[5] Wie die aufgefundene Textprobe zeigt, kann dies, sei es dem frisch angeschlagenen Bier, sei es der Vortragskunst Josma Selims, kaum jedoch allein dem von Siegwart Ehrlich verfaßten Text zugeschrieben werden, denn dieser lautete:

Josma Selim.
Zeichnung von Gedö

Vor kurzer Zeit besucht' ich 'ne Première,
Clou der Saison, es gab 'ne große Sensation.
Was ich im Stillen lange schon begehrte,
Ward nach dem ersten Akt für mich Acquisition.

Links Loge saß er sanft nach vorn geneiget
In Lack und Klaque, die Haltung smart, Smoking apart
Sein Name Jim, doch als er sich verneigte,
Da mußt ich lachen, fand zu komisch seine Art.

Mein Jim hat Beine, so dicke kleine,
Die Beine drehten sich im Takt famos
Possierlich, zierlich, dabei manierlich
Ja darin hat mein kleiner Jim was los.[6]

Der Jüngling mit der Portokasse

„Louise Schäfer und Leo Valberg zeigten sich in einem brillanten Kostümduett", befand die Kritik am Premièrenabend, „einem Schlager ersten Ranges, den bald die Spatzen von den Dächern pfeifen werden", und erwähnt, daß Hilde Reimann pikante Chansons, unter Ausschluß der Zote, singt, „graziöse Ungezogenheiten, die sie ganz allerliebst vorträgt".[7] Louise Schäfer, „die sich auf die stärksten Wirkungen ebenso versteht, wie auf die feinsten", wie das *Fremdenblatt* hervorhebt, trat mit der „Mageren Theodosia", der Szene „Bräutigam und Braut" auf, doch vielumjubelt wurde ihr von Rudolf Nelson vertontes Lied „Jacques Manasse", dem Jüngling mit der Portokasse, der zwar aus Deutschland stammte, dessen Anliegen aber auch hierzulande verstanden wurde:

Sie war sehr braver Leute Kind,
doch wie die braven Leute sind,
vom Glück nicht grad' beschienen.
Drum sprach die Mutter sorgenschwer:
„Mein liebes Kind, es geht nicht mehr,
du mußt etwas verdienen.
Wir haben eine Stellung schon,
du kommst zur Firma I. S. Cohn,
Geschäftszeit neun bis sieben."
Sie sprach: „Jawohl, Ihr Lieben."
Am nächsten Tage im Contor
da stellte sie sogleich sich vor.

Zuerst dem Lehrling Jacques Manasse,
dem Jüngling mit der Portokasse.
Hierauf dem strengen Prokurist,
der im Haus Reklame-Christ.
Und dann dem stillen Compagnon,
der über fünfzig und Garçon.
Und dann in eigener Person
dem Chef der Firma I. S. Cohn.

Und schon am zweiten Arbeitstag
war wie mit einem Zauberschlag
das ganze Haus verwandelt.
Weil an dem hübschen blonden Ding
das Herz der Männer Feuer fing,
hat jeder angebandelt.
Der eine langsam, dieser schnell,
kurz, jeder individuell.
Und weil sie nett und willig,
tat sie, was recht und billig.
Damit sie keinem wehe tu',
gab jedem sie ein Rendezvous.

Zuerst dem Lehrling Jacques Manasse,
dem Jüngling mit der Portokasse,
hierauf dem strengen Prokurist,
der im Haus Reklame-Christ,
und dann dem stillen Compagnon,
der über fünfzig und Garçon,
und dann in eigener Person
dem Chef der Firma I. S. Cohn.

Die Tage fliegen pfeilgeschwind.
Nach einem Jahr hat sie ein Kind,
und das war ziemlich peinlich.
Die Mutter heulte: „Wir sind alt,
und nun verliert sie das Gehalt!“
Sie sprach: „Seid nicht so kleinlich,
denn dieses kleinen Wurms Papa
ist eine Art GmbH,
und diese bringt am Ende
’ne kräft’ge Dividende.“

Und jeden Ersten, nicht zu knapp,
da holt sie sich die Rente ab:
Zuerst vom Lehrling Jacques Manasse,
der klaut se aus der Portokasse.
Hierauf vom strengen Prokurist,
der im Haus Reklame-Christ.
Und dann vom stillen Compagnon,
der über fünfzig und Garçon.
Nur einer drückte sich davon:
der Chef der Firma I. S. Cohn.[8]

Zu Beginn der Vorstellungen sorgte stets ein Salonorchester mit Walzern und bekannten Opernmelodien im *Simpl* dafür, daß der Wiener so recht in Stimmung kam, danach trat der Conférencier auf das Podium und verband plaudernd die einzelnen Nummern. An gespielten Szenen allerdings war Direktor Dorn wenig interessiert, da diese, wie er befürchtete, sein Publikum allzusehr von der Speisekonsumation abhalten könnten.

Egon Dorn

Die darauffolgenden Lieder, Solovorträge und Musiknummern erzeugten hingegen geradezu Heißhunger, und nach dem Kabarettprogramm durfte man an Ort und Stelle bei freiem Eintritt tanzen. So wurde der Keller in der Wollzeile zu einem legendären Treffpunkt. Egon Friedell tritt hier nun als „Eckermann“ Altenbergs auf und trägt dessen Texte und Anekdoten vor. Einer ehrwürdigen Altenberg-Anekdote zufolge sei in jenen Pioniertagen an der Bar Abend für Abend ein junger Mann von fremdländischen Äußern beobachtet worden, der offenkundig in naher Beziehung zur Bardame stand. Beunruhigte Gemüter fragten sich: Wovon lebt der Junge, wenn nicht von dem Mädchen? Peter Altenberg wehrte ab: Aber nein, das sei ein exotischer Prinz, steinreich von zu Hause her, der hier studiere, ein feiner junger Herr mit den besten Manieren, höflich, rücksichtsvoll, gebildet . . . Ja, aber wovon er denn nun eigentlich lebe? unterbrach man Altenbergs Wortschwall. Verblüffte Antwort: „Na, er hat doch das Mädel!“[9]

Fritz Grünbaum tritt nun erstmals im Keller in der Wollzeile auf. Doch vorher schon hatte Alexander Trebitsch ihn persönlich zum Helden eines (auto-)biographischen Ehedramas in Coupletform gemacht:

Ach des Lebens schönste Feier
Endigt auch des Lebens Mai,
Wehmutsvoll sprach dies Fritz Grünbaum,
Als die erste Nacht vorbei.
Als am ersten Ehemorgen
Ihn der Sonne Licht geweckt
Und die nackte Warheit plötzlich
Ihm aus seinem Traum geschreckt.

Nun war Grünbaum teils ein Wiener,
Teils auch sonst kein Optimist,
Aber hinter diesem Schleier
Fand er's Factum doch zu trist.
Fast die halbe bessre Hälfte
Hing am Nagel an der Wand
So daß nur ein besseres Viertel
Lag zu seiner rechten Hand.
Daß sie hielt auf bessere Formen
Als ihr die Natur verleiht,
War ihm recht und ihr nicht billig.
Aber daß sie nur im Kleid
Sagen wir so oberflächlich
Zeigte was sie zeigen soll,
Daß trotz der gesetzten Jahre
Selbst ihr Sitzungsprotokoll
Keineswegs der Form entsprochen
Die juristisch üblich war
Und die sie sich selbst ersessen
Als sie alt war dreißig Jahr.
Daß die Haare auf den Zähnen
Ganz allein nur waren echt
Das erschien dem guten Grünbaum
Selbst moralisch ungerecht;
Jetzt begriff er ihren Abscheu
Vor'm Familienbad in Sylt
Und sein Hunger nach der Liebe
War schon beim Entree gestillt.
Aber ob mit, ob ohne Hunger
Er war durch das Standesamt
Lebenslänglich zu genießen
Seine halbe Frau verdammt.
Daß er listig ward betrogen,
Um sein ganzes Eheglück
Durch ein Mädchen, dessen Schönheit
Angekauft war, Stück um Stück,
Darnach fragt bei uns kein Richter,
Doch stiehlt einer Brennholz sich
Wenn der Ärmste friert im Winter
Tagt die Rache fürchterlich.
Als jedoch die Frau beim Waschen
Nahm noch das Gebiß heraus
Und sogar ihr rechtes Auge
War's mit seiner Ruhe aus.
Resi, sprach er, nur nicht weiter
Was zuviel ist, ist zuviel
Ich hab doch eine Frau geheirat
Und nicht ein Zusammsetzspiel.
Komponist ist zwar Dein Vater
Aber diese Melodie
Stammt schon aus zu vielen Quellen
Das ist eine Potpouri!
Darauf nahm er sich das Leben
Dadurch, daß er sinnlos trank
Und sang ihr am letzten Tage
Diesen schönen Schwanensang . . .[10]

Bebels Brustbild

Einer der wenigen politisch engagierten Conférenciers des *Simpl* hieß damals Heinz Conrad. Er trug sozial engagierte Lieder vor, entwickelte sich aber zu Beginn des ersten Weltkrieges vom Sozialdemokraten rasch zum Deutschnationalen weiter. In der Wollzeile rezitierte er im Herbst 1914:

. . . Saßen jüngst ein Dutzend Sozi
Um den Stammtisch durstentbrannt
Schützend hing als Genius Loci
Bebels Brustbild an der Wand.

Und der eine sagte: Kinder
Donnerwetter Paraplü –
Sozi bin ich drum nicht minder
weil ich heut für's Reich erglüh'!

Sind wir nicht vom selben Stamme,
Ob aus Nord, aus Süd und West?
Hält uns nicht die gleiche Flamme
Warm am deutschen Herde fest?[11]

Aber zu diesem Zeitpunkt hatten Bebels Sozialisten ohnedies bereits für die Kriegskredite gestimmt, und Deutschland samt Österreich-Ungarn der übrigen Welt den Krieg schon erklärt.

IN DIESER ERNSTEN ZEIT

DAS KABARETT ZIEHT IN DEN KRIEG

Immer, wenn der Frieden aus ist,
Bricht der Krieg aus, der ein Graus ist.
Letzt'res zeigt sich ein, zwei Wochen
Erst, nachdem er ausgebrochen,
Doch was nützt dann das Geschrei?
Was vorbei ist, ist vorbei!
Homunkulus[1]

Zeichnung von Fritz Schönpflug

In dieser ernsten Zeit, die sich zu Tode gelacht hat vor der Möglichkeit, daß sie ernst werden könnte; von ihrer Tragik überrascht, nach Zerstreuung langt, und sich selbst auf frischer Tat ertappend, nach Worten sucht",[2] in dieser ernsten Zeit drängte es auch den Humor freiwillig an die Front:

Was soll der Lärm und das Geschrei
Es strömt das Volk zu Hauf herbei
An jedem Eck wird affichiert
Das Vaterland mobilisiert
Und jauchzend ruft die Menge: auf in den Krieg hurra![3]

Auch der 1883 geborene bisherige Kabarettist und Librettist Franz Lehárs, Fritz Löhner-Beda, unterzog seine literarischen Fähigkeiten ab August 1914 einer grundlegenden Umwidmung im Sinne der Ideale des „Burgfriedens":

Und mit den letzten Fasern des Seins
Sind alle, alle jählings Eins,
Verstummt sind Nörgler und Heuler!
Der Kaiser ruft! Und niedersaust
Die eisengepanzerte Riesenfaust
Auf giftgeschwollene Mäuler — [4]

Als am 26. Juli 1914 Österreich-Ungarn Serbien den Krieg erklärte, kommt es um halb neun Uhr abends auf dem Ring zu patriotischen Feiern. Die Menge, so berichteten die Wiener Blätter, sang allerhand Schullieder, und Personen, die es, als sie die Lieder hörten, unterließen, die Hüte abzunehmen, seien wiederholt zur Ordnung gerufen worden. „Zu einem beängstigendem Vorfall kam es im Volksgarten", meldet die *Arbeiter-Zeitung* an diesem Tage. „Es wurde ein Potpourri gespielt, das in ein österreichisches Lied ausklang. Großer Beifall. Die Kapelle gibt zu. Zuerst den Prinz Eugenius. Die Leute singen mit. Dann das Kaiserlied und endlich den Radetzky-Marsch. Plötzlich großer Tumult. ‚Da is a Serb!' schreit einer. Im nächsten Augenblick ist die noch eben singende Menge im höchsten Aufruhr, Stöcke werden geschwungen und Sekunden später fliegen auch schon Bierkrügel. Gekreisch, Lärm, Männer und Frauen klettern über den Zaun, umsonst versucht es die Musik, mit dem Kaiserlied Ruhe zu stiften. Endlich nach langen Minuten tritt Ruhe ein. ‚Sie san schon draußt!' schreit einer und er findet Glauben. Die Kellner klauben die Scherben zusammen, die Musik spielt das Kaiserlied, die Menge klatscht – und der Friede ist wieder eingezogen.“[5]

Kriegsbegeisterung

In dieser ernsten Zeit der unfreiwilligen Pointen findet sich auch auf den Blättern der genannten Zeitung eine „Mitteilung aus dem Publikum“, in der man Folgendes lesen konnte: „Ein Mensch, der arbeitet, hat umso mehr die Pflicht, seinen wichtigen körperlichen Verrichtungen, dem Stuhlgang, Aufmerksamkeit zuzuwenden. Geregelte Verdauung erreicht er durch den täglichen Gebrauch von einem Glas natürlichen ‚Franz-Josef‘-Bitterwasser . . .“[6] Schon einen Tag später ist die Annonce nicht mehr zu finden: Sie fiel unter den Tatbestand der Majestätsbeleidigung.

In den ersten Augusttagen
Neunzehnhundertvierzehn las ich
In den deutschen Zeitungsblättern
(Nicht nur in den nationalen,
Nein, auch in den „freiheitlichen“),
Daß ein „Überfall von Räubern“
Unser Vaterland bedrohe.[7]

Aber nicht nur in den nationalen und freiheitlichen, nein, auch in sozialistischen Zeitungen konnte im August 1914 Fritz Grünbaum die Kriegsbegeisterung der Leitartikler nachlesen: „Wie immer die eisernen Würfel fallen mögen – und mit der heißesten Inbrunst unseres Herzens hoffen wir, daß sie siegreich fallen werden für die heilige Sache des deutschen Volkes“, ließ sich Friedrich Austerlitz, Chefredakteur der *Arbeiter-Zeitung* am 5. August 1914 zu einem kriegsbejubelnden Leitartikel hinreißen, der mit den Worten schließt: „Und so zieht das deutsche Volk einig in den Kampf um die Bewahrung seines staatlichen und nationalen Daseins. Auf der anderen Seite elende Spekulationen, Schacherkoalitionen, denen jede sittliche Idee fehlt. Hier ein einig kraftvoll bewegtes Volk. Die Weltgeschichte müßte den Lauf rückwärts nehmen, wenn den Deutschen nicht ihr Recht würde.“[8]

„Bomben und Granaten“ betitelte Fritz Löhner-Beda launig eine Sammlung seiner zuvor in der *Wiener Sonn- und Montags-Zeitung* erschienenen und der Kriegsfürsorge gewidmeten „satirisch-humoristischen Gedichte“, welche „gebunden und mit einem Bildnis des Dichters in Uniform“ sowie auf der Rückseite mit einer photographischen Aufnahme des 30,5 cm-Skoda-Mörsers zum Preis von 30 h erhältlich waren.[9] Hier dichtet Löhner-Beda, aus Anlaß des Kriegseintritts Italiens auf Seiten der Ententemächte im August 1915 „frei nach einem jüngst entstandenen Soldatenlied“ das Folgende:

Lieber Freund und Katzelmacher,
Wart' nur noch ein kleines bissel,
Blas' dich nur recht auf und nachher
Kriegst du einen über'n Rüssel!
Die Blumenhund' marschieren
Und geben kein Pardon,
Und alle Wege führen
Directemang nach Rom,
Und alle Wege führen
Nach Rom – Rom – Rom!

Patriotische Entrüstung

Lieber Freund und Versemacher,
Großer Dichter Gabriele,
Reiß' die Pappen auf und nachher
Bleibt's dir stecken in der Kehle!
Die Jäger tun marschieren,
Den Stutzen in der Faust,
Sie werden dich kurieren
So wie der Nikolaus,
Sie werden dich kurieren,
Du Laus — Laus — Laus!

Lieber Freund und Flausenmacher,
Schwiegersohn von Montenegro,
Mach' dich nur recht groß und nachher
Geht die Sache schon allegro!
Die Landwehr tut marschieren
Und packt dich irgendwo,
Sie wird dich schon traktieren,
Erwischt sie dich am Po,
Sie wird dich schon traktieren
Am Po — Po — Po![10]

Patriotische Entrüstung leitete aber auch den allabendlichen auf der Possenbühne *Max und Moritz* auftretenden Armin Berg:

Dem Dreiverband, Franzosen, Russen, Briten;
Folgt treulos gar Italien hinterrücks,
Nun hau'n wir auch die dichtenden Banditen,
Zu diesem Stiefel geb'n wir gern die Wichs.

Statt nach Venedig hier in Wien zu gehen,
Wie man's in andern Jahren unternahm,
Werd'n bald die Wiener in Venedig stehen.
Das wär' die schönste Nummer im Programm.[11]

In den Kriegsweihnachten 1915 greift Fritz Löhner-Beda von Neuem zur Feder und verfaßt eine adventliche „Betrachtung", in die er mit zeitgemäß-subtilem Witz unter anderem die von den österreichischen Truppen geübte Praxis mit einarbeitet, in ihre Hände gefallene russische Popen als präsumtive Spione kurzerhand an Drähten aufzuhängen:

Zeichnung von Franz Wacik

Und wenn wir noch so gründlich und fest
Die russischen Herren verkloppen,
Es bleibt noch immer ein großer Rest –
Und insbesondere – Popen!

In Frankreich kocht man früh und spat
Für fremde Gäste die Suppen;
Die Freiheitskämpfer hängen am „Draht"
Und sind nichts mehr als Puppen!

Und wenn in England dann und wann
Auch nicht die Pläne klappen,
Herr Asquith hebt zu reden an
Und weiter siegen die Pappen –

So wird gekräht, gerasselt, gekohlt ...
Sie wollen nicht bremsen, nicht stoppen,
Bis man sie endgültig und völlig versohlt,
Die Pappen und Puppen und Popen![12]

Auch der Mit-Librettist der Operette „Ein Walzertraum", Felix Dörmann, uns aus der Frühzeit des Wiener Kabaretts her bekannt, träumte zu Beginn des Krieges:

Felix Dörmann.
Zeichnung von Carl Hollitzer

Die Russen und die Serben,
Die hau'n wir jetzt in Scherben,
Und einen festen Rippenstoß
Kriegt England und der Herr Franzos.
Wir werden's euch schon geben,
Jetzt sollt ihr was erleben,
Das große Maul habt ihr allein –
Wir, aber wir, wir pfeffern drein.

Wir reden nix, wir deuten nix,
Wir halten unsern Mund,
Wir sind nur für die großen Wix,
Das ist für euch gesund.
Und wenn wir euch genug gebläut,
Dann sagen wir, auf Ehr',
Es hat uns alle sehr gefreut,
Das nächste Mal noch mehr.[13]

Von da war's nicht mehr weit bis zur einprägsamen Knappheit eines unbekannt bleiben wollenden Verfassers:

Jeder Schuß
Ein Ruß!
Jeder Stoß
Ein Franzos!
Jeder Tritt
Ein Britt!
Jeder Klaps
Ein Japs!

oder zum populären:

Serbien muß sterbien!

Dichter„helden"

Die österreichische humoristische Zeitschrift *Muskete* kämpfte in jenen Jahren Schulter an Schulter mit dem deutschen *Simplicissimus,* bedeutende Dichter und Schriftsteller wie Anton Wildgans, Hugo von Hofmannsthal, Ottokar Kernstock, Rudolf Hans Bartsch, Egon Friedell, Felix Salten, Hermann Bahr, Franz Werfel und Franz Karl Ginzkey unterstützten die Heimatfront, und viele von ihnen fochten selbst mit – im heißumfehdeten Wiener Kriegsarchiv, ihren persönlichen Heldenmut in der von Karl Kraus so genannten „Heldenbeschreibungsanstalt" unter Beweis stellend.

Nicht alle machten mit: Arthur Schnitzler schwieg. Und Alfred Polgar hatte über das Lustspiel „Sturmidyll" von Fritz Grünbaum und Willy Sterk schon zu Kriegsausbruch 1914 notiert: „Und so könnte man mit dem ganzen freundlich-törichten Spiel zufrieden sein, trüge es nicht den peinlichen Makel des Einbruchs in eine brennende Jahreszahl an sich."[14]

Während Fritz Grünbaum sich am 1. Februar 1915 freiwillig an die Front meldet und der junge Schauspieler Karl Farkas bei den Honvéds kämpft, erlebt das Wiener Kabarett eine neue Blüte. Zur selben Zeit, als sich die Lebensmittel bereits verknappen und die Massenschlachten im Osten der Monarchie hunderttausende Menschen verschlingen, eröffnen in der Donaumetropole neue Vergnügungsstätten, die dem Publikum noch ankündigen können: „Vorzügliche Küche, alle Spezialitäten, erlesene Getränke". Auch im *Simpl* wird die Oktoberpremière ganz wie in Friedenszeiten von den Zeitungen in aller Ausführlichkeit gewürdigt, und gerät zu einem „vollen Erfolg". Carli Nagelmüller tritt mit dem Chanson „Marianka's Feldpostbrief" von Fritz Grünbaum, Musik von Robert Stolz, auf die *Simpl*-Bühne, in welchem sich die wehmütigen Zeilen finden:

Mein lieber Johann, jetzt werden sie dich hussen,
Auf böse Serben und auf schlechte Russen,
Geh auf sie los und hau', mich schlugst du auch oft blau,
Du bist ein Landsturmmann, der sehr viel kann,
o je, je, jeh![15]

Josma Selim und Ralph Benatzky

Moderne Kriegslieder

Das *Simpl*-Publikum erlebt außerdem Polly Wessing, den „entzückenden deutschen Kabarettstar mit ihrem eigenartigen Humor", es gastiert „der berühmte deutsche Humorist Theodor Franke, mit demselben Repertoire, das er seinerzeit vor dem Kronprinzen von Deutschland zum Vortrag brachte", und „eine Sensation für sich ist das Auftreten der Rezitatorin Enna Hard, die mit modernen Kriegsliedern stürmischen Beifall erntet". Den „Vogel schießt aber Leo Seidl ab", mit dem Vortrag eines ungarischen Husarenliedes, „das besonders von den anwesenden Ungarn mit Begeisterung aufgenommen wurde".[16]

Die Kabaretts sind übervoll, die Eintrittspreise noch zivil, und der *Simpl,* in dem man allnächtlich „Mizzi Dresel, die beste Interpretin bayrischer Soldatenlieder" nebst dem Künstlerpaar Josma Selīm – Ralph Benatzky hören kann, ist ausverkauft. Und wie immer durch all die Jahre, bis zu ihrem unerwarteten Tod im Jahre 1929, sagte Josma Selīm an: „Text und Musik, wie die aller meiner Lieder, sind von Ralph Benatzky . . .!"[17]

Ende 1914 tritt Paul Morgan, der perfekte Conférencier und unerschöpfliche Anekdoten- und Witzeerzähler als Nachfolger von Fritz Grünbaum im *Simpl* auf. Seine Ansagen brachte er stets auf den letzten Stand, wenn nötig täglich, und jene Tage brachten da so einiges mit sich. Mit liebenswürdiger Abstinenz von der allgemeinen Dramatik wagte er über den kriegsbedingten Nahrungsmangel etwa folgendermaßen zu witzeln: „Ich leide schrecklich darunter. Wir leben ja in der großen Zeit, die kleine Zeit jedoch – vor dem Krieg – war mir insofern viel lieber, als man da wenigstens anständig zu essen bekommen hat. Der böseste Fluch ist jetzt: ‚Wünsche Ihnen guten Appetit!' . . . Neulich hab' ich mir eine Wurst gekauft. Ich hab' sie in eine Tramwaykarte eingewickelt. Zu meinem Unglück war in der Karte ein eingezwicktes Loch – die Wurst ist durchgefallen und war nicht mehr zu finden! . . . Meine Ernährungs-Misère scheint aber jetzt ein Ende zu haben", plauderte Morgan noch unverdrossen im *Simpl*: „Auf Anraten eines Gourmands habe ich mir ein Speise-Abonnement genommen bei einem – Roßfleischhacker. Bis jetzt bin ich sehr zufrieden. Ab heute haben wir weiße Woche. Gestern wurde nämlich ein Schimmel abgestochen . . ."[18]

Paul Morgan

Ab 1917 können zwar die Kleinbühnen und Varietés noch immer mit ungeschmälertem Besuch rechnen – das *Ronacher* kündigt sein neues Programm mit dem stolzen Hinweis an, daß „die erstklassigen Nummern in einem Varietérepertoire im vierten Kriegsjahr bei den enormen Paßschwierigkeiten und der Ausschaltung der Artisten der Ententeländer einen Rekord bedeuten, wie ihn kaum eine zweite Bühne erreichen wird!"[19] –, nur daß sich jetzt immer öfter Beamte der Wiener Polizeidirektion im Publikum befinden, deren Aufgabe darin besteht, die Identität der gespielten Texte mit den vorher eingereichten zu überprüfen.

Im *Simpl* liest jetzt Lina Vetter-Loos Texte von Peter Altenberg, Lilly Engels bringt Lieder zur Lautenbegleitung. Daneben treten in der Wollzeile Trude Voigt, Paul Rochelli und die Conférenciers Fritz Wrede und Paul Morgan auf. Morgan aktualisierte die den wilhelminischen Hofstaat persiflierenden „Serenissimus"-Szenen, die nun auf die Weltkriegs-Gegenwart zutrafen; die meisten davon wurden ihm jedoch von der wachen Zensur gestrichen, darunter die folgende: Serenissimus besichtigt einen Frontabschnitt. Kommt ins Gespräch mit einem Soldaten, von dem er erfährt, daß er mehrfach verwundet worden ist. „So, so", sagt Serenissimus, „dann sollten Sie aber doch ein bißchen aufpassen, lieber Freund!" „Sehn Sie", erklärte Morgan-Serenissimus, zum Soldaten gewendet, am folgenden Abend, „an dieser Stelle hätte ich Ihnen etwas zu sagen, lieber Freund, aber seit heute vormittag fällt es mir nicht mehr ein . . ."[20]

Robert Weil-Homunkulus, der in seinen Kriegsheften „Schulaufsätze des Poldi Huber" dem Krieg anfänglich noch manch Lustiges abzugewinnen verstand, wird

Poldi Hubers Hamsterfahrten

1918 recht realistisch, wenn er seinen Poldi Huber über die Hamsterfahrten der Wiener Bevölkerung aufs Land berichten läßt: „In disar gemitlichen Stiemung gelankten mir almöhlich auf Krems. Kauhm gelankten mir dahien, so gaab es aufeinmal kein Futher nicht dasölbst. Indehm daß eine Frauh aus Lärchenfeld sich bereitß es gantse Futher gehamstart hate. Und dazuh auch ein Schweihn. Weil es war eine Sauh."[21]

An einem Samstag, den 9. März 1918, ein halbes Jahr vor Kriegsende, stirbt in München fast unbemerkt Frank Wedekind. Die „Ballade vom toten Krieger" und das „Diplomaten"-Lied waren seine letzten politischen Chansons gewesen. Am 12. März erschien in den *Augsburger Neuesten Nachrichten* ein Nachruf auf Wedekind, verfaßt vom zwanzigjährigen, schreibenden Medizinstudenten Bertolt Brecht.[22]

Die Not wird im Herbst 1918 in Wien immer größer, Antikriegsdemonstrationen und Rüstungsarbeiterstreiks mehren sich, Kinder sterben vor Hunger. „Etwas über den Hunger", lautet der Beitrag einer Wiener Illustrierten, in der man die zuversichtliche Mitteilung findet: „Menschen können freiwillig 30 bis 40 Tage ohne Nahrung auskommen, Hunde haben 103 bis 117 Tage im Hungerturm ausgehalten und konnten sich nachher bei geeigneter Fütterung wieder erholen."[23] – Daneben gab es freilich Meldungen, die ihren Trost, weniger prosaisch, lieber aus den Werten der Institution schöpften, und die *Neue Freie Presse* berichtete die langersehnte „Einführung des Schnurrbartzwanges bei den Debrecziner Husaren".[24] Im morschen Habsburgerstaat fand sich auch ein Landsturmmann, der, bemüht eine Lösung für die überhandnehmenden Ausrüstungssorgen der Armee zu finden, eine Uniform aus Sägespänen verfertigte. Ein Lappländer zeichnet österreichische Kriegsanleihe, die Wiener Straßenbahn übernimmt den Leichentransport auf den Zentralfriedhof, und die Zeitungen loben die Schmackhaftigkeit des Krähenfleisches.

Die Grippe geht im Herbst 1918 in Wien um. „Wie sehr hat man schon im Mittelalter über die Grippe gelacht", erinnern sich alte Zeitungsfeuilletonisten, „eine ganze Reihe von Komödien legen dafür Zeugnis ab, daß man diesem gefährlichen Gast gegenüber in der guten alten Zeit den Humor nicht verlor".[25] Die Zahnradbahn auf den Kahlenberg und die Theater und Kleinbühnen müssen wegen Kohlenmangel schließen; sang- und klanglos, vor leerem Haus, tritt mangels Nachfrage, im November 1918 auch die Monarchie von der Weltbühne ab.

DIE DEMOBILISIERUNG DES KABARETTS

BESCHRÄNKTER KARNEVAL IN WIEN. ENDE UND NEUBEGINN: DIE BUDAPESTER SPERREN – DER PAN ERÖFFNET

Immer, wenn der Krieg entschieden,
Kommt der sogenannte Frieden;
Mit ihm kommen die Gestalten,
Welche tapfer durchgehalten
Und den Heldentod verschmäht,
Weil's auch ohne diesen geht.
Homunkulus[1]

Dekoriert, demobilisiert und desillusioniert kehren sie aus dem Krieg ins Kabarett zurück: Der mit der „kleinen Silbernen“ ausgezeichnete Oberleutnant Fritz Grünbaum steht zu Silvester 1918 bereits wieder auf den Brettern des *Deutschen Volkstheaters*, wo er einen Bunten Teil gestaltet, spielt danach in den *Kammerspielen* und conferiert um Mitternacht im *Simpl.* Direktor Dorn hatte für Abwechslung gesorgt, ganz wie in Friedenszeiten. Neben Grünbaum treten hier seine erste Frau Mizzi Dresel, Anny Heitner, Arthur Franzetti und der bewährte Conférencier Hans Kolischer auf.

Fritz Grünbaum.
Zeichnung von Sipos

Die Theater und Varietés brachten durchwegs Doppelaufführungen, und die Häuser waren in jener Silvesternacht bis auf die letzten Plätze gefüllt. Gefeiert wurde im *Biercabaret Simplicissimus* diesmal wirklich mit Bier – „Waffenstillstandssilvester“, wie man zu scherzen versuchte –, aber echte Fröhlichkeit dürfte selten aufgekommen sein. Auch nicht, als der Conférencier Hans Kolischer das Publikum fragte: „Was ist der Unterschied zwischen einem Soldaten und einem Schneehaufen in Wien?“ Die Antwort: „Der Soldat muß um fünf Uhr früh aufstehen, der Schneehaufen kann liegenbleiben, solange er will.“[2]

Witzelnd versuchte man, über die Zeitumstände hinwegzukommen, doch schon die ersten Wochen des neuen Jahres brachten eine katastrophale Verschärfung der Wirtschaftslage mit sich. Der Reststaat „Deutsch-Österreich“, besonders aber seine zu groß gewordene Hauptstadt, ist am Verhungern, zahlreiche Massenepidemien von der Spanischen Grippe bis zur Cholera und von den Blattern bis zum Typhus suchen Wien heim. Das Kabarett und sein Publikum, Reste eines absterbenden Bürgertums, üben sich in der Rolle des Lieben Augustin, man lacht allabendlich, auch wenn alles hin ist.

Eines der vielen Opfer des schweren Winters ist Peter Altenberg, den eine Lungenentzündung dahinrafft. Am 8. Jänner 1919, im ersten Friedenswinter, stirbt er im Allgemeinen Krankenhaus, am 11. wurde er auf dem Zentralfriedhof zu Grabe getragen. Die Grabrede hält Karl Kraus. „Möchte Deine lyrische Prosa . . . möchte Dein Mut, vor einem Kinde, vor dem Tier und der Pflanze, vor dem darbenden Herzen einer verstoßenen Menschheit ehrfürchtig verweilen – ein hoch- und schlechtfahrendes Geschlecht Bescheidenheit vor der Natur lehren!“[3] ruft er dem Dichter des Epigrammstils ins Grab nach.

Peter Altenberg.
Zeichnung von Carl Hollitzer

Die Kronenwährung notiert in Zürich mit zehn Prozent ihres Wertes von 1914 und sollte bald noch tiefer fallen; die Schieber, Kriegs- und Nachkriegsgewinnler der „verstoßenen Menschheit“ beherrschen die Szene – auch die der Kleinbühnen, in denen der Schleichhandel blüht. In der *Hölle* gastiert in jenen Tagen mehrmals die Polizei, wobei laut Polizeibericht „Gäste überrascht" werden, welche „lange nach der vorgeschriebenen Sperrstunde bei Musik und Gesang ein Zechgelage abhalten".[4]

Trotz und zugleich wegen der verworrenen Zeiten gestattet die zuständige Magistratsabteilung bald einen „beschränkten Karneval" und verschiebt die allgemeine Sperrstunde für Animierlokale und Vergnügungsetablissements auf neun Uhr abends. „Es wird Eiferer genug geben", steht in der Zeitung zu lesen, „die aus Gründen der öffentlichen Stimmung, der politischen Lage und menschlicher Gefühle gegen die gewährte Erlaubnis auftreten werden. Man kann ihnen jedoch erwidern, daß es bei uns vor allem die Volkswirtschaft ist, welche den Fasching braucht, denn nicht nur die Tanzlehrer, sondern auch viele Gewerbe finden ihren guten Verdienst gerade in der Ballsaison. Diesen Berufen, wie allen anderen zur Erholung zu helfen, ist auch eine Aufgabe der Regierung. Aus dieser nüchternen Erwägung heraus wurde der Poesie der Jugend ein kleines Türchen geöffnet, und weil sich Tanzen in Verdienen übersetzen läßt, bekommen die lange Zeit vernachlässigten Mädchen ihr natürliches Recht auf Unterhaltung und Koketterie zum kleinen Teil zurück!"[5]

Wilhelm Sterk.
Zeichnung von Viktor Leyrer

Allabendlich versuchen nun in diesem „beschränkten Karneval" des Jahres 1919 Grünbaum, Kolischer, Philine Wengradt, die Diseuse Mella Mars, Ridi Grün und all die anderen Künstler des *Simpl* für gute Laune im Sinne der Volkswirtschaft zu sorgen, „das einzige", nämlich Laune, sagt Fritz Grünbaum ins Publikum hinein, „was es ohne Karten gibt, und das auch nur bei uns!".[6]

Andernorts ging es krisenhafter zu: Hatten die *Budapester* die Kriegsjahre noch zu überdauern verstanden, so mußte sich die Gesellschaft 1919 aus wirtschaftlichen Gründen auflösen. In das nun leerstehende Theater in der Praterstraße 25 übersiedelt 1920 das *Intime Theater*, das gegenüber auf Nummer 34, im Nestroyhof, gespielt hatte, und wird als *Rolandbühne* unter der Direktion von Emil Richter-Roland neu eröffnet.[7]

Eisenbach und sein Ensemble führen ihre Jargonstücke nunmehr im Nachtkabarett *Max und Moritz* in der Annagasse auf. Fritz Grünbaum pendelt jetzt zwischen *Simpl* und *Ronacher* und debütiert im Hause auf der Seilerstätte 9 als Opernkomiker in Leo Aschers „Ramsenit"; sein Staatssekretär für Kunst und Wissenschaft im pharaonischen Ägypten – eine Rolle, die Grünbaum als hervorragenden Tänzer präsentierte – riß das Publikum zu Lach- und Beifallsstürmen hin.

Gelacht wurde auch über Raoul Aslan, den es aus recht realistischen Erwägungen zur Kleinkunst zog: Seine Gage am *Volkstheater* reichte nicht mehr aus, er suchte nun sein vielseitiges Talent anders zu nutzen. Drei Monate hindurch sang er in der Wollzeile Lieder in deutscher und französischer Sprache.

Kohlenmangel, Lichtausfall, Streikdrohungen der Schauspieler und Zusammenbruch des öffentlichen Verkehrswesens hielten eine Handvoll Kriegsheimkehrer nicht davon ab, 1919 die Künstlerspiele *Pan* zu eröffnen. Direktor des neuen Kabaretts in der innerstädtischen Riemergasse 11 wurde der ehemalige Warschauer Frauenimitator und Jusstudent Gabriel Lax, die musikalische Leitung hatte Béla Laszky inne, den Spielleiter spielte Wilhelm Sterk, der schon 1906 in der *Hölle* mit dabei gewesen war, den Part des Kapellmeisters übernahm der ehemalige Theologiestudent Artur M. Werau, und die administrative Leitung hatte Alexander Rotter inne. Die denkwürdige Begebenheit, die zur Gründung des *Pan* führte, wird von Wilhelm Sterk im ersten Programmheft folgendermaßen referiert:

Eines Tages saß der Einjährig-Freiwillige Wilhelm Sterk im Café Dobner und blickte besorgt zur Türe, ob nicht etwa eine Abordnung der Militärpolizei ihn zur aktiveren Teilnahme am Kriege wolle einladen kommen. Der genannte Einjährige besaß wohl eine Tapferkeitsmedaille, zeigte aber seit einigen Monaten keinerlei Lust, dem Militarismus weiter zu Hilfe zu eilen.

Da erschien ein Hauptmann, stolz, wie alle seinesgleichen, schritt auf den „Jahrling" zu, der langsam zu erbleichen begann. Denn: kann man wissen? Vielleicht hat der Herr Hauptmann einen leider abwesenden Knopf bemerkt oder dergleichen. Sie wissen ja, wie stramm die Herren Offiziere auf alle Dinge achteten, die zu einem siegreichen Ende des Krieges führen konnten . . .

Es ging aber viel gemütlicher weiter, als es den Anschein hatte. Der strenge Hauptmann hieß Béla Laszky und ließ sich neben dem Einjährigen mit den klassischen Worten nieder: „Sterk, mir ist mies!"

Ich erzähle das, weil, streng genommen, damit die Gründung des „Pan" begann. Genau so wars, der alte Medak ist mein Zeuge.

Wir sprachen von glücklicheren Zeiten in jüngeren Tagen. Laszky erzählte von Wolzogen und seinen Reisen. Holland, Schweden, Nordamerika, Kuba, Chile, Columbia . . . war die Vergangenheit nicht ein Traum? Ich sprach von den prächtigen Kabarettzeiten, die ich in Wien gesehen. Eine Bude wurde aufgemacht und wie die Pilze schossen die Künstler aus der Erde. Ein Brettel – aber die darauf standen, hießen: Hans Heinz Ewers, Roda Roda, Felix Dörmann, Fritz Grünbaum, Rudolf Österreicher. Ich trags wie einen Orden, daß ich mit dabei war. Und heute? Überall öde Schablone. Nachbeterei von dem, was vor fünfzehn Jahren erfunden wurde. Das Gute ist alt, das Neue ist Kitsch. Was meinen Sie, Béla, ob mans nicht doch noch einmal versuchen könnte? Nicht so wie damals. In einer anderen Form, aber doch . . . na, Sie wissen ja, wie ichs meine . . .!

Laszky antwortete (in Moll): „Kostet zweimalhunderttausend Kronen!"

Ich antwortete (in Dur): „Wir werden die zweimalhunderttausend Kronen kriegen!"

Der Zahlkellner Josef hörte mich erstaunt diese Ziffer nennen, äußerte aber nichts, weil er gewöhnt ist, „narrische Leut'" um sich zu haben.

Eine Stunde später saß mein Kriegskamerad, der Zugsführer Alexander Rotter neben mir, ein alter Theaterhase und Etatkalkulator. Dem erzählte ich die Chose. Aber die Endziffer blieb: 200.000. Das war bitter . . .

Kennen Sie den kleinen Werau? Nein? Nicht möglich! Den Blauen-Donauwalzer kennen Sie? Ja. Den Boccaccio-Marsch kennen Sie? Ja. Also, das ist jetzt von ihm. . . Der kleine, runde, lustige Kerl ist von oben bis unten angefüllt mit Talent, aber nimmt sich nicht seriös, schreibt wienerisch-lässig seine kleinen Sachen auf, die er „Püm-püm" nennt, steckt Geld dafür ein, verspielts sofort beim Traben und lacht dazu, wie ein Schneekönig. Weil er nämlich vom „Püm-püm" nicht leben muß . . .

Der kleine Werau also kam zum Tisch und fragte: „Um was handelt sichs?" Er erhielt Bescheid. 200.000! Er war gar nicht melancholisch, als er die Ziffer hörte, sondern sagte: „Kinder, ich bin ein Schlager! Ich weiß einen ‚Kren' für so was! Morgen bring' ich Antwort!" – Hier endet der erste Akt.

Am nächsten Tag kam die Antwort. Die hieß ganz lakonisch: Ja!! Projekt ausarbeiten! Vorlegen!

Wissen Sie, was ein Theaterprojekt ist? Das ist eine Berechnung, durch die bewiesen wird, daß der Unternehmer auch dann, wenn keine Katz sein Lokal besucht, unfehlbar Millionär werden muß. Ich muß sagen, daß unser Elaborat alles bisher dagewesene in den Schatten stellte. . . Eines Tages fand die konstituierende Versammlung statt. Wir waren alle sehr gespannt, wie wohl der Herr mit den 200.000 aussehen mag. Es erschien ein Fähnrich –: „Mein Name ist Gabriel Lax." (Der Einjährige Sterk erschrak sehr, als er vernahm, daß er einen „Macher" der Militärpolizei und gefürchteten Chef des Zentralarrestes vor sich habe . . .)

Es wurde ein langwieriger Vertrag beraten und beschlossen. Ressorts wurden besetzt. Pläne, Debatten, Reden, Kontrareden, noch Reden, dazu Slibowitz, noch Slibowitz, später Whisky mit und ohne Soda – endlich folgten die Unterschriften. Ungefähr so muß es jetzt in Paris sein, wo das Kabarett „Die Neue Welt" gegründet wird. Nun kam die Revolution. Die Uniformen wurden in einen Winkel gehaut. Der Weg ist frei. Keine Zensur. Meine Herren – vorwärts! – Dies war das Ende des zweiten Aktes.

Lieber Leser! Sofern du ein Österreicher bist (Neu-Österreicher natürlich!

Rot-weiß-rot! Hoch!), kannst du dir ja leicht vorstellen, daß unsere hochlöblichen Behörden noch dieselben sind, die sie im alten k. und k. Österreich waren. Der Amtsschimmel ist nicht geschlachtet worden. Das ist ein zähes Luder. Zu diesem Amtsschimmel muß man gehen, wenn man eine „Konzession" haben will. Was ist das, eine Konzession? Hm, das ist eine komplizierte Sache. Es gibt a) Produktionslizenzen, b) Singspielhallen-Konzessionen, c) erweiterte Singspielhallen-Konzessionen, d) noch mehr erweiterte . . . und schließlich Theaterkonzessionen. Der Unterschied? Ganz einfach. In einem Kellerlokal darfst du zum Beispiel Volkssängerei bei Klavierbegleitung betreiben. Mit Orchester nicht. Weil das feuergefährlich ist. Du darfst auch zwölf Künstler engagiert haben, die gleichzeitig auf der Bühne stehen. Aber ein Stück dürfen die Zwölf nicht spielen. Das ist auch feuergefährlich. Du verstehst das nicht, lieber Leser. Ich versteh's auch nicht, und die Herren vom Amt verstehens auch nicht. Aber es ist so, denn so steht's im alten ägyptischen Traumbüchel, nach dessen Worten im alten Österreich regiert wurde und das im neuen Österreich noch nicht außer Kraft gesetzt wurde. Nur Geduld. Wird schon werden. Nur ka Aufregung net . . .

Die Pan-Gründer (Zeichnung von Viktor Leyrer): Béla Laszky, Wilhelm Sterk, Gabriel Lax, Alexander Rotter, Artur M. Werau, Finanzier Hlouschek

Die Konzession ist auch da. Endlich. Nun beginnt der Kampf im Innern. Béla Laszky will unentwegt zur „Höhe". Er tritt feierlich ins Zimmer, blickt düster um sich, schüttelt die Mähnenreste und redet von „Kultur". Werau verteidigt die Püm-Püm-Richtung. Die Leute wollen lachen. Direktor Lax organisiert. Sehr militärisch. Das Bureaufräulein steht beim Frührapport Habt Acht, Brust heraus! (Kunststück!) Rotter kämpft dem Besteck-Lieferanten so und so viel Prozente herunter. Im Hintergrund, in einem Klubfauteuil, sitzt Herr Hlouschek, ein Teil der 200.000, und äußert in regelmäßigen Intervallen: „Ist mir zu teuer!" Alles ist ihm zu teuer. Der Laszky, das Besteck, der Sterk, das Glasservice, die Teppiche – kurz: Alles. Er bleibt bei seinem: „Ist mir zu teuer!" Er bezahlt prinzipiell keine Rechnung, ehe er das nicht gesagt hat . . .

Die Künstler sind engagiert. Es hagelt Manuskripte in die Kanzleiräume, Plakatentwürfe, Noten, Verträge – die Telephone toben – es mag einem mitunter Angst und bange werden. Denn: wir haben unseren Willen durchgesetzt, wir sechs . . . Was aber wird das hochverehrliche Publikum dazu sagen?

Schau, liebes Publikum, wir wollen dir keine großartigen Dinge versprechen. Wir reden sans phrase. Wir sind nette, umgängliche Leute, voll Ambition, etwas Amüsantes vor die Rampe zu bringen. Die „Hetz" – mit Verstand . . . (für Wien ein neues Genre!) Das ist alles. Ein Hauch vom Leben, seinen Sorgen und Lustigkeiten, soll über die Bühne wehen; die Frage des Tages und die von morgen soll besprochen werden; Politik ohne Parteilichkeit; Agitation gegen alle Lässigkeit und Rückständigkeit – wo immer sie sich zeigt. So wollen wir lachendernste Arbeit leisten, für uns, für euch, für unser schönes Wien, das bald wieder blühen wird, wie zuvor, in einer reineren, befreiten Zukunft!

Das Spiel kann beginnen![8]

Opfer der Inflation

Und das Spiel begann: Wilhelm Sterk schrieb das Wienerlied „Kinder, spart's die Kreuzer z'samm!" für den Bilderbogen „Alles ohne Kopf", Fritz Grünbaum reimte für die Première die Betrachtung „Einst und heute", Rudolf Oesterreicher steuerte fürs Programmheft den „Traum des Don Juan" bei, und die beiden Abrüster Löhner-Beda und Dörmann lieferten dem *Pan* solide Vorkriegsware unter dem Titel „Der Dichter" und „Der Jüngling und das Mädchen". Von Robert Eysler wurden Gedichte rezitiert und Friedrich M. Hofmanns „Feierabend" vorgetragen, das musikalische Spiel „Der Faun" von Sterk, Musik von Béla Laszky, uraufgeführt, und Egon Friedell verkaufte ein weiteres Mal seine Kurzbetrachtungen: „Goldene Jugendzeit", „Der Hofmeister" und „Die Lehrmittel".[9]

Dem Weltkrieg soeben entflohen, versuchten Laszky, Werau, Lax, Rotter und aus dem Hintergrund Finanzier Hlouschek, den Wienern seriöse Unterhaltung ohne Zote und Zeitkritik zu bieten, doch ihre Munterkeit wirkte bereits aufgesetzt, und ihre Späße glichen dem Pfeifen im dunklen Walde. Auch wenn es im Prolog noch heißt:

Wir sind versammelt hier im Zeichen dieses Pan;
Zu Ernst und Spaß, doch ernsthaft noch im Scherzen.
Seid uns willkommen! — Wir fangen an!
Wir bitten nicht um Lob; wir wollen — eure Herzen![10]

spielten die *Künstlerspiele Pan* — wohl, weil „ernsthaft noch im Scherzen" — nicht allzu lange. Wie viele andere Kleinbühnen wurden auch sie Opfer der Inflation.

1924 findet im Theater in der Riemergasse auch der Zusammenbruch der *Moskauer Künstlerspiele* statt. Die Grabrede hält Alfred Polgar: „Die *Moskauer Künstlerspiele*, eine Deszendenz des *Blauen Vogels,* haben hier Pleite gemacht. Das hätte man den sympathischen, ihre Kleinkunst so ernst nehmenden Russen voraussagen können. Und sollen ... Verderblich wie das Uebergewicht des Dekorativen wurde dem russischen Cabaret die bombastische Kindlichkeit, zu der es sich unerschütterlich bekannte. Diese Kinderstubenluft, so expressionistisch sie gefärbt, war nicht mehr zu atmen. Der Zuschauer schmachtete nach Derbem, das die obstinate Niedlichkeit durchbräche. Das Ewig-Puppige stieß ihn ab. Die lebenden Porzellanteller, Spieldosen, Biedermeierporträts, die farbenknallenden Burlesk-Bauern — der Bauer ist doch nicht nur ein Spielzeug! — langweilten. Das Imitieren von Holzfiguren durch lebende Menschen verlor in der Wiederholung jeden Reiz, und sogar die polyphone Schwermut der Wolga-Schlepper ließ schon ungerührt. Trotz der begleitenden Solo-Geige. In der Kunst dieses Cabarets war ja gewiß Rußland. Aber ein lackiertes Rußland. Darüber half auch das beste Schlecht-Deutsch der Conférenciers auf die Dauer nicht hinweg."[11]

Grünbaum und Julius Wiesner überlegen zwar kurzfristig, das leerstehende Theater zu pachten, verzichten aber schließlich. Am 18. Dezember 1926 stand in der *Arbeiter-Zeitung* unter dem Titel „Vereine und Versammlungen" die Ankündigung zu lesen: „Vereinigung sozialistischer Mittelschüler. Heute: 19 Uhr. Riemergasse 11. Politisches Kabarett der Veranstaltungsgruppe".[12] Und am 15. September 1927 eröffnet hier ein neues Kabarett, das seinen Namen aus dem ersten *Pan*-Programm herzuleiten schien: der *Faun.* Das *Illustrierte Wiener Extrablatt* berichtete noch vor der Neueröffnung werbewirksam: „Der amerikanische Journalist Dr. William Forgo hat den Wurf gewagt, nachdem er in Béla Laszky einen prominenten Mitarbeiter und in den Herren Dr. Lukacs und Josef Rehberger Mitstreiter für die Kunst gefunden. Man kann heute schon sagen, daß nach der Eröffnung die Namen der Sängerin Frau Hellenburg, der Diseuse Mella Steels, der Soubrette Frl. Makori, der

Ellinor Falk, der Schauspielerin Evera-Krantz, der Sänger Weisse, Skaza, der Herren Eugen Strehm, Wolff u.s.w. am Wiener Kunsthimmel glänzen werden."[13] Das *Illustrierte Wiener Extrablatt* irrte, lediglich mit Béla Laszky verfügte die *Faun-Bühne* über einen bedeutenden Mitarbeiter aus der Frühzeit des Kabaretts. Vom *Überbrettl,* den *Elf Scharfrichtern,* dem *Nachtlicht*, der *Fledermaus* und der *Hölle* war er hergekommen und hatte sich im Nachkriegskabarett, hier oftmals als Aushängeschild benutzt, wohl nie mehr zurecht gefunden. Als er am 1. November 1935 stirbt, wird mit ihm auch das Wiener Kabarett der frühen Jahre begraben.

Wie so viele Kleinkunstbühnen wird ebenso der *Pan*, dessen Foyer und Bar einst mit Fresken und Gemälden von Viktor Leyrer und Fritz Linzer ausgestattet waren, ein Lichtspieltheater. Und heute erfreut das *Rondell*, umgeben von Finanzamt und Bezirksgericht, die heranwachsende Schuljugend Wiens mit erotischen Filmen.

UM MITTERNACHT IN PRAG UND BUDAPEST

HAŠEK, KISCH UND MOLNÁR IM KABARETT

Um zwölf Uhr, zur Montmarter Zeit,
Begegnet man manch zarter Maid,
Herr Waltner freudig harrt der Massen,
Die niemals das Montmarter hassen,
Hochadel und gelahrter Mob,
Sie singen des Montmarter Lob.
K. E. Schlesinger[1]

Nach der Jahrhundertwende hatten Cabaret & Kabarett bald auch die Monarchiemetropolen Prag und Budapest erreicht.

Jaroslav Hašek.
Zeichnung von Josef Lada

In Prag eröffnete 1911 das Nachtkabarett *Montmartre* seine Pforten. Zu den Stammgästen zählten rasch Franz Kafka, Max Brod, Jaroslav Hašek und der junge *Bohemia*-Bohémien Egon Erwin Kisch, der schon 1904, von Heinrich Heine und den *Elf Scharfrichtern* inspiriert, die Gedichtsammlung „Vom Blütenzweig der Jugend" herausgegeben hatte und später gestand: „. . . die ‚Elf Scharfrichter' besaßen eine kühne Thematik, aber in den Gedichten desjenigen, der sie plünderte, findet sich von diesen Vorzügen nichts."[2] Max Brod plante im *Montmartre* unterdessen ein „Satanisches Varieté", das als besondere Einlage ein Ballett ausgesucht häßlicher Mädchen versprach, dann aber aus irgendwelchen Gründen doch nicht zur Aufführung gelangt ist; indessen rezitierte hier Jaroslav Hašek für einen halben Liter Bier allabendlich eigentümliche Geschichten.[3]

Im Mittelpunkt des nächtlichen Treibens stand aber Egon Erwin Kisch. „Machte er um Mitternacht Schluß", erinnert sich Paul Wiegler, Dichter, Übersetzer und Feuilletonchef der *Bohémia* vierzig Jahre später, „stürmte er in das Café *Montmartre* unten in der Liliengasse dem Annahof gegenüber."[4] Josef Waltner, der, Pächter und Kellner, gleichzeitig auch als Schauspieler und Liedersänger agierte, „trat hier auf einem kleinen Podium auf. Und mit Kisch kamen damals auch seine lustigen Kumpane und viele, die gegen das Bürgertum rebellierten, der Schriftsteller Jaroslav Hašek, der Maler und Schauspieler Emil Arthur Longen, der Maler und Dichter Franta Gellner, der Prager Neger-Kellner Christian Ebenezer und andere. Hier trat eine Tänzerin, genannt Emka Revoluce, auf und tanzte mit dem Kellner, der wegen seiner Vergangenheit als Schauspieler Hamlet genannt wurde, zum erstenmal in Prag den Tango Argentino."[5]

Doch zur unbestrittenen Hauptattraktion des *Montmartre* war Egon Erwin Kisch geworden. Der aus Reichenberg ins Prager Nachtleben verschlagene Journalist Karl Kreibich berichtet von seiner Begegnung mit dem „rasenden Reporter": „Kaum saßen wir dort eine kleine aber Lange-Weile, flüsterten mir meine Begleiter aufgeregt zu, daß ich ‚Glück' habe: Egon Erwin Kisch und die ‚Revoluce' seien gekommen. Es stellte sich heraus, daß man mich eben deshalb in dieses Lokal geführt hatte, um mir die größte Sehenswürdigkeit des Prager Nachtlebens zu zeigen: wie ‚Egonek' mit der ‚Revoluce' einen ‚slapak' tanzte. Daß der ‚bürgerliche Schmock' zu allem auch noch ein Liebling des Prager Nachtlebens und in der Unterwelt der Großstadt wie zu Hause war, konnte natürlich meine Abneigung gegen einen Redakteur der *Bohémia* nicht mildern."[6]

Nicht allseitiger Beliebtheit erfreute sich auch Jaroslav Hašek, der hier immer wieder auf Kosten des Publikums Streiche aufführte, welche ihm schließlich ein absehbares Lokalverbot eintrugen. „Hašek verließ daraufhin beleidigt und gekränkt das Lokal und blieb am folgenden Abend fern. Statt dessen schickte er eine hinkende Alte, die hier mit wackeligem Kopf den Gästen Grüße vom Herrn Schriftsteller bestellte und sagte, der Herr sei heute nach Ungarn abgereist. Hašeks Bekannte", so berichtete ein Augenzeuge, „und selbst Waltner, dessen Zorn längst verflogen war, stimmte es traurig, und betrübt gedachten sie des fröhlichen Bohémiens. Die Alte setzte sich still und bescheiden in einen Winkel und stärkte sich an einem Glas Bier. Als sie jedoch kurz darauf ohne Erlaubnis aus fremden Gläsern zu trinken begann und ihr Unternehmen mit heiserem Gesang begleitete, besah sich Kisch diese ausgelassene Alte genauer und entdeckte hinter ihrer Maske den meisterhaft getarnten Hašek."[7]

In seiner Geschichtensammlung „Die Abenteuer in Prag" verewigte Egon Erwin Kisch die Gäste und Mitwirkenden des mitternächtlichen *Montmartre*: „Sie war gut besucht, die Künstlerkneipe, die der Kabarettier Josef Waltner aus der Dirnenspelunke *Olympia* gemacht hatte, und stand wirklich an geistiger Qualität der Gäste jener des *Moulin de la Galette* auf dem Pariser Montmartre keineswegs nach, glich sogar noch eher den Stammlokalen der Maler, Literaten und Studenten im Lateinischen Viertel . . ."[8] Das *Montmartre* gab sogar ein Jahrbuch heraus, das, von der Kunstdruckerei *Grafia* bibliophil ausgestattet, in dreitausend Exemplaren gedruckt wurde und Beiträge enthielt, die, wie Kisch stolz anführte, von „Autoren des Nationaltheaters, von Preisträgern der böhmischen Akademie, Verfassern ernster Bücher, Redakteuren hochpolitischer Blätter" geschrieben waren.[9] Im Band des Jahres 1914 findet sich ein von Arne Laurin verfaßter Gedenkartikel, der Kischs Verdienste um das Nachtkabarett *Montmartre* prägnant zusammenfaßt:

„Als Waltner das *Café Montmartre* eröffnete, sprach Egonek das historische Wort, ebenso weise, wie treffend, das Wort, das in seiner Exaktheit und Lapidarität zu den glänzendsten Kundgebungen der Genies aller Zeiten gehört, eine Äußerung, die epochal wirkte und den Ruhm Egoneks in ungeahntem Maße steigerte. Egonek sagte nämlich damals wörtlich: ‚Na, endlich!'"[10]

Neben dem *Café Montmartre* konnte das Prager Nachtleben vor allem mit dem *Cabaret Lucerna* aufwarten. „Sie wundern sich, daß es Ihnen nicht gelang, den Sinn der *Lucerna* herauszusagen?" schrieb damals der junge Franz Kafka an Bekannte. „Darüber kann man sich doch nur freuen. Das, was dort geschieht, geschieht gewissermaßen auf einer Fensterbrüstung der Menschheit; hält man sich zu lange dort oben auf, muß man fallen; aber dann ist es doch besser, herein ins Zimmer zu fallen, als hinaus ins Leere."[11] Prosaischer berichtet Richard Hutter über seinen im Jänner 1912 erfolgten Auftritt in diesem Kabarett:

> Ich hatte dort ein Gastspiel im Kabarett ‚Lucerna'. ‚Lucerna' heißt auf Deutsch ‚Lampe'. Der Besitzer hieß nämlich Ignaz Lampe. Es ist dies ein utraquistisches Kabarett. Das ist ein Kabarett, das halb deutsch, halb tschechisch geführt wird. Es ist darum sehr schwer, dort zu gefallen für einen Deutschen. Ich habe natürlich sehr gut gefallen. Im Prager Tagblatt ist gestanden, daß die humorvollen Vorträge des geistreichen Schriftstellers Richard Hutter – geistreicher Schriftsteller Richard Hutter, das bin ich! – allabendlich Beifallsstürme und Lachsalven erregen. Und tatsächlich wurde jeden Abend beifallsgestürmt und lachgesalvt. Wahrscheinlich wollte das Publikum das Prager Tagblatt nicht blamieren. Eine sehr kompetente Persönlichkeit, mein Friseur am Wenzelsplatz, hat sogar gesagt:

„Die besten Nummern von das Programm waren Sie, Pane Huttr und die Pause". Und in der Pause wurden meine Bücher verkauft.

Einmal war ein Herr da, der hat sich von jedem Buch gleich zwei Exemplare gekauft, falls eines verloren geht. Es hat sich leider nachher herausgestellt, daß dieser Gast aus Pankraz war. Dort ist nämlich die böhmische Landesirrenanstalt.*

Ich habe in Prag direkt „gezogen". Jeden Tag sind vor der Vorstellung Hunderte vor dem Kabarett gestanden. Die sind aber meistens ins Kino gegangen, das im selben Hause ist.

Das Publikum, das in Prag ins Kabarett geht, ist verschieden. Daß heißt, es ist nicht tot – vor der Vorstellung, sondern es ist verschieden zusammengesetzt. Es sind zirka 30 Prozent Deutsche, 20 Prozent Tschechen und 50 Prozent sind überhaupt nicht hineingegangen.

Der Direktor hat mir auch verboten, ich darf gar keine Witze machen, weder über die Deutschen, noch über die Tschechen. Er hat gesagt: „Bei mir ist das Publikum gemischt, da geniert sich Einer vor dem Andern. Machen Sie lieber Witze über die Juden, Juden sind alle; da ist niemand beleidigt".

Der Direktor war sonst auch sehr genau. Es war eine deutsche Sängerin da, die hat zum Schluß ein Lied gesungen und zum Verständnis des Liedes angesagt, daß es ein Lied ist, wie es die Soldaten in ihrer Heimat am Rhein a m M a r s c h singen. Da hat sie der Direktor gebeten, sie soll lieber sagen: Beim Marschieren. Damit kein Mißverständnis herauskommt.

Der Billeteur beim Eingang hat jeden Besucher in seiner Muttersprache angesprochen. Ich habe mich sehr gewundert, daß er das so trifft und sich nie irrt und habe ihn gefragt, ob er denn alle Leute, die ins Kabarett kommen, kenne. Er sagte: „Pane Hutr, das ist unmeglich. Wer sich einmal war bei uns, der kommt sich nicht wiedr. Aber ich schau ich nur auf Nasen von Besucher, wenn er hat Nasen hinauf, sag' ich „maucta", hat er Nasen gerade, sag' ich „Habe die Ehre!" und hat er Nasen hinunter, sag' ich: „Nu, wie geht's, Herr Kohn?"

Weil ich gerade von Kohn spreche, da fällt mir ein:

Es sind dort aufgeführt worden jüdische Ghettolieder in böhmischer Sprache. Das war schön. Ich habe bloß nichts davon verstanden. Ich war ja nur einen Monat in Prag, da habe ich das Tschechische nicht erlernt. Das hole ich jetzt in Wien nach. Ich habe einen meiner deutschen Bekannten gefragt, was da drin vorkommt, da hat er gesagt: „Ah, i versteh' das net, dös is' ja böhmisch! Da müssen S' an Böhm fragen!" Da habe ich einen Tschechen gefragt, der hat gesagt: „Ah, ich verstehe ich das nicht, das ise ja jüdisch, da müssen S' einen Juden fragen." Da habe ich einen Juden gefragt, der hat gesagt: Waaß ich?! Ich kenn doch nix behmisch!" Endlich habe ich einen t s c h e c h i s c h e n J u d e n aufgetrieben. Das ist nicht so leicht. Wie ich den gefragt habe, von was denn eigentlich diese Lieder handeln, da hat er gesagt: „Sie ham's gut! Gor ka andere Sorg' ham Se?" Und bis heute weiß ich noch nicht, von was die Lieder gehandelt haben.

Es wurde auch ein Stück in deutscher Sprache aufgeführt. Nach der Première ist die Hauptdarstellerin, ein Fräulein S k r d l i k o v a , zu mir gekommen und hat mich gefragt, ob sie gut gespielt hat. Ich dachte mir, ich werde sie nicht loben, sonst glaubt sie, ich verstehe nichts davon, sondern werde lieber was bemängeln – (dadurch zeigt man, daß man Kunstverständnis hat). Und so setzte ich aus, daß sie zu leise gesprochen hätte. Folge davon: Die junge Dame würdigte mich keines Blickes mehr. Dies war mir sehr unangenehm, denn sie spielte zwar wirklich unter der Kanone, war aber sonst sehr nett.

Etwas später kommt ein Herr auf mich zu und fragt: „Hat man mich gehört?" Nun, dachte ich mir, mit der holden Weiblichkeit hast du es dir schon verdorben, jetzt mußt du dich wenigstens mit den Herren verhalten, sonst kriegst du am Ende noch Haue. In Prag sind die Leute sehr jähzornig. Und obwohl ich mich absolut nicht erinnerte, was und wie der Herr auf der Bühne gesprochen, sagte ich mit dem verbindlichsten Lächeln: „O, S i e hat man am besten verstanden!"

Merkwürdigerweise war jetzt auch der Herr beleidigt, denn wie sich später herausstellte, war es – der Souffleur . . .[12]

* *Anmerkung des Verlegers: Irrtum Hutters: In Pankraz ist das Zuchthaus. Anmerkung des Autors: Wer hätte gedacht, daß mein Verleger über diese beiden Anstalten so genauen Bescheid weiß!*

Hašek: Ein charakterloser Mensch

1914 gründet der Librettist Jiři Červený das Kabarett *Červená Sedma" (Die Rote Sieben)*, das in den Jahren des ersten Weltkrieges Hort einer nationalen-antihabsburgischen Bewegung werden sollte. Hier trat nach dem Krieg auch Jaroslav Hašek auf und trug für einige Liter Bier Geschichten vor, die etwa so begannen: „Den Autor meines Nekrologs entdeckte ich in einer der Prager Weinstuben, genau um Mitternacht, da die Weinstube auf Grund eines kaiserlichen Erlasses vom 18. April 1856 schließen mußte . . ."[13] Doch auch in der jungen Republik sorgte der Autor des braven Soldaten Schwejk, mit dessen Niederschrift er eben begann, für gewohnte Empörung im Publikum, wie aus einem Bericht des Zivilwachmannes František Payer hervorgeht: „Am 5. 1. 1921 trat er seine Stellung im Kabarett „Die Rote Sieben" an, wo er bis zum 16. Januar 1921 vormittags wirkte. Am selbigen Tag hielt er seinen letzten Vortrag. H a š e k ist oft betrunken und laut Mitteilung des Direktors des Kabaretts, Dr. Červený ‚ein charakterloser Mensch, der immer bei jener Partei ist, die ihm mehr zahlt'; er soll sogar auf einer Versammlung der Heilsarmee als Redner aufgetreten und die Fahne getragen haben. Jetzt schreibt H a š e k für verschiedene Zeitschriften, womit er seinen Lebensunterhalt bestreitet."[14]

Endre Nagy

Jaroslav Hašek stirbt schon 1923 – ein Jahr vor Kafkas Tod im Sanatorium Kierling bei Wien – vierzigjährig im Elend. Wie das literarische ist auch das Nachtleben der zwanziger Jahre im goldenen Prag nicht von sonderlicher Lebenslust überstrahlt. Im Jahre 1925 eröffnet Josef Waltner im Haus „Zum weißen Hasen" gegenüber dem Annenkloster – am selben Ort, an dem einst das *Montmartre* untergebracht war – mehrere Künstlerkneipen und Kabaretts nacheinander, unter den Namen *Dalles, Elend, Zu den zwei schwarzen Kugeln* und schließlich *Zum weißen Hasen*. Der Künstler Franta Tichý malte diese Kneipe aus. Hier begann neben anderen Sängern, Komikern und Conférenciers auch Jindřich Plachta seine unwiderstehliche „Frau Acetylen" vorzutragen, und hier suchte Kisch noch öfters, auf den Spuren seiner Jugend wandelnd, Josef Waltner und sein Ensemble auf.

1925 hatten unterdessen avantgardistische Theaterschüler das *Befreite Theater* gegründet, in dem später Jiři Voskovec und Jan Werich ihre politisch-satirischen Musicals aufführten. Bis 1935 gastierte auch das deutsche Exilkabarett *Studio 1934* in der Prager *Lucerna,* doch aus Furcht vor einer Trübung ihrer „gutnachbarlichen Beziehungen" zu Nazi-Deutschland begann die tschechoslowakische Regierung die Arbeiten dieser Gruppen durch einschneidende Zensurmaßnahmen zu behindern. Im Herbst 1938 – der Vorfall könnte bei Hašek stehen – ließ die Prager Regierung auf Grund eines Metternichschen Gesetzes aus dem Jahre 1830 mehrere politische Kabaretts, so auch das *Befreite Theater* schließen.[15] Voskovec, Werich, Kisch, Brod und all die anderen Begründer, Besucher, Autoren und Hauptdarsteller, verließen das bedrohte Prag.

War das Kabarett an der Moldau aus der literarischen, sich vom Bürgertum distanzierenden Bohème entsprungen, so entstand das ungarische Vergnügungsetablissement als Ableger der Boulevards.[16]

1906 gründete Ernö Condor am Budapester Theresienring das Kabarett *Bonbonniere,* hier conférierte Endre Nagy, der zuvor lange Jahre in Paris gelebt hatte und mit dem Genre von dorther meisterhaft vertraut war. Im selben Jahr entstand in der Andrassy-Straße das *Moderne Theater* unter der künstlerischen Leitung von Jenö Haltai und Franz Molnár. „Er war technisch zwar nicht der brillanteste, doch ein ungemein geistreicher, vielleicht der geistreichste ungarische Conférencier",[17] charakterisierte ihn Lászlo Békeffi, der 1913 seine eigene Laufbahn im Ferenczy-Cabaret begann.

1908 wird das *Moderne Theater* als *Nagy-Endre Kabarett* neu eröffnet. Für dieses

Etablissement schrieben und spielten einige Jahre später Julius Köwary und Ladislaus Békeffi ihre ersten ungarischen Doppelconférencen. Das *Nagy-Endre Kabarett,* danach in *Apollo* umgenannt, wurde später als Lachkabarett *Die Bühne auf dem Theresienring* weitergeführt und noch während des zweiten Weltkrieges standen Békeffi und Köwary auf den Brettern des von ihnen gegründeten *Podiums.*[18]

Zwischen den Budapester und Wiener Bühnen bestand von Anfang an ein reger Austausch. So gastierten Sándor Rott, Berta Türk und Géza Steinhardt bald nach der Jahrhundertwende im Leopoldstädter *Budapester Orpheum.* Steinhardt trug hier öfters seine „Jüdischen Gstanzeln“ und sein Couplet „Da war a Frauenzimmer dabei“ vor.

Meine Gstanz'ln sein Jüdisch, das weiss Jedermann
Weil ich mir mei Zunge nix auskegeln kann

oder:

Wie die Juden sein gefahrn übers rothe Meer
Da warn doch in Pest alle Caféhäuser leer[19]

reimte der Gast aus Budapest und als Draufgabe sang er sein Couplet:

Neulich hab ich schön am Abend
In dem Stadtwald promeniert,
Plötzlich bin ich sehr erschrocken
Wie sich im Gebüsch was rührt,
Voller Neugierd geh ich näher
Um zu sehen was das is
Richtig hab ich in dem Grase
Konstatiert 4 große Füss
Wie man meine Nähe merkte
Hört ich plötzlich einen Schrei
Da war a Frauenzimmer dabei![20]

Nach dem ersten Weltkrieg trat auch Budapests literarische Diseuse, Wilma Medgyaszay mit von Béla Reinitz in Musik gesetzten Gedichten aus der Feder Jenö Haltais mehrmals in Wien auf. Wilma Medgyaszay wurde oft als „ungarische Yvette Guilbert“ apostrophiert, was wieder die Guilbert keineswegs animierte, sich die „französische Medgyaszay“ zu nennen. Auch Kurt Tucholsky hätte ihr davon abgeraten. Denn unter seinen Kritiken findet sich folgende Besprechung eines Auftritts der Medgyaszay: „. . . lag es daran, daß sie Deutsch sang? Ich hatte immer das Gefühl, daß sie gar nicht verstand, was sie da von sich gab. Nein, es kann nicht nur daran gelegen haben. Die Frau ist kalt. Das ist doch keine Yvette! Das ist eine Medgyaszay, weiter nichts. (Und das ist nicht viel.)“[21]

Ungarische Autoren waren es auch, die nun die österreichischen und deutschen Bühnen invasionsartig überschwemmten: Endre Nagy, Nikolaus László, Stephan Szekely, Béla Szenes, Alexander Farago und schließlich Ladislaus Békeffi, der beschließt, mit Grünbaum eine A.-G. zu gründen.

Die ungarische Yvette Guilbert

Béla Reinitz.
Zeichnung von Godal

Yvette Guilbert.
Zeichnung von Boris

GRÜNBAUM: In dem Nachstehenden bringen wir einen Sketch von Békeffi, in welchem wir Ihnen zeigen, wie man eine A.-G. gründet.
BÉKEFFI: (kommt heraus): No, was ist?
GRÜNBAUM: Komm nur heraus!
BÉKEFFI: Na, was willst du?
GRÜNBAUM: Du, paß auf! Ich möchte eine A.-G. gründen, und dazu brauche ich dich.
BÉKEFFI: Was? Eine A.-G.? Hast du soviel Geld?
GRÜNBAUM: Aber mein Lieber, mit Geld ist das keine Kunst! Ohne Geld . . . ja . . . ohne Geld! Und wie man das macht, das werden wir jetzt beide dem Publikum zeigen.
BÉKEFFI: Bitte, ich stehe dir zur Verfügung.
GRÜNBAUM: Setz dich (Békeffi setzt sich). Das erste, was wir nicht vergessen dürfen ist, daß eine A.-G. nur dann Vertrauen erweckt, wenn hinter ihr eine Fabrik, ein wirtschaftliches Objekt, mit eine Wort: Sachwerte stehen. Wenn die Öffentlichkeit von so etwas hört, dann plumpst sie gleich darauf hinein. Die Frage ist nur, was wir fabrizieren wollen.
BÉKEFFI: Du, Grünbaum, ich hab' eine glänzende Idee!
GRÜNBAUM: Heraus damit!
BÉKEFFI: Wir machen eine Operettenfabrik!
GRÜNBAUM: Aber geh' wer kauft heute Operetten?
BÉKEFFI: Ja, du hast recht. Operetten werden nicht gekauft, sondern gestohlen.
GRÜNBAUM: Wir müssen unbedingt etwas fabrizieren, was billig ist, guten Absatz findet, populär ist, und dessen Fabrikation mit wenig Kosten verbunden ist. Ich hab' noch eine Idee. Im vorigen Sommer war ich in Hernals am Kirtag. Du weißt doch, wie das ist. Ein Stand neben dem anderen, und die Leute drängen sich, um alle möglichen Juxartikel zu kaufen. Am liebsten kauften sie dort die Blaswürste und Mundharmonikas. Weißt du, wie sowas ausschaut? Sieh her! (nimmt aus der Tasche eine Blaswurst und eine Mundharmonika.) Das kostet 20 bis 30 Groschen, macht Lärm, die Leute brüllen, und jeder ist zufrieden. Stell' dir nur vor, wieviele Kirtage es in Österreich gibt, und wieviele Blaswürste und Mundharmonikas man verkaufen könnte. Wir werden also eine Fabrik gründen.
BÉKEFFI: Eine glänzende Idee!
GRÜNBAUM: Ich erkläre also feierlich die Erste Österreichische Blaswurst- und Mundharmonika-Drechslerei A.-G. als gegründet. Ich werde Präsident und du Generaldirektor.
BÉKEFFI: (steht auf): Sehr geehrter Herr Präsident!
GRÜNBAUM: O, Herr Generaldirektor! . . .[22]

Laszlo Békeffi

Die Gäste aus Budapest wurden vom Wiener Publikum auf Anhieb verstanden – sprachen sie doch durchwegs deutsch. Doch das sollte den Vortragenden bald verleidet werden. Als Endre Nagy, der Begründer des politischen Kabaretts in Ungarn, im September 1938 stirbt, wird Békeffi sein Nachfolger an den ungarischen Kleinbühnen. 1939, während der Verschärfung der Horthy-Diktatur, spielt Békeffi sein Programm „Her mit den Dokumenten", das sich gegen die nun einsetzende Rassendiskriminierung wendet, und auch nach der deutschen Besetzung Ungarns sowie der Pfeilkreuzler-Machtübernahme steht er weiterhin mutig auf der Bühne. Als sich eines Abends der Bühnenvorhang nicht heben will, tritt Békeffi an die Rampe, mustert die blockierten Vorhangteile und meint: „Keine Angst, es dauert nicht lange, dann hängen sie alle (wieder) richtig . . ."[23] Drei Tage später wird Békeffi verhaftet und nach Dachau deportiert.

DER FARKAS? HUT AUF!

KARL FARKAS UND FRITZ GRÜNBAUM UND DIE ENTSTEHUNG DER DOPPELCONFÉRENCE

Eine Doppelconférence ist ein Dialog zwischen einem G'scheiten und einem Blöden, wobei der G'scheite dem Blöden etwas Gescheites möglichst gescheit zu erklären versucht, damit der Blöde möglichst blöde Antworten darauf zu geben imstande ist – mit dem Resultat, daß zum Schluß der Blöde zwar nicht gescheiter, aber dem Gescheiten die Sache zu blöd wird. Beide haben daher am Ende nichts zu lachen. Dafür desto mehr das Publikum.

Karl Farkas[1]

Sie wurde nicht von Karl Farkas und Fritz Grünbaum erfunden, doch erreichte die Doppelconférence unter den beiden Kabarettisten im deutschsprachigen Raum ihren Höhepunkt. Der Grundstein zur Doppelconférence dürfte bereits um 1908 im Budapester Kabarett gelegt worden sein.[2] Julius Köwary hatte damals in der *Bonbonniere* mit einer Parodie auf den Conférencier Endre Nagy so großen Erfolg, daß diese Nummer etwas abgeändert beibehalten wurde. Anfang der zwanziger Jahre schuf dann Lászlo Vadnay in der ungarischen Hauptstadt die beiden Kaffeehausbesucher „Hacsek" und „Sajo". Sajos Aufgabe bestand vor allem darin, dem weinerlichen Hacsek die komplizierte Weltlage zu erklären.

Hugo Wiener, in jungen Jahren bereits Hausautor der *Femina,* meint dazu: „In Budapest gab es eine tägliche, von Lászlo Vadnay verfaßte Zeitungskolumne, die unter dem Titel ‚Hacsek und Sajo' erschien. Die Artikel wurden so gern gelesen, daß Vadnay eines Tages das Angebot erhielt, diese Figuren für die Bühne entstehen zu lassen. Genau wie bisher in der Zeitung, stellte der eine, jeweils zu einer Aktualität, möglichst blöde Fragen, der andere versuchte gescheit zu antworten."[3]

Der „Blöde" und der „Gescheite", Grundtypen der Doppelconférence ab nun, wurden in Budapest erstmals von den Schauspielern Ernö Herczeg und Vilmos Konlós dargestellt.

Wilhelm Gyimes, der Besitzer der *Femina,* und Karl Farkas, später auch Ladislaus Békeffi, der 1927 aus Budapest nach Wien kam und hier gemeinsam mit Fritz Grünbaum zahlreiche Sketches verfaßte, dürften die Idee hierzulande eingeführt haben. In der *Femina* traten bald Fritz Imhoff als „Gescheiter" und Fritz Heller als „Blöder" auf, im *Simpl* wurde der Begriff „Doppelconférence" 1922 geprägt, als Fritz Grünbaum, soeben aus Berlin eingetroffen, dem in der Wollzeile engagierten Blitzdichter Karl Farkas komplizierte oder ausgefallene Wortgebilde zurief, woran sich ein kabarettistischer Dialog zwischen beiden knüpfte, der bis zu Grünbaums Abgang in die *Hölle* (1923) zu einer fruchtbaren Zusammenarbeit führen sollte.

„Das Wesen der Doppelconférence besteht darin", so erklärte einmal Karl Farkas, zu seinem Partner Fritz Grünbaum gewandt, auf der Bühne, „daß man einen äußerst intelligenten, gutaussehenden Mann nehme – das bin ich – und einen zweiten, also den Blöden, dazustellt. Das bist, nach allen Regeln der menschlichen Physiognomie, natürlich du!"[4]

Farkas spielte ab nun also den „Gescheiten“ und Grünbaum den „Blöden“, den allerdings hintergründig:

FARKAS: Fritz, kannst du Rätsel lösen?
GRÜNBAUM: Sehr gut sogar.
FARKAS: Also, hör zu. Du gibst es mir heute, und ich geb's dir nächste Woche zurück. Was ist das?
GRÜNBAUM: Nicht ein Schilling![5]

„Manchmal“, so erinnerte sich Friedrich Torberg, „besonders wenn Grünbaum Begriffsstützigkeit zu mimen hatte, verstieg sich die Ungeduld des vergeblich Belehrenden in fast schon surrealistische Dimensionen“:

GRÜNBAUM: „Ich bitt' dich, tu mich informieren über was ich nicht weiß: wie macht sich ein Krieg?“

fragte der „Blöde“ und lauschte aufmerksam, bis er es zu verstehen meinte:

Aha. Also, wenn zum Beispiel Brünn mit Bulgarien Krieg führen will, dann –
FARKAS: Brünn kann mit Bulgarien nicht Krieg führen, du Tepp.
GRÜNBAUM: Nein? Warum nicht?
FARKAS: Weil Brünn überhaupt keinen Krieg führen kann.
GRÜNBAUM: Olmütz ja?
FARKAS: Olmütz ja.“[6]

Allerdings begann die Rivalität zwischen dem „Gescheiten“ und dem „Blöden“ sich bald von der Bühne ins Private hinein zu verlagern. Damals äußerte Grünbaum, über seinen Partner befragt, die lapidaren Worte: „Der Farkas? Hut auf!“

So wahr ist es nicht verwunderlich, daß sich das Duo öfters zerstritt, und Karl Farkas wiederholt andere Partner suchte, Franz Engel beispielsweise, mit dem er die „Dichterschlacht am Mikrophon“ spielte. Farkas kehrt hier – 1934 – noch einmal in seine Blitzdichter-Zeit zurück:

ENGEL: Wenn Sie ein Dichter sind, müssen Sie auf schwere Sachen reimen. Ich werd' Ihnen was zurufen! Machen Sie mir einen Reim auf: U-fünfzehnfünfsechsundsiebezig!
FARKAS: Ihre Lektüre, das Telefonbuch! Also U-fünfzehnfünfsechsundsiebzig.
ENGEL: Nicht siebzig – das gibt sich. Das kennen wir schon: Siebezig! U-fünfzehnfünfsechsundsiebezig!
FARKAS: (denkt nach)
ENGEL: Sie sind Blitzdichter?
FARKAS: Ja.
ENGEL: Ein langsamer Blitz ist das.
FARKAS: Es kann wohl jeder bei uns seh'n,
Den Engel mir auf die Nerven geh'n.
Bald schon ruft er mich an:
Unter U-fünfzehnfünfsechsundsiebezig –
Denn was sich neckt, das liebet sich!

Damit gibt sich Franz Engel keineswegs geschlagen und verlangt einen weiteren Beweis:

ENGEL: Machen Sie mir auf folgenden Satz einen Reim: Wenn der Feber vorbei ist, dann märzelts.
FARKAS: Bitte. Es wird März.
ENGEL: Nein, „Dein ist mein ganzes Herz“, das könnt’ Ihnen so passen. „Märzelts“.
FARKAS: Ich kannt’ eine Maid voll raffinierter Finessen,
die ist bei einem Sommerfest im Likörzelt gesessen,
ENGEL: Wo ist „märzelts“?
FARKAS: Moment!
Da sprach sie im Innersten des Likörzelts
Wenn der Feber vorbei ist, dann märzelts.
Gut, was?
ENGEL: „Likörzelts“ – „märzelts“ – das sind doch Krampfreime, Herr Farkas!
FARKAS: Gehn Sie, wieso, entschuldigen Sie, Sie können das doch gar nicht beurteilen, Sie sind doch ein Laie!
ENGEL: Gehn Sie, ich mach’ Ihnen jeden Reim, den Sie wünschen. Mein – dein, Freud – Leid, Herz – Schmerz . . .
FARKAS: Ja, ja. Bitte schön, wollen Sie das mir überlassen.
ENGEL: Bitte sehr.
FARKAS: Ich werde Ihnen ganz etwas leichtes zu bedichten geben.
ENGEL: Bitte schön. Aluminium ist etwas leichtes.
FARKAS: Nein. Aber wenn wir schon bei Metallen sind, dann nehmen Sie folgendes Wort zum Reimen: Silber.
ENGEL: No, Wichtigkeit – „Silber“ – auch a Kunst – bitte schön, äh, „Silber“?
FARKAS: Ja,
ENGEL: Äh . . . ja . . . Dieses echte Silber?
FARKAS: No, es kann auch falsch sein, nur der Reim muß echt sein.
ENGEL: Ja, ja, ich weiß schon, Tula- oder Chinasilber ist egal?
FARKAS: Egal.
ENGEL: No, ist jetzt sehr teuer, das Chinasilber . . . äh . . . moment . . . ich hab’s schon:
FARKAS: Bitte!
ENGEL: Ich freue mich stets, wenn ich zum Juwelier laufe
und mir dort etwas aus Silber kaufe.
FARKAS: Gehn Sie! Silber am Ende!
ENGEL: Immer wenn es um die Jahreswende
Kaufe ich mir Silber am Ende.
Das ist doch ka Kunst! Schwere Sachen müssen Sie mir sagen!
FARKAS: Was winden Sie sich? Hören Sie zu: Silber muß das Reimwort sein, verstehen Sie?
ENGEL: Es muß? Wo kommen sie auf Silber?
Moment!
Ich geh durch den grünen Wald
und höre, wie das Echo schallt.
Das war einmal einwandfrei, das müssen Sie zugeben!
FARKAS: So. Und wo ist das Silber?
ENGEL: Silber ist im Wald. Sie haben ja auch erst die Maid ins Likörzelt gesetzt.
Ich habe Zeit.
Ich gehe durch den grünen Wald,
und höre, wie das Echo schallt.
Plötzlich nehme ich meine Tabatiére aus Silber,
FARKAS: Jaaa?
ENGEL: und, äh, Silber, . . . auf Gold hätt’ ich hold.
FARKAS: Ich hab’s aber nicht gewollt! Bitte: Silber!
ENGEL: . . . Silber, und merke, ich werd’ langsam schrilber!
FARKAS: Waaas werden Sie?
ENGEL: Schrilber!
FARKAS: Sie werden schrilber? Was sagen Sie? Sie unterstehen sich, in meiner Gegenwart schrilber zu werden?
Sagen Sie, was ist ‚schrilber‘?
ENGEL: Ein Reim auf Silber! – Ich hab’ keinen anderen![7]

Greta Garbo und Pagat ultimo

Auch wenn Karl Farkas und Fritz Grünbaum zwischen 1931 und 1938, versöhnt und neu zerstritten, gemeinsam zahlreiche Doppelconférencen gestalten, ihre Texte sind zumeist verschollen, ihre durchschlagende Wirkung heute somit nur noch schwer zu rekonstruieren. Eine Ahnung davon vermitteln die in der Montagszeitung *Der Morgen* zwischen 20. September 1937 und 31. Jänner 1938 erschienenen Doppelconférencen. Wie schnell und zielstrebig das schöpferische Kollektiv Grünbaum – Farkas zum Wesentlichen vordrang, zeigt ein Ausschnitt aus der Doppelconférence „Greta Garbo und Pagat ultimo". Wie immer ist das Thema die verzweifelte Suche beider nach einem neuen, aktuellen Revuetext kurz vor ihrem *Simpl*-Auftritt:

Karl Farkas.
Zeichnung von Kraft

Farkas: Fangen wir an.
Grünbaum: Einverstanden.
Farkas: Und keine Abweichung vom Thema!
Grünbaum: Nicht einen Millimeter!
Farkas: Ehrenwort?
Grünbaum: Ehrenwort.
Farkas: Die Revue muß heute fertig werden.
Grünbaum: Natürlich, sie ist doch nicht die Pariser Weltausstellung.
Farkas: Wieso die?
Grünbaum: Die ist auch nicht fertig. Diese Weltausstellung ist die Reichsbrücke von Paris.
Farkas: Gratuliere.
Grünbaum: Wozu?
Farkas: Es ist dir geglückt, knapp vor Torschluß noch einen Reichsbrückenwitz zu landen.
Grünbaum: Wieso Torschluß?
Farkas: Hast du nicht gelesen, daß die Reichsbrücke diese Woche eröffnet wird?
Grünbaum: Entsetzlich.
Farkas: Was?
Grünbaum: Daß man sie doch fertiggestellt hat! – Da heißt es immer, daß bei uns auf die Stände Rücksicht genommen wird.
Farkas: Was hat die Reichsbrücke mit den Ständen zu tun?
Grünbaum: Wenn die Reichsbrücke fertiggestellt wird, ist der Stand der Coupletdichter brotlos.
Farkas: Allerdings. Die erste Strophe handelt von der ewigen Jugend der Triangi, und die zweite von ewigen Bau der Reichsbrücke. Das fällt jetzt weg. Von der Triangi allein können die Humoristen nicht leben, da werden jetzt Hunderte –
Grünbaum: – ins Tausendste kommen. So wie du! Schluß mit dem zwanglosen Geplauder, beginnen wir, die Revue zu schreiben. Also: der Vorhang hebt sich, erste Szene: ein Herr kommt zu Besuch –
Farkas: Halt! Ich ersuche dich, nicht politisch zu werden.
Grünbaum: Wieso denn? Ein Herr kommt zu Besuch – auf eine Tarockpartie.
Farkas: Ach so! Wo soll die Szene spielen?
Grünbaum: In Wien.
Farkas: Ausgeschlossen, in Wien spielt kein Mensch mehr Tarock.
Grünbaum: Seit wann?
Farkas: Seit nächster Woche.
Grünbaum: Wieso?
Farkas: Weil nächstens die Gemeindespielabgabe eingeführt wird. Wie sollen die Leute außer dem Kartengeld und der Zeche auch noch die Spielabgabe zahlen?
Grünbaum: Du kennst die Cafébesucher nicht. Die spielen auch ohne einen Groschen in der Tasche! Neulich habe ich einer Szene beigewohnt, da erklärte der Verlierer, nicht zahlen zu können, weil er kein Geld habe. Also, da hättest du den Gewinner hören sollen. In ehrlicher Entrüstung, und mit Tränen in der Stimme rief er dem Partner zu: „Das ist moralischer Tiefstand! – Sie setzen sich ohne einen Schilling im Sack an den Tarocktisch? – So eine Frechheit! – Wovon soll jetzt ich meinen Kaffee bezahlen?"

FARKAS: No also! jetzt stell' dir vor, wie der Mann erst geschrieen hätte, wenn er außer seinem Kaffee und dem Kartengeld auch noch die Gemeindespielabgabe hätte – schuldig bleiben müssen! Glaube mir, die neue Abgabe muß sich schädlich auf die Spielumsätze auswirken, Nationalökonomie ist der Vormund der Leidenschaften, und –
GRÜNBAUM: Danke für Philosophie! Zurück zur Revue! Also: der Vorhang hebt sich ...[8]

Fünf Wochen später: Wieder eilt Farkas zu Grünbaum, wieder haben beide nichts anders im Sinn als die neue, nie dagewesene Revue-Idee:

FARKAS: Servus, Fritz.
GRÜNBAUM: Servus, Karl.
FARKAS: Ich komme etwas zu spät.
GRÜNBAUM: Und warum dies?
FARKAS: Eigentlich grundlos. Ich schlenderte.
GRÜNBAUM: Du schlendertest?
FARKAS: Ich schlenderte.
GRÜNBAUM: Warum eiltest du nicht?
FARKAS: Ich war in Gedanken.
GRÜNBAUM: Das bemerkte ich bei dir noch nie.
FARKAS: Ich grüble einem Problem nach.
GRÜNBAUM: Soll ich dich nach dem Problem fragen, oder sagst du es mir von selbst?
FARKAS: Egal. Also was ist das? Es steht auf einem Bein in der Wüste und ist schwarz?
GRÜNBAUM: Nun?
FARKAS: Ein Neger, dem man ein Bein amputiert hat.
GRÜNBAUM: Was ziehst du vor: Ohrfeigen oder Fußtritte?
FARKAS: Daß so was Harmloses dich aufregt!
GRÜNBAUM: Blöde Witze vertrage ich nicht.
FARKAS: Das ist kein Witz, sondern Denksport.
GRÜNBAUM: Denksport ist noch ärger. Ein grausiges Wort! Wir leben in einer Zeit, wo das Denken ein Sport und der Sport eine sakrale Handlung ist.
FARKAS: Hast du heute deinen kulturhistorischen Tag, oder kann man mit dir über Revue sprechen?
GRÜNBAUM: Sprechen? Das genügt nicht. Heute muß sie fertig werden.
FARKAS: Wird sie auch. Endlich habe ich eine Idee. Genauergesagt: Heute morgen hatte ich eine Vision –
GRÜNBAUM: Du, das ist nichts. Visionen hat der Werfel, der Csokor, der Hauptmann – wir zwei haben Einfälle – wenn wir sie haben!
FARKAS: Hör' dir's doch an! Also der Vorhang hebt sich, man sieht in einem Saal neun Männer um einen Tisch – sie reden und reden und reden – – –
GRÜNBAUM: Moment. Warum neun?
FARKAS: Das weiß ich nicht.
GRÜNBAUM: Was reden sie?
FARKAS: Weiß ich auch nicht. Es ist eben eine Vision –
GRÜNBAUM: Mir war schon verdächtig, wie du sagtest, du hast eine Vision morgens gehabt, während sich normale, korrekte Visionen in der Nacht ereignen. Also kurz: Du hast keine Vision gehabt, sondern hast beim Frühstück die Zeitung gelesen, und die neun redenden Männer, das ist die Neunmächtekonferenz in Brüssel.
FARKAS: Hm. Und für unsere Revue wär' die nichts?
GRÜNBAUM: Konferenzdebatten sind gerade gut genug für Politik, das Theaterpublikum schluckt so was nicht.
FARKAS: Zu monoton?
GRÜNBAUM: Das gerade nicht. Es ist schon mancherlei Abwechslung bei den verschiedenen Konferenzen, einmal sind vier beisammen, dann neun, dann wieder sechs ... einmal sitzen sie in Genf, das anderemal in London, ein drittesmal in Brüssel ... nur das Resultat ist immer dasselbe.

Fritz Grünbaum.
Zeichnung von Kraft

FARKAS: Nämlich?
GRÜNBAUM: Die Tätigkeit der Staatsmännerkonferenz gipfelt in dem Bestreben, eine Formel zu finden, auf die sich alle Beteiligten einigen, und in der die Tatsache, daß sie sich absolut nicht einigen können, in möglichst diplomatischer Weise verschleiert wird.
FARKAS: Schön. Dann hab' ich eine andere Idee. Der Vorhang hebt sich, es regnet –
GRÜNBAUM: Apropos, in Salzburg hat sich doch der Furtwängler mit dem Toscanini wegen Bayreuth zerstritten.
FARKAS: Ich weiß es. Und?
GRÜNBAUM: Und jetzt wird der Furtwängler gar nicht in Bayreuth dirigieren.
FARKAS: Und in Salzburg?
GRÜNBAUM: Auch nicht.
FARKAS: Er hat solange zwischen Mozart-Stil und Wagner-Stil geschwankt, bis er zwischen zwei Stilen auf die Erde zu sitzen kam.
GRÜNBAUM: Womit wir wieder meilenfern von unserer Revue sind.
FARKAS: Weil du mich unterbrichst! Also der Vorhang hebt sich ...[9]

Hermann Leopoldi. Zeichnung von Kraft

Und wieder ist eine Woche ins Land gezogen, die geplante Revue nimmt nun schon deutlich Formen an:

FARKAS: Servus, Fritz!
GRÜNBAUM: Servus, Karl! Warum so spät?
FARKAS: Sei froh, ich bin überhaupt da. Heute, am Feiertag, hätte ich gar nicht kommen müssen.
GRÜNBAUM: Heute ist Feiertag?
FARKAS: Leopoldi.
GRÜNBAUM: Man müßte ihm eigentlich gratulieren.
FARKAS: Wozu?
GRÜNBAUM: Daß er ausgezeichnet wurde.
FARKAS: Offiziell ist er's ja gar nicht.
GRÜNBAUM: Oho, ich hab's gelesen.
FARKAS: In Oberösterreich ja, aber in Wien nicht.
GRÜNBAUM: Das gibt's nicht! Entweder, er hat den Orden oder er hat ihn nicht.
FARKAS: Wer?
GRÜNBAUM: Der Leopoldi!
FARKAS: Ach so!
GRÜNBAUM: Wen hast du denn gemeint?
FARKAS: Den Leopoldi!
GRÜNBAUM: Den Kompo-Pianisten Hermann Leopoldi, der vor ein paar Monaten einen Orden bekam.
FARKAS: Ich aber rede vom Leopoldi-Tag.
GRÜNBAUM: Ich weiß es. Wo steht denn geschrieben, daß wir beide über dasselbe reden müssen?
FARKAS: Häng' dich auf!
GRÜNBAUM: Ich kann allerdings begreifen, daß du dich ärgerst. Warum sagst du aber in diesem Zustande Dinge, an die du ernsthaft gar nicht denkst?
FARKAS: Wieso denk ich nicht dran?
GRÜNBAUM: „Häng dich auf" ist eine gedankenlos-ärgerliche Redewendung.
FARKAS: Warum? Irgendwo steckt auch in der noch so gedankenlosen Phrase ein ernsthafter Wunsch versteckt.
GRÜNBAUM: Du meinst doch nicht ernsthaft, daß du mich hängen sehen willst?
FARKAS: Jetzt nicht mehr. Aber vorhin, als ich dir's zurief, wünschte ich es wahrscheinlich in meinem Ärger wirklich! Es gibt keine völlig ungefühlte Phrase.
GRÜNBAUM: Also wenn man jemand „Guten Tag" sagt, wünscht man ihm deiner Meinung nach ehrlich vierundzwanzig glückliche Stunden mit dem Gelingen aller seiner Pläne?
FARKAS: Jawohl!
GRÜNBAUM: Wenn ich also, wiewohl einer deiner besten Freunde, dir die klassische Aufforderung des Ritters mit der eisernen Hand übermittle – – ?
FARKAS: – würde ich sie, eben weil du einer meiner besten Freunde bist, als

einen zwar unterbewußten, darum aber gerade doppelt ernsthaft empfundenen Wunsch deiner Seele betrachten.
GRÜNBAUM: Und würdest mir diesen Wunsch erfüllen?
FARKAS: Ich dächte nicht daran!
GRÜNBAUM: Feiner Freund, der du bist, dem Kameraden die Erfüllung seines tiefsten Wunsches zu versagen!
FARKAS: Genug! Was ich momentan zutiefst wünsche, ist die Vollendung unserer Revue, deretwegen ich heute ernste Vorstellungen bei dir erheben muß. Also der Vorhang hebt sich –
GRÜNBAUM: Ernste Vorstellungen bei einer Revue? Eine läppische Stilverwirrung! Eine Revue muß in lustigen Vorstellungen vor sich gehen – –
FARKAS: Der Vorhang hebt sich, auf der Bühne sieht man –
GRÜNBAUM: – den russischen Gesandten in Rom!
FARKAS: Bist du bei Trost? Was hat der russische Gesandte in Rom zu tun?
GRÜNBAUM: Ernste Vorstellungen zu erheben.
FARKAS: Wegen unserer Revue?
GRÜNBAUM: Nein, wegen des Antikominternpaktes.
FARKAS: Interessiert mich nicht.
GRÜNBAUM: Der Antikominternpakt?
FARKAS: Überhaupt keine Pakte. Die wachsen mir schon zum Hals heraus, immer dasselbe Theater.
GRÜNBAUM: Das ist eben der Irrtum. Gerade die russische Antikominternpakt-Demarche will eine Änderung der bisherigen Politik herbeiführen.
FARKAS: Wieso?
GRÜNBAUM: Sie will verhindern, daß aus der chinesischen Mauer eine spanische Wand wird.
FARKAS: Die Versammlung dankt dem Redner für seine lichtvollen Ausführungen und schreitet dann in der Tagesordnung weiter. Der Vorhang hebt sich also . . . (. . .)
GRÜNBAUM: . . . es ist acht Uhr vorbei, und wir müssen in den Simpl zur Vorstellung.
FARKAS: Und wann wird unsere Revue fertig?
GRÜNBAUM: Das nächstemal!
FARKAS: Willst du wetten?
GRÜNBAUM: Nein, aber schwören!
FARKAS: Also vorwärts in den Simpl!
GRÜNBAUM: Heute kannst du mich sogar in deinem Wagen mitnehmen!
FARKAS: Grade heute habe ich den Wagen nicht unten. Wir müssen die Elektrische nehmen.
GRÜNBAUM: Grade heute habe ich kein Kleingeld.
FARKAS: Der Schaffner wird dir das Große wechseln.
GRÜNBAUM: Woher soll ich es aber nehmen?
FARKAS: Mit einem Wort, ich soll dir 35 Groschen leihen.
GRÜNBAUM: Erraten.
FARKAS: Muß ich erst nachschauen, ob ich sie selbst habe.
GRÜNBAUM: Was ist das? Zwei Zähne hast du in deiner Börse?
FARKAS: Ich habe neulich ein Gebiß gefunden, und die zwei Zähn sind die zehn Prozent Finderlohn![10]

VOM PALACE ZUM JUSTIZPALAST

DIE ZWANZIGER JAHRE IN WIEN

Auf demokratisch tut's es nicht,
die Richtung wird uns wenig frommen.
Wir woll'n nicht wegen der Weltgeschicht'
um Eigenart und Trinkgeld kommen!
Karl Kraus[1]

Golden waren die zwanziger Jahre in Österreich nie gewesen, „Wien, das fidele Grab an der Donau“ (Alfred Polgar), taumelte zwischen Inflation, relativer Stabilisierung und Weltwirtschaftskrise so dahin, und das Kabarett irrlichterte mit. Kurt Robitschek, der Wiener aus dem slowakischen Kaschau, gründete in Berlin das *Kabarett der Komiker* und nahm Paul Morgan als Conférencier gleich mit; Ralph Benatzky und Josma Selim begaben sich auf Welttournee, während Fritz Grünbaum, wie seine Kollegen Gisela Werbezirk und Hans Moser, unentschlossen zwischen ehemaliger Reichshauptstadt und einstiger Donaumetropole hin und her pendelte. Es muß ein anderes Wien gewesen sein, das Hans Pflanzer im Sinn hatte, als er 1920 für Egon Dorn das *Simpel-Lied* verfaßt hatte:

Wenn in Wien die Nacht erwacht,
Wenn tausend Lichter brennen,
Dann lernt man erst die ganze Pracht,
Den Reiz der Großstadt kennen.
Dann halt ich es zu Haus nicht aus,
Dann bin ich nicht zu halten,
Dann tanz' ich bei der Tür hinaus
Am Arm von meinem Alten.
Und fragt er mich, wohin wir geh'n,
Dann lach' ich ob der Frage,
Dann bleib' ich auf der Straße steh'n,
Studier' nicht lang und sage:
O komm' du süßer Gimpel
Und führ' mich in den Simpel,
Sperr' mich nur nicht zu Hause ein,
Der Mensch, der Mensch, der Mensch will unter Menschen sein.
Dann schwinden alle Sorgen.
Man denkt nicht mehr an morgen,
Die Geige singt, das Zymbal klingt,
Man lacht, man küßt und trinkt.
Die Geige singt, das Zymbal klingt
Und jedes Leid versinkt . . .[2]

Doch die Sorgen schwanden nicht, und der Reiz der Großstadt wurde dadurch empfindlich gedämpft, daß siebzig Prozent der Einwohner Wiens unterernährt waren, und selbst das *Sacher*, wie Gesellschaftskolumnisten kritisch anmerkten, seinen Restaurationsbetrieb sperren mußte. Die letzte Straßenbahn fuhr um halb acht Uhr abends. Dennoch werden Chansons wie „Der Hunger der kleinen Mitzi" mit dem Refrain „Kartoffelschalen, Kartoffelschalen! Bitt' dich, Kartoffelschalen ißt sie!" munter gespielt – wenigstens dort, wo Munterkeit anzutreffen war: in Schieberlokalen. Der völlige Zusammenbruch des Personen- und Güterverkehrs in der Neujahrswoche des Jahres 1920 zwingt die Bewohner Wiens, in der Stadt zu bleiben – und das ist für die Theater und Kabaretts wieder günstig.

Im *Simpl* treten nun Erika Wagner, Ferdinand Onno vom *Volkstheater* und Max Brod auf, der mit dem Freund und Nachlaßverwalter Kafkas nicht mehr als den Namen gemeinsam hat und bisher am Johann Strauß-Theater engagiert war; es conférieren Rolf Ronay und Hans Kolischer, Trude Voigt trägt ihre Chansons vor. Über die „Entstehung der Trude Voigt" berichtet *Simpl*-Hausdichter Hans Pflanzer:

[. . .]
Nun stand sie plötzlich brotlos da,
Doch als Direktor Dorn sie sah,
Hat er sich nicht besonnen,
Denn er versteht doch was davon.
Drum hat er sie als „Attraktion"
Fürs Kabarett gewonnen!

Nun läuft sie unterm Himmelszelt
Mit flinken Füßchen durch die Welt,
Den Menschen zu Gefallen;
Doch wer sich ihr ein Stündlein weiht,
Den hat mit größter Sicherheit
Der Teufel in den Krallen!

Ja, ja – so lautet wohl die Mär
Und so erzählt man ungefähr
Es sich in deutschen Landen:
Es ist durch Höll' und Himmelsgunst
Die kleinste Königin der Kunst
Die Trude Voigt entstanden![3]

Trude Voigt.
Zeichnung von Gedö

300 Kronen kostet am Naschmarkt ein lebender Karpfen, meldet der Lokalbericht in diesen Tagen, ein Preis, der das Fasten noch erschwert. Wenige Monate später wird in Millionen und dann in Milliarden gerechnet, die Inflation ist ihr Geld nicht wert, Scheine sind nur noch Schein und alle Maßstäbe dahin. Nur der Portier eines Wiener Armenasyls, ein rechtgläubiger Mann, sammelt von den Anstaltsinsassen weggeworfene 20- und 50-Heller-Scheine und trägt ganze 178 Kronen zur Wiener Rettungsgesellschaft.[4] Der Conférencier Rudolf Oesterreicher, der schon 1906 in der *Hölle* mit dabei war, tritt nun wieder in der Wollzeile auf, und die Zeitungen vermerken: „Wie vor vielen Jahren, da er noch nicht auf seine Lorbeeren als Operettenlibrettist blicken konnte, bleibt Rudolf Österreicher der Erfolg als Vortragender treu, und seine satirischen Humoresken lösen Heiterkeitsausbrüche aus, die in seinem reichen Witz stets neue Nahrung finden und mit großem Applaus quittiert werden."[5]

Mit Oesterreicher gastiert in der Wiener Wollzeile auch Blanka Glossy, „die bereits ein Kabarettliebling geworden ist, der auch in diesem Rahmen für seine vielseitige Kunst berechtigte Anerkennung findet".[6] Und am 1. März 1921 steht wieder Roda Roda auf der Bühne des *Simpl*, plaudert, liest und zeichnet nostalgisch als Altmeister der k. u. k. Militärhumoreske ein Bild vergangener Zeiten, wie dies sein

Illustrator Fritz Schönpflug tut, wenn er nicht gerade dabei ist, antisemitische Wahlplakate zu verfertigen.

Das *Simpl*-Publikum verlangt jedoch vor allem nach Fritz Grünbaum. Auch Direktor Egon Dorn wartet bereits ungeduldig auf seinen Star-Conférencier, und über Zeitungsanzeigen läßt er am 10. April 1922 verlauten: „Ab heute halb 8 Uhr tritt Fritz Grünbaum bestimmt auf!“[7] Gemeinsam mit Fritz Löhner-Beda hatte dieser unterdessen für die *Kammerspiele* den „Keuschheitsapostel“, ein „Schaukelspiel zwischen Moral und Unmoral“ verfaßt, in welchem er die Politik der Christlichsozialen einer kritischen Würdigung unterzieht – was von der Kritik nicht gerade honoriert wurde. Selbst der Berichterstatter der *Arbeiter-Zeitung*, Otto Koenig, monierte: „Langweilig bleibt langweilig . . . und es ist höchst gleichgültig, ob man mit Moral oder Unmoral in den Schlaf geschaukelt wird . . . Die drei Akte, von denen der erste gewaltsam ungeschickt und der letzte erbärmlich schwach ist, sollen auch eine Satire auf Tugendsimpelei und christliches Parteiwesen darstellen. So schiefe und schale Satire gönne ich aber weder der pathetischen Tugend, noch dem politisch angetanen Christentum.“[8]

Grünbaums späterer Partner, Karl Farkas, brachte sich unterdessen noch zum Teil auf nichtkabarettistischen Brettern des Schauspieles durch – so in *Direktor Geyers Theater* –, tritt aber auch schon zur Nachtzeit in der *Hölle*, im *Apollo*, im *Café Lurion* und der neugegründeten *Bohème* auf. „Wir haben plötzlich über Nacht“, erinnert sich Farkas Jahrzehnte später an die Inflationszeit, „in Billionen und Trillionen gerechnet. Ein Gulasch kostete auf einmal eine halbe Million Kronen. Meine Gage an der *Neuen Wiener Bühne* betrug sechstausendachthundert – also ein halber Erdapfel . . . Meine Gage wurde mit jedem Tag größer und doch – kleiner! Als sie bei fünf Millionen hielt, mußte ich etwas tun, um nicht zu verhungern.“[9]

In der kleingedruckten Spalte „Varieté- und Kabarettkräfte“ des *Neuen Wiener Tagblatts* liest man in jenen Tagen: „Das Wiener Cabaret Simplicissimus sucht Nachwuchskräfte“. Karl Farkas meldete sich sofort: „Ich habe meinen einzigen blauen Anzug angezogen und mich bei Direktor Egon Dorn, dem Gründer und Besitzer des Kellerlokals, vorgestellt. Mehr als vierzig junge Mädchen, die singen und tanzen wollten, waren auf das Inserat hin gekommen. Und ich als einziger Mann. Ich habe immer schon improvisieren können – und zwar in Reimen. Bis dahin hatte ich davon aber nur in privaten Gesellschaften und unter Kollegen Gebrauch gemacht.“[10]

Farkas, der neuentdeckte „Blitzdichter“, reimte ab nun im *Simpl*, daß sich Vers und Leute bogen:

Die Frau, der ich mein Interesse lieh,
Das ist die Paula Wessely.

oder:

Glaubt mir, daß ich keinen Schmäh sag:
Der beste Sänger ist der Slezak![11]

Und als der Völkerbund in Genf am 4. Oktober 1922 die sogenannte Seipel-Sanierung, einen Übergangskredit von 650 Millionen Goldkronen, bewilligte und zur Sicherstellung die Einnahmen der Zölle und des Tabakmonopols verpfändet wurden, dichtete Farkas noch an jenem Abend:

Die Frankfurter werden in Senf garniert
Die Wiener werden in Genf saniert![12]

Noch Jahre später, 1935, in der Grünbaum-Farkas-Revue „Bediene Dich selbst", erinnerte er sich an seine Anfänge als Blitzdichter im *Simpl*:

Ein Kind, ein neugebor'nes,
Sowie der ält'ste Greis –
Ein jeder liebt Gefror'nes
Und lutscht, wann's heiß, das Eis!
Der Emir von Afghanistan
Kauft sich ein Nordpol-Schoko
Und sagt sich: Ich – belutsch es dann,
Wenn schwül weht der Schirokko![13]

Früher, Anfang der zwanziger Jahre, hatte Farkas sich kürzer gefaßt:

Selbst im kältesten Belutschistan
Kauft sich Kohn a Eis und belutscht es dann.[14]

„Herr Farkas, der Kabarettier mit der nach neuestem Pariser Modell geschnittenen Nase und der flüchtigen Kaffeehaussprache", wie ihn damals Anton Kuh als Kulturkritiker der *Stunde* porträtierte,[15] steht damit ab Herbst 1922 erstmals mit Fritz Grünbaum auf den Brettern des Brettls in der Wollzeile. „Wem heutzutage", so stellte damals die Kritik in Aussicht, „das Lachen vergangen ist – und deren gibt's leider nicht wenige – der kann es wieder erlernen. In der ‚Schule der Autoren', die sich in diesem Monat im *Simpl* unter Dorns Führung etabliert hat. Hinter diesem Titel steckt ein gut gemachter Sketch mit deutlichen Lustspielanklängen, der Gelegenheit gibt, Fritz Grünbaum (den Autor) als ausgezeichneten Charakterdarsteller zu entdecken; in einer natürlichen, komischen Rolle entfaltet der als Conférencier geschätzte Künstler ein geradezu verblüffendes Beobachtungstalent. Als sein Partner verlegt Karl Farkas seine humorvolle Darstellungskunst, die ihn unter die ersten Wiener Bühnenkomiker einreiht, in den Rahmen des Kabaretts, in dessen Atmosphäre seine ebenso witzigen wie schlagfertigen Stegreifverse stets mit zündender Wirkung einschlagen. Übrigens bedeutet die Gegenüberstellung der beiden miteinander rivalisierenden Conférenciers einen der gelungensten Scherze, der das Publikum schließlich sogar im Lachen ermüdet. Zwei große Künstler, helle Sterne des Kabaretts!"[16]

Kurzum: Die später legendäre Farkas-Grünbaumsche Doppelconférence war geboren.

Es dürften permanente Geldnöte gewesen sein, die den seit drei Jahren am *Burgtheater* engagierten Raoul Aslan im *Simpl*-Programm des Herbstes 1923 mit kleinen Chansons auftreten ließen. „Die persönliche Tonfärbung des Burgschauspielers, sowie sein persönlicher Charme", so lobte die Kritik, „erzielen selbstverständlich eine treffsichere Wirkung."[17]

Aber die Konkurrenz war hart in jenen Zeiten, und so folgte Raoul Aslans Spiel im *Simpl* ein Nachspiel auf den Seiten der von Karl Kraus befehdeten *Stunde*. Anfang November 1923, nachdem auch der 69jährige Burgmime Hugo Thimig die Absicht geäußert hatte, im *Simpl* aufzutreten, erscheint unter dem Titel „Armin Berg und das Burgtheater" die kurze Meldung:

> Armin Berg hat einen Engagementsvertrag an das Burgtheater erhalten. Direktor Otto Taussig von „Max und Moritz" hat dem Künstler, dem das Rollenfach Hugo Thimigs zugedacht war, die Annahme des Engagements aus Prestigegründen verweigert.[18]

Eine Woche später steht in der *Stunde* zu lesen:

ARMIN BERG BERICHTIGT

Armin Berg sendet uns eine Zuschrift, worin er den von uns gemeldeten Engagementsantrag ans Burgtheater als u n r i c h t i g bezeichnet. Übrigens hätte er einen solchen Antrag mit Rücksicht darauf, daß er sogar einen von Leopoldi-Wiesenthal an ihn ergangenen Ruf abgelehnt habe, eo ipso ausschlagen müssen.[19]

Als wieder eine Woche danach die offenkundig unerwünschte *Burgtheater*-Konkurrenz dem Kabarettisten keine Ruhe gelassen hatte, wurden dem ausgedehnten Leserkreis des Blattes, unter der Rubrik „Brieflein an die Stunde", die folgenden Zeilen präsentiert:

ARMIN BERG SCHREIBT UNS:

„Sehr geehrter Herr Redakteur! In Ihrer gesch. Nr. 210, vom 11. d., lese ich folgende Notiz: ‚Raoul Aslan tritt nur noch bis zum 18. November im Simpl-Kabarett auf. (Endgeldlich.)'

Nu na! Unendgeldlich! —"[20]

Mimi Marlow

„Unendgeldlich" war damals nichts zu bekommen, umso weniger als mittlerweilen ja aus dem Geld selbst schon ein mehr als zweifelhafter Garant geworden war. Seipels Genfer Währungssanierung war bald der Grund für die Verelendung breiter Schichten des Kleinbürgertums geworden und trieb diese militanten Wehrorganisationen in die Arme. Es war in diesen Tagen, daß der Brettl-Autor und Komponist Dr. Béla Laszky, welcher mit seiner Frau Mella Mars zu den bewährten Vorkriegskräften des Kabaretts gehört hatte, sich über den Verlust der Kabarettqualität beklagte: „Man wird den Aberglauben niemals besiegen, daß Brettlmusikanten und Burgtheaterkritiker nicht miteinander gehen dürfen! . . . Da heißt es sich damit abfinden, daß wir dem Publikum eine möglichst wenig störende Zugabe zum Sekt, Kalbsbraten und schwarzen Kaffee zu bieten haben."[21]

Was Béla Laszky betrauert, ein Kabarett, das immer nur im Vergnügungsanzeiger, nie in der Kunstkritik aufscheint, trifft Ende 1923 bereits ebensogut auf den *Simpl* zu: Nach Selim-Benatzkys Abgang in die von Fritz Grünbaum geleitete *Hölle* verbleiben in der Wollzeile, gleichsam als B-Garnitur, nur noch Joseph Plaut, Mieze Hausmann und Mimi Marlow, über die die Kritik schreibt: „In diesen Tagen, da die Internationalität triumphiert, hat man auf die Wiener Note, den Höhepunkt jedes Kabarettprogramms in friedfertiger Vorkriegszeit, fast ganz vergessen. Mimi Marlow erinnert aber, daß wir in einer Stadt leben, die einmal durch ihre Mädchen und durch ihre Lieder berühmt geworden ist."[22]

Die „Wiener Note" schützt den *Simpl* nicht vor einer aufziehenden Krise, auch wenn Direktor Egon Dorns Verdienste noch einmal in der *Stunde* gewürdigt werden:

„Vor zwölf Jahren stellte er sich dem Wiener Publikum als Schauspieler und Regisseur der *Neuen Wiener Bühne* vor. Gleich darauf gründete er den *Simpl*, ein Kabarett, das unter der Flagge seines Gründers mit stets gleichem Erfolge seinen Platz behauptete. Egon Dorn versteht es, interessante Programme zusammenzustellen und seine Vorstellungen geschickt zu inszenieren.

Wenn er den Erwartungen des Kabarett-Publikums mit Geschmack und Verve entgegenkommt, versteht er es nicht minder, das Interesse der Turfbesucher auf seinen Rennstall zu lenken. Mancher seiner Favorits hat schöne Siege davongetragen. Erst neulich hat ihm seine Stute ‚Josma' in Budapest den Rákoczi-Preis hereingebracht. Er weiß, daß auf dem Podium und auf der Rennbahn drei wichtige Vorbedingungen zum Sieg führen: Internationale Nennung, ein guter Start und ein sorgfältiges Finish."[23]

Doch Dorns Simpl-Stall war bereits schwer verschuldet, seine Rennpferde, vor allem die „Favorits", wie Josma Selim mit Ralph Benatzky oder Fritz Grünbaum mit Karl Farkas, erzielten ihre Siege anderswo. Eine geplante Fusionierung mit der Possenbühne *Max und Moritz* scheiterte an Heinrich Eisenbachs vorzeitigem Ableben. Professor Marcell Salzer, ein „Klassiker des Humors", tritt nun in der Wollzeile auf und bringt eine „Blütenlese" heiterer, aber auch betont ernster Dichtung, „einen Korb voll Unkraut", wie er es nennt, Gedichte von Richard Dehmel, Theodor Fontane, Heinrich Heine, Rudolf Presber und Wilhelm Busch. Das Publikum zieht es verständlicherweise mehr in die *Hölle*. Der interessanteste Schauplatz der Wiener kabarettistischen „Szene" ist unbestritten das Souterrain des *Theater an der Wien*. Es war nach vollständiger Renovierung am 1. September 1923 wiedereröffnet worden, im November läuft das „Programm der Attraktionen". Grünbaum, an die Stätte seiner ersten großen Erfolge zurückgekehrt, conferiert wieder mit seinem Partner Karl Farkas und spielt in der Groteske „Du bist mein Freund" mit, Josma Selim trägt den Zyklus „Carriere" von Ralph Benatzky vor, daneben finden sich auf der Bühne der *Hölle* Carl Napp, Franzi Ressel, Mia Bergemann, Ivan Zadorin und Abdul Hamid.

Franzi Ressel.
Zeichnung von Gedö

Das „Programm der Attraktionen" in der *Hölle* hielt, was sein Titel versprach, und stand, wie die Kabarettkritik hervorhob, ganz im Zeichen von Fritz Grünbaum: „Er begrüßt das Publikum und sondiert seine Beschaffenheit in der geschicktesten Weise. Dank seiner trefflichen Diagnose befinden sich alle, restlos, im Banne seiner witzigen Klugheit. Den bereits akkreditierten Künstlern verleiht seine Conférence ein geschmackvolles Relief, und seine lustigen Einleitungsworte erteilen den für Wien neuen Artisten ein ‚Dauer-Visum' für ihren Aufenthalt in hiesigen Kabaretts.

Interessant ist der Augenblick, da er Karl Farkas conferiert. Ein Komiker folgt dem anderen – und beide behalten recht. ‚Kopf an Kopf' erringen sie gleichzeitig den Sieg. Es erscheint wie ein ‚totes Rennen', das zwischen zwei Favorits liegt . . ."[24]

Und an anderer Stelle wird berichtet: „Wenn das so weiter geht, wird man bald statt ‚wir sind in der Hölle gewesen', ‚gestern war ich bei Fritz Grünbaum' sagen. Er geht hie und da ab, aber glücklicherweise ist er immer wieder da. Er glossiert, keppelt (mit Karl Farkas) und conferiert. Aber vor allem anderen unterhält er das Haus mit unendlich viel Takt und Esprit. Wenn sich seine nächste Broschüre ‚Wie wird man ein guter Conférencier?' betiteln sollte, dann könnte man dem Nachwuchs die hoffnungsvollste Prognose stellen . . . Geradezu meisterhaft pariert Karl Farkas jede Attacke Grünbaums. Gelegentlich der geistreichen Kontroversen der beiden Stegreifdichter bewahrheitet sich das Sprüchlein: Wenn zwei sich streiten, lacht der dritte!"[25]

Und über Josma Selim, die auch in der *Hölle* stereotyp ansagt: „Text und Musik von Dr. Ralph Benatzky. Am Flügel der Komponist", wußte die *Stunde* zu berichten: „Die Erste unter den Künstlerinnen des Kabaretts ist in die *Hölle* gezogen und trägt dort allabendlich vor ausverkauftem, beifallsfreudigem Haus die entzückenden, neckischen, sentimentalen oder lausbübischen Chansons vor, für die ihr Gatte Dr. Ralph Benatzky die Musik komponiert hat. Ihr neuester Schlager ist eine Parodie auf einen ungenannten Feldmarschalleutnant, der ein ebenso knurriges, wie komisches Original war, daß er schon längst die satirische Verspottung verdient hätte. Josma Selim macht dies so dezent und doch so zwingend komisch, daß man am liebsten die ganze Heldengalerie aus 1917 von ihr parodiert sehen möchte."[26]

MONOLOG EINES PORTRÄTS AUS DEM JAHRE 1917

Da hänge ich nun, ich, Karl Emanuel Posransky, Edler von Eisentreu, k. u. k. Feldmarschall-Leutnant, wirklicher geheimer Rat, Inhaber des k. u. k. Infanterie-Regiments Prtolec von Prtolecky Nr. 182, Komthur des Großkreuzes vom Heiligen Valentin dem Starken, mit Brillanten und Schwertern, Herausgeber der Militärischen Wochenschrift „Die tiefe Kniebeuge" etc., etc., etc., etc. Ich, der Tyrann, ich, der Diktator, ich, vor dem im Kriege Millionen Männer gezittert haben, da hänge ich nun als verstaubtes Bild im Laden des Leib Ephraim Azesponem, Altwarenhändler, II. Bezirk, Schmälzlgasse 13.

Sic transit gloria mundi!
Links von mir
steht ein Nachtgeschirr
auf hölzernem Regale,
rechts, am Eck,
voller Fliegendreck,
eine alte Aschenschale,
vis-à-vis hängt ein Kellnerfrack
duftend nach tausend Saucen
und darunter liegt ein Pack
ausrangierter Hosen!
Schöne Zeit, wo bist du hin,
da ich Wien im Trab hielt,
und mit stolzem Herrschersinn
Musterungen abhielt.
Jeder war gleich kerngesund
war ich gegenwärtig:
„Maul gehalten, Schweinehund,
frontdiensttauglich, fertig!"
Einmal war so'n Kerl da
der schien Maler zu sein,
lungenkrank etcetera,
kurz, ich spannt' ihn ein:
„Malst von mir ein Porträt! Mit Schwung!
Bist es doch gewohnt,
wird's gut, kriegst du C-Befund,
wird's schlecht — an die Front!"
Und er malte das Dessin
und es wurde dies,
und die Lou vom Tabarin
sagte: „Bussi! . . . Süß!"
Hab' dann auch das blonde Biest
nachts darauf errungen!
Das war'n Zeiten! Geld wie Mist!
Heldenliedumsungen!
Weihumräuchert! Taillenschluß!
Früh in'n Prater reiten!
(Selbstverständlich weit vom Schuß)
Kinder, das war'n Zeiten! . . .
Da häng' ich nun, Attrappe meiner Macht,
und halb versteckt von einem fahlen Teppich,
der alte Jud geht auf und ab und lacht
und sagt sonst nichts als „Nebbich"![27]

Noch eröffnen neue Vergnügungsetablissements in Wien. „Die hundert Leut', die in so was gehen, verteilen sich jetzt auf hundertundein Lokal", meint ein Komiker melancholisch. Die Theaterkarten kosten zwischen 20.000 und 60.000 Kronen, und die Einnahmen holt sich seit einiger Zeit der Stadtrat Hugo Breitner mittels der 30prozentigen Lustbarkeitssteuer. Auf ihn dichtet Karl Farkas:

Es herrscht gedämpfte Traurigkeit
In allen Nachtlokälern,
Denn es ist nicht sehr amüsant,
Wenn sich die Einnahmen konstant
Verbreitern und verschmälern . . .[28]

Finanzstadtrat Breitner

Auch Armin Berg entging nicht dem gestrengen Stadtrat, der die hohen Amüsiersteuern zum Bau von Spitälern und Erholungsheimen verwendete. Breitner argumentierte, die Zeiten seien schwer, was man jetzt brauche, seien keine Theater, sondern Spitäler. Armin Berg, so erzählte später Friedrich Torberg, erwiderte darauf: „Herr Stadtrat“, sagte er, „ich bin aus der Branche. Spitäler brauchen die Kranken. Die Gesunden brauchen Theater.“[29]

Stadtrat Breitner. Zeichnung von Sipos

Einer der Betroffenen, der Theaterdirektor Siegfried Geyer, schrieb über Breitners angefeindetes Steuersystem versöhnlicher: „Das System der Exekutionen beherrscht die Stadt, die Steuer ist unnachgiebig und die guten Zwecke der Gemeinde, die der Stadtrat Breitner so oft verkündet hat, die Spitäler, Tuberkulosenheime, Häuser für die Armen und Bäder für die Bedürftigen baut, machen die wenigsten froh, die dazu nicht ihr Scherflein, sondern ihre Prozente beitragen müssen.“ Am meisten aber ärgert sich das Bürgertum, daß man dem Breitner nichts nachsagen kann. „Der Stadtrat Breitner ist nämlich ein untadeliger Mann, ein absolut honoriger Charakter, ein Pflichtmensch im höchsten Sinn, ein unermüdlicher Arbeiter, der korrekteste Beamte dieses Landes. Hoffentlich gibt es noch viele andere, die ebenso korrekt sind wie er, aber bestimmt keinen, der seine Korrektheit übertreffen kann. Und das giftet die Leute . . . jede Unfähigkeit beruft sich auf ihn und jedes schlechte Geschäft renommiert damit, daß es an Breitner zugrunde gegangen sei.“[30]

Doch trotz Breitner amüsierte sich Wiens Bürgertum ungeschmälert: In der *Femina*, in der Johannesgasse 1 beispielsweise, wo die Sechs Slavins, Glasunoff, Else Saldern, die Mary-Girls und die Geschwister Geißl auftraten und die Ausstattungs-Revue-Operette „Eine Nacht im Olymp“ mit Liccy Jungkurth, Johanna Ewald und Gisa Wurzel gespielt wurde. Über die Première berichtet die *Stunde* in höchst lyrischen Tönen:

Die Prosabühnen müssen die Première verschieben –
Die Rosabühnen sind vom Streik verschont geblieben:
Wo so viele schöne Frauenbeine im Verein,
Da ist der Bühnenmeister willig, sagt nicht nein.

Die „Femina“ zeigt Tänzerinnen, die
So schlank’ und schöne Beine haben, daß
Man sie nicht fragt nach ihrer Künste Was,
So sehr erfreut des Gliederspieles Wie.

Ein schwacher Schwank schwankt schwer in die Pointe:
„Die Maus“ enthüllt sich spät als eine Ente.
Dann kommen Balalaika-Spieler, zupfen
Die Saiten, singen russisch, juchzen, hupfen.

Und dann die aktuelle Operetten-
Revue von Karl Farkas und Fritz Lehner.
Sie zeigt uns Himmelssterne als Grisetten
Und diese ihre Beine, immer schöner.

Um Mitternacht zu Ende ist die Schau.
Man bleibt erschöpft noch eine Weile sitzen,
Bespritzt mit Witzen und geritzt von Blitzen
Aus dunklen Augen einer hellen Frau ...[31]

Vater Leopoldi.
Zeichnung von Sipos

Im *Nachtlicht* conférieren im Herbst 1923 Rolf Ronay und als Gast aus Berlin Kurt Robitschek. Der Star des Gesangvortrags heißt Trude Voigt. „Sie besitzt", so die Kritik, „sämtliche Qualitäten, deren eine Diseuse bedarf, um den großen Erfolg davonzutragen. Sie lockt, rührt und packt. In dieser kleinen blonden Frau stecken drei Individualitäten. Sie ist gleichzeitig ein Kind, eine Frau und ein Teufelskerl ..."[32]

Und im ersten Bezirk, in der Rothgasse 5, gibt es seit kurzem das *Etablissement „L. W."*, Abkürzung für Hermann Leopoldi und Fritz Wiesenthal, die mit Ferdinand Leopoldi, Armin Springer und Erwin Engel das Programm bestreiten. „Das ist eine Art Heuriger für die Leopoldstadt. Nicht in Grinzing, sondern in der Rothgasse. Nicht unter freiem Himmel, sondern unter der Erde, ein Kellertheater", schreibt Stefan Großmann im *Prager Tagblatt.* „Es wird gesungen, Klavier gespielt, Lozzelachs werden erzählt. Der Chef ist Herr Wiesenthal, der mit der berühmten Grete keine Ähnlichkeit hat. Er ist etwas beleibter als Grete Wiesenthal, er stammt nicht aus der Tänzerfamilie, eher aus der Familie Pallenberg, von dem er den aggressiven, deutlich höhnenden, den Hohn parodierenden Befehlston hat: ‚He, Bürger!' wer hat vor Pallenberg gewagt, ‚He!' zu krähen? Vor und nach jeder Nummer erscheint er und wickelt die Zuschauer durch Anekdoten, Kalauer, vertrauliche Anreden ein. Er redet urwienerisch, mit einem drolligen Einschlag jüdischen Jargons. Ein Fiaker, der seinen Standplatz in der Tempelgasse hat ..."[33]

Wiesenthal conferiert, Charlotte Waldow und Adele Moraw tragen Chansons vor, der Star aber heißt Hermann Leopoldi, stets von seinem Bruder Ferdinand auf dem Doppelklavier begleitet, und der ist, wie die Zeitungen berichten, „nicht allein die geruhige Seele des vierhändigen musikalischen Wirbels, den die Dynastie der Leopoldis (der Vater ist auch Musiker) allabendlich in ihrem Lokal verbreiten, sondern auch die Seele des ‚Geschäftes'. Er müßte zur Symbolisierung seiner Doppeleigenschaft über dem klavierspielenden Arm ein Hangerl tragen."[34]

Ferdinand Leopoldi.
Zeichnung von Gedö

Was Hermann Leopoldi an Geschäftstüchtigkeit fehlt, ersetzt er rasch durch Popularität, seine Textlieferanten sind vor allem Arthur Rebner, Robert Katscher, Fritz Löhner-Beda und Peter Herz. In Wien erfreuen sich die Schlager „Schön sind die Mädeln von Prag" und „Schön ist so ein Ringelspiel" von Peter Herz sowie Rebners „Soirée bei Tannenbaum" bald großer Beliebtheit und werden allgemein gesungen:

Herr Tannenbaum gibt heute abend eine Grande
Soirée
Frau Tannenbaum zieht an das Seidenkleid mit dem
Dekolleté ...
Frau Tannenbaum hat eingeladen alle Damen vom
Jour,
Herr Tannenbaum hat sich bestellt doch die
Geschäftsfreunde nur:
Und es kamen Frank und Singer,
Rosenstrauch und Gundelfinger ...
Pollak, Popper, Brunner, Frayer,
Sieben Kohn und zwanzig Mayer! ...[35]

Heute spielt der Uridil

Bislang unerreichte Popularität erringen aber Hermann Leopoldi und Robert Katscher mit ihrer Hymne auf einen Rapid-Stürmer. Die Zeiten waren schlecht, folgerichtig erreichte Österreichs Fußball Weltniveau – und mit ihm das Lied „Heute spielt der Uridil“:

Draußen in Hütteldorf muß heut'
Ein Weltwunder wohl zu seh'n sein.
Mein Gott! Da drängen sich die Leut';
Ein Unglück muß da gescheh'n sein.
Ich kann das Ganze nicht begreifen,
Was will man da von fern und nah?
Ich hör' den Rettungswagen pfeifen,
Es steh'n auch zehn beritt'ne Wachleut' da.
Ich frag' einen: Bitte sehr,
Was hat sich zugetragen?
Der sagt: Aber, lieber Herr,
Wie kann man nur so fragen?

Heute spielt der Uridil, Uridil, Uridil!
Man kann sagen, was man will,
So wundervoll trifft keiner mehr ins Goal! Jawohl!

Den, der ein Fußballmatch geseh'n,
Reizt sonst nichts mehr in Europa;
Man kann auch in die Oper geh'n!
Doch was ist schon eine Oper?
Die Konjunktur ist jetzt vorüber,
Der Parsival ist heut' verlor'n.
Ein „reines Tor“ ist jedem lieber,
Als zehnmal seh'n die allerreinsten Tor'n
Man macht jetzt in Kronensturz
Und in Gerüchtverbreitung
Und pfeift auf die Selma Kurz,
Steht in der Kronenzeitung;

Heute spielt der Uridil, Uridil, Uridil!
Man kann sagen, was man will,
So wundervoll trifft keiner mehr ins Goal! Jawohl!... [36]

Nur die angesagten Erfolge, die bleiben wie immer aus: „Bei Leopoldi-Wiesenthal“, berichtete die *Stunde* im März 1924, „ist kürzlich ein neuer Schlager von Hermann Leopoldi, Text von Arthur Rebner, aus der Taufe gehoben worden, ein Schlager, der die größte Karriere in sich trägt. Er ist musikalisch so schmissig und textlich so aktuell, daß er bald in ganz Wien und Berlin populär sein wird ...“[37]

„Ja, so ein Rutscher“, textlich bald aktuell, wurde nicht so recht bekannt und ist heute vergessen.

Begonnen hat es nach dem Krieg,
Da ging man nach Brioni,
Der Blaustein Niki mit der Frau
Und auch der Pollak Toni,
Und als dann ganz Brioni schon
Konnt' ausgezeichnet jüdeln,
Begann die Wiener Haute volee
Nach Rom zu übersiedeln.

Und heut ist auch das zu nah,
Man fährt nach Südamerika,
Und an des Dampfers Bogen,
Da brechen sich die Wogen.

Ja, so ein Rutscher nach Argentinien
Ist das modernste für Bankiers und Börsianer,
Die aus Galizien und Wolhynien,
Die werden lauter echte Südamerikaner!

Bei so 'nem Rutscher nach Argentinien,
Man läßt die Gattin und die Stubenmaid zu Haus,
Und sagt: Was brauch ich denn, mein Teures,
Dort in Buenos Aires,
Dort such' ich mir, dort
such' ich mir 'was Bess'res aus.

Joachim Ringelnatz.
Karikatur von Kaplawik

Bei Fritz Wiesenthal und den Brüdern Leopoldi strömte bald soviel Geld zusammen, erinnert sich Peter Herz ein halbes Jahrhundert später, daß „der Berg von Banknoten in Wäschekörben weggeschafft werden mußte. Es war das allergrößte Kunststück, schier ein fast unmögliches Beginnen, ein so florierendes Unternehmen umzubringen – den drei leichtsinnigen Chefs gelang es aber doch!"[38] Und so stand am 30. Jänner 1926 in der Zeitung zu lesen: „Das berühmte Ensemble Leopoldi-Wiesenthal hört am 1. Februar auf zu bestehen. Professor Wiesenthal und Hermann Leopoldi verlassen Wien, während Ferdinand Leopoldi und Robert Rakowianu zusammen in der *City-Bar* spielen werden."[39]

Fritz Wiesenthal, der seinem Namen stets einen eigenhändig selbstverliehenen Professorentitel voransetzte, ging kurzzeitig nach Berlin, Hermann Leopoldi trat als gefragter Alleinunterhalter in Prag, Mährisch-Ostrau und, gemeinsam mit seiner rothaarigen Partnerin Betja Milskaya, auch wieder in Wien auf: im *Apollo*, im *Ronacher* und der *Burggarten-Bühne*. Ein späterer Versuch, das *L.W.* in Baden neuerlich aufleben zu lassen, scheiterte allerdings. Mit „vollständig neuem Repertoire" und „mit gütiger Erlaubnis des Direktor Schwarz" treten Leopoldi-Wiesenthal im Jänner 1926 um 10 Uhr abends ein letztes Mal gemeinsam auf – erst in ihrem ehemaligen Etablissement, dem nunmehrigen *Olympia-Saal* in der Rothgasse, und anschließend um halb 12 Uhr in der *Femina*. Kurze Zeit später gehen sie endgültig auseinander.

Reichsgräfin Triangi.
Zeichnung von Kraft

Ende 1923 kommt der deutsche Humorist Hans Reimann erstmals nach Wien und gibt ab 1. Dezember Vortragsabende in der *Sezession*. Er rezitiert Karl May-Parodien, sächsische Miniaturen und anderes:

Hans Reimann kommt aufs Podium,
umwittert von dem Odium
der Sächselei. Indes, er spricht
auch deutsch, teils Prosa, teils Gedicht.[40]

urteilt die Presse über ihn, und Reimann beschließt darob, bis Ende Juni 1925 in der gastfreundlichen Stadt zu bleiben. In seiner Autobiographie, geschrieben in den fünfziger Jahren, erinnert sich Reimann an jene Zeiten: „Engagiert war ich im *Nachtlicht*, ein Cabaret mit Tradition . . . Ein intimer Raum, sehr gutes Publikum,

Robitschek konferierte. Beschäftigt waren außer mir: Béla Laszky (am Flügel) und Annemarie Hegner (die Nachfolgerin von Mella Mars, seiner Frau).

Das *Chat noir*, wo ich die nächsten Monate tingelte, lag in der Nähe des *Palace*, war erheblich größer als das *Nachtlicht* und immer gut besucht. Valentin, der im Hotel eine Etage tiefer wohnte als ich, bildete vier Wochen lang die Zugkraft. Auch Karl Kraus belachte ihn. Auch Felix Salten. Auch Anton Kuh. Jeder an einem anderen Abend."[41]

Zu sehen gab es seit Mitte November 1923 das Stück „Theater in der Vorstadt" mit Karl Valentin und Liesl Karlstadt. „Einige Worte von Carl Valentin", schrieben die Wiener Zeitungen darüber, „können schon den Zuhörer wehrlos vor Lachen machen. Aber im Leben ist er ein stiller, etwas bedrückender, ernster, zur Schwermut neigender Mensch. Er wirkt da (wie auf der Bühne) als eine absonderliche, gespenstische Figur, sozusagen hoffmannesk."[42]

Über Fritz Grünbaum, der unterdessen künstlerischer Leiter des *Pavillon* in der innerstädtischen Walfischgasse 11 geworden ist, notierte Reimann: „Es war im *Pavillon.* Fritzl hielt einen Speech. Da ging das Licht aus. Kurzschluß. Jemand ließ das Flämmchen eines Feuerzeugs leuchten. Ein zweiter setzte seine Taschenlampe in Tätigkeit. Julschi Wiesner, der geschäftliche Direktor, verlangte (mit gedämpfter Stimme: weils so dunkel war) eine Kerze. Es war keine aufzutreiben. Fritzl hatte sich, wie gewohnt, an den Flügel gelehnt, die linke Hand in der Hosentasche, mit der rechten seinen humanistisch-juristisch gewürzten Vortrag unterstreichend. Jetzt schwieg er. Als sich der Gäste leichte Unruhe bemächtigte, sprach er tröstend in die Finsternis hinein: ‚Es wird sich schon ä Goj finden, der das richtet.' Und tatsächlich funktionierte die Beleuchtung bald wieder."[43]

Das Jahr 1924 beginnt mit einem Bühnenstreit: Kurt Robitschek verläßt nach unerfreulichen Auseinandersetzungen um fällige Tantiemen das *Nachtlicht* (die Direktion erklärt dazu ihrerseits, Robitschek habe als Ersatz immerhin eine „goldene Dose" erhalten); auch Rudolf Nelson beendet sein Gastspiel in den *Kammerspielen* und kehrt nach Berlin zurück. Im Februar kommt der deutsche Lyriker, Kabarettist und Bänkelsänger Joachim Ringelnatz nach Wien. „Er taumelt", beschreibt Anton Kuh seinen Auftritt, „in ein Matrosengewand gekleidet, die Zigarette in der Rechten, das Schnapsglas in der Linken, bühnenvorwärts, gab Glas und Zigarette auf den Tisch und begann in medias res halblaut, duselig und verdrossen einige Sätze herunterzuleiern, die bald zu Reimen zusammenstoßend, sich als Gedicht entpuppten."[44]

Im Frühjahr liest man in der Zeitung: „Die Soirée Reichsgräfin von Triangi-Taglioni findet am 31. März statt. Ausverkauft."[45] Die „Triangi", recte: Beatrice Cita Albano Antonia Reichsgräfin Triangi, von und zu Latsch und Madernburg, Baronin von Maderno Riedhorst, Freifrau von Tyrol, Trientiner Edeldame, geborene Samek und verwitwete Rindskopf, war ein heute nur noch schwer zu beschreibendes Wiener Original der zwanziger und dreißiger Jahre, wie auch der „Goldfüllfederkönig" Ernst Winkler. Die Triangi, über die schon Karl Farkas blitzdichtete:

Die Reichsgräfin Triangi
Ging stets mit blütenweiße Handschi[46]

gab Abende, auf denen sie Klavier und Flöte gleichermaßen schlecht spielte, zudem noch bedauernswert conférierte, deklamierte und sang. Für die Wiener war's die „Hetz" jedenfalls wert, sodaß ihr Fritz Wiesenthal im April 1924 bereits eine Monatsgage von 300 Millionen Kronen anbieten konnte.

Im Sommer dieses Jahres – Karl Farkas spielte gerade, fast unbemerkt, einen der

Karl Valentin. Zeichnung von Franziska Bilek

Psychoanalen im „Traumstück“ von Karl Kraus auf der *Neuen Wiener Bühne* – verläßt *Simpl*-Direktor Egon Dorn Wien. Es zieht ihn dorthin, wo jetzt auch viele andere hingehen: nach Berlin, wo er das *Residenztheater* pachtet. Er eröffnet es mit Gisela Werbezirk als Gast im bewährten Lustspiel „Rosa Altschul“.

Als der *Simpl* im Herbst die neue Spielzeit eröffnet, leitet ihn ein neuer Mann: Karl Müller. „In den Wiener Kabaretts ist Vollbetrieb“, schreibt die *Bühne* in ihrem Programmüberblick und erklärt zuversichtlich: „Die vielgenannte Krise hat den Vergnügungslokalen nicht das Vergnügen und nicht das Publikum genommen.“ Tatsächlich vermittelt der Rundgang, den die *Bühne* durch das Herbstprogramm der Wiener Kabaretts des Jahres 1924 veranstaltet, den Eindruck eines Nachkriegshöhepunkts. Der nächtliche Streifzug beginnt im

Pavillon

Hier bemüht sich Fritz Grünbaum nach wie vor, neue, interessante Künstler aufs Podium zu stellen. Er etabliert da, wie er selbst in seiner, wie immer, witzigen und espritvollen Conférence erklärt, eine preußische Abteilung. In dieser treten jetzt Kurt Gerron und Elli Glässner auf. Gerron, eine massive Gestalt, breit und stark wie eine „deutsche Eiche“, bringt einige Chansons aus dieser Zeit von Walter Mehring zu wuchtigem Vortrag; es sind seltsame Lieder, nicht zarte, sondern harte Gebilde, Rufe in diese wilde Welt. Elli Glässner, die nicht verwechselt werden soll und kann mit der Erika gleichen Namens, ist eine sehr originelle Diseuse, deren Vortrag von Herbheit und einem starken Temperament beherrscht ist, gleich wirkungsstark im Heiteren und im Sentimentalen. Zum „Hauptstück“ des Programms, wie es Grünbaum in Analogie an philosophische Werke nennt, gehört noch Arnold Korff, der Charmante, der einige Humoresken in Vers und Prosa erzählt, dann aber ans Klavier sich setzt, um ein entzückendes Negerlied zu spielen und zu singen; reizend. Vorher, im ersten Teil des Abends, treten, virtuos violinspielend, die Schwestern Tomson auf, tanzend Emmy Hopé, singend Fifi Mars, die begabte Tochter der unvergeßlichen Mella Mars, lautenschlagend das bekannte Foltermayer-Duo. Die Krönung des Programms bedeutet das Auftreten der Elsie Altman als österreichische und englische Diseuse, unseres Hans Liebstoeckl als – Hans Liebstoeckl (mehr über ihn zu sagen, verbietet der Chefredakteur dieser Zeitschrift)[47] und Fritz Grünbaums mit einem sehr guten, alten und einem noch besseren neuen Gedicht. Aus. Nein, es kommen noch Tänzerinnen und erobern das Parkett des eleganten Kabaretts.

Nun in den

Simplicissimus

Gegrüßt seist du, Charlotte Waldow, die du aus Mainfrankfurt zurückgekehrt bist, um uns, wie je und je, mit deiner spitzmündigen Kunst zu erfreuen. Gestatte uns nun auch, Rosl Berndt zu begrüßen, mit der Herzlichkeit und Innigkeit, die ihren Chansonvortrag auszeichnet (sie wird bald die klassische Wiener Chansonière werden). Mit ihrem großen Temperament überrascht Margarete Howe, eine ausgezeichnete Pianistin, die den Sprung vom Konzert- aufs Kabarettpodium mit sehr viel Glück vollführt hat. In diesem Saal erscheinen noch der von den Kammerspielen her bekannte Ernst Wurmser, der mit seinem Charakterisierungstalent ältere und ganz neue Spässe zum besten gibt, der fabelhafte Rechenkünstler Berko, die Harfenvirtuosin Käthe Wiesinger, der vortreffliche Kunstpfeifer Schwarz und schließlich der ebenso gewandte wie tüchtige Zauberer Corodini; sie alle sind bester Klasse, zu der auch der einfallsreiche, witzsprudelnde Conférencier Rolf Ronay gehört.

Von hier in die

Hölle

Im Mittelpunkt des Novemberprogramms stehen Annemarie Steinsieck, die nach langer Zeit wieder einmal im Kabarett auftritt, und Hugo Werner-Kahle, ihr Gatte und Partner in einem spannenden Einakter „Der Mann im Regen“ von Lippschitz, den Karl Forest in Szene gesetzt hat (wir meinen den Einakter, nicht den Verfasser). Überflüssig zu sagen, daß Frau Steinsieck so schön ist und so fein spielt wie auf dem Theater, und Hugo Werner-Kahle seine bekannte, gruselige Spezialität entwickelt: er gibt da einen Mann, der so tut, als wäre er ein Lustmörder. (Er ist es diesmal nicht.) – Von alten und guten Bekannten kommen wieder

Franzi Ressel, die drastische Diseuse, eine darstellende Sängerin Wiener Schlages und Schlager, und Karl Farkas, der unübertreffliche Schmonzist, der hier den Conférencier macht (während er bekanntlich um 10 Uhr abends auf der Bühne der Kammerspiele steht, als Autor, Regisseur, Schauspieler, Sänger – Farkas macht eben alles). Auch Kurt Karsten ist wieder da, ein ebenso junger wie guter Kopist bekannter Köpfe und Stimmen; täuschend imitiert er sie. „Das große Rätsel“ wird Afra genannt, ein fragezeichenumschwirrtes Wesen, das Gedanken liest, die Namen der Besucher errät und so Verblüffung verbreitet. Hadji Sambalo und die Seinen bringen Tische und Stühle zum Fliegen, sie zeigen den Spiritismus von der artistischen, der Trickseite. Endlich treten die drei Burger auf, glänzende Tänzer.

So, und nun gehen wir ins

Kabarett Capua

Bitte, der Titel ist Eigenbau, den haben wir ihm verliehen (mit Nachsicht aller Taxen und Faxen). Denn, wo ein Conférencier vom Schlager-Schlage E. E. s. (den Namen sollt ihr nie erfahren, er heißt Erwin Engel) seines Mutter- und Sohneswitzes waltet, geht es einfach nicht an, von einem simplen Café chantant zu sprechen. E. E. ist Salonplauderer. Plaudert – Indiskretion Ehrensache – aus allen Salönern, diesseits und jenseits des Kanals, porträtiert mit Sarkasmus die Anwesenden, erzählt ihr heiteres Lebensläufl von der Wiege (des Vermögens) bis zur ersten Insolvenzerklärung. Die zweite Capua-Kanone: Carlo Böhm – der letzte Wiener. Sein hochaktueller Pleite-Shimmy: „Wenn ich der Bosel wär', ja, dann tät es langen, mit der Rosel allerhand anzufangen ...“ löste nicht endenwollenden Jubel aus, ein neuer Beweis, wie viele Wunsch-Bosels in unserer Mitte weilen. Der heftig bestrittene, tänzerische Teil des Programms kulminiert in Fräulein Grete Kraus, einer transparenten Schönheit, die dem Publikum eindringlicherweise vor Augen führt, wie man (mit wohlgeformten Beinen) den Wutki studiert. Mondän Jansen und Gibsy, das Paar nach der Shimmy-Mode. Dann die Korsakoff-Truppe. Waschechte Russen, unwahrscheinlich blond, mehr Steppen- als Step-Tänzer.[48]

Hier endet der Streifzug durch die nächtliche Kabarettwelt Wiens, an der Bühnentüre verweht die Zugluft der Realität all die „vortrefflichen Kunstpfeifer“, die „gewandten Zauberer“ und auch die „drastischen Diseusen“; nur die „fabelhaften Rechenkünstler“, die werden bald Wirklichkeit: Ab dem 12. Dezember 1924 wird in Österreich eine Währungsreform durchgeführt – für 10.000 Papierkronen erhält man nun einen Schilling –, und diese Maßnahme führt zu einer neuen Teuerungswelle, zum weiteren Absinken des Konsums und zu Streichungen in der Sozialfürsorge.

Am 29. Dezember, im Simpl herrscht Silvesterstimmung, versucht der nach Wien zurückgekehrte Simpl-Gründer Egon Dorn, 54, in einer Wohnung des Hauses Stock-im-Eisen-Platz 3 Selbstmord zu verüben. Dorn überlebt knapp und probiert später noch einmal so etwas wie eine Konkurrenz zum Wollzeilen-Keller zu starten, doch das Glück hat ihn für immer verlassen. Auch Direktor Müller gibt auf, und das Etablissement wechselt im Sommer 1925 neuerlich seinen Besitzer: Jetzt steht Franz Weiß an der Spitze der Bühne, die nun auch wieder ihren ursprünglichen Namen trägt: *Biercabaret Simplicissimus.*

Mehr Glück mit seinem anspruchsvollen Frühjahrsprogramm 1925 hat Fritz Grünbaum im *Pavillon.* „Die Vergeistigung des Kabaretts“, schreibt die Kritik, „ist als ein bedeutender Schritt nach vorne zu begrüßen. Direktor Brett ist es im Verein mit seinen Helfern Wiesner und Grünbaum gelungen, aus dem Amüsiertheaterchen in der Walfischgasse in kurzer Zeit ein Zentrum europäischer Geistigkeit zu machen. Den Reigen der diesmonatlichen Nummern eröffnet Dozent Alfred Adler mit einer interessanten Betrachtung über die ‚Überkompensations-Theorie‘. Ihm folgt, lebhaft akklamiert, Hedwig Bleibtreu mit einem Monolog aus dem ‚Troerinnen' des Euripides. Ein Liebling ist wieder zur Stelle: Gerhart Hauptmann. Der Name ist ein Programm. Der verehrte Altmeister schüttelt in seinem Vortrag: ‚Gespräche mit Chapiro' die Bonmots, Sentenzen und Weltanschauungen nur so aus dem Ärmel . . ."[49]

Im Arbeiterheim der Laxenburger Straße, im X. Wiener Gemeindebezirk, befand sich die *Favoritner Volksbühne*, ein Theater, das keineswegs, wie ähnliche Unternehmungen in Berlin, nur revolutionäre Stücke kannte, mit einem engagierten Ensemble aufwarten konnte, das für das Teilungssystem schwärmte. Das Wiener Arbeitertheater wurde wie jedes andere bürgerliche Haus geführt: Die „Gräfin Mariza", der „Doktor Stieglitz" und andere akademische und aristokratische Angelegenheiten herrschten hier vor. Operetten und Prosastücke wechselten einander ab, und hie und da wurde das Theater an eine Straßenbahner-Amateurbühne oder einen tschechischen Theaterverein verpachtet. Hier treten im Sommer 1925 erstmals Ludwig Stärk und Fritz Grünbaum auf. Grünbaum fürchtete vorher das ungewohnte Publikum, gestand er den Zeitungen, war aber „bald überrascht davon, wie schnell und wie gut man ihn auch in Favoriten verstand. Er wird Wien", schließt der Kritiker, „jetzt besser beurteilen, weil er einsehen wird, daß man ihn in Wien überall mit gleicher Begeisterung aufnimmt, überall mit gleichem Verständnis bejubelt. In Favoriten ebenso wie in der Kärntner Straße. Ludwig Stärk und Fritz Grünbaum sind bei uns im Zentrum genau dieselben beliebten Stars wie an der Peripherie, in den Arbeiterbezirken der Stadt. Bei uns kann man nur wirklich populär sein . . . oder gar nicht."[50]

Doch dieser Ausflug in die Arbeitervorstadt blieb der einzige Versuch seiner Art und, sieht man vom Prater ab, ein alleinstehender Kontakt mit der Peripherie. Man zog es vor, im Zentrum populär zu sein – in der *Mary-Bar* in der Johannesgasse etwa, in der zu Beginn des Jahres 1926 jeden Abend Ridi Grün spielte, in Grünbaums *Pavillon*, wo Franzi Ressel und Armin Berg auftraten und wo im März Franz Blei und Pamela Wedekind gastierten.

Franz Blei.
Radierung von Mopp

„Unserem in der neuen deutschen Literatur gut orientierten Publikum brauche ich gewiß nicht zu sagen, wer Franz Blei ist", sagt Fritz Grünbaum in seiner einleitenden Conférence. „Aber", setzt er fort, „sicher ist sicher", und . . . sagt dann eben doch, wer Franz Blei ist. Nämlich: „Einer der besten Kenner der Literatur und Kultur des XVIII. Jahrhunderts", „Ein Meister der deutschen Novelle", „Ein Künstler des kulturhistorischen Essays" usw. usw. „Nun, er ist auch sonst noch einiges", weiß die *Bühne* zu berichten.

> Ein bezaubernd aparter Mensch, rein optisch genommen, eine Sehenswürdigkeit. Lang und hager, ein Fünfziger von der Anmut eines jungen Mädchens . . . Franz Blei hat – ein Verdienst, das er selbst sicher allen anderen voranstellt – durch das Eintreten für die sexualpsychologischen Erkenntnisse seines Freundes Wedekind in Worten, Schrift und Tat an der Herbeiführung einer neuen, wenigstens in einem Punkt besseren Zeit, die die Frau von allerlei überflüssigen Textilien und sonstigen Hemmungen befreit hat, höchst erfolgreich mitgearbeitet. Auf dem Podium des „Pavillon" plaudert er, als säße er in dem gewohnten Kreise seiner jungen Verehrerinnen, erzählt Anekdoten, spricht Gedichte, beantwortet Fragen.
>
> *Es löst an ihrem Seidenstrumpf sich*
> *langsam eine Masche,*
> *Und menschlich lächelt nun die Wade.*
>
> Das ist ein Gedicht – sagt Blei.

Franz Blei

Brummmbumbm brüllt der Expreßzug.
Gott, haben Sie mich erschreckt,
Stöhnt im Schlummer der kleine Bahnhof.

Das ist auch ein Gedicht.

Er sagt noch mehr solche Gedichte. Dann nimmt er die Zettel, worauf das Publikum Fragen geschrieben hat:

Wie werde ich mein Verhältnis los?
Soll man sich einen Geliebten nehmen?
Hat das Alter Berechtigung, sich jung zu fühlen?
Was halten Sie von der Entwicklung des deutschen Dramas?
Wie weit ging das Verhältnis Goethes zu Frau v. Stein?
Wann habe ich mein Vermögen verloren?

Blei beantwortet die klugen ebenso wie die dummen Fragen sachlich und frei von jeder Zweideutigkeit. Er erklimmt geradezu den Gipfel der Eindeutigkeit, aber das Publikum folgt ihm ohne Atembeschwerden. Er sagt die Dinge, wie er sie meint, aber was in jedem anderen Mund wie ein Epatieren wirkte, hat bei ihm den Klang der naiven Auskunft. In der ruhigen Sicherheit und Sachlichkeit, womit der gediegene Theoretiker und routinierte Praktiker sie führt, liegt das Angenehme und Erfrischende dieser Konversation. Die Damen und Herren staunen, nicken, lächeln oder lachen und sind zufrieden. „Mit Euch, Herr Doktor zu parlieren, ist ehrenvoll und bringt Gewinn."

Nach ihm singt Pamela Wedekind Gedichte Frank Wedekinds zur Laute. Eine zarte Achtzehnjährige mit knabenhaften Gliedern und Zügen, einer hohen, hellen Stirn und dunkelglühenden Augen. Sie singt mit geschlossenen Lidern in sich hineinhorchend wie in ein edles Instrument, exaltierter Schwärmerei für Gedicht, Vater, Welt, Leben, hundert Sordinen anlegend. Ein merkwürdig berührendes und rührendes Erlebnis, dieses schöne Geschöpf inbrünstig Verse des großen Dichters, ihres Vaters, sprechen zu hören.[51]

Charlotte Waldow.
Zeichnung von Gedö

Robert Weil-Homunkulus scherzt unterdessen jeden Samstag um halb neun abends im *Theatersaal des Café Landtmann*, mit ihm Sigi Hofer und Erica Körner; im von Adolf Loos ausgestatteten *Café Capua* in der Johannesgasse 3 conférieren Hans Kolischer und Erwin Engel, sie begleiten die Nummern von Franzi Ressel, Charlotte Waldow, Rosl Berndt, Hildegard Erfurth und von Max Lampl, dem „bayrischen Typendarsteller".[52]

Noch ärger: Am 27. April organisieren die Gastwirte gegen willkürliche Preiserhöhungen der Brauherren einen Bierboykott, dem sich bald die Kaffeesieder anschließen. Ganz Wien ist ohne Bier!

Schon zwei Tage zuvor hatte Karl Farkas Schreckliches geahnt:

Der Biergenuß wird jetzt zum Hohn,
Weil jeder Trinker stier wird,
Denn unerschwinglich teuer schon
Beim Bierwirt heut' das Bier wird!

Der Durstigen Alarm-Protest
Trifft da nur taube Ohren,
Denn hier ist (was sich denken läßt)
Hopfen und Malz verloren ...

Der Nasen strahlend Rot wird blaß —
Lebt wohl, ihr Gallensteine!
Den Schwasser labt nicht mehr das Naß
In schaumgekrönter Bräune ...

Sigi Hofer.
Zeichnung von Sipos

Dem Bier entsaget voll Respekt
Mein Gaumen, mein verdorrter.
Es trinkt ab heute, nebbich Sekt
Ihr lyrischer Reporter . . .[53]

Urgewaltig bricht der Notstand über Wien herein. An die Opfer, die so ein Ausstand fordert, denkt ja – außer Karl Farkas – niemand:

Ein wilder Streik brach meuchlings aus
Im Reiche des Gambrinus,
Was für manch feuchtes, „altes Haus"
Ein unerhörtes Minus!

Der Bierboykott will höchst gemein
Die braven Sumper quälen.
Deshalb hört man sie Veto schrei'n
Aus durstig-heisern Kehlen . . .

Es murmeln bang und gramerfüllt,
Die Lippen, die behaarten:
„Es braucht ein Streik, wenn er auch wild,
Nicht gleich so auszuarten . . .!

Schenkt uns der Himmel zum Boykott
Den Hopfen und die Gerste?
Als Bürgerspflicht – das walte Gott!
Ist Bierverbrauch das Erste!

Auf! Ruft in alle Winde flink
Die Ursach' uns'res Grämens!
Wir defilieren über'n Ring
Im Defilirium tremens . . .!"[54]

Hans Moser

Ende Mai 1926 berichten die Wiener Blätter vom Ausgleichsverfahren der Etablissements *Hölle* und *Blaues Paradies.* Nachdem sich ein Schuldenberg von 1,2 Milliarden Schilling angesammelt hatte, mußte nun ein Ensemblemitglied den Konkursantrag einbringen, dem die Existenzangst ohnedies ins Gesicht geschrieben stand: Hans Moser.

> Nachdem das Kabarett Hölle vor etwa fünf Wochen seine Tore gesperrt hatte, *so meldete die „Stunde" am 27. Mai,* ist sie und das bekannte Nachtlokal Blaues Paradies auf der Mariahilferstraße, beide Unternehmungen Direktor Markouscheks, gestern in das Ausgleichsverfahren gegangen. Das Kabarett Hölle kämpfte bereits seit längerer Zeit mit großen materiellen Schwierigkeiten. Schon vor einigen Wochen entstanden zwischen dem Personal und dem Direktor Markouschek Differenzen wegen Nichtauszahlung der Gagen, die schließlich zu einem schweren Konflikt mit dem Regisseur Sekler führten . . . Die Schauspieler waren jedoch nicht geneigt, bedeutendere Nachlässe zu gewähren, und schließlich brachte der Schauspieler Hans Moser vor kurzem einen Konkursantrag gegen Direktor Markouschek ein.[55]

Inmitten der prolongierten Theaterkrise überrascht der lyrische Reporter Karl Farkas das Publikum bald mit einer weiteren gereimten Mitteilung:

Zwei neue Direktoren spie
Aus der Vergnügungskrater:
Fritz Grünbaum führt, vereint mit mir,
Nächste Saison als Lustrevier
Das Wiener Stadttheater.

Seit Jahren wirken wir zu zweit
(Getreu dem alten Schwure!)
Auch unter neuem Himmelsstrich
Entfalten wir wohl hoffentlich
Verständnis und Gewure . . .[56]

Aus Kabarettisten werden Direktoren, und das zu einer Zeit, in der die Arbeitslosigkeit wieder einmal umgeht und in Wien angeblich ein einziger Hundertschillingschein die Runde macht, den einer dem anderen borgt. Nachdem im Frühjahr 1926 das *Neue Wiener Stadttheater* im VIII. Bezirk, Skodagasse 20, von Farkas und Grünbaum übernommen worden war, eröffnet im Herbst des folgenden Jahres der *Simpl* unter der Direktion Grünbaum-Wiesner als sogenanntes *Uraufführungskabarett* des Bohème-Verlags; daneben leiten beide, ebenso kurzfristig, das *Boulevard-Theater* in der Annagasse 3. Karl Farkas wieder schwingt sich zum Direktor der neueröffneten *Hölle* empor. Bei ihm treten nun Sigi Hofer, Christl Giampietro (die Tochter des einst bei den Berliner „Bösen Buben" gefeierten Joseph Giampietro), Fritz Steiner und andere Kabarettgrößen auf. Das Rezept des neuen „Höllenfürsten" Farkas lautet: Kabarett ist gut, Revue ist gut: — wie gut muß da erst an beiden zu verdienen sein.

Das *Ronacher* in der Seilerstätte 9 kündigt ein Gastspiel der farbigen Tänzerin Josephine Baker an, und die „Völkischen" drohen mit Ausschreitungen. Es ist überhaupt eine Zeit, in der die politische Abstinenz der österreichischen Kulturschaffenden langsam aufhört. Am 20. April 1927, kurz vor den mit Spannung erwarteten Nationalratswahlen, erscheint in der *Arbeiter-Zeitung* ein Wahlaufruf „für die große und kulturelle Leistung der Gemeinde Wien".[57] „Wesen des Geistes ist vor allem Freiheit, die jetzt gefährdet ist, und die zu schützen wir uns verpflichtet fühlen", betont der Aufruf und schließt: „Das Ringen um eine höhere Menschlichkeit und der Kampf gegen Trägheit und Verblödung wird uns immer bereit finden. Er findet uns auch jetzt bereit." Es unterzeichnen unter anderen: der Psychologe Karl Bühler, Sigmund Freud, Anton Hanak, der Theaterdirektor Josef Jarno, Hans Kelsen, Robert Musil, Alfred Polgar, der Architekt Oskar Strnad, Anton Webern, Egon Wellesz, Franz Werfel und als „Schriftsteller und Direktor des Stadttheaters": Fritz Grünbaum.

Das Bürgertum war entsetzt: „Unter den 39 ‚Intellektuellen', von denen ja reichlich 30 den unbekanntesten Kreisen von Wien angehören", schrieb die christliche *Reichspost* Friedrich Funders, „befinden sich auch einige Damen . . . Freilich, um neben Herrn Fritz Grünbaum, dem Meister jüdischer ‚Lozzelach', auf einer Liste zu prangen, mögen diese Damen ja berühmt genug sein. In den Augen einer anständigen Bürgersfrau sind aber Frauen gerichtet, die sich nicht scheuen, mit Leuten zusammen in die Öffentlichkeit zu treten, die seit Jahren aus der Spekulation auf die niedrigste Sinnlichkeit ein Geschäft machen."[58] Die *Wiener Neuesten Nachrichten* mutmaßten, „daß das Unterzeichnen der Kundgebung durch einige der maßgeblichen geistigen Führer Wiens auf Erwägungen materieller Natur zurückzuführen" sei;[59] die *Neue Freie Presse* wieder sprach von einem „Manifest des Irrtums"[60], und Karl Kraus ließ aus gegebenem Anlaß durch seinen langjährigen Anwalt Oskar Samek folgende Entgegnung abdrucken: „Es ist unwahr, daß Karl Kraus Sozialdemokrat ist oder war, wahr ist, daß er keiner politischen Partei angehört und nie einer solchen angehört hat. Es ist unwahr, daß ihm ‚die Sozialdemokratie zwecks Unterzeichnung des Fritz-Grünbaum-Aufrufes eifrig – allerdings auch vergebens – nachgelaufen ist; Karl Kraus hatte die Selbstachtung, diesen Aufruf nicht zu unterschreiben . . .‘ Wahr ist, daß Herr Karl Kraus nie aufgefordert wurde, jenen Aufruf zu unterschreiben, offenbar aus dem Grunde, weil man der Verweigerung seiner Unterschrift von Aufrufen sicher war.“[61]

Die Wahlen vom 21. April brachten der Sozialdemokratie einen bedeutsamen Erfolg: Sie stieg bei 42 Prozent aller Stimmen auf 71 Mandatare, Prälat Seipels Einheitsliste, bestehend aus Christlichsozialen, Großdeutschen, abgespaltenen Gruppen von Nationalsozialisten und Monarchisten, erreichte unerwartet lediglich 85 Mandate und mußte mit dem Landbund eine Koalition eingehen. Das Wahlergebnis verstärkte im Bürgertum auch die Neigung, sich von demokratischen Grundsätzen zu entfernen. In dieser Situation wurden am 14. Juli 1927 Angehörige der rechtsstehenden Frontkämpferorganisation, die im burgenländischen Ort Schattendorf einen Kriegsinvaliden und ein achtjähriges Kind erschossen hatten, freigesprochen. Am Morgen des 15. Juli marschierten demonstrierende Arbeiter aus den Vororten in die Innenstadt und setzten den Justizpalast in Brand. Polizeipräsident Schober gab daraufhin den Schießbefehl, und die Polizei eröffnete das Feuer in die fliehende Menge. Die 96 Toten und rund 1100 Verwundeten des 15. Juli bedeuteten den Wendepunkt in der Nachkriegsgeschichte Österreichs. Wiens Intellektuelle schwiegen. Alfred Polgar, der recht allgemein den Widersinn blutfordernder Ideologien beklagte, entsprach ihrer Stimmung.[62] Nur Karl Kraus prangerte das Vorgehen der Exekutive an und ließ am 22. September 1927 in der ganzen Stadt plakatieren:

Der Füllfederkönig

> *„An den Polizeipräsidenten von Wien*
> *Johann Schober*
> *Ich fordere Sie auf, abzutreten.“*

Zwei Tage später sah man auf allen Litfaßsäulen der Stadt ein Plakat in der gleichen Größe und derselben Schriftart:

> *„An den Polizeipräsidenten von Wien*
> *Johann Schober*
> *Ich fordere Sie auf,* n i c h t *abzutreten.“*[63]

unterschrieben mit: „Goldfüllfederkönig“.

Und Wien lachte wieder . . .

An den Polizeipräsidenten von Wien
JOHANN SCHOBER

Ich fordere Sie auf,
abzutreten.

Wien, am 22. Sept. 1927

Karl Kraus
Herausgeber der „Fackel“

An den Polizeipräsidenten von Wien
JOHANN SCHOBER

Ich fordere Sie auf,
nicht
abzutreten.

Goldfüllfederkönig
E. W.

DIE KLABRIASPARTIE WIRD NEU GEMISCHT

WIEDERAUFLEBEN DES JÜDISCHEN JARGONTHEATERS: DIE POSSENBÜHNE MAX UND MORITZ

Der Jargon ist es, der die Eigenart dieser jüdischen Theater behütet. Sie sind in ihn gewickelt wie in eine Fettschicht, die schützt, aber leider auch isoliert.
Alfred Polgar[1]

Im Jahr 1895 ließ der Sportsmann, Aeronaut und Faiseur Viktor Silberer in der Annagasse 3, dort wo Mitte des neunzehnten Jahrhunderts Josef Daums bekannte Kellerlokalität *Neues Elysium* bestanden hatte, den riesigen Annenhof in altdeutschem Stil erbauen, in dem dann fünfzig Jahre hindurch das Wiener Nachtleben von Pleite zu Pleite wankte. Das *Chapeau rouge,* das *Tabarin*, die *Robert Stolz-Bühne,* Rudolf Beers *Kleines Theater,* Grünbaum und Wiesners *Boulevard-Theater* – sie alle belebten nächtlich und oft nur kurzzeitig den schmalen Gassenstrich nahe der Kärntnerstraße.

Am 1. Oktober 1910 – bei den *Budapestern* wird unter Eisenbachs Regie „Schneidige Leut'" aufgeführt, im *Maxim,* in der Rauhensteingasse 8 gastieren die Geschwister Nagel und im *Ronacher* plaudert Egon Friedell – wird in der Annagasse von der Wiener Ballhausgesellschaft, als Konkurrenzunternehmen zu Eisenbachs Truppe, ein kleines Rauchtheater, die *Possenbühne Max und Moritz* eröffnet. Geleitet wird das neue Etablissement von Direktor Ferdinand Grünecker und dem Dramaturgen, Theatersekretär und Stückeschreiber Ludwig Hirschfeld. Grünecker und der baumlange Josef Fleischmann entfesseln am Premièreabend, laut *Wiener Allgemeiner Zeitung,* orkanartige Beifallsstürme: „Die zwei humor- und witzreichen Possen ‚Frau Schlesinger' und ‚Meine – seine Frau', und ein amüsanter ‚Bunter Teil' lassen auch nicht einen Moment Langweile aufkommen."[2]

In starker Anlehnung an Glinger, Taussig und Taufstein schreibt Hirschfeld die nötigen Schwänke, Grünecker setzt sie in Szene und spielt auch die Hauptrollen. Das übrige Ensemble der Gründerzeit besteht neben Fleischmann aus Steffi Christallnigg, Marietta Jolly und ‚Hugo Mödlinger, Humorist'. Gegeben wurden um 1911 Stücke wie „Rindskopf & Co." und „Papierkragen's Abenteuer", zwei nicht weiter bemerkenswerte Jargon-Possen, doch die beiden Nebenrollen „Josef Rosenstingel" und „Elias Rindskopf, Photograph" werden mit dem zweiunddreißigjährigen Hans Moser besetzt.[3]

Ein frühes Programmheft, das verspricht: „Sämtliche Räume werden täglich mit AEROFORM desinfiziert!", vermerkt weitere Hirschfeld-Possen, so „Revanche" und den Schwank „Hochtouristen", mit dem artistischen Direktor Grünecker als „Aron Regenwurm, Privatier"; „Philipp Butterweich" wird von Josef Fleischmann, „Moritz Schönberg" von Richard Baumann und „Anton Wasserbrenner" von Josef Müller gespielt. Mizzi Halmi und der unverwüstliche ‚Hugo Mödlinger, Humorist', stellen die Wirtsleute „Vroni und Sepp" dar. Die Handlung der „Hochtouristen" spielt, laut Programmheft, „auf einer Alm".[4] Dies hochgesteckte Ziel verträgt sich aber schließlich doch nicht mit den Erwartungen des Publikums, das lieber in den Ebenen des bodenständigen Jargons verweilen möchte, und so müssen Grünecker und Hirschfeld nach dreieinhalb Jahren den kleinen Saal in der Annagasse wieder sperren.

Erst im Oktober 1915 wird das Theater durch die *Budapester* wieder eröffnet: Unter den Direktoren Glinger und Taussig gelingt es neun Jahre hindurch, täglich vor ausverkauftem Haus zu spielen. Gleich das erste Stück, „Lillys Erbschaft", geht über hundersechzigmal en suite. Das jüdische Nestroy-Paar Glinger & Taussig schrieb Posse um Posse, die als das Verruchteste galten, was ein gesitteter Wiener anständigerweise im Theater noch freudig mitansehen durfte, und Eisenbach, der geniale Charakterkomiker und raffinierte Regisseur, führte sie von Sieg zu Sieg.

Siegreich gestimmt tritt zu Beginn des Weltkrieges auch Armin Berg im *Max und Moritz* auf. „Unzerstörbar trägt er das Ghetto in sich", beschreibt ihn Alfred Polgar. „Aber außenrundherum ist er frech und frei und strahlend im Gefühl seines Nichts. Er hat, als Schild und Wappen, ein Grinsen, vor dem die Hand des Schicksals kraftlos sinkt. Keiner kann so pfiffig blöd sein wie er, so arglos gemein, so faul sanguinisch."[5] Frech, fröhlich, frei und stets vollmondgesichtig weist Berg im *Max und Moritz* dem Kabarett seinen Stellenwert zu:

Es ist ja wahr, der Überbrettlrahmen
Ist schließlich nichts als leerer Lug und Trug.
Man sieht zum Beispiel ziemlich häufig Damen
Mit wenig Stimme, aber sonst genug.
Die feinsten Greise merken es mit Freuden
Das Ausgezog'ne zieht am meisten an.
Doch ich steh' oben und zeig ganz bescheiden
Den allerwert'sten Gästen, was ich kann.
Und sollten all die Gründe Sie nicht zwingen,
Mein letztes Argument, das siegt sofort,
Wo denn soll ich sonst diese Schmonzes bringen?
Das Cabaret ist ein Bedürfnisort.[6]

„1916. Tiefster Weltkrieg. Die Menschheit im Vorzimmer des Zahnarztes ‚Zeit' endlos wartend, bis sie drankomme. Feldgrau der Tag, lichtlos die Nacht. Da erscheint eine Notiz in den Wiener Blättern: ‚Der Komiker Eisenbach stellte sich gestern der Musterungskommission und wurde für untauglich befunden.' Ein Heiterkeitstropfen im Wermutsbecher. Die ganze Stadt dieser Realität gewordenen Bühnensituation: Eisenbach, nackt vor dem stabsärztlichen Tribunal. Das kleine Lokalereignis berührte wie der Rekordeinbruch des Krieges in die triviale Gemütlichkeit des Hinterlandes – der Entscheidungshöhepunkt in dem Match zwischen Geschichte und Gewohnheit. Denn der Begriff ‚Eisenbach', das war ungefähr das andere Polende der Achse, deren eines Ende Hindenburg hieß."[7] Den Krieg verlor das Lager Hindenburgs, aber infolge der Magerkeit der Nachkriegslage mußte sich 1919 auch Eisenbachs *Budapester Orpheumsgesellschaft* in der Taborstraße auflösen. Die übriggebliebenen *Budapester* finden sich nun in der Annagasse ein.

Von den *Budapestern* war er hergekommen, wo er in seiner Frühzeit, am unteren Ende des Theaterzettels stehend, Kellner, Möbelpacker und Dienstmänner spielte. „Seine Funktionen waren: zuzuschauen, umherzustehen, sich sein Teil zu denken und hie und da aufbrausend sein Eigenrecht zu reklamieren. Und wer verkörperte sie meisterlicher in sich als der unvergeßliche Name 8 oder 9 des Programms: Hans Moser."[8] Nach seinem kurzen Zwischenspiel im *Max und Moritz* war Moser wieder zu den *Budapestern* zurückgekehrt, wo er im April 1914 als Uhrmacher Alois Pichler in der Posse „Der zuckersüße Oppenheim" mit großem Erfolg auftrat. Friedrich Torberg erinnerte sich an jenen armen Uhrmacher, „dem sein Gehilfe immer wieder beizubringen versuchte, daß er's nie zu etwas bringen würde, wenn er kleine Reparaturen so billig durchführt, statt sie, deren Schwierigkeit doch niemand kontrollieren kann, als möglichst kostspielig hinzustellen ... Unvergeßlich, wie Hans Moser, vom teuflischen Gehilfen ermuntert, mit eingeklemmter Lupe zum inneren Kampf antritt und sich ein immer besorgteres Kopfschütteln abringt: ‚Ts, ts, ts ... so eine schöne Uhr was das ist ... und bitte g a r nicht in Ordnung!' Unvergeßlich, wie er als Sarglieferant irrtümlich in eine Hochzeitsgesellschaft gerät statt zur Trauerfeier, und wie seine Fassungslosigkeit über die allseits herrschende Frohlaune sich erst im Anblick der schluchzenden Brautmutter beschwichtigt, der er denn auch mit einem herzlich befriedigten ‚So g'hört's es sich!' auf die Schulter klopft."[9]

Die Pompfunèbre-Szene spielte Hans Moser, wie auch den berühmt gewordenen Dienstmann-Sketch, erst im November 1923, in der Farkas-Revue „Wien gib acht", die ihn über Nacht berühmt machte. Noch zwei Jahre zuvor hatte sich der wenig erfolgreiche Einundvierzigjährige zögernd in der Direktion des *Max und Moritz* gemeldet. Ein Kollege war erkrankt und Ersatz wurde dringend gesucht. Mosers unstillbarer Gestaltungsdrang sowie die Tatsache, daß manche Kabarettisten mit einer Solonummer 10 Gulden pro Abend verdienten, ließen den Dritten-Akt-Komiker nicht ruhen, bis auch er einen solchen Einzelvortrag halten durfte. Nach der Pause trat er durch den Zuschauerraum herein, schäbig gekleidet und recht naturalistisch mosernd, setzte sich an den Tisch eines einzelnen Kabarettbesuchers und begann zu erzählen: „Ich bin der Hausmeister vom Siebenerhaus ..." Während des Redens wurde ihm aber unheimlich zumute, denn keiner der Besucher des *Max und Moritz* lachte, im Gegenteil: man zischte ihm entrüstet zu, leiser zu sprechen und das Programm nicht fortwährend zu stören. Moser fühlte sich jedoch kontraktlich verpflichtet, seinen Speech fortzuführen, obwohl der Direktor bereits heftig abwinkte und die Musik hastig einzusetzen begann, um die allgemeine Verwirrung zu übertönen. Da Moser nun erst recht seine kräftige Stimme steigerte, warfen schließlich beherzte Kabarettbesucher den Störefried hinaus, denn man hielt ihn für den Hausmeister vom Siebenerhaus ...[10]

Hans Moser. Zeichnung von Sipos

Die Legende will es, daß Hans Moser dann zu Silvester 1921 im *Café Reklame* doch noch als Solodarsteller entdeckt wurde und mit dem „Hausmeister" und dem „Dienstmann" später seinen Siegeszug im *Simpl,* in der *Hölle*, im *Intimen Theater* und bei *Leopoldi-Wiesenthal* antreten konnte. Kaum weniger berühmt wurde sein

Wienertum und Tschecherl-Einschlag

„Krankenkassenpatient“, den es im Rücken sticht, wenn er „einen Zieh macht“, und der auf die ärztliche Frage nach seiner Verdauung erleichtert erwidert: „Danke, es verdaut sich mir gut“.

Otto Taussig

Vor wenigen Jahren, *beschrieb Anton Kuh 1923 den Schauspieler Hans Moser* – es war die Laube-Zeit des „Budapester Orpheums“ –, fiel ein kleiner Episodist der Eisenbach-Truppe auf; die scharfzackige Nase sprang ihm beinahe zum Mund herunter, der Gang war watschelnd, die Stimme gröhlte vor hausbesorgerlichem Asthma. Er gab einmal einen Hausknecht, der ganz rasch und nebenbei zu fragen hatte: „Kann i denn fliag'n? I kann ja net fliag'n!“ Und der Satz quetschte sich in stupidester Frechheit hervor; er gab ein anderes Mal einen Nachtlokal-Ober und alle Genien der Hinauswurffreude umstrahlten sein Gesicht; er spielte in komischer Haltung mit einer Art von Hänge-Gesäß einen christlichsozialen Waisenrat Ubizel. Drei unvergeßliche Figuren. Man stellte dem kleinen Mann damals schon ein fertiges künstlerisches Parere aus, des Inhalts: Darsteller des Neo-Wieners; Raimund und Nestroy gebrochen durch Café „Lurion“; Wienertum und Tschecherl-Einschlag. Hans Moser, der damals mit einem so hoffnungsvollen Prognostikon Bedachte, ist seither zum ausgewachsenen Bühnenkomiker avanciert. Aber er teilt seines Kollegen Karl Ettlinger Schicksal, seine Kunstzuständigkeit nach den Bezirken X, XI, XII und XVI konstant zugunsten des Idioms von Wien II verleugnen zu müssen. Daß er auch das trifft, dafür hat Eisenbachs Schule gesorgt.[11]

Im Märzprogramm des Jahres 1923 finden sich Adolf Glingers Possen „Der Weg über die Frau“ und „Wien – Berlin“ auf dem Programm. Ludwig Stärk und Sigi Hofer treten im *Max und Moritz* auf, aber unter den Darstellern findet sich auch der Stückeschreiber selbst, über den Anton Kuh, unterdessen zum Chronisten des Theaters in der Annagasse avanciert, schreibt: „Wenn er auf die Bühne tritt, qualmt Jargondampf, und das Gesicht des Hörers wird mit Lautheit gewatscht. Denn er betritt, wiewohl das geistige Requisit der Posse, die ihn teils zum Akteur hat, wahrhaftig nicht sehr zartporzellanhaft ist, die Szene nach dem Prinzip: ‚Stier im Porzellanladen‘.“[12] Sigi Hofer heißt nun, nach der Erkrankung Eisenbachs, der neue Star des *Max und Moritz*, dessen Komik in wenigen Wochen ganz Wien erobert. „Er kommt aus Prag, wo er jenen merkwürdigen Tonfall einfing, der zwischen der ‚Kleinseite‘ und der Tempelgasse, aber auch im Salon des Kommerzienrates Lechner (Löwy) gesprochen wird. In Prag muß er auch für sich jenes Phlegma der Abwehr entdeckt haben, das der Quell seiner Komik ist. In einer Welt der Zudringlichen kann sich der zarte dicke Mensch nur durch eine gottergebene Wurstigkeit retten. Es sind die Höhepunkte seiner Komik, wenn Hofer, von Taussig und Glinger in eine schwierige Situation verwickelt, seine kleinen Schweinsäuglein hilfesuchend nach oben richtet und resigniert die Achseln zuckt“, schildert ihn Kuh, der abschließend befindet: „Hofer ist heute einer der wenigen wirklichen Komiker Wiens.“[13]

Adolf Glinger

Im Frühjahr 1923 reduziert Egon Dorn im *Simpl* seine Darbietungen und schließt in dieser Saison früher als sonst. Ein Paar Schuhe kostet 200.000 Kronen, und die Wiener Großmarkthalle bietet hiesige Eier um 1.850 Kronen an. Im *Lurion* wird „Der Outsider“ mit Hans Moser gespielt, am 4. April muß auf Betreiben des Polizeikommissariats Schmelz das *Theater der Arbeitslosen* in der Schanzstraße gesperrt werden, und in der Annagasse wird die krisensichere „Klabriaspartie“ mit Sigi Hofer und Ludwig Stärk als Ersatz für den erkrankten Eisenbach verlängert. Die Anfang April eingeführte Warenumsatzsteuer belastet noch stärker den ohnehin spärlichen Konsum der Bevölkerung, und am 14. April 1923 stirbt 53jährig der einstige Ensembleleiter der *Budapester,* Heinrich Eisenbach. In seinem Nachruf, drei Tage später in der *Stunde* erschienen, faßt Anton Kuh noch einmal zusammen, was Eisenbach für Wien und dessen Jargonbühnen bedeutete:

Man wird dieses „Nääa-bich!“ nicht mehr hören. Auch nicht in waschechter Kopierung. Denn Eisenbach unterschied sich von den großen Art- und Ranggenossen seiner volkstümlichen Kunst in der Unkopierbarkeit. Seine Wirkung bestand nämlich, mehr als die ihre – und um so mehr, als er außer dem Zug von Vorwitz und Trauer um den vorgewölbten Mund nichts augenfällig Eigenartiges hatte –, in der ganz besonderen Intensität seines Typus: sagen wir, des Leopoldstadt-Wieners ... Die Wiener sind, wenn sie nicht ein volksfremder Pathos anfacht und man ihnen nicht Knödelworte der Gesinnung in den Mund pappt, noch immer Sachverständige dieser Art. Sie hatten darum auch den Eisenbach nicht deshalb so gern, weil er sie lachen machte, sondern weil die skeptisch-zwanglose Sprache des Jüdelns ihrem dialektfrohen Herzen im Grunde näher steht als hochdeutsche Feinlichkeit. Vielleicht gibt diese Tatsache sogar dem Tode Eisenbachs dereinst einen politischen Beigeschmack. Denn wir biegen, scheint es, wieder in Zeiten ein, deren Losungsruf lautet: Habt acht vor der Würde – respektlos vor dem Menschen![14]

Habt acht vor der Würde

Der politische Beigeschmack wurde bald ein bitterer, denn der Wiener, erst einmal in hochdeutsche Stimmung gekommen, verwandelte sein dialektfrohes Herz jäh in eine antisemitische Mördergrube. Doch noch ist es nicht soweit. Im Oktober erringen die Sozialisten im Wiener Landtag einen überwältigenden Sieg: von 120 Mandaten gewinnen sie nicht weniger als 78, darauf gestützt, beginnt das „Rote Wien“ mit seinem Aufbauwerk. Rasch und ein wenig würdelos gelangt im November 1923 Eisenbachs umfangreiche Asiatica-Sammlung zur Versteigerung, und im August dieses Jahres schließt das *Café Edison* am Franz Josephs-Kai für immer seine Pforten. Nicht nur die bessere Ringstraßengesellschaft hatte hier einst, vor 1914, verkehrt, das unruhige Element bildete die Artistenschar vom *Schwarzen Adler,* die Mitglieder der *Budapester Orpheumsgesellschaft*, an ihrer Spitze Eisenbach, die Brüder Rott und Ferdinand Grünecker. „Aber das ‚unruhige Element‘ führte ein sehr stilles, ruhiges Leben, wie überhaupt die Artisten bürgerlicher sind, als der Bürgerstand“, betrauerten die *Wiener Blätter* das *Café Edison* und dessen Stammpublikum. „Wenn Eisenbach nicht Billard, Grünecker nicht Piquet spielte, so saßen sie beisammen und besprachen die Not ihres Standes. Und gründeten dort im *Edison* den Verein ‚Lustige Ritter‘, aus dem dann die große, weltumspannende ‚Internationale Artisten-Organisation‘, eine der segensreichsten Wohlfahrts- und Standesorganisationen hervorgegangen ist.“[15] Der Artistenclub „Die lustigen Ritter“ war im *Edison* am 30. November 1892 gegründet worden und hatte sich im ersten Weltkrieg als Standesorganisation bewährt. Die Not der Nachkriegszeit führte im Februar 1919 zur Bildung einer Genossenschaft der Artisten und Volksmusiker, die bald in „Internationale Artistenorganisation“ (I.A.O.) umbenannt wurde und ihren langjährigen Sitz im *Café Louvre*, dem „Artistencafé“ in der Praterstraße 43 fand.

Anton Kuh. Zeichnung von Sipos

Im *Max und Moritz* bleibt nach Eisenbachs Tod vorerst alles beim Alten. Ende April 1923 spielt die Amerikanerin Mali Picow, die 1921 bereits auf der *Roland-Bühne* gastiert hatte, nunmehr in der Annagasse.

Der Humor dieses Jargon-Waldschratts, *befindet Anton Kuh,* ist lausbübisch (aber ohne Versüßlichung). Wenn sie die vier Lebensalter des kleinen, eheverschacherten Geschöpfes darstellt – Kindheit, Pensionatszeit, Brautzeit, Ehezeit – dann fügt sich der Klang der Stimme und der Takt der Beine ihrer Maske. Sie tollt erst schnurspringend ihre Strophen herunter, kommt dann bebrillt und gezähmt in der Heuchelsittsamkeit des Backfischs, zittert nach dem Refrain „Das macht mich nerwejs“ mit dem Brautbukett in der Hand und schiebt endlich im derangierten Hauskleid den Kinderwagen nach dem resigniert-ungebärdigen Rhythmus: „Ich stüpp und stüpp und stüpp ...“ In vier humoristischen Folgen ein erschütternd wahres Lebensbild jüdischer Couleur: vom Kind über den „Schadchen“ zum Kinderwagerl ...[16] *Danach wurde die Posse „Lybls Erfindung“*

> *aufgeführt, von einer Komik und Einfallsfreiheit,* um die alle deutschen Komödiendichter von Karl Sternheim bis Armin Friedmann, *so der vergleichende Literaturhistoriker Anton Kuh,* Glinger und Taussig beneiden könnten. Herr Hofer spielt darin mit unnachahmlich zum Himmel emporgekegeltem Aug' einen Hornochsen, Herr Glinger wieder einen Mustang ordinärer Schliche und Ängste. Man darf auf eigene Rechnung lachen, statt sich erst, wie anderwärts, vom Chorus idiotischer Lacher ins Schlepptau nehmen zu lassen. Das ist die Max und Moritz-Wirkung, die, aus einem unvergleichlichen Zusammenspiel sich ergebend, Eisenbachs Tod überdauert hat.[17]

Ab 17. Mai 1923 gastiert der Budapester Komiker und Kabarettist Sándor Rott vierzehn Tage hindurch im *Max und Moritz* und zwar in Glinger und Taussigs Posse „Ihr Kleiner". Rott, der in der ungarischen Hauptstadt erfolgreich sein Theater *Pester Folies Caprice* betreibt und dort seit nunmehr dreiundzwanzig Jahren rothaarige Finanzer, spuckende, unverschämte Kibitze, jüdische Heiratsvermittler, alte Handlees und junge Offiziersstellverteter spielt, hatte noch vor der Jahrhundertwende im Dritten Kaffeehaus im Wiener Prater debütiert, und war um 1905 bei den *Budapestern* in der Taborstraße engagiert worden. Doch damals, so erinnerte er sich Jahrzehnte später in einem Gespräch mit dem ungarischen Journalisten Alexander Nádas, sei er stets ohne Kreuzer in der Tasche nach Hause gekommen – ein Umstand, der ihn nach Budapest übersiedeln ließ. In der Annagasse spielt Rott nun einen 26jährigen Literaten, der von seiner heiratslüsternen Mutter als zwölfjähriger Knabe ausgegeben wird und sich Schaukelpferd wie Prügel gleichermaßen gefallen lassen muß.

Sandor Rott. Zeichnung von Gedö

> Sándor Rott spielte die im Grunde undankbare Rolle des ewig geprügelten, in kurze Hosen gesteckten Vater-Babys, *berichtete Kuh über die Première.* Hatte also die Aufgabe, einen komischen Moment zur wirksamen Stunde auszudehnen. Er traf es durch Detailvollendung. Rasch war die kurze Hose gegenüber dem vergessen, der sie trug. Und der war nicht, wie man erwartete, ein draller, effektvoller Mauschler, sondern ein ganz feiner, gehaltreich-graziler Mensch. Sein Gesicht, auf den ersten Blick nichts als Nase – ein Schicksalsgesicht; traurig und geistig. (Das sind die Nasengesichter immer.) Jockeistatur. Die Stimme, mit leicht ungarischer Färbung, schmal und umflort. Dieser Mensch tat nichts als innerlich keinen Augenblick zu rasten. Jede Geste natürlich geschliffen . . . Neben ihm brillierte wieder einmal Herr Glinger mit seiner Komik der Durchsichtigkeiten und jener Art Ehrlichkeit, die mit prallem Gesicht doppelt preisgibt, was sie schwerer erfaßt hat. Seine Primitivität ist eine Attacke. So wirkt beispielsweise, wenn er, in Erfahrung bringend, daß der 12jährige schon Vater ist, zur Mutter spricht: „Er ist schlimm – sehr schlimm" – dieser Gipfel der Ironie als Gipfel der Ordinärheit.[18]

Alexander Rotts frühe Auftritte blieben dem Wiener Publikum lange präsent. Noch Jahre später erinnert sich Alfred Polgar:

> In Budapest aber wirkte und wirkt Alexander Rott, Alexander der Große. Ich sehe ihn noch, obgleich das schon lange her ist, wie er dalag, aus guten Gründen sich totstellend, und Einer kam, meinte: „Der Kerl ist tot, er stinkt ja schon", und Rott setzte sich, den Feind außer Hörweite, eine Sekunde lang auf, sagte leise: „Krepier!" und war wieder tot. Und wer, der ihn als Donaufischer gesehen, könnte ihn vergessen, wie er – der sein Klassenlos, das nachher mit dem Haupttreffer gezogen wird, in der Bedürfnisanstalt aus Zerstreutheit verbraucht hat – nun mit der großen Angel hereinstürzt, es zu retten. Auf der Bühne war die öffentliche Anstalt in erschütternder Naturtreue hingebaut. Die dicke Frau, deren Tochter Rott liebte, saß davor, und während des ganzen Spiels ging ohne Unterlaß die eiserne Tür, durchschritten von sehr eiligen Passanten. Oh, wie das die Lebendigkeit des Bühnenbildes erhöhte! Ich war lange nicht in den „Folies Caprices" – Budapest liegt weit, seit es in Zentralafrika liegt. Aber wenn ich den Namen der unheimlichen Stadt höre, höre ich immer auch die schmetternde Türe und eine leise Stimme, die, ohnmächtig und gleichmütig, „Krepier!" sagt.[19]

Im Juli 1923 scheidet Sigi Hofer vorübergehend aus dem *Max und Moritz*-Ensemble aus und geht zur *Renaissancebühne.* Direktor Taussig verpflichtet daraufhin für die Herbstpremière zwei Publikumslieblinge des Wiener Kabaretts: Armin Berg und Armin Springer. Anton Kuh, über den man sich nun schon wundert, weshalb er im Kaffeehaus den ehrenden Beinamen „Sprechsteller" verliehen erhalten hatte, widmete dem *Max und Moritz* zahlreiche Kabarettkritiken. Über die Herbstpremière am 1. September 1923 und über die „beiden Armins" berichtete er in folgenden schwärmerischen Worten: „Zwei heimgekehrte Heroen, Arminusse, beide, schmücken den Zettel: Springer und Berg; das Kautschukmännchen mit der hinaufgezogenen Oberlippe und der wackelnden Hand und der Riesenreisende mit dem gleichzeitig zu Heiterkeit und körperlicher Insulte einladenden feist-frohen Gesicht. Dazu Altmeister Glinger selbst als raum- und ohrenfüllender Episodist. Was für Reibungen der Komik wird das heuer noch in der Enge des Max und Moritz-Raumes geben!"[20]

Die beiden Armins

Die prophezeiten Reibungen werden bald spürbar: Während ab November die ungarische Chansonette Ferike Vidor allabendlich mit ihren „Dienstbotenliedern" vor ausverkauftem Haus auftritt, laufen bereits Verhandlungen über dessen Verkauf. „Über das Schicksal dieser ausgezeichneten und einzigartigen Bühne", klagt Anton Kuh im Jänner 1924, „deren Jüdel-Humus sich als kräftig genug erwies, um Eisenbachs Tod zu überdauern, soll demnächst das Mietamt entscheiden."[21]

Faustisch über die eigene Zukunft nachgrübelnd, spielt man in der Annagasse, jetzt wieder unter der Teilnahme Sigi Hofers, die „Klabriaspartie" und als Draufgabe den „Faust", dargestellt von Herrn Berg, Mephisto: Herr Springer.

Ferike Vidor.
Zeichnung von Gedö

Die Direktion von „Max und Moritz", der man literarische Vernachlässigung des Spielplans vorwirft, hat sich endlich zu einer Tat entschlossen und den „Faust" ihrem Repertoire einverleibt, *verkündet im April 1924 Anton Kuh dem aufhorchendem Publikum.* Die Vorstellung des Gesichts, das ein Goethe-Forscher zu einem solchen Beginnen aufsetzt, hätte es längst anregen müssen. Der Gedanke, was das sogenannte „Faustische", ohne das die Mehrzahl der Deutschen bekanntlich nicht leben kann, in den letzten Jahrerln angerichtet hat, gibt ihm sogar Sinn. Glinger und Taussig benützen also den Jambus. Dem Traum eines Bilderhändlers erscheint Herr Rappaport als Mephisto und Herr Teweles (aus Prag) als Faust. Die Verse, die sie sprechen, bauen sich ungefähr auf dem Exempel auf:

Mit Euch, Herr Doktor, zu spazieren,
Ist ehrenvoll und bringt Gewinn,
Doch kenn man leider dabei krepieren
Und macht sach noch seine Stiefel hin.

Herr Berg hat seinen Faust sehr tief angelegt. Als das zu rastlosem Menschenwerk angetriebene, metaphysische Gewissen eines die Tat mit dem Geist, den Klassizismus mit der Romantik vermählenden – kurz: er jüdelt. Das mittelalterliche Wamms umkleidet ihn, wie einen Lohengrin der Kaftan. Herr Springer, dessen Rappaport schon genug Mephisto ist, als daß für seinen Mephisto noch viel Rappaport übrig bliebe, zeigt im Übergang vom einen zum anderen Kortners Verwandlungsgabe. Durch den vielbelachten Spaß lüftet sich vielleicht auch ein literaturhistorisches Geheimnis: daß die Namen „Teweles" und „Mephistopheles" nicht zufällig die End-Silben gemeinsam haben.[22]

Mit Beendigung der Frühjahrssaison 1924 müssen Eisenbachs Erben, nach verlorenen Prozeß gegen die *Ballhausgesellschaft,* das Lokal in der Annagasse endgültig räumen. Während der Sommermonate gastieren sie in der *Kleinen Bühne*, einem bekannten Kabarett in der tschechischen Hauptstadt, im Herbst tritt dann unter Führung von Glinger und Taussig, dem Wilhelm Busch'schen Direktorenpaar, die einstige Possenbühne *Max und Moritz* als *Theater der Komiker* auf der *Roland-Bühne* auf. Gegeben wird „Der Onkel aus Prag" mit Co-Direktor Berg, Glinger, Hofer, einen Diener spielt, wie üblich, Hans Moser.

Der jüdische Jargon, der einige Jahre lang Ausgang in die Wiener Innenstadt erhalten hatte, kehrt nun, Mitte der zwanziger Jahre, wieder an seinen Ursprungsort, in die Leopoldstädter Praterstraße zurück. Dorthin folgt ihm auch Anton Kuh, der noch einmal die Entwicklung der einstigen *Budapester* zusammenfaßt:

Sigi Hofer. Zeichnung von Gedö

Wenn ein Fremder vor zehn oder zwanzig Jahren auf einen Katzensprung nach Wien kam und nach einer ausschließlich dieser Stadt zugehörigen künstlerischen Sehenswürdigkeit fragte – man dachte nach, zuckte die Achseln und sagte: „Das Burgtheater".

Wenn heute jemand an den Schreiber dieser Zeilen die gleiche Frage stellte, so würde ihm dieser unbedenklich erwidern: „Die Roland-Bühne".

Das ist zwar bloß die Bezeichnung eines gleichgültigen Wiener Theaterraumes. Aber die Truppe, die in diesem Raum spielt und sich sowohl parodistisch wie selbstbewußt (und beides mit Recht) den Namen „Theater der Komiker" zugelegt hat – die ist etwas Einziges.

Sie wuchs aus dem ebenso ergötzlichen wie mißachteten Genre des „Budapester Orpheums" hervor (in Berlin lange Zeit vom Herrnfeld-Theater repräsentiert). Was man hier zu hören bekam, das war jüdischer Jargon. Was man zu sehen bekam, die ganze große Kleinwelt des trivialen Lebens, sagen wir: das Privatleben der Zeit.

Daß die Zeit auch ein Privatleben hat, läßt uns nämlich nicht einmal der scheinbar so schamlose Expressionismus, ja selbst nicht das Kabarett ahnen – ahnungslos schlüpft überall, wo Kunst gemacht wird, der nackte Leib unseres Alltags in ein Stil-Hemd.

Aber bei den Wiener „Budapestern" – die man später nur noch unter dem Namen ihres Lokals „Max und Moritz" kannte – war (und zwar nur anfangs im obszönen Sinne) absolute Nacktheit die Parole! Das Negligé, in dem sie den Kleinbürger vorführten, bestand nicht aus Schlafrock und Pantoffeln, sondern aus einer rot und blau gewürfelten, bänderreichen Unterhose. Und sein Würdenornat aus einem Paar meterlang übers Gesäß baumelnden Hosenträgern . . .

Dabei war das Sprachkolorit des Mauschelns, in dem alle ihre Humore schwammen, obzwar unentbehrlich, doch keineswegs das Wichtigste. Eher ein dankbares Symbol. Es gibt nämlich Situationen, Figuren, Schicksale und Behausungen, wo mehr oder minder alles innerlich gejüdelt ist, egal, ob in Sternheims oder Glingers und Taussigs Sprache.

Glinger und Taussig – damit sind die zwei literarischen Hausgötter genannt, die Vorweg-Nehmer der Improvisation.

Das Personal aber besteht aus vier Heroen.

Da ist Herr Glinger – die menschgewordene verabreichte Maulschelle, wuchtig-ordinär, unerhört naiv in seiner Unfähigkeit, Gemütsaufwallungen zu verbergen, von einer Übertriebenheit, die es gestattet, die Sensibilitäten eines Mustangs wahrzunehmen. Er spielt vor allem die Heldenväter.

Dann Herr Berg, Couplet-Sprudler ohne Anfangs- und Endpunkt. Personifikation der empfangenen Maulschelle. Vergnügt wie ein Wasserfall und gewohnt, diese Bezeichnung als Eigennamen für einen Reim zu gebrauchen. Ein unerhörtes Frozzelgesicht über zwei langen Gummi-Beinen . . . Spielt Burschen vom Lande, Kommis und Schwiegersöhne.

Weiters Herr Hofer. Vollmondgesicht. Die Stimme in Langsamkeit badend. Zwei Augen von zäher Gottergebenheit. Sein Phlegma weniger gut genährt als schwer verdauend. Der unhinauswerfbare Geist der Retardation in jedem Stück. Spielt weitschichtige Verwandte, Hereingeschneite und Hineingelegte.

Endlich der noch nicht lang entdeckte, bald in Pallenbergs Nähe rückende Hans Moser, ein vielseitiger Maskenkünstler, der sich in der schlapfenden, rückenverbogenen, quetschstimmigen Erscheinung des proletarischen Wieners am wohlsten fühlt und das Zeitalter der Arbeiterräte auf Raimundsche Höhen zurückführt. Er spielt vornehmlich Angestellte und andere Christen.

Kann man sich's ausmalen, wieviel Gelächter dieses Quartett allabendlich erzeugt?[23]

Heiter geht's auch im ehemaligen *Max und Moritz* weiter: Zu Beginn der Saison 1924/25 zieht die Revue in die Annagasse ein. Robert Stolz läßt das kleine Theater neu adaptieren und anfangs scheint ihm das Glück trotz herrschender Theaterkrise geneigt zu sein. Seine jüngste Revue „Das Fräulein aus 1001 Nacht" füllt abends die Theaterkasse, doch bereits im Februar muß er den Stolz fahren lassen, Direktor eines lediglich auf eigene Operetten und Revuen angewiesenen Theaters zu sein. Nach ihm versucht Rudolf Beer vom *Deutschen Volkstheater,* mit leichteren Stücken französischen Genres das Lokal im Annenhof zu füllen. Um 1927 übernehmen hier Fritz Grünbaum und Julius Wiesner die Direktion des neugegründeten *Boulevard-Theaters* und eröffnen mit der Revue „Hallo! Hier Grünbaum" mit Armin Berg und Ladislaus von Békeffi.

1928 versucht es eine weitere Einakterbühne, Sándor Rott und Armin Berg werden verpflichtet, doch ergaben sich schon vor der Eröffnung allerlei Schwierigkeiten. So nahm die Polizeidirektion den Standpunkt ein, daß dieses Theater, als Rechtsnachfolger der Grünbaum-Bühne, infolge seiner kleinen Dimension schon mehrmals scheitern mußte und außerdem unter der zahlreichen Konkurrenz in der Annagasse zu kämpfen habe. Der Bühnenverein wieder machte keine prinzipielle Einwände, verlangte aber „zur Sicherstellung einer längeren Spielfähigkeit des Theaters den Erlag einer Kaution von 10.000 Schilling".[24] Auch die Bühnenarbeiter-Union verwies darauf, daß Direktor Wiesner seine im Vorjahr eingegangenen Verpflichtungen nicht eingehalten habe und den Mitgliedern noch rund 4.000 Schilling schulde. Solange diese Summe nicht bezahlt sei, drohte die Union, gebe es keine Konzession. Eisenbach, so schien es, wachte noch posthum über seine bühnengewerkschaftlichen Errungenschaften.

Glinger, Moser und Berg spielen unterdessen außer auf dem *Theater der Komiker* auch noch auf der *Neuen Wiener Bühne.* Der dreiaktike Schwank „Der Hundekönig" von Glinger und Taussig erlebt hier seine Erstaufführung. Alfred Polgar urteilt in der *Weltbühne*: „Es ist da, als ob in eines ihrer prachtvollen dichten Produkte Luft hineingekommen wäre, Bühnenluft, von der die Sache abendbreit aufgeblasen wird. Immerhin: der Unsinn blüht auch hier, und das bißchen flaue Theaterei zwischendurch kann die Freude an ihm nicht stören."[25]

Armin Berg

Am 1. März 1925 schließlich hört auch das *Theater der Komiker* in der *Rolandbühne* zu bestehen auf. Ein allerletztes Mal noch wird in der Besetzung Hans Moser als Janitscheck, Adolf Glinger als Dalles, Sigi Hofer als Reis und Armin Berg als Kiebitz die Klabriaspartie gespielt. Den Nachruf auf Possenstück und Bühne hält Otto Taussig:

> Die Lebenskraft und Lebensdauer der Klabriaspartie ist eine unheimliche. Fünftausend Aufführungen! Es gibt fast keine Bühne des In- und Auslandes, die nicht irgendwann einmal die Klabriaspartie gespielt hat, fast keinen Schauspieler, der nicht irgendwo aus irgend welchem Anlaß in der Klabriaspartie mitgetan hat. Und erst die paar Jargonschauspieler ganz großen Formats: Schönberg, Eisenbach, Sándor Rott und Max Rott! Die in der Klabriaspartie gesehen zu haben, war erlesenster Genuß. Und wir? Wir, hervorgegangen aus dem „Budapester Orpheum", gewandelt in „Max & Moritz", nochmals gewandelt in „Theater der Komiker", wir liquidieren das Genre – mit der Klabriaspartie.[26]

ACHTUNG! HIER RADIO WIEN. HUMOR AUF WELLE 530

RADIOKABARETT UND RADIO ALS KABARETT

„Großes Heil ist der Welt erflossen:
Der Hausmeister an den Kosmos angeschlossen!"
Karl Kraus[1]

Max Reinhardt. Karikatur von Walter Trier

Im Jahr 1924 übernahm Max Reinhardt die Leitung des *Theaters in der Josefstadt* und der *Salzburger Festspiele*; Rußland trauerte um den verstorbenen Lenin, in Deutschland einige wenige um Adolf Hitler, der in der Festung Landsberg seine Strafe zu verbüßen hatte, in London wurde Winston Churchill Minister im Kabinett Baldwin und in Chamonix fanden die ersten Olympischen Winterspiele statt – die letzten ohne Rundfunkübertragung.

Im alten Ministerium für Heerwesen am Stubenring 1, das 1913 gerade noch rechtzeitig fertiggestellt worden war, hatte sich ein regierungsnahes „Staatsamt für Hörwesen", die *Österreichische Radio-Verkehrs-AG,* kurz *Ravag* genannt, etabliert, die am 1. Oktober 1924 mit dem Start täglicher Radiosendungen begann.[2] „In einem großen Raum, wo früher staubige Akten standen, ist nun Decke und Fußboden über und über mit schweren grünen Plüschvorhängen bedeckt, in einer Ecke steht ein Klavier, in der anderen ein Radiomikrophon, rechts und links Musikinstrumente, Notenhalter und sonderbare Bühnenrequisiten: eine ‚Windmaschine', eine ‚Regenmaschine', eine Ratsche und noch eine Reihe zur akustischen Regie notwendiger Dinge", so beschrieb ein Aktivist der ersten Funkstunde den damaligen Senderaum.[3] Andere hatten ehrgeizigere Erwartungen ans Radio geknüpft. Der Dichter Franz Werfel etwa sah das eben anbrechende Rundfunkzeitalter so: „Darin besteht der unendlich sittigende Wert des Rundfunks, daß er die stumpfe Menschheits-Mehrheit aus ihrem nur-körperlichen Interessenkreis zu differenzierteren seelenhaftenen Empfindungsformen emporführen kann."[4]

Hatten sich anfangs nur wenige Schauspieler, unter ihnen Blanka Glossy, Otto Tressler, Paul Hartmann und – aus durchsichtigen Gründen – Raoul Aslan zur umfunktionierten Dachkammer des alten Kriegsministeriums emporführen lassen, so schreitet die Ausgestaltung des Radioprogramms allmählich voran. In den Leserbriefspalten der Wiener Tageszeitungen toben Stellungskämpfe zwischen Anhängern der heiteren und der ernsten Musik, selbst die „Lieblinge des Burgtheaters" sollen demnächst bei *Radio Wien* zu hören sein und auch die Verbreitung „künstlerisch hochwertiger Kabarettkunst" über Kopfhörer wird erwogen.[5]

Doch irgendwie fehlt es im plüschigen Aktenraum der *Ravag* an nötigem Geld, und so drängt es Wiens bekannte Kabarettisten nicht sonderlich vor die Mikrophone. Auch Fritz Wiesenthal nicht, der im Jänner 1925 klagt:

> Jüngst lud man unser Ensemble ein, eine Radiovorstellung zu geben. Der hohen Ehre halber (die Sendestation befindet sich im höchsten Stockwerk des Kriegsministeriums) frug ich, wie es mit der Bezahlung aussieht. Der Impresario meinte, die Künstler bekämen bloß die Autospesen ersetzt. Hei! dachte ich mir, welches Interesse habe ich, daß irgendein Schneidermeister in der Wurlitzergasse meine Schmonzes hört, die er ohnedies nicht versteht. Bei einem solchen Risiko könnte mich nur das Honorar reizen. Auch bin ich gewöhnt, das Lachen bei meinen Pointen zu hören. Beim Radio ausgeschlossen.[6]

So blieb es ernstzunehmenden Humoristen vorbehalten, für Heiterkeit auf Welle 530 zu sorgen. Viktor Flemming, Ernst Arnold und Karl Kneidinger – der aus einer Zeitungsabstimmung „als Radioliebling mit der höchsten Stimmenzahl (2.400) hervorging“[7] – brachten im Laufe der Jahre im *Studio Wien* zahlreiche volkstümliche wie lehrreiche Vorlesungen zum Vortrage.

Die Wiener Kabaretts beschäftigten sich mit dem neuen Medium bald auf ihre Art: Noch im Gründungsjahr der *Ravag* produzierte das *Ronacher* die Ausstattungsrevue „Alles per Radio“ von Karl Farkas und Gustav Beer, mit Hans Moser, Fritz Heller und Lilian Harvey. Im *Simpl* wurde der Radiosketch „Die Liebesbaronin“ von Josef Baar und Sigi Hofer 1925 aufgeführt, und ein Jahr darauf schreibt Fritz Grünbaum für das Theater an der Wien die Revue „Radiorummel auf Welle 531“. Mitwirkende: Karl Farkas, Hans Moser, Fritz Grünbaum, Louise Kartousch, Gisela Werbezirk, Otto Tressler, Oskar Sachs und Sigi Hofer. In diesem Jahr texten Farkas und Grünbaum in der Revueoperette „Journal der Liebe“ auch eine Radionummer, in der Prag, Wien und Budapest gleichzeitig senden, daß nur so „die Telefunken des Witzes knistern“.[8]

Als in jenen Jahren der Rundfunk langsam populär wurde, war es Anton Kuh, der, wie sich Friedrich Torberg erinnerte, als erster die unfreiwillig komischen Seiten des neuen Massenmediums entdeckte.

Louise Kartousch.
Zeichnung von Gedö

> Besonders die damals in Schwang kommenden Hörspiele älplerischen Gepräges hatten es ihm angetan. Schon die Ansage des Personenverzeichnisses erbitterte ihn, weil sie dem Hörer keine Möglichkeit gab, zwischen den Rollen und ihren Darstellern zu unterscheiden:
>
> „Achtung. Hier Radio Wien. Wir bringen Ihnen jetzt ‚Das Nullerl‘, Volksstück mit Gesangseinlagen in drei Akten. Besetzung: Alois Schwendner – Anton Gscheidl. Amalia Hermetslechner – Eusebia Habetswallner. Karl Novak – Franz Holetschek. Bimpfl – Dampfl . . .“
>
> Kuh behauptete, einmal noch während der Ansage im Rundfunk angerufen und mit dem Verzweiflungsschrei Wer spielt wen?! um Auskunft gebeten zu haben, die ihm jedoch verweigert worden sei.[9]

Anton Kuh.
Zeichnung von Dolbin

Noch 1937, in einer Doppelconférence mit Karl Farkas, murrt Fritz Grünbaum über die Programmgestaltung der *Ravag*:

> Grünbaum: Einen Augenblick!
> Farkas: Keinen Augenblick! Jetzt wird gearbeitet! Man müßte einmal deine Gespräche während unserer Revuearbeit auf Schallplatten festhalten –
> Grünbaum: Danke! Ich habe nicht den Ehrgeiz, bei der Ravag gratis mitzuwirken! Bei mir wird sie sich die Spesen für den Bau ihres neuen Funkhauses nicht hereinbringen!
> Farkas: Die Ravag hat ein neues Funkhaus? Wozu hat sie das gebraucht?
> Grünbaum: Sie hat schon so viel Schallplatten gehabt, daß in der Johannesgasse kein Platz mehr dafür war!
> Farkas: Du fängst auch schon damit an? Seit sich der Reichsbrückenbau seiner Vollendung nähert, haben sich sämtliche Wiener Komiker auf die Schallplattensendungen der armen Ravag gestürzt. Dabei ist das pure Verleumdung: Die Ravag sendet nicht lauter Schallplatten!
> Grünbaum: Gewiß nicht! Hie und da sendet sie auch Grammophonmusik!
> Farkas: Sei nicht boshaft! Wahrscheinlich liebt das Publikum die Schallplattensendungen. Sonst hätte es sich längst über sie beschwert.
> Grünbaum: Es hat sich beschwert!
> Farkas: Und die Ravag?
> Grünbaum: Steht auf dem Standpunkt, das Publikum hat außer den Wunschkonzerten keine Wünsche zu haben . . .[10]

ABC spielt gegen DFG

Anfang der dreißiger Jahre, Rundfunk und Reichsbrücke waren jung und die Kleinkunstbühnen auch, spielte Stella Kadmons *Theater zum Lieben Augustin* eben vor rund zwei Leuten, als in der Pause ein „großgewachsener Herr in die Garderobe kam uns sagte: ‚Gestatten, Professor Nüchtern, ich bin begeistert'“. Dr. Hans Nüchtern, *Ravag*-Spielleiter der ersten Stunde und verantwortlich für den Bereich Literatur, übertrug dann das Kleinkunstprogramm aus dem *Café Prückel* und conférierte selbst. Die Tageszeitungen, die ohne vorhergegangene bezahlte Inserate keine Besprechungen veröffentlichten, schrieben erstmals über den *Lieben Augustin* und „von da an ging's langsam bergauf“, erinnert sich Stella Kadmon Jahrzehnte später.[11]

Was sonst noch an Unterhaltungssendungen auf Welle 530 gesendet wurde, parodierten Franz Engel und Fritz Wiesenthal in einer Schallplattenaufnahme aus dem Jahre 1937:

> Hallo! Hallo! Hier Radio Wien. Unser Schallplattenkonzert ist beendet. Sie hörten Schallplatten aus dem Jahre 1912. In fünf Minuten setzen wir unser Konzert fort, diesmal senden wir Schallplatten berühmter Künstler. Es folgt nun Wetterbericht, Verlautbarungen und Programmansagen. Der Wetterbericht für morgen lautet: wechselnder Wettercharakter, wahrscheinlich ungewiß, möglicherweise aber nicht sicher. Dem nördlichen Tief ein dreifaches Hoch! Es folgen Verlautbarungen: ABC spielt Donnerstag gegen DFG auf dem HIK-Platz. Sollte es Donnerstag regnen, findet das Spiel einen Tag früher statt. Die 92jährige Rosa Kwapil ist seit gestern abgängig. Man fürchtet, daß sie Mädchenhändlern in die Arme gefallen ist. Wir melden uns in fünf Minuten wieder.
> Radinger, kommen's her!
> Ja, was ist denn, was wolln's denn?
> Suchen's die Schallplatten aus.
> Wen hamma denn heut?
> Da hams die Liste.
> Wer is' des? Hans Albers, Ernst Arnold, Armin Berg, Hans Moser, daß das die Leut' noch immer fressen, ich versteh' das nicht.
> Gemma, gemma, wir haben Verspätung! Hallo! Hallo! Hier Radio Wien. Unser Schallplattenkonzert berühmter Künstler nimmt einen Anfang ...[12]

KINO ALS KONKURRENT

KABARETT IN NEBENROLLEN

Die Leinwand zeigt ein Western Drama
Und manche Träne glyzerinnt . . .
Es kämpft der Held, ein Cowboy-Tasso,
Als liebender Torquato Lasso –
Ums ondulierte Farmerskind . . .

Der Intrigant sieht aus wie Popper –
Und er benimmt sich ganz danach!
Daher erweist sich auch der Sheriff,
Den der bedrängte Farmer herrief,
Natürlich leider als zu schwach.

Karl Farkas[1]

In der Leopoldstadt zu Wien. Der gigantische Film „Die zehn Gebote" – das Wunderwerk – rollt vor dem brechend vollen Hause ab. Die feierliche Stimmung wird durch wunderbar klingende Chöre und Orgelklänge erhöht. Der grandiose Zug der Kinder Israels durch das Rote Meer beginnt. Ergriffen sieht alles dieses überwältigende Bild. Totenstille im Hause.

Da erhebt sich plötzlich ein Gast, zeigt mit erhobenem Finger auf die Leinwand und ruft erstaunt in der tiefsten Stille: „Da geht ja Schlesinger?!"[2]

Als Heinrich Eisenbach diese Anekdote zum besten gab, gab es trotz begleitender Orgelklänge nur den Stummfilm, und der war keine wortgewaltige Konkurrenz fürs Kabarett gewesen, er war vielmehr – wie Karl Kraus viele Jahre später bemerkt hat – „eine Erholung von der Technik, die die heutigen Schauspieler extra noch an die Leinwand mit der Zunge anstoßen läßt . . ."[3] Die Gründung des ersten Kinos Wiens in einem Gaststättenbetrieb im Haus Kärntner Straße 45 fällt auf den 27. März 1896. Bereits 1912 treten Heinrich Eisenbach und Mella Mars, ein Jahr später Max Rott in Stummfilmen auf. Der ebenfalls den *Budapestern* angehörige Louis Taufstein schreibt 1916 den „Armen Teufel", sein erstes Filmdrehbuch. In Kurzfilmen spielen während des Weltkriegs noch andere namhafte Kabarettisten mit, so Armin Berg, Paul Morgan, Franz Glawatsch, Turl Wiener oder Sándor Rott aus Budapest, über den die Filmwoche berichtet: „Alexander Rott erbringt in dieser Rolle den Beweis, daß er nicht nur ein glänzender Jargonkomiker ist, sondern auch über genügend mimische Ausdrucksfähigkeit verfügt, als künstlerischer Mittelpunkt eines mehraktigen Werkes zu fungieren."[4]

Egon Friedell fand bereits in der Frühzeit des Filmes, im November 1913, die gültige Präzisierung dieses Massenphänomens im Dunkeln: „es ist, wenn man etwas näher zusieht, ein prägnanter und charakteristischer Ausdruck unserer Zeit. Zunächst: es ist kurz, rapid, gleichsam chiffriert, und es hält sich bei nichts auf . . . Das Kino hat etwas Skizzenhaftes, Abruptes, Lückenhaftes, Fragmentarisches. Das ist im Sinne des modernen Geschmacks ein eminenter künstlerischer Vorteil. Die Erkenntnis der Schönheit des Fragments beginnt sich allmählich in allen Künsten Bahn zu brechen, schließlich ist ja alle Kunst nichts anderes als ein geschicktes und bisweilen geniales Auslassen und Zwischengliedern."[5]

1920 verfaßt der Kabarettist Fritz Löhner-Beda das Filmdrehbuch „Großstadtgift“, und Kurt Robitschek bringt erstmals den Stummfilm auf die Bretter des Kabaretts.

KINODRAMA

I. Akt

Das Drama spielt in einem Vorstadthause,
Im dunklen, hintern Trakte, vierter Stock;
Die Leute sitzen flimmernd bei der Jause –
Im Deutschen sagt man treffend: „Feifoclock!“
Der Vater sieht verzweifelt seine Habe
Und unterdrückt ganz deutlich einen Fluch;
Er steht mit einem Fuß bereits im Grabe,
Nagt mit dem anderen am Hungertuch.
Die Mutter stellt sich an die ganze Woche,
Was aktuell ist in Berlin und Wien;
Elf Kinder zählet ferner die Mischpoche –
Das Jüngste schläft gerad' im Spucknapf drin!
Die Tochter sitzt beim Fenster hier selbander,
Mit Kugelaugen schaut se in den Apparat;
Ein Auto rast –; der Waldemar Psylander
Der schönste Mann, den wo der ganze Kintopp hat.
Er tritt herein, von prächtiger Gestalte,
Jedoch der Alte wird von greller Wut gepackt
Und er zerbricht Psylanders Bügelfalte –
Hier endet jählings nun der erste Akt!!

Fünf Minuten Pause

II. Akt

Der Vater sitzt nun einsam hinterm Ofen,
Die Mutter steht um Eier und um Schmalz,
Die Tochter im Begriff ist, wegzuloofen
Und wäscht zu diesem Zwecke sich den Hals.
Das Elend ist zum Gipfelpunkt gestiegen:
Für die elf Kinder man ein Bett nur hat
Und alle wollen an der Wand stets liegen!!
Als Tuchent dient ein altes Abendblatt,
Drum will die Tochter in die Welt nun wandern, –
Die halbe Welt ihr sicher offen steht –;
Da plötzlich sieht se Waldemar Psylandern
Der fesch beclaqut, befrackt, behandschuht geht.
Sie rollt ein Auge, greift sich an die Bluse,
Wo durch zwei Punkte Busen wird markiert;
„Ha!“, brüllt verzweifelt nun die Kinoduse,
„Det is det Aas, was unlängst mir varfiehrt!“
Es scheint, als macht Psylander einen Einwand,
Was Asta Nielsen wieder nicht behagt:
Sie schießt ihn einfach runter von der Leinwand –
Und so beschossen endet dieser Akt!!

Fünf Minuten Pause

III. Akt

Die Sterne flimmern wie die Wachslichtkerzen
Und auf der Leinwand fließt das weite Meer;
Die Asta will sich in das Wasser sterzen,
Doch das Ersaufen fürchtet sie so sehr.
Sie steht am Strande schon in Sterbenspose,
Bereit, zu sühnen ihre Schreckenstat;
Da naht Psylander in der Badehose,
Die was die schönste Bügelfalte hat.
Er ist bezaubernd schick und voller Süße,
Hat große, schwarze Augen, kugelrund,
Und ebensolche manikürte Füße
Und weit und breit den allerschönsten Mund.
Kaum hat Psylander Asta nun gesehen,
Benebelts ihr das Herz und auch den Sinn;
Sie schreit: „Gespenst!" und — haste nicht jesehen! —
Platscht sie ins nasse Wasser mitten 'rin!
Er aber rettet sie vor dem Ertrinken,
Zieht an der Zeh' sie aus dem Wasser 'raus;
Dann will er an die Brust ihr liebend sinken
Und findet nischt, womit das Drama — aus![6]

Bald schon verdrängen in den Tageszeitungen halbseitige Filmreklamen die Kabarettanzeigen. Im Frühjahr 1923 spielt Jackie Coogan, in „The Kid" Partner von Charly Chaplin — der siebenjährige Wunderknabe, der, wie die Zeitungen kritisch anmerken, jetzt schon neun ist —, die Hauptrolle in dem neu anlaufenden Kinofilm „Der Lausbub". In ganz Wien wird der Großfilm vorgeführt, im *Elite,* im *Imperial,* im *Busch,* in den *Kammerlichtspielen,* im *Weltspiegel,* im *Haydn-Kino,* im *Zentralpalast,* im *Schäffer,* im *Phönix,* im *Meidlinger Biograph-Theater,* im *Park-Kino,* im *Kruger,* im *Bellaria* und im *Heimat-Kino.*

Spätestens mit dem Jahr 1929 treten, wie von Karl Kraus nicht übel vermerkt, „die Brothers, die keinen Warner hatten",[7] mit ihren Tonfilmen die Vorherrschaft an und werden für die Kabarettisten und Kleinbühnen eine ernste Konkurrenz.

„Ich war 1929 mit meiner Frau im Kino, wir haben uns Die Nacht gehört uns, einen der ersten deutschen Tonfilme angeschaut", schilderte Karl Farkas die Wirkung des neuen Mediums. „Nach ein paar Minuten kam plötzlich im Dialog zwischen Hans Albers und Ralph Arthur Roberts eine Pointe. Die Leute lachten. Da sagte meine Frau zu mir: ‚Du, das ist das Ende des Theaters. Jetzt lacht man schon über Dialoge auf der Leinwand.'"[8] Karl Farkas hörte rechtzeitig auf seine Frau, und bald war er an zahlreichen Produktionen beteiligt, sei es als Autor, sei es als Darsteller. Aber das neue Medium übte seine unwiderstehliche Attraktion nicht nur auf Farkas aus. Zum Tonfilm zieht es nun alle:

Die Blonden, die Braunen, die Schwarzen,
Die lieblich von Antlitz und die mies wie die Parzen,
Die Dürren, die Dicken auf vollschlank Massierten,
Die genialisch Zerrauften, die sorgsam Frisierten,
Die Bubi- und Wuschel- und Dauerwell-Köpfe,
Die Herrenschnitt tragen und altdeutsche Zöpfe,
Die Mädchen und Frauen, nach Houbigant duftend,
Teils nichts tuend — teils an der Schreibmaschin' schuftend,

Die sprühend und geistreich verstehen zu plaudern,
Und die, deren Plappern man anhört mit Schaudern,
Die ganz Affektierten, die Klugen, die Blöden,
Die abweisend sind und die nicht so ganz Spröden,
Die nicht ausgehen dürfen, weil's die Eltern nicht wollen,
Und die, welche abends durch Tanzdielen tollen,
Die brav sind trotz eig'nem Privat-Haustorschlüssel,
In jeglicher Stadt, von Laibach bis Brüssel,
In Linz, Barmen-Elberfeld, Wien und in Haag,
Sie denken nur eines – bei Nacht und bei Tag,
Am Lech, an der Wolga, am Pruth, an der Ilm –
Sie seufzen voll Inbrunst: „Wie komm' ich zum Film?"
Sie schreiben expreß aus Prag und aus Essen:
Der Filmzeitung dringend um Firmenadressen,
Sie flehen um Namen verläßlicher Lehrer,
Sie schwören, daß sie Lilian Harvey-Verehrer,
Und daß ihr Talent wirklich ganz ungewöhnlich,
Auch seh'n sie der Olga Tschechowa sehr ähnlich,
Gibt Jannings Lektionen?, woll'n gerne sie wissen,
Und muß man im Film sich auch regelrecht küssen,
Ob Camilla Horn mit dem Diessl noch gut ist,
Und ob der Paul Richter auch wirklich kein Jud ist,
Wie kann man am schnellsten nach Hollywood reisen?
„Ich möchte mein sportliches Können beweisen –
Ich laufe fein Ski – von Figur bin ich zart,
Doch Muskeln, die hab' ich – Riefenstahl-hart!"
Sie telephonieren: „Wann haben Sie Zeit?"
Sie sind eventuell ja zu allem bereit . . .
Sie fleh'n um Empfehlung und Protektionen,
Sie schicken ihr Bild an die Film-Redaktionen,
Sie lassen mit Leidenschaft sich photographieren,
Teils hochgeschlossen – teils ohne Genieren,
Sie senden die Photos mit ihren Reizen
In Filmbüros, welche dann prompt damit heizen,
Sie lesen die Fachzeitschrift-Korrespondenzen,
Beteiligen sich an den Preis-Konkurrenzen,
Sie schnüren bei Nacht und bei Nebel ihr Bündel
Und fallen dann 'rein jedem Filmschulen-Schwindel,
„Wie kommt man bloß vor bei dem Filmregisseur?
Es ist ohne Fürsprache nämlich so schwer . . ."
Sie schicken die Mutter: „Das Kind wird mir krank,
Es hat einen unüberwindlichen Drang . . .!"
Dagegen ist jeglicher Einwand verloren –
„Das Mädel ist ja für die Leinwand geboren . . .!"
Sie warten auf Antwort viel Dutzende Wochen,
Sie weinen: „Man hat mir doch heilig versprochen!"
Enttäuschung, Verzweiflung, still rieselnde Tränen,
Zerschlagene Hoffnung, vergebliches Sehnen
Der Elsen und Lillis, der Truden und Kittys –
Unheilbare Seuche: Die Flimmeritis!![9]

Paul Morgan, von dem diese Zeilen stammen, ist unter den Kabarettisten einer der ersten, dem es gelungen war, in der neugeschaffenen Flimmerwelt zu reüssieren. Neben seiner Conférenciertätigkeit in Berlin wandte er sich immer wieder, die gerade erst ins Leben gerufene Filmseite der *Bühne* berichtet es, den laufenden Bildern zu. Bereits im Jahre 1925 hatte Morgan in dem Lustspiel „Liebe und Trompetenblasen", das der Regisseur Richard Eichberg in Berlin in Szene setzte, die Rolle eines Offiziersburschen, des „Gemeinen David Fliegenbein", übernommen, „so drollig-beredt, wie nur der Conférencier Paul Morgan auch eine Filmrolle sprechend darzustellen vermag. Die lustige Leistung Morgans macht den Film, dessen Handlung in der Vorkriegszeit spielt und dessen Milieu eine kleine österreichische Garnison bildet, wohl erst eigentlich zum Lustspiel . . . Hugo Flink und Fritz Spira, zwei Österreicher, sind in weiteren Hauptrollen beschäftigt." Auch bei den Originaluniformen habe man laut *Bühne* die kleinsten „Details in bezug auf Adjustierung, Reglement usw. beachtet, und so wird aus diesem Film ein Berliner Film mit stark österreichischem Einschlag geworden sein".[10]

Paul Morgan.
Zeichnung von G. G. Kobbe

Und so hätte der österreichischen Unterwanderung des deutschen Filmwesens nichts im Wege gestanden, wären da nicht die Magyaren gewesen.

> Auffallend war es doch, daß man zum Beispiel an Drehtagen des ausgezeichneten Regisseurs Geza von Bolvary deutsche Worte nur während der eigentlichen Aufnahmen vor dem Objektiv hören konnte. Vom Hilfsoperateur bis zum Garderobier sprach alles nur ungarisch. Ein gewiß rührendes landsmännisches Zusammenhalten – aber es machte böses Blut in Berlin. Zumal zur gleichen Zeit die Brüder Rott in ihren Theaterbetrieben ganze Waggonladungen von Magyarembers beschäftigten und – mit ihnen große Erfolge hatten. (Ich nenne bloß die Namen Gitta Alpar und Roszy Barsony!) Einmal durfte ich bei Bolvary mitmachen – die Ungarin Martha Eggerth war da – mit Mama natürlich, die eine ihrer glühendsten Verehrerinnen ist –, Ernst Verebes und Tibor von Halmay und es fand gerade eine Regiekonferenz statt, die selbstverständlich im heimatlichen Idiom aller Beteiligten abgehalten wurde. Als ich näher trat, merkte ich zu meinem Erstaunen, daß mitten drin eine veritable – Chinesin stand.
>
> „Was?" rief ich, „hat man so etwas erlebt? Ihr brecht mit der Tradition – beim heiligen Stephan! Das ist doch eine Chinesin . . .!!?"
>
> „Stimmt", sagte Bolvary und lächelte milde – „aber sie ist mit einem Ungarn verheiratet. . .!"[11]

Unter Bolvarys Regie hatte 1931 auch Fritz Grünbaum im „Raub der Mona Lisa" mitgespielt, freilich nicht die Titelrolle; neben ihm standen vor der Kamera: Willi Forst, Gustaf Gründgens, Max Linder und Roda Roda. Doch Grünbaum spielte und textete für die Kamera lediglich in den Jahren 1931 und 1932, dann wandte er sich wieder dem Kabarett zu. Sein bekanntester Streifen aus jener Zeit hieß „Arm wie eine Kirchenmaus", geschrieben von Felix Salten und Heinz Goldberg, und wurde mit Grete Mosheim, Anton Edthofer, Paul Hörbiger und Hans Thimig besetzt, die Titelansage in Form einer Doppelconférence gestalteten Grünbaum und Morgan. Grünbaums letzter Film hieß „Mensch ohne Namen", Regie führte Gustav Ucicky, und die Hauptrolle spielte Werner Krauß. „Falkenstein als kleiner Agent", urteilte Siegfried Kracauer in der *Frankfurter Zeitung*, „Maria Bard als helle sympathische Stenotypistin und Grünbaum als Rechtskonsulent versehen durch ihre spielfreudigen Leistungen den Film mit einigen kräftigen Lichtern. Aber diese Chargenrollen gehören nicht notwendig zur Komposition, wären vielmehr überall möglich."[12]

Roda Roda.
Zeichnung von F. Weisgerber

Doch zunehmend wurden diese Chargenrollen mit bekannten und beliebten Kabarettisten besetzt, mit Fritz Imhoff, Oskar Sima, Annie Rosar und Hans Moser – Persönlichkeiten, deren das Kabarett jener Jahre so dringend bedurfte.

Es wird aus beiden nichts G'scheites

Hans Moser, 1935 von der *Wiener Sonn- und Montags-Zeitung* über den Widerspruch zwischen Bühne und Film befragt, meinte dann auch folgerichtig, er könnte nicht gleichzeitig Film und Theater spielen:

„Nein – wissen S' –, das geht wirklich nicht. Man kann nicht zwölf Stunden im Atelier steh'n und dann abends noch am Theater auftreten. Das ist sehr umständlich und ermüdend, abgesehen davon, daß man ja für die Proben gar keine Zeit hätt'. Gelegenheit wär' ja, auch in Berlin, während der Film-Gastspiele am Theater mitzuwirken. Aber ich mach' das nimmer. Eines leidet unter dem anderen. Und es wird aus beiden nichts G'scheites."[13]

Immer mehr Kinos entstanden dort, wo zuvor Kabaretts gespielt hatten, die Mitte der dreißiger Jahre auch nur selten G'scheites boten. Film und Revue waren zu ernsten Konkurrenten der Kleinkunst geworden und sollten es ab nun auch bleiben.

REVUE! REVUE!

KABARETT-REVUEN IM WIEN DER ZWANZIGER UND DREISSIGER JAHRE

Denn schließlich neue Moden, Radio und
Relativitätstheorie — wozu sind sie da?
Den Revuen Stoff zu liefern.
Fritz Jacobsohn[1]

Die Ausstattungsrevue eroberte in den zwanziger Jahren die Wiener Bühnen, darunter meist solche, die sich bisher der Operette gewidmet hatten. Es ist die Form der Revue, keine Form zu haben, keinen Aufbau, den man mit dramaturgischer Handlung umschreiben könnte. Aktueller Witz, Clownerie, Mode, Nacktheit, Schlagermusik und vor allem Nostalgie und Eskapismus samt Kaiser, Heurigem, Wiener Walzer und den unerbittlich süßen Wiener Mädeln, das sind ihre Versatzstücke und Requisiten.

Als Anfang der zwanziger Jahre die Silberne Operette mit ihren ewig gleichbleibenden Libretti langsam zu vergreisen begann, trat die Revue an ihre Stelle. Eineinhalb Jahrzehnte lang konnte sie sich gegenüber Film und Rundfunk auch behaupten. Die Revue hatte kein spezifisches Publikum: Gleich dem Schlager, dem Kaffeehaus, dem Kreuzworträtsel und dem Detektivroman wandte sie sich „an alle". Wie sich in der „Fledermaus"-Operette das vom Börsenkrach 1873 verschreckte Bürgertum wiedererkannt hatte, so fand die von Weltkrieg und Inflation politisch wie sozial geschädigte Gesellschaft der zwanziger Jahre in der Revue die ihr entsprechende Bühnen- und Spektakelform.

„Seit 12 Jahren", schrieb Felix Salten 1926 in der *Neuen Freien Presse,* „erleben die Menschen eine Katastrophe nach der anderen; . . . es wäre weltfremd, sich dagegen zu verschließen, daß ein Alltag, den Verzweiflung untermalt, seine Entspannung im Taumel sucht . . . Heute triumphiert die Revue."[2]

Die Sache freilich ist älter, am Anfang stand Staatserhaltendes: 1908, zum sechzigjährigen Regierungsjubiläum Kaiser Franz Josephs, produzierte Ben Tiebers *Apollo-Theater* eine durchwegs mit schwarzgelber Tinte geschriebene „Kaiser-Revue". „Das Resultat", so steht's im Programmheft, „war der Entschluß, verschiedene aktuelle, szenisch wirksame Einfälle lose verknüpft zu einer Revue zu vereinen, deren gemeinsamer Grundton ehrlicher Patriotismus und Verehrung des geliebten Monarchen ist."[3] Den Höhepunkt des monarchistischen Weihespieles bildete das Kinderlied der „Kleinen Wienerin", das das Programmheft in seine „Auslese der von Patriotismus beseelten Liedertexte" aufnahm:

Die kleine Wienerin
Is' heut' so frei,
Tritt vor ihr'n Kaiser hin
Ganz ohne Scheu,
Bringt ihm ihr Kinderherz
Das treu gesinnt,
Ihm, der sein Jubeljahr
Weiht für das Kind.

Wir falten die Hände
Zu innigem Gebet:
Die Allmacht erfüll' uns
Was so heiß wir erfleht.
Noch viele, viele Jahr'
Der Sorg', des Kummers bar,
. . . Du guter, lieber schöner, süßer Großpapa![4]

Arnold Korff.
Zeichnung von Gedö

Mit solch wahrhaft zu Herzen gehenden Worten hatte die Revue die Wiener Theaterszene betreten. Erst nachdem die Gebrüder Arthur und Emil Schwarz in der ehemaligen *Fledermaus* ihr Kabarett-Nachtlokal *Femina* eröffnet hatten, ging's etwas mondäner zu. 1913 begann mit „So leben wir" die Reihe der aktuellen *Femina*-Revuen, meist von Bruno Hardt getextet, in der Johannesgasse 1.

Von 1915 bis 1923 pachten die unzertrennlichen Brüder von Josef Jarno auch noch das *Lustspieltheater* im Prater. „Direktor Emil Schwarz, der *Femina*-Schwarz, ist der Pariser Theatermann unter den Wiener Direktoren", so die Würdigung der *Stunde* zum zehnjährigen Theaterjubiläum. „Er hat seinem Theater den Charakter einer Revue-Bühne en miniature gegeben und es verstanden, dieses Genre mit künstlerischen Mitteln dem Wiener Geschmack anzupassen . . . Direktor Schwarz, der sechs Jahre mit großem Erfolg auch das Lustspieltheater geleitet hat, wird in der kommenden Saison seinen Wirkungskreis wesentlich vergrößern: Er und sein Bruder stehen vor einem Abschluß zur Übernahme des *Ronacher-Theaters* und des *Parisien,* die sie als Varieté und Revuetheater zu führen beabsichtigen."[5]

Im *Ronacher* produzierte Emil Schwarz dann mehrere Ausstattungsrevuen, beginnend am 4. November 1923 mit „Wien gib acht" von Bruno Hardt und Karl Farkas; es spielten Arnold Korff, Christl Mardayn, Hans Albers und „ein Dienstmann: Herr Moser". „Eine Überraschung", schreibt die *Stunde* nach der Première, „ist Hans M o s e r s Leistung. Dieser Episodist, dessen nun so seltene Begabung ganz im Wiener Volkstum wurzelt, hat in der Figur eines Dienstmannes und in einer sehr heiteren und witzigen Szene als Pompes funébres-Arrangeur Gelegenheit, sein noch immer viel zu wenig gewürdigtes Talent zu zeigen."[6]

Dem grantelnden Dienstmann setzte Anton Kuh ein literarisches Denkmal:

Emil Schwarz.
Zeichnung von Gedö

Auf der Varieté-Bühne liegt ein riesengroßer Koffer.

Vor Auftritt des Dienstmannes, der ihn wegschaffen soll, ist es ein Theater-Papierkoffer, im Gewicht von fünfzig Dekagramm.

Hans Moser, der Dienstmann, mit seiner schief nach unten gehakten Nase und den mißtrauischen Augen, die unentwegt bewachen, betritt, berufsverhatscht, rückgratverbogen, latschig die Szene, ein alkoholisches Spinngewebe „Mensch"; sogleich steigt das Gewicht des Koffers auf dreihundert Kilogramm.

Der gewerkschaftlich organisierte Tantalide umkreist ihn mit Augen und Gebärden; fachmännisch und tückisch; der Koffer wuchtet immer starrer, wächst in den Boden hinein. Varieté-Neugier packt den Zuschauer: mit welchem Hop-plahopp-Trick wird die Fracht dem Träger auf den Buckel fliegen? . . . Menschenschwäche und Materialgewicht weichen indessen immer hoffnungsloser auseinander – das kleine Zimmer, das die Bühne darstellt, wird zur Arena.

An die Arbeit denn!

(Der Entlohnungstaxameter ist durch das weitausholende Nichtstun bedenklich vorgeschritten.)

Der Dienstmann nähert sich seinem Feind „Arbeitsleistung"; er legt sich über den Koffer, blickt trostlosen Auges über dessen Ränder, hebt dann den Kopf nach oben und fragt:

„Wie nemma m'r 'n denn?"

Ratlos-stummes Spiel der zur Mitarbeit aufgeforderten Herren, die hinter ihm stehen.

Der Dienstmann rutscht indessen rücklings die Querflächen des Koffers hinab und kommandiert seine zwei bürgerlichen Auftraggeber: „Anpacken! . . . Laß aus . . . Nachgeben! . . . Laß aus! . . .“ Er redet per Du mit den zwei Gentlemen, nicht aus Frechheit, sondern in der Hitze manueller Betätigung . . . doch auch von deren Gipfel herab.

Die Fracht steigt und sinkt unter der Lärmpeitsche. Dann setzt sich der Dienstmann plötzlich ermüdet auf die unbezwungene Müh, benützt die Arbeit als Ausruhbankl. Es ist ja sein Koffer, seiner unwahrscheinlichen Muskelleistung übertragen, sein Professions- und Klasseneigentum in einer muskelschlaffen, nägelmanikürten Zeit. Das muß einmal, bevor das Koffer- und Packeltragen dem bürgerlichen Aug' zur Selbstverständlichkeit wird, ad oculos demonstriert werden!

Der Dienstmann wird mißtrauisch. Er mault: „Sie haben ihn zu stark angepampft. An Koffer so anpampfen!“

Folgt ein längerer Traktat über „Anpampfen“, wobei sich die Wangen mit Wut anpampfen.

Die beiden Herren wissen nicht, was sie tun sollen; da die Angepampftheit eines guten Koffers Bestimmung ist, bleibt ihnen die Rede im Hals stecken.

Er versucht's wieder – „Auslassen! . . . Abikanteln! . . . San m'r 's?“ – und mir san's noch immer nicht. Vielmehr steigt jetzt ein kleiner Speech des Dienstmanns über das Thema „Dreinreden“. Ein moralisches Kolleg, vorgetragen am Rand der Gereiztheit, aber noch voll neuropathischer Milde: „Dreinreden vertrag ich net, das macht mich nervös.“ Er sagt's zutraulich, weinerlich, moros und doch, wie er Zornreserven in zischende Artigkeit zwängt, ein bißchen gefahrdrohend.

Man möchte nicht gern Herr bei so einem Dienstmann sein.

Schließlich noch ein letzter Versuch – auf „krowotisch“. „Höö – Ruck – nachgeben! – auslassen! – gib nach, gib nach!“ – und der Atlas Nr. 284, mit den Knien einknickend, rasendes Geschrei von sich gebend wie ein abzeterndes Motorrad, die Last am Rücken, stolpert nach rückwärts, taumelt nach vorn, wankt nach rechts ab. –

Das Ganze dauert zehn Minuten und gehört, wiewohl Theater, folgerichtig aufs Varieté. Es ist nämlich die Artistenleistung eines Humors, dessen Herzschlag das „Sich-Zeit-Lassen“ ist und dessen Gefilde der anderen Ungeduld. Zu Raimunds und Nestroys Zeiten war dieser Gegensatz noch kein sozial betonter. Hans Moser, ihr Epigone, ist eine magische Verknüpfung aus Hobellied und 8-Stunden-Tag. Mit solchen kleinen Leuten ist nicht gut Kirschen essen.[7]

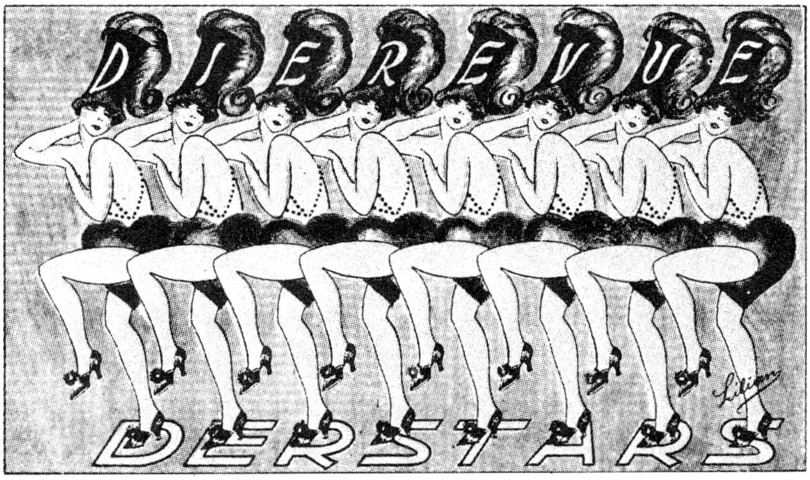

Onkel Felix Salten

1924 schreibt Karl Farkas mit Rudolf Beer die Revuen „Alles per Radio“, „Was Frauen träumen“ und gemeinsam mit Robert Katscher „Küsse um Mitternacht“ für die *Kammerspiele.* „Schon mit der letzten Revue ‚Was Frauen träumen‘ hat Direktor Siegfried Geyer einen neuen Weg gefunden“, urteilt die *Bühne* im November 1924, „um aus dem stereotypen Rummel, den jede Revue bisher nötig hatte, herauszukommen. Er versuchte, eine stillere und feinere Form diesem theatralischen Quodlibet zu geben. Und er hatte Erfolg.“ Auch die neue *Kammerspiel-Revue* sollte Direktor Geyer ausverkaufte Häuser einbringen, dafür sorgte schon der Handlungsbogen, der den Zuschauer in eine unbeschwerte, zeitentrückte Pappendeckelwelt versetzte:

> Der Inhalt einer Revue läßt sich ebensowenig schildern, wie man eine Schlacht beschreiben kann. Erstere muß man gesehen haben, während man auf letztere nicht neugierig zu sein braucht. Bei einer Revue gibt gewöhnlich der Titel die Schlußpointe und die wichtigste Handlung an. Also: der unwiderstehliche Harry (Oskar Karlweis) wettet mit dem Herrn von unterwegs, der Rappaport heißt und von Karl Farkas dargestellt wird, daß er die stolze, unnahbare Großfürstin Tatjana, die von Maria Astis blonder Schönheit mit aristokratischer Würde gespielt wird, um Mitternacht küssen werde. Der junge Harry, von seiner Freundin Lissy (Klara Karry) stets verfolgt, ist nun hinter der Großfürstin her, fährt mit ihr im Speisewagen vom Semmering nach Wien, folgt ihr in den Prater und erreicht sie schließlich im Sanatorium Krida. Im letzten Bild kommt die Überraschung: die ganze Jagd war nur ein Trick, um eine sichere Wette zu gewinnen. Rappaport zahlt enttäuscht, doch mit einem falschen Wechsel, und das schöne Paar findet sich in einem symbolischen Boston, das auch der Revue seinen Namen gegeben hat.[8]

Bereits am 31. März 1925 fand auf der *Neuen Wiener Bühne* die Première der Ausstattungsrevue „Die Reise um die Halbwelt in 120 Minuten“ von Karl Farkas und Ludwig Hirschfeld statt, die den gelegentlichen Kabarett-Mitarbeiter und Chefredakteur der *Bühne,* Hans Liebstoeckl, zu einer gereimten Kritik veranlaßte. Anzumerken ist, daß es sich bei dem nun folgenden „Onkel im Musenreich“ um einen alten Bekannten handelt: um Felix Salten, den Verfasser der respektablen „Josefine Mutzenbacher“ wie der rührenden Tiergeschichte „Bambi“, einen Vetter der Mutter Karl Farkas’.

Die Leut’, die die neue Revue seh’n,
Die hab’n ein Vergnügen vom Zuseh’n.

Kaum Lichter der Dichter aufflackerten,
Freut man sich der Beine, der nackerten,

Die höchstens noch dann übertrumpft sind,
Wenn sie – bis ans Höschen – bestrumpft sind.

Man weiß nicht zu sagen beinahe, wer da
Die Nett’ste: Kött, Mills oder Maurus Gerda.

Sehr wirksam der Zauber des Hexenknickses
Der acht violetten Jackson ... Mädels.

Und wenn der Farkas magyarisch spricht,
Glaubt mancher, daß er jetzt arisch spricht.

Er hat einen Onkel im Musenreich,
Dem kommt nur der Neffe im Schmusen gleich;

Die Tant aber in Kaltenleutgeben
Muß Witz' ihm für die alten Leut geben,

Damit auch die müdesten Bonzeln
Die Schmonzes aufregsam beschmonzeln.

Manch' Wort dann, sehr lobend und wirsch fällt
Ab für die Musik von L. Hirschfeld.

Zum Schluß und zum tätlichen Ausgleich
Der Prosa und Versdichtungen
Steht Halbwelt beim nächsten Haus gleich,
Nach allen Verkehrsrichtungen.[9]

Anfang des Jahres 1925 beginnt nun auch Fritz Grünbaum für die Wiener Revue-Theater zu arbeiten, nachdem er bereits 1920 für Rudolf Nelsons *Künstlerspiele* am Berliner Kurfürstendamm die Revue „Total manoli“ (Einlagen: Kurt Tucholsky) getextet hatte. Doch die unruhige Reichshauptstadt mit ihren revolutionären Erhebungen war Grünbaums Sache nicht, und er reimte verdrießlich:

Fritz Grünbaum

Jedes Jahr im Mai
Kommt die Schießerei:
die Freiheit
als Neuheit!
Beim Staatsbürgermann
gehts wieder an!
Und den alten Scherz
sieht man allerwärts:
Von Gleichheit träumt weich heut das Herz!
Und da hilft kein Grolln,
laß se dabei!
s'geht schon im August
ihnen aus die Pust,
November, Dezember is aus die Lust![10]

Aber auch dem *Patriotischen Kabarett,* welches sich – damals noch bei den meisten unliebsam – in Berlin bemerkbar zu machen begann, konnte Grünbaum 1922 wenig abgewinnen: „Unten sitzen Leute, die sich unterhalten wollen, oben steht ein Mensch und brüllt –: Was ist los? Er schreit, daß unser Vaterland geknechtet sei, und daß wir uns wieder aufraffen und es ‚denen drüben‘ schon zeigen wollen, hurra! – Nun brüllen auch die unten . . .“[11] So kehrt er nach Wien zurück und arbeitet hier sogleich an seiner Revue „Rund um den Mittelpunkt“. Daß die heimischen Illusions-Revuen dem Publikum lediglich entblößte oder bestrumpfte Beine ohne Handlung zeigen – darüber macht Grünbaum sich keine Illusionen mehr. Aber er stellt sich die Frage: Was sollte eine Revue sein? und antwortet:

Rudolf Nelson

Grünbaum-Revue

Eine geistreiche Aneinanderreihung unzusammenhängender, Auge, Ohr und Vernunft befriedigender Szenen, die unsern Alltag glossieren, die Dummheiten unserer Zeit verspotten, nebenher pikanten Soubretten, süßen Tänzerinnen, smarten Theater-Don Juans und schlagkräftigen Komikern Gelegenheit geben, mit Laune, Schneid, Rhythmus und schmissigem Unsinn die Trübsal unserer Tage uns aus dem Gehirn zu blasen.

Ist „Rund um den Mittelpunkt", als dessen Vater ich in die Geburtsmatrikeln der Musenkinder eingetragen bin, solch eine Ideal-Revue? Sei'n wir ehrlich: nein!

Der verhältnismäßig kleine Bühnenraum der „Hölle" verbietet große Prunkentfaltung in Dekoration und massierter Luxusgewandung. Auch literarisch ist die Revue anders als ich ihr Idealbild sehe. Denn da in Wien größere Bühnen sich dieser Kunstgattung widmeten, widmen und noch widmen werden, ist das knappe satirische Material des Wiener Lebens so ausgebeutet, daß ich nur Wiederholungen hätte bringen können.

Was ist also meine Revue? Ein Bastard zwischen alter Ausstattungsposse und moderner Theaterschau. In bunter Folge ziehen Wiener Bilder an uns vorbei. Vom Beginn unserer Zeitrechnung, dem Auftreten der Römerlegion auf dem Boden unserer Stadt, über Türkeneinfall und Theresianisches Zeitalter hinweg, an der Gestalt des Franzosenkaisers vorbei bis in unsere und schließlich auch in kommende Zeiten wird die alte Geschichte, die ewig neu bleibt, gezeigt: die Liebe. Und zwar in der spezifisch resch-süßen Form, die ihr das blonde Wienermädel gibt.

Mit meinem Kollegen Bernard Shaw verbindet mich eine tiefe Verachtung der „historischen Fraun". Man rechne mir also nicht nach, daß es dies und jenes zu der und der Zeit nicht gegeben habe. „Rund um den Mittelpunkt" ist kein kulturgeschichtliches Werk. Es ist nicht einmal eine Revue. Es ist nur, wofür aber der Wiener immer eine Vorliebe hatte: — a Hetz![12]

Die „Hetz", zu der Grünbaum seine Wiener einlud, bestand unter anderem darin, eine ferne Zukunft — um das Jahr 1950 — in Szene zu setzen, in welcher dem behosten weiblichen Junggesellen von einem Mann in Frauenkleidern „Komm mit!" zugeflüstert wird — und auch hier wird man lieber nicht nachrechnen, ob das historisch auch wirklich „stimmt". Tatsache ist, daß die Theater sich mit Revuen füllten, denn diese füllten sie mit Publikum. Schon in den *Kammerspielen* war eine verkleinerte, kabarettistische Revue gespielt worden, nun bricht diese auch in die *Hölle* ein. — „Auch? — Nein, die neueste Wiener Revue, die den Februar im berühmten Kabarett an der Wien eröffnete, ist keine Auch-Revue", urteilt die *Bühne*, „sie ist vielmehr von Fritz Grünbaum. Das bedeutet schon ihre Klasse und daß sie an Witz und Einfällen wohlhabend. Was unterscheidet übrigens Grünbaum von Farkas, dem als Revuedichter bekannten Kollegen? — Nun, Grünbaum hat Witz, Farkas Witze."[13]

Kritischer reagierte die *Arbeiter-Zeitung*: „Wo Zugstücke fehlen, da stellt sich eine Revue zur rechten Zeit ein", schrieb Fritz Rosenfeld anläßlich der Wiederaufführung der Grünbaum-Revue in der *Rolandbühne* auf der Praterstraße. „Das Verschwimmen der Grenzen zwischen der Unterhaltungsbühne und dem Nachtlokal hat aber noch eine andre Ursache als die Notlage der Theater: es erweist deutlich den Verfall des einst so blühenden und einträglichen Gewerbes der Stückebauer. Statt einen neuen Einfall zu einem abendfüllenden Schwank oder zu einer Operette auszuspinnen, reihen die Stofflieferanten des Unterhaltungstheaters lieber acht bis zehn alte aneinander."[14]

Rosenfelds Kritik erfolgte zur rechten Zeit, denn um 1925 hatte die Ausstattungsrevue in Wien ihren Höhepunkt erreicht und wohl auch überschritten. „Multipliziert man eine nackte Frau mit fünfzig", errechnete damals Siegfried Geyer zum Thema Revue, „so ist die Haupthandlung bereits da."[15]

Journal der Liebe

Im Jänner 1926 texten Grünbaum und Stärk, unterstützt von Löhner-Beda, „Apollo?? Nur Apollo!", eine werbewirksame Revue für das *Apollo-Theater,* das unter der Direktion von Viktor Eckhardt einen neuen Erfolg dringend benötigt. „So entsteht", urteilt eine zu diesem Zeitpunkt schon etwas schenkelsatt gewordene Kritik, „jene richtige Mischung aus Posse, Operette, Schaustück, Ballette und Grand Guignol, als den Elementen der modernen Revue. Die reine Ausstattungsrevue, die auf das Wort verzichtet, ermüdet am Ende, auch der imposanteste Aufmarsch schlanker Beine wirkt leer, wenn die Szene nur von den Scheinwerfern und nicht doch ab und zu vom Geist beleuchtet wird."[16]

Franz Blei über seine Meinung zum Revuegenre befragt, äußerte lapidar: „Man soll alles fördern, was die völlige Vertrottelung der jetzigen Menschheit fördert . . . Die Revue hat also nur Vorteile gegenüber den anderen Kunstäußerungen dieser Zeit, weil sie keine Kunst äußert."[17] Anton Kuhs Erwartungen lagen in der gleichen Richtung: „Ihr Verdienst und ihre Lebenskraft liegen darin", so antwortete er auf eine Umfrage der *Bühne* zum Thema „Revue", „daß die Schaustellung schöner, nackter Frauenkörper umwälzender und erziehlicher auf die Masse wirkt, als soundsoviel Jahrgänge ‚Bettauers Wochenschrift'. Nach zehn Jahren Revue werden die Seipels nur noch in Revuen auftreten können."[18] Gerade Aufrichtigkeit wurde der Revue auch von Egon Friedell attestiert: „. . . sie macht nicht einmal den Versuch zu so etwas wie einer Handlung und gibt offen zu, daß es nur auf die Beine ankommt. Mit diesen bin ich übrigens restlos einverstanden; aber sie sollten ohne Text gezeigt werden."[19] Karl Farkas wieder verfocht entschieden den Standpunkt des „Professionisten", der, um das „Niveau" seiner Veranstaltung besorgt, die Mädchenbeine in künstlerische Reformpläne gekleidet wissen will. „Es ist mein bescheidenes Verdienst, Handlung, eine durchlaufende Idee in sie hineingebracht zu haben. Und ich will es im Verein mit Fritz Grünbaum im nächsten Jahr noch stärker tun, will eine regelrechte Operettenhandlung mit Konflikt und Finali der Revue eingliedern."[20]

Zeichnung von Gesmer

Zu Beginn des Jahres 1926 verläßt das Revue-Imperium der Gebrüder Natzler Wien und zieht nach Berlin, bereits im Februar kündigt Farkas sein neues Werk an:

Dann gibt es jetzt eine Revue,
(Sie heißt „Journal der Liebe")
So lustig, daß ich über sie
Gern' viele Seiten schriebe!
Der Grünbaum bringt manch' Schönes hier,
Der Neumann glänzt chromatisch,
Na, und der Farkas, der ist mir
Doch kolossal sympathisch!!![21]

„Journal der Liebe", komponiert von Egon Neumann, wird zur ersten Revue, die Grünbaum und Farkas gemeinsam schreiben. Während im *Bürgertheater* noch alle Mitwirkenden hoffnungsvoll einer Verschiebung des Premièrentermins entgegensehen, von den zwanzig Bildern rund eineinhalb Dutzend erdacht, drei Viertel geschrieben, die Hälfte erprobt und ein Viertel feststehen, gibt Farkas, der souverän auch die Probe leitet, genügend über sein eigenes Werk informiert, erste Auskünfte:

> Unsere Revue ist eine Operette in . . . Aber natürlich kann man den blauen Stoff für den Johann-Strauß-Himmel verwenden . . . wir haben nämlich ein Bild mit einer Johann-Strauß-Huldigung – also, wie gesagt, eine Operette mit vielen Bildern . . . meinetwegen können Sie auch die Girls damit anziehen, Stoff genug . . . wenn ich mit so wenig Stoff auskommen könnt', aber das Leben einer Diva –

ja, ja, das ist der Stoff der Revue – nicht wahr, man wird ganz nervös ... wie soll ich wissen, wo der Glawatsch ist – wo ist der Glawatsch? ... na also, was fragen Sie dann mich ... mit einem Wort, die Revue behandelt das Leben einer Diva – das wissen Sie schon aus dem Titel? Natürlich ... aber meine Damen, in einem Parfümerieladen benimmt man sich viel duftiger ... nebbich, es ist ihnen zu kalt ... setzen Sie den Hut auf, sonst werden Sie Frostbeulen kriegen ... gut, soll derweil der Fleischmann allein das Duett singen ... ich bitt' Sie, kommen Sie da weiter ins Parkett; wenn man allein sein will, muß man sich in ein Theater ins Parkett setzen – die Diva soll heiraten – ja, die in unserer Revue: jetzt rede ich doch schon eine ganze Stund' von unserer Diva, die am Polterabend in ihrer Wohnung im Cottage den Regisseur Karlheinz Rubinstein empfängt, den spiel' ich, und sie hat ein Tagebuch, in dem sie ihre ganzen Erlebnisse aufgezeichnet hat. Der Regisseur sagt zu ihr ... schau'n Sie, Herr Direktor, drei Minuten lassen Sie mich leben ... ich sag' zu ihr, sie soll das Tagebuch vor ihrer Heirat vernichten, damit ... was ist mit der Esplanade? – einen Moment ... selbstverständlich in der Maske ... kurzum, bevor sie das Tagebuch verbrennt, liest sie es noch einmal durch und die einzelnen Tagebuchblätter sind die Bilder der Revue. Ihre Karriere beginnt in einem Parfümerieladen, führt über den Heurigen nach ... die Zwischenbilder werden heute nicht probiert, nein, ich muß noch einen Text schreiben ... heute Nachmittag kann ich mich hinsetzen ... auf der Esplanade, das ist in Ischl natürlich ... die Diva soll die Hauptrolle in der „Fürstin Clarica" spielen, und sie kommt auf ihren Gastspielreisen ... ja, ja, ja, ich komme schon, sofort ... verzeihen Sie ... Sie sehen ... das andere können Sie sich ja denken ... auf Wiedersehen bei der Première.[22]

Roda Roda. Zeichnung von Berger

1926 übernehmen Grünbaum und Farkas die künstlerische Leitung des von Hubert Marischka geführten *Stadttheaters* in der Skodagasse, und die Ausstattungsrevue mit betont wienerischer Note erreicht hier ihren Höhepunkt. Farkas und Grünbaum singen, tanzen, spielen, conférieren, führen Regie und schreiben eine Revue nach der anderen: „Das tanzende Mädchen" und „Wien lacht am Sylvester" gelangen noch im selben Jahr zur Uraufführung. Derartiger Leistungsdruck sorgt allerdings auch für einige Verwirrung unter den Autoren:

FARKAS: Servus, Fritz.
GRÜNBAUM: Servus, Karl. Wo hast du denn heute deinen Kammerdiener?
FARKAS: Ich habe doch keinen.
GRÜNBAUM: Dann mußt du schon so lieb sein, die Tür hinter dir selbst zuzumachen.
FARKAS: Halt mich nicht auf, ich bin in größter Eile, denn ich habe mir geschworen, daß heute die Revue fertig werden muß. Stoff und Titel sind vorhanden, also paß auf: Der Vorhang hebt sich, wir sind auf einer tropischen, von einem häßlichen Stamm bewohnten Insel. Der Häßlichste des Stammes ist der Häuptling, der bist du. Auf diese Insel wird ein junger, schöner und eleganter Forscher verschlagen, der bin ich. Der Forscher nimmt den Häuptling mit sich nach Hause, und so wird Europa von den Indianern entdeckt.
GRÜNBAUM: Und was soll das Ganze sein?
FARKAS: Unsere nächste Revue.
GRÜNBAUM: Unsere nächste? Das ist doch unsere jetzige Revue „Robinson Farkas auf der Grünbaum-Insel".
FARKAS: Tatsächlich ... also wirklich ... nein, so was! Jetzt verstehe ich auch, warum mir der Stoff die ganze Zeit irgendwie bekannt vorgekommen ist![23]

Dann trennen sich ihre Wege: Im Februar 1927 textet Grünbaum für das *Boulevardtheater* die Revue „Hallo! Hier Grünbaum!" mit Armin Berg, Ladislaus v. Békeffi und Paul Gerhard. Farkas schreibt gemeinsam mit Ernst, dem Bruder von Hubert Marischka, die Ausstattungsrevue „Alles aus Liebe", deren Lieder den Grünbaumschen Wortwitz allerdings deutlich vermissen lassen:

Was macht die Malvin'
So lang in der Kabin'?
Den ganzen Nachmittag ist sie schon d'rin!
Ich weiß mir keinen Rat,
Jetzt wird's mir bald zu fad,
Wozu kommt sie dann überhaupt ins Bad?
Sie springt nicht, sie schwimmt nicht,
Sie taucht nicht in die Flut,
Ich wart und sie „kimmt" nicht,
Wer weiß, was sich da tut!
Was macht die Malvin'
So lang in der Kabin'?
Sie hat doch fast nichts auszuziehn![24]

Über die Marischka-Revuen hatte schon 1926 Felix Salten in der *Neuen Freien Presse* gemeint, diese seien „die Armut des Theaters, ausgestattet mit verschwenderischer Pracht ... Auch in dem Aufgebot junger Mädchen ist Hubert Marischka nichts weniger als kleinlich. Er zeigt sie massenhaft; zeigt sie in prächtigen, in reizenden, in witzigen Kostümen, zeigt sie halb kostümiert, ein viertel kostümiert, durchsichtig umschleiert und völlig entblößt."[25]

Das war's aber nicht, was die Christlichsozialen der dreißiger Jahre an Farkas und Marischka so schätzten. Vielmehr lag es an deren Wiedererweckung und Glorifizierung des alten Österreichs. So gelangte etwa die Neuadaption des bejahrten Militärschwankes „Der Feldherrnhügel" von Roda Roda und Karl Rößler im November 1933 unter dem beziehungsreichen Titel „O du mein Österreich" im *Wiener Stadttheater* zur Aufführung. Farkas und Marischka hatten es sich darin zur vaterländischen Pflicht gemacht, die k. u. k. Monarchie noch einmal hochleben zu lassen – dies freilich vor dem Hintergrund der Machtergreifung Hitlers in Deutschland. Bundeskanzler Dollfuß, der an der Spitze einer Regierungsdelegation im Revuetheater erschienen war, würdigte denn auch die patriotische Anstalt im Programmheft mit den zwar schwungvollen, aber nicht fehlerlosen Worten: „Die Verkündi-

gung von vaterländischen Ideen von der Bühne herab hat die größte Kraft der Propaganda und wiegen manchen Volksversammlungen und mit vielen Mitteln der Fremdenverkehrspropaganda auf."[26]

Mit dem Einsetzen der Weltwirtschaftskrise, die die „Goldenen zwanziger Jahre" beendete, verschwanden die großen Ausstattungsrevuen von den Spielplänen, die Klein-, Kabarett- und Kammerrevuen setzten ihre Tradition fort, während das Kabarett selbst als „Kleinkunstbühne" einen Politisierungsprozeß erlebte.

Ab 1935 schrieben, wieder vereint, Farkas und Grünbaum zahlreiche Kammerspielrevuen, so „Theater zu verkaufen", „Die gestohlene Revue", „Wohin kleines Fräulein?", „Passen Sie auf!" und „Bediene dich selbst!", mit dem Untertitel „Familie am laufenden Band in 15 Episoden". Denn was tut man, wenn man kein Geld, keine Girls und keine Darsteller auftreiben kann? Man engagiert die eigene Familie. Die Besetzung sieht dann auch dementsprechend aus:

HEUTE GROSSE PREMIÈRE
IN DER GRÜNBAUM-FARKAS-BÜHNE!

Buch: Farkas und Grünbaum
In den Hauptrollen: Grünbaum und Farkas
Inszenierung: Karl Farkas
Sonstige Darsteller: Anny Farkas, Lilli Grünbaum,
Klotilde Farkas, Pepi Grünbaum,
Greta Farkas, Marlene Grünbaum,
Gusti Farkas, Alfred Grünbaum,
Robert Farkas, Heinrich Grünbaum,
Gita Farkas, Camilla Grünbaum.
Die Farkas-Boys und Grünbaum-Girls.
Orchester: The Farkas-Band.
Dirigent: Fred Greenboom.[27]

Wo einst Girls, Glamour und Glitzer vorherrschten, füllen nun Onkel, Neffen, Nichten und exorbitante Tanten die Grünbaum-Farkas-Bühne. Familiär gestaltet sich auch bereits die Gründung des versippten Revue-Konzerns:

1. EPISODE
DIE THEATERGRÜNDUNG

Stilisiertes Interieur. Zwei Spiegel rechts und links. Farkas und Grünbaum bei der Morgentoilette in Pyjamas. Grünbaum gurgelt, Farkas liest Zeitung
Die kurze orchestrale Einleitung (Nr. 1) geht nach Aufgehen des Vorhangs in leise Begleitmusik über, die das Gurgeln musikalisch illustriert. Bei Beginn des Dialogs verliert sich die Musik.

FARKAS (blickt von der Zeitung auf): Du – Fritz!
GRÜNBAUM (mit vollem Mund): Mhmhm?
FARKAS: Da – in der Zeitung steht, daß wir soeben unser neues Stück vollendet haben. Jetzt müßten wir aber endlich mit dem Schreiben anfangen.
GRÜNBAUM (spuckt das Wasser aus): Tui! Ich denke nicht daran!
FARKAS: Warum? Hast du keinen originellen Stoff?
GRÜNBAUM: Das ist das wenigste. Was mindestens drei Jahre nicht da war, ist originell. Aber wo findet man ein vertrauenswürdiges Theater? Außer, du kommst auf meinen gestrigen Vorschlag zurück –
FARKAS: Nein – ich kann dir beim besten Willen nichts borgen –
GRÜNBAUM: Ruhe! Ich habe dir gestern außer den taktloserweise von dir erwähnten zehn Schilling vorgeschlagen, das zukünftige Stück mit mir gemeinsam selbst zu produzieren!

FARKAS: Was? Wir sollen unsere eigenen Direktoren werden?
GRÜNBAUM: Warum nicht? Wenn wir bei uns selbst engagiert sind, dann wissen wir wenigstens am Schluß, was wir unseren Namen – schuldig sind ...
FARKAS: Und wo willst du das Geld dazu hernehmen?
GRÜNBAUM: Wir brauchen keins. Wenn man, wie ich, die Berufung in sich fühlt –
FARKAS: Ich bitt' dich, red' nicht von Berufung – ich hab erst vorgestern in der zweiten Instanz meinen Prozeß verloren! Und wenn ich –
GRÜNBAUM (unterbricht): – und wenn du fortwährend dreinredest, dann kommen wir überhaupt zu keinem Entschluß! Ich meine die künstlerische Berufung, die einen auch ohne äußere Mittel ans Ziel kommen läßt. Da gibt es hunderte Fälle in der Kunstgeschichte. Z. B. der Raffael –
FARKAS: Ich weiß. Der ohne Hände geboren ist –
GRÜNBAUM: Aber nein! Es heißt nur von ihm, daß er auch ohne Hände Maler geworden wäre.
FARKAS: Und da meinst du, man kann also auch ohne Geld Theaterdirektor werden?
GRÜNBAUM: Na – ist doch entschieden leichter! Hast du schon so einen Raffael gesehen?
FARKAS: Nein. Du?
GRÜNBAUM: Na hörst du? Sogar in unserer Familie. Mein Schwager Dr. Arthur Popper hat einen echten Raffael. Ein Stilleben.
FARKAS: Signiert?
GRÜNBAUM: Natürlich. Er hat nur den Namen Raffael ausgestrichen und Ernestine Popper drübergeschrieben.
FARKAS: Warum?
GRÜNBAUM: Weil sein Rechtsanwalt gesagt hat, er soll alle Wertsachen auf den Namen seiner Frau schreiben. Und er hat doch lauter so wertvolle Bilder. Einen Velasquez. Ein Zigeunermädel. Hat 100 Schilling gekostet.
FARKAS: Hundert Schilling?
GRÜNBAUM: Ja. Und dabei hat er's um den halben Katalogpreis bekommen.
FARKAS: Der Katalog kostet 200 Schilling?
GRÜNBAUM: Aber nein! Das Zigeunermädel hat laut Katalog 200 Schilling gekostet.
FARKAS: Zweihundert Schilling – ein Zigeunermädel? Ich hab' zu Hause den Prinzen von Wales für 20 Schilling! Ich sag' dir –
GRÜNBAUM (einfallend): Sag' mir gar nichts, sondern hör' zu: Wir können, unserer Berufung folgend, ohne weiters ein Theater eröffnen.
FARKAS: So? Womit denn? Ich hab' 40 Schilling im Vermögen.
GRÜNBAUM: No – und ich achtunddreißig.
FARKAS: Sind achtundsiebzig. Und um ein Theater zu eröffnen, braucht man heutzutage doch mindestens zweihundert!
GRÜNBAUM: Wir werden so viel Geld haben, als wir brauchen.
FARKAS: Und wir brauchen –?
GRÜNBAUM: Nichts.
FARKAS: Das haben wir schon jetzt beisammen.
GRÜNBAUM: Mehr brauchen wir doch auch nicht.
FARKAS: Du bist ein ausgesprochener Fakir. Wieso brauchen wir nichts?
GRÜNBAUM: Na, wir können uns doch alles allein machen! Wir halten uns ganz einfach an das Prinzip „Bediene dich selbst!" Das kannst du doch jetzt überall lesen. Autarkie nach außen und innen. An allen Ecken unserer Stadt tauchen solche „Quisisana"-Stätten auf –
FARKAS: G'wiß is ana dabei reich geworden und –
GRÜNBAUM: Ruhe! Espressos sind hoch in Mode: H K, O K, B K –
FARKAS: B K ist eine Elektrische –
GRÜNBAUM: Ich hab' dich nicht gefragt! (fährt fort) V N, G H – Warum soll es also nicht auch ein Fri-Grü und ein Ka-Fa geben?
FARKAS: Frigrü – Kafa?
GRÜNBAUM: No ja – Fritz Grünbaum und Karl Farkas! Espresso der dramatischen Kunst! Wo jeder rasch und billig leichte Kost in abendfüllenden Portionen bekommen kann. Wir kochen selbst, servieren selbst – also brauchen wir niemand und nichts dazu. Wir machen uns alles allein. Wir sind die Vorkämpfer einer neuen Theaterwirtschafts-Ära. Du wirst sehen, bald stehen alle anderen Bühnen geschlossen hinter uns!

Farkas: Ich bitt' dich, spar dir dein Pathos! Wieso können wir uns alles selber machen? Wir können wohl das Stück schreiben, die Hauptrollen spielen, inszenieren – aber woher willst du z. B. das übrige Schauspielerpersonal nehmen? Das Ensemble?

Grünbaum (überlegen): Woher? Hast du keine Familie?

Farkas: Selbstverständlich. Oder hast du geglaubt, ich bin ein Findelkind?

Grünbaum: Bestimmt nicht. Denn wer d i c h findet, bringt dich ganz sicher zurück ... Du hast also Familie?

Farkas: Na – wie jeder. Familie ist ein Sammelname für Leute, die einen anpumpen, wenn's einem gut geht und einem Vorwürfe machen, wenn's einem schlecht geht ... Und in meiner Familie wird das noch verschärft durch Langlebigkeit einzelner Mitglieder.

Grünbaum: Genau wie bei mir. Mein Schwiegervater ist erst mit 81 Jahren gestorben.

Farkas: No und mein Großvater mit 96!

Grünbaum: Das ist noch gar nichts. Ich hab' einen Onkel, der lebt heute noch! Der Onkel Pepi. Ein närrischer alter Brünner.

Farkas: Und den willst du an unser Theater engagieren –?

Grünbaum: Natürlich! Wir müssen unsere ganze Familie zur Mitarbeit heranziehen! Das ist unser Ensemble!

Farkas: Ich könnte vorläufig einen Cousin beistellen. Er ist zwar ein schwächlicher Mensch, aber trotzdem zu verwenden.

Grünbaum: Was ist er denn?

Farkas: Krank.

Grünbaum: Ich meine, was macht er?

Farkas: Er hustet.

Grünbaum (gesteigert): Ich meine, was macht er, wenn er nicht krank ist?

Farkas: Dann hustet er nicht ...

Grünbaum (drohend): Ich meine – was macht er, wenn er nicht krank ist und nicht hustet?

Farkas: Dann ist er gesund ... Aber momentan ist er nicht besonders beisammen. Eben recht für unsere Zwecke.

Grünbaum: Schön. Und ich spende einen Schwager. Der ist grad disponibel. Er ist zwar auch nicht in der besten Kondition. Er war nämlich sieben Jahre in der Gefangenschaft.

Farkas: Sieben Jahre? So lang hat doch der ganze Krieg nicht gedauert ...

Grünbaum: Wer redet vom Krieg? – Also vorwärts. M e i n e Verwandten sind grad' bei d e i n e n Verwandten zu Besuch – also auf zu u n s e r e n Verwandten! ...[28]

Beeindruckt reagierte die Kritik auf die Familie am laufenden Band: „In den *Kammerspielen* gelangt am 15. Februar nach langer Pause wieder eine Revue, und zwar von Karl Farkas und Fritz Grünbaum, zur Erstaufführung", schrieb die *Wiener Sonn- und Montagszeitung*. „Sieben Jahre lang waren die beiden geliebten Wiener Komikerautoren nach großen gemeinsamen Erfolgen getrennt gewesen. Jetzt, nach den sieben dürren Jahren, starten sie wieder gemeinsam als Autoren und Darsteller in der von ihnen verfaßten Revue ‚Bediene dich selbst!' in den Kammerspielen. Diese Revue stellt etwas völlig Neuartiges auf dem Gebiet des heiteren Bühnengenres dar."[29] Zwei Wochen später verkünden die Wiener Blätter, die Farkas-Grünbaum-Revue „Bediene dich selbst!" sei bis Juni verlängert worden, von 50 Vorstellungen wären 48 „total ausverkauft" gewesen. Inmitten des Pressejubels findet sich aber auch ein Hinweis darauf, die Autoren hätten den Titel urheberrechtlich allzu wörtlich genommen: „Die gestohlene Revue bekennt schrankenlos, daß in Dingen des Theaters zwischen mein und dein nicht so viel Unterschied ist, als gewöhnlich gemacht wird", steht da zu lesen, „Autoren stehlen und werden bestohlen, es handelt sich einzig darum, wer früher da war und besser zugreift ... "[30]

Davon handelte schließlich auch eine Gerichtsverhandlung, die am 3. März 1935 im *Biercabaret Simplicissimus* stattfand. Nachdem der Marton-Verlag gegen Franz

Engel und Fritz Wiesenthal eine Zivilklage wegen Verletzung des Urheberrechtes eingebracht hatte, wurde im Wollzeile-Keller der Wahrheitsbeweis vor zahlreich erschienenem Publikum, Rechtsanwälten und einem Oberlandesgerichtsrat angetreten. Die Anklage lautete: Der im Rahmen einer Simpl-Revue aufgeführte Sketch „So wird's gemacht!“ beruhe leicht verändert auf Karl Nottis musikalischem Lustspiel „Die Braut der Firma“, das im *Lieben Augustin* zur Aufführung gelangt war. Zwecks Wahrheitsfindung führte nun das Ensemble des *Lieben Augustins*, bestehend aus Stella Kadmon, Kitty Matfus, Milo Sperber, Peter Hammerschlag, Otto Dürer und anderen, den Einakter von Notti auf. Danach folgte eine regelrechte *Simpl*-Vorstellung mit Engel, Wiesenthal, Charlotte Waldow und Fräulein Ragetté.[31] Das Beispiel machte Schule, und im Mai 1936 fühlte sich Ralph Benatzky von seinem Kollegen Mischa Spoliansky musikalisch beraubt. Doch das Prinzip derartiger Übergriffe ist alt wie das Theater selbst. Schon anno 1906 hatte Wilhelm Sterk in der *Hölle* vor den Folgen leichtfertiger Aneignung geistigen Eigentums gewarnt:

Ich hatt' einen Kameraden,
Der war ein Librettist,
Er stahl auf allen Seiten
Wie das bei heut'gen Zeiten
Nicht gar so selten ist.

Er schrieb ein neues Opus:
„Du das wird wunderfein!“
Von Zuversicht durchdrungen
Rief er: „Es ist gelungen,
Als wie von Leo Stein!“

Nun kam die Première.
Gehaut hätt' man ihn schier.
Er rief: „Wie schlecht sie's heißen!
Und wie sie mich verreißen –
Als wär's ein Stück von mir!“[32]

Die Ausstattungsrevue, die einst ausgezogen war, die Wiener Theaterkrise zu beheben und die Krisentheater zu beleben, lebt noch einige Jahre, verarmt, aber geistig gestärkt, im Kabarett weiter. Für den *Simpl* schreiben Grünbaum und Farkas ab 1936 „Was kostet Wien?“, „Ali Farkas und die 40 Grünbäume“, „Prüfen Sie selbst“, „Wir fallen aus dem Rahmen“, „Man neckt uns am Mars“, „Robinson Farkas auf der Grünbauminsel“ und „Wir sehen Gespenster“. Am 9. März 1938 kündigt Bundeskanzler Schuschnigg eine Volksabstimmung an, am folgenden Tag spielen beide ein letztes Mal ihre Revue „Metro Grünbaum – Farkas' höhnende Wochenschau“ in der Wollzeile, am 12. März marschieren deutsche Truppen in Österreich ein: Die Gespenster waren Realität geworden.

EXKURS: DER ROTSTIFT DES DAMOKLES

WAS DIE ZENSUR IN DER ERSTEN REPUBLIK NOCH ERLAUBT HAT

Es ist leicht, die Censur zu hintergehen, weil sie vielleicht hintergangen seyn will. Indessen ist doch das ganze Censurwesen, nach hiesigem Ausdrucke, eine Sekkatur.

Allgemeine Deutsche Bibliothek 1874
über das josephinische Wien.[1]

Einst verbot die Zensur ein Stück von mir und Väterchen Rößler. Ortskundige rieten uns: wir sollten uns beschweren gehen. Wir gingen auf die Statthalterei. Ein wilder Regierungsrat empfing uns. Und schrie: „Beschwerde? Schön. Aber das sag' ich Ihnen: solange Österreich steht, wird dieses Stück nicht aufgeführt werden." „Schön", meinte Väterchen Rößler, „dann warten wir halt noch die paar Wochen."

Roda Roda[2]

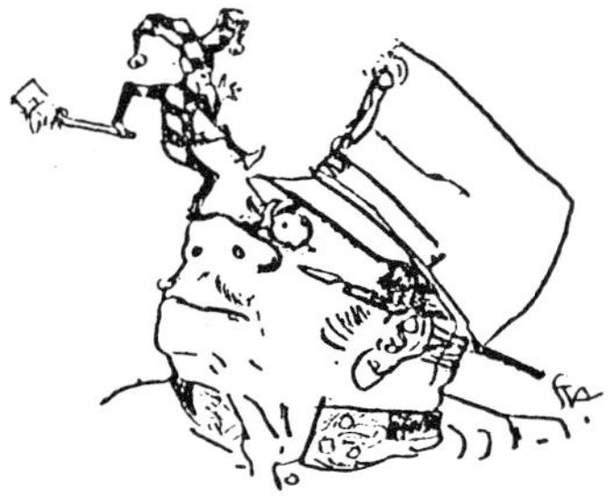

Nach den paar Wochen waren Monarchie und Adel abgeschafft und Österreich war Republik geworden, nahm aber nur ungern davon Kenntnis. Die Zensur wurde 1918 zwar für die Theater, nicht aber für die Kabaretts aufgehoben. „Ein Umstand, der freilich durch die Tatsache gemildert wurde", wie der Kabaretthistoriker Heinz Greul anmerkt, „daß es nichts zu unterdrücken gab."[3]

Hartnäckig vorgetragene unpolitische Brettl- und Revuetexte zwangen schließlich den Staat zum Nachgeben: 1926 wird die Kabarettzensur (für die kommenden acht Jahre) abgeschafft. Ein Umstand, der auch von Karl Farkas begrüßt wird:

Hochlöbliche Redaktion!
Ich falte stumm die Hände:
Denn die Zensur, — das merk' ich schon
Ist nah' dem späten Ende ...

Beschnitten hat sie fort und fort
Des Musenrosses Schwingen,
Verboten jedes freie Wort,
(So à là Berlichingen ...)

Man las die Werke, schwungberaubt,
Durch kritische Monocles;
Stets schwebte überm Dichterhaupt
Der Rotstift des Damokles.

Zwar war dies weiter kein Malheur
Für Goethe und für Schiller,
Doch störte es die Mädchen sehr
von Jackson und von Tiller.

Des Staates schimmernde Wehr

Der Zensor war stets da im Nu,
Mit scharfem Schnabel hackend,
Und deckte Feminines zu,
Das allzu packend nackend . . .

Nur manchmal war er strichesmüd'
Und sprach: „Ich muß gestehen:
Wenn ich jede Schweinerei verbiet' –
Wohin soll ich dann abends gehen . . .?[4]

Liberal war die Republik gegenüber nackten Mädchenbeinen der Jackson- und Tiller-Girls geworden, nicht aber, wenn's um des Staates schimmernde Wehr ging. Gegen den Theaterdirektor Franz Wenzler, den Librettisten Löhner-Beda, den Komponisten Robert Karczak und gegen den Schauspieler Robert Nästelberger wurde im Frühjahr 1928 beim Strafbezirksgericht I Anklage wegen Beleidigung des sich angegriffen glaubenden Bundesheeres erhoben. Den Grund der Anklage bildete eine Szene der „A B C – Revue", die am 1. Jänner 1927 in den *Kammerspielen* uraufgeführt worden war. Das betreffende Bild, durch dessen Text und Aufführung das Heer herabgesetzt und verspottet worden sein soll, trug den Titel „Quer bei Fuß. Ein Manöver im Burgenland". Der Inhalt der Szene ging laut übereinstimmenden Zeitungsberichten[5] im wesentlichen dahin, daß ein Vertreter des Völkerbundes als Zuschauer den Manövern beiwohnte und hiebei verschiedene Fragen an Heeresangehörige stellte, Fragen, die sich auf die durch den Friedensvertrag der Republik auferlegten Rüstungsbeschränkungen bezogen. In dem Inhalt nämlicher Gespräche hatte der Staatsanwalt eine Verspottung des Bundesheeres erblickt und mit Zustimmung des Ministeriums für Heerwesen gegen die genannten Personen die Anklage wegen Beleidigung des Bundesheeres im allgemeinen erhoben.

Im niederösterreichischen Industrieort Wiener Neustadt werden im August 1933 sozialistische „Rote Spieler" von der Bühne weg verhaftet, da sie am Tag zuvor im nahen Sollenau bei ihren Darbietungen Regierungsmitglieder beleidigt haben sollen. „Gestern wurden über die Schauspieler Arreststrafen verhängt", meldete das *Neue Wiener Tagblatt*. „Der Führer der Gruppe . . . erhielt vier Wochen, der Einberufer der Veranstaltung drei Wochen, die anderen Mitglieder ein bis zwei Wochen Arrest . . . Die Bestraften mußten die Strafe sofort antreten."[6]

Ob die Zensur die Literatur verfeinere, wie dies Karl Kraus meinte, muß dahingestellt bleiben; jedenfalls wurde sie nach dem Bürgerkrieg vom Februar 1934 wieder offiziell eingeführt. Vierzehn Tage vor der Première mußten nun die Textbücher in den Polizeidirektionen abgegeben werden, was sich, der Arbeitsweise des Kabaretts gemäß, als fast undurchführbar erwies. Wie schon im ersten Weltkrieg saßen wieder goldbetreßte Polizeiräte unter den Zuschauern und verglichen Textbücher mit dem Bühnengeschehen.[7] Rudolf Weys von der *Literatur am Naschmarkt* wußte auch hier einen Ausweg: „Wir luden die Polizei zur Generalprobe und machten uns Herrn Polizeirat Capek zu unserem besten Freund."[8]

Ab März 1938 herrschte dann der Braunstift des Zensors über den verbliebenen Kleinkunstbühnen; wer jetzt noch, wie etwa das *Wiener Werkel* weiterwerkeln wollte, der brauchte schon einen Goebbels zum besten Freund.

WIE ICH INS KABARETT GERIET . . .

EIN MOTIVENBERICHT IN SELBSTZEUGNISSEN

Die Tante Sali war immer dagegen,
Sie ist meiner Mutter in den Ohren gelegen:
„Schau, dein Fritz ist so nett in der Näh',
Warum läßt du den Buben zum Cabaret?“
Fritz Grünbaum[1]

ARMIN FRIEDMANN

MEIN KABARETT

Ich glaube, es wird am besten sein, ich gründe ein Kabarett. Es sind zu wenig Kabaretts in Wien. Meins wird jedenfalls das originellste sein. Es muß nämlich schleunigst etwas für die Kultur des modernen Geistes geschehen. Ich etabliere mich als entschlossenen Vibrationsmasseur aller Dekadenz, als eine Art von Seelenbadwechsel der vom Leben gefährdeten Edelenergien.

Mehr Nachtlicht!

Ich habe längst einige unschätzbare Kunstkräfte für mein Unternehmen vorgemerkt. Ich brauche nur noch die Vorschüsse auszufolgen, die Ehrenwörter und Handschläge wurden bereits gewechselt. Meine Mitglieder sind schon eifrig damit beschäftigt, sich die Haare wild wachsen zu lassen. Demnächst werde ich die Smokings auslösen, damit wir doch endlich einmal anfangen können. Alle meine Leute sind innerlich so müde, vermorscht, geknickt vom Dasein, lauter zermürbte, zerpackte, kulturische Weltflüchtlinge. Sie sind aber alle trutzhaft entschlossen, gegen ein bescheidenes Honorar und ein kleines Gulasch sämtlichen erwachenden Morgenröten und ahnungsreich heraufdämmernden Zukünften hieratisch-ekstatisch vorauszuleuchten. Sie wollen sich selbst hinopfern und darbringen; sie sind bereit, die Gegenwärte zur echten Kunst hinaufzuläutern.

In meinem Kabarett.

Das Kabarett ist mehr als eine bloße Mode. Es hat Ewigkeitswert, Dauerkraft. Es ist die bewußte Emanation und Inkarnation orgiastischer Schönheitsdränge. Es stellt das einzig lebenswürdige Leben dar, es ist die dieser Gegenwart allein würdige Kunst. Ich wüßte überhaupt nicht, was es nicht wäre. Keine Phrase ist so sinnlos verschwollen, um seine Prächte auszuschöpfen. Es ist alles und nichts zugleich. Besonders das letztere: Und das ist für mich das ganz Große!

Mein Kabarett wird eine seltsame Kupplung und Zwitterung der erstaunlichsten Unzulänglichkeiten darbieten. Es wird die in verrosteten Ketten hängende Phantasie aufstaunender Hörerschaften großartig entfesseln. Es wird die von mir, dem Direktor, persönlich gerittene hohe Schule der letzten Umwertungen sein. Denn – seien wir doch ganz aufrichtig! – darauf kommt es doch eigentlich an. Mein idealer Hörer, und ich will nie einen anderen haben, wird immer fühlen: „Ja, was wollen denn diese Menschen da droben eigentlich von mir, was rütteln sie mit ihrer seltsam fremden Kunst an meinen Nervensträngen?“ Und wenn er sich ganz verwirrt an den Kopf greift, ob ihm der noch festsitzt, dann schleudere ich ihm als Conférencier zur Erläuterung ein paar Phrasenfetzen hin von der Art der obigen, denn das ewig Unerklärliche kann nur durch das vollständig Absurde ganz begriffen werden. Oder auch nicht.

Der Hauptreiz meines Kabaretts soll in seiner unbedingten Reizlosigkeit liegen. In den vielseitigen Talentlosigkeiten meiner Mitglieder. Das muß das Feinste daran sein. Laßt mich nur einmal meine persönliche Note wechseln, und ihr sollt sehen!

Mein Kabarett wird heißen: „Die fünf Abdecker.“ Ich fühle den Titel erhabenfurchtbar. Wir werden nämlich mit dem Orchesterdirektor unser fünf sein, dazu kommen noch zwei sogenannte „Damen“. Wir können eigentlich nichts, doch sind wir kühn. Wir verachten jeden, der etwas kann. Man komme uns nur nicht mit bourgeoisen Talenten. Talent ist doch längst überwunden. Ich würde mich schämen, Talent zu haben. Talent interessiert überhaupt niemanden mehr. Unser Talent ist die große Müdigkeit. Wir sind alle so unendlich krank am Leben. Angeekelt, angewidert, o pfui Teufel!

Aber ich will auch von meinen Mitgliedern ein paar gute Worte sagen. Zuerst von den beiden wundervollen Damen. Es sind die edelsten ihres Geschlechtes. Eine, die noch nichts, und eine, die nichts mehr kann. Nicht ganz wörtlich zu nehmen, denn die Junge wird niemals was können und die Alte hat zu keiner Zeit etwas gekonnt. Die Junge, die ich unter dem Decknamen Miß Idiotima Merveille – eigentlich heißt sie Marie Doleschall – auftreten lasse, ist gar nicht besonders hübsch. Wäre sie es, sie wär's nicht bei mir. Sie hat etwas von einem grollenden Extramädchen, der die Frau den Ausgang verboten hat, weil unerwarteter Jausenbesuch gekommen. Sie ist noch viel zu gesund, aber das werde ich ihr schon auf den Proben abgewöhnen. Ich werde sie treten, ich werde sie brechen. Sie muß mir mehrere Knäckse bekommen. Ich werde ihr die Gage nicht auszahlen, das wird edle Traurigkeit in ihr auslösen. Vorläufig hab' ich ihr eine verruchte Kurve geschenkt. Sie muß immerfort ins Leere starren, ins Publikum. Sie sieht Unglaubliches. Dann hab' ich ihr noch ein zweites geschenkt: die große Verwunderung der erwachenden Schlaftänzerin! Idiotima kann selbstverständlich weder tanzen noch singen; ich habe sie deshalb zur Tanzsängerin ernannt. Ihre Armbewegungen erinnern an die Flossenschläge einer aufs Landungsbrett heraufkriechenden Robbe. Ihr Gesang kann musikalische Menschen die Wände hinauftreiben. Unser Kapellmeister ist zum Glück vollständig unmusikalisch, sonst hätte er die Einstudierung nicht überstanden. Oder sie wäre durch einen Mord vorzeitig abgebrochen worden. Die Kleine wird meine „Verruchten Lieder" zirpen. Ein Dichter hat sie bereits die „sterbende Zikade" genannt. Das verpflichtet zu gar nichts.

Aber die Alte, die unter dem Namen Mimosa Buhlmann auftritt, ist viel reifer und viel besser. Sie hat die ehrwürdige Linie. Sie hat sogar mehrere ehrwürdige Linien. Sie ist von einer aufreizenden Keuschheit. Gebaut wie ein Billardbrett. Die lasse ich mir noch einmal ordentlich abhobeln und dann ganz mit dunkelgrünen Wollplüsch ausschlagen bis über beide Ohren. Sie soll einmal in den Sechzigerjahren in der Umgebung von Tulln engagiert gewesen sein. Das ist kein Weib. Das ist ein Ereignis, das ist eine groteske Laune der Natur. Vertritt die Junge die lockende Sünde, so kriegt die Alte fortwährend den Tugendkoller und Entsagungskrämpfe. Sie wird meine „Läuterungen" vortragen und meine „Keuschheitsekstasen" zugeben. Sie hat drei Sprachfehler. Vorn stößt sie an, rückwärts im Gaumen hat sie ein Querhölzel eingespreizt – und dann kann sie überhaupt nicht reden. Aber die Frisur ist dafür großartig. Wie sie den Schopf vom Genick aus zurückwirft – ganz außerordentlich! Das Plakat ist mir leider beanstandet worden. Weil diese grüne Preßwurst überhaupt alles mögliche vorstellen kann. Mein Publikum frißt sie schon. Sie wollte zuerst auch ihre Barfußbauchtänze machen – aber das gehört doch mehr in den leichtfertigen Unterhaltungsbetrieb des Varietés. Den sinnlichen Reiz verbanne ich vollständig aus meinem Kabarett. Ich bringe nur reine Kunst.

Und nun erst meine Männer. Ich habe einen hochbegabten Bandwarenlehrling als Chansonnier engagiert. Er lernt schon fleißig Französisch. Er wird direkt von Chat noir kommen. Der schnöde Scherz wurde natürlich sofort gemacht, daß er für die Katz' ist. Mit diesem Jüngling hab' ich mein Kreuz. Ich sag' ihm hundertmal: „Abdecker Jean de Montespan, seien Sie müde, müde, gar nichts weiter als müde!" Weil er ein bißchen Krawatteltenor in der Kehle hat, meint er schon, er müsse deswegen singen. Das ginge mir gerade noch ab.

Abdecker Hudibras Krafftt ist ein ehemaliger Bierabtrager. Wenn der einen einzigen Ton im Halse hätte, wär' er ein Bassist. Er kann aber nur grunzen und gröhlen. Für den hab' ich die derben, kernigen teutschen Sachen in Aussicht genommen. Er muß immerzu knorrig sein und Erdgeruch ausströmen. Er ist auch als erster Lustmörder engagiert, und ich habe eigens für ihn eine Szene geschrieben, vor der mir beinahe selber graust.

Abdecker Troglodietrich Bösenhardt hat eigentlich nur lange Haare. Er soll früher Maler gewesen sein, wenn 's wahr ist. Nun singt er Pointillismus. Er ist der Knabe mit dem Mooshaar. Seit dem Jahre 1897 hat er sich nach eigener Versicherung nicht gewaschen, aber er schneidet auf. Es muß schon länger sein. Er trägt seine eigenen erotisch-esoterischen Schöpfungen vor; zur arg verstimmten Laute. Seine „Neurosen der Ruchlosigkeit“, seine „Vibrationen der Sünde“. Dann die „Sonette des alten Flagellanten“. Alle Grausamkeiten leben in seinem lodernden Blick. Er ist Sadist, Masochist, Morphinist, Satanist. Er nennt sich mit Vorliebe den „König der Wüstlinge“. Er sieht aus wie ein verlotterter Lasterhöhlenbewohner. Wie ein dreiviertelwahnsinniger Hinterweltler. Dabei ist der Mann, wenn er aus dem Geschäft kommt, der anständigste und ruhigste Mensch von der Welt. Ein zärtlicher Gatte und braver Vater, der seine Buberln selbst in der Früh in die Schul' führt, nachdem er ihnen zu Hause die Aufgaben gemacht und den Kaffee auf der Maschine gekocht hat. Ich bitte das nicht weiterzusagen, es könnte ihm in seinem Berufe schaden, wenn er in guten Ruf käme.

Als vierten Abdecker habe ich die Ehre, mich selbst vorzustellen. Ich werde mir sowohl den Doktor- als auch den Freiherrntitel beilegen. Also etwa Dr. Freiherr v. Debitor. Oder so. Ich bin nur Conférencier. Ich durchschwätze mit meinem wirklich hirnlosen Gefasel die Zwischenakte. Ich sage ungefähr, was der Budenausrufer im Prater sagt. Nur sagt er es ehrlicher. Ich beplausche alles, was ich nicht verstehe, somit ein unbegrenztes Gebiet. Ich stelle mich als Akkumulator von Lebensenergien vor, als beglaubigten Vertreter jeder Zukunftssehnsucht. Als ersten und einzigen Edelträumer. Ich protze mit dem Komplex meiner Unzulänglichkeiten. Ich beschimpfe unaufhörlich das Publikum und die Konkurrenz. Ich bin alles – die Welt ist nichts – und ich bin die Welt!

Ich würde dieses mein Kabarett schon längst eröffnet haben, aber leider fehlt mir noch eines dazu, das sehr wichtig ist, geradezu unerläßlich: Ich brauche nämlich einen Dichter, der allen Vorstellungen vom Anfang bis zum Schlusse beiwohnt, Nacht für Nacht, bis zum grauenden Morgen. Und einen solchen habe ich bis jetzt noch nicht auftreiben können. Sie sagen alle, sie seien zwar viel gewöhnt, aber das würden sie doch nicht aushalten können. Und das wollen moderne Dichter sein! Vielleicht find' ich durch diese Zeilen den Mann, den ich brauche; dann eröffne ich morgen schon mein Kulturkabarett der sehnsüchtigen Morgenröten: „Zu den fünf Abdeckern.“[2]

RUDOLF OESTERREICHER

MEINE SEHR VEREHRTEN DAMEN UND HERREN!

Wenn einem unter Ihnen die folgenden Cabaretvorträge aus irgend einem Grunde nicht behagen sollten, dann soll er nicht *mich* dafür verantwortlich machen, sondern das k. k. Landesgericht in Wien.

Das k. k. Landesgericht in Wien ist nämlich schuld daran, daß die meisten dieser Vorträge entstanden.

Wieso das kam?

Ich war erst kurze Zeit beim Cabaret gewesen, als ich durch einen dummen Zufall in einen Streit mit meiner Direktion verwickelt wurde. Die Differenzen wurden immer ärger und schließlich war ich so erbittert, daß ich dem Direktor schrieb, ich würde den Vertrag für die nächste Saison nicht mehr einhalten – und aufs Land fuhr.

Aber der Direktor war klüger, fuhr aufs Landes*gericht* und verklagte mich.

Das Gericht beraumte eine Verhandlung an, und da ich nicht erschien, verurteilte es mich in contumaciam zur Einhaltung meiner kontraktlichen Verpflichtungen.

In contumaciam heißt auf deutsch: „wärst d'kommen!“

Und so mußte ich wieder die Cabaretfeder eintauchen und – Pegasus im Joche – allmonatlich „pikant, aktuell und humoristisch“ sein.

Gedichte fabrizieren, die der Nachtstimmung und dem Champagnerkonsum Rechnung tragen!

Ich hab's getan, hier stehe ich, Gott helfe mir, ich konnte nicht anders!

Im Privatleben bin ich nämlich ein durchaus anständiger Mensch und möchte nicht gerne den guten Leumund verlieren, den mir sogar die k. k. Polizeidirektion bei Verleihung eines Waffenpasses ausgestellt hat.

Darum bitte ich alle, die dieses Buch kaufen: tragen Sie um Gottes willen meine Gedichte nur bei hiezu geeigneten Gelegenheiten vor: um zwölf Uhr nachts, nach dem Souper, vor tief dekolletierten, verheirateten Damen und vor Herren, die im Sommer nach Karlsbad müssen.

Oder w e n n schon vor jungen Mädchen, nur vor solchen, bei denen Sie sich persönlich davon überzeugt haben, daß „Jugend keine Tugend hat"!

Davon überzeugt man sich ja gern.

Aber – ich bitte Sie nochmals – ja nicht in den gewissen „anständigen Häusern" mit Kuchenjause und Klaviervorträgen. Sie bringen die Hausfrau in die größte Verlegenheit, werden nie mehr eingeladen und brandmarken mich als „unmöglichen Menschen".

Sie verscherzen sich Heiratsaussichten!

Sie verderben sich Konnexionen!

Sie riskieren Ihre Karriere!

Und das kann das k. k. Landesgericht in Wien doch nicht verantworten.

So – jetzt wissen Sie, was Sie wissen müssen![3]

Robert Weil-Homunkulus:

DAS RETTENDE KABARETT

„Herr Doktor! Haben Sie einen Moment Zeit?"

Aus meiner Versunkenheit aufschreckend, blieb ich stehen. Jemand, den ich als netten, freundlichen Menschen kannte, dem ich aber nie besondere Beachtung geschenkt hatte, vertrat mir, wie aus dem Erdboden aufgeschossen, den Weg.

„Lieber Herr Doktor, sagen Sie: möchten Sie in ein Kabarett eintreten?"

Ich sah ihn entgeistert an.

Kabarett? – Ich? – Mit meiner Lade voll Dramen? – Amüseur in einem Nachtlokal, wo man raucht, trinkt, lärmt, Zoten reißt? Und jemand wagte es, mir, gerade mir dergleichen zuzumuten?!

Doch er wartete meine entrüstete Antwort gar nicht ab, sondern hängte sich vertraulich in mich ein und begann zu erzählen: daß der Bruder eines seiner Bekannten im Herbst neben dem Theater a. d. Wien ein neues großes Kabarett zu eröffnen gedenke und daß er mich jenem bereits als Conférencier empfohlen hätte. Er habe es – wie er hinzufügte – aus reiner Sympathie für meine Person getan, ohne jeden Provisionsanspruch. Und ich könnte mein Glück machen und mir damit eine Lebensstellung begründen. Nur müßte ich mich umgehend entscheiden.

Ich lehnte auf der Stelle ab. Ich würde, schrie ich, mich niemals prostituieren!!

Da sah er mich ganz verständnislos an und meinte, ich möchte mir die Sache bis morgen in Ruhe überlegen. Drängen wolle er mich zu nichts. Falls nein, dann eben nein! Falls aber ja, dann würden wir schon morgen: er, ich und sein Bekannter zu dessen Bruder nach Mödling hinausfahren, un die Sache zum Abschluß zu bringen,

– Die unmittelbare Folge dieses verwerflichen, mich in meiner Dichterwürde aufs tiefste verletzenden Angebotes war, daß ich den geladenen Revolver aus der Rocktasche herausnahm und ihn in das unterste Fach meines Schreibtisches sperrte. Dann verbrachte ich eine schlummerlose Nacht, unaufhörlich über das Dilemma: Untergang oder Kabarett? nachgrübelnd. Am nächsten Morgen stürzte ich zum Telephon: ich hatte mich entschlossen, den Untergang zugunsten des Kabaretts vorläufig zurückzustellen. Mit anderen Worten: ein Provisorium!

– Am selben Nachmittag fuhren wir auch schon zu dritt hinaus nach Mödling: links mein Mäzen, rechts sein Bekannter, in der Mitte ich, der Delinquent. Ich kann nicht schildern, wie ungemütlich mir zumute war! Ich kam mir vor, als würde ich zur Hinrichtung geschleppt. Angstperlen traten mir auf die Stirn, als mich die Eskorte dem eigentlichen Unternehmer, Herrn Siegmund Kunstadt, ehemaligem Tenor im Carl-Theater, zur Begutachtung vorführte. Herr Kunstadt, über meine schriftstellerische Betätigung bereits informiert, musterte mich mißtrauisch von oben bis unten, dann fragte er kühl:

„Sie sind Jurisdoktor? Sind Sie schon einmal in einem Bierlokal aufgetreten?"

Ich verneinte wahrheitsgemäß.

Er schüttelte den Kopf. „Dann muß ich Sie unbedingt erst – prüfen, eh' ich Sie engagiere!"

Ich habe während meiner Studienzeit viele Prüfungen mitgemacht, aber bei keiner habe ich nur entfernt derartiges ausgestanden wie bei der Proberezitation, der ich mich in einem Zimmer des Hotels „Stadt Mödling" vor einer Viererkommission, der sich nachher noch der Kellner hinzugesellte, unterziehen mußte. Als ich geendigt hatte, herrschte eisige Stille.

Schließlich erteilte mit Herr Kunstadt folgende Klassifizierung: „Ihre Sachen sind gut, Ihr Vortrag ist schlecht. Wenn ich Sie bei mir engagiere, so tue ich's nur unter zwei Voraussetzungen. Erstens: daß Sie sich zu Ihren Vorträgen Karrikaturen beschaffen, die die Wirkung erhöhen, und zweitens: daß Sie bei der Première nicht abfallen."

Ich trocknete mir die Stirn. Was sollte ich darauf erwidern? Hatte ich, nachdem ich mich schon einmal so weit eingelassen, noch eine andere Wahl, als mit allem einverstanden zu sein, was man mir antrug?

Ehe wir auseinandergingen, wurde mir noch meine Gage verkündet. Sie belief sich auf ganze 300 Kronen österreichischer Währung, von welchem Betrag ich auch die anzuschaffenden Karrikaturen zu bezahlen hatte. Fürwahr, ich hatte für alle Zeiten ausgesorgt!

– Für den 1. Oktober 1910 kündigten an sämtlichen Affichierungsstellen der Haupt- und Residenzstadt Wien mächtige Plakate die Eröffnung des neugegründeten Kabaretts Der Himmel an. Ein blaugemaltes Gefilde der Seligen, worin eine Unzahl übermächtiger Engelswesen seine Spassetteln trieb, sollte dem Besucher einen Vorgeschmack der seiner harrenden paradiesischen Genüsse vermitteln. Mir persönlich kam die Geschichte weit eher wie ein Werk des Teufels vor. Denn ich war felsenfest überzeugt, daß ich bei der Eröffnungsvorstellung mit Pauken und Trompeten durchfallen und daß mein auf einen ganzen Monat berechnetes Engagement den ersten Abend nicht überleben würde.

Gerne hätte ich meine mangelhaften rhetorischen Fähigkeiten durch Unterricht bei einem Sprechkünstler verbessert. Aber da es mir nicht bloß an der Rhetorik, sondern auch an dem nötigen Lehrgeld mangelte, so war ich darauf angewiesen, mich selbst in die Arbeit zu nehmen. Stundenlang lief ich, nach dem berühmten Muster des Demosthenes an den Gestaden der Wien oder in meinem versperrten Zimmer auf und ab und wiederholte unaufhörlich ein- und denselben monotonen Satz, bald mit, bald ohne Betonung, bald die Endsilben verschluckend, bald sie wieder messerscharf hervorstoßend, bald brüllend wie ein gereizter Löwe, bald flötend wie eine verliebte Katerbraut.

Sodann versuchte ich, meinen Lippen die erforderliche Geschmeidigkeit, meiner Zunge die unerläßliche Technik beizubringen. Ich stellte mich vor den Spiegel und formte den Mund nacheinander: rund, eckig, dreieckig, viereckig, oval, spitz, hohl, voll, gerade und schief, überwachte jede Gesichtsmuskelbewegung, jedes Atemschöpfen, jedes Stirninfaltenziehen.

Zuletzt, nach wochenlangem, angestrengtestem Training, konstatierte ich zu meiner freudigen Überraschung, daß meine Aussprache gegen früher sich tatsächlich bedeutend – verschlechtert hatte! Ich brauchte nun wieder Wochen, um alles Neugelernte wieder zu verlernen und meine ursprüngliche kunstlose Art vorzutragen neuerdings zu erlangen.

Inzwischen war der schicksalsschwere 1. Oktober herangerückt. Am Vormittag werde ich plötzlich in einer äußerst dringenden Angelegenheit zu Herrn Direktor Kunstadt geholt. Direktor Kunstadt, nervös wie noch nie, empfängt mich sofort mit der freundlichen Einladung, auf das Auftreten in seinem Kabarett freiwillig verzichten zu wollen. Ich würde dadurch mir und ihm eine todsichere Blamage ersparen. Und er sei eventuell bereit, mich für dieses Opfer mit der halben Monatsgage schadlos zu halten.

Es war von jeher meine Art: eine Dummheit entweder gar nicht oder aber ganz zu begehen. Sie halb zu begehen, widerstrebte meinem Charakter. Und so schwer mir der Entschluß geworden war, mich in eine Liäson mit dem Kabarett einzulassen, unmöglich hätte ich mich jetzt dazu verstehen können, im letzten Moment umzuschwenken. Ich protestierte daher mit aller nur erdenklichen Schärfe gegen selbiges Ansinnen, indem ich auf unseren schriftlichen Vertrag hinwies und gleichzeitig auf die Kolossalgemälde, die mir Carl Josef zu meiner „Wedekindpremiere" gezeichnet und für die ich bereits 100 Kronen beangabt hatte.

„Wenn Sie den Eklat riskieren wollen!" sagte Kunstadt schließlich kalt, „dann bitte! Aber auf Ihre Verantwortung!"

Als ich mich abends im Himmel neben dem Café Dobner zur Vorstellung einfand und das Eröffnungsprogramm betrachtete, bemerkte ich zu meinem Schrecken, daß man mich, anstatt, wie vereinbart, als siebente Nummer anzusetzen, an die Stelle der zweiten Nummer gerückt hatte; an eine Stelle also, wo die aufgelegten Versager placiert zu werden pflegen. Auf meinen diesbezüglichen Einspruch wurde mir bedeutet, dies geschähe nur aus Rücksicht für mich selbst, denn zu Beginn, wo das Publikum noch vollauf mit dem Essen und Trinken beschäftigt und daher noch nicht allzu kritisch veranlangt sei, winke mir noch einige Aussicht, mit einem blauen Auge davonzukommen.

In der Garderobe wollte ich mich zunächst meinen neuen „Kollegen" vorstellen. Doch gelang mir dies nur bei einigen wenigen. Die Mehrzahl fieberte von Premièrenstimmung. Die seriöse Sängerin hatte just das Lied, von dem sie sich eine Revolutionierung Europas erhoffte, zu Hause vergessen und war darob trübsinnig. Fräulein Hansi Führer, die muskulöse Soubrette, warf eben ihren Tanzpartner, einen Nigger, zur Türe hinaus, der aus lauter Freude über sein Debut sich einen machtvollen Rausch angezüchtet hatte. Ein anderer Neger saß andächtig über einem Riesenei und brütete, wobei er das Gegacker einer Henne zum Verwechseln ähnlich kopierte. Wie ich dann erfuhr, bezog er für diese überwältigend künstlerische Produktion eine Monatsgage von 1200 Kronen. Ein Verkörperer bekannter historischer Persönlichkeiten verzerrte sein Antlitz in den gräßlichsten Fratzen, dabei eine fabelhaftere Perücke als die andere über sein kahles Haupt herabziehend. Eine ältere Dame rannte mit aufgelöstem Haar zwischen den übrigen herum und rang unaufhörlich die Hände. Ich meinte es sei ihr übel geworden, und bot ihr hilfsbereit ein Glas Wasser. Worauf sie mich unter Flüchen dahin aufklärte, sie sei die Bauchtänzerin.

Mitten hinein ertönte ein Winseln und Heulen: ein Hündchen erhielt von seinem Meister die letzten erzieherischen Rutenstreiche für sein Auftreten als zwerchfellerschütternder Tausendkünstler.

Und alle diese Nummern waren im Programm nach mir angesetzt! Vor mir figurierte einzig und allein die seriöse Sängerin, die gerade ihren Hauptschlager zu Hause vergessen hatte! Sie hatte allerdings, wie ich mich soeben überzeugen konnte, einen kleinen Sprachfehler, der nur deshalb nicht störend auffiel, weil weder vom Publikum noch von den Kellnern irgend jemand zuhörte.

Die Sängerin war zu Ende. Keine Hand rührte sich. Nun kam die Reihe an mich.

Zehntausendmal hatte ich mir laut vorgesagt: Du wirst kein Lampenfieber haben! Du wirst kein Lampfenfieber haben! Sie sind ja alle für dich Luft, die da unten sitzen! Nein, du wirst kein Lampenfieber haben!

Als ich nun aber das Podium betrat und plötzlich fünfhundert Augenpaare konzentrisch auf mich gerichtet sah, da hatte mich das wegsuggerierte Ungeheuer augenblicklich an der Kehle, daß ich mehrere Minuten lang den Mund überhaupt nicht aufbrachte und verzweifelt nach Atem schnappte. Hinter mir in der Kulisse steht, am ganzen Körper zitternd, Direktor Kunstadt. „So reden Sie doch schon!!" höre ich ihn wimmern.

Da, miteinemal bricht schallendes Gelächter im Saale los. Mein erster Erfolg! Ich wäre nämlich in meiner Aufregung um ein Haar über die Brüstung in das Orchester hinuntergestürzt. Dieser „Fehltritt", der mich beinahe meine gesunden Glieder gekostet hätte, war meine Rettung. Auch er einer jener „Zufälle", mit denen die Vorsehung nachhilft, wenn sich der Verwirklichung ihrer Absichten Hindernisse entgegentürmen.

Nun hatte ich plötzlich Courage bekommen. Die „Wedekindpremiere", in einem ganz natürlichen Ton rezitiert, durch die famosen überlebensgroßen Karikaturen von der Meisterhand Carl Josefs erläutert, fand schmunzelndes Verständnis. Man applaudierte. Nicht stürmisch, aber immerhin, man applaudierte. Kühn geworden, wagte ich jetzt ein ernstes Gedicht: den „Rosa-Domino“. Die Wirkung war eine nicht vorausgesehene. Immer wieder mußte der Vorhang hochgehen. Stürmisch verlangte der ganze Saal nach einer Zugabe. Leider war ich darauf nicht vorbereitet. „Noch etwas, Doktor! noch etwas!“ hörte ich Kunstadts aufmunternde Stimme aus der Kulisse.

Da fiel mir ein, ich hatte gelegentlich für unsern Gesangsverein „Frohsang“ im Stil eines Wiener Volksschülers einen derb-drastischen Schulaufsatz verfaßt . . . Sollte ich das Manuskript etwa zufällig –? Ich griff in die Brusttasche und siehe da! ich hatte es zufällig bei mir! Plötzlich hielt mich etwas zurück. Es war doch so gar nichts Literarisches! Durfte ich mich derart erniedrigen?! Der dröhnende Applaus des Publikums betäubte alle Regungen des Gewissens. Riskieren wir's! Ich las den ersten Schulaufsatz Poldi Hubers – er behandelte ein Weihnachtsfest im Elternhaus – aus dem Manuskript vor und mein Sieg war besiegelt! Wohl eine Viertelstunde lang rief, tobte, schrie die begeisterte Menge nach mir.

Als ich endlich, schweißbedeckt, hinter die Szene zurückkehrte, trat mir als erster Gratulant glückstrahlend – Direktor Kunstadt entgegen. „Dokterl!“ rief er, mich umarmend, „Sie sind bei mir für die ganze Saison engagiert, mit einer Monatsgage von fünfhundert Kronen!“

„Nun, lieber Herr Direktor“, sagte ich, plötzlich sehr von oben herunter, „was ist's mit dem vorausgesagten Eclat?“

Seine verlegene Antwort ging unter in dem stürmischen Gratulationschor, mit dem mich meine Kollegen empfingen. Jedem und jeder stand die ehrliche Freude über meinen Triumph ins Gesicht geschrieben. Auch der gackernde Neger, auch die fluchende Bauchtänzerin – alle umdrängten sie mich, alle streckten sie mir, ohne jegliches Zeichen von Mißgunst, die wackern Hände entgegen.

Das vielverlästerte Volk der Artisten, ich habe es damals von seiner schönsten Seite kennen gelernt. Und habe ihnen, den unter Zittern und Bangen um ihr Brot ringenden Gauklern, manches im stillen abgebeten, was ihnen mein Vorurteil angedichtet. Denn sie, diese verachteten, über die Achsel angesehenen Gaukler, diese Possen- und Zotenreißer, diese gewerbsmäßigen Herolde des Leichtsinns und der Torheit, sie waren – wie sich mir später immer schöner und immer leuchtender enthüllte – im Unterschied zu der ehrsamen Zunft der vollwertig genommenen, der bürgerlichen Komödianten, vor allem Menschen und dann erst Gaukler . . .[4]

Theo Körner

Am 12. Mai des Jahres Achtzehnhunderteinund–zig von Sonnabend auf Sonntag – kam „Euer Theo“ ganz selbständig, aber pünktlich, munter und frisch in die Welt gesprungen. Er war der zweite Sohn des Herrn k. u. k. Notars und machte seinem Vater durch ein kräftiges K. K. große Ehre.

Er betrachtete diesen sehr besch–eidenen Zustand und schloß daraus auf die Welt im allgemeinen, welche Erkenntnis sich bis heute nicht geändert hat.

Er war ein munteres Knäblein, und Papa, der sehr musikalisch war, erklärte noch der ersten Nacht: „Der Junge wird Heldentenor! So schreien habe ich noch keinen gehört!“ Ununterbrochen quatschte „Euer Theo“ – hauptsächlich aber – wenn alle schlafen wollten. Heute erkennt man nach Professor Freud, daß seine kindliche Psyche den Conferencier verriet!

Meine Karriere und meinen Leidensweg:

Operettenbuffo in Provinztheatern, als Buffo an die „Hölle“ engagiert, von dort „Chat noir“ – Berlin, „Bonbonniere“ – München. Ich habe die größten Schlager creirt.

Eine Episode! Mein größtes Verdienst um das Cabaret war die Entdeckung Dr. Ralph Benatzky's für das Cabaret! Ich erinnere mich dabei an Wien, an die Rathausstraße! – – doch ich komme ins Plaudern – –!

Zurzeit singe ich mit großem Erfolg im „Jardin de Paris“ die „Narrenlieder“ von Benatzky.[5]

Ralph Benatzky

BEI SELIM BENATZKY
Ein Interview

Es klopft ... das Stubenmädchen läßt eine wunderschöne, braunweiß gestreifte Krawatte eintreten.

Die Krawatte verbeugt sich chevaleresk.

Wir: –? ––?

Die Krawatte: Ein Interview.

Wir (werfen uns in Pose, ca: 56% Größenwahn, 11% Herablassung, 3% Vorsicht, der Rest Schweigen).

Die Krawatte (eröffnet die Feindseligkeiten): Wie kamen Sie, Herr Doktor, zu diesem sonderbaren Beruf?

Ich: Als ich noch Junggeselle war, übte über meiner berühmt sturmfreien Wohnung eine unbekannte Dame täglich acht Stunden Kuhlau, Sonaten, Band I, C-dur-Skala 'rauf, 'runter. Notabene in der Wohnung über mir. Notabene täglich acht Stunden. Während ich unten an einem Epos „Die Menschwerdung“ arbeitete. Das brachte mich zur Raserei, das Üben, worauf ich aus Verzweiflung ein Chanson schrieb: „Die Sonate“. (Schuberthaus-Verlag, Währingerstraße, 1 Kr. 80). Ich hasse zwar diese Art Propaganda für meine eigenen Werke, aber da Sie mich fragen ...? Das Chanson ist übrigens ausgezeichnet. (Bei Abnahme von 10 Exemplaren eines frei.) Und so geschah's.

Die Krawatte: Und wie lernten Sie, gnädige Frau, Ihren Herrn Gemahl kennen?

Die Gattin: Ich brauchte einige gute Chansons. Wandte mich an ihn. Er sandte mir einige. Gegen 300 Mark Nachnahme. Ich verweigerte die Annahme. Darüber kam es zum Prozeß. Über dringendes Anraten des Oberlandesgerichtsrates haben wir uns ausgeglichen. Die Hand gereicht. Fürs Leben.

Die Krawatte (zerdrückt gerührt eine heimliche Träne): Und welche Ihrer entzückenden – – –

Ich (offeriere daraufhin sofort eine Zigarette).

Die Krawatte (Nichtraucher, nach einem Hustenanfall): ... Lieder hatten den größten Erfolg?

Die Gattin (geht zum Notenschrank, ... Zahlen beweisen):

„Ich muß wieder einmal in Grinzing sein“	K. 500.000.–
„Draußen in Schönbrunn“	„ 800.000.–
„Ich kenn' auf der Wieden ein kleines Hotel“	„ 350.000.–

Die Krawatte: Was studieren Sie jetzt?

Die Gattin: Einen neuen Zyklus: „Die fünf Lieder der Chloe“.

Die Krawatte: Schön?

Die Gattin: Die letzten Sachen sind immer die schönsten. So lange, bis das Publikum sich vom Gegenteil überzeugt.

Die Krawatte (zu mir): Und woran arbeiten Sie jetzt?

Ich: An einer Oper „Raffaella“, an einem Band Grotesken, der demnächst erscheint, „Die entzückende Frau und ich“ und an einer Operette „Aria appassionata“.

Die Krawatte: Und welche Zerstreuungen lieben Sie?

Wir: „Bridge!“ – (In dem Moment springt die Krawatte in die Höhe, teils aus Freude, teils, weil unsere Freundin Finni, von Leo Fall „Fingerl“ genannt, eintritt.)

Drei Minuten später hört man:

Drei Treff ... Zwei sans atout ... Kontra![6]

PAUL MORGAN:

WIE ICH INS KABARETT GERIET

Ich war vorübergehend beim Kabarett. Gottlob, es ist vorüber! Ich passe nämlich gar nicht in dieses Nachtg'schäft. Ich war immer beim Theater und das ist viel angenehmer. Im Theater habe ich als Schauspieler doch immerhin zwischen mir und dem Publikum das Rampenlicht und den Orchesterraum, im Kabarett, auf dem Brette, sitzen die Leute einem direkt am Hals und es kann jeder ganz ruhig zu einem heraufgreifen und ihm zwei Ohrfeigen herunterhauen – man kann sich gar nicht wehren! Aber ich mußte eine zeitlang doch in einem Kabarett auftreten, und zwar im „Simplizissimus". Und das kam so: Einmal ging ich mit einem Mädel – d. h. das Mädel ging mit mir. Ich möchte auch nicht sagen, daß es ein Mädel war – es war mehr ein Flitscherl, ein kleines. Denn wer geht denn schon mit mir? Und warum soll überhaupt eine mit mir gehen? Was hätte das für einen moralischen Hintergrund? Ich habe weder Geld, noch bin ich schön – und von einem andern Standpunkt – meine Herren, machen wir uns nur nichts vor – von einem andern Standpunkt betrachtet uns die holde Dämlichkeit durchaus nicht: entweder einer muß „Marie" besitzen oder er muß ein fescher Kerl sein, sonst ist es „jung" mit der Liebe. Es gibt allerdings eventuell noch ein drittes ... ich meine Eigenschaften, Talente etc ... aber die Jurisprudenz lehrt doch schon: zum Wahrheitsbeweis muß man doch erst zugelassen werden – – nicht wahr? Und um diese „Zulassung" dreht sich ja eigentlich unser ganzes schäbiges Dasein. Also damals wollte ich auch zugelassen werden und stellte jenem holden Wesen einen Dringlichkeitsantrag: geh'n wir ins Kino!! Kino ist die Basis jeder soliden Annäherung ... (Der Edison! Das war ein eiserner Kerl! Der hat gewußt, was er macht!) Ich gehe am häufigsten ins Kino der Frau Mizzi Schäffer auf der Mariahilferstraße. Warum ich grad dorthin gehe? Naja, wenn ich hier niederschreibe: ich gehe am häufigsten ins Kino Schäffer, so bekomme ich von der blonden Direktion eine Permanenzfreikarte für die Reklame, giltig für 2 Personen, und da wäre ich doch blöd, wenn ich nicht wirklich hinginge! Damals also war ein besonders schönes Programm! Ein Drama hat man gespielt, das hat überhaupt kein Ende genommen! So lang war das. Meine Kleine neben mir hat selbst zugestanden, sie kann sich nicht erinnern, jemals so etwas langes geseh'n zu haben! Uebrigens, meine Herrschaften, haben Sie schon diese neue Einrichtung bewundert, die inmitten jedes Filmdramas Warnungstafeln erscheinen läßt?? Diese herrliche Inschrift meine ich:

„Eine Minute Pause zur Vorbereitung des zweiten Teils."

Da weiß man doch: jetzt ist es noch ein wenig finster und dann, Achtung! wird es licht!! Mit einem Wort, man ist vorbereitet. Das war früher nicht, da sind oft die peinlichsten Sachen herausgekommen! Dieser plötzliche Uebergang vom Dunkel ins grelle Helle! Geradezu krank hat man werden können, vor Schreck! Aber ich schweife vom Thema ab: Also damals saßen wir im Kino und waren einträchtig und glücklich. Ein Streichelorchester spielte gefühlvoll – es war herrlich. Wie wir fertig waren mit dem Programm, gingen wir ins Freie. Und da sagte die Undankbare: „So, und jetzt geh'n wir nachtmahlen!" Anfänglich habe ich nicht gehört, aber sie wurde immer lauter und da ging ich mit ihr in einen Volkskeller. Das war gräßlich! Die Person hat gefressen – wie eine Wilde. 83 Kreuzer hab' ich ausgegeben, wie nix! Zum Schluß wollte sie noch einen Käs! Da hab' ich gesagt, der Kasus macht mich lachen und überhaupt: ein Mädel, bei der man ehrbare Absichten hat und sie hat vorher einen Käs im Mund gehabt – Pfuiteufel! Das Nachtmahl war zu Ende. Der Mond flimmerte am Himmel, die Nachtigallen zirpten und die Grillen schlugen – (oder ist das umgekehrt? Ich kenn' mich bei diesen Viechern nicht aus). Kurzum – ringsum war Stimmung, Stimmung auch in mir. Na also jetzt ... nicht wahr? ... Denn nur Nachtmahl zahlen allein ...? Drauf hat sie gesagt: „Gut!" Sie hat es eingesehen, daß nach den Rechten der Menschlichkeit ich doch immerhin einige Berechtigung zu einem Äquivalentanspruch besitze – sie war also einverstanden und sagte: „Gut!"

Es war aber nicht gut – nämlich bevor noch ... Sie verstehen? Ich hatte nämlich kein Geld bei mir. Ich habe überhaupt nie Geld bei mir. Ich ertrinke fast immer in der Flut meiner Binnenbriefe. Die kennen Sie doch auch, diese Binnenbriefe? „...wenn Sie nicht binnen drei Tagen ...“ – Damals also hatte ich wieder kein Geld. Man kann fragen, wozu braucht man in dieser Situation Geld? Da sollte man doch von der Materie losgelöst sein? Ja, aber es war November! Da ist es nichts mit dem „Liebesleben in der Natur“. Und bis man da überhaupt in Schönbrunn ist!! Kurz, ich wusste nicht, wo aus und ein. Da kommt plötzlich Direktor Egon Dorn des Weges. Halt! denke ich sofort, das ist ein guter Freund von mir, den kann ich anpumpen! (Wenn ein andrer gerade dahergekommen wäre, wär der dann mein guter Freund gewesen, so aber hat es zufällig ihn getroffen!) „Lieber Direktor, borg’ mir rasch 10 Kronen!“

„Wozu?“

Ich flüsterte bedeutungsvoll: „Ich hab’ ein Nachtmahl investiert! Bitte um 10 Kronen!“

Er: „Das kost’ doch nur 7 Kronen!?“

Wir einigten uns schließlich auf 8 K 75 h, weil er eine runde Summe wollte. Und dann mußte ich einen Wechsel unterschreiben. Mitten auf der dunklen Straße! Ueber 9 Kronen!! Aber in meiner begreiflichen Aufregung wurde ich bemogelt: Es war kein Wechsel, sondern ein Vertrag mit dem Kabarett „Simplizissimus“, Direktion Egon Dorn. Ohne es zu wollen und zu wissen, hatte ich mich verpflichtet, in diesem Unternehmen aufzutreten. So geriet ich unverschuldet in die Kellerräumlichkeiten eines Kabaretts.[7]

Armin Berg:

WIE ICH ZUM THEATER KAM

Mein erstes Engagement war in Czernowitz; dort war ich engagiert in einem Wandertheater; wir wußten nie, wann der Direktor die Gage zahlen wird. Meine Stärke beim Theater waren damals Klassiker; ich habe zum Beispiel gespielt Iphigenie auf Toires! In Don Carlos, da hab’ ich gespielt den Domingo, da hat man von mir gesprochen, nicht gut, aber man hat gesprochen. Unsere Glanzleistung waren die Räuber. Zum Beispiel in den Orten, wo wir die Räuber gespielt haben, da haben die Leute vierzehn Tage nachher noch immer gestohlen, so begeistert waren sie. Einmal habe ich sogar gespielt Richard III., aber nicht den lebendigen, sondern schon den toten König. Ich bin dagelegen in einem Sarg, das heißt, es war kein Sarg, sondern es war mehr ein Waschtrog. Und was das Pech haben wollte, in dem Waschtrog war unten ein Stöpsel, der hat mich fürchterlich gedrückt, also das war schon kein Vergnügen. Von allen Seiten habe ich nichts wie Kerzen gesehen, rechts waren Kerzen, links waren Kerzen, ober mir Kerzen, und ich mitten drin im Waschtrog, wie eben ein Toter liegt. Auf einmal fangt eine Kerze ober mir zu tropfen an, direkt auf meine Nase, und ich habe mich nicht rühren dürfen, ich war doch tot! Was soll ich Ihnen da viel erzählen: Die Kerze tropft und tropft, meine Nase hat schon ausgeschaut wie eine Gurke im besten Gurkenalter, es war furchtbar! Auf einmal, was das Unglück will, fangt eine zweite Kerze ober mir zu tropfen an, direkt in mein Nasenloch hinein, ich fang natürlich gleich zu niesen an, die Leute haben gelacht und applaudiert, ich spring’ heraus aus dem Waschtrog und das ganze Publikum hat begeistert geschrien: „Noch einmal sterben!“ Also das war allerdings nicht mehr möglich, denn sterben kann man nur einmal. Aber meinen größten Erfolg hab’ ich gehabt in Götz von Berlichingen. Speziell in der einen Szene, wo ich das Fenster aufgemacht hab’ und hab’ heruntergerufen: „Euer Hauptmann kann mich ...“, also Sie werden mir es nicht glauben, das Zitat hab’ ich in Czernowitz populär gemacht. Auf der Straße haben mir es die Leute nachgerufen. Das waren Erfolge! . . . Nachdem ich aber gesehen habe, beim Theater ist nichts zu verdienen, habe ich umgesattelt und bin als Komiker zum Kabarett gegangen. Sie können mir es glauben, das ist auch kein leichter Beruf. Denn schauen Sie: Ist man ein wirklich lustiger Komiker, wird man doch nicht ernst genommen, wird man aber ernst genommen, so lachen doch die Leute nicht, was ist man dann für ein Komiker? Früher, da war die Sache doch noch leichter. Da hat man die verwegensten Sachen singen können, selbst wenn ganz junge Mädchen unten gesessen sind. Entweder sie waren so unverdorben, daß sie die Witze nicht verstanden haben, oder sie haben sie verstanden, dann war nichts mehr zu verderben an ihnen. Heute, wenn man das Harmloseste singt, reißen die älteren Damen die Augen auf, weil sie eine Gemeinheit dahinter suchen, und die jungen schlagen sie nieder, weil sie schon eine gefunden haben. Jetzt sehen Sie, wie schwer es unsereiner hat . . .[8]

GROSSE CONFÉRENCIERS AUF KLEINER BÜHNE

FRITZ GRÜNBAUM - ERWIN ENGEL - RICHARD HUTTER - PAUL MORGAN - ARMIN BERG - FRITZ WIESENTHAL

Notwendig hatt' ich's, zum Cabaret rennen!
Hätt' ich zuhaus nicht auch dichten können?!
Fritz Grünbaum[1]

Der Conférencier muß so „vielfältig sein wie ein ganzes Kabarettprogramm", beschreibt ihn der Kabaretthistoriker Klaus Budzinski, „er muß über die Kühle des Witzes wie über die Wärme des Humors gebieten, muß literarisch beschlagen und tagespolitisch informiert sein. Ihm müssen eine gediegene Allgemeinbildung wie die komödiantische Spiellust zu Gebote stehen. Vor allem aber: Er muß schlagfertig sein."[2]

Der Conférencier verknüpft als Ansager allabendlich die einzelnen Nummern miteinander, ist personifizierter roter Faden des Kabaretts. Geschmack, Bildung, Belesenheit, leiser Humor, vornehme Zurückhaltung und gute Laune, kurzum alles, was das Wesen des Wieners ausmacht, verkörpert sich in der Figur des Conférenciers.

> Er muß so zwanglos und aufgeknöpft sein, *fordert Anton Kuh vom Stande des Brettl-Causeurs,* daß seine Erscheinung wie ein menschgewordener Toilettefehler wirkt. Er versuche während des Pointensprechens unter die Nägel zu gukken, ob sie seit dem Morgen Schmutz angesetzt haben, er kratze sich am Hals und betrachte nachher – bei immer fortfließender Rede – grüblerisch die Fingerspitzen, er benütze die Gedankenstrichpause vor der Lachsalve zu umständlicher Nasenreinigung und verschmähe es nicht, sich in den eigenen Text hineinzugähnen. Man glaubt ihm dann, daß er ein aus dem Schlaf gerüttelter Witzbold ist und kreditiert ihm Überlegenheit. Doch lasse man sich dadurch nicht über die Traurigkeit des Metiers täuschen, dessen Ausüber die Pflicht haben, dem Publikum mittels einer vielzitierten respektlosen Aufforderung eben jene Gunsterweisung zu bezeugen, die darin enthalten ist.[3]

Der große Wiener Conférencier Fritz Grünbaum stammte aus Brünn. Die Rolle der mährischen Metropole in der Geistesgeschichte Europas ist noch nicht geschrieben. Rätselhaft also bleibt die Fruchtbarkeit Brünns, die unter den Städten der ehemaligen Monarchie, selbst Czernowitz eingeschlossen, nicht ihresgleichen hatte. So schenkte diese Landeshauptstadt den Wienern je einen Sänger (Slezak), Komponisten (E. W. Korngold), Bühnenmaler (Roller), Architekten (Loos), Pianisten (Weingarten), Lyriker (Schaukal) und der Welt unter dem schlichten Namen Hans Müller einen Dramatiker. Nur der Kabarettistenstand gelangte in zwei Brünner Exemplaren zu Ansehen und Ruhm: in Armin Berg und in Fritz Grünbaum.

FRITZ GRÜNBAUM

erinnerte sich Jahrzehnte später noch recht deutlich an jenen Tag im April:

Achtzehnhundertachtzig, am sieb'ten April,
Montag, wenn man's genau wissen will,
Hab' ich, vom Schöpfer der Erde geschickt,
Wie man so sagt, „das Licht der Welt erblickt".[4]

Eine reizende Stadt mit herrlicher, waldreicher Umgebung ist Brünn in den Augen Fritz Grünbaums gewesen, welche

Fritz Grünbaum.
Zeichnung von Gedö

> teils an der Ponawka, teils mir am Herzen liegt. Denn es ist meine Vaterstadt. Schöne, alte Paläste im feierlichen Jesuitenbarock geben die bauliche Grundstimmung, mit der die rauchenden Schlote moderner Industrieanlagen reizvoll kontrastieren. Die Bevölkerung besteht teils aus lieben, humorvollen und natürlichen Menschen, teils aus Sudetendeutschen. Diese haben das Germanentum gepachtet und heißen: Strzemcha, Gajdeczka, Slameczka und Stoklaska ...
>
> Es ist eine idyllische Kleinstadt und ein imponierendes Industriezentrum zugleich, mein liebes, altes Brünn, und die Brünner, wenn sie weniger politisieren wollten, wären die nettesten Menschen Mitteleuropas. Das sieht man nämlich an den Unpolitischen unter ihnen: weltkluge, kunstfreundliche, feingebildete und lebensfrohe Leute! Ihre „Belange"-Politiker aber sind nur mit jener christlichen Nachsicht zu schildern, die mir infolge meiner orientalischen Herkunft abgeht. Ihretwegen also breche ich – in den Ruf aus: „Ich bin in Brünn geboren, aber ich möchte dort nicht begraben sein!"[5]

Seit Grünbaum 1906 erstmals in der *Hölle* vor das Publikum trat, prägte er den Ansagertyp, der, weniger Conférencier als Privatdozent, im Plauderton feuilletonistische Betrachtungen zum besten gab: „Bei ihm liegt der Witz nicht in der mehr oder weniger gut pointierten Anekdote, die erzählt wird", urteilt Klaus Budzinski über Grünbaum, „sondern in dem geistigen Gelächter, mit dem über die Aktualitäten des Tages und die Konstanten des menschlichen Charakters hinweggebraust, hinweggetänzelt wird, wobei sich Zuspitzungen freilich in ‚Witzen' niederschlagen können, die jedoch nie um ihrer selbst willen aufgetischt werden ... Dieser Philosoph mit der Galanterie und der Leichtigkeit des Wieners, dem jüdischen Hang zum Wortwitz und der Kasperlseligkeit des Böhmen, der er von Geburt war, prägte den Typ des geistreichen Causeurs im Smoking ..."[6]

„Grünbaum", charakterisierte ihn Friedrich Torberg, „pflegte zu seinen Conférencen von so entlegenen Ansatzpunkten auszuholen, daß man sich immer zu der Frage versucht fand, wie er denn von hier aus das Thema ansteuern wollte. So geschah es auch diesmal. Er begann scheinbar planlos von einer lebensgefährlichen Situation zu erzählen, in die er vor kurzem geraten sei, von der Todesangst, die er ausgestanden und von dem Schwur, den er da abgelegt habe: nie wieder würde er sich zu einer häßlichen Äußerung über einen seiner Mitmenschen hinreißen lassen, kein böses Wort sollte jemals über seine Lippen kommen, und da könnte einer noch so widerlich, noch so unbegabt und humorlos sein – er, Grünbaum, würde nur Gutes über ihn sagen. Dann machte er eine kleine Pause und schloß: ‚Meine Damen und Herren, ich habe das Vergnügen, Ihnen den Auftritt eines besonders sympathischen, talentierten und humorvollen Künstlers anzukündigen – Kurt Robitschek.'"[7]

Melancholisch und voll Selbstironie conférierte Grünbaum über an-, un- und ausgezogene Frauen, lobte sein Aussehen, den Hausfreund, das Zuchthaus und haßte sein Aussehen, seinen Namen, Kinder sowie das Publikum im allgemeinen und das Kabarett im besonderen.

Das Cabaret ist mein Ruin!
Na ja, jetzt steck' ich einmal drin
Und denk' mir „Vorwärts mit Courage!"
Und schließlich hab' ich doch die Gage
Und kann — was nicht imstand' die meisten —
Mir's reizendste Verhältnis leisten,
Allein — ich tu' das nicht aus Neigung!
Mir fehlt die inn're Überzeugung,
Mir fehlt der unbefang'ne Sinn -
Das Cabaret ist mein Ruin!

Vor allem schlaf' ich gern um Elfe,
Und's Cabaret beginnt um Zwölfe,
Ich bitte: zwölf Uhr Mitternacht,
Wo kein vernünft'ger Mensch mehr wacht!
(Und wenn er wacht, geht er nicht aus.
Er wacht allein, bei sich zu haus;
Und wacht er auch nicht ganz allein,
So wacht er bestenfalls zu zwein;
Und die zu zweit sind, diese Braven,
Die wachen auch nicht, die geh'n schlafen!)
Ich aber muß des Mammons wegen
Um zwölf Uhr nachts ins Cabaret geh'n.
Ob hoch, ob tief der Barometer,
Um Mitternacht stapf' ich dahin —
Das Cabaret ist mein Ruin!

Was mich jedoch ganz rasend macht,
Das ist, daß mein Beruf zur Nacht
Vom Haus mich treibt zu einer Zeit,
Wo man sich gern der Liebe weiht.
Ein junger Mann in meinem Alter,
Der hat das Recht. Er darf als Falter
Auf ganz gewissen Blüten wippen,
Um von dem süßen Zeug zu nippen.
Dies Nippen ist ein alter Brauch,
Und ich, ich — brauch' ihn eben auch,
Ich halt' es wie die andern Herrn;
Ich nippe eben auch ganz gern!
Jetzt sag' mir Einer nur das Eine,
Wie Neigung ich und Pflicht vereine,
Wenn ich die kußbereiten Lippen
Zum Rezitier'n brauch' statt zum Nippen!
Der Teufel kenn' sich aus darin —
Das Cabaret ist mein Ruin!

Zu tod' könnt' ich mich aber kränken,
Muß ich an meine Gedichte denken,
An meine Gedichte, die ich schrieb,
Weil mich mein Herzblut dazu trieb,
In denen ich die Schönheit pries —
Was ist mir von diesen Gedichten mieß!
Oft, wenn ich rezitier' hier oben,

Das Cabaret ist mein Ruin!

Hör' ich, wie mich die Leute loben,
Wie sie bei meinen gereimten Sachen
Vergnüglich schmunzeln, vielleicht sogar lachen.
Nun, wer da vermutet, ich bete drum stündlich
Und freu' mich dann drüber —, na der täuscht sich gründlich!
Dem Hörer vielleicht ist mein Vortrag ergötzlich,
Ich aber, ich langweil' dabei mich entsetzlich!
Denn seh'n Sie, Verehrteste, mit Vergunst:
Bei Ihnen ist das keine Kunst,
Wenn Sie mein Witz zum Lachen bringt,
Der Blitz, der einschlägt, der bezwingt!
Sie lachen freilich bei meinem Witz!
Ich bin doch aber selbst der Blitz.

Ich schlag' doch aber selber ein,
Kann ich mich also darüber freu'n?
Kann ich am eigenen Geiste naschen,
Kann ich mich selber überraschen?
Ich weiß den Tric, die Situation.
Ich kenn' doch die Pointe schon!
Und nicht genug an diesem Kennen,
Ich muß sie jede Nacht noch nennen,
Den Witz, den ich doch selbst gemacht,
Muß ich noch bringen jede Nacht!
Das Publikum wechselt, die Wochen verstreichen,
Doch ich und mein Witz, wir bleiben die Gleichen!
Ich mach' ihn am Ersten, ich mach' ihn am Zehnten,
Den ganzen Monat die gleichen Pointen,
Die gleichen Pointen, o gräuliche Qual,
Im Monat herum: netto dreißigmal!
Pardon, eine Lüge wär' mir fatal,
Im Februar nur neunundzwanzigmal!

Man kann nicht goutieren den köstlichen Zander,
Bekommt man ihn dreißigmal hintereinander,
Der Kuß von dem reizendsten Mädchen ist kläglich,
Sobald man die Chose genießen kann täglich.
Beim Fisch und beim Weibe, beim Essen und Küssen,
Wird jeder auf Abwechslung Wert legen müssen!
Denn kennst du beim Zander genau mal die Sauce,
Dann ist auch dein Gusto bald weniger groß,
Und ebenso ist es bei Gretchen und Kätchen
Und anderen ähnlich benamsteten Mädchen,
Denn kennst du den Tric, — ist dein Sehnen beschwichtigt,
Dann hat sich auch schon dein Vergnügen verflüchtigt!
Was seinerzeit köstlich an ihr dir geschmeckt hat,
Erpreßt heut' den Ruf dir: „Variatio delectat."
Ihr Lächeln! Es schien dir einst göttlich und heiter,
Heut' denkst du: „Und wenn schon? Na schön! Und was weiter?"
Du kennst sie beim Wachen, du kennst sie im Träumen,
Beim Kochen, beim Küssen, beim Baden, beim Räumen,
Im Wachen lieblich, beim Schlafen schnarchend,

Von oben Seide, von unten Barchend,
Du kennst ihr Gebiß bis zum ganz letzten Zahn,
Beziehungsweise die Plombe daran.
Und wenn sie den Mund aufmacht, bist du nicht
paff;
Du weißt ja, jetzt sagt sie: „Mein goldiger Aff!"
Und was ist das Ende? Die Liebe verrostet!
Du hast das Mädchen zu Ende gekostet,
Du kennst ihre Physis, du kennst ihre Psyche,
Du weißt, nach welchem Parfum sie rieche,
Du kennst sie gallig, du kennst sie süß,
Mit einem Worte: es ist dir mieß!

Nun fragt vielleicht einer der Obergescheiten:
„Was soll dieser Abweg vom Thema bedeuten?
Die Konsequenz fehlt Ihrer Idee:
Sie haben begonnen beim Cabaret,
Wobei Sie noch immer sich hielten im Rahmen,
Sobald auf die Witze zu sprechen Sie kamen.
Doch jetzt? Die Liebe? Ihr Glück? Ihr Malheur?
Pardon, aber sagen Sie: Wie kommt das daher?
Was hat das Gretchen, was hat das Kätchen,
Was haben ähnlich benamstete Mädchen,
Was hat ihre Seide, was hat ihr Kattun,
Was hat das alles mit dem Cabaret zu tun?"
Auf diese Fragen nun kann ich den Biedern
Nur wieder — mit einer Frage erwidern:

„Warum haben Gretchen, warum haben Kätchen,
Warum haben ähnlich benamstete Mädchen,
Warum hat die Seide, warum ihr Kattun,
Warum hat das alles nichts mit dem Cabaret zu tun?
Ja, haben die Frau'n nicht bei allen und jeden
Dingen immer was dreinzureden?"
Sprichst du von Schneidern oder Chemie,
Debattierst du über Magie,
Sprichst du von Kunst, vom Drucke der Büttel,
Literatur oder Abführmittel,
Geodäsie, Duell oder Wein —
Immer mischt sich die Frau hinein!
Aber besonders paßt sie zum Schema,
Da ich mir wählte das Cabaretthema.
Denn mit der Frau ist's genau wie mit Witzen:
Beide wirken nur dann, wenn sie blitzen!
Soll heißen: sie können die Gunst nur erhaschen,
Solang sie uns neu sind und uns überraschen;
Denn hab' ich den Tric dieser beiden erkannt,
Im selben Moment hab' ich ausgespannt;
Ernüchtert laß ich mich nicht mehr unterwerfen,
Dann fällt mir der Witz und die Frau auf die
Nerven!
Und dieses ist jetzt bei mir grade der Fall so —
Sie seh'n, ich bin wieder beim Anfang also!
Bin wieder dabei, daß mein Frohsinn dahin ist
Und sicher das Cabaret noch mein Ruin ist,
Und daß mir mein Leben schon längst nicht mehr
süß ist,

Und daß mir vor meinen Gedichten mieß ist,
Und daß, wenn das Publikum wohlwollend lacht,
Mich ödet der Witz, den ich bring' jede Nacht,
Denn immer dasselbe kann keiner vertragen,
Man hat doch schließlich auch einen Magen!

Und fragt man, warum ich dem Fluch nicht entsage,
So geb' ich zur Antwort – (natürlich 'ne Frage):
„Kann ich mich ätherisch vom Boden erheben?
No sagen Sie: kann von der Luft ich leben?"
Ich bin ein Dichter, ich bin ein Lektor,
Und der mir die Gage zahlt, das ist mein Direktor.
Der aber verlangt, daß die Leute lachen,
Weshalb ich genötigt bin, Verse zu machen
Und jene, die mir dann am besten gelingen
Im Cabaret nächtlich zum Vortrag zu bringen!
Doch selbst ein Rhinozeros stumpft endlich ab.
Das Cabaret wird noch mein Grab!

Und werd' ich dann gestorben sein,
Dann schreibt auf meinem Leichenstein:

O teurer Wandrer, bleibe steh'n!
Hier liegt Fritz Grünbaum, einst so schön,
Hier ruht, was irdisch an ihm war,
(Nicht viel, doch siebenundzwanzig Jahr!)
Wie reizend war er einst zu schau'n,
Ein Liebling ungezählter Frau'n,
Ein Jüngling, welcher leider starb,
Weil ihn das Cabaret verdarb!

O merkt es, nichts schafft so viel Pein
Wie das Gefühl, ein Ochs zu sein!
Und dies Bewußtsein habe ich,
Denn ich beschäftig' nächtlich mich
Im Cabaret vor Herr'n und Frau'n
Gewerbsmäßig mit Wiederkau'n.
Das ist mein Zweck, mein Lebenssinn –
Das Cabaret ist mein Ruin![8]

„Grünbaum entdeckte sozusagen den Tiefsinn der Plauderei", beschrieb ihn sein Kollege Rudolf Weys, „die Conférence mit doppeltem Boden, scheinbar witzig, in Wahrheit weise. In verknautschter, für ihn typischer Sprachmelodie mit leichtem Jargonklang erzählte er, ob gereimt oder ungereimt, die gescheitesten Sachen. Das Publikum war dem scheinbar Hilflosen hilflos ausgeliefert. Wien umjubelte ihn."[9]

So war es auch nicht verwunderlich, daß nach dem ersten Weltkrieg bald Grünbaum-Parodisten erschienen. Richard Laufer beispielsweise, der sich „Fritz Grünbaum-Ersatz" nannte und den Grünbaum-Monolog „Mein Begräbnis" variationsreich parodierte. Beginnt das Original:

Ich freu' mich schon heute auf mein Begräbnis.
Ich wette, das wird noch mein schönstes Erlebnis.

so reimte Laufer:

Mein schönstes Erlebnis
Wird einst mein Begräbnis![10]

und in Josef Hornys Grünbaum-Parodie „Der Geburtstag" finden sich die nicht weniger resignativen Zeilen:

Die Witze sind blaß – die Pointen noch blässer
Und überhaupt, was ist der Grünbaum besser!
Und weil ich nicht so wie der Grünbaum bin,
Hat das ganze Dichten für mich keinen Sinn . . .[11]

„Man könnte Grünbaum den philosophischen Conférencier nennen", meinte der deutsche Kabarettkritiker Max Herrmann-Neiße in den zwanziger Jahren. „Nicht daß er sich knifflige, abstrakte Dinge ausklügelt oder mit Gelehrsamkeit protzt, sondern weil er allerlei zutreffende Lebensweisheiten in amüsanter Form, gut dosiert, verabreicht, zugleich nachdenklich macht und erheitert."[12]

„Ich kenne die Fehler und Laster meiner Musenkinder, als ob ich nicht ihr Vater, sondern ihre Stiefmutter wäre", bekannte Grünbaum 1908 im Vorwort über seine Gedichtsammlung „Liebe? – Mumpitz!".[13] Die Ungezogenheiten seines Publikums waren ihm ebenso geläufig:

Wenn ich so abends im Cabaret
Schmonzes plaudernd auf dem Podium steh',
Da grübel ich oft so in mich hinein:
Wie reizend könnt' mein Beruf doch sein,
Und wie wär' mir beim Cabaret alles doch recht –
Wenn's nur kein Publikum geben möcht'![14]

Hier unterbrach sich Grünbaum einmal, wandte seine zornig blitzenden Augen hinter den starken Brillengläsern dem Parkett zu und sagte: „Meine sehr verehrten Damen und Herren da ganz vorn. Es ist schon schlimm genug, daß ich Sie in dieser Zeit essen sehen muß, aber auch noch Sie essen hören . . .!"[15]

„Ein Conférencier ist einer", umriß er seinen Beruf, „der dem Publikum möglichst heiter zu erklären versucht, daß es heutzutage nix zu lachen gibt." Nix zu lachen gab es beispielsweise im November 1924, als Grünbaum grüblerisch-analytisch conférierte:

> Ich habe oft so schreckliche Träume. Manchmal träumt mir, ich heiß' Grünbaum und bin beim Kabarett. Ist das nicht entsetzlich? Die Psychoanalytiker behaupten, Träume wären unerfüllte Wünsche. Lächerlich! Ist mir denn ernsthaft zuzutrauen, ich wünschte Fritz Grünbaum zu sein? Ausgerechnet? Warum träumt mir nicht, ich sei der Bosel? Nein, mein Traum vom Kabarett entspringt keineswegs unerfüllten Wünschen! Ich hab' es satt das Kabarett; es liegt mir im Magen; und wenn ich vom Kabarett träume, so kommt das eben daher, daß Träume aus dem Magen kommen.
>
> Aber wozu zerbrech' ich mir den Kopf darüber, wo die Wurzel eines solchen Traumes liege? Er ist da, und er ist fürchterlich! Schon daß ich träume, Grünbaum zu heißen! Könnt ich mir nicht für dasselbe Geld den Namen Irving anträumen? Irving zu heißen, ja, das hab' ich mir schon immer gewünscht: das ist nobel, ausländisch, unbotanisch und interkonfessionell! Aber gerade dieser Wunsch ist mir nicht in Erfüllung gegangen; daher (Traum = unerfüllter Wunsch) müßte ich doch wenigstens träumen, Irving zu heißen! Warum also Grünbaum, Herr Professor Freud? Ausgerechnet Grünbaum! Wie komm' ich nur darauf? So was gibt's doch gar nicht im Leben, das kann man wirklich nur träumen!

Ein schrecklicher Traum

Und dabei noch beim Kabarett zu sein! In einem so unanständigen Beruf! Wenn ich in Wirklichkeit beim Kabarett wäre, wäre ich gar nicht mehr beim Kabarett, weil ich mich schon längst aufgehängt hätte! Man bedenke: in einem solchen Lokal treten allabendlich mindestens vier Sängerinnen auf, die wenigstens drei Lieder pro Kopf singen, deren Heldin am Schluß ein Kind bekommt. Macht zwölf Kinder pro Abend. Ich bin also Zeuge von dreihundertsechzig mehr oder minder illegitimen Geburten im Monat oder Viertausenddreihundertzwanzig im Jahr! Zum Auswachsen!

Aber es kommt noch ärger! Manchmal träum' ich, wir Künstler sind nicht allein im Kabarett, sondern es ist auch Publikum da. Nicht viel, aber doch! Sagen wir: ein Gast, ein Stück Publikum! Der Traum ist natürlich albern, denn in Wirklichkeit geht doch in Wien kein Mensch in ein Unterhaltungslokal! Aber es ist eben ein Traum, und dieser wird beim Erscheinen des einen Gastes zum Alpdrücken: der Kassier bekommt sofort den Größenwahn, denn er sagt zu dem Fremden, „ich werde gleich nachsehen, ob noch ein Platz da ist"; auch die Kellner werden verrückt, und zwar verfallen sie in Verfolgungswahn, indem sie glauben, im Verfolge des einen Gastes käme noch ein zweiter. Sie schießen also – ihrem Zustande gemäß – wie verrückt herum, worauf der eine Gast bestürzt das Lokal verläßt. Nun, ist das nicht entsetzlich? . . . Dies ist mein Schreckenstraum vom Grünbaum und dem Kabarett. Aber das Schrecklichste an diesem Traum ist: ich kann nicht daraus erwachen! – Nie! –[16]

Viele Jahre später, lange nach Grünbaums Tod, schreibt sein einstiger Partner Karl Farkas über ihn: „Fritz Grünbaum – eine einmalige Erscheinung in einer einmaligen Brettlzeit: der kleine Mann mit den ganz großen Pointen, die immer ins Schwarze trafen, ohne zu verwunden – weil ihre ätzende Wirkung durch Güte entschärft wurde. Er dachte mit dem Herzen, ein rührender Philosoph als drastischer Komiker . . . Es stimmt mich elegisch, daß noch zu meinen Lebzeiten bereits eine Generation herangewachsen ist, der man die Persönlichkeit ‚Fritz Grünbaum' erst begreiflich machen muß . . ."[17]

ERWIN ENGEL ENTDECKT RICHARD HUTTER

Erwin Engel. Zeichnung von Gedö

Eine seltsame Mischung aus k. u. k. Hauptmann der Reserve, Ritter des Franz-Joseph-Ordens und Verlagsbuchhändler stellte der Conférencier Erwin Engel dar. Tagsüber stand er mit seiner Bauernpfeife im Mund zwischen verstaubten, büchergefüllten Regalen, ein profunder Kenner des alten Wien und des Theaters, abends konnte man ihn dann auf der Bühne der *Fledermaus,* des *Simpl,* des *Capua,* der *Hölle* oder sonstwo seine Witze reißen hören.[18]

„Kopf und Figur wie Napoleon", beschrieb ihn die *Stunde* 1923: „Er wehrt bescheiden ab: ‚Höchstens Tarnopoleon!' Seine Eigenschaft als Conférencier beruht nicht nur auf seiner Schlagfertigkeit, sondern auch auf seiner umfassenden Bildung, die er sich in 27 Jahren buchhändlerischer Tätigkeit erworben hat. Er ist heute noch Besitzer der alten Buchhandlung A. Mejstrik in der Wollzeile. Auf meine Frage, warum er beim Kabarett sei, meinte er: ‚Wer kauft heute schon ein Buch? Ja, früher in der kleinen Zeit: Sie wissen doch, von 1914 bis 1918 hatten wir die große Zeit, jetzt haben wir nebbich gar keine Zeit. Also in der kleinen Zeit, da kauften die Leute speziell am Schabbes, am Samstag, wenn die Jünglinge dreizehn Jahre alt wurden, Schiller, Goethe, Lessing – was man halt so gute christliche Klassiker für ein vornehmes, jüdisches Haus braucht – na ja, damals hat es den Rabbinatskandidaten Tagore noch nicht gegeben, damals hat man sich noch um 7 Kronen 20 Heller an der ‚Jungfrau von Orleans' und der ‚Braut von Messina' erfreuen können und hat die ‚Maria Stuart' auf ‚Wallensteins Lager' noch gratis draufbekommen. Wer kann heute einen Schiller kaufen? Und was haben die Mädel in der kleinen Zeit alles gekauft! Jede zweite ein Buch. Heute nimmt sie höchstens ein Büchel. Doch ich halte Ihnen da einen Solovortrag und dafür haben Sie sicher keinen Platz. Wenn Sie mir länger zuhören wollen, kommen Sie nach Baden, dort bin ich jetzt bei der Zwerenz und schwefle, was für Baden besonders gut paßt."[19]

Damals, im Sommer 1923, gastierte Engel gemeinsam mit Ernst Arnold im Etablissement der Mizzi Zwerenz in der Kurstadt Baden bei Wien, Karlsplatz 12. Daneben leitete er nach wie vor seine Verlagsbuchhandlung, die sich im ehemaligen „Mikado-Hof" auf der Wollzeile 6-8 befand. Dorthin verschlug es im November 1911 einen hohlwangigen Jüngling, bekleidet mit einem kaffeebraunen, fadenscheinigen Überzieher. „Ich griff in die Tasche, um ihm ein Zwanzighellerstück zu reichen", erinnerte sich Erwin Engel, „da sagte er: ‚Ich bin der aus dem Gänsehäufel ausgewiesene Dichter Richard Hutter!' Worauf ich statt des Zwanzighellerstückes eine Krone hervorholte und meinte, mehr könne ich nicht tun, Winterrock hätte ich selbst nur einen."[20] So kamen beide ins Plaudern, ein Wort gab das andere, und als Engel um fünf Uhr früh in der *Gullaschhütte* für Hutter und sich die Zeche bezahlte, war der Grundstein zu Hutters dichterischen Erfolgen gelegt. Bald waren 10.000 Exemplare des Gedichtbandes „Gänsehäufel" verkauft, „Das Verhältnis, ein Zyklus Lehrgedichte über die Liebe" war rasch gänzlich vergriffen, und „Bürokraten und andere Automaten" eilte im Mejstrik-Verlag der 5. Auflage entgegen. Und dennoch findet sich kein Wort über Richard Hutter in Kürschners Deutschem Literaturkalender – obwohl es wenige Dichter gibt, die eine so umfassende Biographie vorzuweisen haben wie Erwin Engels Entdeckung:

> Geboren zu Wien, studierte Hutter 13 Jahre an den verschiedenen Wiener Gymnasien Latein und die Psyche des österreichischen Mittelschulprofessors. Ersteres gelang ihm nicht, letzteres war ihm bei der Matura sehr hinderlich. Nichtsdestoweniger warf sich Richard Hutter endlich in die Arme der Alma mater, widmete sich dem Jus, weil er gehört hatte, dies sei das bequemste Studium und wäre sicher eine Zierde des Wiener Landesgerichtes geworden, hätte er nicht den Dienst eines Bibliotheksassistenten an der Wiener Handels- und Gewerbekammer angetreten. Und dort, umgeben von Büchern und Zeitschriften, sah er, wie geduldig das Papier ist, und begann selbst zu dichten. Dazu trat er mitten in der Nacht unter ruhebedürftige Bürger und „trug vor". Diese Vortragstätigkeit erschwerte ihm natürlich tagsüber die Ausübung seines Berufes und so begann er in der Bibliothek zu schlafen, da er dies nachts auf dem Podium doch nicht konnte, weil ja wenigstens ein Mensch in dem Lokale, wo er vortrug, wach sein mußte. In diese Zeit fallen Richard Hutters Erfolge im städtischen Strandbade „Gänsehäufel" und sein beginnender Ruhm als Wiens witzigster Plauderer. Plauderer ist das richtige Wort für ihn. Er plaudert von Wein, Weib und Gesang, er plaudert von Ämtern und Behörden, er plaudert vom Kabarett, vom Theater, er plaudert sogar davon, daß er mir den Honorarvorschuß rückzahlen wird, mit einem Wort: Er plaudert.[21]

Und als am 25. Oktober 1912, um halb acht Uhr abends der Schauspieler Egon Dorn sein *Biercabaret Simplicissimus* eröffnet, plaudert der Conférencier Richard Hutter zwischen den zwölf Programmattraktionen.

1913 conferiert Hutter, neben dem *Simpl* und dem Gänsehäufel, in Ludwig Domanskys Varieté *Gartenbau* und *Nachtasyl Bohème* sowie in der Prager *Lucerna.* Einmal war er sogar in Graz:

> Einmal war ich auch in Graz in einem Kabarett engagiert. Jawohl, Graz hat ein Kabarett. Es heißt natürlich „Casino de Paris". Das ist ein sehr feines Lokal; einmal war sogar ein Feldwebel in Uniform dort. Der wollte aber zuerst gar nicht

hinein. Beim Eintritt hat er nämlich gefragt, was es kostet. Und als man ihm sagte: „Kosten? Programm 20 Heller", da ist er direkt erschrocken: „Was? Pro Gramm 20 Heller?! Ah, da geh i net eini; i hab ja fünfaneunzig Kilo!"

Dort in Graz, da ist mir etwas sehr Unangenehmes passiert. Ich stelle mich nämlich immer dem Publikum vor, indem ich sage: „Ich bin der bekannte Schriftsteller Richard Hutter". Und wie ich dort gesagt habe, ich bin der bekannte Schriftsteller, hat mir ein Herr aus dem Publikum aufs Podium hinaufgerufen: „I kenn Ihnen aber gar net!" Anstatt nun höflich darauf zu antworten: „O ja, Sie kennen mich!" oder sonst eine ähnliche verbindliche Antwort zu geben, glaubte ich mich als Conférencier verpflichtet, schlagfertig zu sein und sagte: „Ja, ich bin eben nur der Intelligenz des Publikums bekannt."

Das ist gar keine Kunst, diese Schlagfertigkeit. Die Antworten hat man schon immer vorrätig, z. B. wenn ein Gast im Kabarett dreinredet. Ich habe es ja im allgemeinen gerne, wenn ein Gast dreinredet, weil es mich immer freut, wenn außer mir noch ein geistreicher Mensch da ist. Wenn er aber zu viel spricht, fällt er dem übrigen Publikum lästig, und man muß etwas sagen, daß er aufhört. Da pflege ich ihn gewöhnlich zu fragen: „Wie alt sind Sie eigentlich?" Natürlich fragt er dann: „Warum?" Und da sagt man dann: „Ach, es hat mich bloß interessiert, wie lange ein Mensch ohne Gehirn leben kann!" Das ist gut, der sagt dann gewiß nichts mehr.

Also wenn man diese zwei Sachen hat, das Gehirn und die Intelligenz, dann ist man schlagfertig.

Damals habe ich nun die Intelligenz angewendet. Dies scheint aber nicht am Platze gewesen zu sein, denn der Gast, der zwar gar nicht dazu verpflichtet war, wollte sich nun auch schlagfertig zeigen – der Oberkellner warf sich aber dazwischen, und der Herr Direktor, der zufällig auch anwesend war, bekam 3 Ohrfeigen, von denen aber nur eine zählte, weil die andern zwei dem Oberkellner bestimmt waren. Zufällig war aber die zweite Ohrfeige von denen, die gar nicht zählten, weil sie eigentlich dem Oberkellner bestimmt waren, so kräftig, daß der Direktor 4 Vorderzähne verlor. Die Frau Direktor, die das mit ansah, erschrak darüber so, daß sie auf der Stelle Zwillinge bekam, und das ist doch für eine Frau, die erst einige Wochen verheiratet ist, peinlich. Und das alles ist nur herausgekommen, weil ich gesagt hatte: „Ich bin der bekannte Schriftsteller". So bekannt bin ich gar nicht. Der Direktor war natürlich sehr böse, daß er durch mich 5 Vorderzähne – ja richtig! früher waren's nur 4 Vorderzähne ... Pardon! Haben Sie gar nichts gescheiteres zu tun, als die Vorderzähne meines Direktors nachzuzählen? Auf einen Vorderzahn eines Direktors kommt es mir eben nicht an – daß er durch mich 5 Vorderzähne und einen Gast verloren hatte. An den Zähnen war ja nicht mehr viel dran, aber der Gast war ein sehr guter Gast gewesen. Einmal hatte er sogar eine Flasche Wein getrunken. Später stellte sich heraus, daß der Gast gar nicht meinethalben ausgeblieben war. Ich traf ihn einmal auf der Straße und fragte ihn: „Warum kommen Sie denn gar nicht mehr ins Kabarett?" „Das Lokeul paßt ma net", sagte er, „dö Zahnstocher san mir zu spitzig." Ich sagte: „Aber das ist doch kein Fehler, es ist doch gut, wenn die Zahnstocher spitzig sind." „Was haßt guat? Ist es vielleicht guat, wann ma sich das Trommelfell zersticht?"

Unser Programm im Kabarett war sehr gut. Zuerst trat eine weibliche Dame auf, Fräulein Mizzi Vaselini. Aus der Zusammensetzung des wienerischen Mizzi mit dem italienischen Vaselini können Sie leicht erraten, daß es sich um eine Triestinerin aus Simmering handelte. Sie sang das schöne Chanson: „Es wird ein Wein sein und wir werd'n nicht mehr sein". Sie suchte dann im Laufe der Vorstellung die betrübende Tatsache, daß der Wein ältere Jahrgänge erreichen kann als ein 17jähriges Mädchen von höchstens 28 Jahren, dadurch umzustoßen, daß sie möglichst viel Wein in der Blüte seiner Jugend vertilgte. Sie sang dann „Holloderodero!" und ging mit einem blonden jungen Mann nach Hause. Es war aber nicht immer derselbe.

Nach dieser Kunstkraft trat auf John Nebbich, genannt der König der Ventriloquisten – Ventriloquist heißt auf Deutsch Bauchredner. Das kommt aus dem Lateinischen: Locus heißt Bauch und Ventri heißt reden. Das war eine sehr gute Programmnummer, bloß der Bauch war ein bischen nervös. Manchmal kam was ganz Verkehrtes heraus. Nur daß er sich König der Bauchredner nannte, war ein Schwindel. Na ja, jeder König hat doch eine Krone, und er ist bei jeder Vorstellung zu mir gekommen, ich soll ihm eine Krone leihen.

Der Star unseres Programmes war die Tänzerin Amanda Sanscoulotti. Sie stammte aus uraltem französischen Geschlecht, sie war eine Enkelin der Jungfrau von Orleans und Louis Quators des XV. Mit der hatten wir einmal einen schönen Schreck. Wir fanden sie eines Abends im Garten an einem niederen Strauch mit einem männlichen Hosenträger erhängt auf. Oben war sie schon ganz tot, nur die Beine lebten noch. Der Oberkellner schlug vor, wir sollten sie abschneiden, sie hatte das Nachtmahl noch nicht bezahlt. Wieder ein anderer meinte: „Nicht abschneiden! Vielleicht hat sie recht!“

Wir schnitten sie ab, obwohl der Hosenträger noch ganz neu war. Als wir sie abgeschnitten hatten, war sie beinahe ganz ohnmächtig und kam erst zum Bewußtsein, als ihr ein Freund von mir einen Hundertkronenschein zeigte. Da kam sie nicht nur zu sich, sondern sogar zu ihm.

Über meine Erfolge in Graz will ich lieber nicht reden. Es würde doch unbescheiden sein, wenn ich selbst sagen würde, daß ich großartig gefallen habe. Das kann ich doch nicht tun! Natürlich habe ich großartig gefallen. Am zweiten Tag meines Auftretens in Graz hat mich ein Berliner Direktor, welcher auf der Durchreise war, ein großer Direktor – vielleicht zwei Meter! – gehört und hat mir bereits am vierten Tag von Berlin aus telegraphiert, ich soll in Graz bleiben.

Das tat ich aber nicht, sondern ich bin nach Wien zurückgekehrt, denn es muß doch jemand meine Sachen hier vortragen, sonst kauft doch kein Mensch meine Bücher.[22]

PAUL MORGAN: CONFÉRENCIER AUS LEIDENSCHAFT

Paul Morgan.
Zeichnung von G. G. Kobbe

Dem am 1. Oktober 1886 in Wien geborenen Sohn des Hof- und Gerichtsadvokaten Morgenstern konnte die Leidenschaft zum Theater weder durch mehrfaches Wiederholen von Schulklassen noch durch erzwungenen Konviktsaufenthalt ausgetrieben werden. So fand er Aufnahme in die k. u. k. Akademie für darstellende Kunst in Wien und studierte bei Ferdinand Gregori das Schauspielerhandwerk. Nach vier Jahren am *Josefstädter Theater* spielte er zwischen 1912 und Kriegsbeginn so ziemlich alle komischen Rollen in Czernowitz, wofür er zum „Czernowitzbold“ ernannt wurde.[23]

1914, unterdessen an der *Neuen Wiener Bühne* engagiert, conferiert er erstmals im *Simpl.* Zwei Jahre später, nunmehr Nachfolger von Fritz Grünbaum im Keller in der Wollzeile geworden, monologisiert Morgan über den tristen Kriegsalltag:

Ich habe jetzt enormes Glück bei Frauen. Früher hatte ich das nicht. Immer habe ich gejammert: Ich verdreh' allen Weibern den Kopf! Wie ich eine anschau' – dreht sie sich weg! Aber plötzlich bin ich ein „Don Johann“ geworden. Bei meiner Wohnungstüre ist geradezu ein Gedränge. Die Frauen stellen sich bei mir an wie bei der Markthalle. Mein Neger – ich habe nämlich einen Neger als Diener; er war früher weiß, aber vom vielen Warten auf sein Gehalt ist er schwarz geworden – also der Diener kehrt einfach die Weiber aus allen Ecken meiner vornehmen Garçonwohnung (Zimmer und Kabinett) hinaus. Auf andere Art sind sie nicht fortzukriegen. Aber alles im Leben wird einem ja mit der Zeit über und so beschloß ich, mich einmal ernstlich mit einer einzigen zu befassen, und habe mir eine richtige Braut gesucht. Eine ganz echte Original-Braut, wie man's jetzt trägt! Ich warf meine Blicke mehr nach der israelischen Abteilung der holden Weiblichkeit. Ein wohlwollender Blick fiel auf Ida, die Tochter des Eskompteurs Bloch. Sie war reizend, die Eskomptesse! Schön war sie wie der „Morgen“ – was sag' ich, wie der „Morgen“ – wie die „Sonn- und Montags-Zeitung“![24]

In die Herzen des Wiener Publikums hatte sich Paul Morgan bald hineinconfériert, vor allem, wenn er von der Bühne herab bemerkte:

Ein anständiger Mensch?

Ich hasse das Kabarett-Publikum! Wenn diese Leute wüßten, wie sie – von der Bühne aus gesehen – saublöd d'reinblicken, würden sie nicht dasitzen wie die Ölgötzen! ... Einst schleuderte mir so ein Bold fortgesetzt „heitere" Bemerkungen auf die Bühne. „Sie haben eine scharfe Zunge, mein Herr!" rief ich ihm schließlich zu und machte meine hochachtungsvollste Miene. „Jawohl, Gottseidank!" erwiderte er schlagfertig. „So. Schade! Für meine Zwecke also leider ungeeignet", war meine bedauernde Antwort. Der Rest des Abends war Schweigen von seiner Seite.

Eines anderen lautes Geschwätz, das er rücksichtslos von sich gab, störte mich während meines Vortrages. Ich wandte mich an ihn: „Verzeihung –, ich hörte bisher nicht, daß Sie sprachen – sonst hätte *ich* das Maul gehalten. Ich bitte mir diesen meinen Hörfehler nicht übel zu nehmen – denn ich weiß wohl, wie ungezogen es ist, zu reden, wenn ein anderer spricht." Es gibt aber auch sehr nette Menschen unter den Kabarett-Besuchern, deren Kunstverständnis wahrhaft herzerfreuend ist. Ein Beispiel: Eines Abends – nach der Vorstellung – trat ein Herr auf mich zu, stellte sich vor und sagte: „Bitte um Entschuldigung, wenn ich Sie mit einer Frage belästige, aber Sie dürften ein intelligenter Mensch sein, Sie haben etwas gelernt und in Fragen der Kunst sind Sie sicherlich eine kompetente Persönlichkeit. Ich möchte mir nun erlauben, eine Frage an Sie zu richten, von deren Beantwortung viel für mich abhängt, eine Frage, die das ureigenste Gebiet der Kleinkunst berührt und die mich seit langem beschäftigt. Darf ich fragen?" „Fragen Sie", sagte ich gespannt. „Also – sagen Sie mir: Glauben Sie, daß ich bei Ihrer Kollegin, Trude Voigt, Chancen hätte ..." – Herzerquickend, solche Fälle von Kunstinteresse – – –.[25]

Im Jahr 1917 geht Paul Morgan – wohl wegen der scharfen Zungen – nach Berlin, an Victor Barnowskys *Lessing-Theater.* Hier in Berlin begegnet er den bekanntesten Komikern Deutschlands: Curt Bois, Max Hansen und Max Pallenberg, der später im Vorwort zu Morgans Erinnerungen „Stiefkind der Grazien" über den Autor sagen wird: „Ich sage Ihnen – er ist ein Komiker, der mehr hat als Geist und Technik, nämlich Herz, und weil dieses Herz seiner Komik den Takt angibt, ist sie so erquickend. Ich kann Tränen über ihn lachen, über seine trockene, Welt und Menschen behaglich karikierende Art, über seinen Humor, in dem Wienerische Gemütlichkeit und Berliner Schnauze sich so schmackhaft verbinden."[26]

„Der Berliner Witz", schrieb Paul Morgan einmal, „ist scharf und treffend, der Zuhörer in der letzten Reihe des obersten Ranges versteht jede Aktualität, jede politische Spitze. Der Berliner lacht selbst am meisten, wenn man sich über ihn lustig macht. Er liebt die Selbstpersiflage. Ich hatte immer Erfolg, wenn ich unsere Wiener Gemütlichkeit mit der großen Schnauze der Spree-Athener verglich. Wie würden die Wiener wohl Zeter und Mordio schreien, wenn in Wien ein Berliner es wagen würde, das ‚patschwache Gmüat' zu verulken!"[27]

1924 wird Morgan von Kurt Robitschek ins *Charlott-Casino* nachgeholt, das „Wiener Gmüat" schlug ein, und bereits am 1. Dezember eröffnen beide in der Kantstraße ihr eigenes Unternehmen, das *Kabarett der Komiker* (KadeKo). Aus dem Wiener war ein Berliner geworden, auch wenn er zwischendurch noch an der *Neuen Wiener Bühne* gastiert und ihm Alfred Polgar bescheinigt: „Morgans Komik ist ein angenehmes Gemisch von Einfalt und Schärfe, Thaddädelei und Pointe; seine jüdische Witzigkeit christelt ausgezeichnet"[28], so tritt er nun hauptsächlich im *KadeKo,* in den Berliner Revuen von Eric Charell, Hermann Haller und Rudolf Nelson auf.

„Ich erinnere mich, daß ich Dich ungezählte Male über Dich selbst spotten gehört habe", schrieb Jahre später Grünbaum an Morgan nach Berlin, „und ich erinnere mich nicht, Dich jemals über Kollegen verächtlich sprechen gehört zu haben. Solltest Du ein anständiger Mensch sein? Vorsichtig geworden, sage ich: Es scheint so!"[29] Ohne je boshaft oder verletzend zu sein, conférierte Morgan mit der Pointensicherheit des geborenen Kabarettiers. „Er sprühte weniger, als daß er sprudelte. Sarkastische Bosheit", so Klaus Budzinski, „und das Organ fürs Politische gingen ihm ab."[30] Die Auflösungserscheinungen der Weimarer Republik beobachtete er eher leicht amüsiert und am Rande stehend.

Der Herr Skalitzer

Es gibt einen berühmten Witz, der so alt ist, daß man ihn in einer Operette oder Revue verwenden könnte: Aus dem Coupéfenster eines wartenden Zuges blickt ein freundliches Normalgesicht. Da stürzt ein Herr auf den Bahnsteig, sieht nach diesem Fenster, schreit: „Da sind Sie ja, Herr Skalitzer!! Habe ich Sie endlich, Sie Lump?! . . . Da . . . da . . . und da!!" Und jedes „Da" ist von einer klatschenden Ohrfeige begleitet. Der Angreifer verschwindet wieder und der Leidtragende – biegt sich vor Lachen. Erstaunt fragen ihn Zeugen des Überfalls: „Sie werden geohrfeigt, wehren sich gar nicht und lachen dazu?" „Soll ich nicht?" sagt der Vergnügte, „ich heiße doch gar nicht Skalitzer!!"

Es waren gerade zehn Jahre, daß ich in Berlin Leid und Freud der reichsdeutschen Mitbürger betrachten durfte, den Hader und Streit der Parteien sah ich aus nächster Nähe mit an, Lob und Tadel für die Regierenden umschwirrten meine österreichischen Ohren, mitten im Platzregen der politischen Meinungen stand ich und wurde nicht naß dabei. Ich durfte nicht mitreden, nicht dreinreden, mich ging's nichts an, hatte kein Recht, mich zu bekümmern, war ja nur Gast, dem alles schön und gut erschien, was in der Familie des Gastgebers getrieben wird.

Ich war sogenannter „Wahl-Berliner", das heißt nicht wahlberechtigt, und da fast allwöchentlich irgend eine Wahl stattfand, wußte ich Sonntags nie, was ich mit der freien Zeit anfangen sollte. An einem dieser immer recht stürmischen Tage donnerte es an meine Wohnungstür. „Wir brauchen jede Stimme!" rief einer, der mich holen wollte. Ich blieb still und bescheiden, rührte mich nicht. Später ging ich friedfertig spazieren. Zettel und Aufrufe wurden mir in die Hand gedrückt. Von den Litfaßsäulen brüllten mich grelle Mahnungen an, meine Pflichten nicht zu vergessen. Neugierig blieb ich vor einem Wahllokal stehen. Ich muß den Eindruck eines Zaudernden gemacht haben, denn von allen Seiten bestürmte man mich, stopfte mir Aufrufe in die Rocktaschen, ein Lastauto ratterte vorbei, ein Haufe junger Leute stand oben und sang schmetternde Weisen, ein anderer Wagen kam dazu, auf dem standen ebenfalls junge Leute, die aber anderer Meinung waren, infolgedessen schlugen sie mit Stöcken aufeinander, ich war stehen geblieben, etwas flog mir an den Kopf, einer nannte mich einen Lümmel, und ich lag im Rinnstein.

Aber fröhlich lachend stand ich wieder auf, klopfte mir den Anzug ab, glättete meinen zerbeulten Hut und, meinen Sonntagsspaziergang fortsetzend, schritt ich, ein munteres Liedchen pfeifend, von dannen. Erstaunt sahen all die Nervösen, Schimpfenden, Aufgeregten, Zornigen in mein lachendes Antlitz. Ich war äußerst vergnügt.

Denn ich heiße gar nicht Skalitzer . . .[31]

Curt Bois.
Zeichnung von G. G. Kobbe

Als diese Zeilen in Buchform erscheinen, hatte Morgan, ebenso wie Kurt Robitschek und Curt Bois, Hitlers Berlin bereits verlassen. Im November 1933 tritt er in den von Robitschek übernommenen Wiener *Kammerspielen* in der von Marcellus Schiffer und Mischa Spoliansky geschaffenen Kabarett-Revue „Rufen Sie Herrn Plim" auf und conferiert ab 1935 in Trude Kolmans Kabarett *Grand Hotel* und im *Fiaker.*

Im März 1938 fällt Paul Morgan, der Conférencier aus Leidenschaft, den Nationalsozialisten in die Hände. Wie Fritz Grünbaum wird er erst im Konzentrationslager Dachau, dann in Buchenwald interniert. Hier stirbt er im Dezember 1938.

ARMIN BERG: DER MANN MIT DEM ÜBERZIEHER

Armin Berg, Coupletsänger und Conférencier dazu, entstammte ebenfalls der mährischen Landeshauptstadt, der er zeitlebens aufrichtig verbunden blieb:

> Ich bin geboren in Brünn; in der Wranowska ulice; das ist eigentlich in Hussowitz bei Brünn, was so etwas wie beiläufig Stockerau bei Wien ist. Also ich bin geboren, ehrlich, am 9. Mai 1883. So wahr ich wirklich Berg heiße. (In Wien wohne ich in der Ausstellungsstraße 1 im Café Abbazia: diese Adresse nur nebenbei, weil wir jetzt vor Weihnachten stehen ...!) Aber ich will doch von Brünn erzählen. Was kann man da schon erzählen? Im Grund genommen ist es eine schöne, kleine, ganz unsympathische Stadt. Gelernt habe ich dort in der Manufakturwarenbranche, bei S. Oehler & Co., in sechs Wochen habe ich das gelernt, was andere in drei Jahren können, deshalb hat mich auch mein Chef hinausgeschmissen. Die Firma ist auch ohne mich pleite gegangen. Dann habe ich in Brünn noch etwa 60 bis 70 Posten gehabt, die alle nichts für mich waren. Und dann bin ich zur Kunst gegangen. Ich war am Brünner Deutschen Theater mit Slezak zusammen engagiert. Er hat gesungen, ich habe allerdings nur statiert.
>
> Jetzt komme ich nur noch hie und da auf ein paar Tage nach Brünn. Denn Brünn ist die Stadt der Miesmacher. Dort gehen die Geschäfte immer schlecht, und wenn man ankommt, sagen einem die lieblichen Brünner gleich am Bahnhof: „Da werd's Ihr ka Geschäft machen." Und wenn man mit der Werbezirk zusammen auftritt, so finden sie, daß die Preise so hoch sind, daß man sich in Wien dafür den Slezak plus die Jeritza in der Oper anhören könne ... Ob die Brünner aber dabei auch so lachen, wie bei mir und der Werbezirk?[32]

Die Wiener lachten jedenfalls, wenn Armin Berg etwa das Couplet von Louis Taufstein „Ordnung muß sein!" vortrug:

Armin Berg.
Zeichnung von Gedö

Daß Wien man die reinste der Städte jetzt nennt,
Das weiß schon ein jeder genau, der es kennt.
Vor kurzem stieg ich aus der Straßenbahn aus,
Und als ich gekommen war bis vor mein Haus,
Da warf auf der Straße den Fahrschein ich fort;
Im Nu stand voll Strenge ein Schutzmann schon dort,
Und der hat befohlen vor allem einmal,
Daß ich ihm zwei Schilling als Strafe bezahl',
Weil ich ohne Rücksicht jetzt wegwarf den Schein,
Das ist nicht in Ordnung – und Ordnung muß sein!
Als ich ihm erlegt hatte diese Gebühr,
Gab er mir sofort eine Quittung dafür.
Drauf fragte ich höflich: „Herr Schutzmann, ich bitt',
Jetzt hab' ich die Quittung, was tu ich damit?"
Da sagte der Schutzmann: „Die hat keinen Zweck,
Die brauchen S' ja nimmer, drum schmeißen Sie's weg!"[33]

Von den *Budapestern* war er hergekommen, wo er seine Popularität zunächst den „Trommel-Versen" verdankte. Ihr Sänger erschien damals schon in der Tracht, die Berg auch noch in den dreißiger Jahren tragen sollte: der Rock kurz, die Beinkleider eng wie ein Trikot, einen kleinen Hut auf dem Kopf, das obligate Stöckchen in der Hand, trug er vor:

Zwei Eheleute streiten sich,
Er sagt zu ihr, Du liebst mich nicht,
O ja sagt sie ich hab' dich gern
Grad so wie unsern Zimmerherrn.

Am Nordpol dauert, welche Pracht,
Sechs Monat eine einz'ge Nacht,
Zum Bräutigam sagt die Hermin'
Da fahr'n wir nach der Hochzeit hin.

Ich möcht, wenn ich ihn haben kann,
Sagt Rosa, einen großen Mann,
Doch find' ich keinen großen mir
Nehm' ich zwei kleine auch dafür.

Ich nehme mir, sagt Moritz Blau,
Nur eine tätowierte Frau,
Wenn ich bei Nacht nicht schlafen kann
Dann schau ich mir die Bilder an.

Ein Mann weint sich die Augen aus.
Der Storch kam zu sei Frau ins Haus,
Da sagt sie, wein' nicht lieber Mann
Du bist doch gar nicht Schuld daran.[34]

Gemeinsam mit Eisenbach und Rott stand Armin Berg auf der Bühne des *Budapester Orpheums,* und wenn er in Geldnot war, trat er in Praterbuden auf. Aus dieser Zeit stammen auch seine Couplets, die er noch zwei Weltkriege später zum besten gab: „Da halt' ich mich zurück", „Das möcht' ich erleben", „Das seh' ich gar nicht ein" und das vielbelachte Lied „Da könnt' man weinen wie ein kleines Kind!"

Da neulich ging ich abends in ein Restaurant
Und schaff' vor Hunger mir ein gutes Beefsteak an.
Und wie nachher der Kellner kommt damit zurück,
War es so groß, wie ein Zweikronenstück.
Ist man sehr weichherzig, Gemütsmensch obendrein,
Und man bedenkt, daß weg'n der Portion so klein,
Man tut erschlagen so ein großes, starkes Rind,
Da könnt' man weinen wie ein kleines Kind.

Herr Kohn aus Tarnow, der ist jüngst gereist nach Wien,
Er wohnt im Grand Hotel im feinsten Zimmer drin.
Hab'n S' gut geschlafen, fragt ihn morgens der Portier,
Da sagt Herr Kohn darauf, gar ka Idee.
Das Bett war weich und gut, das hat mich nicht gequält,
Doch was gewöhnt ich bin hat mir gefehlt.
Wenn man die ganze Nacht nicht eine Wanzen find',
Da könnt' man weinen wie ein kleines Kind.[35]

Armin Bergs Couplets waren stets sehr wienerisch, ähnelten einander und stammten fast alle von Louis Taufstein. Nur die zwei berühmtesten Lieder, der „Gewissenhafte Maurer" und der „Überzieher", die schrieb Otto Reutter aus Berlin.

Der Überzieher

Kennen Sie denn die Geschichte
Von dem Überzieher schon,
Den sich kaufte der Herr Pichler
Bei der Firma Stern & Sohn?
Dieser Rock, der war ein Prachtstück
Und der Stoff, der war sehr fein,
Innen war er ganz aus Seide
Und auch billig obendrein.
Der Herr Stern sprach: Sind Sie froh,
S'ist mein schönster Paletot,
Geb'n Sie acht, auf die Pracht,
S' wird gestohlen bei Tag und Nacht.
Sind Sie mal im Lokal,
Hängen Sie'n vor sich auf im Saal,
Schaun Sie'n dann immer an,
Bleibt der Überzieher dran
Gehn Sie weg von dem Fleck,
Is' der Überzieher weg.

Pichler ging ins Wirtshaus,
Leider dort war'n Zettel angebracht,
S'gibt kein Raum für Überkleider,
Jeder Gast gibt selber acht,
War ein Nagel nur zu sehen,
Hinten, das war ärgerlich,
Deshalb muß den Kopf er dreh'n,
Und hängt den Mantel hinter sich.
Und nun saß er wie gebannt,
Schaute immer auf die Wand.
Is' er weg, is' er hier,
Ja da hängt der Überzieh'r,
Is' er hier, is' er weg,
Nein, er hängt noch auf dem Fleck,
Schau ich hier hinter mir,
Hab ich meinen Überzieh'r,
Seh ich weg, von dem Fleck,
Is' der Überzieher weg.

Pichler rief nun: „Kellner Essen",
Der bracht' Essen ihm und ging.
Nun hat Pichler nicht vergessen,
Daß der Mantel hinten hing,
Denn ihm schien, das war gefährlich,
Ob als alle Gäste hier,
Schauten gierig und begehrlich,
Nur nach seinem Überzieh'r.
Darum kam daß, als er aß,
Er den Mantel nicht vergaß.
Essen hier – dort das Bier,
Und da hängt der Überzieh'r,
Oben kau'n, hier verdau'n
Und dabei nach hinten schau'n.
Schau ich hier hinter mir,
Schmeckt kein Essen und kein Bier,
Seh ich weg, von dem Fleck,
Is' der Überzieher weg. . .[36]

Berg hat die kabarettistische Couplet-Form als Ausdrucksmittel und das Kabarett selbst als Vorwand für eine Art „Soziologie des Kabarettbesuchers" gewählt, in der der Stellenwert der Kleinkunst wie folgt eingeschätzt wird:

Es geht ins Kabaret der Herr von Flieder
Drauf fragt man ihn wie's ihm gefallen hat,
So hört's mir auf mit die Chansons und Lieder,
Die Singerei die war mir viel zu fad.
Die Künstlernamen habe ich vergessen,
Sie heißen aber alle nichts mitsamm',
Jedoch an Käs', den ich hab dort gegessen,
Das war die beste Nummer im Programm.[37]

Jahrzehnte später – Armin Berg war unterdessen nach dem *Max und Moritz* im *Simpl,* bei *Leopoldi-Wiesenthal* und kurzzeitig sogar in seinem eigenen Lokal, der *Armin-Berg-Bar* in der Dorotheergasse 7, aufgetreten – confériertе er über die Kabarettbesucher der dreißiger Jahre.

Ich kann Ihnen sagen, *plauderte Berg,* das Kabarettpublikum hat sich in den letzten Jahren ganz geändert. Früher hat das Publikum der Kabaretts meist aus Liebespaaren bestanden, das heißt, manchmal ist es auch vorgekommen, daß ein Mann seine eigene Frau mitgebracht hat, es kam zwar selten vor, aber doch. Heute ist das ganz anders geworden, die Zeiten sind schlecht, die Männer müssen sparen, sie können sich keinen Kabarettbesuch mehr vergönnen, und wenn sie sich ihn vergönnen, dann gehen sie meistens allein oder eventuell mit der Freundin. Unsereiner sieht nämlich gleich, ob ein Mann mit seiner Freundin kommt oder mit seiner Frau. Die Freundin läßt der Herr galant vorausgehen, stolpert sie auf der Stiege, dann fragt er sie sofort zärtlich: „Hast du dir wehgetan, mein Kind? Ich werd' mich bei der Direktion beschweren, das ist doch eine Schweinerei!" Wenn aber die eigene Frau auf der Stiege ausrutscht, schreit der Mann: „Kannst du nicht aufpassen, du blöde Gans?" Natürlich betritt der Mann, wenn er mit der Frau ausgeht, den Saal zuerst, die Frau erscheint erst ein paar Minuten später, und er denkt sich ganz ruhig: Nach mir die Sintflut! Er setzt sich nieder, die Sintflut setzt sich neben ihn, er schafft sofort eine Flasche Wein an und sie fangt gleich an zu keppeln: „Na da hat man's ja", sagt sie, „für Wein hast du Geld, aber wenn ich Hausschuhe brauch, dann willst du nichts hören davon!" A tempo ruft der Mann zum Kellner: „Herr Ober, für meine Frau ein Paar Hausschuhe!" Was aber das Unglück noch haben will, tritt gerade eine wunderschöne Tänzerin auf. Was macht der Mann? Er schaut. Und was macht die Frau? Sie zerspringt; mit Recht, sie soll ja zerspringen, das heißt, sie hat ja allen Grund zu zerspringen. Denn der Mann wendet die Augen nicht von der sparsam bekleideten Tänzerin auf der Bühne und seufzt: „Wenn man so etwas sieht, da muß man Appetit bekommen!" Drauf sagt die Frau: „Appetit darfst du da bekommen, aber gegessen wird zu Haus'!" – In demselben Moment geht wieder der Kellner vorbei, der Mann schafft noch eine Flasche Wein an, jetzt geht der Krach von frischem los. Das ist eben der Fehler, die Frau will nicht einsehen, daß der Mann ein Betäubungsmittel braucht, wenn er mit ihr ausgeht.

Natürlich ist beiden der ganze Abend verdorben, die kommen nach der Vorstellung mißmutig nach Hause, der Mann legt sich ins Bett und schläft sofort ein. Mitten in der Nacht – im besten Schlaf – weckt die Frau ihn dann auf und jammert: „Ach, mir geht es ja so schlecht!" Darauf sagt er: „Wem geht's heut gut?" – dreht sich um und schläft weiter ... Sehen Sie, das ist das heutige Kabarettpublikum.[38]

„Es ist heute viel schwieriger als einst, das Publikum zufriedenzustellen", klagte Berg 1935, am Höhepunkt seiner Popularität, der *Wiener Sonn- und Montagszeitung*. Er, der noch immer erfolgreich den „Überzieher" und im *Ronacher* den „Gewissenhaften Maurer" und „Mir is' schon alles ganz egal" mit neuen Zeitstrophen vorträgt, meint:

> Das Publikum ist durch soviel Gutes der letzten Jahre verwöhnt, es will Aktuelles, Geistvolles hören, hingegen lehnt es etwa sogenannte Pikanterien, wie sie noch vor fünf, sechs Jahren zogen, entschieden ab. Man muß sich selbst immer wieder übertrumpfen, besonders da inzwischen immer wieder Berg-Kopisten im Kabarett auftauchen. Ich bin mit meinen Kopisten gar nicht zufrieden. Denn, sehen Sie, alle die, die mich kopieren, tun es mit einem gewissen Apparat an Gesten und Mimik, mit einer Künstlichkeit, die mir vollkommen ferne liegt. Ich war immer so, wie ich heute bin, denn das ist meine Natur: phlegmatisch-gemütlich. Ich tu gar nichts dazu. Und deshalb – kann nur ich selbst mich kopieren!
>
> Aber . . . jetzt muß ich Ihnen rasch noch erzählen, was einem alles passieren kann, *fügt Armin Berg hinzu, und der letzte Rest von Ernst weicht aus seinem Gesicht.* Als ich kürzlich einmal auftrat, bemerkte ich plötzlich, daß das Publikum nicht recht zuhörte. Ich suche die Ursache und entdecke – zu meinen Füßen einen Hund, der von der vorangegangenen Hundedressur-Nummer irrtümlich zurückgeblieben war. Der Hund sitzt da und schaut gekonnt zu mir herauf. Seh'n Sie, sage ich ins Publikum, jetzt kann man nicht einmal von mir behaupten, daß mich kein Hund mehr anhört!
>
> Oder, weil wir gerade von Hunden reden, vor ein paar Tagen: Steht da ein sechzehnjähriger Junge vor Beginn der Vorstellung bei meiner Garderobetür; er hat einen Hund unterm Arm und sagt: „Herr Berg, ich habe schon soviel von Ihnen gehört, daß ich mir gedacht habe, ich muß Sie mir unbedingt einmal anhören. Aber ich habe kein Geld für die Eintrittskarte – kaufen Sie mir den Hund ab, damit ich mir dafür eine Eintrittskarte kaufen kann." – „Behalt deinen Hund", sage ich, „da hast du drei Schilling, kauf' dir eine Karte." Nach der Vorstellung steht der Junge wieder bei meiner Garderobentür. Glückstrahlend geh' ich auf ihn zu: „No, wie hat's dir gefallen?" – Darauf er: „Jetzt bin ich erst froh, daß ich den Hund nicht verkauft hab'."[39]

Zwei Jahre und drei Monate später muß Armin Berg aus Österreich fliehen, bringt sich im New Yorker Exil mit dem Verkauf von Bleistiften und Büroartikeln durch. Nach dem Krieg kehrt er nach Wien und in ein verändertes Land zurück, conferiert und plaudert phlegmatisch-gemütlich wie einst, singt das Lied vom Überzieher und das vom gewissenhaften Maurer. Das Publikum lacht und belächelt ihn ein wenig.

1956 stirbt Armin Berg. In seinem Nachruf faßt Friedrich Torberg zusammen, was von ihm blieb: „Der letzte Vollmond eines untergegangenen Planetensystems ist erloschen. Gulasch hier – da das Bier – und da hängt der Überzieh'r, den keiner mehr anziehen wird."[40]

PROFESSOR e. h. FRITZ WIESENTHAL

Irgendwann in den dreißiger Jahren saßen Fritz Wiesenthal und Armin Berg im Kaffeehaus und lösten gemeinsam Kreuzworträtsel. Wiesenthal behauptete zwischendurch, er sei imstande, das allerschwerste Rätsel innerhalb von fünf Minuten zu lösen. Da sagte Armin Berg zu ihm: „Ich werde Dir ein Rätsel aufgeben, mit dem wirst Du Dir stundenlang den Kopf zerbrechen und die Lösung doch nicht finden!" „Lächerlich", entgegnete Wiesenthal, „sag mir das Rätsel und wenn ich es wirklich nicht auflösen kann, verpflichte ich mich, Dir Hundert Schilling zu geben, im entgegengesetzten Falle, wenn Du eines nicht auflösen kannst, brauchst Du mir nur einen Schilling zu bezahlen!" „Einverstanden", sagt Berg, „also paß auf! Was ist das? Es fliegt in der Luft, ist grün, hat vier Beine, zwitschert, fällt auf die Erde, rollt sich zusammen und bellt!" – Wiesenthal denkt nach und denkt nach, rennt wie ein Verrückter im ganzen Kaffeehaus herum, endlich nach einer Stunde kommt er ganz außer sich zum Tisch zurück und sagt: „Lieber Freund, dieses Rätsel kann ich wirklich nicht auflösen; ich bekenne mich geschlagen, meine Wette habe ich verloren, da hast Du die Hundert Schilling! Aber jetzt mußt Du mir sagen, was das ist?" Da sagt Berg: „Ich weiß es auch nicht, da hast du einen Schilling!"[41]

So erzählte zumindest Armin Berg die Begebenheit. Dem aufmerksamen Leser werden Rätsel und Auflösung noch aus der „Klabriaspartie" erinnerlich sein. Aber auch dem „Professor" Wiesenthal selbst war die Bereitschaft, gegebenenfalls nicht vor ergrauten Witzen haltzumachen, nie fremd gewesen. Gebürtiger Leopoldstädter, conférierte er sich erst die Praterstraße entlang, dann in die Innenstadt hinein. Der liebenswürdig-heitere, schlagkräftig-pointierte Stil seiner Ansagen war bekannt, ebenso wie der Umstand, daß Wiesenthal sich mit „Schülerinnen" zu umgeben liebte, die er dem Publikum mit leicht sadistischer Bosheit mehr bloß- als vorstellte.

Nachdem sein gemeinsam mit den Brüdern Leopoldi gegründetes Etablissement *L. W.* zusperrte, zog es ihn nach Berlin. „Wiesenthal selbst", meldete die *Bühne* bereits im Mai 1925, „leistete sich noch einen Urlaub in Paris, wo er allerdings keine Vorträge an der Sorbonne hielt; er begann am 1. Juni ein mehrmonatiges Gastspiel in Berlin. Soll es eine Trennung auf immer sein, will Wiesenthal nicht mehr nach Wien zurückkommen? Befragt, verweigert er die Auskunft, dann stammelte er mit pythischer Zweideutigkeit ‚Ich weiß es nicht!' – denn er ist bös auf die Wiener, nicht auf die Wiener als Gesamtheit, sondern auf einen einzigen nur, auf den Stadtrat Breitner, der das volkstümliche *L. W.*-Etablissement als ein Luxuslokal mit hohen Steuern belegt hatte, so daß die Besitzer, das musikalische Brüderpaar Leopoldi und der konferierende Professor, für ihre Arbeit nur mit einem Defizit ihres Unternehmens belohnt wurden. Das ist dem Professor zu dumm geworden, täglich zu arbeiten und kein Geld zu verdienen. Er wandert aus, nach Berlin natürlich, wo ihm hohe Goldmarkhonorare versprochen sind. Er wird dort am 1. Juni debütieren, aber sein Renommé ist ihm längst vorausgeeilt ..."[42]

Vom schwierigsten Punkt der Stadt, vom Potsdamer Platz aus, beschloß der beherzte Leopoldstädter, Berlin zu erobern. „Und was war seine Kunst und Waffe? Das Gutgelauntsein, à la Café ‚Kronprinz' oder ‚Fetzer', aus anno 1900. Mit dieser Elementargabe, welche die ältesten Anekdoten zu sprühenden Moment-Einfällen macht, statt sie wie eine an der Schnur langweiliger Zeitungsaktualität aufgezogene Kette von ‚Perlen' erscheinen zu lassen, streckte er die Konkurrenz der Intellektual-Commis, die sich mit einem Originalhandgriff die ödesten Einstudiertheiten und Abgeklappertheiten als Pointe aus der Krawatte zupfen, glatt zu Boden. Er war eben strahlend, strotzend, pausbäckig da – oft sogar mit einem Schuß Selbstparodie, als ob dieses Da-sein um eine gewisse Fettfleckwirkung im Universum wüßte ... Manchmal freilich war der heitere Mann einfach durch seine Gabe: mitzulachen, aus dem Konzept zu bringen. So geschah es ihm in der Berliner Anfangszeit. Er sprach (Potsdamerstraße, Primus-Palast) seinen berühmten Überleitungssatz: ‚Was haben wir davon? – Der beste Fisch unter allen Vögeln ist doch der Schollet!' – da knatterte von hinten, den Österreicher ausbessernd, die Stimme eines fischkundigen Preußen hinein: ‚Die Scholle!' – Wiesenthal war für diesen Abend erledigt. Er schmiß sich durch's Lachen den Erfolg."[43]

Wie geht's Ihnen, Herr Fröhlich?

Von Fritz Wiesenthal, der in den dreißiger Jahren wieder in Wien, im *Simpl* und dessen Ableger, der *Rakete,* gemeinsam mit Grünbaum und Roda Roda erfolgreich auftrat, ist wenig erhalten geblieben. Einige Schallplattenaufnahmen mit Franz Engel existieren noch, überlebt hat auch ihr Couplet „Wie geht's Ihnen, Herr Fröhlich? Wie geht's Ihnen, Herr Schön?“.

Wie geht's Ihnen, Herr Fröhlich?
Wie geht's Ihnen, Herr Schön?
No — ich danke so allmählich,
No — auch mir könnt's besser geh'n.
Jüngst war ich beim Professor —
Zu dick bin ich — sagt er
Drum soll vor'm Schlafengeh'n
Ich gar nichts essen mehr!
Macht Ihnen das nicht Qualen?
Das macht mir gar ka Pein.
Sie legen sich hungrig nieder?
Schon zeitig um halb Neun!
Wann pflegen Sie zu essen?
Im Bett um halber Zehn.
Auf Wiederseh'n, Herr Fröhlich!
Auf Wiederseh'n, Herr Schön!

Wie geht's Ihnen, Herr Fröhlich ...
Was sagen Sie zur Garbo?
Ich find' sie sehr apart,
Sie hat sich jüngst entkleidet
In meiner Gegenwart.
Sie kennen Sie persönlich?
Aus allernächster Näh!
Sie hat sich ausgezogen?
Im chambre separée!
Wo ist denn das gewesen?
Im Film hab' ich's geseh'n.
Auf Wiederseh'n, Herr Fröhlich!
Auf Wiederseh'n, Herr Schön!

Wie geht's Ihnen, Herr Fröhlich ...
Ich fühl mich gar nicht wohl heut'.
Sie sind auch blaß im G'sicht.
Was hab'n Sie für Beschwerden?
Das weiß ich selber nicht.
Ich schlafe wie ein Nilpferd,
Sehr lange meiner Seel',
Ich fresse wie ein Tiger
Und sauf' wie ein Kamel!
Da wär's vielleicht am besten,
Wenn Sie zum Tierarzt geh'n.
Auf Wiederseh'n, Herr Fröhlich!
Auf Wiederseh'n, Herr Schön!

Wie geht's Ihnen, Herr Fröhlich ...
Was macht denn Ihre Tante?
Der Teufel hol' die Frau!
Hat sie nicht heut' Geburtstag?
Ja, heute ganz genau.

Ich hab' – weil sie das gern ißt –
Ihr Krachmandeln gebracht.
Trotzdem Sie sie so hassen,
Das hätt' ich nie gedacht.
Ja, aber erst hab' ich ihr
Versteckt die falschen Zähn'.
Auf Wiederseh'n, Herr Fröhlich!
Auf Wiederseh'n, Herr Schön!

Wie geht's Ihnen, Herr Fröhlich ...
Wie geht's der Frau Gemahlin?
Ich dank' der Nachfrag', gut;
Sie ist mit meiner Tochter,
Gegangen zur Redoute.
Was hat sie für'n Kostüm an?
Sie geht als Kolumbin'.
Und was das Fräulein Tochter?
Die geht als Würschtel hin!
Sie sucht sich einen Kren!
Auf Wiederseh'n, Herr Fröhlich!
Auf Wiederseh'n, Herr Schön!

Wie geht's Ihnen, Herr Fröhlich ...
Da jüngst war ich beim Rennen,
Gott, hab' ich da gelacht!
Man hat ein Pferd behandelt.
Was hat man ihm gemacht?
Man hat den Hinterteil ihm
Mit Pfeffer eingeschmiert,
Das macht beim Pferd man deshalb,
Damit es feurig wird!
Ich bin nur froh und glücklich,
Mei' Frau hat das nicht g'sehn!
Wie geht's Ihnen, Herr Fröhlich?
Wie geht's Ihnen, Herr Schön?[44]

Kurz nach dieser Aufnahme stirbt Fritz Wiesenthal, das Begräbnis findet an einem Sonntag, dem 3. Jänner 1937, statt. Unter den Trauergästen befinden sich namhafte Kollegen des Komikers: Fritz Grünbaum, Christl Giampietro, Jack Rotter, Paul Morgan, Franz Engel, Hermann Leopoldi, Armin Berg und Hans Kolischer. In der Luft mag schon eine leise Vorahnung dessen gelegen haben, was an Todesmeldungen noch kommen sollte. Den „Nachruf auf einen Professor" hielt Anton Kuh:

> Titel verleiht in Wien das Kaffeehaus, Titel trägt man fürs Kaffeehaus. Ich erinnere mich eines der frühesten Backenstreiche, die mein Knabenantlitz für die Verhöhnung eines Mitmenschen trafen – es war ein Advokaturschreiber, der sich des Kellners und der abendlich umworbenen Dienstmädchen halber „Doktor" nannte und dem ich, als er eines Tages ruhelos das große Billardbrett des Stammcafés umschritt, zugerufen hatte: „Na, Herr Doktor – den ganzen Tag da umeinanderpromovieren?"
>
> Vielleicht könnte man den Wandel des alten, Franziski-Josefinischen, zum neuen Österreich nicht besser als durch die Feststellung kennzeichnen, daß aus allen Kaffeehaus-Titularprofessoren jener Zeit inzwischen wirkliche Titel- und Charakterprofessoren geworden sind. Das „Umeinanderpromovieren" gilt nichts mehr seit der Übernahme des Kellnerbrauchs durchs Amtsblatt. Lange vor dieser

Baisse in akademischen Titeln, aber doch schon zu einer Zeit, wo in Berlin jeder zweite Theaterdirektor, Bühnenbildner, Regie-Fritze seinen „Professor“ hinter den Namen picken hatte, war in Wien ein wackerer Stammgast auf den Gedanken verfallen, sich den Titel „Professor“ dem Kaffeehaus-Gaudium zu Liebe gleich einem falschen Vollbart ins Gesicht zu hängen. Das war die Tat des Fritz Wiesenthal! Die anderen, die Schwindler mit der Aufrückungschance in die Vollwertigkeit, ließen den angenommenen Titel geschickt aus einer hingeschleuderten Schlinge der Unterschrift lesen, genehmigten ihn wortlos aus dem Kellnermund, warfen ihn ganz nebenbei ins Gespräch. Er aber, der Abkömmling einer glorreichen Leopoldstädter Kaffeehaustradition, tat etwas Launigeres, Wirksameres: er zeigte, wie in einer Zauberkünstler-Parodie, den „Schwindel“ vor dem Kunststück, reklamierte für sich mit dröhnendem Unernst den Professor-Titel, bezichtigte sich triumphierend der Falschmeldung – er sorgte sozusagen dafür, daß die Gänsefüßchen um diese Scherz-Titulatur „Professor“ jedem sichtbar blieben . . . Nicht nur den Titel, seine ganze Persönlichkeit verdankte er dem guten, alten Leopoldstadt-Café: In milderer Zeit, wo sich Wirklichkeit und Gerechtigkeit nicht vor falschen Takt-Parolen in einen Winkel zu verkriechen brauchen wird, daß vielleicht einmal aus einem Kranz von Geschichten dessen Geschichte auferstehen [wird], keineswegs der unbedeutendste Beitrag zum Wienertum. (Daß etwa um Nestroys Stammtisch herum sehr viele der anderen Glaubensgenossen saßen, ist ein kulturhistorisch nicht genug beachtetes Faktum.) Hier, rings um die „Klabrias-Partie“, weitet sich die Häuslichkeit zu einem Markt, verengt sich die Welt zu einem Domizil. Hier blüht Zynismus und Gemüt, edle und üble Nachrede, Echtheit und Mutterwitz. Es waren die Gaben, mit denen heute vor vierzig Jahren der kleine Fritz Wiesenthal, Sohn einer Blumenfrau, und seines Zeichens: Lehrknabe an freien Samstagabenden als „Tischkomiker“ in Souterrainräumen diverse Kegel- und Kreuzervereine unterhielt. Er hatte eigentlich kein „Programm“, sein Repertoire hieß: gut gelaunt sein . . . Wackerer Fritz Wiesenthal, letzter Sonnenstrahl aus dem Kaffeehaus von Wien II![45]

POLITISCHE SATIRE IN COUPLETFORM

DIE ZEITSTROPHEN DES KARL KRAUS

Seit langem zieh ich durch die Lande,
ganz Österreich hat mich schon gehört,
von aller Welt, von jeglichem Stande
ward stets durch Beifall ich geehrt.
Doch gibt's auch Leute, die sich giften,
wenn's mir mit Offenbach gelingt,
und les ich gar aus eignen Schriften,
da kenn ich manchen, der zerspringt.
Karl Kraus[1]

Von Anfang an und während der ganzen Veranstaltung war es die Stille vor einem Sturm", erinnerte sich Elias Canetti an die 300. Vorlesung von Karl Kraus im *Großen Konzerthaussaal*. „Schon die erste Pointe, eigentlich war es nur eine Anspielung, wurde durch ein Gelächter vorweggenommen, das mich erschreckte. Es klang begeistert und fanatisch, befriedigt und drohend zugleich, es kam, bevor noch eigentlich ausgesprochen war, worum es ging."[2]

Karl Kraus.
Zeichnung von Carl Hollitzer

Satirischer und kabarettistischer Mittel bediente sich Karl Kraus auch in seinen „Zeitstrophen", eigentlich Zusatzcouplets, die er bei seinen Nestroy- und Offenbach-Vorlesungen vortrug. „Die Möglichkeit und Notwendigkeit der Zusatzstrophen", so bestimmte er einmal deren Stellenwert, „ergibt sich aus dem Wesen des Couplets, das, aus dem Dialog hervorbrechend, zur Aktualität berechtigt und zum Ersatz einer veralteten Aktualität verpflichtet ..."[3] Mindestens 530 dieser Zeitstrophen hat Kraus zwischen 1922 und seinem Tod 1936 geschrieben und vorgetragen.[4] Die ersten Erwähnungen der damals noch „Zusatzstrophen" genannten, gereimten Zeitkritik finden sich 1922 im Zusammenhang mit Nestroy-Vorlesungen, ab 1925 werden sie schließlich „Zeitstrophen" benannt und zum ersten Mal im Jänner 1926 in der „Fackel" wiedergegeben. Im August 1931, nach Erscheinen seines gleichnamigen Sammelbandes wirbt er, nach links und rechts gleichermaßen ausschlagend, für sein Werk: „Wiewohl die Produktion, die in den 204 Seiten des so betitelten Bandes mit einer Notenbeilage von 44 Kompositionen aus 23 Werken enthalten ist, gewiß nicht mit den Leistungen der Herren Tucholsky, Mehring, Kästner und Ringelnatz nebst Schlagermelodien vergleichbar ist und darum keine Aussicht hat, von der linksradikalen und sonstigen bürgerlichen Presse beachtet zu werden, so mögen sich doch wenigstens die Leser der Fackel gesagt sein lassen, daß sie nur als Zulauf zu betrachten sind, wenn sie nicht auch dieses Buch lesen."[5]

Georg Knepler, der zwischen 1928 und 1930 Karl Kraus bei seinen Vorlesungen als Pianist begleitete, beschreibt das Stilmittel näher: „Die Sphäre des kleinen Spottes dominierte in den Zusatzstrophen, doch fehlte es andererseits in ihnen nicht an tiefem Ernst und pathetischer Anklage. Ihr besonderer Reiz – was sich auch von den Offenbach-Operetten in ihrer Gänze sagen läßt – bestand gerade darin, daß Lyrik und Pathos im Sekundenübergang in Spott umkippen konnten."[6]

Die Zeitstrophen übernehmen parodistisch nicht nur die Melodie der Vorlage, sondern lassen auch markante Formeln des Originaltextes, vor allem des Refrains, anklingen. Die Wechselbeziehung zwischen Parodie und Original verstärkt noch die satirische Wirkung.[7] Als Beispiel sei hier links das bekannte „Höflings"-Couplet aus

Bücken – unterdrücken

Offenbachs „Blaubart“ in der von Karl Kraus benützten Übersetzung und in der rechten Spalte seine (möglicherweise erste) Zusatzstrophe zu Offenbach wiedergegeben:

Will am Hofe Glück man machen,
Und erringen hohe Gunst,
Braucht man tausend kleine Sachen,
Sonst scheitert oft die größte Kunst.
Ein Mittel führet an das Ziel:
Höfling muß mit krummem Rücken
Immer sich noch tiefer bücken,
Wenn er was erreichen will,
Bücken, bücken, bücken, bücken,
Wenn er etwas will!

Immer tiefer sich zu bücken,
das verlernt die Menschheit nie,
und sie trifft es zum Entzücken
selbst in der Demokratie.
Das ist der wahren Freiheit Sinn:
jeder kann in Republiken
jeden andern unterdrücken,
so verlangt's die Disziplin!
Jeder kann in Republiken
jeden andern unterdrücken,
ja er kann ihn unterdrücken,
so verlangt's die Disziplin!
Drücken, drücken, drücken, drücken,
das ist Disziplin![8]

Als der Dirigent Toscanini sich weigerte, seine Konzerte mit der faschistischen Hymne einzuleiten, und das Exil der heimatlichen Enge vorzog, schrieb Kraus:

Weil er sich nicht wollte bücken,
mit dem Stabe sich nicht bücken,
schlugen Rüpel seinen Rücken ...
Laßt uns vor dem Stab uns bücken,
den kein Stock regiert![9]

„Ich hatte damals schon den Eindruck“, erinnerte sich Georg Knepler 1975, „daß viele Hörer zu Offenbach-Vorlesungen kamen, um, in den Zeitstrophen, Karl Kraus' Stimme zur Zeit zu vernehmen.“[10] Tatsächlich scheinen unter den Adressaten der Zeitstrophen die meisten der für die Kraussche Polemikkunst im ganzen wichtigsten Bezugspersönlichkeiten auf: Békessy und die *Neue Freie Presse,* Habsburg, Kerr und Moissi, Reinhardt und natürlich, besonders ab 1927, der Ex-Kanzler und Polizeipräsident Johannes Schober, den Kraus veranlassen wollte, ihn zu klagen, der sich aber geschickt hinter „Pflichterfüllung“ und Rückert-Gedichten zu verstecken wußte:

Alles eher als ein Lober,
hab' ich manches Wort gewagt.
Wie Sie wissen, hat der Schober
mich bis heute nicht geklagt.

Man zwingt ihn diesbezüglich nicht!
Wenn der Schuh ihn noch so drückert,
schiebt er lieber vor den Rückert,
mich jedoch zitiert er nicht:
nämlich vors Bezirksgericht.[10]

Im September 1931, aus dem Polizeipräsidenten Schober war unterdessen neuerlich ein Regierungschef geworden, unternimmt der Bundesführer des steirischen Heimatschutzes, Walter Pfrimer, mit seinen 14.000 Heimwehrmännern einen Putschversuch. Sein angesagter „Marsch auf Wien" scheitert, Pfrimer flüchtet ins Ausland, im darauffolgendem Prozeß in Graz wird er freigesprochen. Nach dem Couplet „In den Orten, wo Garnison . . ." aus Offenbachs „Vert-Vert" las Karl Kraus kurz nach dem Freispruch Pfrimers im *Wiener Konzerthaus*:

Heimatschutz

Mir fehlt es nie an einem Reime,
so ungereimt die Dinge sind,
drum zieht's mich manchmal nach dem Heime,
wo ich die Wehr beisammen find.
Nun wollt' ich neulich eins noch wissen,
damit die Strophe ganz perfekt:
wohin der Pfrimer ausgerissen
und wo er derzeit sich versteckt.
ja — wo?
Heimgekehrt ist inzwischen er schon:
Freispruch als Lohn
für Rebellion
dem Sohn ward, nämlich dem verlornen,
in Graz durch die Geschwornen!

So kriegt für die Rebellion
der Heimat Sohn
noch seinen Lohn.
Und so nießt Nutz für Trutz und Schmutz
der Heimatschutz![11]

Karl Kraus.
Zeichnung von Alfred Hagel

Abscheu vor Zeitkritik

Nach 1933 verzichtete Kraus bei seinen Vorlesungen auf die Zusatzstrophen, auch von Offenbachs zeitsatirischen Operetten wandte er sich ab und trug nur noch dessen märchenhafte, phantastische Werke vor. „Ihre Zeitwidrigkeit in dumpfen Tagen macht sie zeitgemäß, denn in jedem der Klänge, zu denen sie überleiten, ist mehr Menschlichkeit, als in sämtlichen sozialen Heilslehren, deren Opfer erbarmungswürdig, deren Nutznießer erbärmlich bleiben“,[12] erläuterte er die Akzentverschiebung in der Fackel. Und: in einer Zeit, „da Hitler und Stalin das große Wort führten“, sei Offenbach unaufführbar geworden.[13] Ein letztes Mal noch las er, als Abgesang an den Zeitstoff, zum Couplet des Erzherzogs aus Offenbachs „Madame l'Archiduc“:

Zwei Strophen hat das Original,
die Satire aber, sie dient als Zofe
der Zeit und sang ihr noch jedesmal
zum Zeitvertreib eine Zusatzstrophe.
Doch diesmal meint sie, daß sie nicht muß,
und sie verschmäht aus vielfachen Gründen
und trotz diesem stofflichen Überfluß,
einen Reim auf Skandal und Journal zu finden.
Der Abscheu hält mich vom Zeitstoff entfernt
und ich fürchte, es möchte mir nicht mehr gelingen:
als Minnesänger hab' ich verlernt
in Österreich das Sagen und Singen.
   christlich-sozial-demokratisch egal, banal, fatal,
   schwer wird die Wahl, ah — — —
Original, original,
was bin ich doch für ein Original:
ich lasse ausnahmsweise einmal
das Couplet (wie es steht) im Original![14]

So wurden die erst von Karl Kraus selbst als tragfähiges Ausdrucksvehikel der Zeitkritik entdeckten „Zeitstrophen“ gerade in dem Moment von ihrem Urheber wieder fallengelassen und durch andere, meist aktualitätsfremde Nummern ersetzt, als die kabarettistische Szene — allen voran der neue *Liebe Augustin* und die *Literatur am Naschmarkt* —, unter Kraus' Einfluß allmählich begann, in Gestalt der Kleinkunstbühne einen Ort des politischen Mit- oder wenigstens Dreinredens zu schaffen.

Abs.: ....

....

....

Postkarte

An den

LÖCKER VERLAG

Annagasse 3a
A-1015 Wien

LACHEN AM ABGRUND

DIE DREISSIGER JAHRE IN WIEN:
ANTISEMITISMUS UND ZIONISTISCHES KABARETT

Mei Mutterl war aus Boskowitz,
Dort bin ich auch geborn,
Und über Komorn san mir zuständig worn,
A Weaner von hinten bis vorn.
Viktor Berossi[1]

Das dritte Jahrzehnt des zwanzigsten Jahrhunderts beginnt für die Erste Republik mit einer existenzbedrohenden Katastrophe: Nach dem Zusammenbruch der Bodencreditanstalt im Vorjahr war 1930 die Weltwirtschaftskrise mit voller Wucht über Österreich hereingebrochen. Steigende Arbeitslosigkeit und Lohnkürzungen waren die Folge, die Heimwehren drängten auf Verfassungsänderung, und im Lande fanden Nationalratswahlen statt – die letzten in dieser Republik.

Im April 1930 feiert Fritz Grünbaum, der zwei Jahre zuvor die künstlerische Leitung des *Simpl* zurückgelegt hatte und nach Berlin gereist war, fern von Wien seinen 50. Geburtstag. Er begeht mit einer Anklageerhebung gegen sich selbst, einem Prozeß Grünbaum contra Grünbaum wegen „gröblicher Beleidigung des öffentlichen Geschmacks durch Verbreitung schlechtgemachter und schlechtgedachter eigener Gedichte".[2] In der Causa Grünbaum-Sammlung wird auch der Monolog „Mein Begräbnis" aus dem Jahre 1919 wieder aufgenommen, der schließt:

Jetzt möcht' ich nur eines: ich möcht' meine Ruh'!
Mein Ehrenwort, um meine Ruh' zu erwerben,
Möchte ich eventuell sogar sterben!
Natürlich nur, wenn man mir fix garantiert,
Daß im Jenseits noch kein Cabaret existiert!
Und wenn ich dann droben in seliger Ruh'
So gegen halb zwölf mir auszieh' die Schuh'
Und denk' mir dabei: „Wenn ich jetzt wär' am Leben,
Dann müßt' ich mich grad ins Cabaret begeben,
Aber glücklicherweise hat's damit keine Not,
Denn, Gott sei's gelobt und gedankt, ich bin tot . . ."
Sehn Sie, das wäre mein schönstes Erlebnis,
Und deshalb nur freu' ich mich auf mein Begräbnis![3]

Auch Karl Farkas begeht einen Fünfziger: die 50. ausverkaufte Vorstellung seiner Revue „Wunderbar" in den *Kammerspielen.* Im *Simpl* wird Erika Körner als Brettltalent entdeckt, dort spielen nun Max Pallenberg, die Niese, Armin Berg, der junge Richard Eybner und, vor Gott und der Welt dozierend, Fritz Wiesenthal. *Simpl*-Direktor Josef Czech läßt in seiner neuen Revue „Tanz um Mitternacht" fünfunddreißig „Lieblinge Wiens" auftreten und meint, daß es an der Zeit sei, das Programm zu verdoppeln. Er gründet die *Rakete* in der Mariahilfer Straße 105. Ab 1932 verzweifacht Czech auch noch die Direktion, ihm steht nun Alexander Goldfarb zur Seite.

. . . aber erleben werd' ich's nicht mehr

„Noch mehr als hierzulande", schreibt am 1. Mai 1932 Fritz Grünbaum aus Dresden an eine befreundete Familie in Wien, „habe ich in Berlin gesehen, wie der gehirnlose Hitlerkopf die unaufhaltsame Herrschaft antritt, und wir werden noch durch schrecklich viel Bitternis und Häßlichkeiten hindurch müssen, ehe sich diese Herrschaft des Ungeistes leergelaufen haben wird . . . Es wird sicher besser werden", beendet Grünbaum seinen Brief, „aber erleben werd' ichs nicht mehr."[4]

Auch in Österreich verzeichnen 1932 die Nationalsozialisten bei den Landtagswahlen in Wien, Niederösterreich und Salzburg erhebliche Erfolge auf Kosten der bürgerlichen Parteien, die Sozialdemokratie stagniert und der Antisemitismus grassiert.

Als Reaktion auf den Ungeist hatte schon 1927 Oscar Teller das *Jüdisch-Politische Cabaret* gegründet. „Der Erfolg", so erinnerte sich Teller fünfundfünfzig Jahre später, „übertraf alle Erwartungen, und ich glaube zu wissen, worauf es zurückging. Zum ersten Mal bekam ein jüdisches Publikum aggressive Satiren in eigener Sache zu hören, noch dazu in einer ihm vertrauten, leicht eingängigen Form; zum ersten Mal erfolgte mit der Waffe des Witzes ein jüdischer Gegenangriff. Wir hatten unsere Linie gefunden."[5]

Die politischen Lieder aus der Revue „JUDEN HINAUS"

Viktor Berossi

Die erste Revue nannte sich „Juden hinaus", geschrieben von Viktor Berossi (ein Pseudonym, hinter dem sich die Autoren Viktor Schlesinger, Fritz Stöckler und Oscar Teller verbargen), gespielt wurde ausschließlich in den zionistischen Ortsgruppen Wiens und die Premièren fanden alle im Kino- und Theatersaal des *Porrhauses* am Karlsplatz statt. Unter den weiteren Autoren befanden sich Benno Weiser, Curt Jung und – inoffiziell – Friedrich Torberg.

„Der Erfolg des ‚Jüdisch-Politischen Cabarets' war so groß", berichtet Teller, „daß wir 1930 die Lieder aus unserer ersten Revue drucken ließen und sie in Tausenden Exemplaren verkauften. Die Revue blieb jahrelang auf unserem Repertoire und wurde fast immer vor ausverkauftem Haus gespielt, was wir auch auf unseren Auslandsgastspielen erlebten."[6] Insgesamt brachte das *Jüdisch-Politische Cabaret* bis 1938 fünf Revuen heraus, und obwohl für gewöhnlich nur an Wochenenden gespielt wurde, erlangte es bald einen festen Platz in der Wiener Kleinkunstszene, allerdings nicht an deren linkem Rande. Bereits in der ersten Revue „Juden hinaus" trat in der Szene „Joseph und Potiphar" der ägyptische Minister in der Maske des gefürchteten Wiener Finanzstadtrates Hugo Breitner auf und sang:

Willst du in Memphis oder Sais reüssieren,
Dann brauchst du Freunde bei der Gemeinde.
Willst du in unserer schönen Heimat avancieren,
Brauchst du kein Wissen, brauchst nicht Verstand.
Du brauchst in unserem schönen Heimatland:

Zwei blaue Augen, dazu strohblondes Haar,
So sieht man gern dich, so wirst du Mandatar.
Bei jedem Amt legt man's Hauptgewicht
Auf des Bewerbers arisch' Gesicht.
Da kannst nix machen, das ist so die Usance.
Mit krummer Nase hast du hier keine Chance;
Wenn du ein Jud bist, braucht man dich zu den Wahlen,
Weil du nur gut bist, zum Steuerzahlen . . .[7]

Diese Texte, geschrieben von jungen Zionisten, richteten sich inhaltlich entschieden gegen die Assimilationsbestrebungen der Vätergeneration. Letztere bewegte sich geistig noch allzusehr im „Jungen Wien" des Fin de siècle, dort, wo am Ende der josephinischen Aufklärung die Emanzipation der Juden erreicht schien. Doch schon 1896 war neben Altenbergs „Wie ich es sehe" und der „Demolierten Literatur" von Kraus Theodor Herzls „Judenstaat" erschienen. Und der Früh-Zionist Fritz Löhner-Beda hatte sich bereits 1916 über die Assimilierung und Deutschtümelei lustig gemacht:

In einer Stadt, halb Ungarland, halb Mähren,
Steht ein Kasino, teutsch und ehrenfest,
Dem alle Israeliten angehören
Aus Überzeugung und aus Budapest.

Sie lieben Wack'res und sie pflegen Strammes,
Sie tragen Schwarz-rot-gold und rufen „Heyl!"
Und Baldur heißt der Sangwart und ist Schammes
Und Knut der Wehrschatzmeister und ist Moil.

Da kam in diesen Frieden plötzlich eine
Verkomm'ne Kreatur voll Hinterlist
Und stellte die Behauptung auf die Beine,
Daß jeder Israelit ein Jude ist!
Behauptete noch weiter frechen Tones,
Daß Baldurs Ahne kein Cheruskerkind,
Und daß die Worte „Jontew" und „Schlachmones",
In keiner Sanskrithandschrift üblich sind.

Ha! Wie die Flut des sturmbewegten Meeres,
Wuchs die Empörung über diese Schmach,
Selbst der Rabbiner machte ein Geseres
Und Fürst, der Führer der Gemeinde, sprach:
„Wohlan! Wir wollen einen Richter fragen,
Der Antwort kündet frisch-fromm-fröhlich-frei:
Der Turnwart Wizuzalek soll uns sagen,
Ob nicht der Israelit ein Deutscher sei!"

Und also war des Wizuzalek Rede,
Der alle lauschten mit gezog'nem Hut:
„A, bitt' scheen, Daitsche is amol a jede,
Der seine Mitgliedbeitrag zahlen tut!"
Hei! Hallte hell der Heilruf durch die Halde,
Man hob den Turnwart auf den Rednertisch,
Man sang das Lied vom Teutoburger Walde
Und speiste abends einen Pfefferfisch.[8]

Nach dem Ende des ersten Weltkrieges, nach dem Zerfall der Monarchie in zahlreiche Nationalstaaten, waren Integration und Assimilation beendet und viele Juden heimatlos geworden. Junge Zionisten, ermutigt durch die Balfour-Deklaration, versuchten nun, den Vorwurf der Antisemiten ins Positive zu wenden und für einen Staat der Juden, weitab von jeglicher Assimilation, zu kämpfen. Löhner-Bedas Buchtitel klingen in diesen Jahren wie ein ganzes Programm: „Getaufte und Baldgetaufte" sowie „Israeliten und andere Antisemiten" nannte er seine kabarettistischen Sammelbände, die 1922 im Wiener Löwit-Verlag erschienen. Lediglich das Jargontheater, das das ferne Schtetl in fremder Umgebung konservierte, blieb von der Kritik zumeist verschont.

Gegen das Amüsiertheater

1933 macht sich aber auch eine Abkehr vom herkömmlichen Kabarett bemerkbar. Junge engagementlose Schauspieler und noch nicht entdeckte, talentierte Schriftsteller hatten die unpolitischen Diminutiv-Scherze des traditionellen Brettls, wo ein angehängtes „-erl" Humor und Gemütlichkeit vorzutäuschen versuchte, satt bekommen, und begannen mit ihren Kleinkunstbühnen dem Amüsiertheater den Kampf anzusagen.

ROTE SPIELER, BLAUE BLUSEN

POLITISCHES KABARETT IN DER ERSTEN REPUBLIK

Heimwehrmann:
Die Roten, die sag'n, sie bau'n Häuser,
das glauben wir ihnen doch nie.
Uns sagte ein Kenner, ein weiser,
das Ganze ist nur Strategie.
Vom Marxhof, da drohen die Zinnen,
und tausend Kanonen sind d'rinnen.
Rote Spieler[1]

Für viele von uns begann das alles mit dem politischen Kabarett, das sich aus sozialistischen Studenten und Mittelschülern rekrutierte", erinnert sich Bruno Kreisky. „Da saßen wir im Parkett, auch die Spitzenfunktionäre der Arbeiterbewegung, sofern sie genügend Sinn für Selbstironie und Humor besaßen. Dennoch, das politische Kabarett war ein Vergnügen für Auserwählte, für wenige, für eine Elite, nicht für die Masse der Parteimitglieder."[2]

Im Herbst 1926 hatten Studenten, Mittelschüler und Jugendfunktionäre die *Sozialistische Veranstaltungsgruppe* gegründet, als linke Opposition gegen die sozialdemokratische Parteiführung gedacht, sollte sie ebenso eine weitere Radikalisierung von Jugendlichen verhindern. Denn schon zwei Jahre zuvor hatten Kommunisten nach deutschem Vorbild einen politischen Wanderzirkus aufgemacht und nannten ihn, in der Inszenierung Piscators, Rote Revue in 14 Bildern. „Nicht als ob das Spiel so überaus sehenswert wäre oder die Musik so hörenswert", urteilte der *Abend*-Redakteur Bruno Frei über die neue Form der politischen Propaganda. „Staunenswert aber dies Volk, das dichtgedrängt den Saal füllt. Wo gibt es noch ein Theater, das so wirkt – so aufwühlend, begeisternd, vernichtend, hinreißend?"[3]

Die führenden Köpfe der neuen sozialistischen Kabarettgruppe sind der Jugendfunktionär Ludwig Wagner und der später als Sozialwissenschaftler bekannt gewordene Paul Lazarsfeld. Am Samstag, den 18. Dezember 1926, fand in den ehemaligen *Pan*-Künstlerspielen, in der innerstädtischen Riemergasse 11, die erste Aufführung statt und wurde, wie Jacques Hannak in der *Arbeiter-Zeitung* berichtete, ein unerwarteter Erfolg: „Der ganze Saal und die Galerie war voll von jungen, freudig erregten Menschen, Mädchen und Burschen aus der Intellektuellensphäre."[4] Daß gerade im Jahr 1926 die Revue „Wien lacht wieder" von Fritz Grünbaum und Karl Farkas im *Stadttheater* in der Skodagasse gespielt wurde, mag den Titel des ersten Programms „Wien, wie es lacht und weint" mitbeeinflußt haben, den Inhalt sicher nicht. „Alle die schwankenden Gestalten unseres Österreich", schrieb die *Arbeiter-Zeitung* zustimmend, „die Seipel, Ahrer, Kollmann, Vaugoin, die Hausherren und die Heurigen, die Klassenrichter und die Kreuzelpresse, aber auch die Phänomene des Auslandes, die Mussolini-Großmäuler und die Horthy-Banditen, sie zogen in buntesten Gestalten, in Musik und Versen, in Szenenbildern und Regieeinfällen von oft verblüffendem Einfallsreichtum drei Stunden lang an uns vorüber, und wir wurden nicht müde, zu schauen, zu hören, zu lachen, zu lernen."[5]

Auch die keineswegs umschmeichelte Parteiführung war zufrieden und beauftragte das *Politische Kabarett*, die Sozialdemokratie im kommenden Wahlkampf 1927 propagandistisch zu unterstützen. So entstand die Wahlrevue „Im christlichsozialen Himmel", über die der linksgerichtete *Abend* berichten konnte: „Das rote Kabarett Wiener sozialistischer Studenten ist eine sehr ernst zu nehmende Erscheinung. Es ist die ersehnte Revolution auf dem Gebiet des Kabarettlebens, es ist unmittelbar aus dem Volk hervorbrechender Witz, nicht das Ergebnis der Spekulation ödester, ausgeschriebener Kabarettdichter, es ist Satire in höchster Vollendung und von einer Komik, daß man vor Lachen brüllt. Die Witze überstürzen sich, jagen einander, folgen Schlag auf Schlag und jeder zündet. Dieses Kabarett ist mehr als Unterhaltung, dieses Kabarett ist herrliche, rote Revolution. Dieses Kabarett wird in den Wahltagen hunderttausendfältige Wirkung tun."[6] Ebendies befürchtete auch die Wiener Polizeidirektion, die verkündete, daß „die Vorführung der Programmnummer ‚Er' des politischen Kabarettabends vom 8. d. M. eine Herabwürdigung der Person des Herrn Bundeskanzlers beinhaltet und daher Anlaß zur Erstattung einer Strafanzeige gemäß § 300 Strafgesetz an die Staatsanwaltschaft geboten hat. Im Sinne des § 1 der Statthaltereiverordnung vom 9. Februar 1851 wurde die Aufführung dieser Nummer verboten."[7]

Zwar wurde die rigide wie ridiküle Anwendung des neoabsolutistischen Gesetzes aus dem Jahre 1851 durch den sozialdemokratischen Bürgermeister von Wien, Karl Seitz, noch verhindert und das verbotene Bild durfte schließlich aufgeführt werden, aber ohne die daran anschließende Revue-Rede des Bundeskanzlers Prälat Seipel. Diese Rede lautete:

Nach langem Zögern, nach längerem Schwanken
Auf den Trümmern unserer eigenen Banken,
Geht die Sanierung wieder los
Und diesmal gar im eig'nen Schoß.
Meine Regierung ist ja bereits bekannt,
Schmitz wird mein Unterrichtsministrant,
Gegen die Arbeitslosen sorgt der Resch,
Ohne Vaugoin wär' die Armee nicht mehr fesch,
Der Thaller sorgt für das Eigentum,
Der Kienböck hält's mehr mit dem Publikum,
Zwei meiner Kollegen sind national,
Ihr Belang ist die nächste Nationalratswahl.
So sind wir, nehmt alles nur in allem,
Die Regierung, um jedem zu gefallen.
Mein Programm, das kennt ihr ja,
Fest steht und treu die Kongrua,
Doch gewähr' ich den Bürgerlich-Liberalen
Konzessionen des Freisinns im Steuerzahlen.
Jeder Arbeiter nimmt seine Arbeit nur dort,
Wo der Lohn ihm zusagt, sonst geht er fort,
Jedes Unrecht kommt schließlich vor Gottesthron,
Die streng paritätische Schiedskommission.
Trotz Rintelen, Buresch und Ahrer
Werden wir täglich reiner und wahrer –
Alles andere ist eine Verleumdung.[8]

Das *Politische Kabarett* hatte sich als schlagkräftiges Agitationsmittel erwiesen, zahlreiche Gruppen in Wien und den Bundesländern entstanden, die sich nun *Rote Spieler* nannten und über deren Wert der christlichsoziale Abgeordnete Leopold Kunschak im Parlament laut vor sich hin sinnierte: „Ich habe mir gedacht, daß das auf dem Weg zur Hebung der Volksbildung kein Schritt nach vorwärts, sondern ein gewaltiger Schritt nach rückwärts ist . . ." „Lebhafter Beifall bei den Christlichsozialen", vermerkte der Parlamentsbericht dazu.[9]

Eine ausverkaufte Vorstellung folgte der anderen. Das *Politische Kabarett* agierte in Arbeiterheimen und Versammlungssälen, es spielte in Gemeindehäusern und in Kinos, wo einige aneinandergeschobene Tische eine primitive Bühne bildeten, es trat in den Wirtshäusern der Provinz und in kommunalen Räumlichkeiten in Wien auf und bald feierte es ein rundes Vorstellungsjubiläum.

Ausgerechnet dem Breitner

> Wir haben uns die hundert Aufführungen redlich verdient, *jubilierten die Gründungsmitglieder Viktor Grünbaum und Robert Ehrenzweig, die sich später in Amerika beziehungsweise England in den Architekten Victor Gruen und in den Schriftsteller Robert Lucas verwandeln sollten:* Stellen Sie sich vor: heute ist Première! Seit zwei Wochen total ausverkauft. Drei Sitzreihen sogar doppelt verkauft. Hierdurch wird nämlich von allem Anfang an eine angeregte Stimmung im Publikum geschaffen. Jetzt ist es höchste Zeit, zumindest die ersten Szenen zu schreiben. Die Schlußszene dichtet man am vorteilhaftesten während der Première, in der Pause, da man dann in feinfühliger Beurteilung der Publikumsstimmung zwischen einem guten und einen schlechten Ausgang wählen kann. Die letzten Stunden vor Beginn der Vorstellung vergehen mit fanatischem Dichten, Malen der Kulissen, Proben der Szenen, Einstudieren der Couplets und Tänze. Fehlende Garderobestücke werden aus der Publikumsgarderobe entlehnt und nach Gebrauch zurückerstattet. In unversehrtem Zustand natürlich. Nur einmal kam es vor, daß sich während einer lehrhaften Szene der Hut eines angesehenen Parteigenossen in zwei Fraktionen spaltete, in das Zentrum und in die Peripherie – sehr zum Gaudium des Publikums, mit Ausnahme des angesehenen Parteigenossen.[10]

Große Verwunderung erregte es auch einmal bei einer Dame, die ihren Pelz als Seehund gekauft hatte, als dieser plötzlich als Polizeiköter auf der Bühne auftauchte. Im Winarsky-Saal wieder trat der Conférencier als christlichsozialer Hausherr verkleidet vor das Publikum und erklärte äußerst erregt, er protestiere im Namen der gesamten Hausherrenschaft gegen die Verhöhnung ihrer berechtigten Forderungen, die Mieterbagage werde noch was erleben und der Seipel werde schon Ordnung machen. Worte, die dem Publikum vertraut erschienen und so fielen die Besucher auch brutal über den vermeintlichen Hausherren her.

Die Errungenschaften des sozialistisch regierten Wien waren es, die in den Programmen der *Roten Spieler* verteidigt wurden, und so trat öfters der Conférencier, verkleidet als Schieber, auf die Bühne und sang zur Melodie des bekannten Schlagers „Ausgerechnet Bananen“:

Kommt einmal ein schöner Herr in das schöne Wien,
Um zu heben den Verkehr, geht er ins Tabarin,
Und er soll dort Steuer zahlen, wie wird er sich kränken!
Er wird künftig uns was malen und er wird sich denken:
Ausgerechnet dem Breitner, dem Breitner soll ich was spendieren!
Was tun mich denn die Wohlfahrt und die Kinderfürsorg' interessieren?
Was brauch' ich a Windel?
Ich bin doch kein Kindel!
Was brauch' ich a Volkswohnhaus?
Wir wohnen viel lieber in Villen
Und denken im Stillen:
Ausgerechnet dem Breitner, dem Breitner soll ich was spendieren![11]

Der Gemeindebau

Der den steuereintreibenden Finanz-Stadtrat Breitner besingende Wiener Schieber war auch die Glanznummer, welche gerade im *Josefstädter Palastkino* vorgetragen wurde, als plötzlich ein furchtbarer Krach hinter den Kulissen ertönt. Der Mime, der Böses ahnend hinter sich blickt, sieht dort zu seinem Entsetzen, daß ausgerechnet die Gemeindehäuser zusammengestürzt sind, das heißt die Kulissen der nächsten Szene, die nämlich zwischen Gemeindehäusern spielt. Prophezeit hatte dies die christlichsoziale Opposition schon immer. So wurde dem Leser der christlichen *Reichspost* von der Redaktion seines Vertrauens im Jahre 1927 einmal die Titelzeile „Städtische Gemeindebauten zusammengestürzt! 238 Milliarden Schaden!" präsentiert. Wie diese Meldung zustandekam, das zeigten die *Roten Spieler* in der Nummer sechs des vierten Programms „Schwarz-Weiß-Revue", unter dem Titel „Der Gemeindebau".

Bub: Muatta! Muatta! Schau, was i da hab'! Muatta! Kumm' umi!

Frau Sopherl (kommt eilig): Ja! Ja! Was schreist denn so, dalkerter Bua, daß man glaubt ... Jessas, Marjandjosef! Was schleppst aa den Trumm Ziegelstein umanand, Narrischer? 's ganze G'wand machst dir dreckig! (Klopft ihm den Rock aus)

Bub: Muatta! Des ist a Ziagelstan!

Sopherl: Willst leicht noch die Steine nach Haus schleppen? Hau' den Ziegelstein irgendwo um d' Erd' und schau, daß da heimkommst, Lausbua!

Bub: O na, Muatta! Mit den Ziegelstein' bau' i mir a Haus, dann bin ich Hausbesitzer!

Sopherl: Wo hast denn den Ziegelstein überhaupt her?

Bub: Drunt' am Bauplatz hab' i ihn aufklaubt.

Sopherl: Was, Lausbua, von dem tepperten Gemeindebau?

Bub: Er wird halt irgendwo 'runterg'fallen sein.

Sopherl: Oh, da trifft mich der Schlag! 'runterg'fallen! Das wär' das Allerschönste! A Mordsglück, daß er dich net getroffen hat! Komm her, Bua, kriagst a Bussel, weilst grad in Todesgefahr g'wesen bist.

Bub: Aber der Stan is ja auf der Erd' g'leg'n, wie i ihn ...

Sopherl: Wirst 's Maul halten! A so a Schlamperei! Man traut sich rein net mehr auf die Straße 'raus! Fallen die Ziegelsteine ein' am Schädel! Das ist zum Fraisen kriegen. Jetzt muß ich aber gleich ...! Frau Reserl! Frau Reserl! Kommen S' g'schwind amal her, Frau Reserl! A so a notiger Gemeindebau!

Reserl (mit Kopftuch und Einkaufskorb): Was ist denn, Frau Sopherl? Was gibt's denn?

Sopherl: Jo, des möchten S' gern wissen, Frau Reserl? Was meinen S', Frau Reserl, was s' gibt?

Reserl: Is was g'scheh'n?

Sopherl: Schaun S' mein' Bua an, auf Haar wär' er a Leich'!

Bub: Is gar net wahr!

Sopherl: Schau, daß d' hamkimmst, brauchst net überall 'rumzustehen! (Bub ab) Also, was sagt die Frau Reserl?

Reserl: Mi trifft der Schlag! Ja, wieso denn?

Sopherl: A Ziegelstein fliegt vom Dach, beinah' hätt' er ihn derwischt, grad bei der Nas'n ist er ihm vorüberg'flogen.

Reserl: Heilige Mutter Gottes, mir wird ganz schlecht!

Sopherl: No und was glauben S', was für ein Haus das g'wesen ist, wo der Ziegelstein 'runterg'fallen ist? A roter Gemeindebau war's.

Reserl: Jetzt sixt es, da hast es! Hab i's net alleweil g'sagt? Diese Gemeindebauten! Aber, da muß i gleich, (ruft): Frau Blaschke! Frau Blaschke! G'schwind! Da sieht man, die Sozi, die Roten! Kommt schon, d' Frau Blaschke! Alstern, Frau Blaschke, was glauben S'?

Blaschke (mit einem Hund): Is was Neues?

Reserl: Kennt d' Frau Blaschke den neuchen Gemeindebau?

Blaschke: Den bei der Stadtbahn?

Reserl: Jawohl. Von dem Gemeindebau fallen die Steine 'runter!

Blaschke: Mir verschlagt's die Red', (ruft): Frau Bampfinger! Frau Bampfinger!

A Neuigkeit! Kommen S' auf an' Sprung her! No, i sag's ja alleweil! Diese Gemeindehäuser, sag' i, hab' i g'sagt!
SOPHERL: I hab's als erste g'wußt, i hab's unter die Leut' gebracht!
BLASCHKE: Schau, schau, die Gemeindehäuser! Und wer weiß, ob net alle übrigen ... Man wird ja ganz wurlert!
RESERL: Aber recht g'schieht ihnen, den Roten! I hab' schon die ganze Zeit an Viechszorn auf sie, weil s' so gegen 'n Seipel san!
SOPHERL: Wann das der Seipel erfahrt, der wird a Freud' haben!
BAMPFINGER (hastig): Guten Tag, die Herrschaften! Was gibt's denn?
BLASCHKE: Z'samm'g'fallene Gemeindehäuser gibt's!
BAMPFINGER: Was?
BLASCHKE: Die Gemeindehäuser san zusammeng'fallen! Hab'n S' es denn no net g'hört? Die ganze Stadt red't davon.
BAMPFINGER: Jessas, die Freud'! Jetzt is aus mit die Roten, das sag' ich Ihnen! Das war das Letzte! Sind alle Gemeindebauten z'samm'g'stürzt?
RESERL: Alle.
SOPHERL: Das heißt, g'wiß weiß man's erst von einem. Von die andern hat man no nix g'hört. Ober das weiß ka Mensch, das wird ja alles g'heimg'halten. Wer weiß, wie lang das schon so geht, das Zusammenstürzen?
BLASCHKE: Alle sind zusammengestürzt. Da gibt's nix mehr zu v'rtuschen. Frau Sopherl, die Wahrheit muß ans Licht, das ist mir so ...
SOPHERL: Jetzt passen S' erst auf, was die Zeitung schreibt. Kreuz, wie i mi drauf g'freu'. Das wird wieder a G'red geben!
ZEITUNGSVERKÄUFER (eilen durch das Publikum): Extraausgabe! „Reichspost"! Städtische Gemeindebauten zusammengestürzt! 238 Milliarden Schaden! Extraausgaben! „Reichspost"![12]

Regelmäßig, wenn auch nicht so euphorisch wie der kommunistische *Abend*, berichten nun die sozialdemokratischen Parteiblätter *Arbeiter-Zeitung* und das populäre *Kleine Blatt* über die *Roten Spieler*. Seit 1929 ist auch der 17jährige Lyriker des Zentralorgans, Jura Soyfer, mit dabei und das Autorenteam besteht jetzt aus ihm, Viktor Grünbaum, Robert Ehrenzweig, Karl Bittmann und als Regisseur und Leiter agiert Edmund Reismann.[13]

„Heute hat das Politische Kabarett 120 Aufführungen hinter sich", registriert Viktor Grünbaum 1929 und fährt fort: „Nahezu jede Aufführung ausverkauft, jede mit Begeisterung aufgenommen, jede revolutionäre Propaganda für die Idee des Sozialismus ..." Und der junge Redakteur der *Arbeiter-Zeitung*, Ernst Fischer, sekundiert: „So spiegelt sich im Kabarett die österreichische Innenpolitik am reinsten und am lebendigsten: und über diese grotesken Gestalten der Einheitsfront-Operette, über die Walpurgisnacht auf dem Bürgerblocksberg lachend, lernt man Wesentliches ... So dient das Kabarett der Agitation, die über die Tagespolitik hinaus Erziehung zu sozialistischer Zukunft sein muß."[14]

Nicht jeder sah das so. Die Sehnsucht nach wagnerianischer Ästhetik, nach einer festlichen Kultur, die von militanten Massenaufmärschen samt knatternden Fahnen geprägt wurde, war noch lebendig. Wie der Funktionär Julius Deutsch berichtete, kamen die ablehnenden Stimmen oft aus den vordersten Reihen der Partei: „Neulich sprach ich mit einem älteren Parteigenossen über die Methoden der Agitation. Dabei kam das Gespräch auch auf das Politische Kabarett. Der Genosse äußerte sich ziemlich abweisend. Früher, so sagte er, hätte man eine Werbeversammlung wie eine Weihestunde aufgefaßt – und jetzt werde sie eben zu einem Kabarett ..."[15]

Das siebente Programm lautete „Hallo, hier Klassenharmonie!" und wurde am 23. Februar 1929 uraufgeführt. Erstmals gab es darin eine durchlaufende Handlung und die beginnt im Feenreich eines Ferdinand Raimund: Ein Geisterkönig tritt auf, ein Zauberer und „eine gar erbauliche Geschichte von der Belohnung des Fleißes und dem Siege der Tugend und der Beharrlichkeit" wird erzählt, die sich ebenfalls nur im Feenreich zugetragen haben kann: Ein armer, jedoch sauberer Stiefelputzer trifft eines Tages eine reizende junge, nach der letzten Mode gekleidete Dame und erklärt ihr seine unstillbare Liebe zum sozialen Aufstieg:

> STIEFELPUTZER: ... Und so weiß ich denn, daß ich, wenn ich im Jahre so meine 5000 Paar Stiefel putze, damit unabwendbar auf der sozialen Stufenleiter des Lebens aufwärts klettere, aus der ordinären Wichs zur feinen Crême der Gesellschaft. Gott sieht mich arbeiten er kann mich nicht vergessen.
>
> DAME: Er hat dich nicht vergessen. So wisse denn, ich bin die Tochter des größten Schuhwichsfabrikanten dieses Reiches. Dein Arbeitseifer, dein Glaube an die Gerechtigkeit dieser Gesellschaftsordnung haben mein soziales Gefühl gerührt. Ich will Dir zeigen, daß dein Gottvertrauen gerechtfertigt war und ernenne dich zu meinem Sekretär.

Und so geschah's: Sekretär der Schuhwichsfabrikantin! In der Tiefe hatte er begonnen, nun stand er schon merklich höher. Beider Liebessehnssucht wird erhört, und als der Schwiegervater stirbt, übernimmt der nun reiche, aber saubere einstige Stiefelputzer die Schuhwichsfabrik. Vergnügt spricht er, auf der Höhe des Lebens und seiner Karriere stehend, die wohl zu beherzigenden Worte:

> FABRIKANT: Glaubet nicht den Irrlehren der Marxisten, die da behaupten, ein Arbeiter sei ausgeschlossen vom Aufstieg in der bürgerlichen Gesellschaft. Nehmet meine Worte für bare Münze, sie sind klingendes Gold. Arbeitet, arbeitet und murret nicht, was zähe Arbeit zuwege bringt, erkennt ihr an meinem Beispiel. So, Kinder, jetzt habt ihr genug gefaulenzt, marsch an die Arbeit, ich muß verdienen, marsch! Marsch! Marsch! Marsch! Marsch![16]

Das achte Programm der *Roten Spieler* nennt sich „Hirnschal macht Weltgeschichte". Wie Jahre später sein Schöpfer Robert Ehrenzweig, fährt Sebastian Hirnschal nach England, wo er unter anderen Hašeks Soldaten Schwejk trifft. Zehn Jahre danach wird der Gefreite Adolf Hirnschal in der BBC schwejkhaft aus dem Krieg an seine Frau in Zwieselsdorf berichten. Noch war es nicht soweit. „Aus der Weite der Welt", beschrieb die *Arbeiter-Zeitung* die Programmabfolge, „kehren wir in unsere grüne Steiermark zurück, erfreuen wir uns der kerngesunden Bodenständigkeit und der bodenständigen Kernigkeit unseres altbekannten Spießers Hirnschal, der diesmal Pfrimer heißt und einen Putsch macht. Und wir erfahren, warum die ganze Sache schief ging: er ist nämlich in die verkehrte Richtung marschiert: statt gen Norden nach Wien, gen Süden nach Marburg. Wahrscheinlich hat er die Landkarte verkehrt in der Hand gehabt." Pfrimer, der nach mißglücktem Putsch nach Jugoslawien geflüchtet war, schloß sich bald danach den Nationalsozialisten an, deren Schrei „Deutschland erwache!" im Programm endlich eine plausible Erklärung findet: Dieser Schrei „wird nämlich deshalb täglich ausgestoßen, damit die Deutschen nicht zu spät ins Geschäft kommen."[17]

Im Wahlkampf 1930 waren neben den *Roten Spielern* erstmals auch die *Blauen Blusen* aufgetreten. Blaue Blusen waren die Tracht der Sozialistischen Arbeiterjugend, ein Hemd kostete zwischen zwei Schilling neunzig und neun Schilling dreißig („mit langen Ärmeln, Indanthren, Ia Qualität") und war in allen GÖC-Warenhäusern vorrätig. Blaue Blusen-Gruppen brachten satirische Lieder und Rezitationen, sie sangen, tanzten oder sagten Sprechchöre auf. Und die Richtlinien für die Tätigkeit der Agitationsgruppen im Wahlkampf 1930 legte der Leiter der Parteipropagandastelle, Otto Felix Kanitz, folgendermaßen fest: „. . . die kleinen und großen Gruppen der ‚Blauen Blusen', die in allen Höfen und auf allen Spielplätzen auftauchen und mit frischem Sang und Spiel für die sozialdemokratische Partei werben, sie werden unseren Genossen und Genossinnen, die im schwersten Wahlkampf stehen, immer wieder junge Begeisterung schenken."[18]

„Wir alle", schrieb in diesem Sinne ein Genosse im *Kleinen Blatt*, „sind den prächtigen Blauen Blusen aller Gruppen viel Dank schuldig. Überall sind sie dabei, wo es für die Partei zu streiten gilt, an jedem Ort, zu jeder Stunde. Wieviel Farbe und Freude, wieviel Zuversicht und edle Leidenschaft haben sie in diesem schweren Wahlkampf gebracht!"[19]

Ein wenig haben die „Blauen Blusen" mit ihren Sprechchören und traditionellen Arbeiterliedern auch wieder das Weihespiel in die Wahlkampfschlacht gebracht. Siegeszuversichtlich beschäftigt man sich im Herbst 1930 mit dem Heimwehrführer Fürst Starhemberg, Herr auf Waxenberg im Oberösterreichischen, der Text wurde nach der Melodie des Prinz Eugen-Liedes gesungen:

Starhemberg, der edle Ritter

Starhemberg, der edle Ritter
Wollt' dem Kaiser wiedrum kriegen
Österreich und die Stadt Wien.
Los auf Wien tät er marschieren,
Wollt' die Roten massakrieren,
Bis sie liegen auf den Knie'n.

Starhemberg, du edler Ritter
Im November wird es bitter,
Denn dann geht das Volk ans Werk.
Donnernd dröhnt der Massenwille
Und du gehst in aller Stille
Wieder heim nach Waxenberg.[20]

Die Nationalratswahlen vom 8. November 1930 brachten tatsächlich eine Stärkung der Sozialdemokratie mit sich, Starhemberg kehrte heim auf seinen Stammsitz Waxenberg und in der folgenden Regierung waren die Heimwehren nicht vertreten. Doch Hirnschal, der alte hahnenschwanztragende Heimwehrmann, bei den „Roten Spielern" ebenso populär wie die berühmte „Seicherl"-Figur der Zeichnungen Ludwig Kmochs im „Kleinen Blatt", setzte seinen Siegeszug fort. Die Nationalsozialisten feiern 1932 ihre ersten großen Wahlsiege und Engelbert Dollfuß betritt als „Retter Österreichs" die Bühne.

Auf den Kabarettbrettern triumphiert Hirnschal schon jetzt:

Wir zogen in den Bürgerkrieg
Gegen den inneren Feind,
Der Hahnenschwanz errang den Sieg
Der rote Terror weint.
Sebastian Hirnschal kommandiert,
Er ist ein großer Held,
Und wenn uns kein Malheur passiert,
Erobern wir die Welt.[21]

Das *Politische Kabarett* hatte den Gegner stets mit der Waffe der Lächerlichkeit bekämpft und dem Zuschauer das Gefühl vermittelt, dieser sei unfähig, die traditionsreiche Arbeiterbewegung zu zerschlagen. Doch 1933 wußte man nicht mehr so recht, was da gespielt wurde. Am 15. März war die Ausschaltung des Parlaments erfolgt, wenig später wurde der Republikanische Schutzbund verboten, die traditionellen Maiaufmärsche untersagt, die Kommunistische Partei aufgelöst und die Todesstrafe wieder eingeführt.

Die letzte Nummer des Organs der Sozialistischen Veranstaltungsgruppe *Politische Bühne* erscheint im Dezember 1933. Das Titelbild zeigt ein geigenspielendes Gerippe, dem die Menschen freudig folgen, gezeichnet von Frans Masereel, und trägt die Bildunterschrift: „Ins neue Jahr". In diesem Heft Nummer 12 findet sich eine Szene von Jura Soyfer, die den tragisch-ironischen Titel trägt: „König 1933 ist tot – Es lebe König 1934", die endet:

> KAPITAL (zugleich mit GESELLSCHAFTSORDNUNG und GENERAL die Maskierung herunterreißend und in ihrer einfachen Kleidung dastehend): Ganz unsre Meinung! Der Wunsch werde wahr! (Es schlägt zwölf.) Mitternacht! Prosit Neujahr!
> (Gleichzeitig reißt der GENERAL das Kalenderblatt herunter. Es wird das Kalenderblatt des 1. Jänner 1934 sichtbar. Die GESELLSCHAFTSORDNUNG krönt das NEUE JAHR, indem sie ihm einen Scherben aufsetzt.)
> ALLE: Prosit![22]

Am 20. Jänner 1934 darf die *Arbeiter-Zeitung* nicht mehr öffentlich verbreitet werden, und am 12. Februar beginnt der Bürgerkrieg. Die Sozialdemokratie wird verboten und die drohenden Zinnen des Karl Marx-Hofes liegen nach Artilleriebeschuß in Trümmern. Kanonen fand man im Karl Marx-Hof keine.

POLITIK STATT PLÜSCH

DIE ÄRA DER WIENER KLEINKUNST

Wenn ihr also echte Wiener seid, die nur die Wahrheit hören wollen, wenn ihr zu raunzen wünscht, um dann befreit lachen zu können, wenn ihr ein fröhliches, freies Wort liebt und die Ungebundenheit des Geistes: Dann besucht den Lieben Augustin!

Fritz Grünbaum[1]

Die Gründung eines literarischen Kabaretts lag damals in der Luft, wurde immer wieder besprochen und versucht, erinnerte sich Hans Weigel, in jenen Jahren bereits junger Autor und Librettist. „Einmal kam sogar ein Ensemble engagementsloser Schauspieler in der Wohnung eines Autors zusammen, ein anderes Mal im Keller des Café Dobner, aber es blieb stets nur beim Wollen."[2] Und der Kabarettist Rudolf Weys, gelernter Jurist und ausübender Buchhändler, berichtet: „Kam damals ein junger Autor etwa zum *Simpl* oder zur *Femina,* konnte er kaum Chansons verkaufen; der Zutritt war von Routiniers verstellt. Für Zeitsatire hatte die ‚Branche' erst recht kein Interesse. Zudem sprach die nachrückende Generation eine andere Sprache als die marktbeherrschenden Vergnügungsfabrikanten . . ."[3]

Sowohl auf Privatbühnen wie an den Bundestheatern gab es einschneidende Personalreduzierungen. Beim Rundfunk wurden achtzig Prozent der beschäftigten Schauspieler außer Vertrag gesetzt. Eine Engagementerneuerung gab es nur unter wesentlich ungünstigeren Bedingungen. In der *Volksoper* und im *Bürgertheater* übernahmen Arbeitsgemeinschaften die Führung der Betriebe, da sich kaum noch ein Leiter fand, der es wagte, das angelaufene Defizit auf sich zu laden. Direktor Beer trat von der Leitung der *Skala* zurück, und das Haus wurde in ein Großkino umgewandelt, kleinere Provinztheater mußten sperren. Vor und um 1930 registrierte man etwa 1.500 arbeitslose Schauspieler. Doch die prolongierte Theaterkrise und der Unmut über die Vergnügungsetablissements führten zu einer neuen Blütezeit des Kabaretts: zu einer zeitbezogenen, engagierten Kleinkunst in Wien.[4]

DER LIEBE AUGUSTIN

wurde am 7. November 1931 von der Schauspielerin Stella Kadmon gemeinsam mit dem Autor Peter Hammerschlag, dem Zeichner Alex Szekely und dem Musiker Fritz Spielmann im *Café Prückel* im ersten Bezirk, Biberstraße 2, eröffnet.

In Mährisch-Ostrau war die junge Stella Kadmon einst dem Conférencier Fritz Grünbaum begegnet, der ihr den folgenschweren Rat gab, zum Kabarett zu gehen. Und so trat sie fünf Jahre hindurch in der *Hölle,* im *Pavillon,* im *Simpl,* in verschiedenen Kurorten, in München, im *Kuckuck* am Kurfürstendamm und schließlich in Werner Fincks Berliner *Katakombe* auf. Danach verspürte Stella Kadmon nur noch den Wunsch: „Schluß mit dem Plüsch und den Börsenwitzen, keine Schwiegermütterscherze mehr, sondern Stellung zur Zeit, aktuelles Kabarett mit Chansons, die zum Denken anregen!"[5]

Nicht mehr Kabarett sollte es genannt werden, da der neue Gattungsbegriff allzusehr mit dem reinen Amüsierbetrieb verbunden war. Das neu ausgeschlüpfte Brettl-Genre nannte sich „Kleinkunst" und konnte, von Werner Finck beeinflußt, auch in Wien rasch reüssieren. „Zufällig wurde mir auf der Suche nach Mitarbeitern Peter Hammerschlag empfohlen", berichtete Stella Kadmon über die Anfänge, „der meschuggene Sohn eines Wiener Arztes. Er blieb bei mir von zehn Uhr morgens bis zwölf Uhr nachts und rezitierte ununterbrochen Gedichte."[6] Peter Hammerschlag, der ebenfalls bereits in der *Katakombe* aufgetreten war, wurde so zum Hausdichter des *Lieben Augustin*. Hammerschlag, 1905 in Wien geboren, gehörte zu den eigenartigsten und originellsten Kleinkunstdichtern und trat auch als Conférencier, Blitzdichter und Parodist auf. Hammerschlag war der Autor von „kleinen, unendlich zarten, liebevoll verspielten Gedichten, die sich besonders gerne mit Kindern und Tieren beschäftigten und die in Tonfall und Struktur ihre durchaus eigene, unverwechselbare Prägung besaßen" (Friedrich Torberg).[7] Hans Weigel fügt hinzu: „Aber eigentlich waren es nicht die Parodien und waren es nicht die Conférencen und waren es nicht die Improvisationen; es war die Persönlichkeit namens Peter Hammerschlag, halb liebenswert, halb unheimlich, stets faszinierend, ein in die Welt gestoßenes Kind, ein vom Intellekt heimgesuchter reiner Tor, ein entlaufener Bürger . . .[8]

Auch seinen Namen verdankt der *Liebe Augustin* Peter Hammerschlag, der – erfolglos – versucht hatte, unter dem Patronat des legendären Wiener Trunkenboldes eine sommerliche Gartenbühne zu gründen:

Peter Hammerschlag. Zeichnung von Bil (Willi Spira)

Die geschwätzigen Gebirgskaninchen
Hüpfen um verfallne Kleinkunstbühnchen
Hin und her.
Durch die Garderoben summen Bienen.
Neues Leben blüht aus den Ruinen
Nimmermehr.

Und von einem halbverfaulten Brettl
Weht und knattert ein vergilbter Zettel
Morsch und dünn.
Kündet von vergessnen Nebenrollen,
Deren Mimen längst nach Graz verschollen
Oder Brünn.

Weil er sich an Kleinkunst nicht gewöhnt hat,
Schwebt ein Ober, der sich totgegähnt hat,
Als Gespenst dahin.
Will von wackeligen Gartentischen
Noch ein letztes Geistertrinkgeld wischen . . .
Augustin . . .[9]

„Autoren, Musiker, Bühnenbildner und Schauspieler kamen als Anfänger oder noch nicht Arrivierte zu Wort, lernten sich selbst und ihre Möglichkeiten kennen, erprobten sich am lebendigen Material und fanden von hier aus oft den Weg zum Wirken im größeren Rahmen", beschrieb Hans Weigel die damaligen oppositionellen Talente.[10] Den Rahmen für künftige Aktivitäten hatten Peter Hammerschlag und Stella Kadmon bald gefunden: das Souterrainlokal im *Café Prückel* war zu haben, und zwar ohne Miete, nur mit der Auflage, daß pro Abend dreißig Kaffees

Erotik wird nur mäßig ausgezogen

konsumiert werden müßten. Acht Tage vor der Premiere erkundigte sich vorsorglich die Wirtin nach der Konzession. „So ging ich", beschreibt Stella Kadmon die Gründerzeit des *Lieben Augustin,* zum „gefürchteten Stadtrat Breitner, der ab sechs Uhr früh bereits seine Sprechstunden abhielt, da um diese Zeit die Marktweiber ihre Steuern zahlten."

Mit dem sozialdemokratischen Stadtrat ergab sich eine stundenlange Diskussion, in die Stella Kadmon mehrfach den Begriff „Theaterkollektiv" mit einfließen ließ und die von seiten des Stadtrats in dem verzweifelten Ausruf „Soll ich mitspielen?" kulminierte – ein Angebot, auf welches man umso lieber verzichtete, als Vergnügungssteuer und Kaution dem *Lieben Augustin* für die erste Spielzeit erlassen wurden.[11]

Am 7. November 1931, um neun Uhr abends, konnte das Spiel beginnen. Die erste Mannschaft bestand aus Stella Kadmon, Lisa Thenen, Risa Haller, Grete Wagner, Alfred Edthofer, Walter v. Varndal und Peter Hammerschlag. Am Flügel begleitete Fritz Spielman und die Dekorationen zeichnete vor, zwischen und während der Nummern der Maler Alex Szekely. „. . . Erotik wird nur mäßig ausgezogen", berichtet die Premierenkritik des *Neuen Wiener Tagblatts* nicht ohne Bedauern, „Börsenanekdoten sind verboten, Geistiges wird bevorzugt. Einiges könnte man sich schärfer, mutiger, übermütiger denken. Aber fast alles zeigt Begabung und ist amüsant."[12]

Ähnlich wohlwollend klangen auch andere Berichte, doch das Theater war leergeblieben, und die dreißig Kaffees wurden nicht konsumiert. So mußte die Prinzipalin erneut die Initiative ergreifen: „Mein Bruder war damals in einer Zigarettenfabrik beschäftigt und der druckte mir Reklamezettel", die sie, gestärkt durch die einmütigen Solidaritätsbezeugungen des gesamten Ensembles, „allein mit schwarzer Maske um 12 Uhr mittags am Korso, zwischen Schwarzenbergplatz und Sirkecke, zitternd verteilte".[13] Die Werbetexte waren vom Blitzdichter Hammerschlag Blitz-artig verfaßt und lasen sich dementsprechend: „Wir geben Ihnen: Jazz und Butterkipferln, Gugelhupf und Satire, Sandwiches und Romantik, Bier und neue Sachlichkeit, Likör und Kitsch, Würstel und Seele! Denn – wir haben nichts in Heidelberg verloren, wir haben selbst Gemüt! Jedem sein eigenes Nachtleben!"[14]

Bei intellektueller Bohème

So sah der Anfang des *Lieben Augustin* aus. Rudolf Weys, der damals ebenfalls daranging, eine Kleinkunstbühne zu gründen, beschrieb die Wirkung, die der *Liebe Augustin* auf ihn ausübte, folgendermaßen: „Als Zuschauer hatte man das Gefühl, bei intellektueller Bohème zu Gast zu sein. Ein kabarettistisches Kaleidoskop glitt wirbelig vorüber, Momentaufnahmen aus dem Alltagsleben waren zu sehen, und dazu immer wieder Peter Hammerschlag. Alles arrangierte sich wie zufällig, neuartig und amüsant, ungleich in seiner Qualität, aber ein Suchen nach Gehalt und neuen Formen war fühlbar. Die *Augustiner* schnupperten frech in die Zeit und fanden neben Belanglosem immer wieder einen Happen, den sie – satirisch gewürzt – ihrem Publikum genußvoll servierten.“[15]

Und dazu eben immer wieder Hammerschlag, der beispielsweise wirbelig seine „Rhythmische Gymnastik“ vortrug. Hier der – etwas expressionistisch geratene – Anfang:

Die Finger irr ins Kosmos vorgekrallt,
So schleichen sie – im Kreise – querfeldein.
Baccantenauge wird zum schmalen Spalt
(Das soll sehr gut für die „Extase“ sein).

Ungleich in Schritt und Tritt. Doch stets auf Zehen!
Ungleich? Das ist „Auffassung“ und privat!
Sie wollen eins: Nicht ihre Zukunft sehn!
Drum: Augen zu! (zur Nahrung dient Spinat)
(. . .)[16]

Kunst und Konsumation S 3.-
Keine Nebenspesen!

So lieb kann nur der Augustin sein!

Wir haben nichts in Heidelberg verloren,
wir haben selbst Gemüt!

Jeder sein eigenes Nachtleben!

Wir sind jung und Sie sind schön . . .

Komplexe sind in der Garderobe abzugeben!

Finden Sie, daß Augustin sich richtig verhält?

Keine Nebenspesen!
Kunst und Konsumation S 3.-

Doch in drei Spielzeiten dürfte sich Hammerschlag mit seinen scheinbar mühelosen Improvisationen etwas verbraucht haben. Besonders die *Arbeiter-Zeitung*, um den Weiterbestand des kritischen Kabaretts fürchtend, hatte es auf Hammerschlags anspruchsvoll-harmlose Reime abgesehen. „Peter Hammerschlag, der Hausdichter, bringt allerdings mehr Überheblichkeit und Eitelkeit als Talent mit“, urteilte das Parteiblatt im November 1932, und einen Monat später, er sage „wieder Gedichte auf, die er, aber wohl nur er, für gut hält“.[17]

Das Dezemberprogramm 1932 brachte neben kurzen Possen, Chansons und der Miniaturoperette „Adam und Eva“, den Sketch „Die göttliche Dolores“ von Hans Weigel, ein „Fast-Plagiat“, wie der Verfasser rund fünfzig Jahre später selbst zugeben wird, „einer Revueszene nachempfunden, die ich 1931 in Paris gesehen habe: Eine Filmdiva, privat von durchaus kleinbürgerlichem Zuschnitt, verwandelt sich, weil ein Reporter kommt, in einen Vamp“.[18]

Die Programme der ersten Jahre sind fast durchwegs verschollen, ihre Titel lassen die Inhalte nur erahnen: „Junggesellensteuer“, „So liebt Wien“, „Der Nervöse“, „Zeitungsverkäufer“, „Arme kleine Hildegard“, „Straßenverkäufer“, „Junge Frau 1933“ und „Moralischer Dialog im Kaffeehaus“. Im September 1932 wird Franz Eugen Klein ständiger Hauskomponist, und ab dem vierten Programm (März bis Mai 1932) stehen die Nummernfolgen unter bestimmten Rahmentiteln. Ab März 1933, unter dem Eindruck von Hitlers Machtübernahme in Deutschland, suchte man im *Lieben Augustin* nach anderen Autoren und neuartigen Ausdrucksformen. Dichter wie Joachim Ringelnatz, François Villon oder die Zeitgenossen Erich Kästner, Marcellus Schiffer und Kurt Tucholsky, dessen Geschichte „Wo kommen die Löcher im Käse her?“ im Keller des *Café Prückel* in szenischer Form erstand, gaben nunmehr den kritischen Ton an. Die neue Revue im Herbst 1933 lautet „Herrgotts Tiergarten“, über die sich die *Arbeiter-Zeitung* zustimmend äußert: „Das Künstlerkollektiv des Lieben Augustin ist langsam daraufgekommen, daß seine

Programme umso besser werden, je weniger Nummern von dem Hausdichter Peter Hammerschlag stammen."[19]

Und so heißt ab dem 13. Programm der neue Autor Hugo F. Koenigsgarten, der aus Deutschland emigriert war, wo er sich vor allem auf literarische Parodien spezialisiert hatte. Im Herbstprogramm 1934, mit dem Titel „Witzfigurenkabinett", finden sich zwei parodistische Nummern von Koenigsgarten, ein „Julius Cäsar von Gerhart Hauptmann" sowie:

ROMEO UND JULIA VON AUGUST STRINDBERG

(In einem halbdunklen Zimmer mit phosphoriszierenden Wänden sitzt Julia und feilt sich die Nägel; Romeo geht mit großen Schritten auf und ab.)
ROMEO: Es war die Lerche!
JULIA: Es war die Nachtigall und nicht die Lerche.
ROMEO: Es war –
JULIA: – die Nachtigall und nicht –
ROMEO: – die Lerche! Die Lerche! Die Lerche! Seit zwanzig Jahren derselbe Blödsinn! Ich ertrage es nicht mehr!
JULIA: Seit zwanzig Jahren!
ROMEO: Seit damals auf dem Balkon
JULIA: Auf dem Balkon.
ROMEO: Damals lernte ich Dich hassen, Julia!
JULIA (triumphierend): Und lieben, Romeo!
ROMEO: Das ist doch dasselbe – Schweig! Seit damals hast Du mir alles Blut aus den Adern gesaugt, Schluck für Schluck. Ich werde wahnsinnig!
JULIA: Ganz wie dein Papa – ein echter Montague!
ROMEO: Du hast es gerade nötig – eine Capulet!
JULIA: Fängst Du schon wieder an?
(Die Amme tritt gespenstisch gekleidet aus einer Tapetentür.)
AMME: Lorenzo! Lorenzo!
ROMEO: Wer ist diese Mumie?
JULIA: Meine Amme. Ich habe sie getötet.
ROMEO: Wie Du alle tötest!
AMME: Ich kann den Kerl nicht ausstehn! Ich kann den Kerl nicht ausstehn!
ROMEO: Was sagt sie?
JULIA: Sie kann dich nicht ausstehn! Sie glaubt, daß sie ein Papagei ist – und dabei ist sie wirklich einer!
AMME: Es ist schade um die Menschen!
(Die Amme entfernt sich langsam und verschwindet.)
ROMEO (will ihr nachstürzen): Wohin führt diese Tür, die ich noch nicht gesehen habe?
JULIA (ausbrechend): Aufs offene Meer!
ROMEO: Das soll wohl symbolisch sein?
JULIA: Trottel (sie feilt weiter)
ROMEO (nimmt seinen Weg wieder auf): Es war die Lerche.
JULIA: Es war die Nachtigall und nicht die Lerche.
ROMEO (sinkt auf einen Stuhl): Ich werde wahnsinnig!
JULIA (springt auf, wirbelt herum): Gott sei Dank! Die Zwangsjacke! Die Zwangsjacke für meinen geschiedenen Mann![20]

32jährig war Georg Hermann Mostar aus Deutschland emigriert, arbeitet in Wien für die *Arbeiter-Zeitung* und wird von Stella Kadmon für den *Lieben Augustin* engagiert. Ab 1935 schreibt er als Hausautor im *Prückel*-Keller und verfaßt nun zahlreiche „Mittelstücke" und literarische Revuen. Mit Mostar als Brettldichter bewegt sich der *Liebe Augustin* hin zum Theater. „Auch wer dem Lachen dient", formuliert er zukunftsweisend Anfang 1935 im Programmheft, „muß seine Sache ernst nehmen, deshalb darf eine wirkliche Kleinkunstbühne sich nicht auf den sprechenden, von der Zeit lebenden und mit ihr sterbenden Witz beschränken, sondern sie muß eine Heimstätte auch jenes Humors sein, dessen ewiges Lächeln das bald verhallende, laute Gelächter stets überdauert hat."[21]

Für das 23. Programm „Seifenblasen" schreibt Mostar, unter dem Eindruck eines Befehls der Nazis, von den Gedenktafeln für die Gefallenen des ersten Weltkrieges die Namen jüdischer Soldaten zu löschen, das Gedicht „Die Legende vom namenlosen Soldaten". Vorgetragen wurde es im *Lieben Augustin* vom Schauspieler Herbert Berghof.

Ich lag nicht unter dem Marmorstein,
Mein Holzkreuz war morsch und roh.
Sie gruben mich in Flandern ein
Oder bei Lodz irgendwo ...
Jetzt hat ein Klang sich zu mir verirrt,
Ein Meißel klirrte scharf.
So haben die Spaten damals geklirrt
Im Sand, den man über mich warf;
So haben die zwölf Gewehre geknackt,
Damit schoßen sie mir den Salut,
Dann sangen sie barhaupt im schweren Takt,
Dem Toten klang's fest und gut:

Ich hatt einen Kameraden,
Einen bessern findtst du nit.
Die Trommel schlug zum Streite,
Er ging an meiner Seite
Im gleichen Schritt und Tritt.

Nun hört ich das Klirren und schlief nicht mehr ein
Und stand auf aus der Gruft und Dreck,
Und kam in die Heimat. Da kratzten vom Stein
Sie meinen Namen weg ...
Und ich ging und verbarg mein zerschoß'nes Gesicht.
Und ich sah der Meinen Not,
Denn sie gönnten ihnen das Schandleben nicht,
Und mir nicht den Heldentod.
Ich fand einen Kriegsgefährten im Land,
Der lag mit mir im Grabenloch;
Ich trat zu ihm, und er hat mich erkannt,
Und ich fragte ihn: „Weißt du noch?"

Eine Kugel kam geflogen,
Gilt sie mir oder gilt sie dir?
Mich hat sie weggerissen,
Ich lag zu deinen Füßen,
Als wär's ein Stück von dir ...

Er warf im Traum sich hin und her,
Seine Kinder begannen zu schrei'n.
Da ging ich zur Türe und störte nicht mehr
Und ging weiter stumm und allein.
Und wandre seither durch das nächtliche Land;
Ich starb, damit du bestehst,
Und streichle manches Kind mit der Hand,
Die um seinetwillen verwest.

Ich stehe des Nachts vor manchem im Traum,
Ein Angstschrei im Jubelchor,
Und flüstre leise, sie hören es kaum,
Ihnen Klage und Frage ins Ohr:

Willst mir die Hand nicht reichen?
Ich starb für deinen Staat!
Darfst mir die Hand nicht geben?
Wie trägst du dieses Leben,
Mein armer Kamerad?[22]

„Fast tonlos sprach Berghof die drei Textstrophen, man saß da wie erschlagen. Erst nach sekundenlangem Schweigen brach ein Beifallssturm los, wie ihn Kleinkunst nur selten erlebt. Die in knappste Form gefaßte Anklage hatte gleichsam einen bloßliegenden Nerv getroffen, kämpferische Polemik fand im Text und Darstellung den adäquaten künstlerischen Ausdruck. Solches gelingt dem Cabaret nur in Sternstunden", überlieferte Rudolf Weys die Wirkung des Gedichtes auf die Zuhörer.[23]

Rudolf Weys. Zeichnung von Hugo Gottschlich

1935 hatte Mostar „Lysistrata" für die Kleinbühne neu adaptiert, Berghof setzte sie in Szene. Der *Liebe Augustin*, wo nun allabendlich neben der couragierten Direktorin junge Schauspieler wie Fritz Muliar, Fritz Eckhardt, Gusti Wolf und Otto Ambros auftreten, wandelt sich. Nun werden erstmals Regisseure verpflichtet, und anstelle des ständigen Kollektivs die Schauspieler auf Stückdauer engagiert. Neben Mostars Werken und den Parodien von Koenigsgarten drängen sich jetzt verstärkt die Nummern und Couplets von Hans Fischer und Curt Bry in den Vordergrund.

Curt Bry war aus der Berliner *Katakombe* nach Wien gekommen und textete für den *Lieben Augustin* zahlreiche pseudohistorische Revuen, wie „Oh, du liebe Weltgeschichte", die er auch mit Noten versah. Zwei Liedtexte, die Stella Kadmon im *Augustin* vorgetragen hatte, blieben — als einzige — erhalten.

DAS NUMMERNFRÄULEIN

Ich bin das Fräulein Nummer,
Bin sächlichen Geschlechts;
Ich geh vergnüglich lächelnd
Einmal von links nach rechts.

Dann bleib ich zwei Sekunden
Hier in der Mitte stehn,
Und schon bin ich verschwunden –
Und ward nicht mehr gesehn.

Ich halte immer einen
Programmpunkt in der Hand.
Programme, sollt man meinen,
Sind stets sehr interessant.

Politischer Programmpunkt –
Ist stets ein Phänomen.
Verkündet wird ein Standpunkt –
Und ward nicht mehr gesehn.

Es tagt einmal in Brüssel
Neunmächte Konferenz.
Neun Mächte möchten gerne
Beilegen Differenz.

Schon ward ein Silberstreifen
Am Horizont zu sehn,
Man wollt grad nach ihm greifen –
Er ward nicht mehr gesehn.

Im Kleinen wie im Großen
Ist es nun einmal so.
Der Mensch baut sich ein Luftschloß,
Das Aufbaun macht ihn froh.

Doch wenn er sich dann anschickt,
Darin spaziern zu gehn,
Dann ist das Schloß ein Luftschloß –
Und ward nicht mehr gesehn.[24]

DAS LIED VON DEN STOFFEN

Manchmal frag ich mich im Stillen,
Manchmal frag ich mich voll Gram,
Wie ich denn um Himmelswillen
Grade zum Theater kam.
Seh ich Nadel, Zwirn und Schere,
Fühl ich mich vom Glück versetzt.
Ja, wenn ich ein Schneider wäre –,
Also Stoffe gibt es jetzt!

Erst einmal all jene Stoffe,
Die Historienstoffe sind,
Tagesstoffe, Modestoffe
Flattern jeweils in den Wind.
Die Vergänglichkeit steht Pate,
Und der Wechsel wird geschätzt,
Man macht Staat in jedem Staate –
Also Stoffe gibt es jetzt – – –!

Kennen Sie die Englisch-Stoffe
Elegant und streng honett –?
Lustige Frau von Windsor-Stoffe,
Chamberlainen Lloyd Georgett.
Genfer Diplomatenwesten,
Leicht gewebt und bunt durchsetzt
Mit den letzten Friedensresten –,
Also Stoffe gibt es jetzt!

Ferner all die Edelstoffe,
Die es auf der Erde gibt,
Ganz besonders rohe Stoffe,
Die man heut am meisten liebt.
Auf der Jagd nach Rohstoffplätzen,
Wird der Mensch herumgehetzt
Und geht schließlich doch in Fetzen,
Also Stoffe gibt es jetzt!

Und die gute Bombergseide,
Weltberühmt und preisgekrönt,
Sogenannter Taft durch Freude,
Möglichst hell und licht getönt.
Seit dem 33-er Jahre,
Wird das Helle sehr geschätzt.
Blonde Seelen, blonde Haare –,
Also Wasser-Stoffe gibt es jetzt!

Und die Unterhaltungsstoffe:
Garbosamt, Velour Gabin!
Tobis-Sascha-Guitry-Stoffe,
Aktueller Gobelin!
Ist der Stoff ein Stoff gewesen.
Also Scheren gibt es jetzt!

Und ich sage mir im Stillen,
Gut, daß ich kein Schneider bin.
Wo käm ich um Gotteswillen,
Mit den vielen Stoffen hin?
Müßte mich mit ihnen plagen –,
Und was bleibt zuguterletzt?
Also Menschen gibt es jetzt . . .![25]

Der *Liebe Augustin* war in Wien zur beliebten Institution geworden, Kollegen wie Fritz Grünbaum gratulierten: „Also im *Café Prückel* haust jetzt (seit mehr als tausend Tagen) der neue *Liebe Augustin* und erfreut die Wiener wie sein Vorgänger durch seine ungebrochene Fröhlichkeit. Und er lacht über die Pest auch dieser Zeit, weil er weiß, daß sie nur eine Krankheit ist, die vorübergehen wird. Oh, er kennt die Wahrheit, dieser liebe Augustin. Und er sagt sie auch. Denn er hat lauter junge Menschen angestellt, mit denen er den Wienern das Lachen beibringt."[26]

Auch von seiten der *Neuen Freien Presse,* ansonsten kein Freund insubordinierender Unterhaltung, erntet die neue Programmfolge „1000 Worte Wienerisch" von Mostar, Koenigsgarten und Fischer hohes Lob: „Mit Hilfe aller Mitteln des Geistes wird hier das Feuerwerk einer satirischen Revue vorgeführt, deren Witz scharf zupackend die kleinen und großen Lächerlichkeiten unseres Alltags aufspürt." Hin- und hergerissen zwischen den Aspirationen der Künstler und den Wünschen des Publikums, meint der Berichterstatter des offiziellen Amtsblatts *Wiener Zeitung,* ohne die Verbitterung, die sich in kritischer Satire Luft macht, „wäre dieses amüsante Programm unvollständig – aber dafür noch amüsanter".[27] Im Besitz einer wohlerworbenen Reputation starten die *Augustiner* ihr neues Programm, das fünfunddreißigste, genannt „Der Durchschnittsmensch". Die Première findet am 12. Februar 1938 statt – aber während der Kritiker Oskar Maurus Fontana in seinem am 12. März erscheinenden Bericht noch zu differenzieren versucht, zwischen der „Zeit", welche, „koste es was es wolle ... den heroischen Menschen sich zum Ziel gesetzt hat", und dem „Lieben Augustin", der sich „des Durchschnittsmenschen annimmt und mit Galgenhumor zu der alten lieben Weise kommt, die alles hin sein läßt, aber auch in der Pestgrube die Hoffnung nicht aufgibt ..."[28], überschreiten bereits die Truppen der deutschen Wehrmacht Österreichs Grenzen. Zwei Abende vorher schloß Stella Kadmon mit größerer Sorgfalt als gewöhnlich ihren Theaterkeller, um sich auf den Nachhauseweg zu machen – quer durch ein Wien voll nationalsozialistischer Kundgebungen. Da erbot sich ihr Theaterfaktotum, Herr Wiesinger, sie durch die Gefahren der Nacht zu begleiten. „Mit mir kann Ihnen nichts g'schehn", erklärte das Faktotum chevaleresk, „denn wissen S', ich bin seit 1935 illegaler Nazi ..."[29]

LITERATUR AM NASCHMARKT

„Im Frühsommer 1933 betrat ein graumelierter Herr die Buchhandlung Heger in der Wollzeile: ‚Sind Sie jener Optimist, der im Vorjahr im *Café Dobner* eine Kleinkunstbühne gründen wollte?' Ich bejahte die Frage. ‚Mein Name ist Stein. Hätten Sie Lust, Ihr Vorhaben mit mir zusammen zu verwirklichen?' Es war die Konzeption der *Literatur am Naschmarkt,* ihr Geburtstag fiel auf den 3. November 1933."[30] So kam der Antiquariatsbuchhändler Rudolf Weys, dessen Schreibtischladen von Texten überquollen, zum Kabarett. Der kurz zuvor als Verein etablierte „Bund junger Autoren Österreichs" wurde Rechtsträger, der Direktor hieß F. W. Stein, und die Spielstätte befand sich gegenüber dem Naschmarkt auf der Rechten Wienzeile, unmittelbar neben dem *Theater an der Wien,* im Keller des *Café Dobner.*

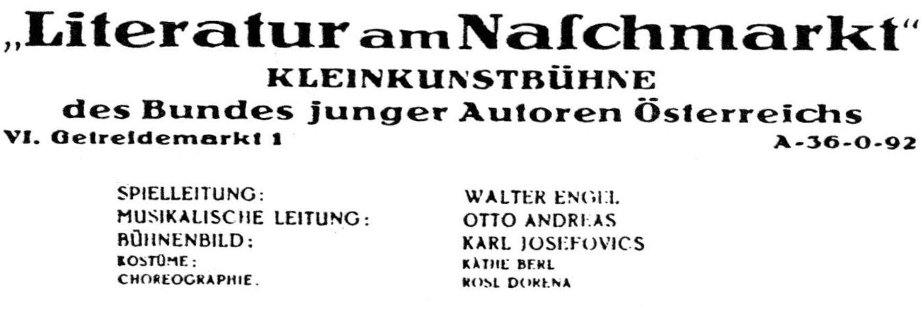
„Literatur am Nafchmarkt"
KLEINKUNSTBÜHNE
des Bundes junger Autoren Österreichs
VI. Getreidemarkt 1 A-36-0-92

SPIELLEITUNG:	WALTER ENGEL
MUSIKALISCHE LEITUNG:	OTTO ANDREAS
BÜHNENBILD:	KARL JOSEFOVICS
KOSTÜME:	KÄTHE BERL
CHOREOGRAPHIE.	ROSL DORENA

Noch vor der Première stellte das Ensemble seine zehn Gebote für Kleinkunstbesucher auf, die in der Pause zu lesen waren, und die lauteten:

1. Man komme Samstag; da gibt es um denselben Preis größeres Gedränge.
2. Man bestelle Plätze erst im letzten Augenblick; nur so vermeidet man die lästige Nähe der Bühne.
3. Man versäume die erste Hälfte des Programms; die zweite ist genau so lang.
4. Man spreche laut während der Vorstellung; die Schauspieler hören es gerne.
5. Man klatsche nie Beifall; der Schauspieler muß immer im Ungewissen bleiben, ob er gefallen hat. Sonst wird er leicht übermütig.
6. Man erprobe die Kellner im Dunkeln; servieren während der Pause ist keine Kunst.
7. Man deponiere bei Schnee, Regen oder Hagel die Überkleider nicht in der Garderobe; Nässe im Saal wirkt behaglich.
8. Man schwanke bei der Platzwahl; Übersiedlungen während der Vorstellung beleben dieselbe.
9. Man fühle sich bei jedem aktuellen Witz getroffen. Damit erhöht man die Kleinkunst zu einer großen Kunst. Die Autoren werden auf solche Weise gezwungen, überhaupt nur mehr zwischen den Zeilen zu sprechen. Das schult die Schreibenden.
10. Man befolge die obigen Gebote oder befolge sie nicht, Hauptsache: man komme![31]

„Bevorzugung szenischer Texte, keine billigen Witzeleien, keinerlei zufällige Improvisation", so hießen die künstlerischen Richtlinien der jungen Bühne, „weitgehend liberal, ohne allzu starke linke Schlagseite; proösterreichisch, kontra jede Diktatur", so die politischen. Und daran hielt sich die *Literatur am Naschmarkt* 22 Programme hindurch, auch wenn der Kritiker Fritz Rosenfeld nach der Première im Herbst 1933 noch befürchtete: „Politische Satire hat im Programm eines Kabaretts junger Autoren wohl ihren Platz, aber sie sollte aus einer ehrlichen Gesinnung wachsen; die Spekulation auf politische Konjunkturen mögen die jungen Kabarettisten ruhig den benachbarten Operettenbühnen überlassen",[32] so finden sich im Keller des *Café Dobner* bald die talentiertesten Kleinbühnenkünstler Wiens zusammen: Carl Merz und Hans Weigel, Rudolf Weys, Fritz Eckhardt, Kurt Nachmann und Jura Soyfer, Leon Epp, Manfred Inger, Lothar Metzl, Walter Engel, die beiden Musiker Hans Horwitz und Josef Karl Knaflitsch, der Postsparkassenbeamte Wilhelm Hufnagel, Rudolf Steinboeck, Hugo Gottschlich, Heidemarie Hatheyer, Liesl Kienast, Hilde Krahl, Oskar Wegrostek, Harald Peter Gutherz und viele andere.

Während der einstige Fledermaus-Kabarettist Carl Hollitzer gemeinsam mit Richard Eybner am 25. Dezember 1933 ein neues Unterhaltungsprogramm im *Künstlerhaus* startet, werden bereits neue Nummern im *Café Dobner* gespielt, denn „in jener Heldenzeit", erinnerte sich Rudolf Weys, „durfte ein Programm niemals länger als höchstens sechs Wochen laufen. Kaum hatte sich nach einer Première der Vorhang gesenkt, mußten wir also schon wieder an die Arbeit. Denn zwei, höchstens drei Wochen später hatte das nächste Programm probebereit vorzuliegen."[33] Die Einakter und Solodarbietungen, die von den *Naschmarktkabarettisten* jetzt dargeboten werden, vereinigen Scherz, Satire, Ironie und tiefere Bedeutung zu einer bunten dramatischen Bilderfolge, als deren beste Nummer Fritz Rosenfeld die von Weys verfaßte Szene „Nach Sonnenuntergang" hervorhebt. Darin erscheinen dem greisen Gerhart Hauptmann, längst damit beschäftigt, die sozialen Kampfideen seiner Jugend gegen jene Nazi-Sympathien auszutauschen, die ihm unter geänderten Verhältnissen gleichbleibenden Ruhm sicherten, anklagend die „Weber", „Rose Bernd", „Florian Geyer" und das „Hannele".

Im zweiten Programm findet sich auch erstmals ein komödiantisches Mehrbilderstück auf der Bühne des *Café Dobner*: „Die Metamorphosen des Herrn Knöllerl". „Der letzte Zwanziger" hieß das Altwiener Spiel von N. J. Kola, das Rudolf Weys als literarische Vorlage verwendet und für das Kabarettgenre umgeschrieben hatte. Seither durfte ein derartiger stückähnlicher Block, das etwa 20minütige „Mittelstück", in keinem Kleinkunstprogramm mehr fehlen. Darin fände man viel „wienerischen Hallodri mit herzhaftem Humor", urteilte die *Arbeiter-Zeitung*, doch in den „Metamorphosen des Herrn Knöllerl" findet sich auch ein von Manfred Inger vorgetragenes Couplet und eine Zusatzstrophe, die darauf eingeht, daß Hitler soeben vom deutschen Volk zum zweiten Mal seit der „Machtergreifung" zum Oberhaupt gewählt wurde und Deutschland aus dem Völkerbund ausgetreten war:

Die Stimmen des Landes, sie werden gezählt
Mit obligatorischem „Ja".
Fünfundneunzig Prozent haben also gewählt:
„Für uns ist kein Völkerbund da!"
Der Führer, er schwört: „Wir wolln keinen Krieg!
Wir wollen durch Arbeit ein' friedlichen Sieg . . .
Und Polen und Frankreich, das sind unsre Freund' –"
Der Reichstag, er hat fast vor Rührung geweint.

Doch derweil ein Herr in Essen,
Hat den Weltkrieg nicht vergessen,
Neu das Heer auszurüsten,
Gelingt nur Pazifisten.
Neue Flugzeuggeschwader
Und in Danzig ein Kader!
Trotzdem unermüdlich
Schrein mir: „Mir san friedlich!"

Die anderen Völker ham uns zwar nix tan,
Doch Mäuse fängt man mit Speck.
Wann wir uns mit Bomben erst ausgrüst ham,
Ja nachher – werf ma sie weg![34]

Neue Nummern waren Mangelware. Und so saßen die Autoren nächtelang grübelnd im Kaffeehaus. Hier fand Rudolf Weys 1934 einen Wiener Zustand vor, der noch heute geläufig und vielleicht zeitlos ist, und der „Die Schale Nußgold oder Die Kellnerprüfung" entstehen ließ. Zunächst wurde diese von der programmauswählenden Jury zwar entschieden abgelehnt. „Monate später, als wir nach einer durchgefallenen Première Hals über Kopf ein neues Programm herauszubringen hatten, entsann man sich der Skizze. Die ‚Kellnerprüfung' wurde angesetzt", berichtete der Autor über das weitere Schicksal seiner Szene. „Gerade dieser Naschmarkteinfall wurde seiner Publikumswirkung wegen eine Standardnummer. Im *Dobner* wurde sie 150mal, im *Wiener Werkel,* vier Jahre später, weitere 200mal gespielt. Den Schauspielern hing die ‚Schale Nußgold' bereits zum Hals heraus, denn mit ihr ging man auf Tournee, sie wurde bei jedem Abstechergastspiel hervorgezogen".[35]

PRÜFER: Was ist ein Kapuziner mehr licht mit Schlag?
KARL: Ein Kapuziner mehr licht mit Schlag ist beinahe dasselbe wie eine Schale Nußgold mit Haut, nur natürlich mit Schlag statt mit Haut und um eine Idee mehr dunkel.
PRÜFER: Sehr brav, setzen. Josef? Was ist eine „Teeschale"?
JOSEF: Eine Tasse ... eine Schale ... zum Teetrinken, ich bitte – – –
PRÜFER: Eine Schand für einen werdenden Zuträger, so etwas nicht zu wissen. Eine „Teeschale" gilt im Kaffeehaus immer nur als Maßeinheit. Der wirkliche Tee ist nie eine Teeschale, sondern immer eine „Portion". Und die Portionen Tee zerfallen in –? No, Franz, sagen Sie's –?
FRANZ: Die Portionen Tee zerfallen in: „mit Rum", „mit Milch", „mit Zitrone" und „mit ohne", ich bitte.
PRÜFER: Brav! Kennen S' vielleicht auch die verschiedenen Arten Melange? Obwohl das ist eigentlich schon Hochschulstoff und dürft' Ihnen zu schwer sein?
FRANZ: Man unterscheidet achterlei Arten „Melange". Die häufigst vorkommende ist die „mit Schlag"; es gibt aber auch hier „mit ohne", ferner „passiert" oder „mit Haut", dann „mit Haut und mit Schlag" und schließlich „ohne Haut und ohne Schlag".
PRÜFER: Danke. Ich seh schon, Sie verdienen Auszeichnung. Wenn aber ein Gast bestellt: „Einmal Sahne!" Was denkst' dir da sofort? No, Schurl –?
SCHURL: Daß' der Herr a Preuß is, Herr Professor.[36]

Ideal und Wirklichkeit existieren aber auch im Kaffeehaus als voneinander weit entfernte Pole. Davon wußte schon Heinrich Eisenbach eine Anekdote zu erzählen: „Die Szene spielt im Café Central. Es erscheinen drei Herren und nehmen an einem Tisch Platz. Erster Gast: ‚Sie, Jean, ich möcht eine Melange, etwas mehr braun, mit Doppelschlag, gezuckert.' Zweiter Gast: ‚Mir bringen Sie eine Teeschale passiert und ein Sechsuhrblatt.' Dritter Gast: ‚Bitt' Sie, ein großes Glas Gold mit Haut.' Der Jean gibt die Bestellung weiter: ‚Rudolf, drei Melange, Fenster eins.'"[37]

Mit der „Schale Nußgold" trat das *Naschmarkt*-Ensemble im Sommer 1936 auch im *Varieté Leicht* im Wiener Prater auf, wo bereits regelmäßig Hermann Leopoldi, Dela Lipinskaya und Armin Berg spielten. Als oberste Attraktion galt bei Papa Leicht zwar wie immer die Hausspezialität: Klobasser in Saft und Kartoffeln – 50 Groschen. Aber dazu ließ jetzt die im Prater gastierende Naschmarktliteratur, das perfektionierte Unterhaltungskabarett der Innenstadt aufs Korn nehmend, in der Szene „Prinzessin Publikum" drei Figuren auf die Bühne treten, hinter deren noblen Charakteren „Junker Armin", „Ritter Karl" und „Hermann, der Glorreiche" unschwer Armin Berg, Karl Farkas und Hermann Leopoldi zu entdecken waren.

Im Mai 1936 wurde das „Pratermärchen" von Rudolf Weys uraufgeführt. Drei Akte zu je zwölf Minuten, mit Liedern, die Otto Andreas komponierte. Der Harmonikajosef begleitete seine Couplets mit der Ziehharmonika, und zu Beginn des Stücks stellt er sämtliche Personen der Handlung vor:

Mir spieln ein Märchenstück ganz ohnegleichen,
Mir spieln den Prater, wie er wirklich blüht,
Herr Zensor, bittschön, tans net zuviel streichen,
Mir sagn das Heikligste mit Weaner Gmüt.

Zum Beispiel zeigen mir an alten Pfründner,
Und auch an Wachmann gibts in diesem Stück,
Der Herr Inspektor arretiert die Sünder,
Der arme Pfründner arretiert die Tschick.

Und neben die Tschick hat er nur eine Freude,
Das ist sein Enkelkind Elisabeth,
Doch leider ist die, wie ma sagt, „halbseide“,
Den Taschelziagerfranzl stört des net.

Herr Schnapp vom hohen Stand der Unternehmer,
Mit Kranzschleifn und dergleichen handelt er,
Das Stück wär ohne ihn zwar viel bequemer,
Doch mit ihm wird es halt – viel spannender.

Die Allerletzte, das ist meine Mitzi,
Ich bin ihr Gatte, sie kann nix dafür.
Drei Akte spiel ma jetzt vom Praterstritzi,
Was ihr jetzt hörts, das is die Ouvertür.

Und gibts dazwischen öfter falsche Töne,
Das is, wann ich mich in die Tasten täusch;
Doch bleibt der Wahlspruch euch zum Trost, der schöne:
Besser a Laus am Kraut als gar ka Fleisch . . .![38]

In der Premièrenbesetzung finden sich Benno Feldmann, Elisabeth Neumann, Gerda Waschinsky, Herbert Berghof, Hugo Gottschlich, Else Pircher, Oskar Wegrostek und Adolf Müller-Reitzner, und die *Wiener Zeitung* urteilte: „. . . eine reizende Peripherie-Idylle, die bei aller Persiflage Volkstümlichkeit und echten Humor atmet, mit dem Fingerzeig auf die Märchenhaftigkeit der boshaften Spitze nicht entbehrend.“[39]

Über 500mal wurde das „Pratermärchen“ im *Café Dobner* und später im *Wiener Werkel* aufgeführt. 1939 erlebte es seine amerikanische Uraufführung am New Yorker Broadway. „Ich freute mich 1939 sehr, als Autor gleichzeitig am Broadway und im Werkel ‚tragbar‘ zu sein, also von den ‚Ariern‘ und den ‚Nichtariern‘ der zerschlagenen Naschmarktliteratur gespielt zu werden“, schrieb der Autor und schließt seine Erinnerungen 1947: „In memoriam der Arbeitslosen von 1936, in memoriam einer Wiener Drei-Groschen-Stimmung, in memoriam des seither niedergebrannten Praters.“[40]

1937 brachte das *Ensemble am Naschmarkt* sein neues Programm unter dem beziehungsreichen Titel „1913“ heraus. „Ein eigenartiges Experiment“, nannte sein Autor Weys dieses 16. Programm der *Literatur am Naschmarkt.* „Und was da gespielt wurde, war das Jahr Dreizehn, gesehen aus der Perspektive des Jahres 1937.“[41] Mit diesem Programm, das sich deutlich an „Die letzten Tage der Menschheit“ von Karl Kraus und ein wenig an die politische Nostalgie des Schuschnigg-Systems anlehnte, hatte sich die Kleinkunst zum Theater gewandelt. „Prominente und Durchschnittsmenschen waren . . . vertreten, als wir das letzte Friedensjahr eines k. u. k. Österreich erstehen ließen, Soldaten und Bürger, Theaterleute und Praterfiguren, Beamte und Diplomaten.“[42] Peter Altenberg selbst, dargestellt von Paul Lindenberg, sitzt an seinem Marmortisch im *Café Central* und spricht so vor sich hin:

Und weil's mich freut, daß ich zu euch nicht passe,
Hab ich euch auf das große Wien beschränkt . . .
Für mich der Graben, Stückchen Teinfaltstraße . . .
Ein Mensch lebt in der Dorotheergasse,
Der mit dem Hirn fühlt und den Nerven denkt ———
Ein Stückchen Rathauspark ist auch mein eigen.
Doch so weit pfleg ich selten nur zu gehn . . .
Wo vom Diabolo die Spulen steigen,
Und bleiche Mäderln braune Beine zeigen,
Und bunte Tulpen ruhig im Grünen stehn . . .
Sechs Heller zahl ich und dann darf ich sitzen . . .
Verhocke so ein Stückchen „Lebenswerk".
Wollt ihr die große Stille mitbenützen?
Nein . . . eure Stimmen dringen durch die Ritzen:
„Jö, da schau her, da sitzt der Altenberg!"

Und wenn ich einst weit über'n Rathauspark geh,
Dann wird man vielleicht aufs Gedächtnis-Porträt
Mein breitsamtnes Zwickerband malen . . .
Vielleicht auf mein Hemd noch die Karos darauf . . .
Das andre . . ., das fällt euch ja doch nicht so auf . . .
Herr Leopold! Ausnahmsweis: Zahlen![43]

„Die naschmarktliterarischen Bestrebungen der Kleinkunstbühne im *Café Dobner* zielen diesmal auf Zeitsatire . . . Vergangenes wird zur Gegenwart, Gegenwärtiges in Parallele zur Vergangenheit gebracht", vermeldete die *Wiener Zeitung* in ihrer Premièrenkritik.[44] Alte Zeitungsmeldungen von 1913, die dem Programm als Vorlage dienten, waren nach 24 Jahren kabarettreif geworden, ein Jahr später, im Frühjahr 1938 wendet sich Rudolf Weys der näheren Zukunft zu. Sein Abschlußstück mit dem Titel „Der Wiener geht unter" war weder politisch noch prophetisch gemeint, wurde aber so verstanden. „Das Programm", erinnerte er sich Jahrzehnte später, „lief nur drei Wochen, die letzte Vorstellung gab es am 11. März 1938. Als wir auf dem Heimweg um 11 Uhr nachts an der Staatsoper vorbeikamen, legte die dort postierte Wacheabteilung bereits Hakenkreuz-Armbinden an. Gingen die Wiener nun tatsächlich unter?"[45]

DIE STACHELBEERE

Ein kabarettistischer Abend des „Bundes junger Autoren Österreichs" in einem Saal in der Ungargasse im dritten Bezirk fand im Frühjahr 1933 so starkes Interesse, daß die Idee einer Theatergründung in greifbare Nähe rückte. Doch F. W. Stein (Weys: „F. W. Stein war nur sein Pseudonym. Den wahren Namen erforschten auch seine engsten Mitarbeiter nicht.") zögerte noch, und so kam es zur Spaltung des Bundes. Vor allem Rudolf Spitz, ein junger Jurist und Literat, wollte nicht länger abwarten und eröffnete im Sommer 1933 im *Café Döblingerhof,* XIX., Billrothstraße 49, die Kleinkunstbühne *Die Stachelbeere.* Weit vom Stadtzentrum entfernt, erlebte das Kabarett hier volle neun Programmfolgen, im Sommer wurde im überfüllten Garten und während der kalten Jahreszeit im zumeist leeren kleinen Theatersaal im Souterrain des Lokals gespielt.[46]

„Ich war im Sommer am Millstätter See und bekam die Nachricht, daß Rudolf

Spitz . . . ein Kabarett eröffnet hatte", blickte Hans Weigel auf die Anfänge der *Stachelbeere* zurück. „Ich habe also die Première nicht miterlebt, erst eine spätere Vorstellung in dem angenehm kleinen Garten hinter dem Café. Da war auch, wie im *Augustin*, eine Tänzerin, Hilde Sykora. Hans Horwitz komponierte und hatte seine Soli am Klavier; an einem zweiten Klavier saß Heinrich Krips, der Bruder des Dirigenten Josef Krips . . . Das Ensemble bestand noch aus einer zweiten Dame, Grete Spohn, und den Herren Hans Horwitz, Josef Pechacek, Rudolf Spitz, also durchaus keine Professionals, ein Unternehmen, annähernd im Stil der Studentenkabaretts."[47]

Ein „garantiert starfreies, girlfreies und jargonfreies Programm" wollten die Mitglieder der *Stachelbeere* bei ihrer Première bieten. „Die jungen Leute sind mit viel Ernst und Spielfreude bei der Sache", befand auch der Kritiker Fritz Rosenfeld und empfahl: „sie brauchen jedoch einen Regisseur, der die Texte zufeilt und die schauspielerischen Uebertreibungen abschleift".[48]

Ab dem zweiten Programm war auch Hans Weigel dabei. Rudolf Spitz, Herz und Hirn des Unternehmens, schrieb und conférierte. Und zuweilen „überspitzte Spitz seine Pointen"[49]. Josef Pechacek, ein arbeitsloser Buchdrucker, trug seine selbstverfaßten und von Eigenerfahrung inspirierten Liedtexte vor, deren Titel lauteten: „Vagabundenlied", „Achtung, Arbeitsloser" oder „Arbeitsloser liest Zeitung". Pechaceks „Arbeitslosen-Oper" fand sich im achten Programm. Der Inhalt: „Im Wirtshaus bittet ein Arbeitsloser eine Prostituierte, sie möge einen Hilfsarbeiter so weit bringen, daß er zu spät zur Arbeit komme, denn er will an dessen Stelle engagiert werden."[50]

Von den Texten des talentierten Josef Pechacek sind nur wenige erhalten geblieben. Einige nahm Rudolf Spitz in die englische Emigration mit. Anderes hat Hans Weigel vor dem Verlorenwerden bewahrt. Ein erhaltenes Fragment der „Arbeitslosen-Oper" lautet:

Der Wirt:
Das Bier ist angeschlagen,
Der Kasten ist voll Eis,
Ein Gulyas für den Magen
Gibt's zum Reklamepreis.

Bei mir ist immer Stimmung,
Solang man tüchtig zecht,
Ich pfeif' auf die Gesinnung,
Mir ist ein jeder recht.

Die Ruhe auf der Gasse
Bleibt solang unberührt,
Solang des Volkes Masse,
Beim Wirt politisiert.

Das Bier, das löst die Zungen,
Ein jeder spricht sich aus.
Und ist ihm das gelungen,
Geht er befreit nach Haus.

Es folgt auf jede Krise
Die Zeit der Konjunktur –
Klavierspieler und Wirt:
Doch bleibt sie so wie diese
Vorübergehend nur.[51]

Im Herbst 1934 beschließt Spitz schließlich, den Sitz der *Stachelbeere* doch in die Innere Stadt zu verlegen. Im Theateraal des *Café Colonnaden*, Rathausplatz 4, wird am 23. Oktober die *Kunterbunte Wochenschau* als zehntes Programm herausgebracht.

Außerdem kam es in jenen Tagen, über Vermittlung von Horwitz und Weigel, zu einer Versöhnung mit dem „Bund junger Autoren Österreichs"; das elfte Programm lief bereits unter der gemeinsamen Dachorganisation des Bundes, der neben der *Literatur am Naschmarkt* nun auch die *Stachelbeere* führt.[52] Unter dieser Organisationsform werden im *Colonnaden-Café* noch weitere sechs Programme gespielt, bis sich der Bund schließlich außerstande sieht, mehr als eine Kleinkunstbühne erfolgreich zu leiten. Die *Stachelbeere* schloß am 19. November 1935.

„Karl Kraus war unser großer Lehrer", erinnerte sich Rudolf Spitz rund fünfzig Jahre später, „der uns unaufhörlich beim Schreiben auf die Finger sah."[53] Und was er da lesen mußte, hatte den unbarmherzigen Kritiker nicht immer erfreut. So war im Mai 1935 in der *Stachelbeere* der „Walzerkavalier" aufgeführt worden, in dem sich Kraus wiedererkannte und seinen Anwalt Oskar Samek veranlaßte, folgendes Schreiben an die jungen Kabarettautoren zu versenden: „Sie führen, wovon ich mich persönlich überzeugt habe, eine dreiaktige Operette unter dem Titel ‚Der Walzerkavalier' auf, worin Sie im letzten Akt, der in einem Orte ‚Canossa' vor einem Hotel ‚Zur schönen Aussicht' spielt, eine Reihe von Personen namentlich anführen, deren Charakter offensichtlich das Stigma der spekulativen Unterwerfung unter ein herrschendes Regime, vornehmlich das des Dritten Reiches, aufgedrückt wird. Eine Verbindung der Person meines Mandanten mit dieser anrüchigen Sphäre wird insoferne hergestellt, als es in jenem Canossa auch ein Hotel ‚Zum goldenen Kreuz' gibt, wodurch offenbar auf eine spekulative Unterwerfung unter eine angebliche österreichische Gewaltherrschaft angespielt werden soll ... Ihre Darstellung, wonach heute ‚jeder, der auf sein Renomee hält' nach Canossa gehe und daß jeder, der es aufsucht, ‚gut gefahren' sei, schließt offenbar den Vorwurf in sich, daß mein Mandant, den Sie, wenn schon nicht im Hotel ‚Zur schönen Aussicht', so doch in dem ‚Zum goldenen Kreuz' wohnen lassen, seine literarische Tätigkeit aus unlauterem, streberischem oder in irgend einer Art gewinnsüchtigem Motiv einem vermeintlich klerikalen, jedenfalls aber seiner vermeintlich liberalen früheren Haltung widersprechenden ‚Kurs', Diktat oder Gewissenszwang angepaßt habe ..."[54]

Ein Jahr nach dem Bürgerkrieg, der Errichtung eines klerikal-faschistischen Ständestaates und der Ermordung von Kanzler Dollfuß durch die Nationalsozialisten, forderte Karl Kraus die Streichung seiner Person aus dem Kabarettprogramm, drohte mit einer massiven Klage und verlangte binnen fünf Tagen wegen angetaner Verleumdung den Erlag eines Sühnebetrags von 50 Schilling, zahlbar zu Gunsten des Dollfuß-Werkes ...

ABC

Im *Café City*, Porzellangasse 1, das neben dem Theaterdirektor Beer auch von den Fußballern des Wunderteams frequentiert wurde, wünschte sich der Cafétier Gustl Goldmann nichts sehnlicher als ein hauseigenes Kabarett. Zwecks Erfüllung seines Traums stellte er im ersten Stock seines Lokals einen Saal zur Verfügung. Direktor Beer seinerseits steuerte aus dem Fundus des Raimundtheaters den Vorhang der „Dreigroschenoper" bei, und das *Brettl am Alsergrund im Café City* war geboren. Abgekürzt hieß es *ABC*.[55]

Am 25. März brachte ein aus Franz Böheim, Ernst Hagen, Erich Pohlmann,

Raoul Retzer, Hans Sklenka und Oskar Wegrostek bestehendes Ensemble unter dem trostvollen Titel „Alles schon dagewesen" sein erstes Programm zur Aufführung. Gespielt wurde zunächst dienstags, donnerstags und an den Wochenenden. Bei der Eröffnungspremière sollen noch weitere prominente Kollegen, darunter Fritz Grünbaum, mitgewirkt haben. Als Autoren traten anfangs vor allem Kurt Breuer und Hugo Wiener, die beide bereits angesehene Haustexter der *Femina* bzw. des *Simpl* waren, in Erscheinung. Im November 1934 übernimmt Hans Margulies, hauptberuflich Gerichtsberichterstatter beim *Tag,* die künstlerische Leitung, und bald gilt das *ABC* als die politisch schärfste Wiener Kleinbühne. Was Friedrich Torberg, der unter dem Pseudonym Fritz Tann Mitautor zahlreicher Sketches war, während der Zeit des Kalten Kriegs vermuten ließ, das *ABC* sei „von illegalen Kommunisten beeinflußt" gewesen.[56]

Einer von diesen war Jura Soyfer. 1912 als Sohn eines Großindustriellen in Charkow geboren, gelangt er auf der Flucht vor der russischen Revolution mit seiner Familie nach Wien und wird hier noch während der Schulzeit zum Sozialisten. Bereits Anfang der dreißiger Jahre schreibt er in der *Arbeiter-Zeitung* satirische Gedichte. Zwischen 1929 und Februar 1934 entstehen auch Arbeiten für die *Roten Spieler.* Unter dem Eindruck des Bürgerkriegs schließt sich Soyfer der verbotenen Kommunistischen Partei an. Kurz vorher hatte er bereits begonnen, unter wechselnden Pseudonymen – Jura, Walter West, Norbert Noll, Karl Rekte u. a. – Texte für die Wiener Kleinkunstszene zu verfassen.[57]

Jura Soyfer.
Zeichnung von Willi Spira

So berichtet die *Arbeiter-Zeitung* über eine Aufführung des vom ehemaligen *Roten Spieler* Edmund Reismann geleiteten Kleinkabaretts *Seeschlange* im *Colonnaden-Café*: „Auch hier" – im Eröffnungsprogramm der „Seeschlange", das „Achtung, Giftzahn!" betitelt war – „gibt es lustige satirische Szenen wie etwa Juras Parodie ‚Der blaue Vogel entpuppt sich' . . ."

Im *ABC* wird Soyfer rasch Hausautor und eignet sich bald die Dramaturgie des „Mittelstücks" und die anderen Besonderheiten der Kleinkunstbühne an:

> BÜHNENBILDNER: Borg mir einen Schilling für den Mond!
> DICHTER: Sag einmal, warum arbeitest du eigentlich hier mit, nur um Geld zu verdienen?
> BÜHNENBILDNER: Was wir hier verdienen, reicht für so ein „nur" bei weitem nicht aus!
> – Ich glaube, was die Schauspieler, den Regisseur, dich und mich in dieses Souterrain gezogen hat, ist nicht zuletzt die Möglichkeit, die man hier hat, ohne Rücksicht auf die Bedürfnisse eines üblichen Theaterbetriebes zu spielen, zu malen, zu schreiben . . .
> DICHTER: Es gibt aber doch mancherlei andere Rücksichten. Du mußt mit den Kosten von Milchglas rechnen, wenn du einen Mond baust, und ich mit der Staatsraison, wenn ich dem Publikum den Weltuntergang prophezeie.[58]

Diesen prophezeite Soyfer im 13. Programm des *ABC,* das zwischen dem 6. Mai und dem 11. Juli 1936 gespielt wurde, betitelt „Zwischen Himmel und Erde" und dessen Mittelstück lautete: „Der Weltuntergang oder Die Welt steht auf kein' Fall mehr lang". Es war dies Soyfers erstes Mittelstück gewesen. Zuvor schon hatte er für die *Literatur am Naschmarkt* seinen „Lechner Edi schaut ins Paradies" geschrieben, doch die meisten seiner Szenen und Stücke werden jetzt im *ABC* aufgeführt. So findet sich im 17. Programm „Auf dem sechsten Erdteil", aufgeführt zwischen 17. März und 17. April 1937, das Mittelstück „Astoria". Im darauffolgenden Herbst beinhaltet das *ABC*-Programm „Via Bagdad nach Vineta", Soyfers Gleichnis von der versunkenen Stadt Vineta. Danach bearbeitet er unter dem Namen Norbert Noll das Drama „Kolumbus oder die Entdeckung Amerikas" von Kurt Tucholsky und Walter Hasenclever, das Ende 1937 unter dem Titel „Broadway-Melodie 1492" auf die Kleinkunstbühne gelangt.

Jura Soyfer schrieb mehrere sozial engagierte Texte für Kellerbühnen mit 49 Sitzen, doch nicht immer erreichte er damit auch sein gewünschtes Publikum. „In einer Arbeitslosenfamilie, in der jeder Groschen umgedreht wurde, wäre der Besuch einer Kleinkunstbühne unverzeihlicher Leichtsinn gewesen", schrieb sein Freund Ernst Epler in einem Erinnerungsartikel.[59]

„So erheiternd die Vorgänge rund um Christoph Kolumbus wirken", berichtet die *Wiener Zeitung* über Soyfers jüngstes Werk, „– dem ein neues Mitglied des ‚Regenbogens', Karl Merz, die sympathisch anmutenden Konturen des zeitlos gültigen Idealisten verleiht, um den Kontrast zu seiner Umgebung zu unterstreichen –, so bissig sind sie im Hintergrunde . . ."[60]

Wie aus dem Zeitungsartikel hervorgeht, nennt sich das *ABC* augenblicklich *Kabarett Regenbogen*, was aber nicht allzuviel zu bedeuten hat bei einem Ensemble, das sich noch öfters andere Namen und andere Spielorte zulegen wird. Am 14. Juni 1935 war das Ensemble vom Alsergrund ins *Café Arkaden,* auf der Universitätsstraße 3 gezogen, ab dem 17. Juli 1935 nennt es sich *ABC im Regenbogen,* angesichts der noch vor kurzem hier wirkenden Kleinkunstbühne *Der Regenbogen.* In der Saison 1935/36 trennte sich zeitweilig der künstlerische Leiter Hans Margulies von der Gruppe im *Café Arkaden* und versucht sein Glück im ehemaligen *ABC*-Lokal in der Porzellangasse mit einer Reaktivierung unter dem alten Namen. So gab es zwei Wochen hindurch ein doppeltes *ABC,* und während man in den *Arkaden* „Das bunte Herbstprogramm" spielte, lief im *Café City,* auch nicht unpassend, „Viva Don Quichotte". In den letzten drei Programmen schließlich, zwischen September 1937 und März 1938, scheint der Titel *Regenbogen* allein auf, was aus taktischen Gründen gegenüber den verwirrten Zensurbehörden geschehen sein dürfte.[61]

Unter verschiedenen Namen und wechselnden Adressen spielte ein Ensemble, das neben allen schon Genannten noch den Musiker Jimmy Berg, den Regisseur und Schauspieler Fritz Eckhardt, die Darsteller Robert Lindner, Peter Sturm, Leo Askenasy, Cissy Kraner, Herbert Berghof, Lilli Palmer, Robert Klein-Lörk, Peter Preses und Josef Meinrad einschloß. Rudolf Steinboeck führt hier ab 1936 die Regie, und für die Texte zeichnen neben Soyfer und Weigel (letzterer auch unter dem Pseudonym Julius Hansen), Peter Preses, Franz Paul, Paul und Franz Spitz, Lothar Metzl und Friedrich Torberg. Das *ABC* war zum Avantgarde-Theater geworden und ließ auf seinem Weg vieles hinter sich, mitunter auch das Publikum.

> Das Avantgarde-Theater, natürlich, will neue Wege gehen. Will nicht nur, sondern muß. Die üblichen sind ihm ja versperrt, die darf es ohnehin nicht betreten – für eine „Vorhut" übrigens eine reichlich sonderbare Situation. Denn man sollte doch meinen, daß Sinn und Zweck einer Vorhut gerade darin bestünde, sich überallhin Zutritt zu verschaffen: damit die andern nachkämen. Aber nur keine Angst, es kommt schon niemand nach. Nicht einmal das Publikum. Die Vorstöße des Avantgarde-Theaters erfolgen in leerem Raum oder in einem von maximal 49 Personen gefüllten. Diese maximal 49 Personen bilden das Avantgarde-Publikum. Es zeichnet sich dadurch aus, daß ihm das Avantgarde-Theater nicht genug avantgardistisch ist. Es, das Publikum, ist ihm, dem Theater, immer um ein Stückchen voraus. Es bildet solcherart die Avantgarde der Avantgarde. Und in dieser Eigenschaft bleibt es dann gewöhnlich zuhause.
>
> Die Ausgeschlossenen sind anwesend.[62]

Dies schrieb Friedrich Torberg im letzten *ABC*-Programmheft Anfang Februar 1938. Gespielt wurde „Die verlorene Melodie", eine von Lothar Metzl ins Wienerische übertragene Operette des Dänen Kjeld Abell. Es war das erfolgreichste Programm seit Gründung der Kleinkunstbühne gewesen. „So wurde es vor uns neunundvierzig Zuschauern, deren Qualität aber erheblich gewesen ist", wie Arnold Hoellriegel im *Wiener Tag* versicherte, „nicht ein ‚Erfolg' – sondern ein Sturm, eine Raserei, mehr: für die Neunundvierzig ein echtes Erlebnis, eine tiefe Freude."[63]

Die Revue war ständig ausverkauft. Gespielt wurde bis einschließlich 12. März 1938. Dann war auch diese Melodie verlorengegangen.

DIE KLEINEN DER KLEINKUNST

Das Wiener Theatergesetz vom 8. April 1930 begünstigte Lokale mit weniger als fünfzig Sitzplätzen, da für derartige Unternehmen weder eine Theaterkonzession erforderlich noch eine Anmeldung benötigt wurde. Was bald die Gewerkschaft der Artisten auf den Plan rief, die erbost von „Pfuschertum" und unlauterer Konkurrenz sprach und in ihrem Organ *Der Artist* im April 1934 zu den Waffen rief: „Plakate, Programmzettel werden in einer Druckerei bestellt, abgeholt und schuldig geblieben. Der Eröffnung des ‚Theaters der 49' steht nichts mehr im Wege. ‚Kollektiv' ist das gemeinsame Schaffen, gemeinsame Teilung der Spesen und des Reingewinns. Meistens ist es aber so, daß die gemeinsame Arbeit geleistet wird, die gemeinsamen Spesen verrechnet werden und das Mitglied der ‚Literarischen Bühne' leer ausgeht. Sollte zufällig doch einmal ein Reingewinn im Hause der 49 sein, so bekommen die Kunstjünger sogar zwei bis drei Schilling als Kollektivanteil. Ist das nicht wunderbar? Diese jüngste Errungenschaft hat naturgemäß eine ganze Menge ähnlicher Kunsttempel in Wien erzeugt. Da ist das *Abc, Tutti Frutti*, der herrliche *Regenbogen*, dem der *Lumpazi* folgte, dann die *Stachelbeere* sowie die *Seeschlange*, die *Optimisten* und die *Neun Scharfrichter* . . ."[64]

Vor den *Stachelbeere*-Aufführungen hatten im *Colonnaden-Café* an Wochenenden auch einige Auftritte der *Seeschlange* stattgefunden, so mit dem bereits zitierten Programm „Achtung, Giftzahn". „Notwendige Aufklärungen" und „Wochenschau der Seeschlange" lauteten weitere Programmnummern, und neben Grete Hartwig schrieb auch Hans Weigel zwei Beiträge für die *Seeschlange*: „Kratochvil Marie und die liberale Dame" sowie „Heinrich Heine über die Wiener Staatsoper".[65] Gespielt wurde vom 28. Jänner bis 11. Februar 1934. Einen Tag später stand schon Bürgerkrieg auf dem Programm.

Der *Regenbogen* war im Frühjahr 1934 von dem Schriftsteller Hans Lengsfelder und dem Regisseur Teddy Bill, der sich im *Simpl* des Dritten Reiches Teddy Kern nannte, gegründet worden. Gespielt wurden im *Café Arkaden* lediglich zwei Programme: „Eins, Zwei, Drei . . . Los!", geschrieben von Lengsfelder mit zwei Beiträgen von Weigel, und „Kennen Sie Wien?", ebenfalls von Lengsfelder und Weigel getextet. In diesem Programm fand sich die Szene „Liebe und Tod der edlen Tullia", ein historisches Zeitbild aus dem Vindobona anno 180 n. Chr. Dem erhalten gebliebenen Personenverzeichnis zufolge könnten die beiden Autoren als Urväter des gallischen Asterix gelten. Ein „Marcus Antonius Hautanus, Präfekt von Vindobona", tritt da auf, eine „Tullia Hautana, seine Tochter", ferner „Canisius, sein Pressechef", „Oculta Vasenix, Directrice der Seherei Helios", „Angina Veterana, Kellnerin", „Sixtus Dahastus, der neue Präfekt von Vindobona" sowie der einheimische „Schurlius Pülchrus, ein keltischer Ureinwohner".[66] Sämtliche Texte des kurzlebigen Kabaretts dürften verlorengegangen sein, lediglich der Name des Brettls überlebte, vom *ABC*-Ensemble übernommen, bis 1938.

Der Pächter der *Schiefen Laterne* in der Walfischgasse 11 erhoffte sich durch gepflegte Kleinkunst eine Lokalbelebung. Vom 30. 12. 1934 bis 9. 1. 1935 spielte hier das *KIK, Kleinkunst im Kasino-Theater,* doch ihr Programm „Vorwiegend heiter“ erwies sich als zu anspruchsvoll und störte die Sektkonsumation eher als sie zu fördern. Die Regie in diesem Kurz-Kabarett führte Stefan Wendt, unter den Mitwirkenden befanden sich Erich Pohlmann, Charlotte Reichert, Eduard Linkers und Peter Wehle.

„Im Café Künstlerheim in der Praterstraße bietet eine Kleinkunstbühne, die sich Die neuen Scharfrichter nennt und Dienstag, Donnerstag, Samstag und Sonntag spielt, die Kabarettrevue ‚Sensation im Keller‘ von Roseck und Siho“, meldete die *Arbeiter-Zeitung* am 9. Februar 1934 in ihren Vergnügungsspalten. Die Kellersensation dürfte sich jedoch in Grenzen gehalten haben: Wie der Kritikleser im Folgenden erfährt, müßte der weibliche Star „allerdings noch viel zulernen, ehe er sich auf die Bühne trauen dürfe“.[67]

Lustig und schmackhaft

Kleinkunst in den „Colonnaden“ nennt Renée von Bronneck ihr im Dezember 1935 gegründetes Theater. Hammerschlag und Eckhardt fungieren als Autoren, das erste Programm „Chaplinaden“ wird vom 11. Dezember 1935 bis 27. Jänner 1936 gespielt, ein zweites, „Faschingskrapfen“, läuft noch bis 30. März 1936. „Die kleine Kabarettbühne im *Café Colonnaden* ist eine Neuerscheinung auf dem Gebiet des in Wien derzeit so schwungvoll betriebenen Kleinkunstwesens“, berichtet die *Wiener Zeitung* im Fasching 1936. „Wo also früher die *Stachelbeere* hauste – diese Erwähnung hat nichts weniger als pietätvollen Hintergrund, sondern dient lediglich, um an die Räumlichkeiten zu erinnern –, trifft man nun die von Frau Renée Bronneck sehr geschickt geleitete *Kleinkunst in den Colonnaden* an. Ihr neues Programm heißt ‚Faschingskrapfen‘. Dieser saisonmäßigen Bezeichnung gleichen sich auch die einzelnen Vorträge an: lustig und schmackhaft. Manches ist sogar geschmackvoll . . .“[68]

Und dann gibt es noch die *Insel,* das *Theater der 49* und den *Fröhlichen Landmann* im gleichnamigen Café gegenüber dem Burgtheater. Begründet von Dr. Hans Schlesinger, der damit seiner Frau, der Tänzerin Cilli Wang, mehr Geltung als zuvor im *Lieben Augustin* verschaffen wollte. Vor 49 Leuten . . .

DEN GRÜNBAUM HABEN WIR!

DER WIENER GEHT UNTER

Es wird sicher besser werden, aber erleben werd' ichs nicht mehr.
Fritz Grünbaum[1]

Februar 1938: In der *Femina* läuft die neue Gyimes-Revue „Mitternachtsrosen", ein „Programm der Höhepunkte", wie die Zeitungen in ihrem Anzeigenteil melden. „Der Reinhardt des Varietés, Wilhelm Gyimes, hat für sein Februar-Programm im *Ronacher* wieder eine erkleckliche Anzahl Sterne erster Größe vom westlichen und östlichen Varietéhimmel geholt", für eine Revue allerdings, für die, wie der *Morgen* urteilt, die „Devise ‚Karneval 1938' ziemlich unmotiviert ist . . ."[2] „Carneval 1938" nennt sich auch das Programm des Klavierhumoristen Hermann Leopoldi, das seit erstem Februar läuft. Im *Simpl*, der kürzlich sein 25jähriges Bestandsjubiläum feiern konnte, begeht man schon wieder einen Jahrestag: in den Monat Februar fällt die tausendste Wochentags-Nachmittags-Vorstellung der von Juniordirektor Walter Goldfarb kreierten „Moderevue". „Tausend Vorstellungen, von über zweihundertfünfzigtausend Gästen besucht", errechnet Viktor Claudius in der Hauszeitschrift: „Wollte man den Kuchen erzeugen, der von zweihundertfünfzigtausend Gästen verzehrt wurde, müßte man einen Kuchen herstellen, der über 40 Kilometer lang wäre – länger als die Schienenstrecke von Wien nach Marchegg . . ."[3] Am Abend wird nun in der Wollzeile die Revue „Metro Grünbaum – Farkas' höhnende Wochenschau" gespielt, eine an aktuellem Witz und satirischer Persiflage reiche Szenenfolge, die Farkas und Grünbaum ausgiebig Gelegenheit gibt, als Darsteller und Conférenciers zu brillieren. So steht am 10. März 1938 Fritz Grünbaum auf der dunkel gehaltenen Bühne des *Simpl* und monologisiert: „Ich sehe nichts, absolut gar nichts, da muß ich mich in die nationalsozialistische Kultur verirrt haben." Am darauffolgenden Abend dürfen er und Karl Farkas das Etablissement in der Wollzeile nicht mehr betreten, wenige Stunden später marschieren deutsche Truppen in Österreich ein, die prognostizierte Nacht war angebrochen.[4]

Kaum waren am Sonntag, den 13. März, die hilflosen Abschiedsworte Kurt Schuschniggs, des Bundeskanzlers des „zweiten deutschen Staates", im Radio verklungen, setzt ein gewaltiger Flüchtlingsstrom ein, von der Provinz in die Hauptstadt und von Wien an die Grenzen der Nachbarländer. Das 40 Kilometer entfernte Marchegg sowie Lundenburg werden zu erstrebten Fluchtzielen. „Für den Abendzug von 23.15 Uhr nach der Tschechoslowakei waren Stunden vorher zwei lange Züge am Ostbahnhof dicht mit Männern, Frauen und Kindern aus den Kreisen aller jener besetzt, die sich gegen die Nazis exponiert hatten, und von Juden, die exponiert, weil sie Juden waren", beschreibt der Historiker Herbert Rosenkranz jene chaotischen Stunden. „Nachdem der Zug vor der Abfahrt, auf offener Strecke und nach seiner Rückleitung zum Ausgangsbahnhof dreimal durchkämmt worden und viele verhaftet worden waren, wurden in der tschechischen Grenzstation Břeclav alle Österreicher zurückbehalten und mit dem nächsten Prager Zug nach Österreich zurückbefördert."[5]

In eben diesem Zug saß auch Fritz Grünbaum. In Wien wieder angekommen, wird er verhaftet, in das Polizeigefangenenhaus auf der Elisabethpromenade gebracht und danach in das Behelfsgefängnis Karajangasse überstellt, wo er in den folgenden Wochen sein Matratzenlager mit dem jungen Sozialisten Bruno Kreisky teilt.

Am 16. März, gegen zehn Uhr, läutet es an der Wohnungstüre in der Gentzgasse 7. Zwei Männer mit Armbinden und Papieren fordern Einlaß mit den Worten: „Wohnt da der Jud Friedell?" Während die jungen SA-Männer warten, schließt Egon Friedell die Türe hinter sich, durchquert das Schlafzimmer hinter der Bibliothek und nähert sich dem Fenster. Eine Nachbarin berichtet einige Minuten später, sie habe ihn springen sehen. Friedell habe, auf dem Fensterbrett stehend, einem Passanten zugerufen, er solle beiseite treten. Wenig später sei er kopfüber aufs Pflaster geschlagen.[6]

„Den Grünbaum haben wir!", meldet die Wiener Ausgabe des *Völkischen Beobachters* am 7. Mai. „Während Herr Grünbaum in Österreich nun Gelegenheit hat, alle seine verzapften Witze nachzulesen", schreibt Franz Hutter, „hat es Farkas vorgezogen, den Aufstieg Österreichs von Brünn aus zu studieren." Karl Farkas, dem es tatsächlich gelungen war, am 17. März zu fliehen, wird jetzt, gemeinsam mit seinem Partner Grünbaum, zum Objekt nationalsozialistischer Rassenkampagnen. „Gaunereien jüdischer Hetzkabarettisten", betitelt der *Samstag* seinen Blattaufmacher, und der *Völkische Beobachter* kommentiert verärgert, „mit ihren krampfhaften und geistlosen Witzen" hätten sie in ihren, im *Morgen* abgedruckten Doppelconférencen, „selbst vor den führenden Männern des neuen Deutschlands nicht halt gemacht".[7]

Grünbaum wird vorerst ins Konzentrationslager Dachau überstellt, dann nach Buchenwald, wo er Latrinen reinigt und zusammen mit Fritz Löhner-Beda und dem Sozialisten Robert Danneberg im Block 17 einsitzt. Keiner von ihnen wird die nationalsozialistische Herrschaft überleben. Der Breitner-Nachfolger Danneberg wird im Dezember 1942 im KZ Auschwitz ermordet, etwa zur gleichen Zeit, am 4. Dezember, stirbt dort, 59jährig, Fritz Löhner, der sich als Kabarettist Beda nannte. „Er hat den Text für Lehárs ‚Das Land des Lächelns' wie auch für andere berühmt gewordene Operetten geschrieben", erinnerte sich der KZ-Häftling und spätere Wiener Kulturstadtrat Viktor Matejka. „Zur Feier des 70. Geburtstages des Komponisten wurde ausgerechnet diese Operette des versöhnlichen Mienenspiels in der Wiener Staatsoper aufgeführt. Was von den Nationalsozialisten Rang und Namen hatte, genoß Musik und Text, Lied und Wort, Theater und Illusion. Beda, auf dessen Text Lehárs Musik aufbaut, hoffte noch immer auf Hilfe, auf Gnade. Lehár hätte auch jetzt noch für seinen Freund und Helfer mit Erfolg intervenieren können." In Buchenwald dichtete Löhner im Auftrag des Lagerkommandanten den Text für das „Buchenwald-Lied", das vom später in die USA emigrierten Hermann Leopoldi in Musik gesetzt wurde, und dessen Refrain lautete:

Franz Lehár

O Buchenwald, ich kann dich nicht vergessen,
Weil du mein Schicksal bist.
Wer dich verließ, der kann es erst ermessen,
Wie wundervoll die Freiheit ist!
O Buchenwald, wir jammern nicht und klagen
Und was auch unser Schicksal sei,
Wir wollen Ja zum Leben sagen,
Denn einmal kommt der Tag und wir sind frei!
Wir wollen Ja zum Leben sagen,
Denn einmal kommt der Tag und wir sind frei![8]

Noch in der Freiheit hatte Löhner den rasch populär gewordenen Schlager „Hü-a-ho, alter Schimmel, hü-a-ho“ geschrieben. „Ohne daß die SS je draufkam, daß es sich um den Text eines Juden handelte, wurde das Lied in Dachau gesungen, gebrüllt: beim Marsch der Häftlingskolonne in die Außenkommandos mit SS-Begleitung. Löhner mußte sterben“, schließt Matejka seine Erinnerungen an den Kabarettisten, Zionisten und Librettisten, „weil Lehár ihn verdrängte. 1945 schrieb ich diesem, der in die Schweiz übersiedelt war. Er solle von den in der Hitlerzeit einkassierten Millionen freiwillig einen Betrag spenden für Hinterbliebene von Kollegen, die wie Beda im KZ umgekommen waren. Lehár schickte mir zwanzig Photos mit faksimilierter Unterschrift, ich solle sie verkaufen und den Erlös verwenden für ... So billig zog sich einer – nicht viel anders als andere – aus der Affaire.“[9]

Der Häftling Grünbaum war 1940 wieder nach Dachau transportiert worden. Der deutsche Kabarettist Karl Schnog wollte am Silvesterabend jenes Jahres seinen Mitgefangenen in der Krankenbaracke einiges aus seinem Repertoire vortragen. Dort saß

> ein winziges, verschrumpeltes Männlein mit dicker Brille, in mehrere Schals und Pullover gehüllt und fror erbärmlich: Fritz! Trotz seines schlechten Gesundheitszustandes machte er am Abend beim Kabarett mit. Als ich ihn als den „einst prominenten Conférencier Fritz Grünbaum“ ansagte, widersprach er ... und sagte bitter-bescheiden: „Ich bitt' euch, nicht der Fritz Grünbaum spricht zu euch, sondern die Nummer ... (und er nannte seine Lagernummer), die euch am letzten Tag des Jahres ein wenig Freude bereiten will“ ... Es war wie ein Wunder: Der zermürbte kleine Mann lebte auf, wurde temperamentvoll und witzig wie einst und sprach, spielte, sprudelte seine Versscherzchen: „Das Baby Grünbaum“ und „Ich möcht' ein Engerl sein!“ Dann erzählte er noch ein paar derbe Witze und – fiel wieder in sich zusammen.[10]

Zwei Wochen später, am 14. Jänner 1941, zeigt der Helfer der Post- und Schreibstube dem Häftling Karl Schnog den soeben ausgefertigten, mit diesem Datum versehenen Totenschein für den Gefangenen „Friedrich Grünbaum aus Wien“, der „an Herzlähmung abgegangen“ sei.[11] Wenige Tage zuvor hatte Lilly, die Frau von Fritz Grünbaum, bereits alle Ausreiseformalitäten erledigt, wurde aber nicht mehr zu ihrem kranken Mann vorgelassen. Das Begräbnis findet unter geringer Anteilnahme an einem Montag, den 17. Februar 1941, um viertel 12 auf dem Wiener Zentralfriedhof statt.

> Er starb, wie er gelebt hatte, *schrieb Robert Weil nach dem Krieg über Grünbaum,* ein Philosoph, der mit seinen Füßen auf dieser haßerfüllten, mitleidlosen Erde wandelte, während sein heller, kluger, gütiger Menschenverstand bereits in einem Reich schwebte, in dem es keinen Haß und keine Verfolgung mehr gibt und wo alle Qualen und Leiden dieser Welt sich in ein befreiendes Lachen auflösen.[12]

Paul Morgan war am 22. März 1938 verhaftet und zuerst nach Dachau, dann nach Buchenwald transportiert worden. Morgan war der brutalen Behandlung im Konzentrationslager vom ersten Moment an physisch wie psychisch nicht gewachsen. Der Journalist und Mithäftling Bruno Heilig hat die letzten Stunden im Leben des am 10. Dezember 1938 verstorbenen Komikers später so geschildert: „Auf Block 16 hat ein Blockführer bei einer Kontrolle Lebensmittel in den Betten gefunden. Der Block muß strafexerzieren. Es regnet, scharfer Wind weht. Ein Mann tritt aus der Reihe, nimmt die Mütze ab, geht wankend auf den Blockführer zu, der das Strafexerzieren beaufsichtigt. ‚Ich bin krank – ich habe Fieber ...‘ Es ist der Schauspieler Paul Morgan. Der Blockführer jagt ihn zurück. Der Block exerziert bis zum Pfeifen. Paul Morgan wird auf einer Bahre zurückgebracht. Er kommt in Agonie aufs Revier. Die Kommandantur gestattet, daß seine Kollegen Leopoldi und Grünbaum den toten Morgan vom Revier zum Tor tragen. Der erste Schutzgefangene, dem von Freunden das letzte Geleit gegeben werden darf. Haben sie sich mit dieser Gnade für den Mord entlasten wollen?"[13]

Typhustod

Beim Versuch, auf Schiern über die Schweizer Grenze zu gelangen, wird der 25jährige Kleinkunstdichter Jura Soyfer am 13. März 1938 festgenommen. Über die Gefängnisse von Feldkirch und Innsbruck gelangt er nach Dachau. Im August 1938 entsteht hier das „Dachaulied", das die zynische Phrase über dem Lagertor „Arbeit macht frei" beim Wort nimmt und sie in ein Bekenntnis zur Menschenwürde umkehrt.

Stacheldraht, mit Tod geladen,
Ist um unsre Welt gespannt.
Drauf ein Himmel ohne Gnaden
Sendet Frost und Sonnenbrand.
Fern von uns sind alle Freuden,
Fern die Heimat und die Fraun,
Wenn wir stumm zur Arbeit schreiten,
Tausende im Morgengraun.

Doch wir haben die Losung von Dachau gelernt,
Und wir wurden stahlhart dabei.
Bleib ein Mensch, Kamerad,
Sei ein Mann, Kamerad,
Mach ganze Arbeit, pack an, Kamerad:
Denn Arbeit, denn Arbeit macht frei,
Denn Arbeit, denn Arbeit macht frei![14]

„. . . vorige Woche wurde ich ins K.L. Buchenwald überstellt. Ich bin gesund und wohlauf", schreibt Soyfer am 2. Oktober 1938 an seine Familie. Und: „Es ist jetzt wichtig und zweckmäßig, daß Ihr meine Auswanderungsdokumente komplettiert . . . Meine genaue Anschrift: Schutzhäftling Soyfer Juri [!], Nr. 9697, Block 17, Konz. L. Buchenwald, Post Weimar/Thür."[15] Hier in Buchenwald hatte er noch sein letztes politisches Kabarett getextet, das zu Weihnachten 1938 heimlich aufgeführt wurde. Das Manuskript ist, wie so viele von seinen Texten, verschollen. Jura Soyfer, der im KZ als Leichenträger arbeitet, infiziert sich und stirbt am 16. Februar 1939 nahe der Goethestadt Weimar an den Folgen einer Typhuserkrankung. Emigrationsantrag und Ausreisepapiere waren bereits ausgestellt gewesen. „Jetzt freilich brauchte er nicht mehr Träger zu sein", berichtete 1945 der Mithäftling Julius Freund, „wir trugen ihn nun in einer Decke zum Lagertor, wir betteten ihn in die Kiste und streuten, statt Blumen, Sägespäne über ihn, ehe wir sie schlossen. Wieviel ungeschriebene Gedichte, wieviel unvollendete Werke haben wir darin mit ihm verriegelt! dachte ich, als ich die Kiste auf dem Auto nach Weimar zur Verbrennung fahren sah."[16]

Im Jahr 1939 heißen die „Girls“ im gleichgeschalteten *Simpl* nun „Mädls“, und der Ns-genehme Direktor nennt sich Felix Bernard und ist nebenbei Abwehragent. Wondra und Zwickl conférieren nun vor brauner Parteiprominenz und unter Gestapo-Aufsicht finden jeden Samstag im nahen Zentrum der *Gildemeester-Aktion*, in der Wollzeile 7, geschlossene Kabarettvorstellungen jüdischer Künstler statt. Bis Kriegsausbruch dürfen hier Max Brod, Louis Treumann und wenige andere noch auftreten.[17]

Der Blitzdichter Peter Hammerschlag, der nach Jugoslawien geflüchtet war, taucht plötzlich in Wien wieder auf, fällt beim Zigarettenholen einer Polizeistreife in die Hände und wird deportiert. Seine Spuren verlieren sich 1942 in einem Massenvernichtungslager im Osten. Lilly Grünbaum lebt, bei einer Freundin versteckt, im Westen Wiens. Die Wohnung in der Rechten Wienzeile 19, 4. Stock, war „arisiert“, Grünbaums Bibliothek und umfangreiche Kunstsammlung um 200 Reichsmark an einen nicht näher genannten Wiener Antiquar zwangsverkauft worden. 1941 erhielt Lilly Grünbaum eine Gestapo-Vorladung und gilt seither als vermißt.[18]

Erich Mühsam war schon im Juli 1934 im KZ Oranienburg ermordet worden. Erwin Engel, der Kabarettist und Buchhändler aus der Wollzeile, versteckt sich im März 1938 in den Kellern des *Café Dobner*, wo sich die *Literatur am Naschmarkt* befand und vor kurzem noch „Der Wiener geht unter“ von Rudolf Weys gespielt wurde. Engel entkam der Gestapo und landete in Shanghai. Dort starb er an Diabetes, als die Japaner die nichtarischen Emigranten in den elenden Hütten der chinesischen Vorstadt Hongkew zusammentrieben. „So endete der Nachfahre der Hasenhut und Scholz“, überlieferte der Lokalhistoriker Siegfried Weyr Engels Ende, „der großartige, vollendete Verkünder des unsterblichen ‚Wiener Gspaß‘. Ein Wiener Schicksal des 20. Jahrhunderts“.[19]

Roda Roda, Anton Kuh und viele starben im Exil. Andere, wie Hanns Heinz Ewers und Ernst v. Wolzogen wenden sich dem Nationalsozialismus zu. Hans Reimann, sächselnder Komiker, Karl May-Parodist und jahrzehntelanger Mitarbeiter der linksliberalen *Weltbühne* – in der er 1924 auch seine satirische „Trutzhymne“ veröffentlichte: „. . . Wer hat Amerika entdeckt? / Die Juden! / Wer spricht den säxschen Dialekt? / Die Juden! / Drum jagt sie fort aus unserm Reiche! / Ein donnernd Heil der deutschen Eiche!“ –, Hans Reimann schreibt 1944 in Velhagen und Klasings Monatsheften: „Der Jude lügt, wenn er die Wahrheit sagt, und die Wahrheit sagt er mit einer Lüge . . . Am schmierigsten werden sie in ihrem Witz, wenn sie das Thema ‚Frau‘ berühren . . . Nachäffer von Natur, übernehmen die Juden jeweils die Gepflogenheiten des Volkes, das sie beherbergt, und assimilieren sich bis zur Unkenntlichkeit.“ Reimann schließt: „Bald erheben sie ein Wehgeschrei, weil sie getreten werden; bald frohlocken sie, weil sie treten. Aber rasch kapieren, ist noch nicht Klugheit. Es ist nur Routine. Und diese Ware, von der sie ein reich assortiertes Lager besitzen, wird sie zugrunde richten. Denn wer seinen Witz dazu mißbraucht, nichts ernst zu nehmen und alles zu verneinen, schaufelt sein eigenes Grab.“[20]

Dies war 1944 längst in grauenhafter Weise geschehen. In seinen Lebenserinnerungen, unter dem Titel „Mein blaues Wunder“ 1959 mit einem Vorwort von Werner Finck erschienen, findet sich nichts von alledem, ungebrochen renommiert Reimann darin mit seinen einstigen Kollegen Fritz Grünbaum, Erich Mühsam, Paul Morgan . . .

WEIT? ... VON WO?

ZWISCHEN TRÄNEN UND GELÄCHTER KABARETT UND KLEINKUNST IM EXIL

Da ereilte den Emigranten das große Glück:
man bot ihm eine Stellung in Sydney an. Sydney in
Australien. Er griff natürlich mit Freuden zu.
„Australien", sagte ein Bekannter zu dem
Glücklichen, „mein Gott, das ist aber weit!"
... Die Antwort lautete: „Weit? ... Von wo?"
Alfred Polgar[1]

Der Weg ins Exil war hart für die meisten von den vielen, die ihn gehen mußten. Nicht wenige blieben auf der Strecke. Tausende verdarben und starben im fremden Land, das Zuflucht und Falle wurde. Hitler war schneller als die Konsuln, von deren Laune die rettenden Visen abhingen. Die das Glück hatten, durchzukommen, lernten vorher die Schrecken und Ängste der Flucht und des Verfolgt-Seins gründlich kennen, gingen durch das Grauen der französischen Lager und Gefängnisse, vegetierten monate-, jahrelang in übelsten Verstecken, stürzten immer wieder im Hindernisrennen über die Grenzen, verbrauchten ihre geistigen und leiblichen Kräfte in Bewältigung der einen elementaren Aufgabe: zu überleben. Endlich an ein sicheres Ufer gelangt, hatten die meisten erst Zeiten kläglicher Not durchzukämpfen, ehe sie in so etwas wie in eine Illusion der Ruhe oder gar in die eines neuen Lebens hineinfanden. Und ganz heil, nebenbei, ist an solches Ziel, von den Älteren zumindest, nur eine Minderheit gekommen ...[2]

Heil war auch das Kabarett nicht durchs Exil gelangt: Innere, oft politisch motivierte Gegensätze spitzten sich unter den verschärften Bedingungen der Emigranten zu. Roda Rodas Feststellung: „Wozu ihn parodieren! Das Original ist komisch genug ..."[3] führte bald zu einer Polarität im Lager der Kabarettemigranten zwischen engagierter Kleinkunst und heimwehgeplagter nostalgischer Flüchtlingsunterhaltung. Das Flüchtlingsdasein wurde durch Existenzsorgen, durch die Angst vor der in der ersten Zeit noch drohenden Möglichkeit des Interniertwerdens, und durch eine von den Gastländern geforderte Anpassung erschwert. Für das Anfang 1943 von Oscar Teller in New York gegründete *Jüdisch-Politische Cabaret Die Arche* hat Jimmy Berg den bitter-satirischen Text verfaßt:

Sich umzustellen, das ist gänzlich unvermeidlich,
Das wissen alle Leute „from the other side".
Die „Tausend Worte Englisch" sprechen wir schon leidlich,
Zur Perfection fehlt nur mehr eine Kleinigkeit.
Nach Coney Island fahren wir statt in den Prater,
Statt ins Kaffeehaus spielt man Bridge im Furnished Room,
Und her zu uns kommt Ihr anstatt ins Burgtheater —
Man stellt sich um — man stellt sich um.[4]

Oskar Karlweis.
Zeichnung von Gedö

Umstellen mußte sich auch Karl Farkas, der nach Paris geflüchtet war, und gemeinsam mit Oskar Karlweis, deutsch wie französisch parlierend, im vornehmen Cabaret *L'Impératrice* in der Rue Balzac, nahe den Champs-Elysées, auftritt. Hier verkehren die wohlhabenden unter den Emigranten, die Farkas als Blitzdichter beklatschen und, wie einst in Grinzing – beim Wein, beim Wein, beim Wein – den wienerischen Kavalkaden von den zwei harben Rappen, dem Fiaker und dem weißen Rössl gerührt lauschen. „Sie können sich den makabren Eindruck solcher wienerischer Vergnügungsstätte in Paris, heutigentags, kaum vorstellen", schreibt der Emigrant Alfred Polgar an Arthur Schnitzlers Sohn Heinrich. „Dort zu sitzen und, indes in Wien gemartert und massakriert wird, Herrn Rotter mit vollem Schmalz vortragen zu hören: ‚Wien, Wien, nur Du allein' – es ist, um die Seele aus dem Leib zu kotzen."[5]

Der Einmarsch der deutschen Truppen in Polen beendet rasch die Emigranten-Idylle in Paris. Das Gastland Frankreich, seine Bürokratie und Bevölkerung stellen sich nun um: Waren die Franzosen bisher zur Hälfte antisemitisch, notiert Polgar in jenen Tagen, so seien sie jetzt zur andern Hälfte judenfeindlich. Wer die Möglichkeit hat, besorgt sich neue Visa, nötige Schiffspassagen und verläßt das bedrohte Festland. Befand man sich gestern noch in Marchegg und Lundenburg, so strebt man für morgen New York, Caracas, Tel Aviv oder Sydney an. Man stellt sich um und bleibt doch Refugee im Exil-Ghetto. Doch dort entsteht nun, zwischen Tränen und Gelächter, eine neue, trotzig österreichbetonte Form des Kabaretts.

Bereits im Oktober 1938 hatte der nach New York emigrierte Viktor Grünbaum-Gruen die *Viennese Theatre Group* gegründet. In den Jahren 1939 und 1940 brachte die Gruppe, geführt von Herbert Berghof, zwei Revuen heraus, die am Broadway mit Erfolg aufgeführt wurden: „From Vienna" und „Reunion in New York". Das „Pratermärchen" von Rudolf Weys wurde gespielt und Jura Soyfes Arbeitslosendrama „Der Lechner-Edi schaut ins Paradies" übersetzt und aufgeführt.

In Oscar Tellers *Arche* wirken Hugo F. Koenigsgarten, Victor Schlesinger, Jimmy Berg und als Musiker Fritz Spielmann mit. Texte von Alfred Neumann, Friedrich Torberg und Walter Mehring werden von Kitty Mattern, Erna Trebitsch, Erich Kuhn, Vilma Kürer, Gertrud Hill, Arthur Hoff und Ellen Schwanneke aufgeführt.[6]

Kurt Robitschek praktiziert mit dem nunmehr in die USA emigrierten Karl Farkas eine Fortsetzung seines Berliner *Kabaretts der Komiker* auf dem Broadway, für amerikanische Sender spricht Farkas mit Karlweis die antinazistischen Texte „Grüß Gott, Herr Hinz! Grüß Gott, Herr Kunz!" und tritt mit Armin Berg im New Yorker Emigrantencafé *Old Europe* auf:

Walter Mehring.
Zeichnung von Paul Citroën

FARKAS: Armin, wie lange bist zu jetzt schon in Amerika?
BERG: Seit drei Jahren.
FARKAS: Na, und wie schlägt man sich so durch als armer Emigrant?
BERG: Wunderbar, völlig problemlos. Ich kenne sogar einen Mann, der ist in dieser Zeit, hier in Amerika, zum Millionär geworden. Er war ein bettelarmer Wiener, der mit demselben Schiff wie ich herübergekommen ist.
FARKAS: Großartig. Wie hat er das gemacht?
BERG: Im ersten Jahr war er Schuhputzer, im zweiten Tellerwäscher, im dritten Zeitungsverkäufer ...
FARKAS: Na, und? ...
BERG: ... und dann ist seine Tante in der Schweiz gestorben und hat ihm zwei Millionen Franken hinterlassen![7]

Im Oktober 1939 war in Los Angeles die *Freie Bühne* entstanden, die vorwiegend Unterhaltungsstücke bot, wobei Gisela Werbezirk in der Hauptrolle zu sehen war. Zur *Freien Bühne* gehörte unter der Leitung des Berliner Kabarettisten Elow ein

Kleinkunsttheater, das 1941 einige Kabarettabende veranstaltete. Am Flügel saß ein junger Emigrant aus Wien: Georg Kreisler.[8]

Blue Danube Club

In Caracas, im fernen Venezuela, spielte eine österreichische Emigrantengruppe die Revue „Wien, wie es war, ist und sein wird“. Als Textautor, Komponist und Regisseur fungierte Hugo Wiener. Karl Bittmann veranstaltete 1944 im australischen Sydney „Bunte Abende“ und trat daneben im *Viennese Little Theatre* auf. In Tel Aviv, wohin es auch den jungen Gerhard Bronner verschlagen hat, leitet seit 1940 die Pionierin der Wiener Kleinkunst, Stella Kadmon, den *Papillon*, gespielt wurde in hebräischer Sprache. Das Problem bestand, wie sich die einstige Leiterin des *Lieben Augustin* erinnerte, darin, daß in Palästina keiner hebräisch verstand.[9]

Am bedeutsamsten für die Entwicklung des politischen Kabaretts im Exil erwies sich jedoch London. Aus dem *Stacheldrahtcabaret*, das der Librettist und Schriftsteller Peter Herz im Internierungslager auf der Isle of Man gegründet hatte, war um die Jahreswende 1940/41 der *Blue Danube Club* hervorgegangen. Das Theater in der Londoner Finchley Road 153, geleitet von Heinz Saltenburg, bot bald eine Mischung aus Anti-Hitler-Programmen und Wienerischer Unterhaltung. Der künstlerische Leiter, Conférencier und Mittelpunkt des bis 1953 existierenden Clubs war Peter Herz, der sich später erinnerte: „Als Beweis dieses Erfolges und unserer Beliebtheit diene die Tatsache, daß wir volle zwölf Jahre hindurch ausverkauft waren, nicht einen leeren Platz bei unseren Vorstellungen aufzuweisen hatten. Es wurde eine hübsche kleine Bühne im Saal installiert, ein Gönner spendete einen schönen roten Bühnenvorhang, ein anderer sorgte für Stühle, kurz und gut, wir konnten bald auf ein reizendes kleines Theaterchen hinweisen, das bereitstand, meine Geistesprodukte nunmehr in szenischer Form auf unser Publikum loszulassen.“[10]

„Arbeitssuche“

Gespielt wurde auf deutsch, besser: wienerisch, doch die Titel – in Zeiten heftiger Luftangriffe deutscher Bomber auf London – wurden englisch affichiert: „Tales of Mr. Nobody“, „Circus Continental“, „Black Horse inn“, „Pull & Push“, „The Importance of being funny“ und andere zierten den Eingang der Finchley Road. „Einerseits mischte ich immer eine entsprechende Dosierung Zeitkritik in meine Revue“, beschrieb Peter Herz die Programmgestaltung, „andererseits Satire und Witz.“ Und nur einmal wurde das *Blue Danube*, in dem auch fallweise Dela Lipinskaya gastierte, vernichtend kritisiert: „Wir werden diese frechen Burschen in der Finchley Road, die es wagen, uns zu verhöhnen, schon einmal in die Finger kriegen“, kommentierte der *Völkische Beobachter* und drohte: „dann wird diese ‚Blaue Donau‘ in ein KZ abgeleitet werden.“[11]

Ein Jahr nach der Okkupation Österreichs wird im März 1939 in London die wohl bedeutendste politische Exilbühne gegründet: das *Laterndl*. Die Schauspieler Fritz Schrecker, Franz Hartl, der sich auch Bönsch nannte, und Franz Schulz waren die Initiatoren gewesen, die der Leitung der österreichischen Exilorganisation „Austrian Centre“ den Vorschlag machten, eine Kleinkunstbühne zu gründen. Das Centre half mit beim Entstehen und gab auch finanzielle Unterstützung. Albert Fuchs, „Sohn aus gutem Hause“, und späterer Verfasser der bedeutenden Kulturgeschichte „Geistige Strömungen in Österreich“, wurde zum Sekretär des *Laterndls* gewählt und vom Generalsekretär des Austrian Centre, Willi Scholz, tatkräftig unterstützt.[12] Um den Lizenzkosten, nicht aber der Zensur zu entgehen, wurde, beraten von Rudolf Spitz, der bereits in Wien das Theater der 49 erfunden hatte, die Form des Clubs gewählt.

Am 27. Juni 1939 feierte das erste Programm des *Laterndls* „Unterwegs – On the road“ seine Première. Zweieinhalb Stunden hindurch beschäftigte es sich mit den alltäglichen Problemen des Emigrantendaseins und der fernen Forderung nach Wiederherstellung eines freien Österreichs nach dem Kriege. Der Abend wurde mit der Szene „Five o' Clock in heaven" von Albert Fuchs und Hugo F. Koenigsgarten eröffnet, einem Sketch, der auf satirische Weise die Eroberungslust der Nazis anprangert, und es wurde, was nur anfangs geschah, auf englisch gespielt. Eine weitere Szene aus dem Programm beschäftigte sich mit der Asylgewährung der Engländer: „Bow Street", von Rudolf Spitz geschrieben, lautete der Name jener Straße, in der sich die Londoner Einwanderungsbehörde befand. Ein viertes Stück, „Wiener Ringelspiel" von Koenigsgarten, führt durch die Jahre 73, 1683 und 1809, in denen Wien von den Römern, (fast) von den Türken und von den Heeren Napoleons besetzt gewesen war. Ein früher Vorfahre des „Herrn Karl" beteuert darin weinerlich: „Mir san schon immer gute illegale Römer, Türken, Franzosen g'wesen", schließt aber dann, an den napoleonischen Soldaten gewendet: „Sehn'S, wir hab'n schon viele da g'habt bei uns in Wien: die Römer, die Türken – alle wolltens für immer da bleiben, und sind alle wieder fort. Mir scheint, Sie wer'n auch net der letzte sein!"[13]

Im zweiten Programm, das unter dem Titel „Blinklichter" über die Bühne ging, wurden die finanziellen Machenschaften der Nazi-Hierarchie in der Szene „Mein Kampf ums Rheingold" von Georg Knepler, dem einstigen musikalischen Begleiter von Karl Kraus, und Rudolf Spitz, sehr frei nach Richard Wagner verfaßt, dargestellt. Nicht selten trat auch Hitler persönlich auf: Martin Millers Parodien auf Gröfaz-Reden „Der Führer spricht", gehörten zu den größten Erfolgen des *Laterndls*. Miller erhielt daraufhin eine Einladung der BBC, seine Darstellungen im britischen Rundfunk vorzutragen.

Doch langsam verdüsterten politische Widersprüche das *Laterndl*. „Der Hitler wird jetzt schon etwas fad", soll der kommunistisch engagierte Albert Fuchs geäußert haben; es war dies, wie Rudolf Spitz bemerkte, freilich in der Zeit des Hitler-Stalin-Paktes.[14] Kritisiert wurde vor allem, daß Hitlers Karikatur nicht mehr genüge, als Lehrstück vorgetragen zu werden, man müsse den Emigranten auch sagen, wie er zu besiegen sei. „No Orchids for Mr. Hitler" lautete die letzte Kleinkunstrevue des Londoner *Laterndls*, der Titel parodierte den Kriminalroman „No Orchids für Miss Blandish" von James Hadley Chase und das Stück beinhaltete erstmals auch ernste Texte, wie Eva Priesters Einakter „Das Urteil", der die Befreiungshoffnung unterdrückter Völker zum Inhalt hatte. Ab Mitte 1942 wird dann im *Laterndl* ausschließlich Theater gespielt, die Kabarettautoren wandern ab, wohl auch unter dem politischen Druck, den nunmehr das sozialdemokratische London-Büro Oskar Pollaks auf sie ausübte.

Hugo F. Koenigsgarten ging nach Oxford, Eva Priester konzentrierte sich auf ihre journalistische Arbeit und Rudolf Spitz wird nun hauptsächlich für österreichische BBC-Sendungen tätig.

Im deutschsprachigen Dienst der britischen Rundfunkgesellschaft arbeitet seit September 1938 auch der ehemalige Leiter des sozialistischen *Politischen Kabaretts*, Robert Ehrenzweig-Lucas. Er verfaßt für die BBC die satirische Sendereihe „Teure Amalia, vielgeliebtes Weib, Die Briefe des Gefreiten Adolf Hirnschal".

„Hirnschal macht Weltgeschichte" lautete bereits der Titel eines 1930 erstaufgeführten Programms des *Politischen Kabaretts* der Sozialistischen Veranstaltungsgruppe Wien. Beim „german service" wird jetzt aus dem Kleinbürger Sebastian Hirnschal ein Gefreiter Adolf Hirnschal, der ab Dezember 1940 die deutschen und österreichischen Schwarzhörer mit sonderbar-naiven, schwejkhaft-hochtönenden Propagandaphrasen erfreut. Gesprochen wurden die Texte vom *Laterndl*-Schauspieler Fritz Schrecker:

... und so höre ich andächtig zu, was der Leutnant Krickwitz sagt: „Wir wissen, was der Frühling für uns deutsche Soldaten bedeutet", so sagt der Leutnant Krickwitz. „Der Frühling bedeutet für uns Deutsche: Frühlingsoffensive. Offensive gegen die bolschewistischen Plutokraten." Da flüstert mir der Jaschke zu: „Hirnschal", so flüstert er, „ich glaube, in dieser Gegend sind wir schon mal gewesen. Im Oktober, Hirnschal. Damals sind wir aber in der anderen Richtung marschiert." Aber ich antworte ihm gar nicht, denn ich höre den Leutnant Krickwitz rufen: „Und wenn der Schnee schmilzt", so schreit er, „dann, dann ist der Frühling da, Kameraden, dann sprießt aus der Erde unser Schicksal hervor, das Schicksal des deutschen Soldaten!" Und dann sagt er, wir sollen uns schlafen legen ... Und wie wir geweckt werden, ist es schon Abend, und ich habe furchtbare Kopfschmerzen, und der Hans-Joachim Blitz hat ganz stumpfe Augen und sagt heiser: „Das ist der Frühling." Und mir geht es wieder durch den Kopf: „Was sprießt aus der Erde hervor?" Und wir kriechen aus dem Zelt heraus und es ist Zwielicht, und ich muß die Augen aufreißen, aber ich sehe, der Schnee ist zusammengeschmolzen, und es sind überall schwarze Löcher darin und rings um uns sind lauter Hügel mit kleinen Kreuzen, und ich bemerke, ich hab unser Zelt an zwei Kreuze angebunden. Da starre ich den Hans-Joachim Blitz an und sage: „Das Schicksal des deutschen Soldaten sprießt aus der Erde hervor." Aber er versteht nicht und brummt los: „Jetzt hat uns der Idiot das Lager auf einem Kriegerfriedhof aufschlagen lassen."

Und wir sind alle ganz müde und zerschlagen, und ich glaube, es ist uns der deutsche Frühling in die Glieder gefahren.

In diesem Sinne, mein vielgeliebtes Weib, blicken wir heute alle in die Zukunft, und ich grüße dich aufs herzlichste.

Dein dich innig liebender
Adolf
Gefreiter in Rußland[15]

„Karl Farkas in Amerika"

Rudolf Spitz, Leo Askenasy, der sich nun Leon Askin nennt, Paul Lindenberg, Jimmy Berg, Lothar Metzl, der Schauspieler und Dramatiker Peter Preses verbleiben vorerst im Exil, da ihnen, wie es Alfred Polgar formulierte, die Fremde nicht Heimat, aber die Heimat Fremde geworden war.[16]

Und auch Karl Farkas, der in New York, gemeinsam mit Oskar Karlweis und Manfred Inger, Szenen aus den „Letzten Tagen der Menschheit" von Karl Kraus vorträgt, Filmdrehbücher für Hollywood und Texte für den Broadway schreibt, stellt sich nun, am Vorabend seiner Heimkehr, wie viele andere Vertriebene die bange Frage:

Und dann – nach Wien ... Hat man dort wohl begriffen,
Was die „Gesinnung" an dem Volk zerbrach?
Hofft man vielleicht – trotzdem die Trümmer rauchen –
Noch immer auf „Mir wer'n kan Richter brauchen",
Obzwar der Richter längst sein Urteil sprach?[17]

ANPASSUNG UND WIDERSTAND

JANUSKÖPFIGES WIENER WERKEL

Kollaboration oder Demonstration? Zusammenarbeit oder arische Chutzpe im rein arischen Brettl? Trefft eure Wertung wie es euch gefällt.
Rudolf Weys[1]

Janusköpfiges „Wiener Werkel". Zeichnung von Hugo Gottschlich

Seit März 1938 galt auf allen Theatern und Kleinkunstbühnen, was Joseph Goebbels für unterhaltsam fand: „Man komme uns nicht mit dem Einwand, man wolle ja nur durch positive Witze unsere Politik unterstützen. Wir haben eine solche Unterstützung durch Conférenciers und sogenannte Ulkmacher nicht nötig", wies der Propagandaminister am 25. November entschieden kabarettistische Mithilfe am Aufbau des Dritten Reiches zurück. Denn wo die Lächerlichkeit ohnehin genügend vertreten ist, weiß man auch um die verheerende Wirkung der Satire Bescheid. Umso überraschender war es, daß am 20. Jänner 1939 in der ehemaligen Revue-Bar *Moulin Rouge* in der Liliengasse 3 eine Kleinkunstbühne eröffnete, die sich *Wiener Werkel* nannte und bis zur allgemeinen Theatersperre im September 1944 zehn Programme spielen durfte.

Begonnen hatte es mit einer amtlichen Todesanzeige. Am 10. November 1938 stand in der *Neuen Freien Presse*, in der vielgelesenen Rubrik „Insolvenzen", die Notiz: „Mangels ausreichenden Vermögen wurden folgende Konkursanträge abgewiesen: Bund junger Autoren Österreichs, VI., Getreidemarkt Nr. 1 . . ."[2] Noch während das Liquidationsverfahren um die einstige *Literatur am Naschmarkt* lief, versuchte der Schauspieler und Parteianwärter Adolf Müller-Reitzner die Erbmasse zu retten und gründete das *Wiener Werkl*. Bereits das erste Programm des neuen Kabaretts (nun: Kleinkunst) wurde von der Kritik (nun: Kunstbetrachtung) überschwenglich gelobt. So kreditierte das *Neue Wiener Tagblatt*, daß die Neugründung durchaus in der Wiener Kleinkunsttradition – „eine bescheidene Tradition, die kaum fünf Jahre alt geworden ist" – wurzelt. „Die Wurzel soll ihr jedoch nicht nachgetragen werden. Lediglich das aus ihr sprießende Bäumchen mit frischen grünen Trieben soll uns beschäftigen. Der Restbestand einer ehemaligen Wiener Kleinkunst, wie er sich jetzt im *Moulin Rouge* zusammenfindet, hat schon seinerzeit die Elite dieses Genres bedeutet. So wäre damit allein schon die nebst einigen anderen Irrtümern gehegte Fehlmeinung widerlegt", wußte der Autor Stigler-Fuchs, „daß der Witz, den Kleinkunst verlangt, ein typischer sein müsse und nur von Leuten, die sich immer für besonders witzig hielten, erfunden und gebracht werden könne."[3]

Im *Moulin Rouge* finden sich die schon bewährten Kräfte der Wiener Kleinkunst ein: Hufnagel, Wegrostek, Gottschlich, Varndal und Josef Meinrad, geführt von Müller-Reitzner, der sich nicht nur als Regisseur, sondern ebenso als Interpret wienerischer Figuren bewährt. Offizielle Hausautoren des *Werkels* werden Rudolf Weys und Franz Paul, inoffizielle, weil „rassisch untragbar", Kurt Nachmann und Fritz Eckhardt. „Das überhaupt erste Programm nach dem Einmarsch konnten wir nur mit einem Kunstgriff durchbringen", erinnerte sich Mitakteur Franz Paul Jahrzehnte später. „Die Idee war von Rudolf Steinboeck, der hat sich gefragt: Wie machen wir das, daß wir gegen diese Leute sind, ohne daß man uns etwas tun kann? Und so haben wir ein Sanatorium mit Narrischen auf die Bühne gebracht, und die waren gegen den Hitler."[4]

Ein gelernter Wiener

„Sebastian Kampels Höllenfahrt“ hieß das Stück, geschrieben von Franz Paul und Fritz Eckhardt, gespielt haben darin Wilhelm Hufnagel und Hugo Gottschlich. Sebastian Kampel, der ewig nörgelnde Wiener alten Schlags, ist der großen Zeit nicht gewachsen, ein „Meckerer“ eben, wie dies die neuen Herren nennen, über dessen Altmodischkeit man lacht, während Frau und Bub Kampel bereits dem neuen Zeitgeist fröhnen. Kampels Renitenz und die neuen Herren bringen diesen nun in die Hölle und dort trifft er einen gewissen Kapfenbauer, den alten Fuag (= furchtbar alter Parteigenosse). Der Witz, nicht minder furchtbar, liegt darin, daß Kapfenbauer das gar nicht ist und nun dafür in der nationalsozialistischen Läuterungshölle alle jene weißen Stutzen waschen muß, die er als angeblich alter Illegaler getragen haben soll. Beim Sockenreinigen treibt er allerhand Allotria und singt auch ein Lied, das ihn als gelernten Wiener entlarvt:

Ich hab in allen Farben schon gespiegelt,
Schwarzgelb und rot und später etwas grün,
Mit falschem Schwur hab ich hernach besiegelt,
Daß ich ein furchtbar alter Kämpfer bin.
In Wahrheit lernte ich nur die Vokabel,
In Wahrheit glaubte ich an keinen Schwur,
In Wahrheit bin ich eher Kain, als Abel!
In Wahrheit bin ich eben nur . . . für Konjunktur![5]

Dem eingeschworenem Publikum wird nun klar: der unbelehrbare Miesmacher Kapfenbauer wird's nie lernen und so gönnt man ihm aus vollem Wienerherzen die folgenden Zeilen:

An jedem Samstag komm ich in ein Lager,
Da spielen's mit mir das Spiel: „Konzentration“

Sebastian Kampel ist da lernwilliger und verspricht im Namen aller anwesenden Landsleute:

Doch wir bessern uns schon — es kommt noch so
weit —
Bei uns braucht halt alles seine Zeit!

Damit konnte man wohl die Parteimitglieder zum Lachen, schwerlich jedoch die „Gesichtszüge des Dritten Reiches zum Entgleisen bringen“, wie sich dies die *Werkelkasten*-Männer vorgenommen hatten.[6] Doch in Paul und Eckhardts Spiel „Das chinesische Wunder“, das Deutschlands Einmarsch in Östereich als Japans Einrükken in China darstellt, tritt ständig der Japaner Pief-Keh auf und grüßt enervierend stramm mit „Banzai!“. Nach dessen militärischem Abgang beruhigt der weise chinesische Beamte Pe Cha-tschek seinen verstörten Amtsdiener Po Ma-li mit den Worten: „. . . lieber Po Ma-li, sein S' nur net nervös, mir wer'n S' schon demoralisieren.“[7] Und in diesen Worten liegt alles darin, was das Wesen des *Wiener Werkels* ausmachte: nörgelnde Anpassung wie hintergründiger Widerstand.

Fanfaren bliesen, über dem Festplatz nahe der Gaskammer schien die Junisonne. Ein Ansager, der ehemalige Burgschauspieler Gustav Wittmayer, „festlich in das wallende Gewand fahrender Sänger gekleidet, das rollende ‚R' hob seine Rede aus dem banalen Fluß der Alltagsmelodie"[8], deklamierte, wobei er bei „Adolar" stets vor der letzten Silbe eine kleine Pause einlegte:

Es ist ein heilsam Stück, das wir Euch zeigen
Und soll Euch unvergeßlich ins Gewissen geigen:
Wenn die Versuchung naht, kokett, mit blondem Haar,
Denkt an den unglücksel'gen Ritter Adolar![9]

Die große Null.
Anti-Hitler-Karikatur
von Heinrich Sussmann

Ort der Handlung: KZ Dachau, gespielt wurde das kabarettistische Ritterstück „Die Blutnacht auf dem Schreckenstein oder Die wahre Liebe ist das nicht". Sein Autor Rudolf Kalmar, einst Chefredakteur beim *Wiener Tag*, schreibt 1946 über die Entstehungsgeschichte des bizarren Stücks: „Ich habe es auf der Rückseite ausgemusterter Drucksorten in einer überfüllten Baracke geschrieben. Aus Erinnerungsfetzen von längst Vergessenem zusammengekleistert . . . Wochenlang schmuggelten die Kameraden aus den Werkstätten unter den Kleidern ins Lager, was legal nicht zu haben war. Auf dem ‚Kleinen Appellplatz' vor der Desinfektion und gar nicht weit vom neuen Krematorium mit der getarnten Gaskammer entfernt, zimmerten Fachleute das Bühnenhaus zurecht."[10]

Vom 13. Juni 1943 an, sechs Wochenende hindurch, bis es auf höherem Befehl hin abgesetzt werden mußte, wurde vor jeweils tausend Häftlingen und deren SS-Bewachern, die als „Ehrengäste" in der ersten Reihe saßen, gespielt. Es war eine groteske und einzig große Persiflage auf Adolf Hitler: Ritter Adolar-Adolf mordet und schändet, frißt und säuft, unberechenbar ist er und maßlos, somit ist sein böses Ende nahe.

Rudolf Kalmar begleitete das Unhold-Stück am Klavier, die Gesamtleitung hatte Viktor Matejka inne, den Adolar spielte Erwin Geschonneck, Kabarettist, Kommunist und späterer Nationalpreisträger der DDR, und er legte seine Hauptrolle durchaus vordergründig an: statt „Soldaten" sagte er beharrlich „Soldatten" und unterstrich bei passender Gelegenheit auch noch durch hämmernde Gesten mit geballter Faust, was ihm aus der Sprachparodie allein nicht deutlich genug zu sein schien. „Der Adolar des Erwin Geschonneck war die Hitlerpersiflage einer *Pfeffermühle* im Konzentrationslager und wurde von den Gefangenen auch als solche erkannt. Daß die SS nicht darüber stolperte, ist eine der schwer zu erklärenden Seltsamkeiten des abenteuerlichen Regimes." „Die KZ-Bewacher", schreibt der Autor des Kalauerstücks mit tieferer Bedeutung weiter, „lachten manchmal verlegen mit, wenn die Gefangenen grölten".[11]

Wie der Hamburger Literaturhistoriker Uwe Naumann recherchierte, haben die „Blutnacht"-Aktivisten vom Kabarett im KZ nach dem Krieg „nur mit Scheu" berichtet[12], denn angesichts der über 30.000 in Dachau Umgekommenen erscheint Lachen im Lager als Blasphemie. Und schon 1946 notierte der Autor Rudolf Kalmar: „Ein kurioses Dokument aus einer seltsamen Zeit. Man muß es im Rahmen des Ganzen betrachten, um zu vermeiden, daß sich aus einer komischen Zufallsperspektive das Bild der grausamen Wirklichkeit verzeichnet."[13]

In Wien fiel es nun den Lachtheatern zu, die grausame Wirklichkeit vergessen zu machen. Im *Simpl* treten im ersten Kriegsjahr Mitzi Tesar, Paul Löwinger und der junge, dem Regime feindlich gesonnene Fritz Muliar auf, zu den Hauptattraktionen zählen jetzt Wondra & Zwickl mit ihren Doppelconférencen:

Bombenstimmung

WONDRA: Was san dös, ‚Tantalusqualen'?
ZWICKL: Das sind jene Qualen, die Tantalus erlitt ...
WONDRA: ... also er hat müssen einrücken, net?
ZWICKL: Aber nein! Tantalus war der Sohn des Zeus –
WONDRA: Den kenn i eh! – Von dem is ja mei' Operngucker!
ZWICKL: Aber Tantalus war ein Sohn des Zeus!
WONDRA: I kenn eh nur den Sohn. Vom Alten is' überhaupt nix zu kriegen.
ZWICKL: Was willst du denn kriegen?
WONDRA: No, ein' Operngucker! „Nur auf Bezugsschein"! – schreit der Alte und der Junge, wenn ma einikommt.
ZWICKL: Aber Tantalus war doch ein Göttersohn! Hör zu: Tantalus fiel bei seinem Vater in Ungnade –
WONDRA: Sicherlich hat er ein' Gucker im Schleich verkauft –
ZWICKL: Hör' mit diesem Unsinn auf, hör' nur mehr zu: Er fiel in Ungnade und durfte nicht mehr an der Göttertafel teilnehmen. In Fesseln schmachtend, konnte er die köstlichsten Speisen und Getränke sehen, aber niemals erreichen. Die Qualen, die er dabei erlitt, rechtfertigen den Ausspruch „Tantalusqualen"!
WONDRA (schreit plötzlich): Jessas, jetzt geht mir a Licht auf! Ka Mensch in Wien weiß, wer der Schwarze is', der jetzt in jede Auslage eineschaut! – Der Tantalus is dös, der in jeder Auslag' dös sucht, was früher drinnen war und er kann diese Köstlichkeiten nicht erreichen, weil dö Piefke alles ausg'räumt ham![14]

Der „Schwarze" war nicht der Sohn von Göttervater Zeus gewesen, die schräge, schwarze Gestalt war von den Behörden nächtens auf Häuser und Schaufenster gemalt worden und gab der Bevölkerung vorerst einiges Rätselraten auf. Bis schließlich gelbe Farbe aufgetrieben wurde, und der rätselhafte Schatten, gleichfalls über Nacht, mit der Aufschrift: „Achtung! Feind hört mit" versehen werden konnte.

Der Publikumsliebling Ernst Arnold, auch er dem Regime nicht freundlich gesinnt, tritt in der *Ankerbar* in der Rothgasse 1 auf, wenig später steht auf den Programmzetteln regel- und vorschriftsmäßig zu lesen: „Sämtliche Mitwirkende, mit Ausnahme Nr. 4 und Nummer 12, sind reichsdeutsche Staatsbürger" sowie: „Es wird darauf aufmerksam gemacht, daß im Falle eines FLIEGERALARMS das Lokal des Theaterkabaretts ‚Simplicissimus' als Luftschutzkeller in Verwendung steht und die Plätze beizubehalten sind. Die Garderobe wird bis zur Entwarnung nicht ausgegeben."[15]

In dieser Bombenstimmung brachte 1943 der *Simpl* eine Revue heraus, die sich „Tausend Worte Wienerisch" betitelte. „In ihr wurde so ziemlich alles glossiert, was die Wiener ‚wurmte'", erinnerte sich Mitakteur Richard Zwickl. Naturgemäß kamen darin die „Piefkes" am schlechtesten weg: „Um diese Revue sehen zu können, stellten sich Leute um drei Uhr früh mitten im Winter an, um um zehn Uhr vormittags Karten zu erhalten. 40.000 Leute haben dieses Programm gesehen, als es plötzlich verboten wurde. Und warum? – Es gab Nazis, die päpstlicher als der Papst waren und die so gar nicht einverstanden waren, daß soviel Freiheit erlaubt wurde, und diese legten laufend Beschwerde ein. So ist einmal ein Ritterkreuzträger in Uniform während einer Vorstellung plötzlich aufgesprungen, zum Ausgang geeilt und hat in den Saal gerufen: ‚Das ist die größte Scheiße! – da wird ja der Führer verkohlt!' – Der Mann hatte den größten Lacherfolg des Abends. Die Beschwerden häuften sich, und nun wurde die Revue verboten. Eigentlich nicht ganz. Es mußten alle Stellen, die Ärgernis erregt hatten, herausgenommen und durch harmlose Szenen ersetzt werden."[16]

Alles ist hin

So lavierte sich der *Simpl* durch ernste Zeiten hindurch und dank seiner Rolle als Luftschutzkeller konnte noch weitergespielt werden, als alle anderen Theater und Kleinbühnen der Goebbels-Sperre zum Opfer fielen.

Im Reichssender Wien betreiben nun Durchhaltestimmungsmacher Hinterlandtheater und in der Stadt geht der Flüsterwitz um:

> Theaterprogramm. Montag: „Die Heilige und der Narr" mit Hitler und Riefenstahl. Dienstag: „Maskerade" mit Göring. Mittwoch: „Weh' dem, der lügt" mit Goebbels. Donnerstag: „2 mal 2 ist fünf" mit Schacht. Freitag: „'s Nullerl" mit Seyß-Inquart. Samstag: „Ein Glas Wasser" fürs ganze Volk. Sonntag: „Die Räuber" mit der ganzen Belegschaft. *Und nachdem auch keine Wunderwaffe mehr wirkte, hieß es 1945:* Die letzte „neue Waffe" besteht aus einem langen Stecken mit einem großen weißen Tuch am anderen Ende.[17]

Doch noch immer spielt der *Simpl*, unterdessen zur „Kriegsküche" degradiert, in der Heli Gassner und Friedl Buchar Eintopfgerichte zubereiten, bis am 3. April die allerletzte Vorstellung unter den Nazis stattfindet. Die sammeln sich unterdessen zur Flucht, russischer Artillerielärm wird in den Vorstädten immer lauter und große, weiße Tücher werden nun allerorten tatsächlich an lange Stecken geknüpft. „Das haben wir von dem sogenannten Wiener Humor, der bei uns in Presse und Rundfunk sehr gegen meinen Willen immer verniedlicht und verherrlicht worden ist", diktiert Joseph Goebbels, über die wenig wehrhaften Wiener indigniert, in jenen Tagen ins Tagebuch.[18]

Als am 13. April die verschreckten Überlebenden der Schlacht um Wien den Luftschutzkeller in der Wollzeile, der einst *Biercabaret Simplicissimus* hieß, verlassen, sehen sie, wie weiland der Liebe Augustin, daß „alles hin ist".

PROLOG 1945

Der tausendjährige Winter weicht einem heftigen Frühling. Hunger, Krankheit und Entsetzen beherrschen die Ruinenstadt, doch in der Hauptallee im Prater blühn wieder einige verstümmelte Kastanienbäume. Zu Füßen des ausgeglühten Riesenrades erstrecken sich Trümmerberge und Bombentrichter, der Wurstlprater, einst Geburtsstätte des Wiener Kabaretts, ist durch Kampfhandlungen und dem darauffolgendem Brand vom 8. April völlig zerstört. Wo früher Spielhallen, Karussellbuden und Gaststätten das Publikum anlockten, bläst nun der Frühlingswind Schutt und Asche vor sich her. Kein Watschenmann, kein Wachsfigurenkabinett existiert mehr, kein *Varieté Leicht*, in dem die Größen des Kabaretts aufgetreten waren, kein *Lustspieltheater*, in dem Hansi Niese und die Revue der zwanziger Jahre Triumphe feierte, kein *Calafati*, kein *Eisvogel* und keine Singspielhalle.

Da er doch nicht unterging, beginnt der Wiener rasch, sich fürs tägliche Überleben einzurichten. Im Resselpark blühen die ersten Sträucher und der eben eröffnete Schwarzmarkt, der Dritte Mann geht um und auch jene schreiten mutig in die neuen Zeiten, die nie dafür gewesen waren. Die einstigen Meckerer nennt man nun wieder Nörgler und machen ausführlich von ihrer Hauptbeschäftigung Gebrauch.

Plötzlich ertönt auch wieder Lachen im Keller: Otto Oegyn heißt der optimistische Direktor, der am 18. Mai den *Simpl* neu eröffnet. Peter Igelhoff, Wondra und Zwickl, das weltstädtische Duo „The two Prixies", Erich Dörner und der eben davongekommene Ernst Waldbrunn finden sich im Eröffnungsprogramm. Wie seit dreiunddreißig Jahren erlöschen auch diesmal zu Beginn der Vorstellung die Lichter und die Gespräche verstummen. Ernst Waldbrunn tritt an die Rampe und hält einen Prolog, der gleichzeitig ein Nachruf ist. Er erinnert an einen kleinen Mann, der in diesem Keller großgeworden war: „In memoriam Fritz Grünbaum".

ANMERKUNGEN

DIE KLABRIASPARTIE

1 Felix Salten, Eisenbach; in: Geister der Zeit. Erlebnisse, Berlin - Wien - Leipzig 1924
2 *Praterstraße:* s. besonders: Peter Herz, Entzauberte Praterstraße; in: Die Mazzesinsel. Juden in der Wiener Leopoldstadt 1918–1938. Herausgegeben und mit einem historischen Essay von Ruth Beckermann, Wien - München 1984
Zu *Steinschneider* vgl. den unter dem Titel „Was so übers Brettl ging" ca. 1918 im Löwit-Verlag veröffentlichten Sammelband. Steinschneider, der seit 1930 in Berlin die Zukunft voraussagte, hatte unter seinem Pseudonym Erik Jan Hanussen bereits 1920 im Wiener Nestroy-Verlag die kleine Broschüre „Schließen Sie die Augen! Brettllieder" herausgebracht. Ende 1933 wurde der Wahrsager Hitlers im märkischen Wald ermordet aufgefunden.
3 Joseph Roth, Juden auf Wanderschaft – Wien; in: J. R., Juden auf Wanderschaft. Die westlichen Gettos. Werke, Bd. 3, Köln 1976. Auch in: Die Mazzesinsel, a. a. O.
4 S. a.: Die Leopoldstadt. Ein Heimatbuch. Verfaßt und herausgegeben von der Lehrer-Arbeitsgemeinschaft des II. Bezirkes, Wien 1937
5 Alfred Polgar, Heinrich Eisenbach; in: A. P., Noch allerlei Theater. Band III, Ja und Nein, Schriften des Kritikers, Berlin 1926
Zur Frühgeschichte der *Budapester* s. bes.: Josef Koller, Das Wiener Volkssängertum in alter und neuer Zeit. Wien 1931
6 H. Eisenbachs Anekdoten. Gesammelt und vorgetragen in der Budapester Orpheum-Gesellschaft in Wien, Wien 1905 ff.
7 Ebda.
8 H. Eisenbach, Segen's, so was gibt's nur in Venedig. Drei Couplets, Wien 1895. (NÖ-Landesarchiv/Theaterzensursammlung, Karton 114)
9 F. Salten, Eisenbach; a. a. O.
10 *Klabrias*, Klaberjaß (jiddisch): Kartenspiel mit der Piquetkarte (32 Blatt), gewöhnlich von drei Teilnehmern (je neun Karten) gespielt; ähnelt dem deutschen Schafkopfspiel (zit. nach: Großer Brockhaus, Bd. 10, Leipzig 1931)
11 Adolf Bergmann, Die Klabriaspartie; 7. Auflage, Wien o. J.
12 A. Polgar, Heinrich Eisenbach; a. a. O.
13 Otto Taussig, Von „Klabriaspartie" zu „Klabriaspartie"; in: Die Bühne Nr. 16, 26. 2. 1925; s. a.: Jacques Hannak, Fünfzig Jahre „Klabriaspartie", *Arbeiter-Zeitung* (im folgenden A-Z), 1. 1. 1931
14 A. Polgar, Max Rott; in: A. P. Noch allerlei Theater; a. a. O.
15 Karl Kraus, Distanzen; Die Fackel, Nr. 324–325, 2. 6. 1911
16 Die Fackel, Nr. 341–342, 27. 1. 1912
17 Die Fackel, Nr. 343–344, 29. 2. 1912
18 Armin Bergs neueste Schlager. Vorgetragen im Budapester Orpheum, Wien o. J. (Archiv Werner J. Schweiger)
19 Alexander Trebitsch, Der Kleine Moritz. Vorgetragen im Budapester Orpheum 1915 (NÖ-Landesarchiv, Theaterzensursammlung, Karton 129)
20 A. Bergmann, Die Klabriaspartie; a. a. O.

DES SÄNGERS FLUCH

1 W. Karczag; in: Theateranekdoten. Hrsg. v. E. M. Kronfeld, Wien 1923
2 *Wiener Allgemeine Zeitung* (im folgenden: WAZ), 15. 11. 1901
3 S. L. (Siegfried Löwy), Das ‚Jung-Wiener Theater zum lieben Augustin'. Von einem Mitbegründer; Österreichische Volks-Zeitung, 9. 11. 1901
4 Ebda.
5 Kolo Moser; zit. nach: Werner J. Schweiger, Der Vorhang war Schach – Die Vorstellung matt, Parnass, Nov./Dez. 1981, Heft 2

6 Frank Wedekind, Ilse; aus: F. W., Ausgewählte Werke, Bd. 1. Hrsg. v. F. Strich, München 1923
7 Berta Zuckerkandl, Jung-Wiener Kabarett zum Lieben Augustin; WAZ, 19. 11. 1901
8 Hermann Bahr, Rezensionen. Wiener Theater 1901 bis 1903; Berlin 1905
9 Die Fackel, Nr. 148, 2. 12. 1903
10 Max Burckhard, Theater. Kritiken, Vorträge und Aufsätze; 1. Bd. (1898 bis 1901); Wien 1905
11 S. dazu, wie auch zum Gesamtkapitel, die ausführliche Untersuchung von Doris Sattlegger, Kultur und Unterhaltung. Versuch einer Darstellung der Musik im Kabarett in Wien von 1901–1908. Hausarbeit der Hochschule f. Musik und darstellende Kunst in Wien, Wien o. J.
12 *Neues Wiener Journal* (im folgenden: NWJ), 19. 11. 1901
13 *Neues Wiener Tagblatt* (im folgenden: NWT), 20. 11. 1901
14 A-Z, 25. 12. 1901
15 Die Fackel, Nr. 91, 14. 1. 1902
16 S. a. A-Z, 18. 11. 1902

MÜNCHEN IN WIEN: DAS NACHTLICHT

1 K. Kraus, Nachtlicht; Die Fackel, Nr. 203, 12. 5. 1906
2 S. a.: Doris Sattlegger, Kultur und Unterhaltung; a. a. O.
3 Ebda. Zur „klassischen“ Kabarett-Ära vgl. auch Fußnote 6
4 S. a.: Wiener Cicerone. Illustrierter Fremden-Führer durch Wien und Umgebung, XII. Aufl. Redigiert v. Franz Höllrigl; Wien 1903. Weitere Daten aus: NWT, 25. 12. 1903; WAZ, 5. 11. 1905
5 Rudolf Oesterreicher, Die Theatergründung; in: R. O., Cabaretvorträge. Aus dem Programm der Hölle, Wien 1908
6 Zu diesem Kapitel s. besonders: Richard Wiener, Das klassische Kabarett; Die Bühne, Nr. 111, 23. 12. 1926
Wiener begrenzt das „klassische Kabarett“ in Wien von der Gründung des „Nachtlichts“ bis zu den ersten Jahren der „Fledermaus“, ähnlich auch Egon Friedell, in: E. F., Das Kabarett; aufgenommen in: E. F., Meine Doppelseele. Hrsg. u. m. e. Nachwort v. Heribert Illig, Wien - München 1985
7 WAZ, 9. 1. 1906
8 R. Wiener, Das klassische Kabarett; a. a. O.
9 Die Fackel, Nr. 454–456, 1. 4. 1917
10 Peter Altenberg, Cabaret Nachtlicht; WAZ, 9. 1. 1906
Hundert Kronen für Altenbergs Varieté- und Kabarettkritiken gelten in der Altenbergliteratur, beginnend bei Egon Friedell, als ungenügend. Zum Vergleich: Ein Hauptmann der k. u. k. Armee erhielt als Gage ebenfalls 100 Kronen, der Tageslohn eines Lebens- und Genußmittelarbeiters lag im Hochkonjunkturjahr 1911 in Wien bei 4,01 Kronen, ein Kilogramm Rindfleisch kostete 1,82 Kronen.
Weitere Kabarettkritiken Altenbergs finden sich u. a. in der WAZ, 20. 1. 1906, 8. 2. 1906, 2. 3. 1906, 20. 9. 1906, 20. 10. 1906, 5. 12. 1906.
Zu P. A. als Kabarettkritiker und -besucher s. a.: Else Lasker-Schüler, Kabarett Nachtlicht-Wien; in: E. L.-S., Gesammelte Werke, München 1962.
11 R. Wiener, Das klassische Kabarett; a. a. O.
12 P. Altenberg, Cabaret Nachtlicht; WAZ, 9. 1. 1906
13 Felix Dörmann, Duldende Liebe; in: Programmheft Nachtlicht Künstlercabaret. Ballgasse 6, o. J. (Jänner 1906)
14 Die Fackel, Nr. 193, 19. 1. 1906
15 R. Wiener, Das klassische Kabarett; a. a. O.
16 Erich Mühsam, Namen und Menschen. Unpolitische Lebenserinnerungen, Leipzig 1949
Zum Verhältnis Mühsam und Kraus s. a.: Gert W. Jungblut, Erich Mühsam und Karl Kraus; Kraushefte, Heft 10/11, Juli 1979
17 Die Fackel, Nr. 192, 5. 1. 1906
18 Marya Delvard, Die guten Ratschläge; Fremden-Blatt, Nr. 104, 15. 4. 1906
19 Die Fackel, Nr. 201, 19. 4. 1906
20 E. Mühsam, Namen und Menschen; a. a. O.
21 Die Fackel, Nr. 203, 12. 5. 1906
22 Ebda.

1 P. Altenberg, Chorus (Josef Hoffmann gewidmet im September 1907); in: P. A., Märchen des Lebens, Berlin 1908
2 Zum folgenden Kapitel s. besonders: Gertrud Pott, Die Spiegelung des Sezessionismus im österreichischen Theater. Wiener Forschungen zur Theater- und Medienwissenschaft Bd. 3., Wien - Stuttgart 1975
Sowie: W. J. Schweiger, Wiener Werkstätte. Kunst und Handwerk 1903–1932, Wien 1982
3 *Theater und Kabarett Fledermaus*, Wien, Kärntner Straße 33; o. J. (1907)
4 Elisabeth Pablé, Feuilleton im blauen Mondschein: Das Kabarett „Fledermaus" – ein Wiener Ereignis der Jahrhundertwende; Forum, Juni/Juli 1967
5 Ludwig Hevesi, Fremden-Blatt, 18. 10. 1907
6 B. Zuckerkandl, WAZ, 19. 10. 1907.
7 Die Fackel, Nr. 236, 18. 11. 1907. Der gegen die „Tante Klara" (B. Zuckerkandl) gerichtete Artikel erschien unter dem Titel „Eine Kulturtat".
8 P. Altenberg, Kabarett „Fledermaus"; WAZ, 22. 10. 1907.
9 Die Fackel, Nr. 236, 18. 11. 1907
10 P. Altenberg, Prolog, zit. nach: Jugend in Wien. Literatur um 1900. Ausstellungskatalog München - Stuttgart 1974
11 P. Altenberg, WAZ, 22. 10. 1907
12 Egon Friedell, Kabarett Fledermaus; Die Schaubühne, III. Jg., Nr. 45, 7. 11. 1907
13 S. P. Altenberg, WAZ, 22. 10. 1907
14 Illustrirtes Wiener Extrablatt; zit. nach: W. J. Schweiger, Wiener Werkstätte; a. a. O.
15 E. Friedell, Kabarett Fledermaus; a. a. O.
16 WAZ, 22. 10. 1907
17 E. Friedell, Geschichte der „Fledermaus"; NWJ, 2. 12. 1928; aufgenommen in: E. F., Selbstanzeige. Essays ab 1918. Hrsg. u. m. e. Nachwort v. Heribert Illig, Wien - München 1983
18 Die Fackel, Nr. 236, 18. 11. 1907
19 E. Friedell, Kabarett Fledermaus; a. a. O.
20 G. Pott, Die Spiegelung des Sezessionismus . . .; a. a. O.
21 P. Altenberg, Kabarettlied; in: P. A., Märchen des Lebens, Berlin 1908.
22 P. A; WAZ, 4. 1. 1908.
23 Ebda.
24 A. Polgar, Historie einer Dichtung; Die Schaubühne, VI. Jg., Nr. 18, 5. 5. 1910. Leicht verändert erschien die Entstehungsgeschichte des „Goethe" in: Die Weltbühne, XXVIII. Jg., Nr. 18, 3. 5. 1932 unter dem Titel: „Literaturhistorisches zur Szene ‚Goethe'".
25 S. a.: Ulrich Weinzierl, Alfred Polgar. Eine Biographie; Wien - München 1985
26 E. Friedell, Dramaturgie des Dichters; NWJ, 23. 5. 1926; aufgenommen in: E. F., Selbstanzeige; a. a. O.
27 Zur Geschichte des „Goethe" s. a. Anmerkung 24
28 Stefan Großmann, Egon Friedell; Das Tagebuch, Berlin, 9. Jg. 1928.
29 Carl Lafite; WAZ, 9. 10. 1908
30 K. Kraus, Grimassen über Kultur und Bühne; Die Fackel, Nr. 270/71, 19. 1. 1909
31 Aus Arthur Schnitzlers unveröffentlichten Tagebüchern, 5. 10. 1908; zit. nach: U. Weinzierl, Alfred Polgar; a. a. O.
32 Das Stück „Die Regieprobe" gilt als erster, von Friedell und Polgar gemeinsam verfaßter Sketch, der jedoch bislang verschollen ist. S. dazu: H. Illig, Kollaborateure; Nachwort in: Egon Friedell u. Alfred Polgar, Goethe und die Journalisten. Satiren im Duett, Wien 1986
33 WAZ, 6. 3. 1908
34 Helga Malmberg, Widerhall des Herzens. Ein Peter Altenberg-Buch; München 1961
35 WAZ, 4. 5. 1908
36 E. Friedell, Gustav Meyrink: „Der Albino, ein Nachtgesicht", in: E. F., Meine Doppelseele; a. a. O.
37 E. Friedell, Geschichte der „Fledermaus"; a. a. O.

ZWISCHEN HÖLLE UND HIMMEL

1 Homunkulus, Das mondäne Wien; in: R. Weil-Homunkulus, Wiener Liäsons, Wien o. J. (ca. 1913)
2 Walter Turszinsky, Jüdisches Theater; Die Schaubühne, II. Jg., 12. 4. 1906, Nr. 15
3 Mary Irber, A La Villette; in: Das schiefe Podium. Ein buntes Brett'l Buch. Gesammelt und hrsg. v. Walter Wenng, Berlin 1921
4 E. Mühsam; WAZ, 6. 10. 1906. Über beider Auftritt s. a.: E. Mühsam, Namen und Menschen. Unpolitische Erinnerungen, Leipzig 1949. Über M. Irber auch: Die elfte Muse. Ein Führer durch die moderne Cabaret-Literatur, München - Berlin o. J.
5 WAZ, 2. 10. 1906
6 A. Polgar, Mella Mars; Die Weltbühne, XVI. Jg., 15. 1. 1920, Nr. 3, auch in: A. Polgar, Noch allerlei Theater; a. a. O.
7 „Vorrede erspart Nachrede" von W. Sterk und F. Grünbaum dürfte der Eröffnungsprolog der „Hölle" am 7. 10. 1906 gewesen sein; in: W. Sterk / F. Grünbaum, Die ungezogene Muse. Liedartiges und Unartiges. Aus dem Repertoire der „Hölle", Wien 1906. S. a.: Die Lieder des Beelzebub (Aus dem Programm der „Hölle"), Wien o. J. (1907)
8 NWT, 8. 1. 1907
9 Zur Wiedereröffnung s. a.: WAZ, 7. 9. 1907 sowie WAZ, 3. 10. 1907
10 R. Oesterreicher, Die Impfung; in: Cabaretvorträge. Aus dem Programm der „Hölle", Wien 1908
11 WAZ, 5. 10. 1910
12 WAZ, 5. 11. 1910
13 R. Weil (Homunkulus), Rück näher, Bruder! Der Roman meines Lebens, Wien - Berlin 1920
14 A. Loos; NWT, 6. 10. 1910.
Zur Ausstattung des Theater s. a.: G. Pott, Die Spiegelung des Sezessionismus . . . sowie Fremden-Blatt, 6. 10. 1910.
Zur Eröffnung s. a.: Neue Freie Presse (im folgenden: NFP), 5. 10. 1910

DIE GRÜNDUNG EINER INSTITUTION

1 Rudolf Weys, Cabaret und Kabarett in Wien, Wien 1970
2 Theodor Ottawa, Nachts, wenn der rote Bulli erwacht. Artikelserie; Neues Österreich, 2. 11. 1963
Die „Simpl"-Adresse lautete seit der Gründung: Wollzeile 34, nach 1945 in 36 umnumeriert.
Der Münchner „Simplicissimus", 1903 von Kathi Kobus in der Türkenstraße 57 gegründet, war mit seinem aggressiven Witz nie Vorbild für Dorns Etablissement gewesen. Der Name wurde in München von Albert Langens satirischer Zeitschrift hergeleitet, Th. Th. Heine vom „Simplicissimus" schuf den roten Simpl-Hund mit der Sektflasche zwischen den Zähnen, von dem später Joachim Ringelnatz behauptete, der Hund denke gar nicht daran, die Flasche öffnen zu wollen, da er wasserscheu sei. (S. dazu besonders: Klaus Budzinski, Die Muse mit der scharfen Zunge. Vom Cabaret zum Kabarett, München 1961)
3 Th. Ottawa, Nachts . . ., a. a. O.
4 Ebda.
5 Ebda.
6 Siegwart Ehrlich, Mein Jim hat Beine; (NÖ. Landesarchiv, Theaterzensursammlung, Karton 92). S. a., wie zum gesamten Kapitel: Eva Maria Haybäck, Der Wiener „Simplicissimus" 1912–1974. Versuch einer Analyse des Kabaretts mit längster Bestandzeit im deutschen Sprachraum; Dissertation, Universität Wien 1976
7 Th. Ottawa, Nachts . . ., a. a. O. S. a.: Das Fremden-Blatt, 3. 11. 1912
8 Jacques Manasse, Text von Willi Hagen, Musik: Rudolf Nelson; zit. nach: Georg Zivier / Hellmut Kotschenreuther / Volker Ludwig, Kabarett mit K. Fünfzig Jahre große Kleinkunst, Berlin 1974. Vorgetragen von Louise Schäfer bei der Simpl-Eröffnung am 25. 10. 1912
9 K. Budzinski, Die Muse mit der scharfen Zunge; a. a. O.

10 Aus dem Programm v. A. Trebitsch, aufgeführt im Budapester Orpheum, Ende August 1915 (NÖ-Landesarchiv, Theaterzensursammlung, Karton 129)

11 Heinz Conrad, zit. nach Eva Maria Haybäck, Der Wiener „Simplicissimus“, a. a. O.

IN DIESER ERNSTEN ZEIT

1 Homunkulus, Klingers! Ein Familienidyll, Wien 1917

2 Die Fackel, Nr. 404, Dezember 1914

3 „Mobilisierung“; Autor unbekannt (NÖ-Landesarchiv, Theaterzensursammlung, Karton 93)

4 Fritz Löhner-Beda; zit. nach: Hans Weigel, Auch das war vorgestern. Bestandsaufnahme literarischer Kriegspropaganda in der österreich-ungarischen Monarchie und im Deutschen Reich 1914–1918. In: H. Weigel / W. Lukan / M. D. Peyfuss, Jeder Schuß ein Ruß, Jeder Stoß ein Franzos. Literarische und graphische Kriegspropaganda in Deutschland und Österreich 1914–1918, Wien 1983

5 Sonderausgabe der A-Z, 26. 7. 1914, erschienen unter dem leicht ironischen Titel: „Bierkrügel gegen Serben“.

6 Ebda, S. 13, „Mitteilung aus dem Publikum“, ungezeichnete Anzeige
Am 26. Juli wurde auch der Ausnahmezustand verordnet, der Majestätsbeleidigung unter strengere Strafe stellte.

7 F. Grünbaum, Der rote Pegasus; in: Vom seligen Zensor. Demobilisierte Gedichte, Wien o. J. (ca. 1919)
Über die Kriegsbegeisterung 1914 konnte Fritz Grünbaum aber auch bei Grünbaum nachlesen. So erschien im Sammelband „Verlogene Wahrheiten“, Heft 9, Wien 1915, das Gedicht „Silvester 1914“, das endet:

So woll'n wir den Silvester weihn,
Hier steht ein Volk, und das muß siegen,
Es muß und wird der Sieger sein!
Und dieser Glaube, unser fester,
Der heilige uns den Silvester!

Auch Karl Kraus reagierte auf das Attentat von Sarajevo dem Zeitgeist entsprechend. Sein Nachruf „Franz Ferdinand und die Talente“ dokumentiert den Höhepunkt Krausschen Vorkriegskonservatismus. Albert Fuchs klassifizierte den „Fackel“-Artikel als „rechtsradikal“. (S. a.: A. Fuchs, Geistige Strömungen in Österreich 1869–1918, Wien 1949 (Nachdruck: Wien 1978 und 1984), sowie: Alfred Pfabigan, Karl Kraus und der Sozialismus. Eine politische Biographie, Wien 1976)
Grünbaum, Kraus und Austerlitz revidierten ihren kriegsbejahenden Standpunkt jedoch noch 1914 bzw. 1915.

8 Friedrich Austerlitz, Der Tag der deutschen Nation. A-Z, 5. 8. 1914.
Austerlitz schrieb den Leitartikel, der im Parteivorstand für einiges Aufsehen sorgte, unter dem Eindruck der amtlichen Meldung, die deutschen sozialdemokratischen Abgeordneten hätten „unter großem Enthusiasmus einstimmig“ die Kriegskredite bewilligt. (S. a.: Julius Braunthal, Austerlitz spricht, Wien 1931)

9 F. Beda, Bomben und Granaten, Wien 1916

10 F. Beda, Lieber Freund und Katzelmacher . . .; in: Bomben und Granaten, Wien 1916; Erstabdruck: Wiener Sonn- und Montags-Zeitung, 30. 8. 1915.
Gabriele: gemeint der ital. Dichter Gabriele d'Annunzio

11 Armin Berg, Die schönste Nummer im Programm! (Letzte Strophe), Couplet v. Louis Taufstein. Aus: Haben Sie schon gelesen? A. B's. neueste Sammlung aktueller Schlagerkuplets, Wien o. J. (ca. 1916)

12 F. Beda, Betrachtung; in: Bomben und Granaten; Erstabdruck: Wiener Sonn- und Montags-Zeitung, 20. 12. 1915

13 Felix Dörmann, zit. nach: H. Weigel, Auch das war vorgestern, a. a. O.

14 A. Polgar, Sperrsitz. Hrsg. v. U. Weinzierl, Wien 1980

15 F. Grünbaum, Marianka's Feldpostbrief, (2. Strophe) Musik v. Robert Stolz, Wien - Leipzig 1915; s. a.: F. G., Die Schöpfung und andere Kabarettstücke. Hrsg. u. m. e. Nachwort von Pierre Genée u. Hans Veigl, Wien - München 1984

16 Th. Ottawa, Nachts . . ., a. a. O., 16. 11. 1963
17 Ebda.
18 Paul Morgan, Unbilden der Fütterung; in: P. M., Mein Magen und andere Beschwerden, Wien u. Berlin 1917
19 Th. Ottawa, Nachts . . ., a. a. O.
20 Ebda.
Bereits am 22. Mai 1901 wurde in Max Reinhardts Berliner Kabarett „Schall und Rauch" im Deutschen Theater „Serenissimus und Kindermann", eine satirische Szene aus der Taufe gehoben, die Kaiser Wilhelm II. und seinen Hofstaat persiflierte. Zahlreiche Serenissimus-Aussprüche finden sich auch auf den Seiten des „Simplicissimus" und der „Fliegenden Blätter".
21 Homunkulus, Schulaufsätze des Poldi Huber. Schüler der IV. b. Volksschulklasse Wien-Ottakring, Siebente Serie, fünftes Kriegsheft. Wien 1918
22 Heinz Greul, Bretter, die die Zeit bedeuten. Die Kulturgeschichte des Kabaretts, Köln - Berlin 1967
23 Karl Bednarik / Stephan Horvath, Österreich 1918. Zustand eines Jahres, Wien - München 1968
24 NFP, 25. 1. 1918
25 K. Bednarik / St. Horvath, Österreich 1918; a. a. O.

DIE DEMOBILISIERUNG DES KABARETTS

1 Homunkulus, Klingers! Ein Familienidyll. Zweite Folge, Wien 1919
2 Th. Ottawa, Nachts . . ., a. a. O., 23. 11. 1963
3 Paul Schick, Karl Kraus in Selbstzeugnissen und Bilddokumenten, Reinbek 1965
4 S. a.: Th. Ottawa, Nachts . . ., a. a. O.
5 Ebda.
6 Ebda.
7 S. a.: Eva Maria Haybäck, Der Wiener „Simplicissimus" 1912—1974; a. a. O.
8 Künstlerspiele Pan, Programmheft, Wien 1919 (Archiv: W. J. Schweiger)
9 Ebda.
10 Ebda.
11 A. Polgar, Leichte Kunst; Weltbühne XX. Jg., 10. 4. 1924, Nr. 15
12 A-Z, 18. 12. 1926. Zum sozialdemokratischen Politischen Kabarett s. a. das Kapitel „Rote Spieler, blaue Blusen".
13 Vorankündigung im „Illustrierten Wiener Extrablatt", 1. 9. 1927; zit. nach: E. K. (Edith Koll), Faun; in: Tagebuch der Straße. Geschichte in Plakaten. Hrsg. v. d. Wr. Stadt- und Landesbibliothek, Wien 1981

UM MITTERNACHT IN PRAG UND BUDAPEST

1 Gedicht von Karl Ernst Schlesinger; zit. nach: Egon Erwin Kisch, Zitate vom Montmartre; in: E. E. K., Die Abenteuer in Prag, Berlin u. Weimar 1975. Bd. II/1 der Gesammelten Werke in Einzelausgaben. Hrsg. v. B. Uhse u. G. Kisch
2 E. E. Kisch, Marktplatz der Sensationen, Berlin 1948
3 S. a.: H. Greul, Bretter, die die Zeit bedeuten, a. a. O.
4 Paul Wiegler, Gedenkrede (1948); in: Kisch-Kalender. Hrsg. v. F. C. Weiskopf, Berlin (DDR) 1955
Paul Wiegler brachte eine Reihe berichtender Skizzen des jungen Lokalreporters Kisch 1910/11 erstmals im Feuilletonteil der deutsch-liberalen Tageszeitung „Bohemia" unter. Die „Bohemia" war im Annahof, einer verfallenen Klosterkirche, in der Liliengasse, untergebracht, das „Montmartre" lag dem Annahof gegenüber.
5 Géza Včelićka, Auf den Spuren Kischs in Prag; in: Kisch-Kalender, a. a. O.

6 Karl Kreibich, Zu dritt am Anfang – zu dritt am Ende; in: Kisch-Kalender, a. a. O. Karl Kreibich, damals sozialdemokratischer Journalist in Reichenberg, wurde im Zuge seiner Hinwendung zum Kommunismus in den zwanziger Jahren ein enger Freund der „Sehenswürdigkeit des Prager Nachtlebens". (Zu Kisch s. a.: Dieter Schlenstedt, E. E. K., Leben und Werk, Berlin [DDR] 1985)
7 G. Včelićka, Auf den Spuren Kischs in Prag, a. a. O.
8 E. E. Kisch, Zitate vom Montmartre, a. a. O.
9 Ebda.
10 Ebda.
11 Franz Kafka, Brief an Elsa und Max Brod, Oktober 1917; in: Franz Kafka, Briefe 1902–24, Frankfurt/M. 1975
12 Richard Hutter, Das utraquistische Kabarett; in: Die Kabarettungsgesellschaft, Wien 1913 In der „Lucerna" kamen 1913, wie schon 1911 im „Montmartre", Ghettolieder zum Vortrage.
13 Jaroslav Hašek, Wie ich dem Autor meines Nachrufs begegnete. Aus der gleichnamigen Sammlung: 33 Erzählungen, Berlin u. Weimar 1978
Wie der Kabaretthistoriker H. Greul schreibt, überraschte Hašek in der „Roten Sieben" einmal die Gäste mit einem „imaginären Dialog mit dem Verfasser seines Nekrologs". (S.: H. Greul, Bretter, die die Zeit bedeuten, a. a. O.)
14 Bericht des Zivilwachmannes František Payer; in: J. Hašek in Briefen, Bildern und Erinnerungen, Berlin u. Weimar 1983
15 Zum „Befreiten Theater", einer Randerscheinung des Genres Kabarett, s. a.: Vorwort v. Josef Träger; in: J. Voskovec + J. Werich, Drei satirische Musicals aus den dreißiger Jahren. Prag 1963. Zum Exilkabarett „Studio 1934": ausführlich in R. Otto / W. Rösler. Kabarettgeschichte. Abriß des deutschsprachigen Kabaretts, Berlin (DDR) 1977
16 S. a.: H. Greul, Bretter, die die Zeit bedeuten, a. a. O.
17 Ebda.
18 Daten zum ungarischen Kabarett aus: Eva Maria Haybäck, Der Wiener „Simplicissimus", a. a. O.
19 Géza Steinhardt, Jüdische Gstanzeln; in: Steinhardt-Album, Budapest o. J. (ca. 1913) (Archiv: W. J. Schweiger)
20 G. Steinhardt, Da war a Frauenzimmer dabei; in: Steinhardt-Album, a. a. O.
21 Peter Panter, Kleine Berichtigung; Weltbühne XVI. Jg., 11. 3. 1920, Nr. 11.
Tucholsky reagiert hier auf den unkritischen Artikel von Ernst Goth in der vorangegangenen Nummer.
22 Wir gründen eine A.-G., Szene von L. Békeffi; in: Das Kabarett. Eine Sammlung von Sketchen für die Kleinbühne von Paul Gordon, 2. Aufl., Berlin/Schöneberg 1930
23 H. Greul, Bretter, die die Zeit bedeuten, a. a. O.
Békeffi konnte das KZ Dachau überleben und starb 1962 in Zürich

DER FARKAS? HUT AUF!

1 Karl Farkas; zit. nach: Klaus Budzinski, Das Kabarett. 100 Jahre literarische Zeitkritik – gesprochen – gesungen – gespielt, Düsseldorf 1985
2 S. a.: Eva Maria Haybäck, Der Wiener „Simplicissimus", a. a. O.
3 Hugo Wiener; zit. nach: Georg Markus, Karl Farkas, „Schau'n Sie sich das an". Ein Leben für die Heiterkeit, 3. Aufl., Wien - München 1983
4 Ebda.
5 Ebda.
6 Friedrich Torberg, Nachruf für Karl Farkas; Kurier, 23. 5. 1971; aufgenommen auch in: F. T., Die Erben der Tante Jolesch, München 1978
7 Franz Engel / Karl Farkas, Dichterschlacht am Mikrophon; aufgenommen 1934 auf Columbia DV 958 (Matr. Nr. WHA 472), neu aufgenommen: PR (Preiser Records) 9999 B.
8 „Greta Garbo und Pagat ultimo", erschienen in der Montagszeitung „Der Morgen", 4. 10. 1937, Nr. 40.
Die im Text folgenden Doppelconférencen sind bisher in Buchform noch nicht veröffentlicht worden. Weitere Doppelconférencen s.: Fritz Grünbaum, Die Hölle im Himmel und andere Kleinkunst. Hrsg. v. P. Genée u. H. Veigl, Wien - München 1985
Pariser Weltausstellung: am 26. Mai 1937 eröffnet, endete sie als finanzieller Mißerfolg. Zur *Reichsbrücke,* die vom *Ständestaat* nach vierjähriger Bauzeit am 10. 10. 1937 eröffnet wurde

sowie zur Reichsgräfin *Triangi.* S. a. Anmerkung 10 im Kap. „Achtung! Hier Radio Wien" u. Anmerkung 44 im Kap. „Vom ‚Palace' zum Justizpalast".
Ein Herr kommt zu Besuch: Anspielung auf den von der Regierung erhofften Besuch Mussolinis in Wien. Stattdessen traf der „Duce" in Berlin mit dem „Führer" zusammen, was bekanntlich zu einer weiteren gegenseitigen Annäherung führte – auf Kosten Österreichs. Schon im April 1937, nach einem letzten Treffen Schuschnigg-Mussolini in Venedig, hatte sich die „Schutzmacht" Italien von Österreich zurückgezogen.

9 „Das Denksport-Zeitalter", erschienen im „Morgen", 8. 11. 1937, Nr. 45.
Neunmächtekonferenz in Brüssel: Am 3. 11. 1937 abgehalten, stellte sie lediglich fest, daß Japan mit seinem Angriff auf China das Neunmächteabkommen verletzt habe, ohne darüber hinaus zu sachlichen Ergebnissen zu kommen.
Toscanini: Wegen der Diskriminierung jüdischer Musiker hatte der italienische Dirigent schon 1933 seine Mitwirkung bei den Bayreuther Festspielen abgesagt.

10 „Zweimal Leopoldi und einmal wenig Politik", erschienen im „Morgen", 15. 11. 1937, Nr. 46
Verwirrspiel um den Wiener u. niederösterr. Landesheiligen *Leopold* und den berühmten Wienerlieder-Interpreten *Hermann Leopoldi*, dem am 5. Juli 1937 vom Bundespräsidenten das „Silberne Verdienstkreuz" verliehen wurde. Im Gegensatz zu vergleichbaren Festen in den österreichischen Bundesländern ist der sogenannte „Leopoldi"-Tag kein gesetzlicher Feiertag. Bei der gewollten Verwechslung des heiliggesprochenen Markgrafen Leopold mit Hermann Leopoldi schwingt bei Grünbaum und Farkas auch der – so manchem Kabarettbesucher wohl bekannte – Umstand mit, daß nicht „Leopoldi", sondern „Kohn" der Name von Vater Leopoldi gewesen ist.
Antikominternpakt: Am 25. 11. 1936 zwischen Deutschland und Japan beschlossen, richtete sich das Abkommen gegen die Tätigkeit der Kommunistischen Internationale; Beitritt Italiens 1937; 1939 schlossen sich Ungarn, Mandschukua und Spanien dem Pakt an, dem mehr propagandistische als unmittelbar politische Bedeutung zukam.
Aus der chinesischen Mauer eine spanische Wand: Nachdem am 7. 7. 1937 Japan China überfallen hatte, fürchtete man eine ähnliche weltpolitische Situation wie im spanischen Bürgerkrieg.

VOM PALACE ZUM JUSTIZPALAST

1 K. Kraus, Mir san ja eh die reinen Lamperln (vorletzte Strophe); in: Die Fackel, Nr. 499–500, 20. 11. 1918.
Kraus stellt über das Gedicht die Worte: „Geschrieben Mitte Oktober 1918"
2 Hans Pflanzer, Das Simpel-Lied; in: Das erste lustige „Simpel"-Büchlein, hrsg. v. Egon Dorn. Wien 1920
3 H. Pflanzer, Die Entstehung der Trude Voigt; in: Das erste lustige „Simpel"-Büchlein, a. a. O.
4 S. a.: Th. Ottawa, Nachts . . ., a. a. O., 30. 11. 1963
5 Ebda.
6 Ebda.
7 Anzeige; in: Die Stunde, 3. 10. 1923
8 Otto Koenig, Kammerspiele. Der Keuschheitsapostel, A-Z, 17. 1. 1922. Die Uraufführung, über die Koenig berichtet, hatte in den Wiener Kammerspielen, Wien I., Rotenturmstr. 20 stattgefunden.
9 G. Markus, Karl Farkas, „Schau'n Sie sich das an", a. a. O.
10 Ebda.
11 Ebda.
12 Ebda.
13 „Bediene Dich selbst! Familie am laufenden Band in 15 Episoden", von K. Farkas und F. Grünbaum, Musik v. Fritz Kramer u. Willy Kraus. Die Uraufführung fand am 26. Februar 1935 in den Wiener Kammerspielen statt. S. a. das Kapitel „Revue! Revue!"
14 G. Markus, K. Farkas, a. a. O.
15 Anton Kuh: Die Stunde, 5. 7. 1923
16 Th. Ottawa, Nachts . . ., a. a. O., 7. 12. 1963
17 Die Stunde, 7. 11. 1923
18 „Armin Berg und das Burgtheater"; Die Stunde, 3. 11. 1923
19 „Armin Berg berichtigt"; Die Stunde, 8. 11. 1923

20 „Brieflein an die Stunde. Armin Berg schreibt uns"; Die Stunde, 15. 11. 1923
21 Béla Laszky; zit. nach: Th. Ottawa, Nachts . . ., a. a. O., 7. 12. 1963
22 „Mimi Marlow"; Die Stunde, 29. 9. 1923
23 „Egon Dorn"; Die Stunde, 18. 9. 1923
24 Gardenia, Der Oktober in der ‚Hölle'; Die Stunde, 16. 10. 1923
25 Gardenia, Theater-Kabarett Hölle, Die Stunde, 16. 10. 1923
26 „Josma Selim"; Die Stunde, 8. 9. 1923
27 Ralph Benatzky, Monolog eines Porträts aus dem Jahre 1917; zit. nach: Hermann Hakel (Hrsg.), Wigl Wogl. Kabarett und Varieté in Wien, Wien - Hannover - Bern 1962
28 K. Farkas, Lyrischer Polizeibericht; Die Bühne, Nr. 70, 11. 3. 1926
29 F. Torberg, Die Erben der Tante Jolesch; München 1978
30 Siegfried Geyer, Breitner, der Mann der Woche; Die Bühne, Nr. 55, 26. 11. 1925. Der Wiener Finanzstadtrat *Hugo Breitner* war, wie kaum ein anderer sozialdemokratischer Politiker, haßerfüllten Anfeindungen ausgesetzt. Im Wahlkampf 1930 erreichten die Angriffe gegen ihn einen neuerlichen Höhepunkt. „Nur wenn der Kopf dieses Asiaten in den Sand rollt, wird der Sieg unser sein", wünschte sich im Wahlkampf der Heimwehrführer und Innenminister Ernst Rüdiger Starhemberg. Im Jahr 1932 gab Breitner sein Amt an Robert Danneberg ab, im Februar 1934 warfen ihn Starhembergs Gesinnungsfreunde ins Gefängnis. Breitner gelang es Monate später, nach Amerika zu entkommen, wo er, ohne Wien noch einmal zu sehen, am 5. März 1946 in Claremont starb.
31 Viktor, Première in der Femina; Die Stunde, 2. 10. 1923
32 „Kabarett Nachtlicht", Die Stunde, 8. 11. 1923
33 „Die Stunde" zitierte unter dem Titel „Eine Nacht bei Leopoldi-Wiesenthal" aus einem Bericht von Stefan Großmann für das „Prager Tagblatt"; Die Stunde, 22. 3. 1923
34 „Ferdinand Leopoldi", Die Stunde, 4. 7. 1923
35 Arthur Rebner, Soirée bei Tannenbaum; zit. nach: G. Markus, K. Farkas, a. a. O.
36 „Heute spielt der Uridil!". Text von Robert Katscher und Hermann Leopoldi; Musik: Oskar Steiner und Oskar Virág. Wiener Bohème-Verlag, Wien, o. J.; zit. nach: Molitors Lieblings-Liederbücher, Bd. 6., Leipzig - Wien o. J.
37 „Ja, so ein Rutscher". Der Text von Arthur Rebner erschien erstmals in: Die Stunde, 28. 3. 1924
38 Peter Herz, Gestern war ein schöner Tag. Liebeserklärung eines Librettisten an die Vergangenheit, Wien 1985. Peter Herz schrieb für Hermann Leopoldi 1929 auch das heute noch bekannte Lied „In einem kleinen Café in Hernals".
39 „Die Leopoldis gehen auseinander"; Die Stunde, 30. 1. 1926 Spannungen im Ensemble dürfte es aber schon vorher gegeben haben, so befürchtet die „Bühne", Nr. 29, 28. 5. 1925: „Wiesenthal wandert aus". *Robert Rakowianu,* bekannter Barpianist, war schon vor dem ersten Weltkrieg in zahlreichen Etablissements aufgetreten, so im Restaurant Leupold, in der City-, Kaiser- und Eden-Bar. Zwischen 1929 und 1931 spielte er in einer Bar in Berlin-Charlottenburg, die seinen Namen trug. Rakowianu starb im Jänner 1938 53jährig in der Schweiz.
40 Viktor, Reimann in der Sezession; Die Stunde, 12. 12. 1923
41 Hans Reimann, Mein blaues Wunder. Lebensmosaik eines Humoristen. Vorwort v. Werner Finck, München 1959. Zur Beurteilung von Reimanns Memoiren s. a. das Schlußkapitel des vorliegenden Buches.
42 „Einige Worte von Carl Valentin . . .", Die Stunde, 16. 12. 1923
43 H. Reimann, Mein blaues Wunder; a. a. O.
44 A. Kuh, Joachim Ringelnatz in Wien, Die Stunde, 10. 2. 1924; s. a.: A. Kuh, Joachim Ringelnatz. Zum Aufenthalt des Dichter-Kabarettiers in Wien; in: A. K., Luftlinien, hrsg. v. Ruth Greuner, Wien 1981
45 Anzeige; Die Stunde, 20. 3. 1924
46 G. Markus, K. Farkas, a. a. O. Die *„Reichsgräfin Triangi"* trat, mehrmals vom Gericht zwangspsychiatrisiert, noch jahrelang in Wien auf. Je mehr es dem Jahr 1938 zuging, desto schärfer wurden die Anpöbelungen aus „rassischen" Motiven. Sie, die glaubte, als Reichsgräfin in Goebbels Zeitschrift „Das Reich" Anspruch auf einen Ehrenplatz zu haben, wurde im September 1938 in einer Sondernummer des „Stürmers" ausführlich verhöhnt. Nach einer vorangegangenen Verhaftung stirbt die Triangi in der Heil- und Pflegeanstalt am Steinhof am 28. 4. 1940, wie Eingeweihte vermuten, durch Euthanasie. Zur „Reichsgräfin Triangi" und dem „Goldfüllfederkönig" Ernst Winkler s. a.: Fritz Feldner, Wiener Originale und andere nicht ganz Normale, Wien 1962.
47 *Elsie Altman(n)* entstammte als Diseuse und Schauspielerin ebenfalls jenen gesellschaftlichen Kabarettkreisen, in denen Loos zuvor schon die junge Lina Obertimpfler kennen-

gelernt hatte, mit der er zwischen 1902 und 1905 verheiratet gewesen war. S. a.: Elsie Altmann-Loos, Mein Leben mit Adolf Loos, Wien 1984.
Dr. Hans Liebstoeckl war Chefredakteur der „Bühne".
48 Die Bühne, Nr. 2, 14. 11. 1924
49 Die Bühne, Nr. 15, 19. 2. 1925
50 „Das Arbeiter-Theater in Favoriten"; Die Bühne, Nr. 32, 18. 6. 1925
51 „Franz Blei und Pamela Wedekind im ‚Pavillon'"; Die Bühne, Nr. 70, 11. 3. 1926
52 Anzeigen in: Die Stunde, 22. 1. 1926
53 K. Farkas, Lyrischer Polizeibericht; Die Bühne, Nr. 75, 15. 4. 1926
54 K. Farkas, Lyrischer Polizeibericht, Die Bühne, Nr. 78, 6. 5. 1926
55 „Das Kabarett Hölle und das Blaue Paradies im Ausgleichsverfahren"; Die Stunde, 27. 5. 1926
56 K. Farkas, Lyrischer Polizeibericht; Die Bühne, Nr. 74, 8. 4. 1926
57 „Eine Kundgebung des geistigen Wien"; A-Z, 20. 4. 1927
58 Die Reichspost, 23. 4. 1927
59 Wiener Neueste Nachrichten, 22. 4. 1927
60 NFP, 20. 4. 1927
61 NWJ, 20. 5. 1927
Kraus reagiert mit seiner Klarstellung auf einen Artikel des „Neuen Wiener Journals" vom Vortage, in dem die Zeitung unter dem Titel „Genossen unter sich" die kommunistische „Rote Fahne" zitiert, die der Sozialdemokratie im Fall Kraus „Zensurstückerln übelster Art" ankreidet und schließt: „. . . gefährlicher für den ‚guten internationalen Ruf' der sozialdemokratischen Partei Oesterreichs wird diese Frechheit noch durch den Umstand, daß sie im mitgeteilten Falle ‚einen Führer des geistigen Wien' trifft, dem die Sozialdemokratie zwecks Unterzeichnung des Fritz-Grünbaum-Aufrufes eifrig – allerdings vergebens – nachgelaufen ist. Man könnte meinen, daß es sich überhaupt um einen schäbigen Racheakt handelt: Karl Kraus hatte nämlich die Selbstachtung, diesen Aufruf nicht zu unterschreiben . . ."
62 Alfred Pfoser, Literatur und Austromarxismus, Wien 1980
63 S. a.: Tagebuch der Straße. Wiener Plakate. Ausstellungskatalog, Wien 1981

DIE KLABRIASPARTIE WIRD NEU GEMISCHT

1 A. Polgar, Jüdisches Theater; Weltbühne, XXIII. Jg., 20. 12. 1927, Nr. 51
2 WAZ, 7. 10. 1910
3 Programmheft Max und Moritz; undatiert (Ende 1911)
4 Programmheft Max und Moritz; undatiert (1912)
5 A. Polgar, Heiteres Theater; Weltbühne, XXI. Jg., 10. 3. 1925, Nr. 10. Aufgenommen auch in: A. P., Noch allerlei Theater, a. a. O.
6 A. Berg, Das Cabaret ist ein Bedürfnisort, Couplet v. Richard Rillo, letzte Strophe; in: Haben Sie schon gelesen? Armin Berg's neueste Sammlung aktueller Schlagerkuplets. Vorgetragen in der Possenbühne Max und Moritz, Wien o. J. (ca. 1916)
7 A. Kuh, Eisenbach; Die Stunde, 17. 4. 1923
8 A. Kuh, Ein Diener: Herr Moser; in: A. Kuh, Der unsterbliche Österreicher, München 1931
9 F. Torberg, Hans Moser; in: F. Torberg, Die Erben der Tante Jolesch. München 1978
10 F. K. (sonst keine näheren Angaben), Hans Moser. Der Lebensweg des Menschen und Künstlers, Wien 1946
11 A. Kuh; Die Stunde, 22. 6. 1923
12 A. Kuh; Die Stunde, 14. 3. 1923
13 A. Kuh; Die Stunde, 25. 3. 1923
14 A. Kuh, Eisenbach; Die Stunde, 17. 4. 1923
15 Die Stunde, 8. 8. 1923. S. a.: Berthold Lang, Zirkus und Kabarett; in: Franz Kadrnoska (Hrsg.), Aufbruch und Untergang. Österreichische Kultur zwischen 1918 und 1938, Wien - München - Zürich 1981
16 A. Kuh, Mali Picon (!); Die Stunde, 25. 4. 1923. Zu Mali Picows Auftritt auf der Rolandbühne s. a.: A. Polgar, Wiener Theater; Weltbühne, XVII. Jg., 1. 12. 1921, Nr. 48
17 Die Stunde, 25. 4. 1923

18 A. Kuh, Gastspiel Sándor Rott; Die Stunde, 19. 5. 1923
19 A. Polgar, Sándor Rott, ein Komiker; Weltbühne, XIX. Jg., 31. 5. 1923, Nr. 22
20 A. Kuh, Die beiden Armin; Die Stunde, 2. 9. 1923
21 A. Kuh; Die Stunde, 25. 1. 1924. Zum Auftritt von Ferike Vidor s. a.: Die Stunde, 10. 11. 1923
22 A. Kuh; Die Stunde, 9. 4. 1924
23 A. Kuh, Das Theater der Komiker; Die Bühne, Nr. 3, 20. 11. 1924
24 S. a.: Th. Ottawa, Nachts, . . ., a. a. O., 18. 1. 1964
25 A. Polgar, Heiteres Theater; Weltbühne, XXI. Jg., 10. 3. 1925, Nr. 10
26 O. Taussig, Von „Klabriaspartie" zu „Klabriaspartie"; Die Bühne, Nr. 16, 16. 2. 1925
Das „Theater der Komiker" fand wenig später, unter Julius Wiesners Leitung eine Spielstätte in der Linken Wienzeile 6, dort wo sich einst der „Himmel" befunden hatte; Jahrzehnte danach wurde die Lokalität in das Wienzeilen-Kino umgewandelt, heute beherbergt es wieder ein Kabarett. Im Jänner 1930 spielten bei dem „Theater der Komiker" vom alten Max und Moritz-Ensemble noch Armin Berg, Sándor Rott, Armin Springer und Hans Moser.

ACHTUNG! HIER RADIO WIEN

1 K. Kraus; zit. nach: Viktor Ergert, 50 Jahre Rundfunk in Österreich. Bd. I: 1924—1945. Hrsg. v. Österreichischen Rundfunk, Wien 1974
2 Alle Daten aus der Frühzeit der Ravag s. a.: Viktor Ergert, a. a. O.
3 „Generalprobe auf Welle 530"; Die Bühne, Nr. 18, 12. 3. 1925
4 Franz Werfel; zit. nach: Viktor Ergert, a. a. O.
5 „Neuerungen auf der Radiobühne"; Die Bühne, Nr. 11, 22. 1. 1925
6 Fritz Wiesenthal, Neujahrsansprache An mein Volk; Die Bühne, Nr. 8, 1. 1. 1925
7 Vorwort von E. O. Radek in: Karl Kneidinger, Mein Radiovortragsbuch. 1. Band, Wien 1932
8 Die Bühne, Nr. 65, 4. 2. 1926
9 F. Torberg, Die Tante Jolesch oder Der Untergang des Abendlandes in Anekdoten. München - Wien 1975.
10 K. Farkas und F. Grünbaum, Doppelconférence: „Der Vorhang hebt sich oder Murillo und die Nichteinmischung", „Der Morgen", Nr. 38, 20. 9. 1937 s. a.: F. Grünbaum, Die Hölle im Himmel, a. a. O.
Neues Funkhaus: Die Ravag war im Frühjahr 1926 vom Heeresministerium in die neuen Räume in der Johannesgasse 4 b übersiedelt, doch erwies sich die ehemalige Schule als zu klein. Im März 1935 beschloß deshalb der Aufsichtsrat, im Park des Theresianums im 4. Bezirk ein neues Funkhaus zu errichten. Der Bau wurde, nach einem Entwurf von Clemens Holzmeister, im November 1939 endgültig fertiggestellt.
Reichsbrücke: Im Oktober 1937 als Denkmal des Ständestaates feierlich eröffnet, stürzte sie im August 1976 ein.
11 Referat Stella Kadmons auf dem Symposium „Kleinkunst im Widerstand", 14.—16. Juni 1985 in Wien.
12 Hallo! Hier Radio Wien. Text: Franz Engel / Fritz Wiesenthal. Auf der Schallplatte „Altmeister des Humors", PR 9830.

KINO ALS KONKURRENT

1 K. Farkas, Der Emigrant im Kino; in: K. F., Zurück ins Morgen, New York 1946. Farkas dichtete diese Zeilen als Emigrant im amerikanischen Exil.
2 H. Eisenbach, Der vorzeitliche Film; zit. nach: H. Eisenbach, Anekdoten; in: Hermann Hakel (Hrsg.), Wigl Wogl, a. a. O.
3 Die Fackel, Nr. 917—22, Februar 1936
4 Die Filmwoche, Nr. 92, 31. 1. 1915. Alle frühgeschichtlichen Filmdaten s.: W. Fritz, Geschichte des österreichischen Films, Wien 1969
5 E. Friedell; in: Die Filmwoche, Nr. 36, 16. 11. 1913

6 Kurt Robitschek, Kinodrama; in: Schwanen-Gesangl. Unartige Strophen von den Fäunen und anderen Verbrechern, Wien o. J.
7 Die Fackel, Nr. 917–22, Februar 1936
8 K. Farkas in einem Interview; zit. nach: G. Markus, K. Farkas, „Schau'n Sie sich das an", a. a. O.
Farkas trat erstmals in dem Stummfilm „Namenlos", Regie: Michael Kertesz, 1923 vor die Kamera; er wirkte zwischen 1930 und 1932 auch in vier Kurzfilmen mit. Bedeutender war Farkas als Drehbuchautor: Zwischen 1931 und 1934 schrieb er an acht Filmbüchern mit, so gemeinsam mit Emmerich Preßburger an „Sehnsucht 202", entstanden 1932, Regie: Max Neufeld, Mitwirkende: Magda Schneider, Attila Hörbiger, Paul Kemp.
9 Paul Morgan; in: Promin-Enten-Teich. Abenteuer und Erlebnisse mit Stars, Sternchen und allerlei Gelichter. Geschildert v. P. M., Berlin - Leipzig - Wien 1934 (Das Buch erschien lediglich in Wien)
10 Paul Morgan als Gemeiner David Fliegenbein; in: „Die Bühne", Nr. 39, 6. 8. 1925
11 P. Morgan; Promin-Enten-Teich, a. a. O.
12 Siegfried Kracauer, Film-Sommer; in: S. K., Von Caligari zu Hitler. Eine psychologische Geschichte des deutschen Films, Frankfurt/M. 1979
13 Hans Moser, Man kann nicht Film- und Theaterspielen!; Wiener Sonn- und Montags-Zeitung, Nr. 4, 28. 1. 1935

REVUE! REVUE!

1 Fritz Jacobsohn, Revue – die große Theater-Mode; Programmheft Apollo-Theater, o. J. (März 1928)
Zur Frühgeschichte der Revue s. besonders: Franz-Peter Kothes, Die theatralische Revue in Berlin und Wien 1900–1938. Typen, Inhalte, Funktionen, Wilhelmshaven 1977
2 Felix Salten, Revue und Theater; NFP, 18. 4. 1926
3 Programmheft Apollo-Theater, 7. 12. 1908
4 Ebda.
5 Die Stunde, 12. 8. 1923
6 Die Stunde, 6. 11. 1923
7 A. Kuh, Der Dienstmann (für Hans Moser); zit. nach: Hermann Hakel (Hrsg.), Wigl Wogl, a. a. O. S. a.: A. Kuh, Ein Diener: Herr Moser; in: A. K., Der unsterbliche Österreicher, München 1931
8 Die Bühne, Nr. 1, 6. 11. 1924
9 Hans Liebstoeckl, Halbwelt Wien I; Die Bühne,, Nr. 20, 26. 3. 1925
10 F. Grünbaum, Jedes Jahr im Mai; aus: Total manoli; zit. nach: Walter Rösler, Das Chanson im deutschen Kabarett 1901–1933, Berlin (DDR) 1980
11 F. Grünbaum; in: Kabarett-Jahrbuch 1922, hrsg. v. A. Müller-Müller, Düsseldorf 1922
12 F. Grünbaum, Was ist eine Revue!; aus: Programmheft des Theater-Cabarets „Hölle", Wien o. J. (Jänner 1925)
13 Die Bühne, Nr. 14, 12. 2. 1925
14 Fritz Rosenfeld, Kunst und Wissen; A-Z, 29. 4. 1925
15 Siegfried Geyer, Kleine Bemerkungen zum Thema Revue; zit. nach: F.-P. Kothes, Die theatralische Revue . . ., a. a. O.
16 Die Stunde, 23. 12. 1925
17 Operette oder Revue? Eine Umfrage; in: Die Bühne, Nr. 76, 22. 4. 1926
18 Ebda.
19 Die Bühne, Nr. 77, 29. 4. 1926
20 Die Bühne, Nr. 76, 22. 4. 1926
21 K. Farkas, Lyrischer Polizeireporter; in: Die Bühne, Nr. 66, 11. 2. 1926
22 Die Bühne, Nr. 63, 21. 1. 1926
23 F. Grünbaum / K. Farkas, Amor, Mars und Artemis; in: Der Morgen, 6. 12. 1937, Nr. 49
24 Text von K. Farkas, E. Marischka und Steinberg-Frank; in: Die Schlager aus der großen internationalen Marischka-Revue „Alles aus Liebe" (Stadttheater Wien), gesungen von Jacques Rotter, Wien, o. J. (Oktober 1927)
25 F. Salten, Revue im Stadttheater; NFP 5. 10. 1926

26 Engelbert Dollfuß, Programmheft Wiener Stadttheater; zit. nach: F.-P. Kothes, Die theatralische Revue, a. a. O.
27 F. Grünbaum / K. Farkas, Bediene dich selbst!, Kammerspielrevue, Première: 26. 2. 1925 in den Wiener Kammerspielen
28 Ebda.
29 Wiener Sonn- und Montags-Zeitung, Nr. 4, 28. 1. 1935
30 Wiener Sonn- und Montags-Zeitung, Nr. 19, 13. 5. 1935
31 S. a.: Wiener Sonn- und Montags-Zeitung, Nr. 9, 4. 3. 1935
32 W. Sterk, Der Librettist; in: Die ungezogene Muse. Liedartiges und Unartiges v. W. Sterk und F. Grünbaum. Aus dem Repertoire der „Hölle", Wien, im Selbstverlag, 1906

EXKURS: DER ROTSTIFT DES DAMOKLES

1 Leslie Bodi, Tauwetter in Wien. Zur Prosa der österreichischen Aufklärung 1781–1795, Frankfurt/M. 1977
2 Roda Roda; zit. nach: Hermann Hakel (Hrsg.), Wienärrische Welt. Witz, Satire, Parodie einst und jetzt, Wien - Hannover - Bern 1961
3 H. Greul, Bretter, die die Zeit bedeuten, a. a. O.
4 K. Farkas, Lyrischer Polizeibericht; Die Bühne,, Nr. 73, 1. 4. 1926
5 S. a.: NFP, 29. 8. 1933
„Das Strafverfahren gegen die ‚ABC-Revue' endete schließlich mit einem Vergleich auf der Basis, daß die Angeklagten dem angegriffenen Bundesheer eine entsprechende Ehrenerklärung ausstellten und eine Buße von 25 Schilling für wohltätige Zwecke erlegten. Mit Erlaß vom 15. März 1928 wurde schließlich das Strafverfahren gegen sämtliche Angeklagte vom Bundespräsidenten eingestellt". S. NFP vom 3. 4. 1928.
6 NWT, 29. 8. 1933
7 Mitteilung von Stella Kadmon an den Autor, 19. 6. 1985
8 R. Weys; zit. nach: Ingeborg Reisner, Kabarett als Werkstätte des Theaters. Literarische Kleinkunst in Wien vor dem zweiten Weltkrieg. Dissertation, Universität Wien 1961

WIE ICH INS KABARETT GERIET

1 F. Grünbaum, Tante Sali; aus: Verlogene Wahrheiten, Heft 8, Wien 1909; s. a. F. G., Die Schöpfung, a. a. O.
2 Armin Friedmann, Mein Kabarett; in: Vorhang auf! 250 Witze und Anekdoten vom Theater. Gesammelt v. Alexander Engel, Wien 1910
A. Friedmann, Lustspielautor, findet sich im Umkreis des frühen Kabaretts „Nachtlicht". Sein Text stellt eine satirische Abrechnung mit dem „Überbrettl" und den „Elf Scharfrichtern" dar.
3 Rudolf Oesterreicher, Vorwort; aus: Was die Censur noch erlaubt hat. Gesammelte Cabaretvorträge, Wien u. Leipzig (1909)
4 Robert Weil-Homunkulus, Das rettende Kabarett; in: Rück näher, Bruder! Der Roman meines Lebens, Wien - Berlin 1920
5 Theo Körner, Euer Theo; Selbstverlag, o. O., o. J.
6 Ralph Benatzky, Bei Selim Benatzky; in: Das schiefe Podium. Ein buntes Brett'l Buch. Gesammelt und hrsg. v. Walter Wenng, Berlin 1921
7 P. Morgan, Wie ich ins Kabarett geriet; in: Mein Onkel Siegmund und andere Familienschwächen, ausgeplaudert von Paul Morgan, Wien u. Berlin 1917
8 A. Berg, Wie ich zum Theater kam; in: Sie müssen lachen, Das lustige Armin Berg-Repertoire, Wien o. J. (1935)

GROSSE CONFÉRENCIERS AUF KLEINER BÜHNE

1 F. Grünbaum, Das Publikum, in: Verlogene Wahrheiten, Heft 9, Wien 1909 ff.; auch in: F. G., Die Schöpfung, a. a. O.
2 Klaus Budzinski, Pfeffer ins Getriebe. So ist und wurde das Kabarett, München 1982
3 A. Kuh, Wie werde ich Conférencier? Winke eines Kabarettfeindes; Die Bühne, Nr. 4, 27. 11. 1924. Mit dieser Frage beschäftigte sich Kuh auch in dem Artikel: Wie werde ich Conférencier? Zehn Ratschläge und eine Warnung; in: A. K., Der unsterbliche Österreicher, München 1931; aufgenommen auch in: A. K., Luftlinien, hrsg. v. Ruth Greuner, Wien 1981
4 F. Grünbaum, Das Baby Grünbaum; in: Nieder mit mir! Wien 1920; auch in: F. G., Die Hölle im Himmel, a. a. O.
5 F. Grünbaum, Wo ich geboren bin; in: Die Bühne, Nr. 58, 17. 12. 1925
6 K. Budzinski, Die Muse . . ., a. a. O.
7 F. Torberg, Die Erben der Tante Jolesch. München 1978. Anstelle von Kurt Robitschek wird in einer weiteren Variante der Geschichte Karl Farkas eingesetzt.
8 F. Grünbaum, Die Klage des Kabaretiers; in: Liebe? – Mumpitz!, Gedichte von Fritzl Grünbaum, Berlin o. J. (1908)
9 Rudolf Weys, Cabaret und Kabarett in Wien, a. a. O.
10 Richard Laufer, Mein Begräbnis; in: Schwanen-Gesangl. Unartige Strophen von den Fäunen und anderen Verbrechern. Wien o. J. (1919)
11 Der Geburtstag. Eine Grünbaumparodie von Josef Horny; in: Wiegenlieder. Di-, per- und andere Verse, Wien o. J. (1918)
12 Max Herrmann-Neiße, Berliner Kabaretts im Juni; in: Berliner Tageblatt, 13. 6. 1926
13 F. Grünbaum, Vorwort zu: Liebe? – Mumpitz!, a. a. O.
14 F. Grünbaum, Das Publikum; in: Verlogene Wahrheiten, Heft 9, Wien 1909 ff.; auch in: F. G., Die Schöpfung, a. a. O.
15 Karl Schnog, Das Ende der Spaßmacher; Artistik 2/1955; zit. nach: Rudolf Hösch, Kabarett von gestern nach zeitgenössischen Berichten, Kritiken und Erinnerungen, Bd I, 1900–1933, Berlin (DDR) 1969
16 Die Bühne, Nr. 2, 14. 11. 1924
Siegmund Bosel, Finanzspekulant, war 1924, als 30jähriger, Präsident der Unionsbank geworden und Eigentümer vom „Tag“ und „Morgen“.
17 K. Farkas; zit. nach: Nachwort, in: F. Grünbaum, Die Schöpfung, a. a. O.; s. a. G. Markus, K. Farkas, „Schau’n Sie sich das an“, a. a. O.
18 S. a.: Siegfried Weyr, Wien. Eine Stadt erinnert sich, Wien - Hamburg 1984
19 Die Stunde, 15. 5. 1923
1913 fungierte Erwin Engel gemeinsam mit Meyer Präger als Geschäftsführer des R. Löwit-Verlages, der zahlreiche Kabarettbücher veröffentlichte. 1920 trat Engel aus und führte seinen eigenen Nestroy-Verlag, war aber weiterhin mit Präger an Buchhandlung und Verlag A. Mejstrik beteiligt, der 1929 von der Rotenturmstraße in die Wollzeile umzog. (S. a.: M. G. Hall, Österreichische Verlagsgeschichte 1918–1938, Bd. II, Wien - Köln - Graz 1985)
In Engels Nestroy-Verlag erschienen zahlreiche Humoristika, so Bände von Beda, Berg, Grünbaum, Weil-Homunkulus u. a.
20 Erwin Engel, Vorwort zu: Die Kabarettungsgesellschaft. Plaudereien von Richard Hutter. Wien o. J. (1913)
21 Ebda.
22 R. Hutter, Das Kabarett in Graz, in: Die Kabarettungsgesellschaft, a. a. O. Sicherheitshalber merkt der Autor in einer Fußnote die folgenden Zeilen an: „Ich bemerke ausdrücklich: Nachstehende ‚wahre‘ Erlebnisse haben sich natürlich nicht in Graz abgespielt. Ich sage nur Graz, damit man nicht herauskriegt, wo es wirklich gewesen ist. Ich könnte ja auch Linz sagen, aber dann würde man erst recht glauben, es war Graz.“ Soviel zur Situation des Kabaretts in den Bundesländern.
23 Alle frühen Lebensdaten zit. nach: Die zehnte Muse. Kabarettisten erzählen. Hrsg. v. Frauke Deißner-Jenssen, Berlin (DDR) 1982
24 P. Morgan, Meine Verlobung; in: Mein Magen und andere Beschwerden von P. M., Wien u. Berlin 1917
25 P. Morgan, An das Publikum!; in: Das schiefe Podium. Ein buntes Brett’l Buch. Gesammelt und herausgegeben von Walter Wenng, Berlin 1921
26 M. Pallenberg, Vorwort zu Paul Morgan, Stiefkind der Grazien; zit. nach: Die zehnte Muse, a. a. O.

27 P. Morgan; zit. nach: Die zehnte Muse, a. a. O.
28 A. Polgar, Leichte Kunst; in: Weltbühne, XX. Jg., Nr. 15, 10. 4. 1924
29 F. Grünbaum, Scripta Manent. Brief an P. Morgan; zit. nach: Promin-Enten-Teich, a. a. O.
30 K. Budzinski, Die Muse . . ., a. a. O.
31 P. Morgan, Politische Erlebnisse eines Unpolitischen; in: Promin-Enten-Teich, a. a. O.
32 Die Bühne, Nr. 58, 17. 12. 1925
33 Das neue Armin Berg Repertoire. Gedichte, Szenen und Witze, gesammelt und vorgetragen von A. Berg; Wien o. J. (1930)
34 „Trommel-Verse"; aus: A. Bergs neueste Schlager, vorgetragen im Budapester Orpheum, Bd. 1, Wien o. J.
35 L. Taufstein, Da könnt' man weinen wie ein kleines Kind!; in: A. Berg, Parodien, Wien 1919
36 Otto Reutter, Der Überzieher; zit. nach: A. Berg erzählt vom Überzieher und anderen Dingen . . . PR 9965
37 Louis Taufstein, Die schönste Nummer im Programm; in: Haben Sie schon gelesen A. Berg's neueste Sammlung aktueller Schlagerkuplets? Vorgetragen in der Possenbühne „Max und Moritz", Wien o. J. (Archiv: W. J. Schweiger)
38 Sie müssen lachen. Das lustige Armin Berg Repertoire, Wien 1935
39 Der „Mann mit dem Überzieher" erzählt; Wiener Sonn- und Montags-Zeitung, Nr. 52, 30. 12. 1935.
Berg-Kopist war u. a. auch Maxi Böhm.
40 F. Torberg, Die Erben der Tante Jolesch; a. a. O.
41 Das neue Armin Berg Repertoire, Wien o. J. (1930)
42 „Wiesenthal wandert aus"; in: Die Bühne, Nr. 29, 28. 5. 1925
43 A. Kuh, Nachruf auf einen Professor; Der Morgen, 4. 1. 1937, Nr. 1.
44 Wortspiel mit Schollet, einem jüdischen Eintopfgericht.
Wie geht's Ihnen, Herr Fröhlich? Wie geht's Ihnen, Herr Schön?, von K. Inwald, B. Uher, F. Grünbaum und A. Kaps, gesungen von F. Wiesenthal und Franz Engel, am Flügel: R. Schwarz; aufgenommen 1937 auf Columbia DV 1153, Matr. Nr. CHA 692-1, wiederaufgenommen PR 9969.
45 A. Kuh, Nachruf auf einen Professor; a. a. O.

POLITISCHE SATIRE IN COUPLETFORM

1 K. Kraus, Zeitstrophe; Die Fackel, Nr. 868, Anfang März 1932
2 Elias Canetti, Die Fackel im Ohr. Lebensgeschichte 1921–1931, München - Wien 1980
3 Die Fackel, Nr. 827/33, Anfang Februar 1930
4 Daten aus: Georg Knepler, Karl Kraus liest Offenbach. Erinnerungen · Kommentare · Dokumentationen, Wien 1984
5 Die Fackel, Nr. 857, August 1931. Gemeint ist das Buch: K. Kraus, Zeitstrophen; erschienen im Verlag Die Fackel, Wien - Leipzig 1931
6 G. Knepler, Karl Kraus und die Bürgerwelt, in: K. K., Sonderband aus der Reihe text+kritik, hrsg. v. H. L. Arnold, München 1975
7 S. a.: Rainer Otto/Walter Rösler, Kabarettgeschichte. Abriß des deutschsprachigen Kabaretts, Berlin (DDR) 1977
8 G. Knepler, Karl Kraus liest Offenbach, a. a. O.
9 Caroline Kohn, Karl Kraus; Stuttgart 1966. S. a.: Die Fackel Nr. 857/63, August 1931
10 G. Knepler, Karl Kraus und die Bürgerwelt, a. a. O.
11 Nach: „Corilla und Chor der Offiziere" in Offenbachs „Vert-Vert", spätere Fassung von K. Kraus; in: Die Fackel, Nr. 868, Anfang März 1932
Pfrimer vertrat eine extrem völkische Richtung, seine Organisation trug das Hakenkreuz im Abzeichen und wurde daher von den christlichsozialen Heimwehrgruppen wenig geschätzt. 1932 unterstellte er sich mit seinen engsten Anhängern der Führung Hitlers. Später, im nationalsozialistischen Deutschland, wurde Pfrimer Reichstagsabgeordneter.
12 Die Fackel, Nr. 909/11, Ende Mai 1935
13 Die Fackel, Nr. 916, Anfang November 1935
Zu Kraus' letzten öffentlichen Vorlesungen s. a. Hans Weigel, Karl Kraus oder Die Macht der Ohnmacht, Wien - Frankfurt - Zürich 1968; sowie: Caroline Kohn, Karl Kraus, a. a. O.
14 G. Knepler, Karl Kraus und die Bürgerwelt, a. a. O.

LACHEN AM ABGRUND

1 Victor Berossi; zit. nach: Oscar Teller, Davids Witz-Schleuder. Jüdisch-Politisches Cabaret. 50 Jahre Kleinkunstbühnen in Wien, Berlin, London, New York, Warschau und Tel Aviv, Darmstadt 1982
Aus dem ersten Programm „Juden hinaus", nach dem Wienerlied „Mei Mutterl war a Weanerin" zu singen.
2 F. Grünbaum, Vorwort; in: Grünbaum contra Grünbaum. Neues und Altes. Wien - Leipzig 1930
3 F. Grünbaum, Mein Begräbnis, in: Grünbaum contra Grünbaum, a. a. O., auch in: F. G., Die Schöpfung, a. a. O.
4 F. Grünbaum, Brief an Familie Hrusa, Wien, 1. 5. 1932. (In Besitz von Frau Anna Hrusa, Wien.)
5 O. Teller, Davids Witz-Schleuder, a. a. O.
6 Ebda.
7 Aus dem ersten Programm „Juden hinaus"; zit. nach: O. Teller, Davids Witz-Schleuder, a. a. O.
8 F. Löhner-Beda, Mährischer Wahlkreis Göding; in: Wie man sich trefft im Ampezzotal. Altes und Neues, Wien 1916
Erklärung der vorkommenden jiddischen Worte: *Schammes:* Synagogen- bzw. Gemeindediener; *Moîl* (Mójhel): Beschneider; *Jontew:* „Guter Tag", jüd. Feiertag; *Schlachmones:* Bote, Gesandter

ROTE SPIELER, BLAUE BLUSEN

1 Die Roten bau'n (Programmauszug); in: Hans Magschok, Rote Spieler – Blaue Blusen, Wien - Köln - Graz 1983
2 Bruno Kreisky, Vorwort zu: H. Magschok, Rote Spieler, a. a. O.
3 Bruno Frei, Rote Revue; Die Weltbühne, XX. Jg., 2. 12. 1934, Nr. 49
4 Jacques Hannak (j. h.), Ein politischer Kabarettabend; A-Z, Nr. 5, 6. 1. 1927
5 Ebda.
6 Der Abend, 17. 1. 1927
7 Ebda.
8 Ebda.
9 Leopold Kunschak, nach einem Bericht der „Reichspost"; in: Das politische Kabarett. Hrsg. v. der Sozialistischen Veranstaltungsgruppe, Wien 1929
10 Viktor Neon (= Viktor Grünbaum u. Robert Ehrenzweig), Hinter den Kulissen des politischen Kabaretts; A-Z, Nr. 55, 24. 2. 1929
11 Ebda.
12 „Der Gemeindebau"; abgedruckt in A-Z, Nr. 329, 2. 12. 1927
Eine Extra-Ausgabe der Reichspost mit dem Titel: „Große städtische Neubauten gefährdet!" erschien am 21. 10. 1927
13 S. besonders: Friedrich Scheu, Humor als Waffe. Politisches Kabarett in der Ersten Republik, Wien - München - Zürich 1977; sowie: Alfred Pfoser, Sozialistisches Kabarett in Österreich; in: iwk, Mitteilungen des Instituts für Wissenschaft und Kunst. Nr. 1/2, 40. Jg. 1985
14 Viktor (Grünbaum), Das Wiener „Politische Kabarett"; in: Das politische Kabarett. Hrsg. v. d. Sozialistischen Veranstaltungsgruppe, a. a. O., sowie: Ernst Fischer, Die Agitation in der „Pause"; in: Das politische Kabarett, a. a. O.
15 S. a.: Julius Deutsch, Das Kabarett als Werbemittel; in: Das politische Kabarett, a. a. O.
16 Szene „Jeder ist seines Glückes Schmied"; abgedruckt in: Das politische Kabarett, a. a. O., sowie: Das Kleine Blatt, Nr. 60, 1. 3. 1929
17 „Warum? Darum! Die neue Revue des Politischen Kabaretts"; A-Z, Nr. 346, 16. 12. 1931
18 F. K. (Otto Felix Kanitz), Ein Wort an dich, Jugendgenosse, ein Ruf an dich, Jugendgenossin; in: Die Blauen Blusen. Richtlinien und Material für die Tätigkeit der Propagandagruppen im Wahlkampf 1930 (Wien 1930). Zu Kanitz und der von ihm seit 1930 geleiteten Parteipropagandastelle s. a. A. Pfoser, Literatur und Austromarxismus, Wien 1980

19 Blaue Blusen – nach Mitternacht; in: Das Kleine Blatt, Nr. 302, 7. 11. 1930
20 F. Scheu, Humor als Waffe, a. a. O.
Eine dreistrophige Fassung des Starhemberg-Liedes, das auf dessen „Lehrzeit" bei Hitler in München eingeht, findet sich in: Die Blauen Blusen, Richtlinien und Material für die Tätigkeit, a. a. O.
21 Eva Becher, Witz gegen Seipel & Adolf; A-Z, Nr. 19, 14. 5. 1982
22 Horst Jarka (Hrsg.), Jura Soyfer, Das Gesamtwerk, Wien - München - Zürich 1980

POLITIK STATT PLÜSCH

1 F. Grünbaum, Die Pest und das Lachen. Ein Geleitwort; in: Der liebe Augustin, Programmheft 1935; zit. nach: F. Grünbaum, Die Hölle im Himmel und andere Kleinkunst, a. a. O.
2 Hans Weigel; Heute, 22. 11. 1958
Zum Thema Kleinkunst s. a.: H. Weigel: Wiener Kleinkunst; in: Wiener Theater-Almanach auf das Jahr 1946. Hrsg. v. Hans v. Tabarelli, Wien (1946), und Wolfgang Greisenegger, Das Brettl der (Ohn)mächtigen, Das Wiener Kabarett der dreißiger und vierziger Jahre; in: Wien 1945 davor/danach. Hrsg. v. Liesbeth Waechter-Böhm, Wien 1985
3 R. Weys; zit. nach: Ingeborg Reisner, Kabarett als Werkstätte des Theaters. Literarische Kleinkunst in Wien vor dem zweiten Weltkrieg, Dissertation, Universität Wien 1961
4 Alle Daten s.: I. Reisner, Kabarett als Werkstätte des Theaters, a. a. O.
5 Gespräch mit Stella Kadmon, 19. 6. 1985
6 Ebda.
7 F. Torberg; zit. nach: I. Reisner, Kabarett als Werkstätte des Theaters, a. a. O.
8 H. Weigel, P. Hammerschlag; in: H. Weigel, In memoriam. Graz - Wien - Köln 1979
9 P. Hammerschlag, Augustins Nekrolog; zit. nach: P. Hammerschlag, Der Mond schlug grad halb acht. Grotesk-Gedichte, eingeleitet und hrsg. v. F. Torberg, Wien/Hamburg 1972
10 H. Weigel, Wiener Kleinkunst; in: Wiener Theater-Almanach, a. a. O.
11 S. a.: Referat v. Stella Kadmon, Symposium „Kabarett und Satire im Widerstand", 14. bis 16. Juni 1985
12 NWT, 10. 11. 1931
13 Gespräch mit Stella Kadmon, 19. 6. 1985
14 P. Hammerschlag; zit. nach: Carl Merz, Als das Cabaret noch jung war . . .; in: H. Hakel (Hrsg.), Wigl Wogl, a. a. O.
15 R. Weys, Cabaret und Kabarett, a. a. O.
16 P. Hammerschlag, Rhythmische Gymnastik (erste und zweite Strophe), „Der Tanzschule Hellerau-Laxenburg gewidmet". (Privatarchiv Stella Kadmon.)
In der von F. Torberg 1972 herausgegebenen Hammerschlag-Sammlung beginnt das Gedicht:

Geduckt, die Finger krampfhaft vorgekrallt,
So irren sie im Kreise querfeldein.
Bacchantisch schielt das Aug aus schmalem Spalt.
Das soll sehr gut für die Ekstase sein.

Dazu F. Torberg im Vorwort: „Ähnlich wie bei Herzmanovsky mußte oft genug aus vier oder fünf voneinander abweichenden Fassungen die bestmögliche herausdestilliert oder zusammengesetzt werden; und das war, anders als bei Herzmanovsky, noch mit der zusätzlichen Komplikation verbunden, daß es sich bei manchen der aufbewahrten Fassungen nicht um Originale handelte, sondern um Abschriften aus dem Gedächtnis, und zwar aus dem Gedächtnis der Aufbewahrer – dem ich im Zweifelsfall mein eigenes Gedächtnis vorzog." (F. Torberg, Vorwort, in: P. Hammerschlag, Der Mond schlug grad halb acht, a. a. O.)
Zahlreiche „Augustin"-Texte überlebten im Gedächtnis von Stella Kadmon. Ein von ihr in Wien zurückgelassener Koffer voll Materialien wurde während des Krieges vom Aufbewahrer aus Angt vor Repressalien vernichtet.
17 So in der A-Z vom 3. 11. und 8. 12. 1932
18 H. Weigel, Gerichtstag vor 49 Leuten. Rückblick auf das Wiener Kabarett der dreißiger Jahre, Graz - Wien - Köln 1981
19 A-Z, 23. 11. 1933

20 H. F. Koenigsgarten, Romeo und Julia von August Strindberg (Privatarchiv Stella Kadmon).
21 G. H. Mostar im Programmheft „Öffentliche Geheimnisse"; zit. nach: I. Reisner, Kabarett als Werkstätte des Theaters, a. a. O.
22 G. H. Mostar, Die Legende vom namenlosen Soldaten (Privatarchiv Stella Kadmon).
23 R. Weys, Cabaret und Kabarett, a. a. O.
24 C. Bry, Das Nummerngirl (Privatarchiv Stella Kadmon).
25 C. Bry, Das Lied von den Stoffen (Privatarchiv Stella Kadmon).
26 F. Grünbaum, Die Pest und das Lachen. Ein Geleitwort, a. a. O.
27 NFP, 17. 12. 1936, sowie Wiener Zeitung, Nr. 287, 18. 10. 1936
28 O. M. Fontana; zit. nach: I. Reisner, Kabarett als Werkstätte des Theaters, a. a. O.
29 Gespräch mit Stella Kadmon, 19. 6. 1985
30 Zit. nach R. Weys, Cabaret und Kabarett, a. a. O.
Über die Wiener Kleinkunst haben R. Weys und H. Weigel ausführlich publiziert. Die folgenden Kapitel sollen daher lediglich eine kurze Zusammenfassung darstellen.
31 R. Weys, Literatur – am Naschmarkt. Kulturgeschichte der Wiener Kleinkunst in Kostproben, Wien 1947
32 Fritz Rosenfeld (F. R.), Ein neues Kabarett; A-Z, 21. 11. 1933
33 Zu Hollitzers Kabarettversuch s. a.: A-Z, 24. 12. 1933
R. Weys, Literatur – am Naschmarkt, a. a. O.
34 Ebda.
35 Ebda.
36 R. Weys, Die Kellnerprüfung; in: Cabaret und Kabarett, a. a. O.
Weys gibt hier eine komprimierte Form der Szene wieder. Vollständig abgedruckt in: R. Weys, Literatur – am Naschmarkt, a. a. O.
37 H. Eisenbach, Anekdoten; in: H. Hakel (Hrsg.), Wigl Wogl, a. a. O.
38 R. Weys, Literatur – am Naschmarkt, a. a. O.
39 Wiener Zeitung, Nr. 135, 16. 5. 1936
40 R. Weys, Literatur – am Naschmarkt, a. a. O.
41 Ebda.
42 Ebda.
43 R. Weys, Cabaret und Kabarett, a. a. O. (Ausschnitt). Der Text stammt von P. Hammerschlag.
44 Wiener Zeitung, Nr. 22, 22. 1. 1937
45 R. Weys, Cabaret und Kabarett, a. a. O.
46 S. besonders: I. Reisner, Kabarett als Werkstätte des Theaters, a. a. O.
47 H. Weigel, Gerichtstag vor 49 Leuten. Rückblick auf das Wiener Kabarett der dreißiger Jahre, Graz - Wien - Köln 1981.
Als Erfinder des Theaters der 49 Sitzplätze gilt Rudolf Spitz. Unter 50 Sitzplätzen war keine Theaterkonzession erforderlich, eine Zensur fand allerdings dennoch statt.
48 Fritz Rosenfeld, Ein neues Kabarett; A-Z, 8. 10. 1933
49 S. a.: R. Weys, Cabaret und Kabarett, a. a. O.
50 H. Weigel, Gerichtstag vor 49 Leuten, a. a. O.
51 Ebda. Hier finden sich auch die von R. Spitz gesammelten Texte Pechaceks.
52 I. Reisner, Kabarett als Werkstätte des Theaters, a. a. O.
53 Referat Rudolf Spitz, Symposium „Kabarett und Satire im Widerstand", 14. bis 16. Juni 1985 in Wien.
54 Der Brief erschien unter dem Titel „Satirische Zeitkritik" in der Fackel Nr. 912–915, August 1935. Dort auch weitere Briefe zwischen Samek und dem Bund junger Autoren.
55 Die Informationen über das „ABC" stützen sich hauptsächlich auf mehrere Interviews im Juni 1985 mit dem Mitautor des „ABC", Franz Paul.
56 I. Reisner, Kabarett als Werkstätte des Theaters, a. a. O.
57 Zu Jura Soyfer als Kleinkunstautor s. a.: Horst Jarka, Politik und Zauberei: Die Stücke Jura Soyfers (1912–1939); in: Modern Austrian Literature, Journal of the International Arthur Schnitzler Research Association, Vol. 5, Nos. 1/2 1972
58 J. Soyfer, Die Freiheitsstatue um fünf Schilling; in: J. Soyfer, Vom Paradies zum Weltuntergang. Dramen und Kleinkunst. Bearbeitet und hrsg. v. Otto Tausig, Wien 1947
59 Fritz Fabian (= Ernst Epler), Ein armer Vorklang nur zum großen Lied; Volksstimme, 8. 12. 1972
60 Wiener Zeitung, Nr. 33, 2. 12. 1937
61 S. dazu: I. Reisner, Kabarett als Werkstätte des Theaters, a. a. O.
62 F. Torberg, Avantgarde-Theater. Programmheft Cabaret Regenbogen, Wien (Anfang Februar) 1938

63 A. Hoellriegel, Die verlorene Melodie; in: Der Wiener Tag, 9. 2. 1938
64 Berthold Lang, Zirkus und Kabarett; in: Franz Kadrnoska (Hrsg.), Aufbruch und Untergang, a. a. O.
65 I. Reisner, Kabarett als Werkstätte des Theaters, a. a. O.
66 Ebda.
67 A-Z, Nr. 38, 9. 2. 1934
68 Wiener Zeitung, Nr. 37, 7. 2. 1936

DEN GRÜNBAUM HABEN WIR!

1 F. Grünbaum, Brief an Familie Hrusa, 1. 5. 1932
2 Der Morgen, Nr. 6, 7. 2. 1938
3 Viktor Claudius, Tausendmal Modenrevue; Der Wiener Simpl, III. Jg., Nr. 2, Feber 1938
4 S. a. F. Grünbaum und das Wiener Kabarett; in: F. Grünbaum, Die Schöpfung, a. a. O.
5 Herbert Rosenkranz, Verfolgung und Selbstbehauptung. Die Juden in Österreich 1938—1945, Wien - München 1978
6 S. a.: Peter Haage, Der Partylöwe, der nur Bücher fraß. Egon Friedell und sein Kreis, Hamburg u. Düsseldorf 1971
7 Völkischer Beobachter (Wien), Nr. 62, 17. 5. 1938; Der Samstag, 24. 9. 1938
8 F. Löhner-Beda, Buchenwald; in: Davids Witz-Schleuder. Jüdisch-Politisches Cabaret. Auswahl u. Einführung: O. Teller, Darmstadt 1982
9 Viktor Matejka, Widerstand ist alles. Notizen eines Unorthodoxen, Wien 1984
10 Karl Schnog, Das Ende eines Spaßmachers; in: Helga Bemmann (Hrsg.), Mitgelacht — dabeigewesen. Erinnerungen aus sechs Jahrzehnten Kabarett, Berlin (DDR) 1967
11 Ebda.
12 Gustav Holm (= Robert Weil-Homunkulus), Im 3/4 Takt durch die Welt. Ein Lebensbild des Komponisten Robert Stolz, Linz - Pittsburgh - Wien 1948
13 Bruno Heilig; zit. nach: Die zehnte Muse. Kabarettisten erzählen. Hrsg. v. Frauke Deißner-Jennsen, Berlin (DDR) 1982
14 J. Soyfer, Das Dachaulied, 1. Strophe; in: Horst Jarka (Hrsg.), J. Soyfer, a. a. O.
15 J. Soyfer, Brief an Familie Soyfer, Wien; in: H. Jarka (Hrsg.), J. Soyfer, a. a. O.
16 Julius Freund, O Buchenwald!, Klagenfurt 1945
17 S. a.: H. Rosenkranz, Verfolgung und Selbstbehauptung, a. a. O.
Die Gildemeester-Auswanderungs-Hilfsorganisation wurde nach Frank van Gheel Gildemeester benannt. G., der während der Dollfuß- und Schuschniggjahre Nazis aus humanitären Gründen betreut hatte, genoß nach 1938 das Vertrauen hochrangiger Nationalsozialisten.
18 Mitteilung von Frau Anna Hrusa an den Autor, 11. 6. 1985
19 Siegfried Weyr, Wien. Eine Stadt erzählt, Wien - Hamburg 1984
20 H. Reimann, Trutzhymne; Die Weltbühne, XX. Jg., 26. 6. 1924, Nr. 26, sowie H. Greul, Bretter, die die Zeit bedeuten, a. a. O.

WEIT? . . . VON WO?

1 A. Polgar, Zu einem Gegenwartsthema; in: Kleine Schriften, Bd. 1: Musterung. Hrsg. v. Marcel Reich-Ranicki in Zusammenarbeit mit Ulrich Weinzierl, Reinbek 1982
Zu Polgar im Exil s. besonders: U. Weinzierl, Alfred Polgar, a. a. O.
2 A. Polgar, Der Weg ins Exil; in: A. P., Standpunkte, Reinbek 1953
3 Roda Roda erzählt; in: Das neue Tagebuch, Paris, Amsterdam 7. Jg. (1939), Nr. 5. Zit. nach: Zeitzünder im Eintopf, Antifaschistische Satire 1933—1945. Hrsg. u. mit einem Nachwort v. Ruth Greuner, Berlin (DDR) 1975
4 Jimmy Berg, Man stellt sich um; aus: Davids Witz-Schleuder, a. a. O.
5 A. Polgar, zit. nach U. Weinzierl, A. Polgar, a. a. O.
6 S. a.: Österreichische Kleinkunst 1926—1945 im Überblick; in: iwk, Mitteilungen des Instituts für Wissenschaft und Kunst, Nr. 1/2, 40. Jg. 1985, sowie: R. Otto/W. Rösler, Kabarettgeschichte, a. a. O.

7 Doppelconférence A. Berg und K. Farkas in: G. Markus, Karl Farkas, „Schau'n Sie sich das an", a. a. O.; daraus auch alle Daten über Farkas im Exil
8 S. a.: R. Otto/W. Rösler, Kabarettgeschichte, a. a. O.
9 Gespräch mit Stella Kadmon, 19. 6. 1985
10 P. Herz, Gestern war ein schöner Tag. Liebeserklärung eines Librettisten an die Vergangenheit, Wien 1985, sowie Referat v. P. Herz, gehalten am Symposium „Kleinkunst und Widerstand", 14.–16. Juni 1985 in Wien
11 P. Herz, Gestern war ein schöner Tag, a. a. O.
12 S. a.: Erna Wipplinger, Von Adam bis Adolf. Die politisch-satirischen Kleinkunstprogramme der österreichischen Exilbühne „Laterndl"; in: iwk, Nr. 1/2, 1985
Zu den Hintergründen über die politische Situation, die Frontlage und die Angriffe, denen sich das „Austrian Centre", einer von Kommunisten geführten Exilorganisation, ausgesetzt sah, s. a.: Franz Bönsch, Das österreichische Exiltheater „Laterndl" in London; in: Österreicher im Exil 1934 bis 1945. Hrsg. v. Dokumentationsarchiv d. österreichischen Widerstandes und der Dokumentationsstelle für neuere österr. Literatur, Wien 1977
13 Hugo F. Koenigsgarten, Wiener Ringelspiel; zit. nach: Davids Witz-Schleuder, a. a. O.
Im Oktober 1943 setzten Viktor Schlesinger und Jimmy Berg in der New Yorker „Arche" einen vierten Akt hinzu, der damit endet, daß nun ein amerikanischer Besatzungssoldat verspricht, solange in Wien zu verbleiben, „bis wir gemacht haben werden Ordnung", worauf der Wiener erwidert: „Bis Sie Ordnung gemacht haben werden?! No, da werden Sie der erste sein, der wirklich auf immer dableibt." Man hatte sich also umgestellt. (Zit. nach: Davids Witz-Schleuder, a. a. O.)
14 Rudolf Spitz, Referat, Symposium „Kleinkunst und Widerstand", 14.–16. Juni 1985 in Wien.
15 Robert Lucas, Teure Amalia, vielgeliebtes Weib. Die Briefe des Gefreiten Adolf Hirnschal, Wien - Zürich - New York 1945. Neuausgabe (um fünf Briefe erweitert) mit einem Vorwort v. Uwe Naumann, Frankfurt 1984
16 A. Polgar; in: U. Weinzierl, A. Polgar, a. a. O.
17 K. Farkas, Abschied; in: K. Farkas, Zurück ins Morgen, New York 1946

ANPASSUNG UND WIDERSTAND

1 R. Weys; zit. nach: Manfred Lang, Kleinkunst und Widerstand. Das „Wiener Werkel". Das Kabarett im Dritten Reich. Dissertation, Universität Wien 1967
Zur Goebbels-Rede s. a.: R. Weys, Wien bleibt Wien und das geschieht ihm ganz recht. Cabaret Album 1930–1945, Wien 1974
2 NFP, 10. 11. 1938
3 NWT, Nr. 22, 22. 1. 1939
4 Franz Paul, Kabarett unter dem Hakenkreuz, aufgezeichnet v. Heinz Sichrovsky; A-Z, Nr. 19, 14. 5. 1982
5 Alle Zitate aus: Sebastian Kampels Höllenfahrt v. F. Paul u. F. Eckhardt; zit. nach: M. Lang, Kleinkunst und Widerstand, a. a. O.
6 S. a.: Referat v. Rudolf Spitz, Symposium „Kabarett und Satire im Widerstand", 14.–16. Juni 1985 in Wien.
7 F. Paul u. F. Eckhardt, „Das chinesische Wunder"; zit. nach: R. Weys, Wien bleibt Wien, a. a. O.
8 Rudolf Kalmar, Zeit ohne Gnade, Wien 1946
9 Ebda. (Das Originalmanuskript befindet sich im Archiv der Gedenkstätte Dachau.)
10 Ebda.
11 Ebda.
12 Uwe Naumann, Referat, Symposium „Kabarett und Satire im Widerstand", s. a.: Der Spiegel, Nr. 24, 10. 6. 1985
13 R. Kalmar, Zeit ohne Gnade, a. a. O.
14 Doppelconférence Wondra und Zwickl, Tantalusqualen (Ausschnitt); zit. nach: E. M. Haybäck, Der Wiener „Simplicissimus", a. a. O.
15 T. Ottawa, Nachts . . ., a. a. O., 1. 2. 1964.
16 Richard Zwickl, Wir waren keine Helden; Wiener Kurier, 12. 3. 1974
Eine gleichnamige Revue brachte der „Liebe Augustin" 1936 heraus.
17 Wien wehrt sich mit Witz! Flüsterwitze aus den Jahren 1938–1945, Gmunden 1946
18 J. Goebbels, 9. 4. 1945; in: J. Goebbels, Tagebücher 1945. Die letzten Aufzeichnungen, Hamburg 1977

BIBLIOGRAPHIE UND DISCOGRAPHIE

ALLGEMEINE WERKE ÜBER DAS KABARETT

APPIGNANESI, Lisa: Das Kabarett. Stuttgart 1976

BECKERMANN, Ruth (Hrsg.): Die Mazzesinsel. Juden in der Wiener Leopoldstadt 1918–1938. Wien - München 1984

BEMMANN, Helga (Hrsg.): Mitgelacht – dabeigewesen. Erinnerungen aus sechs Jahrzehnten Kabarett, Berlin (DDR) 1967

BERN, Maximilian: Die zehnte Muse. Dichtungen vom Brettl und fürs Brettl. Neu bearb. u. hrsg. v. Richard Zoozmann. Berlin 1924

BUDZINSKI, Klaus: Die Muse mit der scharfen Zunge. Vom Cabaret zum Kabarett. München 1961

– So weit die scharfe Zunge reicht. München, Bern, Wien 1964

– Pfeffer ins Getriebe. So ist und wurde das Kabarett. München 1982

– Das Kabarett. Zeitkritik – gesprochen, gesungen, gespielt – von der Jahrhundertwende bis heute. Düsseldorf 1985

DEISSNER-JENSSEN, Frauke (Hrsg.): Die zehnte Muse. Kabarettisten erzählen. Berlin (DDR) 1982

EBERSTALLER, Gerhard: Zirkus und Varieté in Wien. Wien - München 1974

ELFTE MUSE, Die-: Ein Führer durch die moderne Cabaret-Literatur. München - Berlin o. J.

EWERS, Hanns Heinz: Das Cabaret. Berlin u. Leipzig 1904

EWERS, H. H./HENRY, Marc (Hrsg.): Joli Tambour! Berlin 1912

GORDON, Paul (Hrsg.): Das Kabarett. Eine Sammlung von Sketches für die Kleinbühne. Berlin-Schöneberg 1930

GREGOR, Joseph: Geschichte des österreichischen Theaters. Wien 1948

GREUL, Heinz: Bretter, die die Zeit bedeuten. Köln, Berlin 1967

HAKEL, Hermann (Hrsg.): Wienärrische Welt. Witz, Satire, Parodie einst und jetzt. Wien - Hannover - Bern 1961

– Wigl Wogl. Kabarett und Varieté in Wien. Wien - Hannover - Bern 1962

HAYBÄCK, Eva Maria: Der Wiener „Simplicissimus" 1912–1974. Versuch einer Analyse des Kabaretts mit längster Bestandzeit im deutschen Sprachraum. Dissertation, Universität Wien 1976

HOLZER, Rudolf: Die Wiener Vorstadtbühnen. Alexander Girardi und das Theater an der Wien. Wien 1951

HÖSCH, Rudolf: Kabarett von gestern nach zeitgenössischen Berichten, Kritiken und Erinnerungen. Bd. I 1900–1933. Berlin (DDR) 1969. Bd. II 1933–1970. Berlin 1972

KLOTZ, Volker: Bürgerliches Lachtheater. Komödie. Posse. Schwank. Operette. München 1980

KOLLER, Josef: Das Wiener Volkssängertum in alter und neuer Zeit. Wien 1931

KOTHES, Franz-Peter: Die theatralische Revue in Berlin und Wien 1900–1938. Typen, Inhalte, Funktionen. Wilhelmshaven 1977

KÜHN, Volker: Das Kabarett der frühen Jahre. Berlin 1984

LANG, Manfred: Kleinkunst im Widerstand. Das „Wiener Werkel". Das Kabarett im Dritten Reich. Dissertation, Universität Wien 1967

LEOPOLDSTADT, Die-: Ein Heimatbuch. Hrsg. v. d. Lehrer-Arbeitsgemeinschaft des II. Bezirkes. Wien 1937

MAGSCHOK, Hans: Rote Spieler, Blaue Blusen. Graz - Wien 1983

MAY, Erich Joachim: Wiener Volkskomödie und Vormärz. Berlin (DDR) 1975

MERZ, Carl: Als das Cabaret noch jung war . . . Eine kellertheaterwissenschaftliche, höchst unvollständige Betrachtung, in: H. Hakel (Hrsg.) Wigl Wogl. Kabarett und Varieté in Wien . . .

OTTO, Reiner/RÖSLER, Walter: Kabarettgeschichte, Abriß des deutschsprachigen Kabaretts. Berlin (DDR) 1977

PEMMER, Hans/LACKNER, Ninni: Der Wiener Prater einst und jetzt. Leipzig - Wien 1935

POTT, Gertrud: Die Spiegelung des Sezessionismus im österreichischen Theater. Wiener Forschungen zur Theater- und Medienwissenschaft, Bd. 3. Wien - Stuttgart 1975

REISNER, Ingeborg: Kabarett als Werkstätte des Theaters. Literarische Kleinkunst in Wien vor dem zweiten Weltkrieg. Dissertation, Universität Wien 1961

ROMMEL, Otto: Johann Nestroy. Ein Beitrag zur Geschichte der Wiener Volkskomik. Wien 1930

RÖSLER, Walter: Das Chanson im deutschen Kabarett 1901–1933. Berlin (DDR) 1980

SALM, Carl: Das Kabarettbuch. Köln 1923
SATTLEGGER, Doris: „Kultur der Unterhaltung". Versuch einer Darstellung der Musik im Kabarett in Wien von 1901—1908. Hausarbeit, Hochschule f. Musik u. darstellende Kunst in Wien. Wien o. J.
SCHEU, Friedrich: Humor als Waffe. Politisches Kabarett in der Ersten Republik. Wien - Zürich 1977
SCHUMANN, Werner: Unsterbliches Kabarett. Hannover 1948
SINGER, Herta: Humor & Hamur. Wien - München 1962
TELLER, Oscar: Davids Witz-Schleuder. Jüdisch-Politisches Cabaret. 50 Jahre Kleinkunstbühnen in Wien, Berlin, London, New York, Warschau und Tel Aviv, Darmstadt 1982
WEIGEL, Hans: Wiener Kleinkunst.
— Literatur am Naschmarkt, in: Das tausendjährige Kind, Wien 1965
— In memoriam, Graz, Wien, Köln 1979
— Gerichtstag vor 49 Leuten. Rückblick auf das Kabarett der dreißiger Jahre. Graz, Wien, Köln 1981
*WENNG, Walter (Hrsg.):*Das schiefe Podium. Ein Buntes Brett'l Buch. Berlin 1921
WEYS, Rudolf: Literatur am Naschmarkt. Kulturgeschichte der Wiener Kleinkunst in Kostproben. Wien 1947
— Cabaret und Kabarett in Wien. Wien - München 1970
— Wien bleibt Wien und das geschieht ihm ganz recht. Cabaret-Album 1930—1945. Wien 1974
ZIVIER, Georg/KOTSCHENREUTHER, Hellmut/LUDWIG, Volker: Kabarett mit K. — Fünfzig Jahre große Kleinkunst. Berlin 1974

KABARETTPLATTEN — AUSWAHL

AEIOU (Erinnerungsquerschnitt aus der *„Literatur am Naschmarkt"* und dem *„Wiener Werkel"* von Rudolf Weys) mit Muliar, Petters, Kolmann u. a. AM: AVRS 1057.
Altmeister des Humors *(Armin Berg, Franz Engel, Karl Farkas, Fritz Grünbaum, Hans Moser, Fritz Wiesenthal).* PR: 9830.
Armin Berg erzählt vom Überzieher und anderen Dingen. PR: 9965.
Karl Farkas, „Hör'n Sie sich das an". PR: 3131.
Fritz Grünbaum/Karl Farkas. PR: 9999.
Fritz Grünbaum, gelesen von Karl Farkas. PR: 1780.
Peter Hammerschlag, gelesen von Friedrich Torberg. PR: 1777.
Karl Kraus liest aus eigenen Schriften. PR: 3017.
Anton Kuh, gelesen von Helmut Qualtinger. PR: 3006.
Polgar und Friedell, gelesen von Fritz Muliar. PR: 2507.
Roda Roda, gelesen von Fritz Muliar. PR: 2507.

Für Gespräche, Erinnerungen, Auskünfte, Anregungen und zur Verfügung gestelltes Material möchte ich folgenden Personen und Institutionen danken: Herrn Erwin Cudek, Herrn Dr. Eckart Früh, Frau Anna Hrusa, Herrn Heribert Illig, Frau Professor Stella Kadmon, Herrn Franz Paul, Herrn Werner J. Schweiger, Herrn Ulrich Schulenburg, Herrn Dr. Karl Stubenvoll, Herrn Heinz Winkelmann, der Wiener Stadt- und Landesbibliothek, der Kammer für Arbeiter und Angestellte in Wien/Dokumentation und Bibliothek, der Österreichischen Nationalbibliothek/Theatersammlung, dem Niederösterreichischen Landesarchiv/Theaterzensursammlung, dem Dokumentationsarchiv des Österreichischen Widerstands, dem Thomas Sessler-Verlag sowie den Mitarbeitern des Antiquariats Löcker & Wögenstein und des Löcker Verlags.

Hans Veigl

NAMENREGISTER